文學研究叢書・古典文學叢刊

《浮生六記》考異

——以〈中山記歷〉、〈養生記逍〉為中心

（增修版）

蔡根祥　著

謹以此書獻給　養育我的慈母

陳　梅女士

（本名鄭認華）

並感謝

恩師　許錟輝教授

三十多年來玉成與指導

沈復字三白，號梅逸。（彭賽華圖）

許序

　　我的專長領域是文字學與《尚書》，在我指導博士論文的導生中，以《尚書》為研究主題而迄今在教學與研究始終未疏離此一領域的，有一人焉，他就是現任高雄師範大學經學研究所所長的蔡根祥。

　　根祥在進入臺灣師範大學國文系就讀的第一年，我擔任他的班導師，也教他班上「讀書指導」的課程。從此跟他結上師生之緣。我和根祥不僅是研究領域相同，而且也同好桌球，他的碩、博士論文，都是我指導完成的，我的桌球技藝則是根祥指點進步的。根祥遠在高雄任教，每次北上，總不忘攜帶球拍，約我切磋一番。直到如今，我身體粗安，仍未荒廢球藝，根祥其功不可沒，其情不能忘。對根祥而言，無論教學、研究、處事、為人等各方面，我都很滿意，唯一讓我惦念的，就是遲遲不提教授升等論文。前幾天接到他從高雄打來的電話，告訴我一個好消息——他的教授升等論文已經完成，並請我替他寫序，乍聽之下真是欣喜萬分。問他論文題目，竟然告訴我是〈《浮生六記》後二記考異〉，當時我愣住了，印象中，從未聽他提過有關《浮生六記》的事，這究竟是怎麼回事？在滿懷猜疑的心情下，我要根祥把論文電郵給我，就掛斷電話。看了根祥寄來的論文，特別是序文，我的猜疑為之一掃而空。

　　《古文尚書》的辨偽，乃《尚書》的一大公案。從東晉、劉宋之間，出現偽《古文尚書》，經歷了宋代朱熹、吳棫、王柏，元代吳澄，明代郝敬、鄭瑗、歸有光等人的努力，偽《古文尚書》的地位，依然不動如山。最後，由明代梅鷟撰《尚書考異》，將偽古文篇章中每一句的來源出處都挑抉出來，再加上清代閻若璩著《尚書古文疏

證》、惠棟撰《古文尚書考》，鳩聚了所有相關偽作的討論與證據，才終於使偽《古文尚書》現形，公案定讞。然而對於偽作者的問題，還是人各異說，莫衷一是。根祥的碩士論文〈《後漢書》引《尚書》考辨〉，從劉宋范曄《後漢書》未引偽《古文尚書》二十五篇中文句，而梁代劉勰《文心雕龍》多引偽《古文尚書》的事實，證知應是劉宋、梁朝之間人所偽作。基於對偽《古文尚書》作偽的探討，根祥覺得：《浮生六記》的情形跟《尚書》十分相似。自從道光五年沈復完成了《浮生六記》，請管貽葄分賦六絕句之後，《浮生六記》就止餘四記。王韜、楊引傳、葉桐君、潘麟生、黃摩西、林語堂、俞平伯、王文濡等人對《浮生六記》都喜愛有加，也都以亡逸後二記為憾，傾力索求。民國二十三年，逸失的兩記突然出現，很快也出版了。之後學界對此逸失復出的二記，也以正反兩方論辯，前後經歷了七十二年之久，迄今還沒有定論。根祥思以對偽《古文尚書》問題的瞭解與解決方法，以及鑽研《尚書》的精神，拿《浮生六記》做一實作，希望能讓《浮生六記》偽作的問題得到較徹底的解決與明確答案。

縱觀全文，根祥用力之處在二、三兩章。其第二章〈中山記歷〉考異，在前人研究的基礎上，取〈中山記歷〉一百四十條，與李鼎元《使琉球記》一一比對，從〈中山記歷〉抄襲《使琉球記》所出現之錯誤進行析論，發現不少相同事件的記載，存在著人、事、時、地等的齟齬。這些問題前人已有所指出，根祥再加詳細比對，補入許多個人的觀點。復就〈中山記歷〉中十二首七絕詩，從詩體的形式與風格、詩句內容與語詞進行分析，認為這十二首詩都是竹枝詞的形式，是一位真正去過琉球的人所寫，非出於偽作〈中山記歷〉者之手。其第三章〈養生記逍〉考異，從早於沈三白的資料：《壽世青編》、《澂懷園語》、《昨非庵日纂》、《隨園詩話》、《明儒學案》、《遵生八箋》；以及出於沈復以後的資料：《花月痕》、《因是子靜坐法》、《延壽藥言》、〈向愷然先生練太極拳之經驗〉，一筆一筆挖掘〈養生記逍〉的

抄襲來源、作偽證據。證明足本《浮生六記》後二記——〈中山記歷〉、〈養生記逍〉——是偽作,並排除前人所稱潘麟生偽作之說,可謂用心良苦,用力辛勞。

　　根祥從事考證偽書的工作,已經不是第一遭,這次從《尚書》辨偽到《浮生六記》辨偽的嘗試,確實讓我虛驚一場,也讓我大開眼界。誠如根祥在序文中所說:「資料早就存在,只等有心人來發掘。不過,掘井者也要有耐心、恆心,才能及泉。」願根祥來日多掘井,而所掘皆能及泉,好讓我飽嘗甘泉之美。

許錟輝序於臺北寓所

民國九十六年(二〇〇七)八月十五日

時年七十三歲

自序

> 良緣世上難求，生生世世並頭，
> 漫漫歲月相廝守，與君共享春日秀。
> 情詞唱和樓頭，詩中愛意綢繆；
> 墨磨滿硯詩數首，愛深義厚紙上透。
> 鑄就百世恩，白頭共君守；
> 望天庇佑，賜福緜緜；願我家親老壽千秋。
> 良緣世上難求，生生世世無愁；
> 任憑地闊天高，載不住恩義厚。

　　一九七四年，我還在讀高中二年級，香港電視臺上演年度大戲《芸娘》，主題曲至今還記得那深情的旋律。在青春年少的當時，也風靡一陣子，這是我跟《浮生六記》的第一次相遇。不過，芸娘終究敵不過李小龍，於是從事武術的時間多於看文藝小說；武俠小說與電影看到倒背如流，還模仿著苦練，看看能否練成一身絕學。高中時數學也不差，還曾經為了分數跟老師爭誰的答案較正確。大學雖然讀國文系，但是專攻小學，文字、聲韻、訓詁學得較來勁兒，同時對經典也讀出些味兒。研究所有幸得許師錟輝指導，以《尚書》為研究的專門範疇，碩士論文〈《後漢書》引《尚書》考辨〉，博士論文〈宋代《尚書》學案〉，都是令人望而生畏的論題。任教高雄師範大學，教的也是文字、聲韻、訓詁為主；轉任經學研究所，講授「《書經》研究」、「經典疑義研究」等課程。我想，在這本書出版之前，絕對不會有人把我跟《浮生六記》連綴起來的。或者有人會責以「不務正業」，好好

的經典不研究，竟然研究起沈三白與芸娘來了。

從前面所說，就可知道我不是個感性文藝人，而是凡事求實用，講道理，論證據，好思辨的人，因此小學學得不錯，更進一步選擇了問題最多，也最詰屈聱牙的《尚書》當專業；因為在荊棘叢林的迷宮中，常常會發現不為人知的意外喜悅。有時候會跟學生說，讀書要有點「柯南」的精神，簡言之就是「求真」。

讀《尚書》的人一定體會到韓愈所說的「詰屈聱牙」，研究《尚書》的人更應該知道其中有偽古文《尚書》的問題。《尚書》基於本身的特質，既是政書，也是史書，也是最古老的公文書、散文；當年被秦始皇列入點名焚燒的黑名單中，受到嚴重破壞。到漢朝，《尚書》就只餘二十八篇，當時還把不是《尚書》本文的〈泰誓故〉，經朝廷博士討論之後，納入《尚書》的文本一起傳授。到了東晉、劉宋之間，就有偽《古文尚書》的出現，雖然在當時也有人提出質疑，然而它終究在唐朝修《五經正義》時，獲得青睞，成為朝廷認可的標準本經書，天下士子，無不研讀以求取功名。在經歷了宋代疑經時期像朱熹、吳棫、王柏，元代的吳澄，明朝的郝敬、鄭瑗、歸有光等人的努力辨偽，偽《古文尚書》依然屹立不搖。最後，由梅鷟撰《尚書考異》，將偽古文篇章中每一句的來源出處都挑抉出來，再加上清朝閻若璩著《尚書古文疏證》、惠棟撰《古文尚書考》，鳩合了所有相關偽作的討論與證據，才終於使偽《古文尚書》現形，公案定讞。這前後共延宕了一千三、四百年的時間。不過，還是有像毛奇齡等學者會替偽《古文尚書》「申冤」，近來大陸也有如張岩的要翻案。真可謂「百足之蟲，死而不僵」。

就我看，《浮生六記》的情形跟《尚書》十分相似。自從沈復完成了《浮生六記》，請管貽萢分賦六絕句時的道光五年之後，《浮生六記》就只餘四記了。王韜、楊引傳、葉桐君、潘麟生、黃摩西、林語堂、俞平伯、王文濡等人都喜愛有加，也都以亡逸後二卷為憾，傾力

索求。就在民國二十三年（1934）的某一天，逸失的兩卷突然找到了，很快也出版了，大家在歡欣之餘，不免要問，這真的是上蒼眷顧，地不愛寶嗎？於是，喜歡閱讀的人依然津津有味地談論沈三白的文筆，感受三白與芸娘的愛情與生活；研究的人也以正反兩方論辯，你來我往，迄今還沒有結案的跡象；這件文壇公案，也拖延了七十二年之久了。當然，比起《尚書》來，《浮生六記》偽作的問題算是小兒科的了，也正因為如此，我想以對偽《古文尚書》問題的瞭解與解決方法，以及鑽研《尚書》的精神，來拿《浮生六記》做實作，希望能讓《浮生六記》偽作的問題得到較徹底的解決與明確答案。

其實，考證偽書已經不是第一遭了，至今還清楚記得在撰寫博士論文的過程中，忽然發現其中一部《尚書》的著作明顯是偽作的，先是驚訝，繼而雀躍，立刻喜孜孜地致電向老師報告，那種心情，終生難忘。而這一次雖然已經有心理預備，但在找到關鍵證據的時候，當年悸動的心情，又重新體味了一遍。這不是我比別人更勝，只是「天道酬勤」，待我不薄罷了。而師長們的諄諄教誨，殷殷玉成，更是主要的原因。

在如此長久的中華文化中，自然纍疊了不少待解決的疑難，有些只能期待新資料的出現，諸如《尚書》相關問題；有些卻只是缺少翻尋的功夫而已。近兩年寫的幾篇文章：如魏徵〈諫太宗十思疏〉中的「九德」，歐陽修的「修」與「脩」，左光斗與方塗山的關係是「舅、甥」抑或「岳、婿」等，其實都是缺乏人去尋找罷了，資料早就存在，只等有心人來發掘。不過，掘井者也要有耐心、恆心，才能及泉。

書名所以稱之為「考異」，是因為整個考證的過程與方法，基本上跟明朝梅鷟撰《尚書考異》相似，所以就借用其名。

我想，《浮生六記》偽作這個問題，現在應該可以定讞了；還有些零星問題，就待有緣吧。感慨的是一個人為了某種目的，假造一些作品來魚目混珠，欺愚惑眾，卻要消耗多少學術人力與時間來廓清。

而這廓清的工作，雖然也是一種學術業績，然而總覺得浪費啊。這種「魚目」實在不少，「考異」的工作，恐怕還得繼續做呢！

蔡根祥

民國九十六年（二○○七）八月十五日
序於高雄師範大學經學研究所

目次

第一章

有關《浮生六記》這本書

一　《浮生六記》的內容與價值

　　《浮生六記》一本際遇離奇的自傳式散文小說。它本來可能如我國很多筆記小說一樣，默默在民間流傳，也可能在不經不覺中消失無蹤。然而它遇到了楊引傳、俞平伯、林語堂諸位先生，使它不單只沒有如船過水無痕般銷聲匿跡，還被翻譯成多國語言，蜚聲國際；進而跳出文字書頁，改編為廣播劇，透過無線電波，沁人心耳；並且改編成舞臺劇，感人肺腑，賺人眼淚。正如俞平伯先生在〈重印《浮生六記》序〉中說的：

> 即如這書，……此記所錄所載，妙肖不足奇，奇在全不著力而得妙肖；韶秀不足異，異在韶秀以外竟似無物。……儼如一塊純美的水晶，只見明瑩，不見襯露明瑩的顏色；只見精微，不見製作精微的痕跡。這所以不和尋常的日記相同，而有重行付印，令其傳播得更久更遠的價值。

《浮生六記》是作者沈復以純樸真摯的文筆，記敘了他與妻子陳芸志趣相投，情感篤厚，在布衣素食的環境中，還能從生活細節中不斷發現事物藝術的趣味。然而因為禮教的壓力和貧苦的生活磨難，經歷了生離死別的慘痛。其中的歡樂與愁苦，相映對比，十分真切而動人。趙苕狂先生也認為「自傳文以真率不涉虛偽者為上；而文字的能臻化

境，也貴乎其能自然：二者原是相與為因，相與為果，同屬於一個機杼之下的。」[1]如此以記述夫婦間生活瑣事為題材的文學作品，在我國傳統文學作品之中，並不多見，也沒有甚麼上選的佳作。

我國歷史上，傳統讀書人最正常的、也是最希望的出路，就是透過科舉考試，金榜題名，出仕任官，所謂「官自讀書高」是也。然而由於沈三白的父親本來就從事官府幕僚的工作，希望兒子也能承襲家業，克紹箕裘。所以，沈復在成長過程之中，沒有「十年寒窗」苦讀的辛勞，也沒有在科舉上動過太多念頭。而對於父親畢生從事的幕僚工作，他也曾答應拜師，也確實學習過、從事過；然而，說實在的，這種職業與他的性格是相違背的，沈復相當討厭這種「輪蹄徵逐，處處隨人」的受到束縛的生活，而在官場上的種種「卑鄙之狀」，更是他所鄙視的。甚至因此他寧願從事古代「四民之末」的商賈營生，將自己的藝術心思與審美觀點，灌注於日常生活瑣事之中，表現出「獨出己見，不屑隨人是非」，「人珍我棄，人棄我取」之意。

在《浮生六記》裏所記載的生活，其實也跟我們現在的社會生活狀態也差不了太多；世俗所執著的哀樂、聲名，在他看來也只不過如過眼雲煙，而他卻能從平淡的生活中，找到興味，提煉出樂趣，表現出對生活中各方面的審美態度。如他童年時看蚊子，可以無視於蚊蟲的叮咬，反而將之「私擬作群鶴舞空，心之所向，則或千或百果然鶴也。昂首觀之，項為之強。又留蚊於素帳中，徐噴以煙，使其沖煙飛鳴，作青雲白鶴觀，果如鶴唳雲端，怡然稱快。」這種對事物超乎功利的審美觀點，正是沈復突破物質上的困境，在生活苦難中尋覓得詩意趣味的泉源。

---

1 沈復著：《浮生六記》（上海：上海書店，1982年6月，根據國學整理社1936年版複印《美化文學名著叢刊》）書前所附趙苕狂所著〈《浮生六記》考〉，頁1。

　　《浮生六記》中記載了作者與妻子芸娘的共同生活。夫妻生活這種內容，自來就是士大夫之間所津津樂道的，只不過沈復所記載的跟一般想像中的不同。他們結婚後不久，便因為失歡於親長，大多數的日子都是在困頓之中度過；因此他所記的是夫妻在閨房中苦中作樂，是苦澀中混雜一點甜蜜。而生活中最隱私的如夫妻間親昵的對話，還有沈復狎妓，陳芸結盟娼妓憨園，改扮男裝同遊西湖等一般被認為逾越禮教的行為，沈復也娓娓道來，毫不避忌。

　　夫妻之間的兒女私情，本來是不可以張揚於外；我國的傳統禮教並不承認男女愛情的重要，只強調延續胤嗣和穩定家庭。這就可以理解沈父母為何不喜歡陳芸這個媳婦，正因她也有著跟沈復相似的坦率和勇敢。沈復在〈閨房記樂〉裡，直筆書寫洞房花燭內的真實情景，這雖然號稱是人生的四大喜事之一，可是在歷朝的正統文章中，又有誰曾經直接描述過呢？而沈復這樣說：

　　　　悄然入室，伴嫗盹於床下，芸卸妝尚未臥，高燒銀燭，低垂粉頸，不知觀何書而出神若此，因撫其肩曰：「姊連日辛苦，何猶孜孜不倦耶？」芸忙回首起立曰：「頃正欲臥，開櫥得此書，不覺閱之忘倦。《西廂》之名聞之熟矣，今始得見，莫不愧才子之名，但未免形容尖薄耳。」余笑曰：「唯其才子，筆墨方能尖薄。」伴嫗在旁促臥，令其閉門先去。遂與比肩調笑，恍同密友重逢。戲探其懷，亦怦怦作跳，因俯其耳曰：「姊何心春乃爾耶？」芸回眸微笑。便覺一縷情絲搖人魂魄，擁之入帳，不知東方之既白。

這樣率真的文字，自然娓娓動人，「春夢」如此綺妮，而沈復用平實

的文字記錄下來，為的是不「辜彼蒼之厚」。每個人幾乎都經過這一幕，但有如此情趣，而又能記憶深刻者，真的幾希。陳寅恪在《元白詩箋證稿》中說：「吾國文學，自來以禮法顧忌之故，不敢多言男女間關係，而於正式男女關係如夫婦者，尤少涉及。蓋閨房燕昵之情景，家庭米鹽之瑣屑，大抵不列載於篇章，惟以籠統之詞，概括言之而已。此後來沈三白《浮生六記》之閨房記樂，所以為例外創作，然其時代已距今較近矣。」

陳芸女扮男裝，跟丈夫同遊水仙廟，在現在的眼光看來，不算甚麼，還可能博得狂放瀟灑之名。但在當時的禮教道德觀念裏，則是浪蕩放縱，不成體統。而他們卻執意而行之，作者所執著的是情興、是真率。雖然因之而帶來了悲劇的結果，然而沈復卻胸懷坦蕩，甚至形諸文字裡，也表示終生不悔。

沈復曾經說過，他撰寫《浮生六記》「不過記其實情而已」，這就是「率真」，正如俞平伯所說「雖有雕琢一樣的完美，卻不見一點斧鑿痕」。古今中外數之不清的文學作品，在在都證明，「真實不一定是藝術，而虛偽永遠與藝術絕緣」。然而表達真性真情必需要有勇氣和自信，率真也可能付出痛苦的代價。陶淵明不也是如此嗎？人在富貴情境中談閒適平淡是容易的，但有矯情之嫌；而在困窘顛沛之中，仍能保持平淡自然的胸臆，才是難得、動人的。因為這種平淡根源於自尊與理想，擺脫名利薰心和世俗銅臭，才可以達到美的境界。「真實」是文學的本質，有了真，才有資格談善和美。《浮生六記》中的「真」，具有社會時代的本質，傳統與改變的衝突，震撼過人們的心靈。俞平伯曾稱讚「儼如一塊純美的水晶，只見明瑩，不見襯露明瑩的顏色；只見精微，不見製作精微的痕跡」，洵非溢美之辭。而趙苕狂則說：「終究也有幾個天分絕高，生性瀟灑的人，會從這勢力圈中逃了出

來，而仍能保持著他們的真性情和真面目的。在這裡，可就找得了我們所要找的書——一部較為滿意的自傳文了。那就是沈三白所寫的《浮生六記》，從此，也可說是為這一體的文字開了一個好例。」[2]

二 《浮生六記》的作者

　　沈復（1763-1825?）字三白，號梅逸。長洲（今江蘇蘇州）人。清代嘉慶、道光年間一位默默無聞的文學家。青年時遵奉父命學習幕僚工作，曾在安徽績溪、上海青浦、江蘇揚州、湖北荊州、山東萊陽等地擔任幕僚工作。然而這種筆墨生涯，依違隨人；又見盡官場中各類卑言鄙狀，心實厭棄；而天生就具有藝術的傾向，然而想從事藝術為生計，在現實上有所不能。而其妻陳芸跟他氣味相投，伉儷兼知己，在蘇州滄浪亭畔以及畫家朋友魯璋的蕭爽樓中，度過了一段優悠寫意的生活。不過由於陳芸行為有異於當時的禮教，得不到翁姑喜歡，曾兩次被逐出門；沈復的幕僚工作又時有時無，生活貧困，親友們多白眼相加，導致子夭亡，女離散，終而妻子也因生活所逼，身心俱創，卒罹疾逝世。陳芸死後，總角之交摯友石韞玉琢堂提攜，隨赴四川重慶任官為幕僚。他曾隨赴琉球冊封使團渡海參加冊封琉球國王的大典。後在江蘇如皋作幕僚。大概在六十歲時，友人顧翰曾為沈三白撰〈壽沈三白布衣〉詩，也曾將所著《浮生六記》請託管貽葄為作題詞〈長洲沈處士三白以《浮生六記》見示，分賦六絕句〉詩，那時大概已經六十五歲開外了。他的卒年無可考。

　　沈復平生好遊覽山水，詩文真直，能書善畫，鐵筆篆刻亦優為

2　沈復著：《浮生六記》（上海：上海書店，1982年6月，根據國學整理社1936年版複印《美化文學名著叢刊》）書前所附趙苕狂所著〈《浮生六記》考〉，頁1、2。

之。現在流傳下來的著作，《浮生六記》外，詩僅存〈望海〉、〈雨中游山〉兩詩。[3]

三　《浮生六記》的寫作時間

至於《浮生六記》的創作時間，並沒有明文確定。考沈復生於乾隆二十八年（1763）。從〈閨房記樂〉的結尾記陳芸去世，時間在嘉慶八年（即1803，沈復四十一歲），推想沈復寫這本書的動機，極可能始於芸娘死後，哀深情鬱，困頓無聊，閒中偶為之記，藉以回憶往日種種生活憂歡。第二卷〈閒情記趣〉的終點時間不明，不過其中也提到芸娘埋骨揚州，當然也是在嘉慶八年之後。第三卷〈坎坷記愁〉記到嘉慶十一年（1806）石韞玉贈沈三白一妾為止。而第四卷〈浪遊記快〉則記事至嘉慶十二年（1807）秋，沈三白隨好友石韞玉到北京為止。因此，推定此書創作時間應該在嘉慶十年（1805）前後，時沈復四十二歲。在〈浪遊記快〉裡，沈三白曾說「今年且四十有六矣」，可見他寫第四記時，是在嘉慶十三年（1808）左右。林語堂序中稱第四記浪遊記快之寫作，必在一八〇八年之後；[4]朱劍芒〈《浮生六記》校讀後附記〉亦稱此記寫於四十六歲。[5]故上述推定，應為合理。但〈浪遊記快〉第一句即稱「余遊幕三十年來」，而文中又說「今年且四十六矣」，想他說的「遊幕三十年」可能是一概略之數，不必據之作為推定論證。

3　參見陳毓羆著：《沈三白和他的《浮生六記》》（臺北：大安出版社，1996年11月），頁44。

4　沈復著，冷凝人眉批，呂自揚註釋：《眉批詳註・浮生六記》（臺南：河畔出版社，1980年3月），序，頁3。

5　沈復著：《浮生六記》（上海：上海書店，1982年6月，根據國學整理社1936年版複印《美化文學名著叢刊》）書後所附朱劍芒撰〈浮生六記校讀後附記〉一文，頁1。

不過，就前四記總的而言，確如上述。然而陳毓羆先生卻提出個新的說法。他根據〈浪遊記快〉中，記述少時與顧金鑒訂交，而後沈三白說：「此余第一知己也。惜以二十二歲卒，余即落落寡交，今年且四十有六矣；茫茫滄海，不知此生再遇知己如鴻干者否？」沈復四十六歲時，正是嘉慶十三年（1808），所以，他認為前四記寫於嘉慶十三年間，此時沈三白應該是暫時離家，到了一個比較孤寂的地方，才有心情與環境從事回憶性的寫作。其中「茫茫滄海」一句，而不用「茫茫人海」，當係藉眼前景物起興，兼有隱喻人海之意。而能夠放眼「茫茫滄海」的地方，應該就是海外的琉球。而且陳先生還以管貽葄所作題詞〈長洲沈處士三白以《浮生六記》見示，分賦六絕句〉詩中的第五首「瀛海曾乘漢使槎，中山風土紀皇華，春雲偶住留痕室，夜半濤聲聽煮茶」，第三句「春雲偶住留痕室」，陳先生以為「春痕偶住」是暗用陶淵明寫停雲詩的事，由琉球天使館中「停雲樓」之題名聯想而來。而陶淵明停雲詩的小序說：「停雲，司親友也。」沈三白身處海外，怎能不思念至親好友呢？怎能不眷戀祖國的大好河山呢？所以，他把自己往日的生活及此日的經歷，一一記諸筆墨，以免「事如春夢了無痕」。[6]

陳先生的這一種見解，當然也不失為一個論說，然而，這個說法有好些不周延的地方：首先是這首詩的作者是管貽葄，不是沈三白，管貽葄只是看了《浮生六記》有感而發，不能以此完全代表沈三白的心境，而陳先生似乎將整首詩看作是沈三白所作的樣子來解讀，是焦點不對。其次是把「春雲」跟琉球天使館的「停雲樓」聯想在一起，再進一步牽扯到陶淵明的〈停雲〉詩的小序說法，這未免過度牽引，

6　參見陳毓羆著：《沈三白和他的浮生六記》（臺北：大安出版社，1996年11月），頁82-84。

流於主觀虛想。況且，「停雲樓」是冊封副使所居之處，沈三白是不可能住的，所以「停雲樓」跟沈復沒有甚麼關係；假設詩句說「春風偶住」呢？那是不是可以說跟冊封正使所住的「長風閣」來連類呢？而且這首詩還可以作不同的解釋：比如「偶住留痕室」也可以說是用蘇東坡的〈澠池懷舊〉「人生到處知何似？應是飛鴻踏雪泥；泥上偶然留指爪，鴻飛那復記東西」詩句，如此解釋，還可以跟前一句「中山風土紀皇華」相應，因為既然要「紀皇華」，當然就要「留痕」。這樣解釋詩句似乎比陳先生所言來的平實而不牽強，整首詩也更能理解。縱使就如陳先生所言，作於琉球，也頂多只能說是第四記〈浪遊記快〉及第五記〈中山記歷〉作於琉球，而不能將前三記一併包含在內。

筆者倒是相當贊成陳先生的部分說法，也認為第四記〈浪遊記快〉以及第五記〈中山記歷〉可能是同一個時間寫的，應該是在自琉球返國之後。筆者從閱讀歷來使琉球的相關記錄，以為參與冊封大典的官員、從客、雜差，他們人在琉球的時候，其實並不是很空閒的，正、副使可能只有忙於應接琉球君民的拜訪，宴會與酬酢，還有一些詩文筆墨的應酬，安排冊封的儀節等而已，而當幕僚的人可是有不少事務要處理、預備、籌措，是不可能有太多空閒的時間與平寧的心情，來追憶往日幽情苦樂，並且操翰記寫。如果沈三白在琉球時有所筆記書錄，留下風土見聞之跡，最有可能的形式就是如李鼎元所做的，寫日記，將所見所聞加以鳩錄，或間有詩作，像李鼎元既有《使琉球記》，又有《師竹齋集》卷十二至十四中的使琉球詩作。李鼎元的《使琉球記》也要在嘉慶七年才出版，可知他必然是在回國之後，先加以整理潤色，之後才定稿出版的。沈復也應該是如此，歷來使琉球，都是五月出發，十月返國，也就是沈復回到家鄉，還是在當年的十一月，然後寫作平生壯遊，第四記寫的是往琉球之前的部分，而以

赴琉球遊歷的所見所聞，獨立作為一記，即是〈中山記歷〉；至於第六記〈養生記道〉，則是更後來年歲漸高，在養生方面有相當的研究與體會之後才寫的。換言之，《浮生六記》並不是一個時期的創作，彼此有所先後。

　　筆者以為前三記是同一個時間連續撰寫的，關鍵就在從芸娘去世之後，沈復對妻子念念不忘，只要有機會就前往揚州的金桂山省芸娘的墳，直至嘉慶十一年冬，得悉自己與芸娘所生唯一的兒子逢森也在那一年的四月間夭亡，這不單令本來喪妻的傷悲已經漸漸平復的沈復，傷痛再度被撕裂，而且更加上喪子之哀，真是悲從衷來；另外，逢森的死，還帶來了嗣胤的問題。所以，總角之交石琢堂聽說了，除了深表同情之感外，還有實質的安慰，贈沈復一妾，所以沈復才說「重入春夢」。當然，這一位「妾」不可能像芸娘一樣有才情巧思，具妙趣解憂，頂多只能解決生理上的需要以及延續後嗣香火罷了。對於這一生活的改變，更讓沈復想起往日與芸娘一起生活的點點滴滴。於是將之形諸筆墨，好不「辜彼蒼者」所給予的一段美好回憶。

　　以上的觀點，還有幾個值得觀察的輔證：第一是在〈閨房記樂〉的首段，沈復開宗明義地說明了寫記的動機是「東坡云：『事如春夢了無痕』，苟不記之筆墨，未免有辜彼蒼者之厚」，而在第三記〈坎坷記愁〉之末，則說「重入春夢」；這很顯然是一種明確的首尾照應，也就是說〈坎坷記愁〉本來就是末尾的章節；而書名稱為「浮生」，當然是出於李白的「浮生若夢」一句，可見這「夢」、「春夢」是通篇最重要的主軸字眼，而「春夢」有如此前後照應，那〈坎坷記愁〉應該是收束之章了。第二是如果仔細比較前三記與第四記，可以發現彼此有細微而關鍵的差異，就是沈復對陳芸的稱呼上。在前三記裡，沈復對陳芸的稱呼，不管情境、對象、時間如何不同，一律都稱為

「芸」，只有在〈坎坷記愁〉裡，寫陳芸死後，沈復在間接講到妻子時才稱作「芸娘」三次，其他絕無例外；而在〈浪遊記快〉裡，當然還是常常稱為「芸」的，尤其是在記述陳芸說話時；不過，當沈復記載間接談到陳芸時，則稱之為「吾婦芸娘」、「余婦芸娘」，總共三次。這種差異，說明了沈復寫前三記時的心境與感情，跟寫第四記時是有了差別的；同時，加上「余婦」一詞，應該是為了跟某對象作辨別，而且在時間上、心態上也顯示有了生疏與距離感。最後，還要注意的是〈坎坷記愁〉的最後，沈復說：「從此擾擾攘攘，又不知夢醒何時耳。」這除了照應〈閨房記樂〉所說「事如春夢了無痕」之外，分明就是情節結束的標準語句形式。

總此而論，前三記應該是一體成形，同時撰寫的，第四記〈浪遊記快〉以及已經失傳的原本〈中山記歷〉，是在自琉球返回之後續寫的，大概在沈復六十歲之後，才在撰寫〈養生記逍〉的。

四　《浮生六記》的流傳與版本

沈復經過三階段完成了《浮生六記》之後，曾經請當時在如皋的管貽葄品題，管氏於是為題〈長洲沈處士三白以《浮生六記》見示，分賦六絕句〉組詩，可見管氏當時是親眼看過完整的《浮生六記》的，時間約在道光五年。[7]這也是《浮生六記》第一次流傳的文獻紀錄。當時應該是以手抄本的形式出現。

7　有關管貽葄題〈長洲沈處士三白以《浮生六記》見示，分賦六絕句〉組詩的時間，經陳毓羆先生的考證，應該是在道光五年。參見陳毓羆著：《沈三白和他的浮生六記》（臺北：大安出版社，1996年11月），頁46-48。

直到光緒初年，蘇州獨悟庵居士楊引傳醒逋在蘇州護龍街的冷攤上發現了《浮生六記》的殘本，慧眼識珠，立即攜回，並在光緒三年（1877）交上海《申報》館以活字版排版刊印，作為《獨悟庵叢鈔》裡的第一種書，翌年（1878）出版。書中以管貽萼、近僧、王韜以及楊引傳自己為此書所作的詩、序、跋作為附錄。楊引傳的序言說：

> 《浮生六記》一書余於郡城冷攤得之，六記已缺其二，猶作者手稿也。就其所記推之，知為沈姓號三白，而名則已逸。遍訪城中無知者。其書則武林葉桐君刺史、潘麐生茂才、顧雲樵山人、陶芑孫明經諸人，皆閱而心醉焉。弢園王君寄示陽湖管氏所題《浮生六記》六絕句，始知所亡〈中山記歷〉，蓋曾到琉球也。書之佳處已詳於麐生所題，近僧即麐生自號，并以「浮生若夢，為歡幾何」之小印鈐於簡端。光緒三年七月七日，獨悟庵居士楊引傳識。[8]

而楊引傳說他之所以知道〈中山記歷〉是指沈三白曾到琉球，是因為王韜將陽湖管貽萼所題的〈《浮生六記》分題六絕句〉寄給他看。王韜[9]也為《浮生六記》寫過跋文，跋文如下：

8　沈復著：《浮生六記》（上海：上海書店，1982年6月，根據國學整理社1936年版複印《美化文學名著叢刊》）書前所附序跋，頁13。

9　王韜（1828-1897）原名利賓，後改名韜，字子潛，號仲弢，又號天南遁叟、蘅華館主、弢園老民等。江蘇省蘇州府（長洲）甫里村人。中國近代著名思想家，也是第一位報刊政論家。一八四五年考取秀才。一八四九年應英國傳教士之邀，至上海墨海書館工作。曾化名黃畹上書太平天國獻策，為清廷所發現，下令逮捕，於是逃亡香港。應邀協助英華書院院長理雅各翻譯十三經為英文。一八六七年冬至一八六八年春，漫遊法、英、蘇格蘭等國，對西方現代文明瞭解更深。一八六八至一八七〇年旅居蘇格蘭協助理雅各。一八七〇年返香港。一八七四年在香港集資創辦《循環日報》，評論時政，提倡維新變法，影響很大。一八七九年，王韜應日本文人邀

予婦兄楊甦補明經曾於冷攤上購得《浮生六記》殘本，筆墨間纏綿哀感，一往情深，於伉儷尤敦篤。卜宅滄浪亭畔，頗擅水石林樹之勝。每當茶熟香溫，花開月上，夫婦開尊對飲，覓句聯吟，其樂神仙中人不啻也。曾幾何時，一切皆幻，此記之所由作也。予少時嘗跋其後云：「從來理有不能知，事有不必然，情有不容已。夫婦準以一生，而或不至者，何哉？蓋得美婦，非數生修不能，而婦之有才有色者，輒為造物所忌，非寡即夭。然才人與才婦，曠古不一合；苟合矣，即寡夭焉何憾；正惟其寡夭焉而情益深，不然，即百年相守，亦奚裨乎？嗚呼！人生有不遇之感，蘭杜有零落之悲。歷來才色之婦，湮沒終身，抑鬱無聊，甚且失足墮行者不少矣，而得如所遇以夭者，抑亦難之。乃後之人憑弔，或嗟其命之不辰，或悼其壽之弗永，是不知造物者所以善全之意也。美婦得才人，雖死賢於不死。彼庸庸者即使百年相守，而不必百年已泯然盡矣。造物所以忌之，正造物所以成之哉？」顧跋後未越一載，遽賦悼亡，若此語為之讖也。是書余惜未抄副本，旅粵以來時憶及之。今聞甦補已出付尊聞閣主人以活字板排印，特郵寄此跋，附於卷末，志所始也。丁丑（光緒三年）秋九月中旬，淞北玉魫生王韜病中識。[10]

在跋文中，王韜說他自己曾在少時看過《浮生六記》，而且寫過一篇跋文，上面那篇光緒三年寫的跋文，是根據少時的跋文加頭接尾而成

請，前往日本進行為期四個月的考察，將所看心得寫成《扶桑記遊》。在一八八四年回到上海。次年任上海格致書院院長，直至去世。曾為國父孫中山先生修改《上李鴻章書》。王韜一生著作甚豐，著有《韜元文錄外編》，《韜元尺牘》、《西學原始考》、《淞濱瑣話》、《漫遊隨錄圖記》、《淞隱漫錄》等四十餘種。

10 沈復著：《浮生六記》（上海：上海書店，1982年6月，根據國學整理社1936年版複印《美化文學名著叢刊》）書前所附序跋，頁14。

的。但他並沒有說明在甚麼時候看過《浮生六記》，也沒有交待少時跋文寫作的時間。因此，林語堂先生就以為「楊（引傳）的妹婿王韜（弢園），頗具文名，曾於少時看見這書，所以這書在一八一〇至一八三〇年間當流行於姑蘇。」[11]林語堂先生認為《浮生六記》在嘉慶十五年（1810）至道光十年（1830）之間，曾流傳於姑蘇。他這種推測是有問題的，因為王韜生於道光八年，至道光十年也才只有三歲，所以，王韜不可能在三歲的時候就看《浮生六記》且為之寫跋文的。陳毓羆先生對林氏之說曾作過考辨；陳氏根據王韜《弢園文錄外編》中的〈先室楊碩人小傳〉，提及「碩人楊氏，……醒逋茂才名引傳之胞妹也。……丁未正月，碩人年二十有一歸余。」可知楊引傳的胞妹楊夢蘅是在道光二十七年（1847）出閣，嫁給王韜，王韜當時二十歲。又按同書中〈弢園老民自傳〉所說：「老民妻楊氏夢蘅，名保艾，字臺芳，娶僅四年歿於滬。」加上同書還有王韜為友人管秋初所寫的〈潘孺人傳略〉說：「余亦二十三歲，早賦悼亡，楊碩人夢蘅年蓋亦僅二十有四，與秋初有同悲焉。」可推出楊夢蘅卒於道光三十年庚戌（1850）七月下旬[12]。那王韜在《浮生六記》跋文裡說「顧跋後未及一年，遽賦悼亡」，就是他少時寫跋文的時間，應該是道光二十九年（1849）底。[13]

　　陳毓羆先生所糾正林語堂氏的說法與考證，基本上是正確的，不

---

11 沈復著，冷凝人眉批，呂自揚註釋：《眉批詳註浮生六記》（臺南：河畔出版社，1980年3月），序，頁3。摘錄自西風社《浮生六記》漢英對照本林語堂〈序〉。

12 筆者根據《弢園文錄外編》（光緒九年刊本）卷十一，頁22。〈先室楊碩人小傳〉文中說「至中秋重聚茲土，時碩人已久勞患病，攜藥餌數十裏來，擲諸匣底，不肯遽服。未十日，遽遭慘變。」可見應該是卒於七月下旬。

13 參見陳毓羆著：《沈三白和他的浮生六記》（臺北：大安出版社，1996年11月），頁90。陳先生認為是道光二十九年或三十年。

過，陳氏只根據《浮生六記》裡的王韜跋文來考證，並且以為王韜所跋的本子就是楊引傳所得到的本子，所以陳氏認定楊引傳得到殘本的時間在道光末年（1849或1850）。然而他沒有注意到楊引傳本中的跋文，是經過刪節的，王韜的跋文其實有原來的版本，其中提供了更多重要的訊息。在王韜《弢園文錄外編》裡，錄有《浮生六記跋》的原跋文一篇，內容與楊引傳所刊載的大致相同，但有幾句是楊本跋文所沒有的資料。原文如下：

予婦兄楊醒逋明經曾於冷攤上購得《浮生六記》殘本，【為吳門處士沈三白所作而軼其名。其所謂六記者：閨房記樂、閒情記趣、坎坷記愁、浪遊記快、中山記歷、養生記道；今僅存四卷而闕末後兩卷；然則處士遊展所至，遠至琉球，可謂豪矣。】筆墨之間纏綿哀感，一往情深，於伉儷尤敦篤。卜宅滄浪亭畔，頗擅水石林樹之勝。每當茶熟香溫，花開月上，夫婦開尊對飲，覓句聯吟，其樂神仙中人不啻也。曾幾何時，一切皆幻，此記之所由作也。予少時【讀書里中曹氏畏人小築，屢閱此書，輒生豔羨；】嘗跋其後云：「從來理有不能知，事有不必然，情有不容已。夫婦准以一生，而或至或不至者，何哉？蓋得美婦，非數生修不能，而婦之有才有色者，輒為造物所忌，非寡即夭。然才人與才婦，曠古不一合；苟合矣，即寡夭焉何憾；正惟其寡夭焉而情益深，不然，即百年相守，亦奚裨乎？嗚呼！人生有不遇之感，蘭杜有零落之悲。歷來才色之婦，湮沒終身，抑鬱無聊，甚且失足墮行者不少矣，而得如所遇以夭者，抑亦難之。乃後之人憑弔，或嗟其命之不辰，或悼其壽之弗永，是不知造物者所以善全之意也。美婦得才人，雖死賢於不死。彼庸庸者即使百年相守，而不必百年已泯然盡

矣。造物所以忌之，正造物所以成之哉？顧跋後未越一載，遽賦悼亡，若此語為之讖也。是書余惜未抄副本，旅粵以來，時憶及之。今聞醒逋已出付尊聞閣主人以活字板排印，特郵寄此跋，附於卷末，志所始也。[14]

王韜寫序的時間是光緒三年九月，當時他人在香港。在原跋文中，王韜清楚知道六記的名目，而且知道沈三白足跡曾到琉球，這可能是因為他先看到管貽葄的詩，加上他本來就熟悉海外地理形勢。而最重要的是他說「予少時讀書里中曹氏畏人小築，屢閱此書，輒生豔羨」，從這段文字裡可以知道不少訊息：第一是他所閱讀的《浮生六記》，應該不是他自己家藏的書，而是蘇州府甫里村曹家大戶的藏書；王韜的父親是私塾教師，曾在甫里村設館課徒，因此王韜才有因緣到曹家看書的。既然曹家有這本書，他閱讀過不止一次，而王韜跋中說當時沒有抄錄副本，他所題跋的當然就是曹家本的書後，而不是楊引傳得的殘本。而楊引傳所得的是潘麐生題詞加印的抄本，裡面沒有王韜的跋文，可見楊引傳本與曹家王跋本，是不同的本子，各有其來源；可見當時《浮生六記》應該已經廣泛流行傳抄，存藏於蘇州讀書之家中。第二是陳毓羆先生考定王韜寫跋文的時間在道光末年，但是王韜作跋文的時間不必等於他少時看書的時間，這從他說「屢閱此書」一句看出來，因為通常讀者對同一本書，不會在同一時間「屢閱」，而往往是相隔一段時間之後再看的，他既然說「屢閱」，那很可能是他在年紀很小的時候就看過，後來每隔一段時間再閱讀，如此閱讀幾遍，應該需要相當長的時間。而且王韜在二十歲之前，並不是一直在家鄉甫里村。據他在《珊瑚舌雕談初集》〈序〉一文中說：

---

14 王韜著：《弢園文錄外編》（光緒九年刊本），卷十一，頁14。文中括弧內文字，即楊本跋文所無之處。其他個別文字不同，以粗體字表之。

余甫里人也。今年犬馬之齒五十有八。大抵生平自幼至老，得
尼甫里者，不過十五六年耳。十二歲從先君子讀書吳村，一住
五載，一切學問悉基於此。十七歲先君子授徒於家，乃返。於
時及門頗盛，……十九歲余館錦溪，二十歲先君子客海上，余
旋里。二十二歲先君子見背，遂往滬瀆；明歲移家焉。[15]

從文中可見王韜少時在家鄉的時間是十二歲之前，十七、十八歲兩
年，二十至二十二歲這三段時間。筆者以為王韜所說「屢閱此書」，
應該不只在二十至二十二歲之間，非常可能在十七、十八歲時就開始
看《浮生六記》了，時間是道光二十四、二十五年之間（1844-
1845）。也就是說在此之前，《浮生六記》就已經廣泛流傳了。第三是
從王韜的原跋文裡，他知道《浮生六記》的各篇篇名，也知道〈中山
記歷〉是指到過琉球，不過這不代表他少時所看到的《浮生六記》是
全本，而是來自他後來獲得的理解。而從他移錄少時跋文的那一段文
字之中，只有談到沈三白與陳芸之間那段才色兼備婦人與文才士子相
遇的難得姻緣，雖然遭遇坎坷，其壽亦不永，但依然感人肺腑，比之
一般匹夫匹婦相與一生，不啻天壤，實是上天成全的這一觀點，一點
也沒有提及浪遊、琉球與養生的事，可以推論他當時所看到的曹家藏
本《浮生六記》，應該也是前四卷本。

　　楊引傳在序文裡還提到他所獲得的《浮生六記》，上有近僧潘麐
生（亦作麟生）所鈐「浮生若夢，為歡幾何」小印，這印章在潘麐生
的題詞裡也有說及，可以肯定楊引傳所得的《浮生六記》就是潘麟生
的本子，書中近僧的題詞也應是從《浮生六記》抄本裡抄錄而來的。
近僧潘麟生寫題詞的時間在「同治甲戌初冬」（同治十三年，1874），

15　王韜著：《弢園文錄外編》（光緒九年刊本）卷十一，頁9。

距離楊引傳得到《浮生六記》抄本的時間不遠，那近僧得到這份抄本
也不會太早。

　　從楊引傳本附載的近僧題詞裡，得知近僧潘麟生的生年，與沈三
白剛好相差一甲子，即是道光三年（1823）癸未。近僧本名潘鍾瑞，
字麟生，別字瘦羊，晚號香禪居士，中年之後又號近僧。江蘇長洲
人，為吳縣諸生，候選太常寺博士。工倚聲，性喜填詞，提倡風雅，
曾校刊《詞律》一書[16]，今上海圖書館有藏本；有《香禪精舍詞》四
卷，又有《香禪游記》三卷。又工書畫篆刻，有印刻傳世；同治十二
年，與黎庶昌等人結為修梅閣書畫社，為人書畫篆刻以收潤資。[17]與
名書法篆刻家吳昌碩相交往；吳昌碩嘗謂：「（潘瘦羊）先生無家室之
累，翛然一身，如空山老衲，而無打鐘供佛之煩。出語精妙，深得禪
理。」[18]可見他在《浮生六記》殘本上題詞，並鈐上「浮生若夢，為
歡幾何」小印，都跟他的專業相關。至於他的卒年不可知，惟據王韜
所著《淞隱漫錄》中，記有〈甘姬小傳〉一篇，篇中謂：

> 甘姬才媛而亦貞烈女子也。……姬偵得之，知事不可挽，哭泣
> 竟夕，目盡腫，枕函咸濕。發篋中書焚之，賦十歎十訣詞，共
> 絕句二十首，歎曰：「今而知女子能詩為非福也！」遂飲阿芙
> 蓉膏而死，年二十有五，時同治五年（1866）十月也。嗚呼！
> 姬亦烈矣哉！越十有四載，今長洲潘麟生博士訪悉其事，致書

---

16 參見杜文瀾輯撰：《憩園詞話》（清抄本），卷五，抄本無頁數。

17 參見張鳴珂輯：《寒松閣談藝璅錄》（宣統上海聚珍信宋印書局鉛印本），卷三，頁
　　11。

18 吳昌碩著：《缶廬詩》（光緒十九年刻本），卷一，頁15。〈香禪精舍圖為潘瘦羊先生
　　鍾瑞題〉詩題下附註。

閩中，俾得歸櫬焉。[19]

按王韜所言，則潘麟生至光緒六年（1880）仍然在世。則他生活的時間與王韜、楊引傳當相近。至於潘麟生在光緒初年還在世，何以他所題跋用印的《浮生六記》竟然流落冷攤之上，為楊引傳所得，則不得而知了。陳毓羆先生以為「他（潘麟生）是楊引傳的朋友，從楊處而看到此書，」才為此書題辭鈐印的。並且認為楊引傳在道光三十年（1850）之前就已經在冷攤上獲得此稿，一直藏在自家超過二十七年，直至光緒三年（1877）才交上海申報館付印。[20]陳氏之說，筆者不敢同意，因為沒有任何的論證。陳氏此說，可能是因為他考證王韜在道光二十九年（1849）曾為《浮生六記》寫跋文，就以為那時候楊引傳已經得到此書。然而無論從王韜原跋文或楊引傳序文中都看不出任何蛛絲馬跡，筆者遍尋潘鍾瑞麟生的相關資料，也都看不到任何潘麟生與楊引傳相識的記載；不單如此，連葉桐君、顧雲樵、陶芑孫也看不到跟楊引傳有關係的文字記載。

楊引傳在《浮生六記》序中說：「武林葉桐君刺史、潘麟生茂才、顧雲樵山人、陶芑孫明經諸人，皆閱而心醉焉。」並不代表是楊引傳拿書給他們過目的，而可能是楊引傳所得的《浮生六記》，本來就是經過諸人題詞的抄本。歷來研究《浮生六記》的人，對這幾位相關人士大都沒有作進一步的研究。潘麟生部分已如前述，其餘就查考所知，列述如次：

---

19 王韜著：《淞隱漫錄》刻印於光緒初年（1875）的短篇小說集。各篇原發表在上海《申報》副刊《畫報》，歷時三年餘。《淞隱漫錄》的體裁和題材都仿照蒲松齡《聊齋誌異》，但取材範圍較《聊齋誌異》廣，後又名之為《後聊齋誌異》。

20 參見陳毓羆著：《沈三白和他的《浮生六記》》（臺北：大安出版社，1996年11月），頁91。

葉桐君，名珪，字桐君。江蘇華亭（今上海松江）人。官教諭；有《懶漁詞》。[21]葉桐君與張祥河、王慶勳有往還，在兩人的詩詞集中，時見與葉桐君酬唱的作品。生年不詳；考張祥河卒於同治壬戌元年（1862），而在張祥河所著《小重山房詩詞全集》中，有〈聞葉桐君學博客死張堰，詩以弔之〉一詩，詩曰：

> 吳江司鐸鬢毛蒼，人與琴亡亦可傷。不信生前才磊落，偏遭亂後境荒唐。一尊故影空耆社，獨客招魂自婿鄉。醉白池頭三宿處，那堪花竹黯斜陽。[22]

該詩在《小重山房詩詞全集》中〈鴛鴦福祿集〉，而詩集之首有標明「庚申元旦」，即是咸豐十年（1860），可知葉珪桐君卒於是年。那他曾經閱讀《浮生六記》，時間當在咸豐十年之前。

顧雲樵：筆者遍查清代文集，並未見顧雲樵其人，只有一位「顧山人雲厓」，[23]不知是否為同一人，或者楊引傳抄錄有誤，不可知也。

陶莒孫：其名唯見於清朝葉昌熾《緣督廬日記抄》中，彼記於光緒庚辰（六年，1880）年十二月日記抄中記載「初四日，知陶莒孫作古。此君雖不羈，平心論之，實美材也。」[24]則知陶氏卒於光緒六年。

從以上所述，可見《浮生六記》一書，至遲在道光二十四、五年間，就已經流行傳抄，有不只一個抄本存藏在蘇州的讀書人家中。及

---

21 見〔清〕丁紹儀輯：《國朝詞綜補》（清光緒二十四年戊戌刻前五十八卷本），卷三十六，頁1。

22 張祥河著：〈鴛鴦福祿集〉，《小重山房詩詞全集》（清道光刻光緒增修本），頁8。

23 見潘衍桐輯撰：《兩浙輶軒續錄》（清光緒刻本），卷二十四，頁50。

24 葉昌熾著：《緣督廬日記抄》（民國上海蟫隱廬石印本），卷二，頁34。

至楊引傳在冷攤上得到四卷的殘本，經王韜指點，始知〈中山記歷〉是指琉球。並在光緒三年交刊，四年出版，輯入《獨悟庵叢鈔》之中，作為《申報館叢書續集》的一種，謂「楊序本」。其後在光緒年間，丁仁輯錄家藏圖書，成《八千卷樓書目》，卷十四子部有著錄「獨悟庵叢鈔七卷，國朝沈三白撰，刊本」[25]，所指的就是《浮生六記》，可見楊引傳播揚之功。

光緒三十二年（1906），蘇州《雁來紅叢報》將《浮生六記》再次刊出之後，使這書再一次在社會上流傳開來。

民國元年（1912）有上海明明學社本。

民國三年以前，王蘊章在所著《然脂餘韻》中，談及沈三白與芸娘的生活趣事，並引用了不少《浮生六記》中的情節；[26]可知閱讀《浮生六記》的人，確實不少。

民國四年（1915）吳興王文濡將《浮生六記》收人由他主編的《說庫》，由上海文明書局印行，刪去了序跋，後二回仍存目，即通常所說的「《說庫》本」。

民國十三年（1924）五月，俞平伯點校《浮生六記》，並撰寫〈重刊《浮生六記》序〉，同時根據書中的敘述，編寫了〈《浮生六記》年表〉附於書末。是書作為《霜楓叢書》之一，由霜楓社出版，上海樸社發行。俞平伯此舉，受其惠者不可勝數，雖然年表之中尚有小瑕疵，然從校點、作序、撰表，給後人的研究提供了莫大方便，俞平伯的貢獻是具有開創性的第一人，現代《浮生六記》研究的奠基者。

---

25 丁仁編輯《八千卷樓書目》（民國十二年〔1923〕鉛印本）卷十四，頁11。
26 王蘊章著：《然脂餘韻》（民國鉛印本）卷一，頁12-13。

一九二八年梁溪圖書館第六版。此書藏臺灣中央圖書館。

一九三一年五月上海啟智書局印本，共有五版。

一九三二年八月上海開明書店第一版，共有六版。

一九三五年《天下》英文月刊八月創刊號，刊登林語堂的《漢英對照本‧浮生六記序》，序文中對《浮生六記》中沈三白的妻子陳芸，由衷激賞。序言一開始就說：「芸，我想，是中國文學上一個最可愛的女人。他並非最美麗，因為這書的作者，她的丈夫，並沒有這樣推崇，但是誰能否認她是最可愛的女人？」他對這本書推崇備至，對自己翻譯動機和譯文的影響所及，他說：「素好《浮生六記》，發願譯成英文，使世人略知中國一對夫婦之恬淡可愛生活。民國廿四年春夏間陸續譯成，刊登英文《天下》月刊及《西風》月刊。頗有英國讀者徘徊不忍卒讀，可見此小冊入人之深也」。[27]

一九三五年上海世界書局出版的《美化文學名著叢刊》中收入號稱的《足本浮生六記》，這一「足本」，除了原來的前四記之外，還有由王文濡（均卿）自蘇州冷攤中發現的後兩記──〈中山記歷〉、〈養生記道〉。前有趙苕狂〈《浮生六記》考〉，後附朱劍芒〈《浮生六記》校讀後附記〉。其後多數的版本都以這一「足本」為內容。

一九三九年五月，上海西風社出版《漢英對照本浮生六記》，英文由林語堂譯成。林氏於是年二月，在法國巴黎又為《浮生六記》修訂版作後記說：「余深愛其書，故前後易稿不下十次；天下發刊後，又

---

27 沈復著，林語堂譯漢英對照浮生六記（臺北：臺灣開明書店，民國68年〔1979〕5月）書後〈後記〉，頁326。

經校改。茲復得友人張沛霖君校誤數條，甚矣乎譯事之難也。」[28]。

一九四二年，英譯本《浮生六記》，由紐約現代書局出版。

一九四三年四月，上海中央書局重印本，一九四五年五月第五版。

一九四七年四月上海三民圖書公司第一版。

一九四八年十一月上海世界書局第四版。

一九四九年二月，上海廣益書局印行新四版。

民國四十二年（1953）十一月，臺灣開明書店《浮生六記》臺一版；民國四十七年（1958）三月，臺二版；民國六十年（1971）十二月，臺三版發行。有〈重印《浮生六記》序〉及沈三白年表，應該都是根據俞平伯所著的翻印。這一版是四卷本，第五、六卷註明「原闕」。

民國四十七年（1958）東亞出版社印行，有林語堂序之完整本。

民國五十三年（1964）六月，臺灣開明書店臺一版《漢英對照‧浮生六記》，林語堂譯。民國六十八年（1979）五月臺三版。其書前有譯者序，五、六卷下註明「原闕」並有林語堂〈後記〉，書前並有沈三白相關的照片四幀。

民國五十六年（1967）臺灣的標準出版社再版《浮生六記》《老殘遊記》合刊，其中《浮生六記》為六卷本。

民國五十九年（1970），臺灣的新陸書店印行英日對照四卷本。

---

28 沈復著，林語堂英譯《漢英對照‧浮生六記》（臺北：臺灣開明書局，民國53〔1964〕），頁326所附〈後記〉。

　　民國六十年（1971）臺灣的學海書店出版，有林語堂序的足本。

　　民國六十三年（1974）世界書局《足本浮生六記等五種》三版，楊家駱主編，《增補中國筆記小說名著》第一集第十二冊。

　　民國六十四年（1975）五月，臺灣世界書局臺第四版。

　　民國六十九年（1980）三月，臺南河畔出版社初版《眉批詳註浮生六記》，由冷凝人眉批，呂自揚詳註。書前有呂自揚〈編序〉一文，林語堂序，管貽萼、潘麟生、楊引傳、王韜序跋及題辭。書後附趙苕狂〈《浮生六記》考〉、俞平伯所作〈年表〉。是書作為《河畔青少年古典文學欣賞叢刊》之一。民國七十三年（1984）二月四版。頁眉有冷凝人（俞國基）讀書心得，也就是眉批。

　　一九八○年五月，江西人民出版社出版由羅宗陽的校點本；初版頗多錯誤字。一九八一年八月第二版有所修訂。為六記本，但是聲明後二記為偽作，以供讀者參閱。

　　一九八○年七月，北京人民文學出版社以把俞平伯校本《浮生六記》作為「中國小說資料叢書」之一出版，書末附錄有〈重刊《浮生六記序》〉、〈《浮生六記》年表〉，再添加俞平伯寫於一九八○年二月立春日的《題沈復山水畫》。

　　一九八二年六月，上海書店根據國學整理社一九三六年版複印《美化文學名著叢刊》裡的《浮生六記》。

　　民國七十七年（1988），金楓圖書出版《浮生六記》，書前有曾昭旭先生導讀〈說沈三白和芸娘的風流蘊藉〉，正文六卷，附錄西風社漢英對照本林語堂序。

民國八十一年（1992）五月，臺南河畔出版社《眉批新編・浮生六記》初版。呂自揚新編，冷凝人（俞國基）眉批，收入《河畔古典文學欣賞叢刊》。民國八十六年（1997）十一月三版。其中內容與民國六十九年（1980）《眉批詳註・浮生六記》大致相同，而《眉批詳註・浮生六記》歸為青少年讀物類，《新編》則為一般古典文學讀者欣賞水平的讀物，故書後加入專文數篇，計有：俞國基〈中國傳統愛情文學的巨著——序《浮生六記眉批》〉；呂自揚〈《浮生六記・眉批新編》——編序〉；呂自揚〈《浮生六記》之偽作與沈三白的畫〉；呂自揚〈再記沈三白和他的《浮生六記》〉，並有沈三白所畫的〈水繪園舊址〉圖。

一九九四年，臺北：漢藝色研初版，《新讀浮生六記》，有康來新導讀，殷善培注釋。

一九九六年十一月，臺南文國書局刊印第一版，有林語堂序，楊引傳本原來的序跋，書後也有趙苕狂的〈《浮生六記》考〉。

民國八十七年（1998）八月，臺灣三民書局出版由陶恂若校注，王關仕校閱的《浮生六記》。書前附有滄浪亭、倉米巷的彩色照片，正文前有陶恂若所撰寫的〈引言〉以及〈《浮生六記》考證〉各一篇，並附楊引傳、王韜、管貽葆、潘麟生、林語堂諸人題辭與序跋，書後有〈《浮生六記》作者年表〉，這份年表是根據俞平伯所寫的年表為底本，加上陶恂若自己的觀點編成的。由於陶氏認定沈三白是隨趙文楷、李鼎元前赴琉球的，所以也把相關的資料寫入年表裡。

在臺灣，由國中國文教科書裡，選錄了《浮生六記》中的第二記〈閒情記趣〉中的前段，作為課文，名為〈兒時記趣〉，閱讀人口眾多，所以，除了以上所列的版本之外，《浮生六記》的現代版本不少，如東海、青山、清流、文正、昌文、金川、黎明、一善、華一、

光明、遠東、利大、文化、大東、大方、大行、欣大、新世紀、五
福、興台、大孚、漢風、偉文、大眾、大夏、柏室科技、莊家等大小
出版社都有出版。英漢對照本也是如此。另外還有專門針對中小學生
閱讀的注音版，如欣大《經典叢書注音系列》的《注音版·浮生六
記》，並附有讀書心得。直至二〇〇六年，還有出版社在印行呢。至
於大陸，各省也有印行，也請學者加以註釋與點校。

　　《浮生六記》的外國語譯本，除了林語堂英譯本外，還有日文、
德文、法文、意大利文等譯本。上海淪陷期間，費穆改編《浮生六
記》為舞臺劇，前後上演六次共三四二場。一九四七年，由費穆監
製，裴沖編導，將《浮生六記》改編，由上海實驗電影工廠拍攝成電
影，搬上銀幕，片中主人翁夫婦的命運，深深觸動觀眾的心絃。香港
曾經改編為電視劇。一九八八年臺北中正文化中心錄製《浮生六
記》，有錄影帶保存。而各地也時常有根據《浮生六記》改為廣播
劇，使沈三白與芸娘的愛情生活故事，普遍深入民眾的心靈之中。[29]

五　《浮生六記》後兩記
——〈中山記歷〉、〈養生記逍〉的問題

　　根據陽湖管貽葄（樹荃）所撰〈分題沈三白處士《浮生六記》〉

---

29 以上各種《浮生六記》的版本資料，是根據陳毓羆著：〈版本概要〉，《沈三白和他
　的《浮生六記》》（臺北：大安出版社，1996年11月），頁94-96；楊仲揆撰：〈《浮生
　六記》第五記〈中山記歷〉真偽考——〈中山記歷〉與李鼎元《使琉球記》對照研
　究〉中〈《浮生六記》出版年代及版本問題〉一章，《琉球古今談——兼論釣魚臺問
　題》（臺北：臺灣商務印書館，民國79年〔1990〕12月），總頁429-430；王人恩、謝
　志煌所撰〈《浮生六記》百年研究述評〉（《甘肅社會科學》2005年第4期）一文中有
　關版本的部分。再加上筆者所收集的，總合而成。

六首詩品評《浮生六記》，可知沈三白至遲在道光五年之前，就已經
將《浮生六記》撰寫完成，管氏的六首詩，對每一記都有針對性的描
寫。不過，無論是王韜少時在家鄉曹氏畏人小築所屢閱的《浮生六
記》，還是楊引傳在蘇州冷攤上所得的有潘鍾瑞麟生、葉珪桐君、顧
雲樵、陶茞孫等人過目及題跋的《浮生六記》，都只有前四記──
〈閨房記樂〉、〈閒情記趣〉、〈坎坷記愁〉、〈浪遊記快〉──而已，後
兩記──〈中山記歷〉、〈養生記逍〉──則亡軼無存。這對喜愛閱讀
此書的讀者而言，無疑是極大的遺憾。

潘麐生的題辭裡就已經發出「惜乎卷帙不全，讀者猶有遺憾」的
感慨。他自問生平經歷，心志喜好，甚至連出生時間都跟沈三白有很
多契合，所以他說：

> 海天瑣尾，嘗酸味於蘆中，山水遨頭，騁豪情於花外。我之所
> 歷，閒亦如君，君之所言，大都先我。惟是養生意懶，學道心
> 違，亦自覺闕如者，又誰為補之歟！浮生若夢，印作珠摩。記
> 事之初，生同癸未。上下六十年，有鄉先輩為我身作印證，抑
> 又奇已。[30]

雖然他對沈三白在浮生六記裡所說的非常認同，恨不得為這闕如的後
兩記作補筆，不過他終究沒有這樣做，因為「養生意懶，學到心違」
之故，當然最要緊的是天下間，恐怕也找不到另外一個如沈三白者能
夠補足此兩記，做到風格一致，感情相契，天衣無縫的。既然如此，
又何必狗尾續貂，妄作俑人呢。當然，這種遺憾在王韜、楊引傳的心

---

30 沈復著：《浮生六記》（上海：上海書店，1982年6月，根據國學整理社1936年版複印
《美化文學名著叢刊》），書前所附序跋，頁12。

裡應該也是一樣的。

　　對於這個缺憾，也有人覺得沒甚麼可惜的，因為亡軼的部分可能不是精華，流傳的四記已足以觀其妙了；這也是既成事實下的「酸葡萄」心理，無可奈何的安慰吧了。持這論調的代表者就是俞平伯。他在〈重印《浮生六記》序〉中如此說：

> 書共六篇，故名《六記》，今只存〈閨房記樂〉以下四篇，其五六兩篇已佚。此書雖不全，而今所存者似即其精英。〈中山記歷〉當是記漫遊琉球之事，或係日記體。〈養生記道〉恐亦多道家修持妄說。就其存者言之，固不失為簡潔生動的自傳文字。

俞平伯當然也只能如此處之了，但如果看他原載於一九二三年十月二十九日《文學》週報第九十四期，題目為〈擬重印《浮生六記》序〉，他的語句用得更強烈，他說：

> 今所存四篇似即其精英，故獨得流傳。〈中山記歷〉當是記漫遊琉球之事，或係日記體；〈養生記道〉恐亦多道家修持之妄說，雖佚似不足深惜也。[31]

可見俞老遺憾心情的猶疑擺盪。然而還是有很多的人不死心，消極的希望皇天眷顧，有某一天那闕如的五、六兩記能突然出現，就如敦煌藏經洞的偶然發現，或者像甲骨卜辭般地不愛寶，重現人寰。積極的

---

31 樂齊編：《俞平伯選集》（《三十年代中國作家選集》（臺北：大臺北出版社，民國79年2月），頁226。頁二二九文末編者有相關的附註，說明這篇序在收入《浮生六記》時題目改為〈重印《浮生六記》序〉，文字略有改動。

心態是要人用心訪尋，去發掘不為人注意的處所，或塵封已久的藏寶地。持較消極態度的以林語堂為代表。林氏在他的〈《浮生六記》序〉中說：

> 我在猜想，在蘇州家藏或舊書鋪一定還有一本全本，倘然有這福分，或可給我們發現。[32]

林語堂先生對《浮生六記》推崇備至，深深喜歡沈三白與陳芸這對夫婦恬淡可愛的生活；他在所著的《中國人》、《生活的藝術》兩部暢銷書之中，還多處引用了《浮生六記》為材料；更是用力勤苦，將全書譯成英文，介紹給西方的讀者，說明在中國的文學寶庫中，不僅有「四大名著」般的巍巍鼎鼐，還有如《浮生六記》這樣的瑣瑣珠璣。他當然希望有這一天真的找到缺掉的後兩記，好讓《浮生六記》更能完整發揚。想因為他的那一句話，蘇州裡的藏書之家、舊書冷攤、跳蚤市場都已經被人翻尋殆盡了罷。持較積極態度的應該就是王文濡均卿了，他在清朝光緒末年刊印《香豔叢書》的時候，就把《浮生六記》列入其中，其後三十年來，無日不以搜尋是項佚稿為事。[33]趙苕狂也這樣說：

> 這樣美妙的一篇自傳文，卻將它的五六兩卷逸去，單賸下了前面的四卷，這是凡讀《浮生六記》的人們，莫不引為是一椿憾

---

32 沈復著，冷凝人眉批，呂自揚註釋：《眉批詳註・浮生六記》（臺南：河畔出版社，1980年3月）序，頁3。摘錄自西風社《浮生六記》漢英對照本林語堂〈序〉。

33 沈復著：《浮生六記》（上海：上海書店，1982年6月，根據國學整理社1936年版複印《美化文學名著叢刊》），書前所附序跋，頁11，趙苕狂〈《浮生六記》考〉一文中所述。

事，而為之扼腕不置的。因之，便有人努力的在搜求著是項佚
稿，尤其是一般出版界中人。據公眾的一種意見：沈三白生於
清乾隆嘉慶間，以年代而論，距離現在還不怎樣的久遠，是項
佚稿大概尚在天地間，不致全歸湮滅，定有重行發見的一日；
祇要搜求之得法而已。[34]

趙苕狂所說的出版界中努力在搜求著是項佚稿的人，就是王文濡（均
卿）。終於有一天，似乎皇天真的不負有心人，大家期待的事忽然從
天而降，王文濡經過近三十年的努力，《浮生六記》的全本真的給他
找到了。

　　趙苕狂對於王文濡發現全本《浮生六記》的經過，在他的考證文
章理有清楚的說明：

最近，他（王文濡）在吳中作菟裘之營，無意中忽給他在冷攤
上得到了《浮生六記》的一個鈔本，一翻閱其內容，竟是首尾
俱全，連得這久已佚去的五、六兩卷，也都赫然在內。這一
來，可把他喜歡煞了！[35]

他發現《浮生六記》的完整抄本，時間是在民國二十三年（1934），於
是他將這本天賜寶物交給上海世界書局於民國二十四年（1935）出版，
收入《美化文學名著叢刊》中。這本號稱《足本浮生六記》，除了原有
的前四記外，還有後兩記──〈中山記歷〉、〈養生記逍〉。

---

34 沈復著：《浮生六記》（上海：上海書店，複印《美化文學名著叢刊》），頁11。趙苕
　　狂〈《浮生六記》考〉一文中〈五六兩卷逸稿的搜求〉一節。

35 沈復著：《浮生六記》（上海：上海書店，複印《美化文學名著叢刊》），書前所附序
　　跋，頁11，趙苕狂〈《浮生六記》考〉一文中所述。

　　林語堂氏對《浮生六記》也是非常注意的，其實他也曾托人在蘇州一帶尋訪《浮生六記》。他也有一段記載足本《浮生六記》出現的過程說：

> 上序（〈《浮生六記》序〉）于《天下》英文月刊本年八月創刊號發表後，正在托舊書鋪在蘇州、常熟訪求全本（聞虞山素有世代書香之風，私人藏書者甚多）。過兩星期得黎廠由甬來札，謂全本已為蘇人王均卿老先生（文濡，即《說庫》編者）所得，而王又適于二月前歸道山。過數日又見《新園林》鄭逸梅先生記均卿先生發現全本事。訪之，謂親聞于王，于去年發現。此書或已付印，或在遺稿中，不甚了了。又訪王之家族，聞均卿先生遺物現在封閉，一時無從問津。到底如何，未見稿本，無從鑒別。[36]

　　林語堂先生這段記載是寫於民國二十四年（1935）十一月六日晚的，那時他還沒有看到上海書局印行的足本《浮生六記》。他聽說王文濡已經得到全本，但王氏已經去世，無從探問；而他又看到鄭逸梅寫到有關王氏發現全本的事，為了瞭解箇中真相，他還親自走訪鄭逸梅，又拜訪王氏家族，可惜都沒有機會看到原來的手抄稿本。

　　林語堂先生所說鄭逸梅在《新園林》雜誌上記載全本發現的事，這篇文章今日已無從稽考，不過，鄭逸梅在王文濡去世後，曾撰〈悼王均卿先生〉一文中，也有提到說：

---

36 林語堂：〈《浮生六記》序〉，《林語堂書話》，資料來源：博爾塔拉教育電子圖書網
　　址：http://www.xjbzedu.gof.cn/ebook/t0112/0295.pdf，頁212-213）。原載《人間世》第
　　40期（1935年11月20日）。

　　沈三白之《浮生六記》，為抒情敘事之良好讀物。最初為一抄
　本，由先生首先覓得，交諸其友黃摩西以謀剞劂；於是普遍於
　社會。然六記軼其二，先生猶引為憾事，乃再三徵索，始於其
　鄉人處得軼稿，欲重印已問世。先生死，不知有人能竟其未竟
　之志否也。[37]

鄭逸梅寫這篇悼文的時間不明，想應該在王文濡去世不久，那時上海
世界書局還未出版足本《浮生六記》，所以他憂心軼稿出版的事。林
語堂先生在二十四年（1935）十月六日也還沒有看到，直到十月十六
日就看到了，那足本《浮生六記》的出版，應該在當年的十月初吧。

　　失傳了百餘年的《浮生六記》後兩記佚稿發現了，實在是文學界
十分可喜的大事。本來應該大肆慶賀宣揚的。不過，這高興的時間並
不長，因為很快就有人對這新發現的佚稿表示懷疑，提出質問：王文
濡所發現的《浮生六記》全稿中的後兩記，真的就是沈三白撰寫的原
本嗎？

　　王文濡把這本足本《浮生六記》交付上海世界書局出版，那時在
世界書局主編的是當時文壇頗有聲名的趙苕狂先生。於是他除了對足
本《浮生六記》詳加校勘之外，還為之撰寫了一篇考證文章，文中趙
苕狂似乎對這突然出現的六記佚稿，也表示了不放心、不肯定的語
氣。他在文章裡說：

　　同鄉王均卿先生，他是一位篤學好古的君子，也是出版界中的

---

37 鄭逸梅著：《瓶笙花影錄》（臺北：新文豐出版公司，民國67年〔1978〕9月）卷下，
　頁17。

一位老前輩，他在前清光緒末年刊印《香豔叢書》的時候，就把這《浮生六記》列入的了。三十年來，無日不以搜尋是項佚稿為事。最近，他在吳中作菟裘之營，無意中忽給他在冷攤上得到了《浮生六記》的一個鈔本，一翻閱其內容，竟是首尾俱全，連得這久已佚去的五、六兩卷，也都赫然在內。這一來，可把他喜歡煞了！現在，我們的這本，就是根據著他的這個鈔本的，所以別個本子都闕去了這五、六兩卷，我們這個本子卻有，大可誇稱一聲是「足本」。至於這個本子，究竟靠得住靠不住？是不是和沈三白的原本相同？我因為沒有得到其他的證據，不敢怎樣的武斷得！但我相信王均卿先生是一位誠實君子，至少在他這一方面，大概不致有所作偽的吧。而無論如何，這在出版界中，總要說是一個重大的發見，也可說是一種重大的貢獻了！[38]

從文中的語氣，趙氏並沒有肯定佚稿是真的；雖然他也並未說佚稿是假的，然而他已經提出了「是不是和沈三白的原本相同？」的問題，最後他說只是因為相信王均卿是誠實君子，不致於作偽，所以才把佚稿編校刊行的。

不單只趙苕狂如此認為，連跟他一起執行編校工作的同事朱劍芒，也有同樣的疑慮，而且還從佚稿中找到了可議的疑點，並且寫成〈《浮生六記》校讀後附記〉一文。朱劍芒說：

---

38 沈復著：《浮生六記》（上海：上海書店，1982年6月，根據國學整理社1936年版複印《美化文學名著叢刊》），書前所附序跋部分，頁11，趙苕狂〈《浮生六記》考〉中〈發現是項逸稿者為王均卿先生〉一節。

最近經吳興王均卿先生搜到了這部完全的《浮生六記》，在開卷以前，已感到不少興趣，萬不料淹沒已久的兩卷妙文，居然一旦發見，這不要說王先生所快慰，任何一個讀者所快慰，像愛讀《浮生六記》的我，當然算得快慰之中的第一個了。不過我在這首尾完整的本子上，發見兩個小小疑問：一、以前所見不完全的各本，目錄內第六卷是〈養生記道〉，現今這個足本，卻改了〈養生記逍〉。單獨用一「逍」字，似乎覺得生硬。再〈中山記歷〉內所記，係嘉慶五年隨趙介山使琉球，於五月朔出國，十月二十五日返國，至二十九日始抵溫州。按之〈坎坷記愁〉，是年冬間芸娘抱病，作者亦貧困不堪，甚至隆冬無裘，挺身而過；繼因西人登門索債，遂被老父斥逐。剛從海外壯遊回國，且係出使大臣所提挈，似不應貧困至此。又〈浪遊記快〉中遊無隱菴一段，亦在是年之八月十八，身在海外，決無分身遊歷之理。有這兩個疑問，在初，我總和茗狂先生的意見相同：這個本子究竟靠得住靠不住？是不是和沈三白的原本相同？這真是考證方面一樁最困難的事。[39]

朱劍芒後來同意編校刊行軼稿，是因為他找到了理由為這些問題作解釋；在同篇裡他陳述了理由說：

近閱俞平伯先生所編〈《浮生六記》年表〉，於卷二、卷四的紀年上，亦竟發見許多錯誤。我從這一點上才明白到作者所作六記，第四卷既係四十六歲新作，五、六兩卷寫成當更在四十六

---

39 沈復著：《浮生六記》（上海：上海書店，1982年6月，根據國學整理社1936年版複印《美化文學名著叢刊》）書後所附朱劍芒〈《浮生六記》校讀後附記〉一文，頁1。

歲之後，事後追記，於紀年方面當然難免有錯誤，要說王先生
搜得的足本因紀年有不符合的地方，硬說牠是靠不住，那麼，
連卷二、卷四也可說是靠不住了，那有這種道理？至於〈養生
記道〉和〈養生記逍〉的不同，考之最初發見殘缺本《浮生六
記》的楊引傳，他那序上曾說是作者的手稿，現在王先生搜得
的足本，也是鈔寫的本子，究竟那一本是作者墨蹟，雖無從證
明，而輾轉鈔寫，亦不免有魯魚亥豕之處。「道」和「逍」的
形體相像，我們可堅決承認，後者或前者總有一本出於筆誤
的。上面的兩個疑問解決，我就很愉快地寫出來，作為校讀後
的附記。[40]

他根據俞平伯年表中所舉《浮生六記》前四記的記事矛盾現象，來解
釋〈中山記歷〉與〈浪遊記快〉兩者記事的衝突，又「道」與「逍」
字形相近而誤，於是他才為軼稿編校印行的。經過提出質疑然後又排
除掉，感覺上肯定的態度似乎比趙苕狂多些。不過，他在《美化文學
名著叢刊》的總敘言裡，也表明了他對軼稿的看法，他說：

> 既復承粹芬閣主人以足本《浮生六記》相示，蓋其亡友王均卿
> 前輩得知於吳門冷攤者；是否為三白原著，固無可考；然六記
> 久佚其二，讀者每致深憾。獲茲全璧，即同高鶚之續八十回以
> 下之《紅樓》，要亦為文學界所樂覯也。[41]

---

40 沈復著：《浮生六記》（上海：上海書店，1982年6月，根據國學整理社1936年版複印
　《美化文學名著叢刊》）書後所附朱劍芒〈《浮生六記》校讀後附記〉一文，頁1、
　2。

41 沈復著：《浮生六記》（上海：上海書店，1982年6月，根據國學整理社1936年版複印
　《美化文學名著叢刊》）書前〈敘言〉，頁2。

朱劍芒的意思很明顯，就算軼稿是假冒的續作，也自有其價值。這等於說軼稿有可能是假冒的偽作。

　　可能因為趙苕狂、朱劍芒兩人有現實環境與人情壓力的考慮，再說話時欲言又止，諸多顧忌。而林語堂先生就沒有這種顧慮，當他看到所謂「足本」的《浮生六記》時，他寫下了自己的看法說：

　　　　頃閱世界書局新刊行《美化文學名著叢刊》內王均卿所「發
　　　　現」《浮生六記》「全本」，文筆既然不同，議論全是抄書，作
　　　　假功夫幼稚，決非沈復所作，閒當為文辨之。[42]

林先生對於《浮生六記》喜好的程度，投入的用心，研究之精勤，恐怕沒有幾人能比。當他看過「足本」的後二記後，在民國二十四年十一月十六日，寫下這樣的評語：「文筆不同」，「議論抄襲」，並且說一定要撰寫論文來嚴厲辨議。香港大華出版社一九七一年出版之包天笑《釧影樓回憶錄》中，包氏說：「世界書局的王均卿偽造二記，人不知覺，連林語堂亦為所蔽。」[43]林語堂先生當時也曾聽到類似之言，還特別在他的文章中聲明：「見《辛報》說我譯《浮生六記》全本，上王均卿之當，實則此全本出版，我首在《人間世》為文辨偽。」[44]林語堂氏並未翻譯全本，所以，謠言止於智者，倒是很多人並沒有看

42　林語堂：〈《浮生六記》英譯自序附記〉，《林語堂書話》，資料來源：博爾塔拉教育電
　　子圖書資料，網址：http://www.xjbzedu.gof.cn/ebook/t0112/0295.pdf，頁212-213。原
　　載《人間世》第40期（1935年11月20日）。
43　楊仲揆著：〈《浮生六記》第五記〈中山記歷〉真偽考──〈中山記歷〉與李鼎元
　　《使琉球記》對照研究〉（《琉球古今談》（臺北：臺灣商務印書館，民國79年12月）
　　第19篇，頁425-478。），頁431中轉引。
44　林語堂：〈關於《吾國與吾民》〉，《林語堂書話》，資料來源：博爾塔拉教育電子圖書
　　資料，網址：http://www.xjbzedu.gof.cn/ebook/t0112/0295.pdf，頁194。

到林語堂先生辨偽的文章，所以才有人一再談論。[45]其實林語堂先生在民國二十四年十一月二十四日，就寫下他的辨偽論證文章，而且隔月在十二月十六日的《宇宙風》第七期上就發表了，題為〈記翻印古書〉。林氏的論點如下：

> 然王（均卿）素嘗造假書，本來令人可疑。朱跋已指出其游台灣琉球在嘉慶四年與前四記所記當年情形大相徑庭（參考俞平伯所編沈氏夫婦年譜）。然這猶可說是筆誤；我所以斷定此二記是偽造的理由，（1）筆調全然不像；（2）後二記作者胸中全無獨見，決非「凡事喜獨出己見，不屑隨人是非，即論詩品畫，莫不存人珍我棄，人棄我取之意」（見〈浪游記快〉首段）的沈三白所肯著于筆墨；（3）詩詞惡劣平凡，懶洋洋無氣骨，無神采；（4）於前四記夫婦間事實，全無補充；（5）竟胡鬧用梁任公筆法，用梁任公新名詞。〈中山記歷〉第五，文筆尚無可議，所記風土文物甚詳，當有所據，非向壁所可虛構。〈養生記逍〉第六，便只是抄書，繁徵博引前人語句，卻道來無半句胸中獨見的話。倘使三白記之，必以自身經歷瑣屑證其獨悟心得，決不肯如此大批抄書也。按此記所抄前人語，前後蟬綿相貫而下者，有蘇子瞻語、范文正語、陸放翁語、林鑒堂語、邵堯夫語、朱晦庵語、王華子語（連抄四五條）、楊廉夫語、應

---

45 王人恩、謝志煌撰〈《浮生六記》百年研究述評〉（蘭州：《甘肅社會科學》2005年第4期），頁137。該文章中說：「林語堂的語氣很肯定，認為後二記『決非沈復所做』，可惜他後來不曾『為文辯之』，而這一樁公案的了結推遲到了20世紀80年代。」可見連專門研究這個問題的學者也未必看到這篇文章。

璩語、白樂天語、程明道語……令人作惡不作惡？[46]

他在文章的後半還實際舉出養生記道裡「太極拳」、「五柳園」兩段來說明其中明顯有梁任公「飲冰室新名詞」，如其中的「精神」、「認清」諸詞，已甚可笑，而虛字之用法，如「吾人」、「和」，簡直就可定此為偽記之死罪，使之百喙莫辯。並謂王均卿老先生實在太冒瀆沈三白而兒戲大家了；其他雖還有可以指摘之處，林氏也不再浪費筆墨了。林語堂先生這一篇短文，可以說是對王文濡所得「足本」後二篇軼稿問題，實實在在作學術討論的第一篇。

　　《浮生六記》軼稿的問題，在林語堂氏之後，就沈寂了一段時間。大家也因為喜歡《浮生六記》，也就如朱劍芒所說的，縱然是假冒的續作，也樂於閱讀吧。到了民國三十六年，也就是「足本」《浮生六記》出版後的十二年後，這個問題出現了戲劇性的變化，就是當初編校「足本」《浮生六記》，並撰寫考證文章的趙苕狂先生，竟然寫了一篇翻案文章，指出當年王文濡所得的軼稿確有問題。他說：

　　文藝研究社刊行足本《浮生六記》，已是十五年前的事了！現在恐怕早已絕版了吧？不過，為了在這本書中，有出我的一篇考證，凡是曾見到這部書的，有時和我見了面，不免要問起所謂足本的這一節事。現在，待我把那時刊行此書的實在情形，寫幾句在下面，也可使一般人都知道得一點真相：

　　沈三白的《浮生六記》，雖說是共有六卷，然中間〈中山記

46　林語堂：〈記翻印古書〉，《林語堂書話》，資料來源：博爾塔拉教育電子圖書資料，網址：http://www.xjbzedu.gof.cn/ebook/t0112/0295.pdf，頁112-115。

歷〉、〈養生記道〉二卷早已佚失，這是誰都知道的。因此，不論在那一個版本中，都把這二卷付之闕如了！這一年，我為該社整理舊小說，連帶的把那一些文藝書也整理一下。當正勘《浮生六記》時，該社主政者忽拿一冊鈔本交給我，就是這佚失的二卷書，已有人找到了；請我校訂一下後，將它們依次加進去。我乍聽頗為之一怔！心想：此二卷書佚失已久，怎麼竟會有人找到呢？倘是真的話，倒是文苑中很大的一個收穫呢！因此很高興的向他問：是給誰找得的？他以某先生對。所謂某先生，乃是我們的一個父執，在文藝界也頗有聲名，但為人忠厚，往往上人家的當。譬如在以前，他高興的了不得，他買了一冊《疑雲集》鈔本，馬上拿來出版。入後，方知是一個無聊文人，假造了向他騙幾個稿費用用的。其實，王次回祇有《疑雨集》，那裏有什麼《疑雲集》？他不免又後悔不迭！依此事為例，又安知他不覆轍重蹈啊？所以，頓時又為之爽然了！再一翻閱其內容，亦是沒有什麼出色處；不過，講到沈三白的筆墨，正也淡得可以，並無什麼真正的出色處，一時倒也斷不定它是真是假咧？然而，這個鈔本是這位主政者出了錢買來的，要他丟置了不出版，已是做不到的事情了！不過，為我自身著想，在沒有得到確實的證據，證明這是沈三白的原稿以前，決不能大吹大擂的替人家幹這製造「假古董」的勾當！所以，在這考證中，關於這二卷書的真假問題，就沒有下得確定的斷語！該社主政者為了這一點，當時對我很有點不開味；但也知我生性憨直，卻是無法可想，只能用旁的方法去宣傳了！

在此書出版了一年後，我偶在一個所在，和某先生遇見了。因殷殷向他詢問，他把這佚去的二卷《浮生六記》找得的一番經

過。他卻一句話也不說，只是向我微微一笑而已！在這微笑無
言中，大概也就可以心照不宣了吧。[47]

趙氏以其原編校者的身份指出這部軼稿的可疑問題，說明當初趙氏為
了應付主政者的壓力，不得不虛與委蛇，煞費苦心。文章中他用「假
古董」來稱軼稿，雖然他也沒有問出個明確的答案，然而也儘可「心
照不宣」。不過，他文中也有些矛盾，他所指的「某先生」自然就是王
均卿，王均卿在民國二十四年（1935）二月就去世了，那時「足本」
《浮生六記》還沒有出版，那怎麼可能「在此書出版了一年後，我偶
在一個所在，和某先生遇見了」呢？或許他經過十多年後追憶時，在
時間上弄錯了。他對軼稿的疑問，不是從軼稿的內容來辯證的，而是
從軼稿的來源著手的。

　　前面曾經說過，林語堂先生因為看到鄭逸梅在《新園林》上裡記
述王均卿發現全本的事，所以還親自拜訪求證，鄭氏對他說是親聞於
王均卿的。當時，鄭逸梅並沒有表示甚麼。然而，鄭氏後來分別在一
九八〇年、一九八三年撰文表示當年王文濡曾經找他偽作《浮生六
記》後二記的實情。鄭氏寫道：

　　這個本子在王均卿沒有交世界書局排印之前，尚有一段小小的
　　曲折：其實我主編《金剛鑽報》，王均卿擔任特約撰述，所以時
　　常晤面。後來他老人家在蘇州買了住宅，全家遷往；但是他不
　　來則已，來則必蒙見訪。有一次，他很高興地告訴我說：「最近
　　在蘇州一鄉人處，發現了《浮生六記》的完全抄本，已和鄉人

47　本段趙苕狂撰文，見易持恆著：〈《浮生六記》質疑〉，《藝文誌》第203期（民國71
　　年〔1982〕8月15日），頁49，轉引民國36年〔1947〕上海《文哨》旬刊第四期。

商妥，借來印行，以廣流傳。我是喜歡這書的，當然也很興
奮。過了一月，他老人家復從蘇來，說：「前此所談的足本《六
記》，那鄉人突然變卦，奇貨可居，不肯公開印行了；但已和世
界書局接洽印行事宜，如今失信於人，很難為情；沒有辦法，
因想懇你仿作兩篇，約兩萬言，便可應付了。我當時婉謝著說：
「我不但文筆拙陋，碔砆難以混玉，且事跡不知，更屬無從下
筆。」他老人家卻說：「你的行文，清麗條達，頗有幾分類似
三白處；至於〈養生記逍〉，那是空空洞洞，可以隨意發揮；
即〈中山記歷〉，所記琉球事，我有趙介山的奉使日記，可以
借給你，作為依據參考。」筆者始終不敢貿然從事。不久他老
人家患病逝世，又不久，世界書局這本《美化文學名著叢刊》
出版，那足本的《六記》赫然列入其中；那麼這遺佚兩記，是
否由他老人家自撰？或托其他朋友代撰？凡此種種疑問，深惜
不能起均卿於地下而扣問的了。總之，這兩記是偽作。還有足
以證明偽作處，當時均卿要我仿作二萬言左右，現在刊出的兩
記，恰巧兩萬餘言，可見均卿早有打算的。又三白四記，筆墨
輕靈，補刊兩記，筆墨滯重，也足證明非一人手筆。[48]

鄭逸梅把當年的這一段隱祕，和盤托出，對現今所謂的足本後兩記的
真實性，無疑是當頭一棒；不過，他也不能肯定，所以，再加上後面
敘述的兩個理由，以作加強論證。鄭氏主要還是從軼稿出現的過程來
指證其為偽作的。他說王均卿早有打算作偽，只是不知是王氏親自動

---

[48] 鄭逸梅撰：〈《浮生六記》的足本問題〉，見《讀書》1980年第6期。類似的文章，也
見於〈《浮生六記》佚稿之謎〉，見《文苑花絮》（河南：中州書畫社，1983年12
月），頁91-96。另外還有〈《浮生六記》的偽作〉，見《鄭逸梅選集》（黑龍江：黑龍
江人民出版社，1991年月），第二卷，頁270-271。

筆，或是請人代作的差別罷了。然而，鄭氏在王均卿去世不久所撰寫的悼文中，既沒有提及這件事，而筆下所描述的王均卿也不像是有意作偽的人。鄭逸梅在悼文中說：

> 去秋，予以岳家事返蘇。岳家距白辛村籙近，按址往尋，則精楹面圃，繽紛爛熳者，悉為難冠、雁來紅諸卉。秋色滿眼，先生婆娑其間，指點而謂予曰：「爾多談果品花枝文，盡搜羅補之，紮為專書乎？」予成花果小品一書，此其動機也。小品殺青，郵貽先生，先生大加讚賞。……[49]

王均卿鼓勵鄭逸梅出書，可見他對鄭氏文筆的賞識。前面以述及同篇中鄭氏也談到王均卿得到《浮生六記》的事，並謂「不知有人能竟其為竟之志否」，關心之意，溢於言表。撰悼文後不久，鄭氏在寫補記王均卿事一文，文中說：

> 予識詞人於數年前，一見如故，交訂忘年。……中委褚民誼幼受詞人之訓，始終以師禮敬事之；說者以汪兆銘之於朱彊村，于右老之於沈兼巢媲美之。顧詞人從不有所委託，蓋襟懷沖淡，絕無些子利祿之想也。[50]

可見鄭逸梅與王均卿相交甚篤，相知甚深；而且鄭氏特別稱讚王均卿「從不有所委託，蓋襟懷沖淡，絕無些子利祿之想」，那他何以會早

---

49 鄭逸梅著：〈悼王均卿先生〉，《瓶笙花影錄》（臺北：新文豐出版公司，民國67年〔1978〕9月），卷下，頁16。

50 鄭逸梅著：〈補記王均卿事〉，《瓶笙花影錄》（臺北：新文豐出版公司，民國67年〔1978〕9月），卷下，頁19。

有心設計偽作《浮生六記》軼稿呢？鄭氏說王均卿得之於鄉人，那麼鄉人亦有可能是偽作者，王均卿只是受到愚弄吧了，這一種可能，趙苕狂也早有此想。總之，鄭逸梅與《浮生六記》軼稿有著相當密切的關係，然他終究不是軼稿的終極關係人。所以，在一九八九年，有黃飛英者拜訪鄭逸梅，重提舊事；鄭逸梅認為五、六兩記肯定是偽作無疑，至於捉刀者是誰？鄭氏以為世界書局工作人員中，應該還有知情的人。[51]

一九八九年，有王瑜孫者，撰文〈足本《浮生六記》之謎〉，文中明確地揭露《浮生六記》後二記的偽作者，是一位名黃楚香的人。王瑜孫說：

> 鄭逸梅在《清娛漫筆》中揭露：王均卿曾在一九三四年和鄭商量要他代做兩記，還準備提供偽作的參考資料（沈三白曾隨趙介山出使琉球，趙有舊記，中山即琉球）。鄭當時即以「不敢謬允贗鼎，婉言謝絕」。但後來足本還是問世了，據大東書局同仁告知，是出自一位叫黃楚香的寒士之手，酬勞為二百大洋。[52]

王瑜孫說得真切，連偽作者的姓名都寫出來了，似乎這件公案已經水落石出，無可置疑了。不過，說也奇怪，這件事跟鄭逸梅有如此大的干係，為甚麼不是鄭逸梅自己去問答案，好釐清時事的真相呢？既然他已經把王均卿的事公諸於世，而他在文藝界又具如此地位，由他出面來處理，公布最後答案，才是合理的；至少是黃飛英去問才對。而

---

51 見顧關元撰：〈《浮生六記》之謎〉，《瞭望》新聞週刊1995年第48期，頁52。

52 王瑜孫撰：〈足本《浮生六記》之謎〉，《團結報》，1989年9月26日。

且，那位大東書局的同仁，可能是由世界書局轉職來的，知道世界書局的內幕，那為甚麼他自己不寫文章公開，而要透過王瑜孫呢？更重要的是那位大東書局的同仁如果真的知道這件「大事」的內幕，那他在世界書局裡的職位必然是首腦，否則是不太可能隨意就得悉如此重大祕密的。因為如果王均卿只是眼界不高，學識不足，無能識破贗品，受鄉人愚弄，那他應該沒有甚麼好隱瞞的。如果就如鄭逸梅所述的情形，那鄉人奇貨可居，王氏又不願失信於世界書局，只好央求鄭逸梅來幫忙炮製，而鄭氏不允，他改請別人捉刀；偽作既成，他必然要以最大的力量來隱瞞事實，不讓世界書局知道才對，否則結果可想而知；所以，知道的人應該只有王均卿跟偽作者。當然，除非世界書局本來就同意這次的行為，好以「足本」來宣傳，促銷書籍；假定這樣的話，那知道的人也不會多；試看趙苕狂、朱劍芒兩位的文章，可知連他們兩位都不知道，如果知道，那趙苕狂在一九四七年前就已經去世了，難道他是「人之將死，其言也善」，把這個祕密留下答案嗎？要不然，就只有偽作者本人了，不過，相信他一輩子都不會跟別人說出來的，否則千夫所指的壓力，是很難承擔的。

如果我們把這件文壇公案當作一次訴訟案件來看，當案件出現有證人指認某人是罪犯，法官還要思考這位證人跟本案有甚麼關係？證人證詞的效力如何？須知證人有時也會有意或無意犯錯的。就算是案件已經有人出面自首，承認犯行，法官也還要問清楚犯行的過程，時間、地點、工具等，在跟所掌握的物證核對，如果吻合無誤，才算是破案定讞，否則有可能會調包，冒名頂替呢！

如此，王瑜孫在這件公案上，只是一位提供線索的人，而大東書局同仁是證人身份，那位被指名偽作者黃楚香當然是嫌犯，而不是罪犯，除非黃楚香有留下足夠的證據，證明自己就是偽作者，或者大東

書局這位證人掌握了相當的證據而且能拿出來公審成立，這才算數。不然，單據王瑜孫一篇文章，一個指名，一筆錢數，就能把這件公案定讞了嗎？

所以，張蕊青以為「《浮生六記》後兩記係後人偽作，是否即王瑜孫所云，尚需再作考證」[53]，而撰寫〈《浮生六記》百年研究述評〉的王人恩、謝志煌也以為「這一問題的最終全面解決，還有待於新資料的不斷發掘和學人們的深入研究」[54]。筆者以為「新資料」可遇不可求，當然要隨時注意，然而最實在的就是全面從《浮生六記》相關的材料上，更深入、更廣泛地作研究，相信能從裡面挖掘出更多重要的訊息，得出更有力的論證，提出更明確的答案。

在前述這些對《浮生六記》後兩記的來源與出現，提出質疑過程的同時，已經有很多學者根據《浮生六記》的文字材料進行研究了，茲列出如下（見下頁「參考書目」）。本書的第二章、第三章對《浮生六記》文本的論辨中，都會引用得到。

---

53 張蕊青：〈《浮生六記》後兩記之真偽〉，《明清小說研究》1994年第4期，頁203。

54 王人恩、謝志煌撰：〈《浮生六記》百年研究述評〉，《甘肅社會科學》2005年第4期，頁140。

參考書目

張景樵：〈談《浮生六記》佚篇〉，《中央日報・副刊》，民國61年
　　　（1972）7月28、29日連載。

莊　　練：〈關於沈三白〉，香港《索故》雜誌第39期，1975年。

吳幅員：〈《浮生六記》的〈中山記歷〉考略〉，《中央日報・副刊》，
　　　民國61年（1972）8月4、5、6日連載。

吳幅員：〈《浮生六記》〈中山記歷〉篇為後人偽作說〉，臺灣《東方雜
　　　誌》復刊，民國67年（1978）年2月第11卷第8期。

楊仲揆：〈《浮生六記》——一本有問題的好書〉，臺灣《時報週刊》
　　　（海外版）第120號，1980年3月16日。

冷凝人（俞國基）：〈《眉批詳註・浮生六記》中，〈中山記歷〉正文
　　　眉批文字〉，高雄：河畔出版社，民國69年（1980）3月，頁
　　　95-105。

俞平伯：〈《浮生六記》二題〉，《文彙》月刊1981年第2期。

江慰盧、丁志安：〈《浮生六記》版本及作者遊歷琉球、卒年小考〉，
　　　《文教資料簡報》1981年第11期，南京：南京師範學院。

楊仲揆：〈《浮生六記》第五記〈中山記歷〉真偽考——〈中山記歷〉
　　　與李鼎元《使琉球記》對照研究〉，原載《藝文誌》第207、
　　　208、209期（民國71年〔1982〕12月，72年〔1983〕元月及
　　　2月）。後收入所著：《琉球古今談》，臺北：臺灣商務印書館，
　　　民國79年（1990）12月，第19篇，頁425-478。

陳毓羆：〈《浮生六記》足本考辨〉，《文學遺產增刊》第15輯，北京：中華書局，1983年9月。

陳毓羆：〈《浮生六記》寫於海外說〉，《光明日報》，1984年10月30日第3版。

應裕康：〈從《浮生六記》中看沈復與陳芸的生活〉，《高雄師範學院學報》第16期，民國77年（1988）3月，頁1-18。

江慰盧：〈關於《浮生六記》作者沈復四事〉，《汕頭大學學報》1995年第1期。

陳毓羆：《沈三白和他的《浮生六記》》，臺北：大安出版社，1996年11月第一版。

陳玉珍：〈漫談《浮生六記》〉，《中國典籍與文化》1996年第3期。

張蕊青：〈《浮生六記》後兩記之真偽〉，《明清小說研究》1994年第4期。

李　喬：〈沈三白師爺生涯考略——《浮生六記》發隱〉，《清史研究》1995年第3期。

喬雨舟：〈狗尾續貂王均卿——有關《浮生六記》後二記的幾則史料〉，《文匯讀書週報》1990年9月15日。

呂自揚：〈《浮生六記》偽作和沈三白的畫〉，《眉批詳註浮生六記》，臺南：河畔出版社，民國86年（1997）3月。

陶恂若：〈《浮生六記》考證〉，附載於《浮生六記》書前，臺北：三民書局，民國87年（1998）8月。

王志振：〈近代三大偽書〉，《合肥晚報》，2002年6月29日。其中即
　　　　有足本《浮生六記》。王氏以為《中山記歷》敘述沈復往
　　　　琉球的時間，與《浪遊記快》中遊無隱庵一段，有衝
　　　　突；據聞偽作者是王均卿，然已無法考證。其論點不外
　　　　乎朱劍芒所言。

林淑芬：《《浮生六記》研究》，彰化：國立彰化師範大學國文碩士專
　　　　班畢業論文，民國93年（2004），其中第四章〈《浮生六記》
　　　　文本析論〉第一節〈文本的真偽考〉，頁55-97。

成灝然：〈《浮生六記》中的〈中山記歷〉偽作之統計證據〉，刊載於
　　　　《統計與資訊評論》，民國94年（2005）12月，頁17-41。此
　　　　論文有別於傳統的考證，利用統計的觀點，分析〈中山記
　　　　歷〉與前四記的寫作風格差異，如對句型、文法組合、虛字
　　　　等的統計變異分析來看，其結論是〈中山記歷〉與前四記的
　　　　確有顯著的差異存在。

杜正國：〈《浮生六記》卷五卷六是贋品〉，《文史雜誌》第3期，2006
　　　　年，頁62、63。

朱劍芒編：《美化文學名著叢書》，上海：上海書店，1982年6月，根
　　　　據國學整理社1936年版複印。

王文濡：〈秋鐙瑣憶原序二〉，《秋鐙瑣憶》，民國22年6月，吳興王文
　　　　濡書於望古遙集樓，頁1。茲摘錄部份內容如下：「《秋鐙瑣
　　　　憶》乃錢塘蔣藹卿之作。敘述閨幃韻事，文筆秀雅姿媚，不
　　　　減冒辟疆之《影梅盦憶語》、沈三白之《浮生六記》。予既得
　　　　足本《浮生六記》于某氏；翌年，又得此編于冷攤上，為之

狂喜。蔣氏有《息影菴初存詩》、《百合詞》；秋芙亦有《夢
影樓詞》。才人佳耦，真不啻秦嘉之與徐淑云。」

第二章
〈中山記歷〉考異

一 〈中山記歷〉與李鼎元《使琉球記》對比研究

從民國六十一年（1972）七月二十八日，張景樵先生在《中央日報副刊》裡，發表了〈談《浮生六記》佚篇〉一文，指出〈中山記歷〉一卷，疑是從清朝嘉慶五年冊封琉球副使李鼎元所著的《使琉球記》裡抄襲而來的，該文中曾列出三條抄襲的地方；這是就今所知，最早開始以李鼎元《使琉球記》與〈中山記歷〉對比作研究的。張先生因此懷疑沈復是否真的曾經到過琉球。[1]

民國六十七年（1978）二月，吳幅員先生進一步作了較全面的對比工作，得出更明晰的論述，撰寫〈《浮生六記》〈中山記歷〉篇為後人偽作說〉一文，明確指出今本的〈中山記歷〉是偽作。[2]

民國六十七年（1978）八月，揚州大學有張旭光先生曾在揚州大學圖書館所藏的一個《浮生六記》舊鈔本末尾襯頁上，寫了一則跋文，跋文說：

> 發現所謂補《浮生六記》第五記〈中山記歷〉者，全抄自李作

---

1 參見楊仲揆撰：〈《浮生六記》第五記〈中山記歷〉真偽考——〈中山記歷〉與李鼎元《使琉球記》對照研究〉，《琉球古今談——兼論釣魚臺問題》（臺北：臺灣商務印書館，民國79年〔1990〕12月），總頁426-427。

2 吳幅員：〈《浮生六記》〈中山記歷〉篇為後人偽作說〉，《東方雜誌》復刊第11卷第8期（1978年2月），頁67-78。

《使琉球記》。李作原為日記體，抄本大體上用日記體，所抄文字，只是截錄各段，全同原文，并無加工整理之處。此種抄補，毫無意義。[3]

這也是根據〈中山記歷〉與李著《使琉球記》對比研究而得的結論。不過，從跋文中，可知張旭光並未仔細全面地對比，所以他才會有「抄本大體上用日記體」這一說法。而〈中山記歷〉中只有前面嘉慶五年五月初一至十二日海行至琉球那霸這十二天，還有最後的十月二十五至十一月三日這幾天，是用日記體寫的，其餘都是用類聚筆記體記載的。

民國六十八年（1979）暑假，楊仲揆先生著手〈中山記歷〉與李著《使琉球記》的對比研究，並撰成〈《浮生六記》——一本有問題的好書〉，並附了〈作者沈復年表〉、〈《浮生六記》寫作及出版年表〉、〈中山記歷〉抄襲李鼎元《使琉球記》對照表〉三個附表。論文發表於民國六十九（1980）年三月《時報雜誌》第十五期，附表則未同時刊登。[4]

民國七十一年（1982），楊仲揆先生根據上述的論文基礎，更進一步撰成〈《浮生六記》第五記〈中山記歷〉真偽考——〈中山記歷〉與李鼎元《使琉球記》對照研究〉一文。刊載於民國七十一年（1982）十二月、七十二年（1983）元月及二月《藝文誌》第二〇

3　參見黃強撰：〈《浮生六記》百年研究述略〉，《揚州教育學院學報》第24卷第2期（2006年），頁5。

4　參見楊仲揆撰：〈《浮生六記》第五記〈中山記歷〉真偽考——〈中山記歷〉與李鼎元《使琉球記》對照研究〉，《琉球古今談——兼論釣魚臺問題》（臺北：臺灣商務印書館，民國79〔1990〕年12月），總頁427中所述。該文章亦同時發表於《時報週刊》海外版第120號（1980年3月16日。

七、二〇八、二〇九前後連續三期。把前述的三個附表一同刊登發表。其中〈中山記歷〉與《使琉球記》對照表，對照二十一項事類：（1）從客，（2）開航，（3）封舟，（4）慶雲，（5）航海行樂圖，（6）見赤尾嶼，（7）天使館，（8）寄塵和尚詩，（9）護國寺，（10）海為物產，（11）織品，（12）碁子，（13）蘭花，（14）警枕，（15）觀朱子墨寶，（16）旅遊，（17）蔡溫，（18）踏板戲，（19）久米子弟，（20）土妓，（21）遇賊船及颱風。[5]其中每一事類都可能包含了好幾個小節。楊仲揆在表末附註按語說：

> 李鼎元《使琉球記》全書共六萬零四百八十餘字，而《浮生六記》〈中山記歷〉全文共一萬一千二百九十六。因時間關係，未能完全抄出抄襲之字句，加以對比分析。只能就以上二十一項事類抽樣之異同處，加以對照分析，僅是舉例而已。估計兩書相同者，約佔〈中山記歷〉四分之三以上，亦即〈中山記歷〉有四分之三，抄自使琉球記也。[6]

楊仲揆先生的對照研究，已經相當全面，但是依然不是完整的對比，所以有很多問題並未看得出來。

　　一九八三年大陸的陳毓羆先生也發表了〈《浮生六記》足本考辨〉一文，該文章刊載於一九八三年九月中華書局《文學遺產增刊》

5　參見楊仲揆撰《琉球古今談——兼論釣魚臺問題》（臺北：臺灣商務印書館，民國79年〔1990〕12月）〈《浮生六記》第五記〈中山記歷〉真偽考——〈中山記歷〉與李鼎元《使琉球記》對照研究〉一文，總頁458-478。表中本有二十二項，其中16、17同題作「旅遊」，應該是排版時手民之誤，當依楊氏附註按語為準。

6　楊仲揆：《琉球古今談——兼論釣魚臺問題》（臺北：臺灣商務印書館，民國79年12月初版）〈《浮生六記》第五記〈中山記歷〉真偽考——〈中山記歷〉與李鼎元《使琉球記》對照研究〉一文，總頁478。

第十五輯，據說這篇文章陳氏早寫於一九八一年，而遲至一九八三年才刊登。這篇文章後來成為陳氏《沈三白和他的《浮生六記》》一書中的第二章〈《浮生六記》這本書〉的主要部分。文章中陳毓罷先生雖然沒有作逐一的對照比較，不過他列舉了必須在對照比較之後才能看出的一些問題與論證，可見他是曾經做過較全面的對照比較的。然而，就筆者看來，陳氏的對照比較，大概也跟楊仲揆相似，觀其大而忽其微，所以有不少重要的問題沒有看出來。

為了能夠使讀者更清楚地看出〈中山記歷〉與李著《使琉球記》二者之間的異同，今將兩者相同相關之處並列於下表中，以表左列〈中山記歷〉順序為主，右為《使琉球記》相對的部分。若〈中山記歷〉的文字不出於《使琉球記》的，文字改為標楷體；而《使琉球記》中與〈中山記歷〉無關的，亦以標楷體印出。《使琉球記》用臺灣文海出版社，《近代中國史料叢刊》第四十八輯，師竹齋藏板本為準，標明其卷數、頁數、總頁數。以下本書凡引用李鼎元《使琉球記》，都用這一版本，於標註出處時不再贅錄。表中兩者沒有對應性的文字，以標楷體出之，而兩者有相關而文字不同者，以粗黑體示之。

（一）〈中山記歷〉與《使琉球記》文本對照表

〈中山記歷〉		《使琉球記》
1	嘉慶四年，歲在己未，琉球國中山王尚穆薨，世子尚哲先七年卒，世孫尚溫，表請襲封。中朝懷柔遠藩，錫以恩命。臨軒召對，特簡儒臣。於是，趙介山先生名文楷，太湖人，官翰林院修撰，充正使；李和叔先生，名鼎元，綿州人，官內閣	乾隆五十九年甲寅四月八日，琉球國中山王尚穆薨，世子尚哲先七年卒，世孫尚溫取具通國臣民結狀，於嘉慶三年戊午八月，遣正使耳目官向國垣、副使鄭議大夫曾謨進例貢，表請襲封。（卷一，頁1，總頁9。）

〈中山記歷〉	《使琉球記》
1	中書，副焉。介山馳書約余偕行。余以高堂垂老，憚於遠遊；繼思遊幕二十年，徧窺兩戒，然而尚有方隅之見，未觀域外，更歷瀁溟之勝，庶廣異聞。稟商吾父，允以隨往。	《使琉球記》者，賜一品服中書舍人副使李和叔先生所輯也。……嘉慶四年，歲在己未，故國王尚穆世孫尚溫表請襲封。聖主懷柔遠藩，錫以恩命，臨軒召對，特簡儒臣。於是趙介山先生充正使，先生副焉。（書前楊方燦〈序〉，頁3-4。）時選得內閣中書四員，翰林院編修三員。（卷一，頁1，總頁9-10）（嘉慶四年八月十有九日）因思海內博通掌故者，無如大宗伯紀曉嵐先生，因與正使趙介山偕謁。介山者，安慶府之太湖人，嘉慶元年狀元也。（卷一，頁2，總頁11。）欽命冊封琉球副使、賜正一品麟蟒服、內閣中書、前翰林院檢討、綿州李鼎元撰。（卷一，頁1，總頁9）酈、桑好奇，徒囿方隅之見。若夫出宙合之外，覽瀁溟之勝，以今方古，殆過之矣。（書前楊方燦〈序〉，頁6。）
2	從客凡五人：王君文誥，秦君元鈞，繆君頌，楊君華才，其一即余也。	（二月）二十九日壬子，陰，大風。介山從客三人：王君文誥、秦君元鈞、繆君頌。余從客一人，楊君華才，俱於昨夜至。（卷一，頁11，總頁29）
3	五年五月朔日，隨蕩節以行；祥飇送風；神魚扶舳，計六晝夜，徑達所居。凡所目擊，咸登掌錄。誌山	五月朔日，壬午，夏至，晴。（卷三，頁1，總頁105）茲迺握英簜之節，被織成之衣，鷁

	〈中山記歷〉	《使琉球記》
3	水之麗崎，記物產之瓌怪，載官司之典章，嘉士女之風節。文不矜奇，事皆記實。自慚譾陋，甘貽測海之嗤；要堪傳信，或勝鑿空之說云爾。	首乘雲，蜺旌耀日；精誠自矢，寧同虛誓。愬祈忠信可憑，何慮持衰不謹。天威所被，靈貺聿昭。祥飆送颿，神魚扶舳，鰷潯鱗渚，清瀾鏡澄，伏鱗昇魵，采色錦絢，無蛟鼉之患，颶風日之災。凡六晝夜，逕達所屆。（書前楊方燦〈序〉，頁4）爰自始事，及遵歸途，循天曲日術之法，比年經月緯之例；凡所目擊，咸登掌錄。遂迤表士女之風節，載官司之典章，志山水之麗崎，記物產之瓌怪。油素四尺，鉛槧千言，文不矜奇，事皆紀實。昔騫、英鑿空，未聞著撰之工。三善記備，九能共推；公之藝林，永以傳信。不揣樗昧，敬為序引。自知淺見，甘貽測海之嗤。（書前楊方燦〈序〉，頁5-6）
4	五月朔日，恰逢夏至，樸被登舟。向來封中山王，去以夏至，乘西南風，歸以冬至，乘東北風，風有信也。舟二，正使與副使共乘其一。	五月朔日，壬午夏至晴。向來封中山王，去以夏至，乘西南風，歸以冬至，乘東北風，風有信也，早起，命僕樸被登舟，午刻具龍綵亭奉敕節幣安放中倉。……舟二，余與介山共乘其一。（卷三，頁1，總頁105）
5	舟身長七尺，首尾虛艄三丈，深一丈三尺，寬二丈二尺，校歷來封舟，幾小一半。	（閏四月十三日）禮畢往驗封舟，舟身長七尺，首尾虛艄三丈，深一丈三尺，寬二丈二尺，校歷來封舟，幾小一半。介山詰其故……。（卷二，頁15，總頁86）

	〈中山記歷〉	《使琉球記》
6	前後各一桅，長六丈有奇，圍三尺。中艙前一桅，長十丈有奇，圍六尺，以番木為之。通計二十四艙，艙底貯石，載貨十一萬斤有奇。龍口置大砲一，左右各置大砲二，兵器貯艙內。大桅下，橫大木為轆轤，移砲升蓬皆仗之，輂以數十人。艙面為戰臺，尾樓為將臺，立幟列藤牌，為使臣聽事。下即舵樓，舵前有小艙，實以沙布針盤。中艙梯而下，高可六尺，為使臣會食地。前艙貯火藥貯米，後以居兵。稍後為水艙，凡四井；二號船稱是。每船約二百六十餘人，船小人多，無立錐處。	（五月朔日）詔敕……舟二，余與介山共乘其一。前後各一桅，長六丈有奇，圍三尺。中艙前一桅，長十丈有奇，圍六尺，以番木為之。通計二十四艙，艙底貯石，曰壓鈔，載貨十一萬斤有奇列龍旗、御仗於船頭執事分列兩舷，龍口置大砲一，左右各置大砲二，兵器貯艙內。桅上有欽差旗蜈蚣旗五采旗黃認風旗。大桅下，橫大木為轆轤二，移砲升蓬皆仗之，輂以數十人。頭纜圍尺有八寸，次尺有二寸，次尺定，三皆以鐵力木為之，形如亇字以代鐵錨。艙面為戰臺，尾樓為將臺，立幟列藤牌，為使臣聽事。下即舵樓，舵前有小艙，實以沙布針盤。其中鴉班之外，有繚手、定手、車手各目。中艙梯而下，高可六尺，為使臣會食地。左右分居，居復分兩層，名曰麻力，上層又劃為三間，下層則劃為六間，主棲其上，僕處其下。下層間臥二人。前艙貯火藥貯米，又前以居胥役，稍後以居兵。稍後為水艙，凡四井；再後則都司居之，舵前艙則接封陪臣及從者居之。二號船稱是。每船約二百六十餘人，船小人多，無立錐處。余與介山不得已，遣人扎商撫軍日暮不得入城。（卷三，頁1、2，總頁105-107）

	〈中山記歷〉	《使琉球記》
7	風信已屆，如欲易舟，恐延時日也。	（閏四月十三）撫軍無以應，余曰風信已近，必欲易舟，恐延時日。但恐兵役人數過多，舟不能容。（卷二，頁16，總頁87。）
8	初二日，午刻，移泊鼇門。申刻，慶雲見於西方，五色輪囷，適與樓船旗幟，上下輝映，觀者莫不嘆為奇瑞。	（五月）初四日乙酉，晴。午刻泊鼇頭。申刻，慶雲見於西方，五色輪囷，適與樓船旗幟，上下輝映，舟中及兩岸之人莫不嘆為奇瑞。（卷三，頁2，總頁108）
9	或如玄圭，或如白珂，或如靈芝，或如玉禾，或如絳綃，或如紫紵，或如文杏之葉，或如含桃之顆，或如秋原之草，或如春湘之波。向讀屠長卿賦，今始知其形容之妙也。	
10	畫士施生，為航海行樂圖，甚工。	（閏四月）二十四日丙子，晴。寄塵來，以詩畫扇見貽，並薦畫士施生，為余圖航海行樂，試令貌之，頗得八九。（卷二，頁22，總頁100）
11	余見茲圖，遂乃擱筆；香崖雖善畫，亦不能辦此。	二十五日丁丑晴，寄塵遣其徒李香崖來蘇州人亦善畫，將侍寄塵渡海。（卷二，頁23，總頁101）
12	初四日，亥刻起椗，乘潮至羅星塔。	（五月）初四日乙酉晴，……。亥刻起椗，乘潮至羅星塔。投銀龍潭，祭取淡水。（卷三，頁2，總頁108）
13	海闊天空，一望無際。余婦芸娘，昔遊太湖，謂得見天地之寬，不虛此生；使觀於海，其愉快又當何如！	

〈中山記歷〉	《使琉球記》
14	初九日，卯刻，見彭家山。列三峯，東高而西下。申刻，見釣魚臺三峯離立，如筆架，皆石骨。惟時水天一色，舟平而駛，有白鳥無數，繞船而送；不知所自來。入夜，星影橫斜，月光破碎，海面盡作火燄，浮沉出沒。木華海賦所謂陰火潛然者也。	（五月）初九日，庚寅晴，卯刻，見彭家山。山列三峯，東高而西下。計自開洋行船十六更矣，由山北過船，辰刻轉丁未風用單乙針行十更船。申正，見釣魚臺三峯離立，如筆架，皆石骨。惟時水天一色，舟平而駛，有白鳥無數，繞船而送；不知所自來。入夜，星影橫斜，月光破碎，海面盡作火燄，浮沉出沒。木華海賦所謂陰火潛然者也。舟人稟祭黑水溝，按汪舟次雜錄，過黑水溝，投生羊豕以祭。（卷三，頁4，總頁112）
15	初十日，辰正，見赤尾嶼。嶼方而赤，東西凸而中凹，凹中又有小峯二，船從山北過。有大魚二，夾舟行，不見首尾；脊黑而微綠，如十圍枯木，附於舟側。舟人以為風暴將起，魚先來護。午刻，大雷雨，以震風轉東北，舵無主，舟轉側甚危；幸而大魚附舟，尚未去。忽聞霹靂一聲，風雨頓止。申刻，風轉西南且大，合舟之人，舉手加額；咸以為有神助。	（五月）初十日，辛卯晴，丁未風仍用單乙針，東方黑雲蔽日，水面白鳥無數計，彭家至此行船十四更。辰正，見赤尾嶼。嶼方而赤，東西凸而中凹，凹中又有小峯二，船從山北過。有大魚二，夾舟行，不見首尾；脊黑而微綠，如十圍枯木，附於舟側。舟人舉酒相慶，巳刻，微雨從南來，雷一發雨倐止。午刻，大雨雷，以震風轉東北，舵無主，舟轉側甚危；接封大夫梁煥請曰：水井漏，淡水將竭，如此風不止，當乘風回五虎門，再圖風利。余聞大魚夾舟，若有神助，行船最吉。因令人視大魚尚附舟未去，意者風暴將起，魚先來護舟，因與介山虔焚藏香，跪禱於天后

〈中山記歷〉	《使琉球記》
15	曰：使者聞命，有進無退，家貧親老志在藏事速歸神能轉風當籲請於皇上加封神之父母，鼎元自元旦發愿，時刻不忘，想蒙神鑒。禱畢不半刻，霹靂一聲，風雨頓止。申刻，風轉西南且大，合舟之人，舉手加額。共嘆神力感應如響，是夜行六更船仍用單乙針。（卷三，頁5，總頁113、114）
16	得二詩以誌之。詩云：「平生浪跡徧齊州，又附星槎作遠遊，魚解扶危風轉順，海雲紅處是琉球。」「白浪滔滔撼大荒，海天東望正茫茫；此行足壯書生膽，手挾風雷意激昂。」自謂頗能寫出爾時光景。	
17	十一日，午刻，見姑米山。山共八嶺，嶺各一二峯，或斷或續。未刻，大風暴雨如注，然雨雖暴而風順。酉刻，舟已近山；琉球人以姑米多礁，黑夜不敢進，待明而行，亦不下椗，但將篷收回。順風而立，則舟蕩漾而不能進退。戌刻，舟中舉號火，姑米山有火應之。詢知為球人暗令，日則放砲，夜則舉火；儀注所謂得信者，此也。	（五月）十一日壬辰，陰。丁未，風，仍用單乙針，計赤尾嶼至此，行十四更船。午刻，見姑米山。山共八嶺，嶺各一二峯，或斷或續。舟中人歡聲沸海。未刻，大風暴雨如注，俗傳十一日為天帝龍王朝玉帝之期，又十三為關帝颶，發於前後三日，殆其驗也。然雨雖暴而風順。酉刻，舟已近山，計又行五更船；琉球人以姑米多礁，黑夜不敢進，待明而行，亦不下定，但將篷收回。順風而立，則舟蕩漾而不能進退。初使風時各篷皆加插花襏大蓬，更加頭巾，頂皆以布為之插花附於篷側，頭巾附於桅稍，至此盡

	〈中山記歷〉	《使琉球記》
17		落之。惟大蓬不落海，舟所恃惟柁與蓬，蓬下定舟行最忌。戌刻，舟中舉號火，姑米山有火應之。問知為球人暗令，日則放砲，夜則舉火；儀注所謂得信者，此也。丑刻有小船來引導，乃放舟由山南行始用乙卯針。（卷三，頁6，總頁115、116）
18	十二日，辰刻，過馬齒山。山如犬牙相錯，四峰離立，若馬行空。計又行七更，船再用甲寅針，取那霸港。回望見迎封船在後，共相慶幸。歷來針路所見，尚有小琉球，雞籠山，黃麻嶼，此行俱未見。問知琉球夥長，年已六十，往來海面八次，每度細審，得其準的，以為不出辰卯二位。而乙卯位單，乙針尤多，故此次最為簡捷；而所見亦僅三山，即至姑米。針則開洋用單辰，行七更後，用乙辰，自後盡用乙，過姑米乃用乙卯；惟記更以香，殊難憑準。念五虎門至官塘，里有定數。因就時辰表按時計里，每時約行百有十里。自初八日未時開洋，迄十二日辰時計共五十八時。初十日暴風停兩時，十一日夜畏觸礁停三時，實行五十三時，計程應得五千八百三十里。計到那霸港實洋面六千里有奇。	（五月）十二日癸巳，晴。辰刻，過馬齒山。山如犬牙相錯，四峰離立，若馬行空。計又行七更，船再用甲寅針，取那霸港。回望見迎封船在後，共相慶幸。考歷來針路所見，尚有小琉球、雞籠山、黃麻嶼，此行俱未見。問知琉球夥長，年已六十，往來海面八次，每度細審，得其準的，以為不出辰卯二位。而乙卯位單，乙針尤多，故此次最為簡捷；而所見亦僅三山，即至姑米。針則開洋用單辰，行七更後，用乙辰，自後盡用乙，過姑米乃用乙卯；惟紀更以香，殊難為據。念五虎門至官塘，里有定數。因就時辰表按時記里，每時約行百有十里。自初七日未時開洋，訖十二日辰時計共五十八時。初十日暴風停兩時，十一日夜畏觸礁停三時，實行五十三時，計程應得五千八百三十里。計到那霸港實洋面六千里有奇。（卷三，頁6、7，總頁116、117）

〈中山記歷〉	《使琉球記》
19	據琉球夥長云：海上行舟，風小固不能駛，風過大亦不能駛；風大則浪大，浪大力能甕船，進尺仍退二寸。惟風七分，浪五分，最宜駕駛，此次是也。從未渡海，未有平穩而駛如此者。於時，球人駕獨木船數十，以縴挽舟而行，迎封三接如儀，辰刻進那霸港。	（五月）據琉球夥長云：海上行舟，風小固不能駛，風過大亦不能駛；風大則浪大，浪大力能甕船，進尺仍退二寸。惟風七分，浪五分，最宜駕駛，此次是也。從未渡海，未有平穩而駛如此者。於時，球人駕獨木船數十，以縴挽舟而行，迎封三接如儀，辰刻進那霸港。（卷三，頁7，總頁117、118）
20	先是二號船於初十日望不見，至是乃先至，迎封船亦隨後至，齊泊臨海寺前。夥長云：從未有三舟齊到者。	（五月）先是二號船於初十日望不見，至是乃先至，迎封船亦隨後至，齊泊臨海寺前。夥長云：從未有三舟齊到者。（卷三，頁七，總頁118）
21	午刻，登岸，傾國人士，聚觀於路。世孫率百官，迎詔如儀。世孫年十七；白皙而豐頤，儀度雍容；	（五月）眾復驚喜。午刻，登岸，傾國人士，聚觀於路。世孫率百官，迎詔如儀。啟門後，各官以次進謁……世孫來，年十七，厚重簡默，儀度雍容，白皙而豐頤，有福相。（卷三，頁7，總頁118）
22	善書，頗得松雪筆意。	（十月十一日）余素聞國王善書，展讀之，書法得松雪筆意，可謂此行一寶。（卷六，頁十二，總頁274）
23	按中山世鑑：隋使羽騎尉朱寬至國，於萬濤間，見地形如虯龍浮水，始曰流虯。而隋書又作流求，新唐書作流鬼，元史又作瑠求，明復作琉球。世鑑又載，元延祐元年國分為三大里，凡十八國，或稱山	（九月）十六日，乙未晴。張良暴，不應。遣人至王城并送交中山世鑑，按世鑑載：隋使羽騎尉朱寬至國，於萬濤間，見地形如虯龍浮水，始曰流虯。而隋書又作流求，謂水行五日而至……。新唐書作流

〈中山記歷〉	《使琉球記》
南王或稱山北王。余於中山、南山，遊歷幾徧，大村不及二里，而即謂之國，得勿誇大乎？	鬼，似見其人形矣，而元史又作瑠求，明復作琉球。世鑑又載，元延祐元年國分為三大里。按司據佐敷知念玉城具志頭東風平島尻喜屋武摩文仁真壁堅城豐見城十一國稱山南王今歸仁按司據羽地名護國頭金武伊江大宜味恩納七國稱山北王中山惟首里王城那霸泊浦添北溪中城越來讀谷山具志川勝連三平等國。余於中山、南山，遊歷幾徧，大村不及二里，而即謂之國，得勿誇大乎？（卷五，頁21、22，總頁246、247）
24	琉人每言大風，必曰颱颶。按韓昌黎詩：「雷霆逼颶颶」，是與颶同稱者為颶。玉篇：「颶，大風也，於筆切。」《唐書·百官志》有颶海道，或係球人誤書。	（五月）二十七日，戊申晴偶閱志略屢見颱颶字余不識颱字遍查字書無之。然琉人每言大風，必曰颱颶。閩人亦習言之。按韓昌黎詩：「雷霆逼颶颶」，是與颶同稱者為颶。玉篇：「颶，大風也，於筆切。」《唐書·百官志》有颶海道，或係球人誤書。歷來使者不深考，遂言其誤，然亦未敢自執，俟歸質之博學者。（卷三，頁15，總頁134）
25	隋書稱琉球有虎、狼、熊、羆，今實無之。又云：無牛羊驢馬。驢誠無，而六畜無不備，乃知書不可盡信也。	（十月）初四日癸丑，晴。楊文鳳四公子……。往別奧山，越中島，循泉崎而歸。竊疑隋書稱有虎、狼、熊、羆，今實無之。又云：無牛羊驢馬。驢誠無，而六畜無不

	〈中山記歷〉	《使琉球記》
25		備，乃知書不可盡信。（卷六，頁7，總頁264）
26	天使館西向，仿中華廨署。有旗竿二，上懸冊封黃旂。有照牆，有東西轅門，左右有鼓亭，有班房。大門署曰：「天使館」。門內廊房各四楹。儀門署曰：「天澤門」，萬曆中使臣夏子陽題；年久失去，前使徐葆光補出。門內左右各十一間，中有甬道。道西榕樹一株，大可十圍；徐公手植。最西者為廚房，大堂五楹，署曰：「敷命堂」，前使汪楫題。稍北，葆光額曰：「皇綸三錫」。堂後有穿堂，直達二堂；堂五楹，中為正副使會食之地。前使周公署曰：「聲教東漸」。左右即寢室。堂後南北各一樓；南樓為正使所居，汪楫額曰：「長風閣」。北樓為副使所居，前使林麟焻額曰：「停雲樓」。額北有詩牌，乃海山先生所題也。周礪礁石為垣，望同百雉。垣上悉植火鳳，幹方，無花有刺，似霸王鞭，葉似慎火草，俗謂能避火，名吉姑蘿。南院有水井，樓皆上覆同瓦，下砌方磚。院中平似砂，桌椅床帳，悉仿中國式。	（五月十二日）天使館西向，仿中華廨署。有旗竿二，上懸冊封黃旂。有照牆，有東西轅門，左右有鼓亭，有班房。類半間，國之小吏執事者坐焉。大門署曰：「天使館」。門內廊房各四楹，以居吏役。儀門署曰：「天澤門」，萬曆中使臣夏子陽題：年久失去，前使徐葆光補書。門內廊房左右各十一間，以居從人，中有甬道。道西榕樹一株，大可十圍；徐公手植，本四株，今存其一。最西者為廚房，大堂五楹，署曰：「敷命堂」，前使汪楫題。稍北，葆光額曰：「皇綸三錫」。堂後有穿堂，直達二堂；堂五楹，中為正副使會食之地。前使周公署曰：「聲教東漸」。左右即寢室。堂後南北各一樓，敬其中有後門，樹塞焉；南樓為正使所居，汪楫額曰：「長風閣」。北樓為副使所居，前使林麟焻額曰：「停雲樓」。額北有詩牌，乃海山先生所題也。周礪礁石為垣，望同百雉。垣上悉植火鳳，幹方，無花有刺，似霸王鞭，葉似慎火草，俗謂能避火，名吉姑羅。南院有水井，樓皆上覆同瓦瓦，下砌方磚，板壁席地。院平以砂，桌椅床帳，悉仿中

	〈中山記歷〉	《使琉球記》
26		國式。飲食日用之物，無不畢備，樓前後有窗，海風徐來，頗無暑氣，賓至如歸焉。（卷三，頁8，總頁119、120）
27	寄塵得詩四首，有句云：「相看樓閣雲中出，即是蓬萊島上居。」又有句云：「一舟剪徑憑風信，五日飛帆駐月楂。」皆真情真境也。	（五月）十九日，庚子微雨。寄塵得詩四首，有句云：「相看樓閣雲中出，即是蓬萊島上居。」又一：「一舟剪徑憑風信，五日飛帆駐月楂。」皆真情真境。 （卷三，頁11，總頁125）
28	孔子廟在久米村。堂三楹，中為神座，如王者垂旒搢圭。而署其主曰：「至聖先師孔子神位」。左右兩龕，龕二人立侍，各手一經，標曰：易、書、詩、春秋；即所謂四配也。堂外為臺，臺東西，拾級以登，柵如欞星門，中仿戟門，半樹塞以止行者；其外臨水為屏牆。堂之東，為明倫堂，堂北祀啟聖。久米士之秀者，皆肄業其中。擇文理精通者，為之師，歲有廩給。	（五月）十三日，甲午晴，恭謁先師孔子廟，廟在久米村，創始於康熙十二年。堂三楹，中為神座像，如王者垂旒搢圭。而署其主曰：「至聖先師孔子神位」。左右兩龕，龕二人立侍，各手一經，標曰：易、書、詩、春秋；即所謂四配也。堂外為露臺，臺東西，拾級以登，柵如欞星門，中仿戟門，半樹塞以止行者；其外臨水為屏牆。堂之東，為明倫堂，康熙五十六年程順請建。堂北祀啟聖。久米士之秀者，皆肄業其中。擇文理精通者，為之師，歲有廩給。（卷三，頁8、9，總頁120、121）
29	丁祭一如中國儀。	（八月）初七日，丁巳晴。先是朔日諭法司等官以丁祭之期開示儀注，令習禮并開單，令備牛羊豕各

	〈中山記歷〉	《使琉球記》
29		色祭品，是日五更詣文廟致祭，一如中國儀。（卷五，頁1，總頁206）
30	敬題一詩云：「洋溢聲名四海馳，島邦也解拜先師；廟堂肅穆垂旒貴，聖教如今洽九夷。」用申仰止之忱。	
31	國中諸寺，以圓覺為大。	（八月）十三日，癸亥晴。王叔尚周尚容來謁，行初見一跪三叩禮。命之坐，茶罷通事致詞云：小邦諸寺，以圓覺為大。（卷五，頁6，總頁216）
32	渡觀蓮塘橋，亭供辨才天女，云即斗姥。將入門，有池曰圓鑑，荇藻交橫，芰荷半倒；門高敞，有樓翼然。左右金剛四，規模略仿中國，佛殿七楹。更進，大殿亦七楹，名龍淵殿；中為佛堂，左右奉木主，亦祀先王神位，兼祀祧主。左序為方丈，右序為客座，皆設席。周緣以布，下襯極平而淨，名曰踏腳綀。方丈前，為蓬萊庭。左為香積廚。側有井，名不冷泉。客座右，為古松嶺，異石錯舛，列於松間。左廂為僧寮，右廂為獅子窟。僧寮南，有樂樓。樓南有園，饒花木，此圓覺寺之勝概也。	（八月）十六日，丙寅晴。遣人入王府，謝食後皆介山遊圓覺寺。渡觀蓮塘橋，橋亭供辨才天女，云即斗姥。將入門，有池曰圓鑑，荇藻交橫，芰荷半倒；國王迎於山門外，王叔以下跪迎。門高敞，有樓翼然。左右金剛四，規模畧仿中國，佛殿七楹。更進，大殿亦七楹，名龍淵殿；中為佛堂，左右奉木主，亦祀先王神位，兼祀祧主，與志畧所載同。左序為方丈，右序為客座，皆設席。周緣以布，下襯草極平而淨，名曰踏腳綿。使院日踐之而未得其名也，前楹板閣護雕欄。方丈前，為蓬萊庭。左為香積廚。廚側有井，名石冷泉。客座右，為古松嶺，異石錯，列於松間。左廂

	〈中山記歷〉	《使琉球記》
32		為僧寮，右廂為獅子窟。僧寮南，有樂樓。樓南有園，饒花木，寺僧無知識頗愧唱三經山宗派遊畢食蓬萊庭，國王頗勸酒，暮歸，列炬如前。（卷五，頁7，總頁218）
33	又有護國寺。為國王禱雨之所。龕內有神，黑而裸，手劍立，狀甚猙獰。有鐘，為前明景泰七年鑄。寺後多鳳尾蕉，一名鐵樹。	（五月）二十二日，癸卯晴。……。東北有山曰雪崎又東北有小石曰龜山，稍下為護國寺。為國王禱雨之所。龕內有神，黑而倮，手劍立，狀甚獰，名曰不動，或曰火神。庭中有景泰七年鑄鐘一，廡下又有乾隆五十七年新鑄鐘一。寺後多鳳尾蕉，一名鐵樹。（卷三，頁12，總頁128）
34	又有天王寺，有鐘，亦為景泰七年鑄。	（八月）二十四日，甲戌晴。馬法司邀遊天王寺，寺在圓覺寺東北，……。有鐘，為景泰七年內子鑄。（卷五，頁12，總頁227）
35	又有定海寺，有鐘為前明天順三年鑄。	（六月）十三日，甲子晴……。石垣四周佛堂三楹，面東板閣一，無佛像而有香爐，供石，舊名定海寺，有鐘為前明天順三年鑄。（卷三，頁二十三，總頁149）
36	至於龍渡寺、善興寺、和光寺，荒廢無可述者。	（五月）二十六日丁未，……過小橋，至龍渡寺。（卷三，頁15，總頁133）
		（五月）二十八日，己酉晴，皆介山遊善興寺。（卷三，頁十六，總頁135）

	〈中山記歷〉	《使琉球記》
36		（八月）初七日丁巳，祭畢，偕介山遊和光寺。荒廢無可述。（卷五，頁2，總頁207）
37	此邦海味，頗多特產，為中國之所罕見。一石鉅似墨魚而大，腹圓如蜘蛛，雙鬚八手，攢生兩肩，有刺，類海參。無足無鱗介，如鮑魚。登萊有所謂八帶魚者，以形考之，殆是石鉅，或即烏鰂之別種歟！	（五月）十九日，……。是日食品有石距似墨魚而大，腹圓如蜘蛛，雙鬚八手，攢生兩肩，有刺，類海參。無足無鱗介，味如鮑魚。徐錄作石鉅，考字書無鉅字，余前遊登萊見有所謂八帶魚者，以形考之，當是石距。異魚圖贊注：章舉石距，烏鰂之別種。（卷三，頁11，總頁125、126）
38	一海蛇，長三尺，僵直如朽索，色黑，狀猙獰。土人云能殺蟲、療痼、已癱；殆永州異蛇類。土俗甚重之，以為貴品。	（五月）二十五日，丙五晴，世孫遣官起居，食單內有海蛇，長三尺以來，僵直如朽索，色黑，狀猙獰。起居日供一束，束五具。土人云：性熱能去瘋、殺虫、療痼、已癱；殆永州異蛇類。余性無所忌，試令如法烹治，但有皮而無肉味，亦無他異。然土俗甚重之，以為貴品。（卷三，頁14、15，總頁132、133）
39	一海膽，如蝟，剝皮去肉，搗成泥，盛以小瓶，可供饌。	（六月）二十一日，壬申，微雨。供應所送得生海膽一具，形渾沌，通體刺如蝟，無頭尾面目，蠕蠕能運，旁有小穴赤而方，或其口也。球人以形似，名曰海膽。剝皮取肉，搗成泥，盛以小瓶，可供饌。前已嚐之矣，若易名曰海蝟，尤為得實。（卷三，頁26，總頁155、156）

	〈中山記歷〉	《使琉球記》
40	一寄生螺，大小不一，長圓各異，皆負殼而行。螺中有蟹，兩螯八跪，跪四大四小，以大跪行。螯一大一小，小者常隱，大者以取食，觸之則大跪盡縮，以大螯拒戶。蟹也而有螺性，〈海賦〉所云：璅蛣腹蟹，豈有類歟。《太平廣記》謂蟹入螺中，似先有蟹；然取置碗中，以觀其求脫之勢，力猛殼脫，頃刻死，則又與殼相依為命。造物不測，難以臆度也。	（六月）初十日，辛酉雨。邀楊文鳳、首里四公子，為竟日談，得寄語百數十條。庭中寄生螺，冒雨夥出，大小不一，長圓各異，皆負殼而行。螺中蟹，兩螯八跪，跪四大四小，以大跪行。螯一大一小，小者常隱，大螯以取食，觸之則大跪盡縮，以一大螯拒戶。蟹也而有螺性，〈海賦〉所云：璅蛣腹蟹，豈有類歟。《太平廣記》謂蟹入螺中，似先有蟹；然從人有取置碗中，以觀其求脫之勢，力猛殼脫，頃刻死，則又與殼相依為命。造物不測，難以意度也。（卷三，頁21，總頁146）
41	一沙蟹，闊而薄，兩螯大於身，甲小而缺其前；縮兩螯以補之，若無縫。八跪特短，臍無甲，尖團莫辨。見人，則凹雙睛，噀水高寸許，似善怒。養以沙水，經十餘日，不食亦不死。	（六月）十四日，乙丑陰……。介山偶得一蟹，闊而薄，兩螯大於身，甲小而缺其前；縮兩螯以補之，若無縫。八跪特短，臍無甲，尖團莫辨。見人，則凸雙睛，噀水高寸許，似善怒。養以沙水，經十餘日，不食亦不死。土人不知其名，以其得於沙也，名之曰沙蟹。為詩以記焉。（卷三，頁23，總頁150）
42	一蚶，徑二尺以上，圍五尺許，古人所謂屋瓦子；以殼形凹凸，象瓦屋也。	（六月）初三日……。是日食單有蚶，取視之，徑二尺以上，圍五尺許，古人所謂瓦屋子；以殼形凹凸，象瓦屋也。（卷三，頁17、18，總頁138、139）

	〈中山記歷〉	《使琉球記》
43	一海馬肉，薄片迴屈如鉋，花色如片茯苓；品之最貴者，不易得，得則先以獻王。其狀魚身馬首，無毛而有足，皮如江豚。此皆海味之特產也。	（六月）十五日，……。食品有海馬肉，薄片迴屈如鉋，花色如片茯苓；品之最貴者，常不易得，得則先以獻王。其狀魚身馬首，無毛而有足，皮如江豚。（卷三，頁23，總頁150）
44	此邦果實，亦有與中國不同者；蕉實狀如手指，色黃，味甘，瓣如柚，亦名甘露。初熟色青，以糖覆之則黃。其花紅，一穗數尺，瓣鬣五六出，歲實為常；實如其鬣之數。中國亦有蕉，不聞歲結實，亦無有抽其絲作布者，或其性殊歟？	（七月）初六日，丙戌大風。是日食品有蕉實狀如手指不相屬，色黃，味甘，瓤如柚，亦名甘露。初熟色青，以糠覆之則黃，與中國製柿無異。其花紅，一穗數尺，瓣鬣五六出，歲實為常；實如其鬣之數。中國亦有蕉，不聞歲結實，亦無有抽其絲作布者，或其性殊歟？（卷四，頁7，總頁172）
45	布之原料，與製布之法，亦有與中國異者。一曰蕉布，米色，寬一尺，乃芭蕉漚抽其絲織成，輕密如羅。一曰苧布，白而細，寬尺二寸，可敵棉布。一曰絲布，白而棉軟，苧經而絲緯，品之最尚者。漢書所謂「蕉、筒、荃、葛」，即此類也。一曰麻布，米色而粗，品最下矣。國人善印花，花樣不一，皆剪紙為範，加範於布，塗灰焉。灰乾去範，乃著色；乾而浣之，灰去而花出，愈浣而愈鮮，衣敝而色不退。此必別有製法，秘不語人；故東洋花布，特重於閩也。	（六月）十九日，庚午晴……。因取視昨所購布。一米色，曰蕉布，寬一尺，乃漚芭蕉，抽其絲織成，輕密如羅。一白而細者，曰苧布，寬尺二寸，可敵棉布。一白而綿軟者，曰絲布，乃苧經而絲緯，品之最上者。漢書所謂「蕉、筒、荃、葛」，即此類也。一米色而粗者，曰麻布，品最下矣。國人善印花，花樣不一，皆剪紙為範，加範於布，塗灰焉。灰乾去範，乃著色；乾而浣之，灰去而花出，愈浣而愈鮮，衣敝而色不退。此必別有製法，秘不語人；故東洋花布，特重於閩。（卷三，頁25，總頁153、154）

	〈中山記歷〉	《使琉球記》
46	此邦草木，多與中國異稱，惜未攜群芳譜來，一一辨證之耳。羅漢松謂之樫木；冬青謂之福木；萬壽菊謂之禪菊；	（六月）初七日，戊午晴……。中山草木，多與中朝異稱，益因國中少書，多不識古來草木之名。如羅漢松謂之樫木；冬青謂之福木；萬壽菊謂之禪菊；其初以意名之，後遂相沿不改。惜未攜群芳譜來，一一辨證之耳。（卷三，頁19，總頁141、142）
47	鐵樹謂之鳳尾蕉，以葉對出形似也，亦謂之海椶櫚，以葉蓋頭形似也。有攜至中華以為盆玩者，則謂之萬年椶云。	（六月）十二日，癸亥晴。長使送鐵樹四盆來，質枯如鐵，一本或數幹無旁枝，叢葉蓋頭對出，而勁挺如蜈蚣，一名鳳尾蕉，以葉對出形似也，一名海椶櫚，以葉蓋頭形似也。其根碓為粉，可為糧，島人以御荒歲處處皆植之。亦有攜至中華以為盆玩者，則謂之萬年椶云。（卷三，頁22，總頁148）
48	鳳梨開花者謂之男木，白瓣若蓮，頗香烈，不實；無花者謂之女木，而實大如瓜，可食。或云，即波羅蜜別種，球人又謂之「阿呾呢」。	（六月）十一日……村無他樹，滿望皆阿呾呢，連蔓堅利，可為藩籬，葉長可造蓆，刺生其旁，幹層裂如裹麻，根可為索，開花者為男木，花白瓣若蓮，合尖左右疊，十餘朵直上五掗，蕊露如杖，長三寸許，頗香烈，不實；女木則無花而實大如瓜，膚紋起釘皆六稜，可食。或云即波羅蜜別種，一名鳳梨。村中泉石頗佳。（卷三，頁22，總頁147）
49	月橘，謂之十里香，葉如棗，小白花，甚芳烈，實如天竹子而稍大。	（九月）初八日丁亥……尚週邀至家，屋宇堅樸，庭饒石山花木。月

	〈中山記歷〉	《使琉球記》
49	聞二月中，紅纍纍滿樹，若火齊然，惜余未及見也。	橘尤多，葉細如棗，小白花甚芳烈，一名十里香，實如天竹子稍大。聞二月中，紅纍纍滿樹，若火齊屏，惜未及見。（卷五，頁17，總頁238）
50	球陽地氣多暖，	（五月十八日）球陽地氣溫暖。（卷三，頁11，總頁125）
51	時屆深秋，花草不殺，蚊雷不收，荻花盛開。	（九月十二日）時無霜，花草不煞，蚊雷不收，萩花盛開，條弱如柳葉。（卷五，頁19，總頁241）
52	野牡丹二三月開花，至八月復開，花纍纍如鈴鐸；素瓣，紫暈，檀心，圓而大，頗芳烈。	（八月）二十七日丁丑，……。一野牡丹，花纍纍如鈴鐸，素瓣，紫暈，檀心，圓而大，頗芳烈。志略云：二三月花，今八月復開，知凡花常開四季矣。（卷五，頁13，總頁229）
53	佛桑四季皆花，有白色，有深紅、粉紅二色。	（六月）初五日，丙辰陰，巳後大雨，長史送佛桑四株，一種千層如榴有深紅粉紅二色。一種單層花如燈盤，蕊單出如燭，長二寸許，有紅白二色，朝開暮落，落則瓣卷如燭，花而不實，四季有花，深冬葉始凋謝。（卷三，頁18，總頁140）
54	因得一詩，詩云：「偶隨使節泛仙槎，日日春遊玩物華；天氣常如二三月，山林不斷四時花。」亦真情真景也。	
55	球人嗜蘭，謂之孔子花；陳宅尤多異產。有風蘭，葉較蘭稍長，篾竹	（九月）二十六日乙巳，……至陳宅觀蘭。球俗嗜蘭，謂之孔子花，

	〈中山記歷〉	《使琉球記》
55	為盆，掛風前即蕃衍。有名護蘭，葉類桂而厚，稍長如指，花一箭八九出，以四月開，香勝於蘭。出名護嶽巖石間，不假水土，或寄樹椏，或裹以椶而懸之無不茂。有粟蘭，一名芷蘭，葉如鳳尾花，作珍珠狀。有棒蘭，綠色，莖如珊瑚，無葉，花出椏間，如蘭而小，亦寄樹活。又有西表松蘭，竹蘭之目。或致自外島，或取之巖間，香皆不減蘭也。	陳宅尤多異產。有風蘭，葉較蘭稍長，味如茴香，篾竹為盆，掛風前即蕃衍。有名護蘭，葉類桂而厚，稍長如指，花一箭八九出，以四月開，香勝於蘭出名。護嶽巖石間，不假水土，或寄樹椏，或裹以椶而懸之無不茂。有粟蘭，一名芷蘭，葉如鳳尾花，作珍珠狀。有棒蘭，綠色，莖如珊瑚，無葉，花出椏間，如蘭而小，亦寄樹活。又有西表松蘭，竹蘭之目。或致自外島，或取之巖間，香皆不減蘭也。（卷六，頁3，總頁256）
56	因得一詩，詩云：「移根絕島最堪誇，道是森森闕里花，不比尋常凡草木，春風一到即繁華。」題詩既畢，並為寫生，愧無黃筌之妙筆耳。	
57	沿海多浮石，嵌空玲瓏，水擊之，聲作鐘磬；此與中國彭蠡之口石鐘山相似。	（五月）二十二日癸卯晴……垣後可望海，沿海多浮石，嵌空玲瓏，潮水擊之，聲作鐘磬。（卷三，頁12，總頁128）
58	閒居無可消遣，與施生弈，用琉球棋子，白者磨螺之封口石為之，內地小螺拒戶有圓殼，海螺大者，其拒戶之殼，厚五六分，徑二寸許，圓白如砷碌，土人名曰封口石。黑者磨蒼石為之。子徑六分許，圍二寸許，中凸而四圍削，無正背面，不類雲南子式。棋盤以木為之，厚	（五月）二十四日乙巳晴，閒居無可消遣，與介山奕，用琉球棊子，白者磨螺之封口石為之，內地小螺拒戶有圓殼，海螺大者，其拒戶之殼厚五六分，徑二寸許，圓白如砷碌，土人名曰封口石。黑者磨蒼石為之。子徑六分許，圍二寸許，中凸而四圍削，無正背面，不類雲南

	〈中山記歷〉	《使琉球記》
58	八寸，四足，足高四寸，而刻棋路。其俗好弈，舉棋無不定之說，頗亦有國手。局終數空眼多少，不數實子，數正同。相傳國中供奉棋神，畫女相如仙子，不令人見；乃國中雅尚也。	子式。棋盤以木為之，厚八寸，四足，足高四寸，面刻棋路。其俗好弈，舉棋無不定之說，頗亦有國手。局終數空眼多少，不數實子，數正同。相傳國中供奉棋神，畫女相如仙子，不令人見；乃國中雅尚也。（卷三，頁14，總頁131、132）
59	六月初八日，辰刻，正副使恭奉論祭文，及祭銀焚帛，安放龍綵亭內。出天使館東行，過久米村，泊村，至安里橋，即真玉橋，世孫跪接如儀，即導引入廟。禮畢，引觀先王廟。正廟七楹，正中向外，通為一龕，安奉諸王神位。左昭自舜馬至尚穆，共十六位；右穆自義本至尚敬，共十五位。	（六月）初八日己未晴，辰刻，恭奉論祭文，及祭銀焚帛，安放龍綵亭內。出天使館東行，過久米村，泊村，至安里橋，即真玉橋，世孫跪接如儀，即導引入廟。按儀注行樂皆設而不作，焚黃時有黃氣直上二十餘丈，結為黃蓋，四垂瓔珞，莫不嘆為奇祥。禮畢，世孫引觀先王廟。正廟七楹，正中向外，通為一龕，安奉諸王神位。左昭自舜馬至尚穆，共十六位；右穆自義本至尚敬，共十五位。（卷三，頁19，總頁142）
60	是日球人觀者，彌山匝地，男子跪於道左，女子聚立遠觀。亦有施帷掛竹簾者，土人云，係貴官眷屬。女皆黥首指節為飾，甚者全黑；少者間作梅花斑。國俗不穿耳，不施脂粉，無珠翠首飾，人家門戶，多樹石敢當碣，牆頭多植吉姑蘿，或揉樹，翦剔極齊整，	（六月初八日）皇上孝德……思念先王，是日球人觀者，彌山匝地，男子跪於道左，女子聚立遠觀。亦有施帷挂竹簾者，土人云，係貴官眷屬。女皆黥手背指節為飾，甚者全黑；少者間作梅花斑。按諸番志……亦鮮潔。蓋國俗不穿耳，不施脂粉，無珠翠首飾，此輩誨淫或私為冶容偷施脂粉耳。人家門戶，多樹石敢當碣，牆頭多植吉姑蘿，

	〈中山記歷〉	《使琉球記》
		或揉樹，翦剔極齊整。（卷三，頁20，總頁144）
61	國人呼中國為唐山，呼華人為唐人	（六月十三日）甲子，晴。……曲折避沙而行，……祈報之所。國人呼中國為唐山，呼華人為唐人也。（卷三，頁23，總頁149）
62	球地皆土沙，雨過即可行，無泥濘。	（六月十三日）十三日甲子晴，球地皆土沙，雨過即可行，無泥濘。（卷三，頁22，總頁148）
63	奧山有卻金亭，前明冊使陳給事侃，歸時卻金，故國人造亭以表之。	（五月）二十六日丁未，晴。食後皆介山遊奧山，由卻金亭登舟，徐錄載前明冊使陳給事侃，歸時卻金，故國人造亭以表之。（卷三，頁15，總頁133）
64	辨岳，在王宮東南三里許，過圓覺寺，從山脊行，水分左右，堪輿家謂之過峽；中山來脈也。山大小五峯，最高者謂之辨岳。灌木密覆，前有石柱二，中置柵二，外板閣二。少左，有小石塔，左右列石案五。折而東，數十級至頂，有石爐二。西祭山，東祭海岳之神，曰祝；祝謂是天孫氏第二女云。國王受封，必齋戒親祭。正、五、九月，祭山、海及護國神，皆在辨岳也。	（九月）初八日丁亥晴，王叔尚周邀遊辨岳，岳在王宮東南三里許，過圓覺寺，從山脊行，水分左右，堪輿家謂之過峽；中山來脈也。山大小五峯，最高者謂之辨岳。灌木密覆，前有石柱二，中置柵柵，外板閣二楹。少左，有小石塔，左右列石案五，入門石磴。折而東，數十級至頂，有石爐二。西祭山，東祭海岳之神，曰祝；祝天孫氏第二女也。國王受封，必齋戒親祭。正、五、九月，祭山、海及護國神，皆於此。（卷五，頁17，總頁237、238）
65	波上、雪崎及龜山，余已遊徧，而要以鶴頭為最勝。隨正副使往遊，	（六月）十六日丁卯，晴。遣官看拜。偕介山遊鶴頭山，陟其顛，避

	〈中山記歷〉	《使琉球記》
65	陟其巔，避日而坐，草色黏天，松陰匝地。東望辨岳，秀出天半，王宮歷歷如畫。其南，則近水如湖，遠山如岸，豐見城巍然突出。山南王之舊跡，猶有存者。西望馬齒姑米，出沒隱見，若近若遠，封舟之來路也。北俯那霸久米，人煙輻輳，舉凡山川靈異，草木陰翳，魚鳥沈浮，雲煙變滅，莫不爭奇獻巧，畢集目前。乃知前日之遊，殊為鹵莽。梁大夫小具盤樽，席地而飲，余亦趣僕以酒肴至。未申之交，涼風乍生，微雨將灑，乃移樽登舟。時海潮正漲，沙岸瀰漫。遂由奧山南麓，折而東北，山石嵌空欲落，海燕如鷗，漁舟似織。俄而返照入山，冰輪出水，文鱗無數，飛射潮頭。與介山舉觴弄月，擊楫而歌，樽不空，客皆醉。越渡里村漏已三下，卻金亭前，列炬如畫，迎著倦矣，乃相與步月而歸。為中山第一遊焉。	日而坐，草色黏天，松陰匝地。東望辨岳，秀出天半，王宮歷歷如畫。其南，則近水如湖，遠山如岸，豐見城巍然特出。山南王之舊跡，猶有存者。西望馬齒姑米，出沒隱見，若近若遠，封舟之來路也。北俯那霸久米，人煙輻輳，舉凡山川靈異，草木陰翳，魚鳥沈浮，雲煙變滅，莫不爭奇獻巧，畢集目前。乃知前日之遊，殊為鹵莽。梁大夫小具盤樽，席地而飲，余亦趣僕以酒肴至。未申之交，涼風乍生，微雨將灑，乃移樽登舟。時海潮正漲，沙岸瀰漫。遂由奧山南麓，折而東北，山石嵌空欲落，海燕如鷗，漁舟似織。俄而返照入山，冰輪出水，文鱗無數，飛射潮頭。與介山舉觴弄月，擊楫而歌，樽不空，客皆醉。越渡里村漏已三下，卻金亭前，列炬如畫，迎著倦矣，乃相與步月而歸。為中山第一遊焉。（卷三，頁24，總頁151、152）
66	泉崎橋，橋下為漫湖滸，每當晴夜，雙門供月，萬象澄清，如玻璃世界；為中山八景之一。旺泉味甘，亦為中山八景之一。	（六月）初四日……東行至文廟，折而南度泉崎橋，橋下為漫湖滸，每當晴夜，雙門拱月，萬頃澄清，如玻璃世界；為中山八景之一。過橋而……東有泉曰旺泉，味甘，為中山八景之一。（卷三，頁18，總頁139、140）

	〈中山記歷〉	《使琉球記》
67	王城有亭，依城望遠，因小憩亭中，品瑞泉。縱觀中山八景。八景者，泉崎夜月、臨海潮聲、久米村竹籬、龍洞松濤、筍崖夕照、長虹秋霽、城嶽靈泉、中島蕉園也。亭下多棕櫚紫竹。竹叢生，高三尺餘，葉如椶，狹而長，即所謂觀音竹也。亭南有蚶殼，長八尺許，貯水以供盥；知大蚶不易得也。	（九月）初四日……由圍折而西，上王城，有亭依城立，望極遠，因與國王小憩亭中，品瑞泉。縱觀中山八景。八景者，泉崎夜月、臨海潮聲、久米村竹籬、龍洞松濤、筍崖夕照、長虹秋霽、城嶽靈泉、中島蕉園也。亭下多棕櫚紫竹。竹叢生，高三尺餘，葉如椶，狹而長，即所謂觀音竹也。亭南有蚶殼，長八尺許，貯水以供盥；知大蚶亦不易得。（卷五，頁15，總頁233、234）
68	國人浣漱不用湯，家豎石椿，置石盂，或蚶殼其上，貯水，旁置一柄筒。曉起，以筒盛水，澆而盥漱之；客至亦然。地多草，細軟如毯，有事則取新沙覆之。	（九月）二十七日丙午，陰。風應冷風暴。國俗浣漱不用湯，家豎石椿，置石盂，或蚶殼其上，貯水，旁置一柄筒。晨起，以筒盛水，澆而盥漱之；客至亦然。地多草，細軟如毯，有事則取新沙覆之。（卷六，頁4，總頁257）
69	國人取玳瑁之甲，以為長簪，傳至中國；率由閩粵商販。球人不知貴，以為賤品。崑山之旁，以玉抵鵲，地使然也。	（七月）初七日……庖人進生玳瑁一具，首尾皆尖削，腹特大，首淡紅色，甲如龜。國人取其甲，以為長簪，沿海皆有之。傳至中國者；率由閩粵商販。球人不知貴，以為賤品。崑山之旁，以玉抵鵲，地使然也。（卷四，頁7、8，總頁172、173）
70	豐見山頂，有山南王第故城。徐葆光詩，有「頹垣宮闕無全瓦，荒草	（六月）二十七日戊寅，晴。……偕介山由渡里村泛舟，越中島，渡

	〈中山記歷〉	《使琉球記》
70	牛羊似破村」之句。王之子孫，今為那姓，猶聚居於此。	饒波，至豐見山麓，策騎而登，頂有山南王第故城。徐葆光詩所謂「頹垣宮闕無全瓦，荒草牛羊似破村」者是也。稍東為高嶺村，故壘圍里許，長史曰此山南王故城，名大里者也。王之子孫，今為那姓，猶聚居於此。（卷四，頁3，總頁163）
71	辻山國人讀為失山，琉球字皆對音，十失無別，疑迭之誤也。 副使輯球雅。謂一字作二三字讀，二三字作一字讀者，皆義而非音；即所謂寄語，國人盡知之。音則合百餘字，或十餘字為一音，與中國音迥異。國中惟讀書通文理者，乃知對音，庶民皆不知也。	（六月）二十日辛未，晴。食後遊辻山，國人讀為失汁山，志略謂一字兩音……遍考辻字不得，因悟琉球字皆對音，十失無別，疑迭之誤。說文：迭，更迭也。辻山左有波上，右有天久山，實有更迭之意，訛失為十遂成辻而不知無其字也，即失汁二字亦是更迭之義與十折同非二音。余方輯球雅乃知一字作二三字讀，二三字作一字讀者，皆義而非音；即所謂寄語，國人盡知之。音則合百餘字，或十餘字為一音，與中國音迥異。國中惟讀書通文理者，乃知對音，庶民皆不知也。（卷三，頁25、26，總頁154、155）
72	久米官之子弟，能言，教以漢語；能書，教以漢文。十歲稱「若秀才」，王給米一石，十五薙髮，先謁孔聖，次謁國王，王籍其名，謂之「秀才」，給米三石。長則選為	（六月）二十六日丁丑，雨。……為日本所執，不屈死。久米官之子弟，能言，教以漢語；能書，教以漢文。十歲稱「若秀才」，王給米一石，十五薙髮，先謁孔聖，次謁

	〈中山記歷〉	《使琉球記》
72	通事，為國中文物聲名最，即明三十六姓後裔也。那霸人以商為業，多富室。	國王，王籍其名，謂之「秀才」，給米三石。長則選為通事，積功至都通事、通議大夫、中議大夫而至紫金大夫為國中文物聲名最，即明三十六姓後裔也。那霸人以商為業，多富室。（卷四，頁2，總頁162）
73	明洪武初，賜閩人三十六姓善操舟者，往來朝貢。	
74	國中久米村，梁、蔡、毛、鄭、陳、曾、阮、金等姓，乃三十六姓之裔，至今國人重之。	（七月）二十三日癸卯，晴。……國中久米村，梁、蔡、毛、鄭、陳、曾、阮、金等姓，乃三十六姓之裔，（卷四，頁15，總頁187） （七月）十七日丁酉，微雨。……余始悟琉球所以號守禮之國者，亦由三十六姓教化之力。國重久米人有以也。（卷四，頁10，總頁178）
75	與寄公談玄理，頗有入悟處，遂與唱和成詩。	（六月）二十二日癸酉，雨。……因呼寄公起談元理，頗有入悟處，遂與唱和成詩，未及數首而東方已白矣。（卷三，頁26，總頁156）
76	法司蔡溫，紫金大夫程順則、蔡文溥三人集詩有作者氣。順則別著航海指南，言渡海事甚悉。蔡溫尤肆力於古文，有蓑翁語錄至言等目，語根經學，有道學氣。出入二氏之學，蓋學朱子而未純者。	（六月）十七日戊辰，大雨竟日。長史覓得法司蔡溫，紫金大夫程順則、蔡文溥三人集詩，皆有作者氣。順則別著航海指南，言渡海事甚悉。蔡溫尤肆力於古文，有蓑翁語錄至言等目，語根經學，有道學氣。間出入二氏之學，蓋學朱子而未純者。（卷三，頁24，總頁152、153）

	〈中山記歷〉	《使琉球記》
77	琉球山多瘠磽，獨宜薯。父老相傳，受封之歲，必有豐年。今歲五月稍旱，幸自後雨不愆期，卒獲大豐，薯可四收。海邦臣民，倍覺歡欣。	（八月）初五日乙卯，秋分，晴。大颶旬，不應。梁長史來，問以年歲豐歉。對曰：大豐，薯可四收。余閱志略知琉球田多瘠磽，獨宜薯。又知受封之歲，必有豐年。今歲五月稍旱，心滋愧，因於六月朔默禱甘霖，自後雨不愆期，猶恐前旱或損禾薯，聞其言，竊自徼幸是皆皇上雨露之恩，沛不擇地，海邦臣民，倍覺歡欣恭順矣。（卷四，頁22、23，總頁202、203）
78	僉曰：「非受封歲，無此豐年也。」	八月初六日丙辰，雨。……復質之四人，皆云：誠然非受封歲，無此豐年也。（卷五，頁1，總頁205）
79	六月初旬，稻已盡收。球陽地氣溫煖，稻常早熟；種以十一月，收以五六月。薯則四時皆種，三熟為豐，四孰則為大豐。稻田少，薯田多，國人以薯為命；米則王官始得食。亦有麥豆，所產不多。	（六月）初二日癸丑，大暑，陰。……，稻已盡收。乃知球陽地氣溫煖，稻常早熟；種以十一月，收以五六月。薯則四時皆種，三熟為豐，四孰則為大豐。稻田少，薯田多，國人以薯為命；米則王官始得食。亦有麥豆，所產不多。（卷三，頁17，總頁138）
80	五月二十日，國中祭稻神，此祭未行，稻雖登場，不敢入家也。	（五月）二十日辛丑，晴。……是日國中祭稻神，此祭未行，稻雖登場，不敢入家也。（卷三，頁11，總頁126）
81	七月初旬，始見燕，不巢人屋。中國燕以八月歸，此燕疑未入中國者。其來以七月，巢必有地。別有	（七月）初九日巳丑，雨。是日始見燕，狀無他異，惟不巢人屋。中國燕以八月歸，此燕疑未入中國

	〈中山記歷〉	《使琉球記》
81	所謂海燕,較紫燕稍大,而白其羽。有全白似鷗者,多巢島中,間有至中國,人皆以為瑞。	者。其來以七月,巢必有地。問之土人皆不知,別有所謂海燕,較紫燕稍大,而白其羽。有全白似鷗者,多巢島中,間有至中國,人皆以為瑞。(卷四,頁8,總頁173、174)
82	應潮雞,雄純黑,雌純白,皆短足長尾,馴不避人。香匡購一小犬,而毛豹斑,性靈警。與飯不食,與薯乃食;知人皆食薯矣。鼠雀最多,而鼠尤虐,亦有貓,不知捕鼠,邦人以為玩,乃知物性亦隨地而變。鷹、雁、鵝、鴨、特少。	(八月)二十八日戊寅,雨。從樸購得應潮雞,雄純黑,雌純白,皆短足長尾,馴不避人。先香匡購一小犬,而毛豹斑,性靈警。與飯不食,與薯乃食;知人皆食薯矣。球地鼠雀最多,而鼠尤虐,亦有貓,不知捕鼠,邦人以為玩,乃知物性亦隨地而變。……亦未見有、鵝、鴨、鳥獸之屬;不產於海,其少也固宜。(卷五,頁十三,總頁229、230) (九月)初二日辛巳,晴。遣官入王城。是日初見鷹。此邦少禽,匪獨無雁,鷹為東北風飄至,至亦不多。(卷五,頁14,總頁231)
83	枕有方如圭者,有圓如輪而連以細軸者,有如文具藏數層者;製特精,皆以木為之。率寬三寸,高五寸,漆其外,或黑或朱,立而枕之,反側則仆。按禮記少儀注;穎,警枕也,謂之穎者,穎然警悟也。又司馬文正公以圓木為警枕,少睡則轉而覺,乃起讀書,此殆警枕之遺。	(七月)十一日辛卯,晴。……陪臣視余有倦容,以枕進,人各授一有方如圭者,有圓如輪而連以細軸者,有如文具藏數層者;製特精,皆以木為之。率寬三寸,高五寸,漆其外,或黑或朱,立而枕之,反側則仆。按禮記少儀注;穎,警枕也,謂之穎者,穎然警悟也。又司馬文正公以圓木為警枕,少睡則轉

	〈中山記歷〉	《使琉球記》
83		而覺，乃起讀書，此殆警枕之遺。（卷四，頁8、9，總頁174、175）
84	衣制皆寬博交衽，袖廣二尺，口皆不緝，特短袂，以便作事。襟率無鈕帶，總名衾。男束大帶，長丈六尺，寬四寸以為度，腰圍四五轉，而收其垂於兩脇間。煙包、紙袋、小刀、梳、篦之屬，皆懷之；故胸前襟帶搊起凸然。其脇下不縫者，惟幼童及僧衣為然。僧別有短衣如背心，謂之斷俗；此其概也。	（七月）二十八日戊申，晴。……對曰：小邦衣制皆寬博交衽，袖廣二尺，口皆不緝，特短袂，以便作事。襟率無鈕帶，總名衾。男束大帶，長丈六尺，寬四寸以為度，腰圍四五轉，而收其垂於兩脇間。煙包、紙袋、小刀、梳、篦之屬，皆懷之；故胸前襟帶搊起凸然。其脇下不縫者，惟幼童及僧衣為然。僧別有短衣如背心，謂之斷俗；此其概也。（卷四，頁18、19，總頁194、195）
85	帽以薄木片為骨，疊帕而蒙之；前七層，後十一層。花錦帽遠望如屋漏痕者，品最貴，惟攝政王叔國相得冠之。次品花紫帽，法司冠之，其次則純紫。大略紫為貴，黃次之，紅又次之，青綠斯下。各色又以綾為貴，絹為次。	（八月）初三日癸丑，雨。……令脫帽，取而審視，乃以薄木片為骨，疊帕而蒙之；前七層，後十一層。因問以冠品，對曰花錦帽遠望如屋漏痕者，品最貴，惟攝政王叔國相得冠之。次品花紫帽，法司冠之，其次則純紫。大略紫為貴，黃次之，紅又次之，青綠斯下。各色又以綾為貴，絹為次。（卷四，頁21，總頁199、200）
86	國王未受封時，戴烏紗帽，雙翅側衝上向，盤金，朱纓垂頷，下束五色繐。至是冠皮弁，狀如中國梨園演王者便帽，前直列花瓣七，衣蟒腰玉。肩輿如中國餅轎；中置大	（八月）初四日甲寅，晴。……余亦述皇上體恤外藩至意以答之。茶罷辭歸。先國王未受封時，戴烏紗帽，雙翅側衝上向，盤金，朱纓垂頷，下束五色繐。至是冠皮弁，狀

	〈中山記歷〉	《使琉球記》
86	椅，上施大蓋，無帷幔，轅粗而長，無絆，無橫木，以八人左右肩之而行。	如中國梨園演王者便帽，前直列花瓣七，衣蟒腰玉。肩輿如中國顯轎；中置大椅，上施亭蓋，無帷幔，轅粗而長，無絆，無橫木，以八人左右肩之而行。（卷四，頁22，總頁201）
87	杜氏通典載琉球國俗，謂婦人產必食子衣以火自炙，令汗出。余舉以問楊文鳳然乎，對曰：「火炙誠有之，食衣則否。」即今中山已無火炙俗，惟北山猶未盡改。	（七月）十二日壬辰，微雨。……偶憶杜氏通典云：婦人產必食子衣，以火自炙，令汗出。問文鳳然乎？對曰：火炙誠有之，食衣則否。即今中山已無火炙俗，惟北山猶未盡改。（卷四，頁9，總頁175）
88	嫁娶之禮，固陋已甚；世家亦有以酒肴珠貝為聘者。婚時即用本國轎，結綵鼓樂而迎，不計妝奩。父母送至夫家即返，不宴客；至親具酒賀，不過數人。隋書云：琉球風俗，男女相悅，便相匹偶，蓋其舊俗也。詢之鄭得功。鄭得功曰：「三十六姓初來時，俗尚未改，後漸知婚禮，此俗遂革。今國中有夫之婦，犯姦即殺。」余始悟琉球所以號守禮之國者，亦由三十六姓教化之力也。	（七月）十七日丁酉，微雨。鄭得功來，問以嫁娶禮。對曰：小民禮固陋，世家亦有以酒肴珠貝為聘者。婚時即用本國轎，結綵鼓樂而迎，不計妝奩。父母送至夫家，即返。不宴客；至親具酒賀，不過數人。問隋書云：貴國風俗，男女相悅，便相匹偶，其舊俗歟？曰；然。聞我三十六姓初來時，俗尚未改，後漸知婚禮，此俗遂革。今國中法，有夫之婦，犯姦即殺。豈尚容苟合。余始悟琉球所以號守禮之國者，亦由三十六姓教化之力。（卷四，頁10，總頁177、178）
89	小民有喪，則鄰里聚送，觀者護喪，掩畢即歸。宦家則同官相知者，亦來送，柩出即歸，大都不宴	（七月）十八日戊戌，雨。向循師來，問國中喪禮。對曰：小民有喪，則鄰里聚送，親者護喪，泣

〈中山記歷〉	《使琉球記》
89	客。題主官率皆用僧，男書圓寂大禪定，女書禪定尼。無考姓稱。近日宦家亦有書官爵者。棺制三尺，屈身而殮之，近宦家亦有長五六尺者，民則仍舊。	送，掩畢即歸。宦家則同官相知者，亦來送。柩出即歸，大都不宴客。題主官率皆用僧，男書圓寂大禪定，女書禪定尼。無考姓稱。近日宦家亦有書官爵者。問汪錄云：棺制三尺，屈身而殮之，信乎？對曰：近宦家亦有長五、六尺者，民則仍舊。蓋禮教漸敷，舊俗漸革；樸陋誠不免焉。（卷四，頁10、11，總頁178、179）
90	此邦之人，肘比華人稍短。朝野僉載，亦謂人形短小似崑崙。余所見士大夫短小者固多，亦有修髯豐頤者，顱而長者，胖而腹腰十圍者；前言似未足信。人體多狐臭，古所謂慍羝也。	（七月）二十日庚子，白露，晴。寄塵云：此邦之人，肘率較華人稍短。朝野僉載亦謂人形短小似崑崙。余來兩月餘，所閱士大夫短小者固多，亦有修髯豐頤者，顱而長者，胖而腰腹十圍者；前言似未足信。適茶吏馬秀來，長八尺以上；因令出肘與香厓較，實短寸許，而香原長不及七尺。乃知氣類所限，短小其常。且人體多狐臭，古所謂慍羝也。其理尤不可解。（卷四，頁14，總頁185、186）
91	世祿之家皆賜姓，士庶率以田地為姓，更無名。其後裔則云某氏之子孫幾男，所謂「田米私姓」也。	（七月）二十三日癸卯，晴。……此外，世祿之家皆賜姓，士庶率以田地為姓，更無名。其後裔則云某氏之子孫幾男，所謂「田名私姓」也。（卷四，頁15，總頁187）
92	國中兵刑惟三章：殺人者死，傷人及重罪徒，輕罪罰日中晒之；計罪而定其日。國中數年無斬犯，間有	（七月）二十一日辛丑，雨。向世德來，問以國中兵刑。對曰：小邦人不知兵刑；惟三章：殺人者死，

	〈中山記歷〉	《使琉球記》
92	犯斬罪者，又率引刀自剖腹死。	傷人及重罪徒，輕罪罰日中晒之；計罪而定其日。國中數年無斬犯，間有犯斬罪者，又率引刀自剖腹死。故國俗幾於刑措。（卷四，頁14，總頁186）
93	七月十五夜，開窗，見人家門外，皆列火炬二。詢之土人，云：國俗於十五日盆祭，預期迎神，祭後乃去之。盆祭者，中國所謂盂蘭會也。連日見市上小兒各手一紙幡，對立招展，作迎神狀；知國俗盆祭祀先，亦大祭矣。	（七月）十二日壬辰，微雨。……入夜，月上，開窗，見人家門外，皆列火炬二。遣問長史。云：國俗於十五日盆祭，預期迎神，祭後乃去之。盆祭者，中國所謂盂蘭會也。（卷七，頁9，總頁175） （七月）十五日乙未，晴。……連日見市上小兒各手一紙幡，對立招展，作迎神狀；知國俗盆祭祀先，亦大祭矣。（卷四，頁10，總頁177）
94	龜山南岸有窯，國人取車螯大蚶之殼以煅，墜灰壁不及石灰，而黏過者。再東北有池，為國人煮鹽處。	（七月）十三日癸巳，晴。乃循東北步至龜山，拳石嶙峋峙灘上，潮至，不能上。南岸有窯，國人取車螯大蚶之殼以煅灰墜壁，白不及石灰而粘過之。再東北有池，為國人煮鹽處。遂自龜山東策騎，越久米而歸。（卷四，頁9，總頁176）
95	七月二十五日，正副使行冊封禮，途中觀者益眾。上萬松嶺，迤邐而東，衢道修廣，有坊，牓曰「中山道」。又進一坊，牓曰「守禮之邦」。世孫戴皮弁，服蟒衣，腰玉帶垂裳結佩率百官跪迎道左。更進為歡會門。踞山巔疊礁石為城，削	（七月）二十五日乙巳，晴。是日行冊封禮。方啟門，法司等官入，一切如前儀。途中觀者益眾。過中山先王廟，下山坦途里許，有水田。上萬松嶺，迤邐而東數里許，衢道修廣，有坊，牓曰「中山道」。……更進，又一坊，牓曰

	〈中山記歷〉	《使琉球記》
95	磨如壁。有鳥道，無雉堞，高五尺以上；遠望如聚髑髏。始悟隋書所謂王居多聚髑髏於其下者，乃遠望誤於形似，實未至城下也。城外石厓，左鐫「龍岡」字，右鐫「虎崒」字。王宮西向，以中國在海西，表忠順面向之意。後東向為繼世門，左南向為水門，右北向為久慶門，再進層厓，有門西北向曰瑞泉。左右甬道有左掖，右掖二門。更進有漏，西向，牓曰「刻漏」，上設銅壺漏水。更進有門西北向，為奉神門；即王府門也。殿廷方廣十數畝，分砌二道，由甬道進至闕廷，為王聽政之所。壁懸伏羲畫卦象，龍馬負圖立其前；絹色蒼古微有剝蝕，殆非近代物。北宮殿屋固樸，屋舉手可接，以處山岡，且阻海颶。面對為南宮。此日正副使宴於北宮，大禮既成，通國歡忭。	「守禮之邦」。……世孫戴皮弁，服蟒衣，腰玉帶，垂裳結佩，率百官跪迎道左，如前儀。更進為歡會門。踞山巔，疊礁石為城，削磨如壁。有馬道，無雉堞，高五尺以來；遠望如聚髑髏。始悟隋書所謂王居多聚髑髏其下者，乃遠望誤於形似，實未至城下也。城外石厓，左鐫「龍岡」字，右鐫「虎崒」字。城四門，前西向即歡會門。王宮西向者，以中國在海西，表忠順面向之意。後東向為繼世門，左南向為水門，右北向為久慶門，再進層厓，有門西北向，曰瑞泉，即每日秀才送館之泉也。左右甬道，有左掖、右掖二門，通入王宮。更進有漏，西向，牓曰「刻漏」，上設銅壺漏水。更進有門西北向，為奉神門；即王府門也。殿庭方廣十數畝，分砌三道，由甬道進至闕庭。如前儀。行禮畢，乃瞻王殿。……下為王聽政位，中壁懸伏羲畫卦象，龍馬負圖立其前；絹色蒼古，微有剝蝕，汪錄謂非近代物。……北宮殿屋固樸，多柱礎。屋樑舉手可接，以處山岡，且防海颶。王宮如此，他屋可知。對面為南宮。……舊例此日宴於北宮為第二宴，此行不宴會，茶三行，辭歸。國王隨遣官來謝。（卷四，頁8、9，總頁）

	〈中山記歷〉	《使琉球記》
95		（七月）二十六日丙午，晴。……大禮既成，幸無隕越，通國臣民，無不欣喜，余與介山亦如釋重負；因與歡飲，三更乃就寢。（卷四，頁17，總頁192）
96	聞國王經行處，悉有綵飾。泉崎道旁，列盆花異卉，繞以朱欄，中刻木作麒麟形；題曰「非龍非彪，非熊非羆，王者之瑞獸。」天妃宮前，植大松六，疊假山四，作白鶴二，生子母鹿三。池上結棚，覆以松枝，松子垂如葡萄。池中刻木鯉大小五，令浮水面，環池以竹，欄旁有坊：曰偕樂坊。柱懸一版，題曰：「鹿濯濯，鳥嚶嚶，牣魚躍。」歸而述諸副使。副使曰：「此皆志略所載，事隔數十年一字不易，可謂印板文字矣。」從客皆笑。	（八月）初三日癸丑，雨。……是日從客聞國王經行處，悉有綵飾。群出往觀，歸述其狀云：泉崎道旁，列盆花異卉，繞以朱欄，中刻木作麒麟形；題曰：非龍非彪，非熊非羆，王者之瑞獸。下天妃宮前，植大松六，疊假山四，作白鶴二，生子母鹿三。池上結棚，覆以松枝，松子垂如葡萄。池中刻木鯉大小五，令浮水面，環池以竹，欄旁有坊：曰偕樂坊。柱懸一版，題曰：鹿濯濯，鳥嚶嚶，牣魚躍。余聞而笑。客問故。余曰：此皆志略所載，事隔數十年，一字不易，可謂印版文字矣。從客皆笑。（卷四，頁21，總頁200）
97	宜野灣縣有龜壽者，事繼母以孝，國人莫不聞。母愛所生子而短龜壽於其父伊佐前，且不食以激其怒。伊佐惑之，欲死龜壽。將令深夜汲北宮，要而殺之。僕匿龜壽於家，往諫伊佐，伊佐縛而放之，且謂事已露，不可殺，乃逐龜壽。龜壽既被放，欲自盡，又恐張母惡；值天雨雹，病不支，僵臥於路。巡官見	八月朔日辛亥，晴。……昔宜野灣縣有伊佐大主者，前妻生龜壽而死，娶繼妻，生松壽，愚甚。龜壽事繼母以孝，國人莫不聞。母既恨所生子愚，又聞龜壽有令名，妒之，常短龜壽於其父伊佐前，且不食以激其怒。伊佐惑後妻，欲死龜壽以悅。將令深夜汲北谷，要而殺之。守僕謝名堂聞之，匿龜壽於

	〈中山記歷〉	《使琉球記》
97	之，近而撫其體猶溫，知未死覆以己衣，漸甦。徐詰其故，龜壽不欲揚父母之惡，飾詞告之。初巡官聞孝子龜壽被放，意不平。至是見言語支吾，疑即龜壽，賜衣食令去。密訪得其狀，乃傳集村人，繫伊佐妻至，數其罪而監之，將告於王。龜壽願以身代；巡官不忍傷孝子心，召伊佐夫婦面諭之。婦感悟，卒為母子如初。	家，往諫伊佐，伊佐怒其異己也，縛而放之八重山波照間，且謂事已露，不可殺；乃遣平安座下庫里就名堂家，逐龜壽，毋令得歸。龜壽既被放，日夜號泣，飢寒并逼，欲自盡，又恐張母惡；值天雨雹，病不支，殭臥於路。時潮平御鎮奉王命為巡見官，見之，以為靈也；近而撫其體猶溫，知未死，覆以己衣，漸甦。徐詰其故，龜壽不欲揚父母之名，飾詞告。初御鎮聞孝子龜壽被放，意不平。至是見言語支吾，形色變異，疑即龜壽，賜衣食令去。密遣僕訪得其狀，遂邀伊佐來，陽為己子不孝以誘之；伊佐謂與己同病，告以情。御鎮乃傳集村人，繫伊佐妻至，數其罪而監之，將告於王。龜壽聞，奔求御鎮，願以身代；御鎮不忍傷孝子心，召伊佐夫婦面諭之。婦感悟，卒為母子如初。（卷四，頁19、20，總頁196、197、198）
98	副使既為之記，余復為詩以表章之。詩云：「輶軒問俗到球陽，潛德端須為闡揚，誠孝由來能感格，何殊閔損與王祥。」以為事繼母而不能盡孝者勸。	（八月朔日）余曰：孝子哉！遂樂為記之，以為事繼母而不能盡孝者勸，并以醒世之惑於後妻者。（卷四，頁20，總頁198）
99	經过山，墟方集，因步行集中。觀所市物，薯為多，亦有魚、鹽、	（八月）初八日戊午，晴。致祭於關聖帝君廟，歸經迭山，墟方集，

	〈中山記歷〉	《使琉球記》
99	酒、菜、陶、木器、蕉苧、土布，粗惡無足觀者。國無肆店，率業於其家。市貨以有易無，不用銀錢。聞國中率用日本寬永錢，比來亦不見。昨香匡攜示串錢，環如鵝眼，無輪廓，貫以繩，積長三寸許，連四貫而合之，封以紙，上有鈐記，此球人新製錢，每封當大錢十；蓋國中錢少，寬永錢銅質較美，恐或有人買去，故收藏之，特製此錢應用；市中無錢以此。	因步行集中。觀所市物，薯為多，亦有魚、鹽、酒、菜、陶、木器、蕉苧土布，粗惡無足觀者。國無肆店，率業於其家。問長史何以市未見錢？對曰：市貨以有易無，率不用銀錢。余聞國中率用日本寬永錢，此來亦不見。昨香匡攜示串錢，環如鵝眼，無輪廓，貫以繩，積長三寸許，連四貫而合之，封以紙，上有鈐記，語余曰：此球人新製錢，每封當大錢十；封舟回日即毀之。蓋國中錢少，寬永錢銅質又美，恐中國人買去，故收藏之，特製此錢應用；市中無錢以此。其用心亦良苦矣。（卷五，頁2，總頁207、208）
100	國中男逸女勞，無有肩擔背負者。趨集，織紉，及採薪，運水，皆婦人主之；凡物皆戴之頂。女衣既無鈕無帶，又不束腰。而國俗，男女皆無褲，勢須以手曳襟。襟較男衣長，疊襟下為兩層，風不得開。因悟髻必偏墜者，以手既曳襟，須空其頂以戴物，童而習之，雖重百觔，登山涉澗，無傾側，是國中第一絕技也。其動作時，常捲兩袖至背，貫繩而束之。髮垢輒洗，洗用泥，脫衣結於腰，赤身低頭，見人亦不避。抱兒惟一手，又置腰間，即藉以曳襟。	（八月初九日）己未，陰。余每初見道傍聚觀夷婦，衣服勤作多有異，未悉其俗。昨歸自集中，以問長史，始知國中男逸女勞，無肩擔背負者。趨集織紉，及採薪運水，皆婦人主之；凡物皆戴之頂。女衣既無鈕無帶，又不束腰。而國俗男女皆無袴，勢須以手曳襟。襟較男衣長，疊襟下為兩層，風不得開。因悟髻必偏墮者，以手既曳襟，須空其頂以戴物，童而習之，雖重百觔，登山涉澗，無傾側，是國中第一絕技也。其勤作時，常捲兩袖至背，貫繩而束之。髮垢輒洗，洗用

	〈中山記歷〉	《使琉球記》
100		泥，脫衣結於腰，赤身低頭，見人亦不避。抱兒惟一手，又置腰間，即藉以曳襟。問以不作帶鈕故，無能知其義者。（卷五，頁2、3，總頁208、209）
101	東苑在崎山。出歡會門，折而北，逐瑞泉下流，至龍淵橋，匯而為池，廣可十丈，長可數十丈，捍以隄，曰龍潭。水清魚可數，荷葉半倒，再折而東，有小村。篠屏修整，松蓋陰翳，薄雲補林，微風嘯竹，園外已極幽趣。入門，板亭二，南向。更進而南，屋三楹。亭東有阜如覆盂。折而南，有巖西向，上鐫「梵」字，下蹲石獅一，飾以五采。再下，有小方池，鑿石為龍首，泉從口出。有金魚池，前竹萬竿，後松百挺。再東，為望仙閣，前有東苑閣，後為能仁堂。東北望海，西南望山，國中形勝，此為第一。	（八月初十日）庚申，晴。……有東苑在崎山。……同出歡會門，……折而北，逐瑞泉下流，至龍淵橋，匯而為池，廣可十丈，長可數十丈，捍以隄，曰龍潭。水清，魚可數，荷葉半倒。再折而東，有小村。篠屏修整，松蓋陰翳，薄雲補林，微風嘯竹，園外已極幽趣。入門，板亭二，南向。更進而南，屋三楹。亭東有阜如覆盂。折而南，有巖西向，上鐫「梵」字一畫如霧，下蹲石獅一，飾以五采。再下有小方池，鑿石為龍首，泉從口出。有金魚池，前竹萬竿，後松百挺。再東，為望仙閣，閣前有東苑額，前使汪楫題并跋，閣後為能仁堂。東北望海，西南望山，國中形勝，此為第一。（卷五，頁3、4，總頁209-211）
102	南苑之勝，亦不減於東苑，苑中馬富盛。折而東，循行阡陌間，水田漠漠，番薯油油，絕無秋景。薯有新種者，問知已三收矣。再入山，松陰夾道，茅屋參差，田家之景可	（八月）二十二日壬申，晴。食後偕介山遊南苑。越中島、富盛。折而東，循行阡陌間，水田漠漠，番薯油油，絕無秋景。薯有新種者，問知已三收矣。再入山，松陰夾

〈中山記歷〉	《使琉球記》
畫。計十餘里，始入苑村，名姑場川，即同樂苑也。苑踞山脊，軒五楹，夾室為複閣，頗曲折。軒前有池，新鑿，狹而東西長，疊礁為橋，橋南新皁纍纍，因皁以為亭，宜遠眺。亭東植奇花異卉，有花絕類蝴蝶，絳紅色，葉如嫩槐，曰蝴蝶花。有松葉如白毛，曰白髮松。池東，舊有亭圮，以布代之。池西，有閣，頗軒敞，四面風來，宜納涼。有閣曰迎暉，有亭曰一覽，即正副使所題也。軒北有松，有鳳蕉，有桃，有柳，黃昏舉烟火，略同中國。	道，茅屋參差，田家之景可畫。計十餘里，始入苑村，名姑場川，即志略所載同樂苑也，國王新易今名。苑踞山脊，軒五楹，夾室為複閣，頗曲折。軒前有池，新鑿，狹而東西長，疊礁為橋，橋南新皁纍纍，即鑿池棄土也。因壘以為亭，僅容三人，宜遠眺。亭東植奇花異卉，有花絕類蝴蝶，絳紅色，葉如嫩槐，曰蝴蝶花。有松葉如白毛，曰白髮松。池東，舊有亭圮，以布代之。池西，有閣方丈餘，頗軒敞。山下多薯田。四面風來，宜納涼。國王請額，介山題其閣曰「迎暉」，余亦為題其亭曰「一覽」。軒北有松，有鳳蕉，有桃，有柳。飯後，黃昏，將辭去，國王命舉烟火，略與中國同。（卷五，頁10，總頁223、224）
余偕寄塵遊波上。板閣無他神，惟掛銅片幡上，鑿「奉寄御幣」字。後署云：「元和二年壬戌」或疑為唐時物，非也。按元和二年為丁亥，非壬戌也。日本馬場信武，撰八卦通變指南，內列三元指掌，云上元起永祿七年甲子，止元和三年癸亥。如元起寬永元年甲子，止元和三年癸亥。下元起貞亨元年甲子，止元祿十六年癸未。國中既行	（八月）二十五日乙亥，晴。寄塵遊波上，歸為余言：板閣無他神，惟掛銅片幡上，鑿「奉寄御幣」字。後署云：「元和二年壬戌」，其唐時物乎？余曰：志略已辨之矣。云：日本馬場信武，撰八卦通變指南，內列三元指掌，云：上元起永祿七年甲子，止元和九年癸亥；中元起寬永元年甲子，止天和三年癸亥。下元起貞亨元年甲子，今元祿
102	
103	

	〈中山記歷〉	《使琉球記》
103	寬永錢。證以元和日本僭號，知琉球舊曾奉日本正朔，今諱言之歟。	十六年癸未。國中既行寬永錢。證以元和日本僭號，知琉球舊曾臣屬日本，今諱言之矣。（卷五，頁12，總頁227、228）
104	紙鳶製無精巧者，兒童多立屋上放之。按中國多放於清明前，義取張口仰視，宣導陽氣，令兒少疾。今放於九月，以非九月紙鳶不能上，則風力與中國異。即此可驗球陽氣煖，故能十月種稻。	（九月朔日）庚辰，晴。……是日初見紙鳶，製無精巧者，兒童多立屋上放之。按中國多放於清明前，義取張口仰視，宣導陽氣，令兒少疾。今放於九月，失其旨矣。然地非九月紙鳶不能上，則風力與中國異。即此可驗球陽氣暖，故能十月種稻。（卷五，頁14，總頁231）
105	國俗男欲為僧者聽，既受戒有廩給，有犯戒者，飭令還俗，放之別島。女子願為土妓者亦聽，接交外客。女之兄弟，仍與外客敘親往來；然率皆貧民，故不以為恥。若已嫁夫而復敢犯姦者，許女之父兄自殺之，不以告王；即告王王亦不赦。此國中良賤之大防，所以重廉恥也。	（八月）十九日己巳，雨。……問之：聞國盡戒，僧犯戒，奈何？對曰：國俗男欲為僧者聽，既受戒，有廩給；有犯戒者，飭令還俗，放之別島。又問：聞女子願為土妓者亦聽，接交外客。女之兄弟，仍與外客敘親往來，信乎？對曰：誠有之；然率皆貧民，故不以為恥。若已嫁夫而復敢犯姦者，許女之父兄自殺之，不以告王；即告王，王亦不赦。此國中良賤之大防，所以重廉恥也。（卷五，頁9，總頁221）
106	此邦有紅衣妓，與之言，不解，按拍清歌，皆方言也。然風韻亦正有佳者，殆不減愍園。	（五月十四日）……聞球俗有紅衣土妓。（卷三，頁9，總頁122） （五月二十九日）……是日，世孫遣楊文鳳來。長史言其文理甚通，能詩善書。與之語，不解，因以筆

	〈中山記歷〉	《使琉球記》
106		代舌,逐字詢其音義,并訪其方言,文鳳果能通達字意。(卷三,頁16,總頁136)
107	近忽因事他遷,以扇索詩,因題二詩以贈之。詩云:「芳齡二八最風流,楚楚腰身翦翦眸;手抱琵琶渾不語,似曾相識在蘇州。新愁舊恨感千端,再見真如隔世難;可惜今宵好明月,與誰共捲繡簾看。」	
108	國人率恭謹,有所受,必高舉為禮;有所敬,則俯身搓手,而後膜拜。勸尊者酒,酌而置杯於指尖以為敬;平等則置手心。	(八月)二十日庚午,寒露,晴。……對曰:國人率恭謹,有所受,必高舉為禮;有所敬,則俯身搓手,而後膜拜。勸尊者酒,酌而置杯於指尖以為敬;平等則置手心。(卷五,頁9,總頁222)
109	此邦屋俱不高,瓦必同瓦,以避颶也。地板必去地三尺,以避溼也。屋脊四出,如八角亭,四面接修,更無重構複室,以省材也。屋無門戶,上限刻雙溝,設方格,糊以紙,左右推移,更不設暗檻,利省便,恃無盜矣;臨街則設矣。神盒置青石於鑪,實以沙,祀祖神也。國以石為神,無傳真也。瓦上瓦獅,隋書所謂獸頭骨角也。壁無粉墁,示樸也。貴家間有糊矴粉花箋,習華風,漸奢也。	(九月)初三日壬午,雨。香厓歸自集中。謂余曰:此邦屋俱不高,瓦必同瓦,何也?曰:以避颶也。地板必去地二、三尺者,何也?曰:以避溼也。屋脊四出,如八角亭,四面接修,更無重構複室,何也?曰:以省材也。屋無門戶,上下限刻雙溝,設方格,糊以紙,左右推移,更不設暗檻,何也?曰:利省便,恃無盜也;臨街則設矣。神盒置青石於鑪,實以沙,何也?曰:祀祖神也。國以石為神,無傳真也。屋上瓦獅何名?曰:隋書所謂獸頭骨角也。壁無粉墁,何也?

	〈中山記歷〉	《使琉球記》
109		曰：示樸也。貴家間有糊砑粉花箋者，習華風，俗漸奢也。（卷五，頁14，總頁232）
110	龜山有峯獨出，與眾山絕，前附小峯，離約二丈許，邦人駕石為洞，連二山，高十丈餘。結布幔於洞東，不愒，拾級而登，行洞上，又十餘級，乃陟巔，巔恰容一樓。樓無名，四面軒豁，無戶牖。副使謂余曰：「茲樓俯中山之全勢，不可無名。」因名之曰蜀樓。并為之跋曰：「蜀者何，獨也。樓何以蜀名，以其踞獨山也；不曰獨，而曰蜀者，以副使為蜀人。樓構已百年，而副使乃名之，若有待也。」樓左瞰青疇，右扶蒼石，後臨大海，前揖中山，坐其中以望，若建瓴焉。余又請於副使曰：「額不可無聯。」副使因書前四語付之。歸路，循海而西，厓洞溪壑，皆奇峭，是又一勝遊矣。	（九月）十七日丙申，晴。……過萬壽寺，不入。在折而東，槿籬夾道；有峯獨出，曰龜山，與眾山絕，前附小峯，離約二丈許，邦人駕石為洞，連二山，高十丈餘。結布幔於洞東，不愒，拾級而登，行洞上，又十餘級，乃陟巔，巔恰容一樓。樓無名，四面軒豁，無戶牖。後有石壇，祀神處也。予顧長史曰：茲樓俯中山之全勢，不可無名。因名之曰蜀樓。并為之跋曰：蜀者何，獨也。樓何以蜀名，以其踞獨山也；不曰獨而曰蜀者，以余為蜀人。樓構已百年，而余始名之，若有待也。樓左瞰青疇，右扶蒼石，後臨大海，前揖中山，坐其中以望，若建瓴焉。長史請曰：額不可無聯。因書前四語付之。下山遊萬壽寺，今名遍照。國王遣人餽柑，味極美，分食從者。歸路，循海而西，厓洞溪壑，皆奇峭，又一勝遊矣。（卷五，頁22，總頁247、248）
111	越南山，度絲滿村，人家皆面海，奇石林立。遵海而西，有山，翠色攢空，石骨穿海，曰砂嶽。時午潮	（九月）十四日癸巳，晴。偕從客等策騎，由泉崎渡過豐見城，越南山，度絲滿村，人家皆面海，奇石

	〈中山記歷〉	《使琉球記》
111	初退，白石粼粼，群馬爭馳，飛濺如雨。再西，度大嶺村，叢棘為籬，漁網數百晒其上。村外水田漠漠，泥淖陷馬，有牛放於岡，汪錄謂馬畊無牛，今不盡然也。	林立。遵海而西，有山，翠色攢空，石骨穿海，曰砂嶽。時午潮初退，白石粼粼，群馬爭馳，飛濺如雨。再西，度大嶺村，叢棘為籬，漁網數百晒其上。村外水田漠漠，泥淖陷馬，有牛放於岡，汪錄謂馬耕，無牛，今不盡然。（卷五，頁19、20，總頁242、243）
112	本島能中山語者，給黃帽，為酋長，歲遣「親雲上」監撫之，名奉行官。主其賦訟，各賦其土之宜，以貢於王。「間切」者，外府之謂。首里、泊、久來、那霸四府為王畿，故不設，此外皆設。職在親民，察其村之利弊，而報於「親雲上」。間切，略如中國知府。中山屬府十四，間切十，山南省屬府十二，山北省屬府九，間切如其府數。	（八月）十一日辛酉，晴。……問何以治之？對曰：擇本島能中山語者，給黃帽，為酋長，歲遣親雲上監撫之，名奉行官。主其賦訟，各賦其土之宜，以貢於王。問間切有無何別？對曰：間切者，外府之謂。首里、泊、久米、那霸四府為王畿，故不設，此外皆設，職在親民，察其村之利弊，而報於親雲上。間切略如中國知府乎？對曰：然。中山屬府十四，間切十，山南省屬府十二，山北省屬府九，間切如其府數。（卷五，頁5，總頁213、214）
113	國俗自八月初十至十五日，並蒸米，拌赤小豆，為飯相餉，以祭月，風同中國。是夜，正副使邀從客露飲，月光澄水，天色拖藍，風寂動息，潮聲雜絲肉聲，自遠而至，恍置身三山，聽子晉吹笙，麻姑度曲，萬緣俱靜矣。	（八月）十五日乙丑，晴。……國俗自初十至此，並蒸米，拌赤小豆，為飯相餉，以祭月，風同中國。是夜，與介山邀從客露飲，月光澄水，天色拖藍，風寂動息，潮聲雜絲肉聲，自遠而至，恍置身三山，聽子晉吹笙，麻姑度曲，萬緣俱靜矣。（卷五，頁7，總頁217）

〈中山記歷〉	《使琉球記》
114	宇宙之大，同此一月，同憶昔日蕭爽樓中，良宵美景，輕輕放過，今則天各一方，能無對月而興懷乎！	
115	世傳八月十八日，為潮生辰，國俗，於是夜候潮波上。 子刻，偕寄塵至波上。草如碧毯，霑露愈滑，扶僕行，憑垣倚石而坐。丑刻潮始至，若雲峯萬疊，捲海飛來。須臾，腥氣大盛，水怪搏風，金蛇掣電，天柱欲折，地軸暗搖，雪浪濺衣，直高百尺。未敢邃窺鮫宮，已若有推而起之者，迷離惝恍，千態萬狀。觀此，乃知枚乘七發，猶形容未盡也。潮既退，始聞嚕呔之聲，出礁石間。徐步至護國寺，尚似有雷霆震耳，潮至此，觀止矣。	（八月）十七日丁卯，雨。世傳十八為潮生辰，國俗於是夜候潮波上。（卷五，頁8，總頁219） （八月）十八日戊辰，晴。子刻，偕寄塵至波上。草如碧毯，霑露愈滑，扶僕行，憑垣倚石而坐。丑刻，潮始至，若雲峯萬疊，捲海飛來。須臾，腥氣大盛，水怪搏風，金蛇掣電，天柱欲折，地軸暗搖，雪浪濺衣，直高百尺。未敢邃窺鮫宮，已若有推而起之者，迷離惝恍，千態萬狀。覺枚乘七發，形容未盡。潮既退，始聞嚕呔之聲，出礁石間。徐步至護國寺，尚似有雷霆震耳，潮至此，觀止矣。（卷五，頁8、9，總頁220、221）
116	元日至六日，賀節。初五日，迎竈。二月，祭麥神。十二日，浚井，汲新水，俗謂之洗百病。三月三日，作艾糕。五月五日，競渡。	（八月）二十一日辛未，晴。……問以歲時慶忌？對曰：元旦至六日，賀節。初五日，迎竈。二月，祭麥神。十二日，浚井，汲新水浴，謂之洗百病。三月三日，作艾糕。五月五日，競渡。余曰：五月後我已目擊，歸舟當在十月，請述時月後者。（卷五，頁9、10，總頁222、223）

	〈中山記歷〉	《使琉球記》
117	六月六日，國中作六月節，家家蒸糯米，為飯相餉。	（六月）初六丁巳，晴。是日國中作六月節，家家蒸糯米，為飯相餉。（卷三，頁19，總頁141）
118	十二月八日，作糯米糕，層裏梭葉，蒸以相餉，名曰鬼餅。二十四日，送竈，正、三、五、九為吉月，婦女率遊海畔，拜水神祈福。逢朔日，群汲新水獻神，此其略也。余獨疑國俗敬佛，而不知四月八日為佛誕辰；臘八鬼餅如角黍，而不知七寶粥。	（八月）二十一日辛未，晴。……問以歲時慶忌？……余曰：五月後我已目擊，歸舟當在十月，請述時月後者。文鳳曰：十二月八日，作糯米糕，層裏梭葉，蒸以相餉，名曰鬼餅。二十四日，送竈。正、三、五、九為吉月，婦女率遊海畔，拜水神祈福。逢朔望，群至砲臺汲新水獻神，此其略也。余獨疑國俗敬佛，而不知四月八日為佛誕辰；臘八鬼餅如角黍，而不知七寶粥。（卷五，頁10，總頁223）
119	國王送菊二十餘盆，花葉並茂，根際皆以竹籤標名，內三種尤異類；一名「金錦」，朵兼紅黃白三色，小而繁，燦如列星；一名「重寶」，瓣如蓮而小，色淡紅；一名「素球」，瓣寬，不類菊，重疊千層，白如雪，皆所未見者。	（九月）初五日甲申，晴。國王遣官送菊二十餘盆，花葉並茂，根際皆以竹籤標名，內三種尤異類；一名「金錦」，朵兼紅黃白三色，小而繁，燦如列星；一名「重寶」，瓣如蓮而小，色淡紅，絕類通草相生；一名「素毬」，瓣寬，不類菊，重疊千層，白如雪，皆所未見者。（卷五，頁15、16，總頁234、235）
120	勝之以詩，詩曰「陶籬韓圃多秋色，未必當年有此花；似汝幽姿真可惜，移根無路到中華。」	

〈中山記歷〉	《使琉球記》
121	見獅子舞，布為身，皮為頭，絲為尾，剪綵如毛飾其外，頭尾口眼皆活，鍍晴貼齒，兩人居其中，俯仰跳躍，相馴狎歡騰狀。余曰：「此近古樂矣！」按舊唐書音樂志：後周武帝時，造太平樂，亦謂之五方獅子舞。白樂天西涼妓云：「假面夷人弄獅子，刻木為頭絲作尾；金鍍眼睛銀貼齒，奮迅毛衣罷雙耳。」即此舞也。	（九月）初六日乙酉，霜降，晴。向循師邀寄塵食，歸言初見獅子舞。余曰：奈何？寄塵曰：布為身，皮為頭，絲為尾，剪綵相毛飾其外，頭尾口眼皆活，鍍晴貼齒，兩人居其中，俯仰跳躍，相馴狎歡騰狀。余曰：「此近古樂矣！」按舊唐書音樂志：後周武帝時，造太平樂，亦謂之五方獅子舞。白樂天西涼妓云：假面夷人弄獅子，刻木為頭絲作尾；金鍍眼睛銀貼齒，奮迅毛衣擺雙耳。」即此舞也。（卷五，頁16，總頁235、236）
122	此邦有所謂「踏柁戲」者，橫木以為梁，高四尺餘，復置板而橫之，長丈有二尺，虛其兩端，均力焉。夷女二，結束衣綵，赤雙足，各手一巾，對立相視而歌。歌未竟，躍立兩端，稍作低昂，勢若水碓之起伏。漸起漸高，東者陡落而激之，則西飛起三丈餘，翩翩若輕燕之舞於空也。西者落而陡激之，則東者復起，又如鷙鳥之直上青雲也。疊相起伏，愈激愈疾，幾若山雞舞鏡，不復辨其孰為影，孰為形焉。俄焉勢漸衰，機漸緩，板末乃安，齊躍而下，整衣而立。終戲，無虛踏方寸者，技至此絕矣。	（九月）十八日丁酉，陰。寄塵歸自圓覺寺，語余曰：今日見踏板戲矣。……余曰：奈何？寄塵曰：橫木以為梁，高四尺餘，復置板而橫之，長丈有二尺，虛其兩端，均力焉。夷女二，結束衣綵，赤雙足，各手一巾，對立相視而歌。歌未竟，躍立兩端，稍作低昂，勢若水碓之起伏。漸起漸高，東者陡落而激之，則西飛起三丈餘，翩翩若輕燕之舞於空也。西者落而陡激之，則東者復起，又如鷙鳥之直上青雲也。疊相起伏，愈激愈疾，幾若山雞舞鏡，不復辨其孰為影，孰為形焉。俄而勢漸衰，機漸緩，板末及安，齊躍而下，整衣而立。終戲無虛蹈分寸者，技至此絕矣。（卷五，頁23，總頁249、250）

〈中山記歷〉	《使琉球記》
123 接送賓客頗真率，無揖讓之煩。客至不迎，隨意坐，主人即具烟架火爐，竹筒木匣各一，橫烟管其上；匣以烟，筒以棄灰也。遇所敬客，乃烹茶，以細末粉少許，雜茶末，入沸水半甌，攪以小竹帚，以沫滿甌面為度。客去，亦不送。	（九月）初十日己丑，微雨。梁煥來。問以迎賓禮。對曰：國無揖讓之煩。客至不迎，隨意坐，主人即具菸，架內火爐、竹筒、木匣各一，橫菸管其上；匣以貯菸，筒以棄灰也。遇所敬客，乃烹茶，以細米粉少許，雜茶末，入沸水半甌，攪以小竹帚，以沫滿甌面為度。客去，亦不送。噫！此固真率，無乃太簡乎！（卷五，頁18，總頁239）
124 貴官勸客，常以竹筋蘸漿少許，納客脣以為敬。	（七月）二十九日己酉，雨。……俗尤重醬品；貴官勸客，常以竹筋蘸醬少許，納客脣以為敬。（卷四，頁19，總頁195）
125 燒酒著黃糖則名福，著白糖則名壽；亦勸客之一貴品也。	六月朔日壬子，晴。……食單又有福壽酒，名頗吉祥；細考之，仍是燒酒，著黃糖則名福，著白糖則名壽。中朝亦有此食法，特未賜以佳名耳。（卷三，頁17，總頁137、138）
126 重陽具龍舟競渡於龍潭，琉球亦於五月競渡，重陽之戲，專為宴天使而設。	（九月）十一日庚寅，雨。舊例重陽為第四宴，具龍舟競渡於龍潭。……琉球亦於五月競渡，重陽之戲，專為宴天使而設。（卷五，頁18，總頁240）
127 因成三詩以誌之，詩云：「故園韋負菊花黃，萬里迢迢在異鄉；舟泛龍潭看競渡，重陽錯認作端陽。去	

	〈中山記歷〉	《使琉球記》
127	年秋在洞庭灣，親插黃花插翠鬟；今日登高來海外，累伊獨上望夫山。待將風信泛歸槎，猶及初冬好到家；已誤霜前開菊宴，還期雪裏訪梅花。」	
128	聞程順則曾於津門購得宋朱文公墨蹟十四字，今其後裔猶寶之。借觀不得，因至其家，開卷，見筆勢森嚴，如奇峯怪石，有巖巖不可犯之色；想見當日道學氣象。字徑八寸以上，文曰：「香飛翰苑圍川野，春報南橋疊革新。」後有名款，無歲月，文公墨蹟，流傳世間者，莫不寶而藏之。蓋其所就者大，筆墨乃其餘事，而能自成一家言如此，知古人學力，無所不至也。	（九月）二十四日癸卯，雨。聞程順則曾於津門購得宋朱文公墨蹟十四字，徐葆光為之跋，今其後裔猶寶之。借觀不得，因與介山至其家，開卷，見筆勢森嚴，如奇峯怪石，有巖巖不可犯之色；想見當日道學氣象。字徑八寸以上，文曰：香飛翰院圍川野，春報南橋疊翠新。後有名款，無歲月。文公在宋，不以書名，然墨刻流傳世間者，莫不寶而藏之。蓋其所就者大，筆墨乃其餘事，顧能自成一家如此，知古人學力，無所不至。為跋數語以誌景仰焉。（卷六，頁2，總頁254）
129	又遊蔡清派家祠，祠內供蔡君謨畫像，並出君謨墨蹟見示，知為君謨的派，由明初至琉球，為三十六姓之一。清派能漢語，人亦倜儻，由祠至其家，花木俱有清致；池圓如月，為額其室，曰：「月波大屋」。大抵球人工翦剔樹木，疊砌假山，故士大夫家，率有丘壑以供遊覽。庭中樹長竿，上置小木舟，長二	（九月）二十五日甲辰，陰。遊都通事蔡清派家祠。祠初為清泰寺故址，蔡氏買得知，以祀其先。內供蔡君謨畫像，並出君謨墨蹟見示，知為君謨的派，由明初至琉球，為三十六姓之一。清派奉其王命，護送封舟；能漢語，人亦倜儻。由祠至其家，花木俱有清致；池圓如月，為額其室曰：「月波書屋」。大

	〈中山記歷〉	《使琉球記》
129	尺，桅、舵、帆、櫓皆備，首尾風輪五葉，掛色旗，以候風。渡海之家，率預計歸期；南風至，則合家歡喜，謂行人當歸，歸則撤之，即古五兩旗遺意。	抵球人工剪剔樹木，疊砌假山，故士大夫家，率有丘壑，以供遊覽。庭中豎長竿，上置小木舟，長二尺，桅、舵、帆、櫓皆備，首尾風輪五葉，挂色旗，以候風。渡海之家，率預計歸期；南風至，則合家歡喜，謂行人當歸；歸則撤之，即古五兩旗遺意。（卷六，頁2、3，總頁254、255）
130	國王有墨長五寸，寬二寸，有老坑端硯，長一尺，寬八寸，◎有永樂四年字。硯背有「七年四月東坡居士留贈潘邠老」字。問知為前明受賜物。國中有東坡詩集，知王不但寶其硯矣。	（九月）初四日癸未，雨。先是國王以御書海表恭藩額業經鑲飾懸奉，請往瞻拜，已為定期；此日雖雨，亦往。食後偕介山入王宮。……遊畢，將辭歸，國王留飲，命王弟出見。……是日見案上有墨長五寸，寬二寸；有老坑端硯，長一尺，寬六寸，疑為舊物，命通事取視。墨有永樂四年字。硯背有元豐七年四月東坡居士留贈潘邠老字。問知為前明受賜物。國中有東坡詩集，知王不但寶其硯矣。（卷五，頁15，總頁234）
131	棉紙清紙，皆以穀皮為之；惡不中書者，有護書紙。大者佳，高可三尺許，闊二尺，白如玉，小者減其半；亦有印花詩箋，可作札，別有圍屏紙，則糊壁用矣。徐葆光球紙詩云：「冷金入手白於練，側理海濤凝一片；昆刀截截徑尺方，疊雪	（九月）二十八日丁未，晴。連日以紙索書者甚夥；有棉紙清紙，皆以穀木皮為之；惡不中書。有護書紙，大者佳，高可三尺許，闊二尺，白如玉版，小者減其半；亦有印花詩箋，可作札。別有圍屏紙，則糊壁用矣。積既多，因與寄塵分

〈中山記歷〉	《使琉球記》
131 千層無幕面。」形容殆盡。	寫之，仍標以原名，惡其混也。徐葆光球紙詩云：冷金入手白於練，側理海濤凝一片；昆刀截截徑尺方，疊雪千層無幕面。形容殆盡。（卷六，頁4，總頁257、258）
132 南砲臺間，有碑二，一正書，剝蝕甚，微見「奉書造」三字。一其國學書，前朝嘉靖二十一年建，惟不能盡識，其筆力正自遒勁飛舞。有木曰山米，又名野麻姑，葉可染，子如女貞，味酸，土人榨以為醋。球醋純白，不甚酸，供者以為米醋，味不類；或即此果所榨歟！	（九月）三十日己酉，雨。……再折而北，而南為南砲臺，隄間有碑二，一正書，剝蝕甚，微辨「奉書造」三字。一其國草書，前明嘉靖二十一年建，雖不能盡識，其筆力正自遒勁飛舞。……有木類福滿木，曰山米，又名野麻姑，葉可染，子如女貞，味酸，土人榨以為醋。球醋純白，不甚酸，供者以為米醋，味不類；或即此果所榨歟！（卷六，頁5，總頁259、260）
133 席地坐，以東為上，設氈，食皆小盤，方盈尺，著兩板為腳，高八寸許。餚凡四進，各盤貯而不相共，三進皆附以飯，至四餚乃進酒二，不過三巡。每進餚止一盤，必撤前餚而後進其次餚。飯用油煎麵果，次餚飯用炒米花，三餚用飯。每供餚酒，主人必親手高舉，置客前，俯身搓手而退。終席主人不陪，以為至敬。此球人宴會尊客之禮，平等乃對飲。大要球俗，席皆坐地無椅桌之用，食具如古俎豆，餚盡乾製，無所用勺。雖貴官家食，不過一餚，一	（十月）初二日辛亥，晴。紫金大夫毛廷桂邀遊波上，留詩以別。歸過其宅，留便飯。席地坐，以東為上，設氈，食皆小盤，方盈尺，著兩板為腳，高八寸許。餚凡四進，各盤貯而不相共，三進皆附以飯，至四餚乃進酒，酒不過三巡。每進餚止一盤，必撤前餚而後進其次。初餚飯用油煎麵果，次餚飯用炒米花，三餚用飯。每供餚酒，主人必親手高舉，置客前，俯身搓手而退；終席主人不陪，以為至敬。此球人宴尊客之禮，平等乃對飲。大要球俗席皆坐地，無椅桌之用，食

〈中山記歷〉	《使琉球記》
133 飯，一箸，箸多削新柳為之。即妻子不同食，猶有古人之遺風焉。	具如古俎豆，餚盡乾製，無所用匀。雖貴官家食，不過一餚，一飯，一箸，箸多削新柳為之。即妻子不同食，猶有古人之遺風焉。（卷六，頁6，總頁261、262）
134 使院敷命堂後，舊有二牓，一書前明冊使姓名。洪武五年，封中山王察度，使行人湯載。永樂二年，封武寧，使行人時中。洪熙元年，封◎巴志，使中官柴山。正統七年，封尚忠，使給事中俞忭，行人劉遜。十三年，封尚思達，使給事中陳傳，行人萬祥。景泰二年，封尚景福，使給事中喬毅，行人童守宏。六年，封尚泰久，使給事中嚴誠，行人劉遜。天順六年封尚德，使吏科給事中潘榮，行人蔡哲。成化六年，封尚圓，使兵科給事中官榮，行人韓文。十三年，封尚真，使兵科給事中董旻，行人司司副張祥。嘉靖七年，封尚清，使吏科給事中陳侃，行人高澄。四十一年，封尚元，使吏科左給事中郭汝霖，行人李際春。萬曆四年，封尚永，使戶科左給事中蕭崇業，行人謝杰。二十九年，封尚寧，使兵科右給事中夏子陽，行人王士正。崇禎元年，封尚豐，使戶科左給事中杜三策，行人司司正楊倫。凡十五次，二十七人。柴山以前，無副	（十月）初七日丙辰，晴。使院敷命堂後，舊有二牓，一書前明冊使姓名。洪武五年，封中山王察度，使行人楊載。永樂二年，封武寧，使行人時中。洪熙元年，封尚巴志，使中官柴山。正統七年，封尚忠，使給事中俞忭，行人劉遜。十三年，封尚思達，使給事中陳傅，行人萬祥。景泰二年，封尚金福，使給事中喬毅，行人童守宏。六年，封尚泰久，使給事中嚴誠，行人劉儉。天順六年封尚德，使吏科給事中福建龍溪潘榮，行人蔡哲。成化六年，封尚圓，使兵科給事中官榮，行人韓文。十三年，封尚真，使兵科給事中董旻，行人司司副張祥。嘉靖七年，封尚清，使吏科給事中浙江董邑縣陳侃，行人順天固安高澄。四十一年，封尚元，使吏科左給事中江西永豐郭汝霖，行人河南杞縣李際春。萬曆四年，封尚永，使戶科左給事中雲南籍應天上元人蕭崇業，行人福建長樂謝杰。二十九年，封尚寧，使兵科右給事中江西玉山夏子陽，行人山東

	〈中山記歷〉	《使琉球記》
134	也。 一書本朝冊使姓名，康熙二年，封尚質，使兵科副理官張學禮，行人王垓。二十一年，封尚貞，使翰林院檢討汪楫，內閣中書舍人林麟焻。五十八年，封尚敬，使翰林院檢討海寶，翰林院編修徐葆光。乾隆二十一年，封尚穆，使翰林院侍講全魁，翰林院編修周煌。凡四次，共八人。	泗水王士正。崇正元年，封尚豐，使戶科左給事中山東東平州杜三策，行人司司正雲南籍上元人楊倫。凡十五次，二十七人。柴山以前，無副也。 一載本朝冊使姓名，康熙二年，封尚質，使兵科副理官遼陽張學禮，行人山東膠州王垓。二十一年，封尚貞，使翰林院檢討江南儀徵汪楫，內閣中書舍人福建莆田林麟焻。五十八年，封尚敬，使翰林院檢討滿州鑲白旗海寶，翰林院編修江南吳江徐葆光。乾隆二十一年，封尚穆，使翰林院侍講滿州鑲白旗全魁，翰林院編修四川涪州周煌。凡四次，共八人。（卷六，頁8、9、10，總頁266、267、268、269）
135	清明後，南風為常，霜降後，南北風為常，反是颶颱將作。正二三月多颶，五六七八月多颱。颶驟發而倏止；颱漸作而多日。九月北風或連月，俗稱九降風。間有颶起，亦驟如颱，遇颶猶可，遇颱難當。十月後，多北風，颶颱無定期，舟人視風隙以來往。凡颶將至，天色有黑點，急收帆，嚴舵以待，遲則不及，或至傾覆。颱將至天邊斷虹若片帆曰「破帆」，稍及半天，如鱟尾，曰屈鱟。若見	（十月）初九日戊午，陰。客有問風信者，予述志略答曰：清明後，地氣自南而北，南風為常，霜降後，地氣自北而南，北風為常；反是，颶颱將作。正二三月多颶，五六七八月多颱。颶驟發而倏止；颱漸作而多日。九月北風或連月，俗稱九降風。間有颶起，亦驟如颱，遇颶猶可，遇颱難當。十月後，多北風。颶颱無定期，舟人視風隙以來往。凡颶將至，天色有黑點，急收帆，嚴柁以

〈中山記歷〉	《使琉球記》
135 北方尤虐。又海面驟變，多穢如米糠，及海蛇浮遊，或紅蜻蜓飛繞，皆颶風徵。	待，遲則不及，或至傾覆。颶將至，天邊斷虹若片帆曰「破帆」，稍及半天如鱟尾，曰屈鱟。若見北方尤虐。又海面驟變，多穢如米糠，及海蛇浮遊，或紅蜻蜓飛繞，皆颶颶風徵。（卷六，頁11、12，總頁272、273）
136 自來球陽，忽已半年，東風不來，欲歸無計。	
137 十月二十五日，酒始揚帆返國。	（十月）二十五日甲戌，晴。北風如故，決令開帆。介山亦以為然，遂於巳刻解纜。（卷六，頁19，總頁287、288）
138 至二十九日，見溫州南杞山，少頃，見北杞山，有船數十隻泊焉。舟人皆喜，以為此必迎護船也。守備登後梢以望，驚報曰，泊者賊船也。又報，賊船皆揚帆矣，未幾，賊船十六隻，吆喝而來，我船從舵門，放子母砲，立斃四人，擊喝者墮海。賊退，鎗并發，又斃六人，復以砲擊之，斃五人。稍進，又擊之，復斃四人，乃退去。其時賊船已占上風，暗移子母砲，至舵右舷邊，連斃賊十二人。焚其頭篷，皆轉舵而退。中有二船較大，復鼓噪，由上風飛至，大礮準對賊船，即施放，一發中其賊首，烟迷里許，既散，則賊船已盡退。是役	（十月）二十九日戊寅，辰卯風微，大霧。針如故。巳刻稍霽。見溫州南杞山，舟人大喜。少頃，見北杞山，有船數十隻泊焉。舟人皆喜，曰：此必迎護船也。霧漸消，山漸近，守備登後梢以望，驚報曰：泊者賊船也。余曰：舟已至此，戒兵無譁，速食，備器械。余亦飽食。守備又報，賊船皆揚帆矣。……未幾，賊船十六隻，吆喝而來。第一隻已入三百步，余舉棋麾之，吳得進從柁門，放子母砲，立斃四人，擊喝者墮海，賊退不及入百步，鎗并發，又斃六人。一隻乃退，二隻又入三百步，復以砲擊之，斃五人。稍進，又擊之，復斃

〈中山記歷〉	《使琉球記》
138	也，鎗砲俱無虛發，幸免於危。 不一時，北風又至，浪飛過船。夢中聞舟人譁曰：「到官塘矣！」驚起。從客皆一夜不眠。語余曰：「險至此，汝尚能睡耶？」余問其狀曰：「每側則篷皆臥水，一浪蓋船，則船身入水，惟聞瀑布聲，垂流不息，其不覆者，幸耶！」余笑應之曰：「設覆，君等能免乎？余入黑甜鄉，未曾目擊其險，豈非幸乎！」鹽後，登戰臺，視之，前後十餘竈，皆沒。船面無一物，爨火斷矣。舟人指曰：「前即定海，可無慮矣。」申刻乃得泊，船戶登岸購米薪，乃得食。	四人，乃退去。其時賊船三隻已占上風，暗移子母砲至柁右舷邊，連斃賊十二人，焚其頭篷；皆轉柁而退。中二船較大，復鼓噪，由上風飛至。余曰：此必賊首也。密令柁工將船稍橫，俟大礮準對賊船，即施放，一發中之。砲響後，烟迷里許，既散，則賊船已盡退。是役也，王得祿首先士卒，兵丁吳得進、陳成德、林安順、張大良、王名標、甘耀等鎗砲俱無虛發，幸免於危。惟時日將暮，風甚微，恐賊乘夜來襲；默禱於天后，求風。不一時，北風大至，浪飛過船。余倦極思臥，念前險，假遇害，豈復能慮此險？況求風得風，可無憂；即憂亦無著力處。遂解衣熟睡，盡付之不見不聞。（卷六，頁20、21，總頁289、290、291、292） 十一月朔日己卯，陰。夢中聞舟人譁曰：到官塘矣！驚起，介山、從客皆一夜不眠。語余曰：險至此，服汝能睡。設葬魚腹，亦為糊塗鬼矣。余曰：險奈何？介山曰：上則九天，下則九地，聲如轉水車，鋸濕木，時復瘧顫；每側則篷皆臥水，一浪蓋船，則船身入水，惟聞瀑布聲，垂流不息，其不覆者，幸耳！余曰：託覆，君等能免乎？余樂拾得一覺，又忘其險，余幸矣。

	〈中山記歷〉	《使琉球記》
138		介山乃大笑。鹽後，登戰臺視之，前後十餘竈，皆沒；船面無一物，爨火斷矣。舟人指曰：前即定海，可無慮食。申刻，乃得泊。……遂令船戶登岸購米薪，乃得食。是日二號船先至，琉球頭號船三更亦至。（卷六，頁20、21，總頁292、293）
139	是夜修家書，以慰芸之懸繫，而歸心甚切。	（十一月）初二日庚辰，晴。……歸舟潮退不能行。聞琉球二號船亦至。是夜繕摺稿，修家書。（卷六，頁23，總頁295）（十一月）初三日辛巳，雨，微風。……因念余與介山同居夷館半載，無日不感念天恩，繫懷老母；常謂介山母上少余母十歲，不謂有此變；念及此，歸心益急矣。（卷六，頁24，總頁297）
140	猶憶昔年，芸嘗謂余：「布衣菜飯，可樂終身；不必作遠遊。」此番航海，雖奇而險，瀕危幸免，始有味乎芸之言也。	

（二）〈中山記歷〉抄襲《使琉球記》所出現之錯誤析論

　　如果沈復真的是隨趙文楷、李鼎元在嘉慶五年往琉球冊封中山王，那沈復所記事實，應該跟李鼎元所記錄的相同，這也是認為今本〈中山記歷〉是真的主張者，對〈中山記歷〉與《使琉球記》有極多

文字相雷同這一現象解釋的持據理由。其實《使琉球記》中，也有一些文字段落是從周煌的《琉球國志略》中擷取而來的。所以，這似乎可以解決了兩書文字相同的問題。然而，仔細地對比兩書相同文句的部分，不難發現彼此之間，除了有大量雷同的文字段落之外，而從這些文字記錄的內容來看，還存在著人、事、時、地、物等的記載差異，這又如何解釋呢？雖然李鼎元所看到的跟同去的人所看到的未必都相同，因為李鼎元的身份地位都很高，不過，在同樣事件的記載裡，是不應該有此差異的。

在此，先就〈中山記歷〉與李著《使琉球記》得對比結果，看看二者形式架構上的關係。

我們都知道李鼎元的《使琉球記》是標準的日記體，每日記事的前面，都先交代時間，每月朔日都註明月份，然後每日都寫明日期、干支，天氣現象；如果是在卷首，還再標明月份。如果一件事橫跨兩天或以上，也分別在不同的日記裡作記錄，不會寫在同一天的記事裡。

而在〈中山記歷〉中，很明顯的是把《使琉球記》裡的記事，以歸納法加以類聚，使之成為筆記體的形式。如果對閱上述的140條對比資料，很容易就能看得出來。譬如說，從資料第31、32條說圓覺寺，33條說護國寺，34條是天王寺，35條談定海寺，36條總歸其餘的龍渡寺、善興四、和光寺。從第37條至43條談海產、海味：石距、海舌、海膽、寄生螺、沙蟹、蚶、海馬肉。從46條至55條講的是植物；從63條至67條是記載遊歷山川的；從72至74條是說久米人的事；77至80是記農作物薯和稻作；81、82講的是禽鳥；83至86記琉球人的衣冠；87至92是記載琉球的風俗、典制；101、102講名勝東苑、南苑；103至106是辨論有關琉球事物與中國不同處；113至122是記琉球民族

節日活動的；128至132記的是古董、文物。這種歸納式的寫法，其實也不是偽作者所首創的，因為絕大部分的方志，都採取這樣的結構方式來寫記的。在李鼎元以前曾出使冊封琉球的官員，如汪楫的《使琉球雜錄》，徐葆光的《中山傳信錄》，周煌的《琉球國志略》，也都用分類的採錄方式來寫的。〈中山記歷〉的作者以這樣的結構形式來處理，其實是相當聰明的作法。不過，作者的歸納，還是有不太合適、疊床架屋之嫌。比如說，第133條是記琉球人日常便餐的菜色內容與招待的過程，這跟第123、124、125條所說的內容相近，但是卻並未類聚在一起。又第119條記的是國王所送的異品菊花，也沒有放在講植物的44至55條之間。還有第108條所講的「國人率恭謹，有所受，必高舉為禮；有所敬，則俯身搓手，而後膜拜。勸尊者酒，酌而置杯於指尖以為敬；平等則置手心。」跟第133條所言「每供餚酒，主人必親手高舉，置客前，俯身搓手而退。終席主人不陪，以為至敬。此球人宴會尊客之禮，平等乃對飲。」兩條內容相當，有重複之嫌。可見作者並不是原先就設計用分類筆記來寫，而是就既有的現成資料加以分類，而資料中有一些分類不明，或者關連兩種事物的，或同事兩記的，就不好分類或整合了，所以才會產生這樣的情形。

對比兩者之後，除了二者有極大量的重複文字段落之外，就其重複處也可以析論彼此的關係。就《使琉球記》而言，文從字順，記事詳盡，樸實中自有文采。至於〈中山記歷〉，有幾段文字跟《使琉球記》一字不差的，如第18、19、20三條記海上航程的，有如第65條記遊鶴頭山的，都是完全一樣的文字，這能有甚麼理由說明這樣的現象呢？只能是抄錄的罷。

當然最多的情形是節錄，省略了其中一些不甚重要的部分，這就不用舉例了。穿插當然也很常見的，如第條跟第6條原本是同一天的

事，講的是出發船上的所見，而插入第5條屬於檢驗封舟的說明。又如第116條跟118條是記琉球一年裡的民俗節日是在八月二十一日問的；因為李鼎元在五月十二日就到琉球，預估十月底就回程，所以他只問六月之前（116條），十月之後的部分（118條），而中間的117條是作者從六月初六日的記事裡抄來插入的。

《使琉球記》是日記體，所以記事很實在，多用對話的形式實錄。而〈中山記歷〉是筆記體，因此對話的形式就不適合，改用敘述的語句：如第109條是記寄塵和尚的徒弟李香厓在觀察了琉球的房屋之後，回來跟李鼎元相談的對話，而〈中山記歷〉就把對話裡的「何也？曰：」的文字去掉，而文字仍然相同，這樣就合乎筆記的形式，還滿有歐陽修〈醉翁亭記〉的味道的。第112條也是如此。當然，因為〈中山記歷〉是以沈三白的立場記的，所以通篇都把原本是李鼎元說的話，視需要改為沈三白說的，這就不用再多說了。

至於文字上的改寫，也是有的，不過不算多，如第74條「國中久米村，梁、蔡、毛、鄭、陳、曾、阮、金等姓，乃三十六姓之裔，至今國人重之。」是從《使琉球記》中「國重久米人有以也」一句改寫的。又如第103條，李鼎元說「知琉球舊曾臣屬日本」，而〈中山記歷〉寫作「知琉球舊曾奉日本正朔」。

有一個很特殊的例子，就是106條說「此邦有紅衣妓，與之言，不解，按拍清歌，皆方言也。」其實這一句的原文，是李鼎元對琉球文士楊文鳳的形容語。這樣的移花接木，如果不仔細對比，是看不出來的。

至於為甚麼〈中山記歷〉的前後都還是用日記體呢？我想應該是到琉球的海上航程本來就無法歸類；從前的使琉球記錄也都只能記為

「針路」來說明,「針」是指航海用的羅盤、指南針。

其實,經過對比之後,真的發現不少相同事件的記載,存在著人、事、時、地等的齟齬。這些問題在前輩學者研究的時候,也已經有所指出,吳幅員、楊仲揆、陳毓羆諸先生,都曾經做過這方面的研究,提出了他們的分析結論。但是筆者在加詳細對比,也發現更多的問題。所以,下面先陳述前輩的成果,再補入筆者的觀點。

吳幅員先生曾經對〈中山記歷〉與《使琉球記》作過詳細的對比,也看出了不少有問題的地方,不過,有些問題並不太能顯示彼此記事的矛盾,只能說是記事的文句瑕疵;因為〈中山記歷〉除了前面從五月朔日至十二日的海上航程是逐日記事之外,其他的就都以類聚記事體的方式來寫,這可以說是沈三白的〈記歷〉是事後整理補記的,所以前後不同時間相類似的事就寫在一塊了。比如說吳先生認為〈記歷〉裡記封舟一號、二號船跟迎封船三舟齊到之後,記說:「午刻,登岸,傾山人士,聚觀於路。世孫率百官,迎詔如儀。世孫年十七,白皙而豐頤,儀度雍容;善書,頗得松雪筆意。」吳先生認為:

> 「世孫年十七」以至「頗得松雪筆意」,剿襲得更為離奇。「李記」在「世孫率百官迎詔如儀」後續記:「啟門後各官以次晉謁。……;少頃,世孫來。年十七,厚重簡默,儀度雍容,白皙而豐頤,有福相。寒溫仰於通事,茶罷辭去。」這原是一種動態的記敘,「記歷」改為靜態描述,說是「世孫年十七,白皙而豐頤,儀度用容」,原無不可;但遽續以「善書,頗得松雪筆意」,未免奇突。封使一行與主人初聚,既未見當面揮毫,又未見任何墨蹟,從何得知他的書法頗得松雪筆意?按「李記」後在十月十一日記:「是日,為老母孟太宜人誕辰,

唯恐人知，故不舉祝禮。方啟門，國王遣王叔尚周送團扇五
柄、瓷香爐一對、親書大紅緞壽屏序文十二幅。……余素聞國
王善書，展讀之，書法得松雪筆意，可謂此行一寶。」「記
歷」偽作竟移花接木如上，豈不令人詫異！[7]

雖然吳先生的分析不錯，但是如前所說的，只要說成是後來類聚追記
的，當然就可以如此。所以，筆者以為這些部分不能算有力證據。因
此，筆者把吳先生所指出的較有力證據，挑選出來陳述如下：

初二日，午刻，移泊鼇門。申刻，慶雲見於西方，五色輪囷，
適與樓船旗幟，上下輝映，觀者莫不嘆為奇瑞。或如玄圭，或
如白珂，或如靈芝，或如玉禾，或如絳綃，或如紫綃，或如文
杏之葉，或如含桃之顆，或如秋原之草，或如春湘之波。向讀
屠長卿賦，今始知其形容之妙也。畫士施生，為航海行樂圖，
甚工。余見茲圖，遂乃擱筆；香崖雖善畫，亦不能辦此。初四
日，亥刻起椗，乘潮至羅星塔。海闊天空，一望無際。（〈中山
記歷〉第8條）

吳幅員先生則分析說：「據「李記」，初二、初三日為了『船小人多，
無立錐處』，頗費周章；至初四日，始『泊鼇頭』。上引申刻所見，亦
為初四日事。而『李記』原為『舟中及兩岸之人莫不嘆為奇瑞』，『記
歷』乃節為『觀者莫不嘆為奇瑞』云云。……或說『初二』即『初
四』的錯誤，但證之下文，又非盡然。……『亥刻，起椗；乘潮至羅

星塔」，與『李記』同，為初四日事。如說前文『初二』為『初四』
的錯誤，則此『初四』豈非重出！足見前文謬以初四日事移作初二日
事耳。殊不知初二日尚未『移泊』（鼉頭），與事實不相符合。」[8]吳
先生說的沒錯，這只要對比兩者文字，很容易就看得出來的。

> 七月二十五日，正副使行冊封禮，途中觀者益眾。……。北宮
> 殿屋固樸，屋舉手可接，以處山岡，且阻海颶。面對為南宮。
> 此日正、副使宴於北宮，大禮既成，通國歡忭。（〈中山記歷〉
> 第95條）

吳先生指出〈記歷〉說七月二十五日正、副使宴於北宮，是「大謬」
的。因為清高宗弘曆死於嘉慶四年，當時高宗已經禪位，自稱「太上
皇」了。也就是當趙介山、李鼎元冊封琉球時，正是國喪其間，例不
宴會。原本冊封琉球，按慣例有所謂「七宴」的，而這一次概行停
止。李鼎元《使琉球記》在同一日的記事裡就說：「舊例此日宴會於
北宮，為第二宴；此行不宴會，茶三行，辭歸。」可見〈中山記歷〉
的說法，是偽作者未曾看清楚原文，又昧於歷史背景事實，所以記載
就跟事實相矛盾了。[9]

> 又遊蔡清派家祠，祠內供蔡君謨畫象，並出君謨墨蹟見示，知
> 為君謨的派，由明初至琉球，為三十六姓之一。清派能漢語，
> 人亦倜儻，由祠至其家，花木俱有清致，池圓如月，為額其

---

8 吳幅員：〈《浮生六記》〈中山記歷〉篇為後人偽作說〉，《東方雜誌》復刊第11卷第8
期（1978年2月），頁70。

9 吳幅員：〈《浮生六記》〈中山記歷〉篇為後人偽作說〉，《東方雜誌》復刊第11卷第8
期（1978年2月），頁73。

室，曰：「月波大屋」。大抵球人工翦剔樹木，疊砌假山，故士大夫家，率有丘壑以供遊覽。（〈中山記歷〉第129條）

吳先生指出：「按『李記』九月二十五日記：「遊都通事蔡清派家祠，……為額其室曰『月波書屋』」。『月波書屋』『記歷』抄作『月波大屋』；額為副使李鼎元所署，迻抄之，卻又成張冠李戴矣。」[10] 說得很有道理。不過，其實還有一個理由，就是以沈三白從客的身份，也不可能為都通事的家題額吧。

自來球陽，忽已半年，東風不來，欲歸無計。十月二十五日，迺始揚帆返國。至二十九日，見溫州南杞山，少頃，見北杞山，有船數十隻泊焉。舟人皆喜，以為此必迎護船也。守備登後梢以望，驚報曰，泊者賊船也。又報，賊船皆揚帆矣，未幾，賊船十六隻，吆喝而來，我船從舵門，放子母砲，立斃四人，擊喝者墮海。賊退，鎗并發，又斃六人，復以砲擊之，斃五人。稍進，又擊之，復斃四人，乃退去。其時賊船已占上風，暗移子母砲，至舵右舷邊，連斃賊十二人。焚其頭篷，皆轉舵而退。中有二船較大，復鼓噪，由上風飛至，大礮準對賊船，即施放，一發中其賊首，煙迷里許，既散，則賊船已盡退。是役也，鎗砲俱無虛發，幸免於危。不一時，北風又至，浪飛過船，夢中聞舟人譁曰：「到官塘矣！」驚起。從客皆一夜不眠。語余曰：「險至此，汝尚能睡耶？」余問其狀。曰：「每側則篷皆臥水，一浪蓋船，則船身入水，惟聞瀑布聲，垂

---

10 吳幅員：〈《浮生六記》〈中山記歷〉篇為後人偽作說〉，《東方雜誌》復刊第11卷第8期（1978年2月），頁74。

流不息，其不覆者，幸耶！」余笑應之曰：「設覆，君等能免乎?余入黑甜鄉，未曾目擊其險，豈非幸乎？」盟後，登戰臺視之，前後十餘竈，皆沒。船面無一物，爨火斷矣。舟人指曰：「前即定海，可無慮矣。」申刻乃得泊，船戶登岸購米薪，乃得食。（〈中山記歷〉第138條）

吳先生指出，〈記歷〉的這一段記述，跟李《記》在十月二十九日、十一月朔日兩天的記事相同，還將兩天的事混在一起。而且沈三白以「余」與從客對話，置自身於從客之外，也是一個問題。更離奇的是沈三白的「驚夢」與「對話」的描寫，除了略避趙介山以外，兩者幾乎如出一轍；好像沈三白是李鼎元的分身一樣，天下事有如此巧合的嗎？[11]這當然明顯是一個抄襲的破綻。

吳幅員先生之後，楊仲揆先生也有這方面的研究所得。他曾經把〈中山記歷〉與《使琉球記》相同的文字作了一對照表[12]，而又在《《浮生六記》第五記〈中山記歷〉真偽考——〈中山記歷〉與李鼎元《使琉球記》對照研究》一文中，有〈中山記歷〉偽作分析一節，不過，楊先生所言大多都是觀念問題，雖然他也提到「五色慶雲」那段有時間上的問題，以及封舟回到溫州遇盜、遇風一段（即最後一段）抄襲痕跡太過明顯，然而這兩條吳幅員先生已經提到。所以，楊仲揆先生比較明確說的，是沈三白跟施生弈碁那一段。楊先生說：

---

11 吳幅員：〈《浮生六記》〈中山記歷〉篇為後人偽作說〉，《東方雜誌》復刊第11卷第8期（1978年2月），頁75-76。

12 楊仲揆：《琉球古今談——兼論釣魚臺問題》（臺北：臺灣商務印書館，民國79年〔1990〕12月），頁458-478。附註說明：此表製於一九八二年九月，刊載於《藝文誌》第207、208、209期（1982年12月、1983年元月及2月）。

只將「閒居無可消遣，與介山弈」一句中「介山」兩字改為「施生」兩字。實則根據李記。李記只有在福州岸上提及施生，並未說施生亦同行赴琉。在琉日記中，未再見施生，可能施生根本未去琉球。[13]（見〈中山記歷〉第58條）

楊先生的推論頗有道理，所以，〈中山記歷〉中說沈三白跟施生下棋，本來就有問題；然而這也是無法對證的事。因此，說不上是作偽的證據。

其後，陳毓羆先生更精細地對《使琉球記》及〈中山記歷〉二者的文字作分析，他認為作偽者採用張冠李戴的手法，將李鼎元的事大量安放在沈復身上，於是在〈中山記歷〉裡，可以看到沈復與正使趙文楷飲酒賞月，擊楫唱歌，又與寄塵和尚悟談玄理，這根沈三白的從客身份很不相稱的。有時候沈復口中可以說出寄塵和尚的話，有時候沈復還可以同時扮演三個角色。陳先生舉了個例子：〈中山記歷〉裡有一段記載副使李鼎元為一處樓臺命名為「蜀樓」的事。〈中山記歷〉所記如下：

龜山有峰獨出，與眾山絕，前附小峰，離約二丈許，邦人駕石為洞，連二山，高十丈餘。結布幔於洞東，不憩，拾級而登，行洞上，又十餘級，乃陟巔，巔恰容一樓。樓無名，四面軒豁，無戶牖。副使謂余曰：「茲樓俯中山之全勢，不可無名。」因名之曰「蜀樓」。并為之跋曰：「蜀者何，獨也。樓何

---

13 楊仲揆：〈《浮生六記》第五記〈中山記歷〉真偽考──〈中山記歷〉與李鼎元《使琉球記》對照研究〉，《琉球古今談──兼論釣魚臺問題》（臺北：臺灣商務印書館，民國79年〔1990〕12月），總頁439。

以蜀名，以其踞獨山也；不日獨，而日蜀者，以副使為蜀人。
樓構已百年，而副使乃名之，若有待也。」樓左瞰青疇，右扶
蒼石，後臨大海，前揖中山，坐其中以望，若建瓴焉。余又請
於副使曰：「額不可無聯。」副使因書前四語付之。（見〈中山
記歷〉第110條）

陳毓羆指出《使琉球記》九月十七日記遊龜山，有一段相同的話說：

乃陟巔，巔恰容一樓。樓無名，四面軒豁，無戶牖。後有石
壇，祀神處也。余顧長史曰：「茲樓俯中山之全勢，不可無
名。」因名之曰「蜀樓」。並為之跋曰：「蜀者何？獨也。樓何
以蜀名？以其踞獨山也。不日獨，而日蜀者，以余為蜀人。樓
構已百年，而余乃名之，若有待也。樓左瞰青疇，右扶蒼石，
後臨大海，前揖中山；坐其中以望，若建瓴焉。」長史謂曰：
「額不可無聯。」因書前四語付之。[14]

陳先生比較兩者差異，以為沈復不但寫了跋文，取消了副使李鼎元的
著作權，而且還代行琉球國長史官的職務，請求副使書寫對聯。於是
沈復既是從客，又是長史，更是副使，一人身兼三職。[15]然而就筆者
看，〈中山記歷〉所說，頂多只能說沈三白兼長史罷了，不能說他兼
有副使的身份，因為「因名之曰『蜀樓』」跟「並為之跋」的主詞是
副使，不是沈三白。還有，如果沈三白跟長史一起隨李鼎元遊龜山，

---

14 李鼎元：《使琉球記》（臺北：文海出版社，《近代中國史料叢刊》第四十八輯，師
　竹齋藏板），卷五，頁22、23，總頁247、248。以下引用同書，不贅版本。
15 參考陳毓羆：《沈三白和他的《浮生六記》》（臺北：大安出版社，1996年11月），頁
　65、66。

李鼎元所說如果是同時對沈三白跟長史說的，事後李鼎元所記的重點在長史，沈三白就自己的立場來記載，也有可能形成上面兩種不同記錄的情形；這樣是可以勉強說得通的。因此，陳先生的這個例子不算是很有力的指證。

陳先生認為凡作偽者總會在無意之中露出自己的馬腳，所以〈中山記歷〉在抄襲時也有疏漏之處，他在書中還舉了五個例子：

第一個是〈中山記歷〉說：「琉球山多瘠磽，獨宜薯。」李鼎元《使琉球記》在八月初五日寫說：「余閱《志略》，知琉球田多瘠磽，獨宜薯。」把「田」錯作「山」，好像薯是種在山上的。一字之差，謬甚。[16]

第二個例子是〈中山記歷〉記琉球風俗說：「七月十五夜，開窗，見人家門外，皆列火炬二。詢之土人，云：國俗於十五日盆祭，預期迎神，祭後乃去之。盆祭者，中國所謂盂蘭會也。」這一條在李鼎元《使琉球記》裡是寫在七月十二日的，所以說「預期迎神」。陳先生認為是作偽者亂改為七月十五日，所以說話內容跟日子兜不攏。不過，這一段的下面，其實還有一節文字說：「連日見市上小兒各手一紙幡，對立招展，作迎神狀；知國俗盆祭祀先，亦大祭矣。」這一節在李《記》裡的確是七月十五日的記載；何況前面已經說「祭後乃去之」，那麼，十五夜當然仍可看到跟十二夜相同的景象；而「預期迎神」可視為追記的說法。所以，陳先生這個例子似乎不怎麼著力。

第三個例子是記琉球皇宮。〈中山記歷〉說：「北宮：殿屋固樸，屋舉手可接，以處山岡，且阻海颶。」而李鼎元所記的是在七月二十

---

16 陳毓羆：《沈三白和他的《浮生六記》》（臺北市：大安出版社，1996年11月），頁67-68。以下的例子也同出一處。

五日，原文說：「更衣後，國王揖入北宮。殿屋固樸，多柱礎；屋樑舉手可接。以處山岡，且阻海颸。」對比之下，〈中山記歷〉刪去「多柱礎」一句，又漏了「樑」字。

第四個例子是記琉球的「踏桴戲」，而李鼎元在九月十八日日記裡，記載寄塵和尚所見到的是「踏板戲」，李鼎元的《師竹齋集》卷十四有〈蹋板歌〉可證。其實在歷來的使琉球記錄裡都有記載這一種「踏板戲」，徐葆光的《中山傳信錄》中還有繪圖說明呢！[17]

第五個例子是記述琉球待客之禮。〈中山記歷〉說：「貴官勸客，常以筯醮漿少許，納客唇以為敬。」而李鼎元在七月二十九日所記的是「俗尤重醬品；貴官勸客，常以筯醮醬少許，納客唇以為敬」，「醬」字誤作「漿」字。

以上陳先生所舉的五個實例，第一個是誤字，第三個是漏字，第四個是錯字，第五個是錯字。要知道《浮生六記》原本就是抄本，而且不見得是原作者親手抄本的；在抄寫的過程中，抄錯字，寫漏字在所難免，不太能據此而證明甚麼。至於第二個例子「盆祭」，因為日期有差，語句彆扭，可以看出裡面可能有問題；不過如上所言，還是有可以辯解的空間。因此陳先生所舉的例子，似乎都不足以構成作偽的有力證據。

其實，抄本中有個別文字的錯誤，真的不算甚麼。這種錯誤，有可能是原抄本就錯了，也有可能是當初刊印時排版手民的錯誤。以下舉一例子說明。〈中山記歷〉裡有遊辨岳一段說：

---

17 徐葆光：《中山傳信錄》（北京：北京圖書館，《國家圖書館藏琉球資料匯編》中冊，2000年10月），卷六〈風俗〉，總頁471、472。稱之為「板舞戲」。

辨岳，在王宮東南三里許，過圓覺寺，從山脊行，水分左右，堪輿家謂之過峽；中山來脈也。山大小五峰，最高者謂之辨岳。灌木密覆，前有石柱二，中置柵二，外板閣二。（〈中山記歷〉第64條）

考之上海書店根據國學整理社一九三六年版複印的《美化文學名著叢刊》中的《浮生六記》，在〈中山記歷〉裡，這一段中的「中置柵二，外板閣二」一句[18]，跟其他的通行本《浮生六記》所載的完全一樣[19]。然而對照《小方壺齋輿地叢鈔》本的《使琉球記》[20]，師竹齋藏版的《使琉球記》[21]，都寫作「中置柵柵外板閣二」。我想，偽作者在抄襲《使琉球記》時，沒有抄錯，而是很可能寫成「中置柵＝外板閣二」，其中「＝」是傳統的重文符號（即重複前一字的符號），但被編輯或排版手民誤以為是「二」字，所以才會印出這樣的語句。同樣的情形還有第133條說招待客人進餐時「四餚乃進酒二，不過三巡」；而在《使琉球記》則作「至四餚乃進酒，酒不過三巡」。

以下為筆者根據前面對比〈中山記歷〉跟《使琉球記》兩者之後，所發現的矛盾、齟齬處，在前輩所未曾指出的，列述如次：

〈中山記歷〉裡有一段文字描述琉球國中的寺廟，其中以「圓覺寺」為最大，也最有可看之處。至於其他的寺廟，〈記歷〉裡說：

---

18 沈復：《浮生六記》（上海：上海書店，根據國學整理社1936年版複印《美化文學名著叢刊》，1982年6月），頁66。

19 如：沈三白著，陶恂若校注：《浮生六記》（臺北：三民書局，2001年），頁90。

20 李鼎元《使琉球記》（北京：北京圖書館，《國家圖書館藏琉球資料續編上冊》，2002年10月），總頁787。所用版本就是小方壺齋輿地叢鈔本。

21 李鼎元：《使琉球記》，卷五，頁17。

又有護國寺。為國王禱雨之所。龕內有神，黑而裸，手劍立，狀甚猙獰。右鐘，為前明景泰七年鑄。寺後多鳳尾蕉，一名鐵樹。又有天王寺，有鐘，亦為景泰七年鑄。又有定海寺，有鐘為前明天順三年鑄。至於龍渡寺、善興寺、和光寺，荒廢無可述者。（〈中山記歷〉第33-36條）

這裡說龍渡寺、善興寺、和光寺都荒廢無可述。考之李鼎元的《使琉球記》在八月初七日記：「偕介山遊和光寺，荒廢無可述。」[22]〈中山記歷〉所說的「和光寺」跟《使琉球記》所載相符；不過，對於龍渡寺呢？似乎就不一樣了。《使琉球記》在五月二十六日裡記說：

過小橋，至龍渡寺。寺在奧山麓，舊為蛇窟，僧心海始闢之，蛇避去；因築堤截湖，引泉種松，而建寺焉。寺兩楹。徐澄齋為題曰『龍渡寺』。今寺側又新建屋二楹，沿路多種美人蕉。寺前有小亭，亭前有小沼；水涸，小魚多熱死。有鯉長尺餘，奔若求救；因命取之，養以水而放之海。沼側有小廟，亦供不動；有大番字如世所傳〈奎星圖〉。[23]

李鼎元花這麼多的文字來描述龍渡寺，而寺有那麼多的景致可觀，怎麼能說是「荒廢無可述」呢？至於善興寺呢？李鼎元在五月二十八日記說：

偕介山遊善興寺。寺在使院東北，周垣可五、六畝，樹多福木、榴、薇。中建板閣一，祀天滿大自在天神。戶常扃，祈報

22　李鼎元：《使琉球記》，卷五，頁2，總頁207。

23　李鼎元：《使琉球記》，卷三，頁15，總頁133、134。

者皆膜拜於門外。土俗敬神用瓣香而不焚，最尊敬者輒撒米數
撮而去。佛堂亦供不動，更有神三首六臂，黑如漆。從官云：
『此開國天孫氏神也。』僧供茶甚甘；問之，即本寺井泉。寺
側有石池，疊石山，玲瓏可愛，百層拳屈，色如初燒瓦，上以
花草點綴。問知為石芝，結自海邊，然質脆，不能攜遠。[24]

可見善興寺在當時尚有香客來拜祭，也有寺僧住持，更有泉水渝茶，
還有疊石山、花草點綴，這像是「荒廢」的寺廟麼？沈三白的審美觀
縱然與李鼎元不同，審美眼光再差，也不至於認為這樣的寺廟屬於
「荒廢」一類吧。從《浮生六記》的前四記裡，可知沈三白是一位能
從不起眼事物看出趣味，尋得意悟的人，連蚊子也能比擬作「群鶴舞
空」呢！想應該是偽作者為了字數不能過多，把這些寺廟隨意歸為一
類，總以「荒廢無可述」概之；他當然不會預知後來有人把《使琉球
記》拿來對照看。

〈中山記歷〉有記趙介山、李鼎元在六月初八日冊封典禮時，所
見琉球國貴眷女子的裝飾說：

六月初八日，辰刻，正副使恭奉諭祭文，及祭銀焚帛，安放龍
綵亭內。……。是日球人觀者，彌山匝地，男子跪於道左，女
子聚立遠觀。亦有施帷掛竹簾者；土人云係貴官眷屬。女皆黥
首指節為飾，甚者全黑，少者間作梅花斑。國俗不穿耳，不施
脂粉，無珠翠首飾。

這裡說琉球國貴官女子皆「黥首指節為飾」。而考查李鼎元的《使琉

---

24 李鼎元：《使琉球記》，卷三，頁16，總頁135。

球記》，不論是小方壺輿地叢刊本，還是師竹齋藏板的本子，都是說：「女皆黥手背指節為飾。」[25]徐葆光《中山傳信錄》也記載說：

> 國中大家女亦然。……手背皆有青點，五指脊上黑道直貫至甲邊，腕上下或方或圓或觜，為形不等，不盡如梅花也。女子年十五即針刺，以墨塗之，歲歲增加。官戶皆然。[26]

而現在〈中山記歷〉寫作「黥首」，這可能是偽作者以為「黥首」才是對的，因為刺青在頭面是常見的，古書也有「黥首」一詞，所以就自動竄改。「手」跟「首」字音相同而自形差異甚大，這不應該是寫錯，而是有意識地修改的，因為偽作者未看過如此的「黥手指背」風俗。沈三白親眼看過，是不會寫作「黥首」的。今天在琉球還可以看得到「黥手指背」的情形。[27]還有，李鼎元在這一段話後面，有案語說道：「按諸番志：黎母俗，女及笄，即黥頰為細花紋，謂織繡面。集親客相慶，俗與雕題、鑿齒同。」[28]偽作者也可能因為李鼎元說到「黥頰」、「繡面」，所以才改為「黥首」的。

琉球國黥手背圖片

---

25 李鼎元：《使琉球記》，卷三，頁20，總頁144。

26 徐葆光：《中山傳信錄》（北京：北京圖書館，《國家圖書館藏琉球資料匯編》中冊，2000年10月），卷六〈風俗〉，總頁511。

27 前圖片取自琉球大學附屬圖書館網頁資料。

28 李鼎元：《使琉球記》，卷三，頁20，總頁144。

〈中山記歷〉在七月十五日，有記述夜晚「盆祭」的情形說：

> 七月十五夜，開窗，見人家門外，皆列火炬二。詢之土人，云國俗於十五日盆祭，預期迎神，祭後乃去之。（〈中山記歷〉第93條）

這裡說「詢之土人」是不合情理的，因為在琉球國中，除了通事官和三十六姓的後裔之外，一般人是不通漢語的，就連算是跟外客有接觸的紅衣妓，也是不通言語的。李鼎元在《使琉球記》五月二十九日裡也說：「是日世孫遣楊文鳳來，長史言其文理甚通，能詩善書，與之語不解；因以筆代舌，逐字詢其音義，并訪其方言；文鳳果能通達字意。」[29]可見連楊文鳳那樣通漢詩漢文字的，也不見得能漢語，那沈三白如何能「詢之土人」而知是「盆祭」儀式呢。李鼎元《使琉球記》原文說是「遣問長史」，[30]這才是合理的記述。

〈中山記歷〉有記琉球國南苑之勝說：

> 南苑之勝，亦不減于東苑。越中馬富盛。折而東，循行阡陌間，水田漠漠，蕃薯油油，絕無秋景。」[31]（中山記歷第102條）

有些版本的《浮生六記》將其中「越中馬富盛」一句，寫為「苑中馬富盛」。[32]這是因為「越中馬富盛」在意義上很不好瞭解，按照前後文

29 李鼎元：《使琉球記》，卷三，頁16，總頁136。
30 李鼎元：《使琉球記》，卷四，頁9，總頁175。
31 沈復：《浮生六記》（上海：上海書店，根據國學整理社1936年版複印《美化文學名著叢刊》1982年6月），頁73。
32 如沈三白著，陶恂若校注：：《浮生六記》（臺北：三民書局，2001年），頁98。又

義，應該是說南苑中馬匹很多，所以才有這樣的改變。如果查考李鼎元《使琉球記》，在八月二十二日的紀錄裡說：「食後偕介山遊南苑。越中島富盛，折而東，循行阡陌間。」[33]偽作者看到這一句「越中島富盛」可能也是一頭霧水，不能理解，認為那個「島」字可能是「馬」字的誤寫，所以才改為「越中馬富盛」；不過這樣改寫也不好明白，後來有的編者又有人改為「苑中馬富盛」了。有這樣的問題，主要原因是偽作者對琉球不熟悉，就算看了《使琉球記》也無法全盤通貫，所以，他不知道「富盛」其實是琉球的地名。徐葆光的《中山傳信錄》〈琉球地圖〉中，有「東風平」一地，屬中山省，屬村縣九，「富盛」就是其中之一。[34]而李鼎元《使琉球記》裡，在其他日記裡也有提到；十月十三日的記述裡說：「昔有富盛按司侍事長田者，因富盛為絲數按司所害，匿小按司於從兄慶留庇椰所。」[35]「富盛按司」就是「富盛」當地的縣官。至於「越中島」一詞，其實就是「越過中間的島嶼」，這語句在《使琉球記》裡有出現過多次。如六月二十七日李《記》說：「偕介山由渡里村泛舟，越中島，渡饒波，至豐見山。」[36]「饒波」地名，在首里王城至豐見城之間，饒波跟首里之間也有島嶼。[37]李《記》在十月初四日記說：「因命庖人備餚酒，邀文

冷凝人眉批、呂自揚註釋：《眉批詳註浮生六記》（臺北：河畔出版社，民國69年〔1980〕3月），頁116。

33　李鼎元：《使琉球記》，卷五，頁10，總頁223。

34　徐葆光：《中山傳信錄》（北京：北京圖書館，《國家圖書館藏琉球資料匯編》中冊，2000年10月），卷四〈琉球地圖〉，頁13，總頁334。周煌的琉球國志略也有相同的記載。

35　李鼎元：《使琉球記》，卷六，頁13，總頁275。

36　李鼎元：《使琉球記》，卷四，頁3，總頁163。

37　徐葆光：《中山傳信錄》（北京：北京圖書館，《國家圖書館藏琉球資料匯編》中冊，2000年10月），卷四，〈琉球地圖〉，總頁340。

鳳等往別奧山。越中島，循泉崎而歸。」[38]可見「越『中島』」是李鼎
元在琉球時常常經過的。所以，「越中島富盛」一句，應該讀作「越
中島、富盛」。由於偽作者不知道「富盛」是琉球的地名，而把它解
釋為「很多」的意思，於是就把「島」改為「馬」，語句才勉強可以
解釋。這也證明了今本〈中山記歷〉的作者，是一個不懂琉球地裡的
人；如果是真實去過琉球的人，就不會這樣改作了。

　　〈中山記歷〉裡，有幾個地方對比《使琉球記》來看，顯然是抄
錯了的，如第101條原文說：

　　　　再東，為望仙閣，前有東苑閣，後為能仁堂。東北望海，西南
　　　　望山，國中形勝，此為第一。[39]

然而對照李鼎元的《使琉球記》，是寫作：

　　　　再東，為望仙閣，閣前有東苑額，前使汪楫題并跋，閣後為能
　　　　仁堂。東北望海，西南望山，國中形勝，此為第一。[40]

這顯然是偽作者看原文時漏掉了「閣」「額」字，又把「汪楫」句刪
掉，於是就被標點成今天的模樣，無端多出了一個「東苑閣」了。又
第116條〈中山記歷〉說：

　　　　元日至六日，賀節。初五日，迎竈。二月，祭麥神。十二日，

---

38 李鼎元：《使琉球記》，卷六，頁7，總頁263。
39 沈復：《浮生六記》（上海：上海書店，根據國學整理社1936年版複印《美化文學名
　　著叢刊》，1982年6月），頁73。
40 李鼎元：《使琉球記》，卷五，頁4，總頁211。

浚井，汲新水，俗謂之洗百病。三月三日，作艾糕。五月五
日，競渡。[41]

而李著《使琉球記》對應的部分，寫的是：

元旦至六日，賀節。初五日，迎竈。二月，祭麥神。十二日，
浚井，汲新水浴，謂之洗百病。三月三日，作艾糕。五月五
日，競渡。[42]

〈中山記歷〉的作者把李記「浴」字錯成「俗」字，於是這個民族節
日風俗就少了一項重要的活動，而後面的「洗」字就沒有著落了。而
第130條，記國王的墨與硯說：

國王有墨長五寸，寬二寸，有老坑端硯，長一尺，寬八寸，有
永樂四年字。硯背有「七年四月東坡居士留贈潘邠老」字。[43]

對照李《記》，才知道「有永樂」之前少了個「墨」字的主詞，「七年
四月」前也少了「元豐」兩字的年號。第95條還有一個地方有問題，
〈中山記歷〉記作：

城外石厓，左鐫「龍岡」字，右鐫「虎崒」字。王宮西向，以

---

41 沈復：《浮生六記》（上海：上海書店，根據國學整理社1936年版複印《美化文學名
　　著叢刊》1982年6月），頁76。
42 李鼎元：《使琉球記》，卷五，頁9、10，總頁222、223。
43 沈復：《浮生六記》（上海：上海書店，根據國學整理社1936年版複印《美化文學名
　　著叢刊》1982年6月），頁78。

中國在海西，表忠順面向之意。後東向為繼世門，左南向為水
門，右北向為久慶門。[44]

而李鼎元的原文記作：

城外石厓，左鐫「龍岡」字，右鐫「虎峷」字。城四門，前西
向即歡會門。王宮西向者，以中國在海西，表忠順面向之意。
後東向為繼世門，左南向為水門，右北向為久慶門。

〈中山記歷〉顯然因為節錄不當的關係，遂使王城原本的四門，少掉
了最重要的西向正門「歡會門」。

還有一個有關避諱的問題。偽作者並沒有妥當處理。在李鼎元
《使琉球記》的十月初七日記事裡，記載使院敷命堂後，舊有二塊
牓，其中之一書寫了前明冊使姓名。在記到「萬曆二十九年，封尚
寧，使兵科右給事中江西玉山夏子陽，行人山東泗水王士正。崇正元
年，封尚豐，使戶科左給事中山東東平州杜三策，行人司司正雲南籍
上元人楊倫。[45]其中「王士正」本名「王士禎」，「崇正元年」也應該
是「崇禎元年」，因為雍正帝名「胤禛」，所以李鼎元要避諱，沈三白
也要避諱，而在徐葆光的《中山傳信錄》中，還是寫「王士禎」、「崇
禎」，[46]因為他是在康熙五十八年作封使到琉球的，書也在康熙六十年

---

44 沈復：《浮生六記》（上海：上海書店，根據國學整理社1936年版複印《美化文學名
　著叢刊》1982年6月），頁71。

45 李鼎元：《使琉球記》，卷六，頁8、9、10，總頁266、267、268、269。亦即前對照
　表第134條。

46 徐葆光：《中山傳信錄》（北京：北京圖書館出版社，2003年月，《國家圖書館藏琉
　球資料匯編》中冊，據清康熙六十年二友齋刻本印），卷二，頁6，總頁101。

就出版了，所以，不用避「禎」字諱。而〈中山記歷〉則記作「行人王士正；崇禎元年」，偽作者知道「崇正」應該是「崇禎」，所以就直接寫作「崇禎」，但他可能不知道「王士正」也是「王士禎」因避諱而改的，所以就照抄錄原文，才會成為今天的樣子。換言之，如果所謂的〈中山記歷〉原抄本真是沈三白手筆，那怎麼可能會寫成那樣子的呢？

以上所列的，是筆者所對比〈中山記歷〉與《使琉球記》文字記載相互矛盾，或理解琉球事物不合理的地方，個別的錯別字如果影響不大，就不再論列了，請參看前面的對照表。如再加上前輩所指出的數條，光就文字對比就足以看出偽作者抄襲時的漏洞了。

二 〈中山記歷〉中十二首七絕詩考異

到目前為止，研究〈中山記歷〉的學者，大部分都把精力放在〈中山記歷〉跟李鼎元《使琉球記》的對比研究上，從而得出來的結果是：沈三白應該是在清朝嘉慶十三年，隨冊封琉球王使者齊鯤、費錫章前往琉球，而不是在嘉慶五年隨趙文楷、李鼎元前往的，因為〈中山記歷〉中所記載的行事，跟前四記所記述的事，在時間上是有衝突的，而且〈記歷〉所記的內容跟《使琉球記》有著太高的相似度，這跟沈三白自己說「凡是喜獨出己見，不屑隨人是非，即論詩品畫，莫不存人珍我棄，人棄我取之意」這種性格，完全背道而馳，實在不近情理。那麼今本的〈中山記歷〉裡所記的琉球記事，顯然是抄襲而來的偽作，是抄襲李鼎元的《使琉球記》而來的。當然文中所穿插的這十二首七言絕句詩，也不可能是沈三白所作，研究者大致都認為這十二首詩是出於偽作者的手筆，也有學者對個別的詩提出了分析

與批判。不過，他們似乎都不曾考慮過這十二首詩真的是偽作者所寫
的嗎？抑或偽作者從其他的地方抄截而來的？而那些資料可能的來源
如何？這似乎都沒有人作過追問與考證。在此，筆者對這個問題企圖
提出一個新的觀點與方向，好讓這十二首詩的廬山真面目能有一天呈
現出來。首先列出十二首詩的原文及其前後相關的文字如下：

> 初十日，辰正，見赤尾嶼。嶼方而赤，東西凸而中四，四中又
> 有小峰二，船從山北過。有大魚二，夾舟行，不見首尾；脊黑
> 而微綠，如十圍枯木，附於舟側。舟人以為風暴將起，魚先來
> 護。午刻，大雷雨，以震風轉東北，舵無主，舟轉側甚危；幸
> 而大魚附舟，尚未去。忽聞霹靂一聲，風雨頓止。申刻，風轉
> 西南且大，合舟之人，舉手加額，咸以為有神助。得二詩以誌
> 之。詩云：**平生浪跡遍齊州，又附星槎作遠遊，魚解扶危風轉
> 順，海雲紅處是琉球。白浪滔滔撼大荒，海天東望正茫茫；此
> 行足壯書生膽，手挾風雷意激昂。**自謂頗能寫出爾時光景。

> 孔子廟在久米村。堂三楹，中為神座，如王者垂旒搢圭。而署
> 其主曰：「至聖先師孔子神位」。左右兩龕，龕二人立侍，各手
> 一經，標曰「易、書、詩、春秋」，即所謂四配也。堂外為
> 臺，臺東西，拾級以登，柵如櫺星門，中仿戟門，半樹塞止行
> 者。其外臨水為屏牆。堂之東，為明倫堂，堂北祀啟聖。久米
> 士之秀者，皆肄業其中。擇文理精通者為之師，歲有廩給。丁
> 祭一如中國儀。敬題一詩：**洋溢聲名四海馳，島邦也解拜先
> 師；廟堂肅穆垂旒貴，聖教如今洽九夷。**用申仰止之忱。

> 球陽地氣多暖。時屆深秋，花草不殺，蚊雷不收，荻花盛開。

野牡丹二、三月開花，至八月復開，花纍纍如鈴鐸，素瓣，紫暈，檀心，圓而大，頗芳烈。佛柔四季皆花，有白色，有深紅、粉紅二色。因得一詩，詩云：**偶隨使節泛仙槎，日日春遊玩物華；天氣常如二三月，山林不斷四時花。**

亦真情真景也。……又有西表松蘭，竹蘭之目；或致自外島，或取之巖間，香皆不減蘭也。因得一詩，詩云：**移根絕島最堪誇，道是森森闕里花，不比尋常凡草木，春風一到即繁華。**題詩既畢，並為寫生，愧無黃筌之妙筆耳。

龜壽願以身代，巡官不忍傷孝子心，召伊佐夫婦面諭之。婦感悟：卒為母子如初。副使既為之記，余復為詩以表章之。詩云：**輶軒問俗到球陽，潛德端須為闡揚，誠孝由來能感格，何殊閔損與王祥。**以為事繼母而不能盡孝者勸。

此邦有紅衣妓，與之言不解，按拍清歌，皆方言也。然風韻亦正有佳者，殆不減愍園。近忽因事他遷，以扇索詩，因題二詩以贈之。詩云：**芳齡二八最風流，楚楚腰身翦翦眸；手抱琵琶渾不語，似曾相識在蘇州。新愁舊恨感千端，再見真如隔世難；可惜今宵好明月，與誰共捲繡簾看。**

國王送菊二十餘盆，花葉並茂，根際皆以竹籤標名，內三種尤異類，一名「金錦」，朵兼紅黃白三色，小而繁，燦如列星；一名「重寶」，瓣如蓮而小，色淡紅，一名「素球」，瓣寬，不類菊，重疊千層，白如雪，皆所未見者。賸之以詩，詩曰：**陶籬韓圃多秋色，未必當年有此花；似汝幽姿真可惜，移根無路到中華。**

重陽具龍舟競渡於龍潭，琉球亦於五月競渡；重陽之戲，專為宴天使而設。因成三詩以誌之，詩云：**故園辜負菊花黃，萬里迢迢在異鄉；舟泛龍潭看競渡，重陽錯認作端陽。去年秋在洞庭灣，親摘黃花插翠鬟；今日登高來海外，累伊獨上望夫山。待將風信泛歸槎，猶及初冬好到家；已誤霜前開菊宴，還期雪裏訪梅花。**

曾經對這十二首詩提出意見、分析與批評的學者也不算少，茲先陳述前賢見解如下：

民國二十四（1935），亦即足本《浮生六記》出版那一年，林語堂先生在十一月二十四日所寫的〈記翻印古書〉一文中，已經對這十二首詩表示有可議之處，他以為足本《浮生六記》是偽造的，理由之一就是〈中山記歷〉裡的「**詩詞惡劣平凡，懶洋洋無氣骨，無神彩**」。[47]

民國六十七年（1978），吳幅員先生在〈《浮生六記》〈中山記歷〉篇為後人偽作說〉一文裡，對於這十二首詩提出了意見，並且有進一步的分析討論。他在第一、第二首詩的出現時說：

> 至所得詩兩首，為偽作所加。綜計〈記歷〉全文，共插入今體詩十二首。遍閱沈復所存四記，雖閨房記樂偶有與芸娘聯句及和溫冷香詠柳絮韻的記述，未見他的通首詩篇；〈記歷〉所作，竟達十二首之多，這又是大可注意的。換言之，〈記歷〉顯非沈復之作。至於詩云「平生浪跡遍齊州」句，其破綻與前

---

47 博爾塔拉教育電子圖書資料：〈近人書話〉，《林語堂書話》。原載《宇宙風》第7期（1935年12月16日）。

文「遍窺兩戒」相同。[48]

他又在文後再進一步分析說：

> 附入詩篇特多。前已指出，六記前四記未見吟詠通首之作，足
> 證〈記歷〉想非沈復所作。今更就其中一詩，再證前說不誣。
> 誌重陽龍舟競渡詩第二首云：「去年秋在洞庭灣，親摘黃花插
> 翠鬟；今日登高來海外，累伊獨上望夫山。」「伊」，顯指芸
> 娘；影射懷念芸娘之作。按「去年」指嘉慶四年；洞庭灣，因
> 沈復往昔未曾遊洞庭湖，當指太湖洞庭山。考沈復偕芸娘遊太
> 湖，見〈閨房記樂〉；芸娘曾說：「今得見天地之寬，不虛此生
> 矣。」但時在乾隆五十八年夏六月十八日，年份、季節都不合
> （又按〈浪游記快〉記乾隆四十七年重九日與顧金鑑赴寒山登
> 高，有「酒餚既罄，各采野菊插滿兩鬢」之句；如詩中第二句
> 所云指此，尤為失義）。

另外他對寫「紅衣妓」的詩也有精闢的見解；他說：

> 最突出者，乃是特寫紅衣妓，並贈之以詩。關於琉球紅衣妓，
> 李《記》有數處涉及。五月十四日記：「飭從者各安執事，無
> 妄出入。諭閽者嚴啟閉；差遣則付以籤，閽者驗放；無籤而擅
> 放，責閽者。聞球俗有紅衣土妓，諭令驅逐，無附近使館，蠱
> 我從人。」六月初八日在行諭祭先王禮後續記：「是日球人觀

---

48 吳幅員：〈《浮生六記》〈中山記歷〉篇為後人偽作說〉，《東方雜誌》復刊第11卷第8
期（1978年2月），頁70。

者彌山匝地，男子跪於道左，女子聚立遠觀。……初見紅衣人，頭面較良家修飾，衣亦鮮潔。蓋國俗不穿耳、不施脂粉，無珠翠首飾；此輩誨淫，或私為冶容，偷施脂粉耳。」七月二十四日記：「入暮，聞拇戰聲。又聞歌聲，多作梵音，亦有如中國絃索歌曲者；率撥三絃和之。余疑附館有紅衣人，恐從者為所蠱；傳長史詰之，知為那霸士大夫聚飲某家，酒酣起舞，歌以行樂；蓋國中習俗也。」由於聞歌傳詰，我使臣「諭令驅逐」似非具文；從客何從被蠱，以致「以扇索詩」？此顯為附會之作。[49]

民國六十九年（1980）楊仲揆先生發表了〈《浮生六記》——一本有問題的好書〉，文中對十二首詩的問題，基本上認定是偽作者所寫的，不過以為頗合真情與穿插得體。楊先生說：

偽記中更有特別努力之處為附詩多首。李鼎元亦曾吟詩，但日記中均未見，只見所錄寄塵和尚詩四句（偽記也引此四句）。偽記可能是為了求異於使記，特為沈復海上詩云：「白浪滔滔撼大荒，海天東望正茫茫，此行足壯書生膽，手挾風雷意激昂。」此詩較之〈閨房記樂〉中芸娘之「秋侵人影瘦，霜染菊花肥」，固然遠遜，即比之沈復的「觸我春愁偏婉轉，撩他離緒更纏綿。」似亦尚遜半籌。但附詩如此之多，已頗難得，非同全抄可比。

尤其有一段附兩首詩，頗切沈復心情及筆觸：「女子願為土妓

---

49 吳幅員：〈《浮生六記》〈中山記歷〉篇為後人偽作說〉，《東方雜誌》復刊第11卷第8期（1978年2月），頁77。

者亦聽，接交外客，女之兄弟，仍與外客敘親往來，然率皆貧民，故不以為恥，若已嫁夫而復敢犯姦者，許女之父兄自殺之，不以告王，即告王，王亦不赦。此國中良賤之大防，所以重廉恥也。」「此邦有紅衣妓，與之言不解，按拍清歌，皆方言也，然風韻亦正有佳者，殆不減憨園。近忽因事他遷，以扇索詩，因題二詩以贈之，詩云：「芳齡二八最風流，楚楚腰身翦翦眸，手抱琵琶渾不語，似曾相識在蘇州」，「新愁舊恨感千端，再見真如隔世難，可惜今宵好明月，與誰共捲繡簾看」。

以上一段，其前半段談「女子願為土妓者亦聽⋯⋯所以重廉恥也」云云，全抄自《使琉球記》。但「此邦有紅衣妓，⋯⋯」一段，及其附詩，純為偽造。但其情調、筆觸、詩意，與沈復與芸娘當年眷戀憨園之情節，極為密合。偽作者因土妓而捏造紅衣妓，更憶及芸娘與憨園等等，賦詩二首，極為自然，天衣無縫，詩中詞意及情感，極為濃厚，頗似沈復。只見偽作者用心之細與用功之勤。[50]

一九八三年，陳毓羆先生發表了〈《浮生六記》足本考辨〉一文，[51]後來整理成《沈三白與他的《浮生六記》》一書，書中對這十二首七言絕句的看法如下：

---

50 楊仲揆此論，除見於《時報週刊》（海外版）第120號（1980年3月16日），其後作者改寫為〈《浮生六記》第五記〈中山記歷〉真偽考——〈中山記歷〉與李鼎元《使琉球錄》對照研究〉一文，發表於《藝文誌》第207、208、209期（1982年12月、1983年元月及2月）。該文後來集結成書，在於作者《琉球古今談——兼論釣魚臺問題》（臺北：臺灣商務印書館，1990年12月）中的第十九篇，頁439、440。

51 陳毓羆：〈《浮生六記》足本考辨〉，文學遺產增刊第15輯（北京：中華書局，1983年9月）。

一是〈中山記歷〉裡有作者在琉球所寫的十二首詩，描繪了琉球風光，分插在許多地方，唯獨不見我們在《元和縣志》上所發現的〈望海〉和〈雨中遊山〉。兩相對照，詩風也迥不相類。那十二首全是七絕，寫得淺陋，缺乏文采，而〈望海〉和〈雨中遊山〉都是七律，寫得較有功力。[52]

經我查對，〈中山記歷〉之中只有將近七百字是屬於作偽者自己的創作，這個數目包括來源可疑的十二首七絕在內（李鼎元在琉球寫的詩，《使琉球記》未錄，全部收入他的《師竹齋集》，其中無一首與之相同）。換言之，〈中山記歷〉全文有百分之九十四是抄襲來的，作偽者大量截取《使琉球記》的文字，偷樑換柱，移花接木，前後挪動，重新綴合。為了掩人耳目，他還在文章中間分散插入那十二首偽造的詩，故意摩（模）擬沈復口氣講些懷念陳芸的話，以照應全文。[53]

一九九四年，張蕊青發表了〈《浮生六記》後兩記之真偽〉一文，對這十二首詩多所批評。她指出後兩記確係偽作的種種內證說：

襟懷氣度，判若兩人：前四記記得是樂、趣、愁、快。……都是天真爛漫，像一純情的少女，極乖順，又很愛幻想，……特別反對迂腐說教，反對虛偽，愛憎鮮明。然而，後兩記中卻是一片酸腐氣，在中山看到孔子廟，「敬題一詩云：『洋溢聲名四海馳，島邦也解拜先師；廟堂肅穆垂旒貴，聖教如今洽九夷。』

---

52 陳毓羆：《沈三白和他的《浮生六記》》（臺北：大安出版社，1996年），頁64。
53 陳毓羆：《沈三白和他的《浮生六記》》（臺北：大安出版社，1996年），頁65。

用申仰止之忱。」還詳細記述了一個繼母逼丈夫害兒子的故事，又寫了一首詩「以為事繼母而不能盡孝者勸」，詩為：「輶軒問俗到球陽，潛德端須為闡揚，誠孝由來能感格，何殊閔損與王祥。」對孔子聖教和封建愚孝（二十四孝）大加頌揚，彷彿是一個程朱門下的道學先生。[54]

穿插點染，乖違不協：前四記常在記樂行文中穿插點染一二敗興之事，……而在記愁苦之行文中又常穿插點染一二以前之樂事，以加深今日之愁苦和人生之無常；其議論皆短小精警。後兩記雖也常在行文中邯鄲學步來些穿插點染，……在記述當地妓女時，寫道：「風韻亦正有佳者，殆不減憨園。」，并寫贈以兩詩：「芳齡二八最風流，楚楚腰身翦翦眸；手抱琵琶渾不語，似曾相識在蘇州。」「新愁舊恨感千端，再見真如隔世難；可惜今宵好明月，與誰共捲繡簾看。」這些看似不忘舊情舊事，但細加思索就覺得是人為的點染。當時沈復到中山，已是芸娘去世多年，如果此刻想到芸娘，想芸娘看到海會如何愉快，按理應感到世事滄桑，傷心之至，而不是這種設想芸娘愉快，好像芸娘尚在人間。後一例子的憨園，是沈復夫婦致困致死的原因之一，又怎麼會輕描淡寫一筆？再說，當時那些日本妓女不識漢字，又怎懂詩曲？沈贈兩詩題扇又有何用？[55]（芸娘在嘉慶八年才去世，此記模擬嘉慶五年事，當然如此。）

文筆拙劣，詩作俗惡：《浮生六記》前四記的文筆正如俞平伯

54 張蕊青：〈《浮生六記》後兩記之真偽〉，《明清小說研究》1994年第4期，頁201。
55 張蕊青：〈《浮生六記》後兩記之真偽〉，《明清小說研究》1994年第4期，頁202。

等名家所讚揚的，……。而後兩記只是呆板記述，毫無意趣可言，不少冗長乏味令人昏昏不願終卷。特別是詩作，在前四記中極少，只「一泓秋水照人寒」「秋侵人影瘦，霜染菊花肥」幾個斷句而已。一個精於詩畫的作者是很懂得應好詩示人，所謂寧吃鮮桃半個，不吃爛杏一筐。可是後兩記中，作者突然變成了動輒題詩一首，甚至幾首，這從本文前所舉的已可看到，而前舉的就詩而言，尚謂可，其他的等而下之者，則比比皆是，如舟行海上，「得二詩以誌之」。其二：「白浪滔滔撼大荒，海天東望正茫茫；此行足壯書生膽，手挾風雷意激昂。」再如寫「佛桑四季皆花」「因得一詩」云：「偶隨使節泛仙槎，日日春遊玩物華；天氣常如二三月，山林不斷四時花。」等等，全是套話雜湊，沒有甚麼詩詞韻味，如果再深入考證一下，不少詩句均為模仿抄襲，純是三家村學究的格調，無法與前四記中的詩句相媲美。[56]

一九九八年，陶恂若為文〈《浮生六記》考證〉，他反對後二記是偽作說的。文中對這十二首詩是持肯定的態度的。他說：

疑竇之四是，內容上，姑且第六記〈養生記道〉與曾國藩日記毫不相干（具見後）勿論，僅以第五記〈中山記歷〉而言，其有好多不是身臨其境、心有所感的「局外人」所能為之者。舉其要而言，諸如其十二首感事詩，像：「去年秋在洞庭灣，親摘黃花插翠鬟。今日登高來海外，累伊獨上望夫山。按〈閑情

---

56 張蕊青：〈《浮生六記》後兩記之真偽〉，《明清小說研究》1994年第4期，頁202、203。

記趣〉有「楊補凡為余夫婦作載花小影，神情確肖」語，放在海外憶想芸娘時云及。這十二首詩皆是觸景生情，隨景述懷，有所興感而發，不因襲任何人，如果說這等詩可能是作偽人信手所寫，那麼下面這些，就絕不是偽作者所能信手拈來的了。……。此種默契神會的別有會心，連同歷其境的副使李鼎元，因無此等感受，故其《使琉球記》對斯景未有如此著墨焉，偽作者又何能為之耶？特別是〈記歷〉中常有當看到某個景象時，勾聯憶想往昔相似情景中的人（尤其是心心相連的芸娘）與事的抒寫。……如斯魂牽夢縈、念茲在茲的情愫，偽作者豈能有之乎？……以上這些聯類憶想（包括感事詩皆李鼎元《使琉球記》所無），寫來合榫自然，一無牽強。須強調的是，此種憶想非親身經歷，是不會有如斯「感」，作此等語。換言之，局外的續貂者安得有如斯「感」，安能作此等語？凡此種種疑竇，何以索解？答案只能是：王均卿（或他人）沒有可能作偽，也沒有作偽。[57]

民國九十三年（2004），林淑芬所寫的碩士論文〈《浮生六記》研究〉，對於這十二首詩的論述，全部抄襲吳幅員的文章觀念與論述，沒有一點自己的看法。[58]

以上諸家所論，林語堂先生從詩的風格與水平來論述，只能說是印象式的判斷。吳幅員先生討論得比較深入，他從兩點來看：第一是

---

57 沈三白著，陶恂若校注，王關仕校閱《浮生六記》（臺北：三民書局，2001年2月），頁14-17。

58 林淑芬：《《浮生六記》研究》（彰化：彰化師範大學國文研究所碩士論文，民國93年），文中提及此十二首詩之處，在頁67、83。

〈中山記歷〉中詩作特多，異於前四記；第二是個別詩句的內容，跟沈三白前四記所記的行事不合，而且紅衣妓的記述，跟李鼎元當時的諭令有相違背之處。楊仲揆先生的觀點大半跟吳福員相同，也是認為詩作特多，水平也不足；不過，楊先生對偽作者能弄來那麼多的詩，也屬難得，而且其中如說到紅衣妓的詩，很能根據沈三白的生平際遇，模擬類似沈三白當時的感情，雖是偽作，但也得體，顯見偽作者的用心與細心；不過，他認為「紅衣妓」是捏造出來的這一點就有問題，因為「土妓」穿「紅衣」，稱之為「紅衣人」，從徐葆光的《中山傳信錄》[59]、周煌的《琉球國志略》[60]、李鼎元的《使琉球記》[61]、連趙文楷的《槎上存稿》都有描述與記載[62]，絕不是捏造出來的。陳毓羆先生進一步對比這十二首詩跟沈三白的〈望海〉與〈雨中遊山〉兩首真正沈三白的完整詩篇，認定二者在形式、風格以及水準都有很大的差異；他曾懷疑詩作也是李鼎元的，不過經對比李氏的《師竹齋集》，並未發現相同之作，遂肯定詩是偽作者模擬沈三白而為的手筆。張蕊青的論調基本上跟吳、楊、陳三家相同，而她所說詩中充滿道學味倒也是一發中的；然而她以為穿插點染，乖違不協的地方，認為「這些看似不忘舊情舊事，但細加思索就覺得是人為的點染。當時沈復到中山，已是芸娘去世多年，如果此刻想到芸娘，想芸娘看到海會如何愉快，按理應感到世事滄桑，傷心之至，而不是這種設想芸娘

59　〔清〕徐葆光：《中山傳信錄》（北京：北京圖書館，《國家圖書館藏琉球資料匯編》，據康熙六十年二友齋刻本，2000年10月），中冊，總頁512。

60　〔清〕周煌：《琉球國志略》（北京：北京圖書館，《國家圖書館藏琉球資料匯編》，據乾隆二十四年漱潤堂刻本，2000年10月），中冊，總頁884。

61　〔清〕李鼎元：《使琉球記》，卷三，頁9、頁20；卷四，頁15皆有言及。

62　趙文楷：《槎上存稿》（臺北：臺灣大通書局，《臺灣文獻史料叢刊》第三輯第292種，《清代琉球紀錄集輯、續輯》），總頁110。有〈球女〉詩：「侏儷衣紅絹，倚市更無慚（妓皆衣紅以自別，土名『侏儷』——猶言傾城也。）」可見。

愉快，好像芸娘尚在人間」，是點染不協的破綻；殊不知偽作者本來就是設定沈三白在嘉慶五年到琉球的，而芸娘是在嘉慶八年去世的，那嘉慶五年時沈三白當然只會懷想、回味跟芸娘共聚時的快樂，而不是悲傷芸娘的已逝；這一點張氏的指責顯然是失準了。陶恂若認為這十二首詩「不是『身臨其境、心有所感的「局外人」』所能為之者」，陶氏這句話似有語病，他的意思應該是認為十二首詩「不是身未臨其境、心無有所感的『局外人』所能為之者」，所以他認定十二手詩的作者只能是沈三白，連李鼎元《使琉球記》裡都沒有這些詩，正是因為李鼎元沒有沈三白的情境與感受之故。

上述諸家所論，除了陶恂若之外，都異口同聲地認定這十二首詩不是沈三白作的，而是偽作〈中山記歷〉的人模擬沈三白的語氣而寫的，另外也都認為詩寫得平淺，詩詞的韻味不足。誠然，詩寫得平淺而韻味不足是事實，不過，是否偽作者自己的模擬創作倒不可一定；況且筆者雖然不贊成陶恂若的結論，因為曾經到過琉球而有所感的人不只沈三白一個人，然而明眼人總不能不承認一個事實，就是這十二首詩絕「不是身未臨其境，心無有所感的『局外人』所能為之者」，就算偽作者他看過李鼎元的書，甚至還看過所有冊封琉球使所記的琉球風土記載，也未必能寫出這樣切合琉球風土及情境內容的詩作；何況偽作者似乎就只有李鼎元的《使琉球記》而已。所以陳毓羆先生曾懷疑是李鼎元的詩，不是無的放矢，而是有感而發的。

對這十二首詩的內容，有不少跟「沈三白在嘉慶五年至琉球」這個設定是有衝突的，就如吳幅員說「平生浪跡遍齊州」，跟沈三白在〈浪遊記快〉裡說只遊了「南戒」的敘述有差異；而紅衣妓的記敘，更跟李鼎元的令諭相違。張蕊青說詩中表現出一派儒家道學先生的味道，跟前四記所看到的沈三白性格、行事、思想都大相逕庭。除了上

述這些是學者所曾指出的之外，其實還有可以討論的地方。比如說第四首說「偶隨使節泛仙槎，日日春遊玩物華」，這就不是身為從客的沈三白所當有的，因為從客每個人都有工作，有任務，不是來遊覽觀光的；就以李鼎元的《使琉球記》來看，從客四人只有在出現時記敘了他們的姓名，而後的整本書裡就沒有再出現過，只有李鼎元以禮相邀的特別隨行嘉賓寄塵和他的徒弟李香厓在書裡出現過幾次，而且也都是跟觀光、遊玩、參觀的事有關，因為寄塵不是從客，沒有必要的工作與任務，才能「日日春遊玩物華」。另外，第六首詩說「軺軒問俗到球陽」，「軺軒」使者到各地去訪察風土人情，應該是朝廷官員的責任與工作，而不是從客的事，從客最多也只是從旁幫忙整理和收集罷了。所以，這句詩的措辭跟沈三白的從客身份不合。

總而言之，這十二首詩絕對不是沈三白在嘉慶五年前往琉球所寫的。然則這些詩到底從何而來？作者是誰？筆者以為可以從上述詩的特質來考究。

筆者以為不妨先擺開所有先入為主的觀念，把這十二首詩從根本上作檢視，就可以得到一些可資追尋的線索。現在列出這些詩的特質，以便分析：

一　十二首都是七言四句的詩。

二　詩的風格平淺直述，近於白描。

三　詩中所描述的都有針對性的特殊風土內容。

四　詩作每能因事發論，表達作者的見解、觀念與感受。

五　這十二首詩寫來非常切合琉球風土及情境，應該是曾經身臨其境，心有所感的『當事者』所為。

六　這十二首詩的創作手法相當一致，應該是同一人的手筆。

七　從詩的內容分析，可以知道作者是一位儒家思想相當明確的讀
　　書人，他曾說「此行足壯書生膽」，他崇奉孔子，歌頌二十四
　　孝中的閔子騫、王祥。

　　現在，就根據以上所分析而得的特質，來作討論：

第一　從詩體的形式與風格上來探究

　　從上述十二首詩的前面四點特質而論，熟悉文學體裁的學者應該
會想到，這些詩作就是「竹枝詞」。

　　魯迅在《且介亭雜文・門外文談》中說：「唐朝的〈竹枝詞〉和
〈柳枝詞〉之類，原是無名氏的創作，經文人的採錄和潤色之後，流
傳下來的。」中唐著名詩人劉禹錫（772-842），字夢得，首先完成了
對民歌《竹枝詞》《柳枝詞》的改造與加工。

　　劉禹錫填寫的新〈竹枝詞〉，流傳至今者僅十一篇，從其內容分
析，可得出五個方面：一是關於民間傳唱《竹枝》的形象描述：「楚
水巴山江雨多，巴人能唱本鄉歌。」；「橋東橋西好楊柳，人來人去唱
歌行。」二是歌唱三峽風光民情：「白帝城頭春草生，白鹽山下蜀江
清。」；「巫峽蒼蒼煙雨時，清猿啼在最高枝。」詩中還提到「昭君
坊」、「永安宮」、「灩澦堆」及「瞿塘十二灘」等名勝。三是男女戀情
的雅歌，最膾炙人口者如：「楊柳青青江水平，聞郎江上唱歌聲。東
邊日出西邊雨，道是無晴還有晴。」四是感歎人事滄桑，寄託貶謫之
苦，如：「懊惱人心不如石，少時東去復西來。」；「長恨人心不如
水，等閒平地起波瀾。」五是其藝術手法則回環往復，諧音雙關（如
「晴」諧音「情」），比喻擬人，白描素寫，語言通俗淺顯，明白如
話，節奏明快曉暢，輕鬆活潑，格調清新自然。這種充滿生活情趣，

又飽含幽怨的平聲韻拗體七言絕句的詩體，當時就廣為傳誦。與劉禹錫同時的著名詩人白居易、元稹等亦紛紛有所擬作。

　　大約在唐玄宗時，《竹枝》有就已經成為教坊曲之一。唐崔令欽撰《教坊記》，收錄三百二十五本教坊大曲、雜曲，《竹枝子》排名第二百二十七位，得與〈生查子〉〈菩薩蠻〉〈楊柳枝〉等名曲並立齊名。

　　〔後蜀〕趙崇祚編寫，歐陽炯作序的《花間集》，是今存最早的詞總集，有南宋紹興十八年（1148）刊本傳世，該書卷八收錄孫光憲《竹枝》兩首。每首四句二十八字；首句入韻，一韻到底不換韻；不守律絕平仄規範，失粘失對，拗而不救；這些都跟劉禹錫、白居易所謂「新樂府詩」的《竹枝詞》毫無二致。所不同者，是在每句第四字下小字注「竹枝」，第七字下小字注「女兒」；這些小字注是有關演唱方法的提示，表明在這裡是應有群聲合唱的。

　　宋、元時期擬作《竹枝詞》的詩人很多。如楊萬里的《竹枝詞》是縴夫之歌，范成大《夔州竹枝》則是茶詞；元朝最有名的是楊維禎的《西湖竹枝詞》。明、清作家鍾情于《竹枝》者更是一發而不可收，寫作竹枝詞的人越來越多，至清乾隆年間以後，寫作〈竹枝詞〉蔚然成風，有些地方的科舉考試還以寫〈竹枝詞〉為考試內容。因此，清代〈竹枝詞〉的數量遠遠超過前幾代。而在眾多的竹枝詞中，不乏優秀之作。如王士禎的《玄墓竹枝詞》：「二月梅花爛漫開，遊人多從虎山來；新安塢畔重重樹，畫舫青油日幾回。」孔尚任《清明紅橋竹枝詞》：「橋西橋北塚為鄰，祭掃何曾淚掩巾；少化紙錢多剩酒，猜拳驚起九泉人。」鄭板橋《濰縣竹枝詞》：「水流曲曲樹重重，樹裏春山一兩峰；茅屋深藏人不見，數聲雞犬夕陽中。」丘逢甲《臺灣竹枝詞》：「罌粟花開別樣鮮，阿芙蓉毒滿台天；可憐肖瘦皆詩格，聳起

一對山字肩。」梁啟超《臺灣竹枝詞》:「韮菜花開心一枝,花正黃時葉正肥;願郎摘花連葉摘,到死心頭不肯離。」尤侗(1618-1701)有〈亦園十景竹枝詞〉、〈虎丘竹枝詞〉、〈滄浪竹枝詞〉,汪琬(1624-1690)有〈藝圃竹枝詞〉,又有〈讀楊廉夫竹枝詞擬作〉。

從《竹枝詞》的形式作綜合考察,可以得到譜式有三體:

第一種:單調十四字兩平聲體,以皇甫松〈芙蓉並蒂〉詞為例。
第二種:單調十四字兩仄聲體,以皇甫松〈山頭桃花〉詞為例。
　　　　(以上二體每句第二字平聲,餘則平仄不拘)
第三種:單調二十八字,四句三平韻,以孫光憲(《詞律》誤標作者名為皇甫松)〈門前流水〉詞為例。其平仄定式為:「平平平仄仄平平(韻)。仄仄平平仄仄平(韻)。平仄平平平仄仄(韻),仄平平仄仄平平(韻)。」又每句第四字後小注「竹枝」,第七字後小注「女兒」,「枝」「兒」為韻均屬歌唱時群相隨和之聲。

竹枝詞雖然本來有上述的三種不同形式,然而後來形式趨向絕句化。《詞譜》曾對〈竹枝詞〉的音律有所說明,謂「每句第二字俱用平聲,餘字平仄不拘。所注『竹枝』、『女兒』,『枝』、『兒』協韻,乃歌時群相隨和之聲,猶如〈採蓮〉之有『舉棹』、『年少』也。」不過,在唐代文人竹枝詞之中,除了皇甫松和孫光憲所作的幾首裡注有「竹枝」、「女兒」等和聲外,其餘的都不見有注。這就可看出〈竹枝詞〉從民間口頭歌詞,演變到文人書面文學的發展軌跡。也就是說,唐代文人的〈竹枝詞〉已不再以歌唱為主要目的,而演變成一種特定的詩體,形式為「七言絕句」。除少數十四字、兩句、各七字,葉兩平韻或兩仄韻的體式外,多為二十八字,四句,每句各七字,協三平韻的

體式，讀來琅琅上口。而〈竹枝詞〉由歌謠漸漸轉變成徒詩，就是由民間到文人，由口頭到書面，由通俗到典雅的過程。

總體而觀之，〈竹枝詞〉大體上是齊言歌詩中的七言四句體式，與近體絕句相同。明代董文煥《聲調四譜圖說》認為〈竹枝詞〉「其格非古非律，半雜歌謠」，在說明〈竹枝詞〉是很具有藝術性的詩，而又不受律體絕句格律的束縛和限制。董文煥認為，其平仄之法也較自由，「在拗、古、律三者之間。」費燕峰《雅論》說：「〈竹枝〉入絕句自劉（禹錫）始，而〈竹枝〉歌聲，劉集未載也。」說明〈竹枝詞〉寫成七言絕句形式，是從劉禹錫開始的。宋、元以後，詩人詞客創作《竹枝詞》，就很少用單調七言兩句的十四字平仄韻體，絕大多數是採用單調七言四句三平韻這一體來依聲填詞。

明、清時期，竹枝詞大肆流行；無論是中原腹地還是邊遠疆域，甚至海外地區，寫竹枝詞蔚然成風，如尤侗的〈朝鮮〉：「高句儷降下句儷，未若朝鮮古號宜。千里王京陳百戲，漢城猶見漢官儀。」而其內容則以泛詠名勝古跡、風土人情的《竹枝詞》為主流，諷議時政之作也相當突顯。清朝王士禎《詩友詩傳續錄》中說：「《竹枝》詠風土，瑣細、詼諧可入。大抵以風趣為主，與絕句迥別。」得碩亭在《京都竹枝詞百有八首》的「敘」裡說：「〈竹枝〉之作，所以紀風土，諷時尚也。」如《京口夷亂竹枝詞》描述：「家家遇鬼嚇癡呆，門外提刀劈進來。衣服金銀並首飾，被他擄去實悲哀。」諸如此類的作品數不勝數，可見唐代以來歌詠男女之情，描寫地方風物、風俗等題材，已經轉變為描寫風土人情、世態百貌、嘲諷時尚。儘管竹枝詞發展中逐漸擴大了原有地區方域的內容，失去了巴、楚的地方特色，但歌詠風土這一點特點卻始終未變。因此，後來竹枝詞實際已成為「風土詩」的代稱，而且可以表現每一處地域色彩的風土人情；各地

的風俗時尚，都能在〈竹枝詞〉裏留下痕跡，題目也多稱為某地〈竹枝詞〉，如：〈都門竹枝詞〉、〈京都竹枝詞〉、〈羊城竹枝詞〉等。也出現了專門記一處一事的，如記歲時的〈四季竹枝詞〉、〈新年竹枝詞〉、〈清明竹枝詞〉、記習俗的〈龍船竹枝詞〉等。

　　至於〈竹枝詞〉在風格上，由於它本來來自民間，因此裡面飽含了通俗的民間觀念、感情與語言，然而當文人吸收了竹枝詞的精神，加以仿作，民間的竹枝詞一變而成為文人竹枝詞，這種竹枝詞就不再俚俗到家了，而是也帶有一些文學修飾與典雅語詞。比如丘逢甲《臺灣竹枝詞》：「浮槎真個到天邊，輕暖輕寒別有天。樹是珊瑚花是玉，果然過海便神仙。」整首詩裡雖然民間氣息還蠻濃的，不過其中的「浮槎」、「別有天」等語詞，卻是文人的用詞。又如梁啟超《臺灣竹枝詞》「郎捶大鼓妾打鑼，稽首天西媽祖婆。今生夠受相思苦，乞取他生無折磨。」民謠味十足，還是出現了「稽首」這樣的文學詞藻。楊際昌《國朝詩話》卷一說：「〈竹枝〉體宜拗中順，淺中深，俚中雅，太刻劃則失之，入科渾則謬矣。」王士禎《師友詩傳錄》也評論劉禹錫〈竹枝詞〉說：「其詞稍以文語緣諸俚俗，若太加文藻，則非本色矣。」所以，作竹枝詞的人不會刻意追求其中的文學性了。清朝古樗道人曾在《瀛洲竹枝詞》中自敘：「凡詩有詩體，詞有詞調。詩貴清新，詞貴嫵媚。至若〈竹枝〉之詞，異乎二者。其名曰詞而無寄調；其體七言四句，似詩非詩；其言就事，毋庸點綴；其詞通俗，不嫌鄙理。蓋本楚地之歌，猶吳人之有吳歌也。閱者以雅訓賜教，恐失〈竹枝〉之體。」可見〈竹枝詞〉本來就有通俗化的特質。總言之，文人竹枝詞的基本風格正處於雅俗之間。

　　瞭解了以上所說文人竹枝詞的特質之後，在分析、觀察〈中山記歷〉裡的這十二首詩作，完全合乎文人〈竹枝詞〉的特質：內容吟詠

琉球風土，形式皆七言絕句，風格平淺通俗，也有不少文人用語。

再看看曾到過琉球的文人中，也真的有不少人曾以〈竹枝詞〉來吟詠中山風土的，這也合乎明、清時期〈竹枝詞〉多用以吟詠風土的時代特徵。琉球遠在海外，到過琉球的文人其實不外是明、清兩朝的冊封使官員以及隨往的從客。而琉球在海外，古代科技不發達，航海載具甚簡陋，所以，從中國到琉球這條航海之路，其實是很險惡的，當時的人都把出使琉球視為畏途，甚至帶著棺木前往，上面還鑲著銀牌於棺首，寫上「某使臣棺」，令見者收而瘞之[63]。所以，明朝第一任冊封琉球使是一名罪犯，而不是甚麼有名的文人。明朝冊封琉球共十七次（其中一次沒有遣使），後期的冊封使比較有文學修養，如嘉靖十三年的陳侃、高澄，萬曆七年的蕭崇業、謝杰，萬曆三十四年的夏子陽、王士禎，他們的官銜是吏部、戶部、兵部的給事中與行人。而清朝就跟明朝不同，清朝冊封琉球八次，除了第一任冊封琉球使張學禮是兵科副理官，其他各次的正使都是翰林院檢討、侍講、編修，連副使也多出翰林或內閣舍人；也就是說，在歷代冊封琉球的使者裡，清朝的官員文學素養最好，就如乾隆二十一年出使的全魁、周煌，隨往的隨客還有當時很有名氣的文學家、詩人王文治，王文治跟姚鼐是好朋友，他從琉球回來也寫成在琉球有感而作的詩集《海天遊草》一卷。[64]而趙文楷還是科舉的狀元，使琉球歸來，也有《槎上存稿》詩

---

63 參見〔明〕禮部尚書李廷機：〈乞罷使琉球疏〉，《李文節公文集》（北京：中華書局，《明經世文編》，卷460，1962年）。相關記載也見於〔明〕嚴從簡輯《殊域周咨錄》中〈琉球〉一卷（北京：《國家圖書館藏琉球資料匯編》，據明萬曆二年刻本，北京圖書館，2000年10月），上冊，頁25，總頁151。

64 見王文治：《夢樓詩集》（臺北：學海出版社，影印乾隆乙卯刊食舊堂藏板，民國63年），卷二，總頁32-70。姚鼐為此書作序。

集[65]。以下列出明、清冊封琉球的人物一覽表。

明朝冊封琉球使一覽表

冊封年代	使者姓名		琉球國王姓名
	正使（官職）	副使（官職）	
洪武五年（1372）	楊　載（行人）	無	察　度
永樂二年（1404）	時　中（行人）		武　寧
永樂五年（1407）	（僅頒詔冊封，未派封使往）		尚思紹
永樂十三年（1415）	陳（季）芳（行人）		他魯每
洪熙元年（1425）（夏錄云：宣德三年1428）	柴　山（中官）（夏錄云：內監）	阮？（夏子陽使琉球錄云：舊錄失查其名。	尚巴志
正統八年（1443）	俞　忭（給事中）（夏錄、徐葆光《中山傳信錄》、李鼎元《使琉球記》）余　忭（《中山世譜》、《中山沿革志》）	劉　遜（行人）	尚　忠
正統十三年（1448）	陳　傅（刑科給事中）	萬　祥（行人）	尚達思

---

65 見《臺灣文獻史料叢刊》第三輯第292種，《清代琉球紀錄集輯、續輯》（臺北：臺灣大通書局），總頁97-119。

冊封年代	使者姓名		琉球國王姓名
	正使（官職）	副使（官職）	
景泰三年（1452）	陳　謨（左給事中）喬　毅（《中山世譜》、汪楫《中山沿革志》云：一作喬毅）	董守宏（行人）（夏錄、中山世譜）童守宏（其他）	尚金福
景泰七年（1456）	李秉彝（給事中）嚴　誠（《中山世譜》、《中山沿革志》又有其人）	劉　儉（行人）	尚泰久
天順七年（1463）	潘　榮（吏科右給事中）	蔡　哲（行人）	尚　德
成化八年（1472）	官　榮（兵科給事中）（原任戶科都給事中丘弘，至山東卒，改命官榮）	韓　文（行人）	尚　圓
成化十五年（1479）	董　旻（兵科給事中）	張　祥（行人司左司副）	尚　真
嘉靖十三年（1534）	陳　侃（吏科給事中）	高　澄（行人）	尚　清
嘉靖四十年（1561）	郭汝霖（吏科左給事中）	李際春（行人）	尚　元
萬曆七年（1579）	蕭崇業（戶科左給事中）	謝　杰（行人）	尚　永
萬曆三十四年（1606）	夏子陽（兵科右給事中）	王士禎（行人）（《中山沿革志》作禎，夏錄作楨，李鼎元作正。）	尚　寧
崇禎六年（1633）	杜三策（戶科左給事中）	楊　掄（行人）	尚　豐

清朝冊封琉球使一覽表

冊封年代	使者姓名		琉球國王姓名
	正使（官銜）	副使（官銜）	
康熙二年（1663）	張學禮（兵科副理官）	王 垓（行人）	尚質
康熙廿二年（1683）	汪 楫（翰林院檢討）	林麟焻（內閣舍人）	尚 貞
康熙五十八年（1719）	海 寶（翰林院檢討）	徐葆光（翰林院編修）	尚 敬
乾隆廿一年（1756）	全 魁（翰林院侍講）	周 煌（翰林院編修）	尚 穆
嘉慶五年（1800）	趙文楷（翰林院修撰）	李鼎元（內閣舍人）	尚 溫
嘉慶十三年（1808）	齊 鯤（翰林院編修）	費錫章（工科給事中）	尚灝（追封尚成）
道光十八年（1828）	林鴻年（翰林院修撰）	高人鑒（翰林院編修）	尚 育
同治五年（1866）	趙 新（詹事府右贊善）	于光甲（內閣中書舍人）	尚 泰

在以上所列的曾往琉球的官員裡，的確有人曾經寫了有關琉球的〈竹枝詞〉，周煌的《琉球國志略》列有採用書目，其中有林麟焻〈竹枝詞〉之目，而在〈藝文〉部分，列有汪楫、林麟焻、徐葆光三人所作的〈中山竹枝詞〉，就連李鼎元出使琉球，也有創作〈竹枝詞〉十首，來和寄塵和尚的十首〈竹枝詞〉，並且強調「以備采風作如是觀」[66]。

---

66 李鼎元：《師竹齋集》（上海：上海古籍出版社，《續修四庫全書》，集部，別集類，據清嘉慶刻本影印，1995年），卷13，頁15、16，總頁595、596。

當然李鼎元跟寄塵和尚的〈竹枝詞〉是不會被採用穿插在〈中山記歷〉裡的，因為〈中山記歷〉裡沈三白是被設定跟他倆同往，而他們倆的詩就記載在詩集裡，詩歌的創作內容具有明顯的作者意識，如果照版抄錄，太容易被看穿了。至於周煌《琉球國志略》所載的汪楫所作有兩首，林麟焻有十六首，徐葆光有八首，如果這個數量不是全部，那其他不容易找到、看到的部分，拿來充數也就不易被察覺了。茲列出他們的詩作，然後再作分析其中的可能性，來追尋內裡的蛛絲馬跡。

汪楫〈中山竹枝詞〉：

道是佳人亦復佳，一生赤腳守荊釵；
宵來忽作商人婦，竟戴銀簪不脫鞋。
（土妓，不得簪銀。道遇官長，必脫草鞵，跣足據地，候馬過
乃起。若中國人主其家，則超然禁令之外矣）。

兩耳無環髻不殊，孰為夫婿孰羅敷？
譯人笑說公無惑！驗取腰間帶有無。
（國俗：男子二十，始薙頂髮為小髻。服與婦人無別，惟男子
必以大帕束腰，女則曳襟而趨，皆無衣帶）。[67]

林麟焻〈中山竹枝詞〉：

手持龍節渡滄溟，璀璨宸章護百靈；
清比胡威臣所切，觀風先到卻金亭。

---

[67] 〔清〕周煌：《琉球國志略》（臺北：臺灣大通書局，《臺灣文獻史料叢刊》第三輯第293種），總頁274。

徐福當年採藥餘，傳聞島上子孫居；
每逢卉服蘭闍問，欲乞嬴秦未火書。
日斜沙市趁墟多，村婦青筐藉綠莎；
莫惜籌花無酒盞，人歸買得小紅螺。
疋練明河牛斗橫，鼕鼕街鼓欲三更；
思鄉坐擁黃綢被，靜聽盤窗蜥蜴聲。
三十六峰瀛海環，怒潮日夜響潺湲；
樓西一抹青林里，露出煙蘿馬齒山。
射獵山頭望海雲，割鮮捎酒醉斜曛；
紙錢挂道松楸老，知是歡斯部落墳。
心齋生白室能虛，棐几焚香把道書；
讀罷憑欄笑幽獨，藤牆西角對棕櫚。
廟門斜映虹橋路，海鳥高巢古柏枝；
自是島夷知向學，三間瓦屋祀宣尼。
王居山第兔園開，松櫪棕花倚石栽；
多少從官思授簡，不知若個是鄒枚！
奉神門內列鵷行，乞把天書鎮大荒！
喚取金縢開舊詔，侏儸感泣說先皇。
閟宮薨角壓山原，將享今看幾葉孫；
二十七王禋祀在，釐圭錫爸見君恩。
譯章曾記祚都夷，槃木白狼歸漢時；
何似島王懷聖德，工歌三拜鹿鳴詩。
宗臣清俊好兒郎，學畫宮眉十樣粧；
翹袖招要小垂手，簪花研帽舞山香。
望仙樓閣倚崔嵬，日看銀山十二回；
笙鶴綵雲飛咫尺，不教弱水隔蓬萊。

纖腰馬上側乘騎，草圈銀釵折柳枝；
連臂哀歌上靈曲，月明齊賽女君祠。
久稽異域歲將徂，自笑流連似賈胡；
三老亦知歸意速，時時風色相銅烏。[68]

徐葆光〈中山竹枝詞〉

小船矗起半天中，一尺檣懸五寸篷；
渡海歸人當有信，竿頭昨夜是南風。
（渡海之家，例造小木船，桅帆畢具；置竿頭，立庭中候風，
以卜歸期。自閩歸國，皆以南風為候）。

衮子垂垂不繫腰，招風長袖學芭蕉；
不知螺髻東西墮，玳瑁簪長尾倒翹。
（女衣，名「衮子」；腰無帶，被身上。頭髻甚髮，東西偏墮；
蓋古倭墮髻也。女簪玳瑁，長尺許；倒插髻中，尾翹額上）。

纖纖指細玉抽芽，三五初交點點瑕；
牆上空憐小垂手，迴風如捲落梅花。
（女十五，黥手指背，墨點如梅花）。

海濱魚市早潮還，細徑斜通失汁山；
頭帶荷筐趁墟去，歸來壓扁翠雲鬟。
（辻山，一名失汁山；女集所）。

---

68 〔清〕周煌：《琉球國志略》（臺北：臺灣大通書局，《臺灣文獻史料叢刊》第三輯第293種），總頁274-275。

海光晴漾碧天雲，三五龍姑自作群；
石筍崖邊朝不動，雪崎洞里拜龍君。
（波上山，一名石筍崖。寺中有神，手劍而立；名「不動」。
波上山東有小山，名雪崎；下有洞。正、三、五、九月謂之
「吉月」，女子相約拜洞以為常）。

中秋滿月照空村，雞犬無聲晝掩門；
八月靈辰惟白露，家家三日守天孫。
（白露節，國中為大節；前後三日，閉門不語，靜坐守天孫。
天孫氏，國中開世祖也）。

小窗傍晚向西開，忽見纖纖落鏡臺；
豫算初三拜新月，隔牆先約小姑來。
（俗有待月之期：初三夜，焚香，對月拜；十八夜，焚香，立
待月升拜畢，乃坐。二十三夜，焚香，坐待月上，乃拜）。

海波日出靜無垠，子午靈期又一新；
銀蟾今日團團夜，汲取新潮獻灶神。
（每月十五，女至砲臺，取潮水獻灶）。[69]

　　徐葆光，字直亮，號澄齋，室名二友齋，江蘇長洲人。儀表秀
偉，詩文雅贍，兼工書法，喜交當地文人。康熙四十四年（1705），
康熙南巡，徐以諸生獻詩賦而被取錄，至京師舉戊子順天鄉試，壬辰

---

69 〔清〕周煌：《琉球國志略》（臺北：臺灣大通書局，《臺灣文獻史料叢刊》第三輯
　　第293種），總頁279-280。

會試雖然沒有考取，不過欽賜一體殿試，最後以第三人及第，授以編修之職。康熙五十七年（1718），奉旨充冊封琉球副使。其使琉球期間，撰《中山傳信錄》六卷，考據素稱精博。一生著述豐碩，除《中山傳信錄》外，還著《水經注鈔》兩卷，《淳化閣帖考》十卷，《海舶集》三卷，《二友齋文集》十二卷、詩集二十卷、詞一卷。周煌採用書目裡，除了有列徐葆光的《中山傳信錄》之外，還有他的《使琉球詩》；現在無法得悉原有幾首，周煌只錄了上述的八首。筆者把周煌的《琉球國志略》裡所引徐葆光的詩作清查過，除了藝文部分所引之外，尚有有題詩二十八首，無題詩十五首；竹枝詞通常是成組詩形式的，而且沒有個別詩題；所以，有題詩不是竹枝詞。十五首無題詩中，有七首五言詩，三首七言律詩，都不是竹枝詞。所餘五首七言絕句，有四首無關中山風土，所以也不可能是竹枝詞；只有一首詠「迎恩亭」的詩，記冊使封舟初到，琉球人用繩縴牽船入港的情狀[70]，這照理也不能算是琉球的風土習俗。所以，從周煌所引用的詩來看，徐葆光應該已經沒有其他歌詠中山風土的竹枝詞了，如果有的話，相信周煌不會放棄的。

汪楫和林麟焻同是康熙二十二年冊封琉球的正、副使，他們還同是當時詩壇領袖王士禛（漁洋山人）的門生。王士禛對他們作〈竹枝詞〉有一定的影響。

王士禛（1678-1711），字子真，又字貽上，號阮亭，山東新城（今桓台縣）人。在他身後，因避雍正帝（胤禛）諱被改作士正；乾隆時又賜名士楨，又因他工詩，補諡「文簡」。王士禛十一歲時應童

---

70 周煌：〈勝蹟〉，《琉球國志略》（北京：北京國家圖書館，《國家圖書館藏琉球資料匯編》，中冊，2000年），總頁1018-1019。詩云：「一片仙觀下九天，海東屬島洗駢闐；迎恩亭下潮初漲，百縴爭牽萬斛船。」

子試，以聰穎過人，縣府道皆名列第一，二十二歲時會試中式，二十五歲時參加殿試，得中進士。順治十七年（1660）庚子，赴揚州府任推官「晝了公事，夜接詞人」。在當地待了五年，康熙三年（1664）甲辰年十月才遷為禮部侍郎。康熙十九年（1680）庚申的閏八月，他受皇帝拔擢為國子監祭酒。先後歷任鄉會試考官，禮部、戶部主事、郎中，至刑部尚書等職。他是清初詩壇的領袖，士禎善古文，兼工詞。風格以「神韻」見稱，為一代宗匠，與朱彝尊並稱朱王。《四庫全書總目》說：「當我朝開國之初，人皆厭明代王（世貞）、李（攀龍）之膚廓，鍾（惺）、譚（元春）之纖仄，於是談詩者競尚宋元。既而宋詩質直，流為有韻之語錄；元詩縟艷，流為對句之小詞。於是士禎等以清新俊逸之才，範水模山，批風抹月，倡天下以『不著一字，盡得風流』之說，天下遂翕然應之。」其「神韻說」的詩歌審美主張，用他的詩作了充分的體現，從他廿二至六十七歲之間，作詩凡九十二卷，名曰《帶經堂集》。傳世之作還有：《精華錄》，《精華錄訓纂》，《漁洋詩話》，《唐賢三昧集》，《二家詩選》，《居易錄》，《池北偶談》，《香祖筆記》，《分甘餘話》，《古夫于亭雜錄》等數十種作品。雖然如此，王士禎對來自民間的〈竹枝詞〉，同樣相當重視，既有見解，也有理論與創作。王士禎論〈竹枝詞〉說：

> 昔人謂〈竹枝歌〉詞雖俚鄙，尚有三緯遺意。山谷聞人歌劉夢得〈竹枝〉，嘆曰：「此奔軼絕塵，不可追也。」夢得後，工此體者，無如楊廉夫、虞伯生；他如：「黃土作墻茅蓋屋，庭前一樹紫荊花；黃魚上得青松樹，阿儂始是棄郎時。」等句皆入妙。近見彭羨門《嶺南竹枝》深得古意；詩云：「木棉花上鷓鴣啼，木棉花下牽郎衣，欲行未行不忍別，落紅沒盡郎馬蹄。」「妾家溪口小迴塘，茅屋藤扉蠣粉墻；記取榕陰最深

處，閒時來過吃檳榔。」「半年水宿半山居，冬採香根夏採珠；珠好須從蚌中覓，香燒還仗博山爐。」又山陰徐緘《竹枝》云：「句踐城南春水生，水中鬥鴨自呼名；伯勞飛遲燕飛疾，郎入城時儂出城。」亦本色語也。[71]

他認為〈竹枝詞〉的詞語雖然鄙陋，但不失為本色之語，具有真實性情與生命情調。王士禎在所著的《香祖筆記》卷三中，也有談及〈竹枝詞〉，他說：「唐人《柳枝詞》專詠柳，《竹枝詞》則泛言風土，如楊廉夫《西湖竹枝》之類。」前面也提到他的見解是「《竹枝》詠風土，瑣細、詼諧可入。大抵以風趣為主，與絕句迥別。」王士禎心中竹枝詞的概念是很明晰的，他曾有論詩絕句一組，其中一首傳達了王氏針對〈竹枝詞〉的認識：「曾聽巴渝俚社詞，三閭哀怨此中遺。詩情合在空舲峽，冷雁哀猿和〈竹枝〉。」可見他認為〈竹枝詞〉跟《楚辭》有相通之處，所以，他自己也創作〈竹枝詞〉；王士禎平生周遊所到，常以〈竹枝詞〉記當地風物。他到廣州，就寫了〈廣州竹枝〉六首，記述廣州的風物時尚。如：「潮來壕畔接江波，魚藻門邊淨綺羅。兩岸畫欄紅照水，蛋船爭唱木魚歌。」「蛋」就是水上人家，長年住在船上，所以叫做「蛋船」；這首詩寫的是蛋民以船為家的水上生活和愛唱木魚歌的風俗。他到了蘇州，又有〈玄墓竹枝詞〉八首。玄墓山在吳縣光福境，隔太湖灣與漁洋山相望。王氏游此山時做了〈竹枝詞〉。其中第八首云：「綠黛遙浮玉鏡間，峰巒千疊水彎環，居人卻厭真山好，玄墓回頭看假山。」因此，他的門生創作民歌式的〈竹枝詞〉，並沒有違背他的神韻說，同樣也得到賞識與鼓勵。在《北池偶談》卷三、〈談故〉（三）裡，有記〈林（麟焻）舍人使琉

---

71 〔清〕王士禎：《北池偶談》（康熙三十九年刻本）卷十五，頁3，〈談詩〉五。

球詩〉條說：

> 康熙甲子，莆田林舍人玉巖（麟焻）使琉球歸，有《竹枝詞》
> 一卷，與周禮部同時示予，並錄數篇，以志本朝文物之盛
> 云。……與林同使者，為汪檢討舟次（楫），別撰《中山沿革
> 志》若干卷，進呈御覽。二君皆予門人也。

汪楫（1626-1689）字次舟（一作舟次），號悔齋，安徽休寧人，
寄籍江蘇江都。生於明熹宗天啟六年，卒於清聖祖康熙二十八年，年
六十四歲。性伉直耿介，意氣高偉浩然；力學不倦，時常索取奇文祕
籍來閱讀。為歲貢生，署贛榆訓導。康熙十八年（1679）薦應博學鴻
儒，試卷列為一等，授翰林院檢討，纂修《明史》。康熙二十二年
（1683）充冊封琉球正使，義不受琉球國王饋贈，琉球國人建卻金亭
來紀念。歸國後出知河南府，治績稱最。歷遷福建布政使，召至京
師，途中得疾，遂卒。汪楫工於詩，與孫枝蔚、吳嘉紀齊名。所作詩
以古為宗，以清冷峭岸為致。著有《悔齋正、續集》及《觀海集》。
以周煌所錄的詩來看，也真的是以古體比較多，所以，《琉球國志略》
只錄了他兩首〈中山竹枝詞〉，應該就是只有兩首，而且兩首詩的附
註文字，跟他所著的《使琉球雜錄》裡所記載的內容大致相同。[72]汪
楫這兩首詩，前一首說的就是土妓的事，跟〈中山記歷〉裡的兩首詠
土妓的詩風格與內容都不同，所以，〈中山記歷〉的詩不可能出於汪
楫的手筆。

林麟焻字石來，號玉巖，福建莆田人，康熙九年（1670）庚戌進

---

72 〔清〕汪楫：《使琉球雜錄》（北京：北京國家圖書館，《國家圖書館藏琉球資料匯
編》，中冊，2000年），總頁770。

士，授中書舍人。康熙二十年辛酉，分校京闈，識拔者皆知名之士。康熙二十二年癸亥（1683）奉詔出使琉球，作冊封副使。歸來後陞遷戶部江南司主事；康熙二十六年丁卯典試四川。遷禮部。康熙三十三年甲戌（1694）擢貴州提學僉事，甄拔單寒之士，改革當地文風，督撫會薦，稱其「清若秋霜，明如懸鏡」，擬授布政司參議，需次旋里，修葺先世別業。康熙四十三年甲申（1704）巡撫檄修邑志，請為總裁，考證品騭，必詳必慎，時論推服。麟焻少即以詩名於鄉里，其在都中官閒之暇，時偕二三同志倡酬忘倦；而又眷顧宗邦，凡拂鬱困頓之致，憫時傷亂之懷，舉於詩發之。他的作品曾為王士禛、陳維崧手加點定，序以傳世。所著有《玉巖詩集、續集》，《星槎草》、《中山竹枝詞》、《郊居集》、《竹香詞》，皆版行；又有纂輯《列朝外紀》若干卷，藏於家。[73] 今所見林麟焻詩作，有《玉巖詩集》二卷，是北京圖書館分館所藏清康熙刻本，其中詩作後有王士禛的批語。然而四庫全書總目中，載有《玉巖詩集》七卷之目，並且有提要說：

> 《玉巖詩集》七卷福建巡撫採進本
>
> 國朝林麟焻撰。麟焻字石來，莆田人。康熙庚戌進士，官至貴州提學僉事。其詩法受自王士禛。初官中書舍人，時嘗偕檢討汪楫奉使琉球，途中唱酬甚夥。是編凡前集二卷，皆初年所作。又〈星槎草〉一卷，〈中山竹枝詞〉五十首為一卷，皆出使時所作。〈郊居集〉一卷，則官提學後家居時作也。自〈中山竹枝詞〉以前，皆載士禛評點；〈竹枝詞〉後又以當時同人贈別之作附焉。

---

73 林麟焻生平，取材自《福建通志》卷二十八，〈人物〉，頁12、13。

按照提要的說明，可知《玉巖詩集》本有七卷，現在所見到的二卷本，就是其中的前面兩卷，後面的五卷今天已經看不到了。不過，據提要的說明，林麟焻在琉球時的詩作很多，林麟焻把作品分為兩部分，一是〈星槎草〉一卷，應該是出使琉球時的酬唱之作，而專寫琉球風土的五十首〈中山竹枝詞〉則別為一卷。提要還說林麟焻的詩法宗法自王士禎，王士禎對〈竹枝詞〉是相當重視的。今二卷本的《玉巖詩集》前有林麟焻的一篇〈自序〉，從時間來看序末署「康熙二十三年甲子六月」，是他從琉球歸來的翌年；而從其中所說的內容來看，就只說到赴琉球的事，〈序〉文說：

> 琉球，東南一島夷也，地孤懸漲海中，無城郭關市之美，桑麻物產之饒，土田磽瘠，戶口寡少，人跡所涉，到而稀矣，曾不敵中國一下郡。獨其延頸舉踵，喁喁向風，悅詩書，樂文雅，無所謂驍健擊鬭攻刺之俗，蓋自漸被我皇上聲教後，亦駸駸乎盛矣。康熙癸亥夏六月，予奉命渡海，三晝夜即至其國，宣布德意。典禮告成，必候風始克遄返。淹留異域，寒暑所歷，殆遍焉。每因暇日，登臨矚望，振衣策馬于山巔水涯，睹大海之紫瀾，想蓬萊絳宮之明滅，一時花院苔龕，流連歌詠；或酒酣耳熱，落筆如風雨，為球人好事者從旁挈去，蓋不可勝計矣。時而獨處官舍，簾閣焚香，蘿月乍窺，松風徐動，蕉葉翳天，竹陰拂席，意颯颯有所得，則又未嘗不起去國懷鄉之思，振登樓吟越之響者也。計在琉球日，述琉球事，得七言絕句五十首，略倣古竹枝之遺，外有作者，別為一集。詩不足傳也，凡彼中山川人物，饗禮宴游冠珮之奇，尨鞉鞞之節奏，與夫亭臺之屼硉，樹卉之菁蔥，日月雲霞之吐吞變幻，悉繪之於詩，一披覽而外國風景宛然在目。事屬睹記，言非鑿空，度幾為好奇

者所欲知，而後來輶軒者周爰咨諏所必及。是予之詩雖不足
傳，要不可廢而不錄也。歸而就正於阮亭先生之前，先生亦以
為然，曰：「盍傳之以廣異聞，且以彰聖朝聲教之遠。」予
曰：「唯唯。」爰付剞劂，不敢擬圖經於山海，聊以當荊楚之
歲時云爾。[74]

可見林麟焻創作〈中山竹枝詞〉，是有意為之，利用〈竹枝詞〉描寫
風土民情的特性，表現他對詩歌的修為與觀念，一如《詩經》以詩觀
風俗的效用，作為他出使琉球的附帶價值，也是對朝廷盡忠的一種表
現。他一共寫了五十首之多，想是已經對小小的琉球作了很全面的、
鉅細靡遺的描述。在所有文人對琉球所寫的詩作裡，是作品最多、最
完整的。不過，由於七卷本的《玉巖詩集》今日已經不見，無法知道
原來的內容全貌，只能從周煌的《琉球國志略》裡的〈藝文〉部分徵
引而得見其中十六首詩作（見前面所列）。

　　感覺奇怪的是周煌既然要記錄與琉球有關的藝文作品，林麟焻這
全套五十首〈中山竹枝詞〉，正是最好的選取對象，為何只錄了其中
的這十六首呢？難道這十六首〈竹枝詞〉就真的比其他三十四首更有
代表性，更有風土性，還是更有藝術性嗎？其實周煌能選的作品很有
限，從前面所列曾出使琉球的人物裡，能詩的人其實不多，明代的不
必說了，清朝的就只有汪楫、林麟焻、徐葆光三人而已，大詩人王文
治跟周煌同往，雖有〈海天游草〉詩卷，但礙於不是前人的作品，也
是不能選入的。所以，周煌只會感慨可以選的作品太少，而不應該把
好好的一套五十首的〈中山竹枝詞〉分割節選其中的十六首而已。

---

74 林麟焻：《玉巖詩集》，《四庫存目叢書》（臺南：莊嚴文化事業公司，1996年），集
　　部，冊244，總頁690、691。

　　筆者發現林麟焻寫成這五十首〈中山竹枝詞〉詩卷之後，曾經呈奉給他的老師王士禛觀覽評騭，王士禛在《北池偶談》裡也有記述〈林舍人使琉球詩〉說：

> 康熙甲子，莆田林舍人玉巖（麟焻）使琉球歸，有竹枝詞一卷，與周禮部同時示予，並錄數篇，以志本朝文物之盛云。

> 手持龍節渡滄溟，璀璨宸章護百靈；
> 清比胡威臣所切，觀風先到卻金亭。（明使臣陳侃建）

> 徐福當年採藥餘，傳聞島上子孫居；
> 每逢卉服蘭闍問，欲乞嬴秦未火書。

> 日斜沙市趁虛多，村婦青筐藉綠莎；
> 莫惜籌花無酒盞，人歸買得小紅螺。

> 疋練明河牛斗橫，咚咚衙鼓欲三更；
> 思鄉坐擁黃綢被，靜聽盤窗蜥蜴聲。（蜥蜴能鳴，聲如麻雀）

> 三十六峰瀛海環，怒潮日夜響潺湲；
> 樓西一抹青林裡，露出煙蘿馬齒山。

> 射獵山頭望海雲，割鮮挏酒醉斜曛；
> 紙錢掛道松楸老，知是歡斯部落墳。

> 心齋生白室能虛，棐几焚香把道書；
> 讀罷憑闌笑幽獨，藤牆西角對棕櫚。

> 廟門斜映虹橋路，海鳥高巢古柏枝；
> 自是島夷知向學，三間瓦屋祀宣尼。

王居山第兔園開，松櫪棕花倚石栽；
多少從官思授簡，不知若個是鄒枚。

奉神門內列鵷行，乞把天書鎮大荒；
喚取金縢開舊詔，侏僑感泣說先皇。

閟宮薆梠壓山原，將享今看幾葉孫；
二十七王禋祀在，鼇圭錫鬯見君恩。

譯章曾記莋都夷，槃木白狼歸漢時；
何似島王懷聖德，工歌三拜鹿鳴詩。

宗臣清俊好兒郎，學畫宮眉十樣粧；
翹袖招要小垂手，簪花研帽舞山香。

望仙樓閣倚崔嵬，日看銀山十二回；
笙鶴綵雲飛咫尺，不教弱水隔蓬萊。

纖腰馬上側乘騎，草圈銀釵折柳枝；
連臂哀歌上靈曲，月明齊賽女君祠。

久稽異域歲將徂，自笑流連似賈胡；
三老亦知歸意速，時時風色相銅烏。

林，康熙庚戌進士。與林同使者，為汪檢討舟次（楫），別撰
《中山沿革志》若干卷，進呈御覽。二君皆予門人也。[75]

這十六首詩跟周煌所錄的完全相同，只是多了一些說明語句而已。周
煌出使琉球比林麟焻晚了七十三年，他寫《琉球國志略》的時間當然

---

75 王士禛：《北池偶談》（康熙三十九年刻本），卷三〈談故〉三，頁18、19。

也比王士禎看到林麟焻所作的〈中山竹枝詞〉晚，那他所根據的資料，如果有完整的〈中山竹枝詞〉五十首，他所選的跟王士禎選的不一定要完全相同，現在卻完全相同，這不可能是周煌完全贊成王士禎的觀點與眼光，因為選詩的出發點就不一定相同。那麼，就有可能是周煌當時已經找不到林麟焻的〈中山竹枝詞〉全本，所以只能從王士禎《北池偶談》裡所選的全部抄錄過來，因此兩者的詩才會全同無異。這十六首〈中山竹枝詞〉後來也被編入《帶經堂詩話》裡[76]；想當時周煌應該有點像孔子感慨文獻不足徵，足則吾能徵之的感觸。

　　從數量來看，〈中山記歷〉裡的十二首〈竹枝詞〉，似乎只有林麟焻所作〈竹枝詞〉的數量才足夠符合條件，徐葆光是沒有可能寫有那麼多的〈竹枝詞〉的。林麟焻原本五十首〈中山竹枝詞〉裡所失傳的三十四首，跟〈中山記歷〉所記的十二首〈竹枝詞〉到底有沒有關係？可不可能〈中山記歷〉的偽作者找到了林麟焻的〈中山竹枝詞〉全本，從中抽出與周煌《琉球國志略》所引十六首相同之外的部分，再配合李鼎元書中所提到的琉球風土與模擬沈三白的語氣，加以穿插而成呢？筆者以為有相當高的可能性，其中，有個現象是不能不注意的，那就是〈中山記歷〉裡的十二首〈竹枝詞〉跟林麟焻所留下來的十六首〈竹枝詞〉，所描述的主題對象都沒有重複的，這不能簡單地一句「偶然巧合」就打發過去，因為彼此都有十餘首的數量，而完全沒有重複，最有可能的原因就是出於同一人之手。

第二　從詩句內容與語詞來分析

　　吳幅員、楊仲揆、陳毓羆、張蕊菁等人都曾經討論〈中山記歷〉

---

76 〔清〕王士禎著，張宗柟輯：《帶經堂詩話》（上海：上海古籍出版社，《續修四庫全書》，集部，詩文評類，冊1698，1995年），卷二十一〈采風〉，頁13。

的十二首詩，不過他們都只是盡力證明詩不是沈三白所寫的，跟沈三白的詩風，跟李鼎元所記載的事都有所衝突，這只是消極的處理。他們都沒有進一步去探索這些詩的各種可能性，就一股腦兒地把「著作權」歸之於偽作者。然而經過以上的探討之後，對這十二首詩就有了新的認知與探索方向，而且得出了如下的幾點概念：

一　這十二首詩是一位真正去過琉球的人所寫的，所以不是偽作〈中山記歷〉的人所寫的。

二　這十二首詩都是竹枝詞的形式。

三　曾經到過琉球而又寫過竹枝詞的人很有限。以數量而言，只有林麟焻曾經作過五十首竹枝詞。

四　十二首詩與林麟焻所餘十六首竹枝詞沒有重複的主題。

五　如果把兩部分共廿八首的詩並觀，其風格、手法相當一致。

除了以上所述之外，我們還可以從詩句的內容，用語的風格與慣性，來考察這十二首詩跟林麟焻之間的可能關係。

文人寫詩，基本上都應該是寫出自己的所體所見；尤其竹枝詞是寫實的，所以更應該是描寫親目所睹的事實與風土。所以，竹枝詞中所記載描述的，就是作者所親身經歷的，所以，應該與作者的經歷是相合的。而一位詩文作者，在創作的時候，他的想法，他所運用的詞藻都會有一些慣性，這就是所謂「風格學」的概念。現在，就以這樣的角度來考察這些詩的內容，跟林麟焻赴琉球所經歷事實的關係；也一併對比他的文章詞藻風格，來論證這十二首詩跟林麟焻之間的關係。

〈中山記歷〉裡的第一首詩，有一句說「魚解扶危風轉順」。這句詩所說的，當然跟李鼎元《使琉球記》中所述在前往琉球的海途，曾經有兩條大魚夾舟而游，後來風勢轉急，李鼎元使人觀看大魚仍

在，認為是大魚護舟，於是祈禱神明，然後風濤果然轉為平順；這一件事也被節錄到〈中山記歷〉裡。看來，詩句跟所謂沈三白跟李鼎元前往琉球途中海上所見的情境是非常切合的，難怪所有的人都不曾懷疑過這些詩，除了偽作者針對性的模擬創作之外，還另外有其他可能的作者。

通觀清朝出使琉球的冊封使所纂寫的使錄，張學禮、汪楫、徐葆光、周煌、李鼎元等人的記載，在海上曾經有大魚夾輔而行的，除了李鼎元那一次之外，汪楫跟林麟焻的海行途中也曾經見過同樣的情形。汪楫的《使琉球雜錄》裡說：

> 過東沙山，有兩大魚傳舟左右行，或前或後，時見首尾，長略與船等；舟人初忽視之，及夾舟不去，始覺其有異。[77]

同時，汪楫跟林麟焻那一次前往琉球，海行所費的時程只用了三天，是所有琉球冊封中用時最少，速度最快的一次，連琉球人都難以置信，所以被視為「神蹟」。李鼎元那一次也算順利，共用了六天時間，比正常估計的七至八天也快了些。所以，林麟焻所寫的詩裡有「魚解扶危風轉順」一句，不單不覺得奇怪，而且是理所當然的，比之李鼎元的情景，其貼切度尤有過之。

第三首詩是描述琉球孔子廟，詩句說：「洋溢聲名四海馳，島邦也解拜先師；廟堂蕭穆垂旒貴，聖教如今洽九夷。」考琉球孔子廟建立在久米村中，創建於康熙十二年。周煌《琉球國志略》中對此事記

77　〔清〕汪楫：《使琉球雜錄》（北京：北京國家圖書館，《國家圖書館藏琉球資料匯編》，中冊，2000年）》，卷五，頁4，總頁800。周煌《琉球國志略》也有同樣的記載。見冊二，卷五〈山川〉，頁14、15，總頁920-921。謂「雙魚導引，萬鳥迴翔」。

載甚詳，其書〈藝文〉部載有汪楫所作的〈琉球國新建至聖廟記〉、
林麟焻〈琉球國新建至聖廟記〉、徐葆光〈琉球國學碑記〉、中山陪臣
程順則〈琉球國新建至聖廟記〉、〈廟學紀略〉等相關文獻；而汪楫的
《使琉球雜錄》裡，也有附載他自己所寫的〈琉球新建至聖廟記〉一
文。而其中對琉球至聖廟興建的前因後果說得最清楚的，莫過於程順
則的〈琉球國新建至聖廟記〉。文章裡說：

> 琉球遠在海外，去中國萬里，宜若不聞聖道者然。字明初通貢
> 獻，膺王爵；至洪武二十五年，王子泊陪臣子弟始入太學，復
> 遣閩人三十六姓往鐸焉。萬曆間，紫金大夫蔡堅始繪使繪聖
> 像，率鄉中縉紳祀於其家，望之儼然，令人興仰止之思；不可
> 謂非聖教之流於海外也。至皇清定鼎，文教誕敷，斯文丕振，
> 較前尤盛。時有紫金大夫金正春於康熙十一年議請立廟，王允
> 其議。迺卜地久米村，命匠氏庀材，運以斧斤，施以丹膜。至
> 康熙十三年告竣。越明年，塑像於廟中，左右列四配如中國制；
> 王乃命儒臣行春、秋二丁釋奠禮。既新輪奐，復肅俎豆，狩歟
> 盛哉！從此觀車服禮器，恍如登闕里之堂，躬逢其盛也。師天
> 下之功，不於此而見其無外哉。爰臣順則奉王命，紀建廟顛末，
> 謹擱筆而記，以勒諸石，永垂不朽云。皇清康熙五十有五年歲
> 次丙申十二月望後二日琉球國協理紫金大夫臣程順則謹撰。

林麟焻的〈琉球國新建至聖廟記〉裡，也有很重要的參考資料，故亦
列陳如下：

> 康熙二十二年夏六月，予同太史維揚汪公奉命封琉球。由广石
> 揚帆，天風自南，不三日而抵其國。甫駐節，通事官循故事，

以謁孔子廟、天妃宮為請。予思天妃司海道,歷著靈異;琉球
祀之舊矣。若吾夫子之廟,琉球未聞有祀者。於是進諸大夫而
詢之;咸跪而言曰:「聖廟之建,肇自康熙八年陪臣入貢中
國,見夫學宮巍峨,布滿天下,瞻慕感動,歸而陳諸王前,度
材命工,厥廟斯興。」予聞其言,肅然起敬,爰潔齋祇謁。至
則睹輪奐具美,丹艧黼黻;恍登堂,而親申如天如之容。繚以
周垣,堅以甓甃;簫業在列,如入室而聞金石絲竹知音。雖講
經肄業之舍稍未有備,而規制弘闊,其與中國亦幾無以異焉。
夫自吾夫子春秋後,中國崇祀聖人垂三千年,而外夷無聞。今
琉球一旦先之。嗚呼!偉哉。

由以上可知,琉球國孔子廟的興建,從康熙十一年請立,十三年竣工
落成。汪楫、林麟焻在康熙二十二年前往冊封尚貞,是孔子廟落成之
後的第一次冊封,所以汪楫跟林麟焻等才那麼重視地大書特書。瞭解
了琉球孔子廟建立的背景,現在再讀前述有關描述孔子廟的這首詩,
詩句說「聖教如今洽九夷」,意思就是說,從現在起琉球才開始真正
受到孔子聖教的薰陶浹洽,「如今」這個詞是很關鍵的。從這一點看,
這首詩如果是在汪楫、林麟焻當時所作的,就一點窒礙都沒有;但如
果把這首詩說是在徐葆光、周煌、李鼎元甚至齊鯤等人的時間所作的
話,那這「聖教如今洽九夷」一句就很不好交代了。這是因為偽作者
對這首詩所描述的主題背景不熟悉,所以就採用了而露出這一個破綻。

另外,再看這首詩「洽九夷」一詞,是用了《論語・子罕》篇
「子欲居九夷」的典故[78]。而林麟焻在〈新建至聖廟記〉中說:

---

78 見《論語》卷九〈子罕〉篇:「子欲居九夷。或曰:『陋,如之何?』子曰:『君子
居之,何陋之有?』」

謹按「星槎勝覽」諸書籍前代群公「使錄」所記，盛稱琉球雖僻處一隅，在瀛海中最為守禮之邦。……獨惜其未有祀孔氏，以為遺憾。今聖天子在上，重道右文，加意學校，以仁義禮樂懷柔萬方。中山果能觀感淬礪，建立聖廟，儀刑其國。此邦風俗之美，教化之行，豈不視昔有加哉！吾夫子常欲居九夷矣，或曰：「陋。」子曰：「君子居之，何陋之有。」又其告子張也：「言忠信，行篤敬，雖蠻貊之邦行矣。」然則聖廟既建，人知嚮學，爭自濯磨；俾紩衣兜帽之俗，咸彬彬然有儒雅之風，是又忠信、篤敬行於蠻貊之明驗也。

可見林麟焻對於琉球國建立孔子廟以祀孔，其意義與孔子欲居九夷，以君子之道化及域外相同，所以他用了《論語》的語句來闡釋，而其他對琉球孔子廟有所述作的如汪楫、徐葆光、周煌、李鼎元等，卻都沒有用這個角度來闡揚。而這首詩卻用了「泊九夷」這個典故，跟林麟焻的文章、思想觀點如此一致，這應該不是巧合的。而詩句又有「垂旒貴」一句，也見於汪楫的〈新建至聖廟記〉裡，廟記說：「堂內割後楹為神座，塑王者像，垂旒搢圭，而署其主曰『至聖先師孔子神位』。」可見「垂旒」也是林麟焻當時所見到的存在印象。當然，「垂旒」一詞在李鼎元的書裡也是有用到。而在林麟焻的〈竹枝詞〉裡，也有一首描寫孔子廟的詩說：「廟門斜映虹橋路，海鳥高巢古柏枝；自是島夷知嚮學，三間瓦屋祀宣尼。」這首詩裡的「島夷知嚮學」，也跟林麟焻〈廟記〉裡「人知嚮學」的思想、語句相似。

第六首詩：「軺軒問俗到球陽，潛德端須為闡揚；誠孝由來能感格，何殊閔損與王祥。」這首詩所描寫的對象，是琉球國的孝子龜壽，李鼎元《使琉球記》裡有記載，周煌的《琉球國志略》裡稱為

「鶴壽」,齊鯤的《續琉球國志略》[79]裡叫做「貴壽」,所指的都是同一件事。詩句裡說「輶軒問俗到球陽」,這句話的語氣,不是一般平民所該說的,而應該是一位身任官職,派至遠方的人才會如此說的。林麟焻在他的〈中山竹枝詞〉序中也說:

> 計在琉球日,述琉球事,得七言絕句五十首,略做古竹枝之遺,外有作者,別為一集。詩不足傳也,凡彼中山川人物,饗禮宴游冠珮之奇,尨鞞鞻之節奏,與夫亭臺之兀嵂,樹卉之菁蔥,日月雲霞之吐吞變幻,悉繪之於詩,一披覽而外國風景宛然在目。事屬睹記,言非鑿空,度幾為好奇者所欲知,而後來輶軒者周爰咨諏所必及。

林麟焻在寫作〈中山竹枝詞〉時,心裡就已經具有「輶軒問俗」的概念與企圖,所以,如果詩裡面有這一句,也是理所當然的,這也適合他的身份。

至於第七、第八這兩首有關紅衣妓的詩,詩句說「芳齡二八最風流,楚楚腰身蒻蒻眸;手抱琵琶渾不語,似曾相識在蘇州。」「新愁舊恨感千端,再見真如隔世難;可惜今宵好明月,與誰共捲繡簾看。」這兩首也是前人討論得最多的。吳幅員以為李鼎元既然怕紅衣妓蠱惑隨從,下令驅逐,那沈三白何來跟她們有所接觸呢?更何況彼此語言不通,題詩扇上亦覺無謂;因此認定不是沈三白所當有的。吳先生的推論十分正確,不過,那到底誰才可能寫這樣內容的詩呢?經過筆者的考察,發現有像李鼎元這般觀念的官員,是從周煌才開始的。周煌《琉球國志略》裡說:

---

79 齊鯤:《續琉球國志略》、卷三〈人物〉,頁15,總頁60。

> 張學禮錄女子有不嫁者，離父母自居，專接外島貿易之客。女
> 之親戚兄弟，毋論貴賤，仍與外客序親往來，不以為恥。臣茲
> 役甫至，風聞土妓甚眾，謂之侏儸，實則傾城二字之音也。外
> 島且更繼至；因移書唐榮總理司，諭其善為驅逐，毋令蠱我華人。

在周煌之前，徐葆光、汪楫、張學禮也都有詠寫土妓的詩歌與記載，但也都沒有說要下令驅逐，或禁止與之交接。[80]張學禮記載說：

> （天使）館前有空地百畝，每日午後，婦女或老或少，攜筐挈
> 筥，聚集於此為貿易，實遊玩也。傍晚方歸；其間亦有殊色，
> **搖曳而來**。

張學禮所說的「殊色」，應該就是土妓，豔裝敷粉，當然其色殊異可愛。不過從張學禮的描述裡，並沒有嗅出一丁點「拒之千里」的意味。明朝胡靖的《琉球記》中載錄了一首〈月夜聽夷女搦二絃〉詩：「朔風吹落舞衣寒，笑把琵琶對月彈；此調不期夷地有，伍回猶作漢宮看。」[81]想這能搦二絃的夷女，可能就是土妓之類的人物，天朝的冊封使還請她們來表演助興呢。至於汪楫，甚至還寫〈竹枝詞〉來歌詠；那麼林麟焻跟汪楫是同時的冊封正副使，所作的五十首〈竹枝詞〉既然是有採風記俗的目的，理當有描寫土妓的部分，而現存的十六首詩裡卻缺少了，這不難讓人聯想〈中山記歷〉裡的這兩首寫紅衣妓的竹枝詞，很有可能就是林麟焻所作的。今天這首詩的最後一句「似

---

80 徐葆光：《中山傳信錄》（冊二），卷六，總頁512。汪楫：《使琉球雜錄》（冊一），
　　卷三，總頁770。而且汪楫也有歌詠紅衣記的〈竹枝詞〉，見載於周煌的《琉球國志
　　略‧藝文》中，見前文引。張學禮：《使琉球紀》（冊一），總頁664-665。
81 胡靖：《琉球記》（冊一），總頁295。

曾相識在蘇州」，筆者懷疑「蘇州」本來應該是「江州」，典出白居易的〈琵琶行〉；偽作者故意改作「蘇州」，以配合沈三白的生平背景。

第十首詩「去年秋在洞庭灣，親摘黃花插翠鬟；今日登高來海外，累伊獨上望夫山」。吳幅員曾經討論過這首詩，認為從時間、人物來看，都跟沈三白的生活事蹟不合，所以認定這不可能是沈三白的作品。現在換一個角度來看，這首詩跟林麟焻的可能關係。在林麟焻的《玉巖詩集》裡，有詩如下：

> 裌衣騎馬尋高會，令節雖過勝賞同；膰有黃花仍插鬢，可無烏
> 帽更臨風。經霜樹老秋容淡，背郭層臺石磴通；乘興何須寄遙
> 慨，且憑疏豁倚簾櫳。[82]

這詩的名稱叫〈重陽後一日同汪鍾如遊黑龍潭二首〉，雖然詩的內容跟〈中山記歷〉裡的詩句不同，也無法為之繫年對比，不過，詩中的「膰有黃花仍插鬢」跟「親摘黃花插翠鬟」卻相當相似，而「翠鬟」一詞，林麟焻也曾用過[83]。這真的是有點巧合呢。然而如果從作家創作用詞風格的慣性來看，這依然是值得思考的。下面不妨再舉個實例來看。在《北池偶談》所錄林麟焻的十六首〈竹枝詞〉裡，有一首說：

> 王居山第兔園開，松櫪棕花倚石栽；多少從官思授簡，不知若
> 個是鄒枚！

其中「鄒枚」一詞，是文學作品中不很常用的詞。「鄒枚」一詞，原

---

82 林麟焻：《玉巖詩集》（《四庫存目叢書》，集部，冊244），卷一，頁4，總頁693。
83 林麟焻：《玉巖詩集》卷二，頁33，總頁730。有〈舟泊柳塘望壺山〉詩：「翠鬟歌
板已陳跡，青史功名成轉蓬。」

本是指漢朝的鄒陽與枚乘的並稱。〔北魏〕酈道元《水經註・睢水》：「梁王與鄒、枚、司馬相如之徒極遊於其上。」鄒陽與枚乘兩人皆以才辯著名當時，後因以「鄒枚」借指富於才辯之士。[84]而在《玉巖詩集》裡，林麟焻也曾用這個詞說：

> 花徑何曾掃，蓬門愛客開。新篁迸牆出，語燕踏簾來。點筆時題葉，移觥任潑醅。兵塵詞賦賤，誰肯問鄒枚。[85]

「鄒枚」一詞，在林麟焻所餘下的少數詩作裡，就出現了兩次，這不能不視為作者創作用詞風格的慣性。如此類推，那「黃花插鬢」、「翠鬟」等詞，難道就不可視為創作用詞的慣性嗎？當然如果只有這個持論，就堅持說一定是「甚麼」，未免太輕率不實，但是如果配合以上所有的論證來看，這種用詞的重複性就不容忽視了。

　　總上所述，筆者推論所得的結論，是這十二首七言絕句，其形式應該是〈竹枝詞〉，而作者非常可能就是在康熙二十二年（1683）冊封中山王副使林麟焻所作〈中山竹枝詞〉五十首中的一部份，偽作者抄錄進來，以配合中山記歷所談到的各種事情上。

三　〈中山記歷〉中其他資料來源考異

　　研究〈中山記歷〉，除了將本文與李鼎元《使琉球記》對比，可以看出其中絕大部分文字材料，都是從《使琉球記》中擷取而得，再

84　鄒陽、枚乘兩人的事跡，見《漢書》卷五十一〈賈鄒枚路傳〉第二十一。

85　林麟焻：〈暮春黃聘侯、康干玉偕叔二史獻、十兄小幹見過鈔香堂，即席分賦二首〉之二，《玉巖詩集》卷一，頁16，總頁699。

加歸類、拼合，形成了前段為日記體，後段為記事體的形式。另外就是十二首詩，如前所分析，是十二首中山〈竹枝詞〉，其來源極有可能就是疑已失傳的林麟焻所作五十首〈中山竹枝詞〉的一部份。至於還有一些零碎的部分，其實也都有其所來自。現在把這部分一併考察其來源。

〈中山記歷〉首段文字，內容在說明沈三白隨冊封使前往琉球的原因以及所以寫〈中山記歷〉的動機，有點像〈中山記歷〉的序言。原文如下：

> 嘉慶四年，歲在己未，琉球國中山王尚穆薨，世子倘哲，先七年卒，世孫尚溫，表請襲封。中朝懷柔遠藩，錫以恩命。臨軒召對，特簡儒臣。於是，趙介山先生名文楷，太湖人，官翰林院修撰，充正使；李和叔先生，名鼎元，綿州人，官內閣中書，副焉。介山馳書約余偕行。余以高堂垂老，憚於遠遊；繼思遊幕二十年，遍窺兩戒，然而尚有方隅之見，未觀域外，更歷瀛溟之勝，庶廣異聞。稟商吾父，允以隨往。從客凡五人：王君文誥，秦君元鈞，繆君頌，楊君華才，其一即余也。五年五月朔日，隨篙節以行；祥飆送颿；神魚扶舳，計六晝夜，徑達所居。凡所目擊，成登掌錄。誌山水之麗崎，記物產之瑰怪，載官司之典章，嘉士女之風節。文不矜奇，事皆記實。自慚譾陋，甘貽測海之嗤，要堪傳信，或勝鑿空之說云爾。

吳幅員先生在他的〈《浮生六記》〈中山記歷〉篇為後人偽作說〉一文中，以為這一段開端文字「完全出諸偽作者的筆墨，尚非剿襲之文」。後來，陳毓羆先生查到楊芳燦《芙蓉山館文鈔》中，有〈李墨

莊使琉球記序〉一文，經對照後，發現彼此之間「相同及相似之處甚多」，並且將相關的部分列錄出來，遂推論「作偽者大概得到一部原刻本的使琉球記，卷首有楊芳燦這篇序，據以改寫，好多句子都照抄了。」陳先生並且指出，〈中山記歷〉在記事上的一個大紕漏，就是作偽者揉合了使琉球記跟楊芳燦序言的文字，而沒有注意到穿插之間，造成了琉球先國王尚穆卒年的誤解。[86]

陳毓羆先生的考證與推論，都是十分正確的。陳先生根據李鼎元的《使琉球記》所述：

> 乾隆五十有九年甲寅四月八日，琉球國中山王尚穆薨；世子尚哲先七年卒。世子〔孫〕尚溫取具通國臣民結狀，於嘉慶三年戊午八月，遣正使耳目官向國垣、副使正議大夫曾謨進例貢，表請襲封。四年二月，福建〔巡〕撫臣汪志伊以聞，禮部上其議。[87]

還有引用趙新的《續琉球國志略》卷一〈國統〉中所記載的資料說：

> 尚穆，尚敬長子，乾隆四年生，十七年立，二十一年受封，五十九年薨，孫尚溫嗣。
> 尚哲，尚穆長子，乾隆二十四年生，五十三年卒，未及立。
> 〔尚哲二子，乾隆四十九年生，六十年立，嘉慶五年受封，八

---

86 陳毓羆：《沈三白和他的《浮生六記》》（臺北：大安出版社，1996年），頁69-70。

87 陳毓羆：《沈三白和他的浮生六記》（臺北：大安出版社，1996年），頁69-70。文中加括弧的字，世【子】是世「孫」之誤，又漏【巡】撫之「巡」字。原文根據臺灣文海出版社所印行之《近代中國史料叢刊》第四十八輯，師竹齋藏板《使琉球記》頁9。師竹齋就是李鼎元的書齋號，此當是《使琉球記》原版。

年薨，子尚成嗣。〕[88]

除了陳毓羆先生所引以為證據的資料之外，其實還有琉球國自己所記載的《中山世譜》，該譜中對尚穆、尚哲、尚溫等人的生平行事，尤其是與中國相關的事件，記載特詳細。譜中記說：

> **尚穆王**：童名思五郎金，乾隆四年己未三月二十六日降誕。……五十九年甲寅四月初八日薨，在位四十三年，壽五十六，葬于玉陵。[89]
>
> **尚哲王**：（小註：尚哲王以世子薨，未及即位，止以正統之重，追尊稱王。）童名思德金，乾隆二十四年己卯五月出六日降誕。父尚穆王，……長子尚法，……次曰尚溫，……次曰尚洽，……次曰尚灝。五十三年戊申八月二十日薨，壽三十，葬于玉陵。[90]
>
> **尚溫王**：童名思五郎金，乾隆四十九年甲辰二月初一日降誕。父尚哲王（小字註：尚溫係第二子）…。大清乾隆六十年乙卯即位。（乾隆）七年壬戌，…本年七月十一日薨，在位八年，

---

88 陳毓羆：《沈三白和他的浮生六記》（臺北：大安出版社，1996年），頁70。文中有括弧處，乃陳先生或排版時所漏【尚溫】二字，如無此二字，則前後文義不明，不能通讀。原文是：「尚溫：尚哲二子，……。」自成一段落。原文根據趙新《續琉球國志略》（北京：北京圖書館，《國家圖書館藏琉球資料彙編》，2000年10月），下冊，總頁201中文句。而趙新的資料，當是抄錄自齊鯤、費錫章同名書《續琉球國志略》（北京：北京圖書館，《國家圖書館藏琉球資料續編》，2002年10月），上冊，卷一〈國統〉，頁33，總頁381。文字完全相同。

89 抄本《中山世譜》（北京：北京圖書館，《國家圖書館藏琉球資料續編》，2002年10月），下冊，卷10，頁315、365。

90 抄本《中山世譜》（北京：北京圖書館，《國家圖書館藏琉球資料續編》，2002年10月），下冊，卷10，總頁371-372。

　　壽十九，葬于玉陵。[91]

這在在都可以說明尚穆、尚哲、尚溫的生卒年，跟李鼎元、齊鯤、趙新等人的記載相同。

　　按〈中山記歷〉裡的首段文字主要根據楊芳燦的序文架構而來。楊芳燦的序文說：

> 《使琉球記》者，賜一品服中書舍人副使**李和叔先生**所輯也。洪惟聖神御寓，遐邇來王，熙皞之化既成，醇釀之德斯布。嬰璅璺琤，執壤奠者四方；鯤鯨彗濤，慶晏靜者八極。標若華於東道，置戴勝於西門，委炎火於南垂，棲燭陰於北陸。提封無外，振古罕聞。琉球者，雜常之附枝，麟洲之小水。歲貢方物，世為藩臣。

> 嘉慶四年，歲在己未，故國王尚穆世孫尚溫表請襲封。聖主懷柔遠藩，錫以恩命，臨軒召對，特簡儒臣。於是趙介山先生充正使，**先生副焉**。賜麟蟒服，奉典冊以行禮也。先生學該眾流，識洞九變；乘風破浪，遂其壯懷。浮槎貫月，符其吉夢。茲迺握英篿之節，被織成之衣，鷁首乘雲，蛻旌耀日；精誠自矢，寧同虛誓。怨祈忠信可憑，何慮持衰不謹。天威所被，靈貺畢昭。**祥飆送騮，神魚扶舳**，魦潯鰍渚，清瀾鏡澄，伏鱗昇魵，采色錦絢，無蛟鼉之患，颾風日之災。凡六晝夜，徑達所居。前驅負弩，夾道焚香。國王稱娖以迎，陪臣黎收而拜。先

91　抄本《中山世譜》（北京：北京圖書館，《國家圖書館藏琉球資料續編》，2002年10月），下冊，卷11，總頁373、406、407。

生迺宣揚恩意，砥屬清操，俾海邦懷德，知中國之有聖人；荒服觀型，識大朝之多君子。銜命而出，成禮而還，往來利涉，重險如夷，前此所未有也。

爰自始事，及遵歸途，循天曲日術之法，比年經月緯之例；**凡所目擊，咸登掌錄**。每當星館宵靜，風簾晝清，黃車使者，博採方聞；組帶儒生，能獻舊典；詢軼事於虎監，寫遺經於奇然。偶搜奧義，如獲珠船；廣集散材，待搆雲屋。遂迺表**士女之風節，載官司之典章，志山水之麗崎，記物產之瓌怪**。油素四尺，鉛槧千言，**文不矜奇，事皆紀實**。昔騫、英鑿空，未聞著撰之工，酈、桑好奇，徒囿方隅之見。若夫出宙合之外，覽**瀴溟之勝，以今方古，殆過之矣**。是記也，王會有篇，職貢有志；彰國家之盛美；歸義有表，樂德有歌，嘉遠人之賓服。軿軒有采，皇華有述，勤使臣之職業。三善記備，九能共推；公之藝林，永以**傳信**。不揣檮昧，敬為序引。**自知淺見，甘貽測海之嗤**；徒罄褊詞，終媿懸河之目。嘉慶七年季春，金匱楊芳燦序。[92]

上列楊芳燦序文中，以粗體所標示的文字部分，就是〈中山記歷〉所截取運用的部分。當然，其中有一些語句，在次序上被挪移過，如「遂迺表士女之風節，載官司之典章，志山水之麗崎，記

---

92 楊芳燦：〈文鈔〉，《芙蓉山館全集》（上海：上海古籍出版社，《續修四庫全書》，冊1477，1995年），卷3，頁2，總頁181-182。此文又見於師竹齋藏板《使琉球記》（臺北：文海出版社印行，《近代中國史料叢刊》第四十八輯，〈序〉，頁1-2）。其中「國王尚穆」之前有一「故」字，按文義而言，應當有之。本段引文採用師竹齋藏板《使琉球記》前之序文，括弧內文字，即二者不同之處。

物產之瓌怪」，〈中山記歷〉剪移成「志山水之麗崎，記物產之瑰怪，載官司之典章，表士女之風節」；還有的被簡省了，如「茲迺握英蕩之節」縮節成「蕩節以行」；有一些被改寫過，如「自知淺見，甘貽測海之嗤」被改寫為「自慚譾陋，甘貽測海之嗤」等，還有是利用序文的語詞來造句，如，利用「公之藝林，永以傳信」、「昔騫英鑿空，未聞著撰之工」都是說有關著作的意思，於是就造出「要堪傳信，或勝鑿空之說」的語句了。凡此都可見抄襲之跡。以上所述，想當然陳毓羆先生都有所見。

陳毓羆先生推測「作偽者大概得到一部原刻本的《使琉球記》，卷首有楊芳燦這篇序」這個推測也是十分準確的，不過，陳毓羆先生沒有想辦法去找一本原刻本的《使琉球記》來看，就有點失策了，因為〈中山記歷〉首段文字裡，有一些材料就是從原刻本師竹齋藏板的《使琉球記》出來的。〈中山記歷〉說：「李和叔先生名鼎元，綿州人，官內閣中書，副焉」，其中「綿州人，官內閣中書」這兩句話，就是從原刻本裡來的。原刻本的《使琉球記》裡，在每一卷的最前面，都標示有「欽命冊封琉球副使，賜正一品麟蟒服，內閣中書、前翰林院檢討，綿州李鼎元撰」的字樣；偽作者之所以用「內閣中書」而不用楊芳燦說的「中書舍人」官銜，顯然是鈔自原刻本中的資料；而他知道李鼎元是「綿州人」，也是從這裡得來的，這更可以證明陳先生的推測是準確的。

陳先生指出這一段文字是「揉合了《使琉球記》和楊芳燦的〈序〉」，基本上是正確的，不過，他只針對「琉球國中山王尚穆薨，世子尚哲，先七年卒」這一節《使琉球記》的文字來說的，而對於其他也是從《使琉球記》中出來的文字，就沒有更精細的說明；何況其中還有另外來源的，也都沒有點明。

對於陳先生認為〈中山記歷〉的偽作者把《使琉球記》「琉球國中山王尚穆薨，世子尚哲，先七年卒」這一節的文字，直接插入楊芳燦序文「嘉慶四年，歲在己未，……世孫尚溫表請襲封」之中，於是造成讀者對琉球國王尚穆、世子尚哲卒年的誤解。筆者以為這當然不錯，不過卻也不是完全正確，因為偽作者可能是把語句解讀為「「嘉慶四年，歲在己未，（因）（琉球國中山王尚穆薨，世子尚哲，先七年卒），（故）世孫尚溫表請襲封」，如此，所插入的文字，就並不顯示時間性，只表示原因而已。另外，熟悉琉球與中國交往歷史的都應該知道，琉球國王的表請冊封，都不會在前王薨逝，新王即位的當年，而是在數年之後。所以，偽作者這樣插入文字語句的處理手法，雖然是有瑕疵，但是並不能就此而說他把尚穆的卒年誤作嘉慶四年，只能說他的語文功力不足，使文句解讀上容易產生歧異罷了。這一點吳幅員先生也有與筆者類似的看法，他說：「這是偽作者不究底細，率爾操觚所致。或說：所稱嘉慶四年，乃指清帝『臨軒召對，特簡儒臣』之年。這自亦一說，姑為聽之；但詞意模稜，定非沈復筆下之文。」[93]可謂先得我心者。

除了以上所述之外，還有「名文楷，太湖人」這一句，出於《使琉球記》卷一「（趙）介山者，安慶府之太湖人，嘉慶元年狀元也」。[94]「繼思遊幕二十年，遍窺兩戒，然而尚囿方隅之見，未觀域外」一段，其中除「方隅之見」、「瀔溟之勝」句出自楊芳燦序文外，其他則取材自〈浪遊記快〉的首段「余遊幕三十年，天下所未到者，蜀中、黔中與滇南耳」。[95]「從客凡五人：王君文誥、秦君元鈞、

---

93 吳幅員：〈《浮生六記》〈中山記歷〉篇為後人偽作說〉，《東方雜志》復刊第11卷第8期（1978年2月），頁69。

94 李鼎元：《使琉球記》，卷一，頁1，總頁11。

95 沈三白著，陶恂若校注：《浮生六記》（臺北：三民書局，2001年），頁55。

繆君頌、楊君華才，其一即余也」一段，乃抄錄《使琉球記》卷一「（二月）二十九日壬子，陰，大風。介山從客三人：王君文誥、秦君原鈞、繆君頌。余從客一人，楊君華才。俱於昨夜至」[96]，只是偽作者把趙介山、李鼎元兩人的從客合起來，再把沈三白加上去罷了。

在〈中山記歷〉裡，除了首段以楊芳燦的序文為主要材料之外，尚有文中五月初二日的記事裡，有一段描述「五色慶雲」的文字說：

> 初二日，午刻，移泊鼇門。申刻，慶雲見於西方，五色輪囷，適與樓船旗幟上下輝映，觀者莫不嘆為奇瑞。或如玄圭，或如白珂，或如靈芝，或如玉禾，或如絳綃，或如紫紵，或如文杏之葉，或如含桃之顆，或如秋原之草，或如春湘之波。向讀屠長卿賦，今始知其形容之妙也。[97]

其中「莫不嘆為奇瑞」以前的部分，係鈔自《使琉球記》的[98]；從「或如玄圭」至「或如春湘之波」一節，作者自己已經說出是出自屠長卿的賦作。

屠長卿，名隆（1543-1605），字長卿，一字緯真，號赤水，浙江鄞縣人。生於明世宗嘉靖二十一年，卒於明神宗萬曆三十四年，是明朝的文學家、戲曲家。舉萬曆五年進士，除潁上知縣，調青浦，時招名士飲酒賦詩，縱遊九峰三泖而不廢吏事。遷禮部主事、郎中等官

---

96 李鼎元：《使琉球記》（臺北：文海出版社，《近代中國史料叢刊》第四十八輯，據師竹齋藏板印行），卷一，頁11，總頁29。

97 沈三白著，陶恂若校注：《浮生六記》（臺北：三民書局，2001年），頁82。

98 李鼎元：《使琉球記》（臺北：文海出版社，《近代中國史料叢刊》第四十八輯，據師竹齋藏板印行），卷三，頁2，總頁108。

職，後罷官回鄉。家貧，賣文為生以終。有《鴻苞》、《考槃餘事》，《游具雜編》、及《由拳》、《白榆》、《采真》、《南遊》諸集。尤其精通曲藝，著有《彩毫記》、《曇花記》、《修文記》等劇作。有異才，《明史》載其「落筆數千言立就」，「詩文率不經意，一揮數紙」。《明史》卷288有傳。屠隆有〈五色雲賦〉，見載於四庫全書總集類《御定歷代賦彙》卷六，其中描摹「五色雲」的一段說：

> 何彼卿雲，爛焉以巨；迴合朗映，皦日微吐。蔽天者半，厥色惟五，厥狀瑰麗，玄黃雜組。或如玄圭，或如白珂，或如靈芝，或如玉禾；或如絳綃，或如紫紵；或如文杏之葉，或如含桃之顆，或如秋原之草，或如春湘之波。

這一段〈五色雲賦〉的文字，正好跟「慶雲五色輪囷」相類；而且，在《使琉球記》裡，李鼎元曾說「因作頌以紀之」，所以，偽作者也相應地引用屠隆的〈五色雲賦〉來比況，亦可謂用心造作了。

很多學者可能以為偽作〈中山記歷〉者所根據的資料，不外乎李鼎元的《使琉球記》而已。不過，據筆者所考，偽作者應該還有另外有關琉球國的文獻材料，這可以從以下一段文字裡看出來。〈中山記歷〉寫到有關琉球久米村時說：

> 久米官之子弟，能言，教以漢語；能書，教以漢文。十歲稱「若秀才」，王給米一石，十五薙髮，先謁孔聖，次謁國王，王籍其名，謂之「秀才」，給米三石。長則選為通事，為國中文物聲名最，即明三十六姓後裔也。那霸人以商為業，多富室。明洪武初，賜閩人三十六姓善操舟者，往來朝貢。國中久

米村，梁、蔡、毛、鄭、陳、曾、阮、金等姓，乃三十六姓之
裔，至今國人重之。[99]

在「多富室」之前跟「國中久米村」以後的文字是從《使琉球記》裡
鈔來的，前面已經對比過了，然而「明洪武初，賜閩人三十六姓善操
舟者，往來朝貢」這一小節，卻是李鼎元《使琉球記》裡所沒有的。
那麼偽作者是如何得知這樣正確的知識呢？這就當然是另有來源。筆
者發現這資料應該是從明朝鄭若曾所著的《琉球圖說》中得來的。
《琉球圖說》記載說：

> 明洪武初，行人楊載使日本，歸道琉球，遂招之。其王首先歸
> 附，率子弟來朝。太祖嘉其忠順，賜符印章服，及閩人之善操
> 舟者三十六姓，令往來朝貢。[100]

其實類似的記載在周煌的《琉球國志略》裡也有，不過文字相異較
大。[101]而且，鄭若曾的書版行已久，《四庫全書》裡也有收錄，[102]所
以，應該比較容易尋得。由此可以證明，偽作者所根據作偽的材料，
是不止李鼎元的《使琉球記》的。

在〈中山記歷〉中，還有幾段文字，明顯地是從前四記裡取材，
移錄剪輯而來的。茲列舉分析如下：

---

99 沈三白著，陶恂若校注：《浮生六記》（臺北：三民書局，2001年），頁92。
100 鄭若曾：《琉球圖說》（北京：北京圖書館，《國家圖書館藏琉球資料匯編》上冊，
　　2000年10月），總頁1110。
101 周煌：《琉球國志略》（北京：北京圖書館，《國家圖書館藏琉球資料匯編》中冊，
　　2000年10月），總頁702、710。
102 鄭若曾：《鄭開陽雜著》（臺北：商務印書館，《文淵閣四庫全書》，史部，地理
　　類，邊防之屬），卷七。

初四日，亥刻起碇，乘潮至羅星塔。海闊天空，一望無際。余
婦芸娘，昔遊太湖，謂得見天地之寬，不虛此生；使觀於海，
其愉快又當何如！[103]

這段文字裡「海闊天空，一望無際」兩句，出於〈浪遊記快〉「循
塘東約三十里，名尖山，一峰突起，撲入海中；山頂有閣，匾曰『海
闊天空』，一望無際，但見怒濤接天而已。」[104]。「余婦芸娘」一
句，出於〈浪遊記快〉「余擇一雛年者，身材狀貌有類余婦芸娘，而
足極尖細，名喜兒」[105]，像這樣的一個普通稱謂，偽作者都不肯逾
越前規，亦步亦趨，真是小心得很呢！而「昔遊太湖，謂得見天地
之寬，不虛此生」句，則是來自〈閨房記樂〉裡，沈三白跟芸娘同
遊太湖時的情景，「解維出虎嘯橋，漸見風帆沙鳥，水天一色。芸
曰：『此即所謂太湖耶？今得見天地之寬，不虛此生矣！想閨中人有
終身中能見此者！』」就在這一小段文字裡，偽作者就截取了前記
的三處文句來拼湊，其用心可知。

國俗自八月初十至十五日，並蒸米，拌赤小豆，為飯相餉，以
祭月，風同中國。是夜，正副使邀從客露飲，月光澄水，天色
拖藍，風寂動息，潮聲雜絲肉聲，自遠而至，恍置身三山，聽
子晉吹笙，麻姑度曲，萬緣俱靜矣。宇宙之大，同此一月，回
憶昔日蕭爽樓中，良宵美景，輕輕放過，今則天各一方，能無
對月而興懷乎。[106]

103 沈三白著，陶恂若校注：《浮生六記》（臺北：三民書局，2001年），頁83。
104 沈三白著，陶恂若校注：《浮生六記》（臺北：三民書局，2001年），頁61。
105 沈三白著，陶恂若校注：《浮生六記》（臺北：三民書局，2001年），頁65。
106 沈三白著，陶恂若校注：《浮生六記》（臺北：三民書局，2001年），頁101。

這段在「萬緣俱靜矣」之前，是鈔《使琉球記》的。至於「宇宙之大，同此一月」兩句，取自〈閨房記樂〉沈三白跟芸娘在七夕拜天孫時所說的話，原文說「是夜月色頗佳，俯視河中，波光如練，輕羅小扇，並坐水窗，仰見一飛雲過天，變態萬狀。芸曰：宇宙之大，同此一月，不知今日世間，亦有如我兩人之情興否？」[107]而「回憶昔日蕭爽樓中，良宵美景，輕輕放過，今則天各一方」句，是來自〈閑情記趣〉的，原本是寫沈氏夫婦在蕭爽樓中，跟諸畫家、朋友交往，事後的一番感慨，被挪用到這裡來，原文是「更有夏淡安、揖山兩昆季，並繆山音、知白兩昆季，及蔣韻香、陸橘香、周嘯霞、郭小愚，華杏帆、張閒憨諸君子，如梁上之燕，自去自來。芸則拔釵沽酒，不動聲色，良辰美景，不放輕過。今則天各一方，風流雲散，兼之玉碎香埋，不堪回首矣！」這裡文句偽作者作了些改動，把「良辰」改為「良宵」，將「不放輕過」反說成「輕輕放過」，以表示追悔、珍惜之意。

> 此邦有紅衣妓，與之言不解，按拍清歌，皆方言也。然風韻亦正有佳者，殆不減憨園。近忽因事他遷，以扇索詩，因題二詩以贈之。[108]

這一段因談紅衣妓而聯想到憨園，然偽作者用「風韻」一詞來作為品評女子的標準，這也是從前面的〈閨房記樂〉來的。〈閨房記樂〉說：「乾隆甲寅七月，余自粵東歸。有同伴攜妾回者，曰徐秀峰，余之表妹婿也。豔稱新人之美，邀芸往觀。芸他日謂秀峰曰：『美則美矣，韻猶未也。』秀峰曰：『然則若郎納妾，必美而韻

---

107 沈三白著，陶恂若校注：《浮生六記》（臺北：三民書局，2001年），頁10。
108 沈三白著，陶恂若校注：《浮生六記》（臺北：三民書局，2001年），頁99。

者？』芸曰：『然。』」後來芸娘見到憨園，與之同遊談心，「歸家
已三鼓，芸曰：『今日得見美而韻者矣，頃已約憨園明日過我，當為
於圖之。』」[109] 可知芸娘對女子的審美標準就是「韻」，所以，作偽
者就特意以「風韻」一詞來描寫紅衣妓，以呼應前記的用詞風
格，這明明就是刻意的造作。

> 是夜修家書，以慰芸之懸系，而歸心甚切。猶憶昔年，芸嘗謂
> 余：「布衣菜飯，可樂終身，不必作遠遊。」此番航海，雖奇
> 而險，瀕危幸免，始有味乎芸之言也。[110]

這一段文字是回應〈閨房記樂〉所說的。在沈三白夫婦遷居倉米巷一
段時間後，芸娘對三白說：「他年當與君卜築於此，買繞屋菜園十
畝，課僕嫗，植瓜蔬，以供薪水。君畫我繡，以為詩酒之需。布衣菜
飯，可樂終身，不必作遠遊計也。」[111] 而沈三白對芸娘的話十分贊同
呢。而偽作者移接於此，作為沈三白琉球遊歷後的感慨，真可謂恰到
好處，無懈可擊啊。

　　根據計算，〈中山記歷〉的文字數約11296個，如果除去抄自李鼎
元《使琉球記》的部分，十二首〈竹枝詞〉、屠隆〈五色雲賦〉、鄭若
曾《琉球圖說》，以及根據前四記而來的文字語句，就只剩下約300字
可能是出自偽作者的手筆，而這約300字的內容，都是些起頭結尾、
連詞語助的語句、語詞。也就是說，真正出於偽作者手筆的文字，只
佔全篇文字約2.7%而已，真是令人吃驚啊。

109　沈三白著，陶恂若校注：《浮生六記》（臺北：三民書局，2001年），頁20、21。
110　沈三白著，陶恂若校注：《浮生六記》（臺北：三民書局，2001年），頁106-107。
111　沈三白著，陶恂若校注：《浮生六記》（臺北：三民書局，2001年），頁17。

四　沈復隨冊封使赴琉球考異

（一）前人對沈復赴琉球考

　　從今本《浮生六記》中的〈中山記歷〉既然是後人所偽作的，那沈復到底有沒有到過琉球，自然就是個疑問。如果沒有，那「中山」可能就不是琉球；如果真的有去過，那是在甚麼時候去的呢？這些都是有待考證的問題。

　　其實這個問題在《浮生六記》後兩記出現之前，已經在考驗學者的思辨力；而在後兩記出現之後，被證明是偽作之前，也傷了不少學者的腦袋。前清光緒三年，楊引傳在蘇州冷攤得到《浮生六記》的抄本，六記已經缺了最後兩記，只留下〈中山記歷〉、〈養生記道〉的兩個篇目。根據楊引傳所作的序文說他本來連沈復是誰都不知道，只從記文裡知道著者姓沈號三白；楊引傳本來也不知道所謂〈中山記歷〉所指是甚麼地方，直到他的妹婿王韜寄示了陽湖管貽葄所寫的《浮生六記》六絕句，才知道所亡的〈中山記歷〉所指的是曾經到過琉球。[112]即使管貽葄的詩已經說「中山風土記皇華」了，而林語堂先生在他的《浮生六記》英譯序文裡，還是說：「由管貽萼（葄）的詩及現存回目，我們知道第五章是記在臺灣（Formosa）的經歷。」[113]他指「中山」為「臺灣」，顯然是誤解。在大陸，還有人認為「中山」是

---

112 沈三白著，陶恂若校注：《浮生六記》（臺北：三民書局，2001年）〈原序〉頁1，楊引傳所作序言。

113 林語堂：《浮生六記‧英譯本序》，《人間世》（1935年11月），資料來源：博爾塔拉教育電子圖書資料：《林語堂書話》，網址：http://www.xjbzedu.gof.cn/ebook/t0112/0295.pdf。

其他地方而不是琉球國的呢！[114]

中山指的是琉球，是毫無疑問的。因為琉球在較早時，曾經分為三個國家，除中山外，還有山南、山北兩國；後來中山併山南、山北而為一國，於是其國王世稱「中山王」，國史也叫做《中山世譜》、《中山世鑑》；後來就以「中山」泛指琉球。在明、清兩朝派遣使者到琉球國冊封，回來所做的記錄文字，也是中山、琉球互用無別。如明朝胡靖的《琉球記》，書後所附的詩稱為《中山詩集》；林麟焻在琉球寫了〈中山竹枝詞〉；徐葆光的使記名為《中山傳信錄》，周煌的使記稱作《琉球國志略》，李鼎元的也叫做《使琉球記》。所以，琉球國可以稱中山，〈中山記歷〉所指的就是琉球國，應該是沒有疑問的。

那沈復有沒有到過琉球國呢？如果光從《浮生六記》所存的篇名是不能證明甚麼的，因為很可能只是擬題，未必就真的去過。因此有人提出沈三白未去琉球，也沒有寫出後兩記。[115]不過，這種說法很快就不攻自破了，因為管貽葄的《浮生六記》六絕句的標題，在他的《裁物象齋詩鈔》裡，原本是〈長洲沈處士三白以《浮生六記》見示，分賦六絕句〉可見他是看過完整的《浮生六記》，並且分別為每一記賦絕句一首的；其中第五首說「瀛海曾乘漢使槎，中山風土記皇華」，就說明中山在海外，王韜把這些詩寄給楊引傳，楊引傳也就知

---

114 陳玉珍：〈漫談《浮生六記》〉（文學漫步），頁20、21。以為中山不止可指琉球，在我國很多地方，都名為中山。如今日河北定縣，即是古代戰國初期的中山國所在。在陝西淳化東南地區，《史記》也稱之為中山。在今日江蘇溧水縣境內，亦即古之宣州，韓愈〈毛穎傳〉說「毛穎者，中山人也」的中山。並以為最有可能的，就是古宣州的中山。

115 參見陳玉珍：〈漫談《浮生六記》〉（文學漫步），頁20、21。另外，臺灣易持恆撰文：〈《浮生六記》質疑〉，《藝文誌》第203期（1982年8月），頁50。文中即提出沈三白可能沒有寫出〈中山記歷〉與〈養生記道〉的後兩篇。

道中山就是琉球了。這足以證明沈三白真的到過琉球，也寫出了完整的〈中山記歷〉。

一九七五年香港《索故》雜誌第三十九期，莊練寫了一篇〈關於沈三白〉一文，莊練從石韞玉（琢堂）的《獨學廬三稿・卷三・晚香樓集》，以及顧翰的《拜石山房詩鈔》中，找到了證據證明沈復的確曾經到過琉球。[116]在石韞玉的《獨學廬三稿・晚香樓集・卷三》裡，在嘉慶十五年有〈題沈三白琉球觀海圖〉詩一首，詩裡說：

> 中山瀛海外，使者賦皇華。亦有乘風客，相從貫月槎。鮫宮依佛宇，龍節出天家。萬里波濤壯，歸來助筆花。

這首詩是不可能偽作的，因此可以證明沈三白曾經赴琉球。至於顧翰的《拜石山房詩鈔》卷上，有〈壽沈三白布衣〉詩，詩裡說：

> 昔聞沈東老，家貧樂有餘；床頭千斛酒，架上萬卷書。我觀三白翁，蹤跡毋乃是。無必木榮利，不肯傍朝市。當年曾作海外遊，記隨玉冊封琉球。風濤萬里入吟卷，頓悟身世如浮漚。人生得失等毫髮，一意率真非放達。橋邊孺子呼進履，當代大臣來結轍。偶因幣聘來雉皋，十年幕府主青袍。買山無貲去歸隱，腸繞吳門千百遭。吳閶門，虎丘寺，高道明僧日栖止。朝君結屋相往來，拊掌一笑林花開。贈君以湘江綠筠之杖，醉君

---

116 楊仲揆：《琉球古今談──兼論釣魚臺問題》（臺北：商務印書館，1990年12月初版）中第十九章〈《浮生六記》第五記〈中山記歷〉真偽考──〈中山記歷〉與李鼎元《使琉球錄》對照研究〉裡，第二小節〈作者沈復真的到過琉球嗎？〉文中引述莊練先生文章的觀點，總頁427-429。該文原稿發表於一九八二年十二月《藝文誌》中。

　　以幔亭紫霞之杯。腰纏不羨揚州鶴，歲歲同看鄧尉梅。

從這首詩也可以確定沈復的確曾到過琉球。顧翰的弟弟顧翃在嘉慶十
五年為顧翰的《拜石山房詩鈔》寫序一篇，這個時間點跟石韞玉為沈
三白寫〈題沈三白琉球觀海圖〉詩相當；可見沈復在嘉慶十五年之
前，一定到過琉球。不過，在嘉慶十五年之前，沈三白只有兩次機會
隨冊封使赴琉球，一是嘉慶五年隨趙文楷、李鼎元前往，另一次是嘉
慶十三年隨齊鯤、費錫章出使。

　　陳毓羆先生在一九八三年九月發表〈《浮生六記》足本考辨〉一
文，[117]對這個問題作了更周密的考察，後來這篇文章收入他的《沈三
白和他的《浮生六記》》一書中[118]。陳先生的考證中，舉了四個證據
來證明沈復曾經親至琉球，其中石韞玉的〈題沈三白琉球觀海圖〉
詩、顧翰的〈壽沈三白布衣〉詩、管貽葄的〈《浮生六記》分題六絕
句〉，都是前人所已經指出的，陳先生所增加的根據是沈三白在琉球
寫的兩首七言律詩，見於《元和縣志》。一首題為〈望海〉，詩裡說：

　　行到千山欲盡頭，驚看巨浪拍天浮。翠螺遠點群峰曉，鐵馬喧
　　騰萬里秋。亭古三間倚峭壁，堤長一帶束橫流。始知疊巘重重
　　處，鎖鑰東南第一洲。

另外一首題為〈雨中遊山〉，詩句說：

---

117 陳毓羆：〈《浮生六記》足本考辨〉，《文學遺產》增刊第15輯（北京：中華書局，
　　1983年9月）

118 陳毓羆：《沈三白和他的《浮生六記》》（臺北：大安出版社，1996年第一版），頁
　　51-81。由於陳毓羆先生原論文無法取得，因此，本書所根據的就是陳氏是書。

大瀛雲水漫丹邱，海外人來天外遊。寒雨滿城無過雁，荒潭抱
墊有潛虯。招搖北極如橫帶，控制南閩等掣甌。醉倚移情臺畔
石，蕭蕭落木送殘秋。

其中〈望海〉一詩所描寫的景色，對照徐葆光《中山傳信錄》、李鼎
元的《使琉球記》，都可見所寫的的確是琉球臨海寺附近的景致。這
更可以證明沈三白到過琉球是真確的。[119]

　　以上的證據確已經足夠證明沈復曾經到過琉球，然而沈三白究竟
何時到琉球的呢？是嘉慶五年？還是嘉慶十三年？以上的證據對這一
個疑問而言，就時間來說，雖然可以作出偏向十三年的那一次的判
斷，不過，照邏輯思維來說，並不能完全排除五年那次的機率。這個
時間點的問題，對於研究沈三白的學者來說，是個關鍵點，所以每一
位學者幾乎都曾經努力探討過，並且有自己的判斷。

　　前文說過，莊練先生舉出石韞玉的〈題沈三白琉球觀海圖〉詩，
以及顧翰《裁物象齋詩鈔》裡的〈壽沈三白布衣〉詩，時間都在嘉慶
十五年，所以莊練推論沈三白是在嘉慶十三年隨齊鯤、費錫章前往琉
球的。[120]

　　吳幅員在所撰〈《浮生六記》〈中山記歷〉篇為後人偽作說〉一文
裡，先生以為，按照〈浪遊記快〉文末曾記：「至丁卯秋，琢堂降官
翰林，余亦入都。」丁卯是嘉慶十二年，沈復年四十五歲；這一年沈

---

119 陳毓羆：《沈三白和他的《浮生六記》》（臺北：大安出版社，1996年），頁55-58。
120 楊仲揆：《琉球古今談——兼論釣魚臺問題》（臺北：商務印書館，1990年12月初
　　版）中第十九章〈《浮生六記》第五記〈中山記歷〉真偽考——〈中山記歷〉與李
　　鼎元《使琉球錄》對照研究〉裡，第二小節〈作者沈復真的到過琉球嗎？〉文中
　　引述莊練先生文章的觀點，總頁427-429。

復隨同石韞玉到北京，剛好這一年清廷要派遣齊鯤、費錫章冊封琉球
中山王尚灝，翌年（十三年）至琉球完成冊封典禮；沈三白去琉球，
最有可能的機會就是隨齊鯤、費錫章前往。吳先生還根據《浮生六
記》前四記的記述起迄時間是有先後順序的這點，認為〈中山記歷〉
既然在〈浪遊記快〉之後，而〈浪遊記快〉終止於嘉慶十二年，那麼
中山記歷所記是十三年的事，不就順理成章了麼！所以吳先生推論沈
三白赴琉球是在嘉慶十三年。[121]

　　根據揚州大學文學院黃強教授撰文〈《浮生六記》百年研究述
略〉指出，大陸有張慧劍先生編著《明清江蘇文人年表》一書，此書
在一九八六年由上海古籍出版社出版，但在書中出版說明裡說：「《明
清江蘇文人年》表是張慧劍先生的遺著，定稿于1965年。」其書中記
載跟沈三白相關的資料，有一條記說：

> 嘉慶十二年（1807）元和沈三白到北京，隨使節出使琉球；歸
> 後錄所見聞，撰〈中山記歷〉一卷（《浮生六記》序）。元和沈
> 三白此際作〈琉球觀海圖〉（《獨學廬三稿》三）[122]

張先生在《年表》裡沒有任何的論證分析，只有直接的結論，不過明
顯地他把沈三白隨使者至琉球的時間定在嘉慶十二年。張先生的意思
是以為齊鯤、費錫章出使冊封琉球，其實時間始於嘉慶十二年清廷就
已經任命確定，而啟程至琉球成禮復返，則是在嘉慶十三年。

---

121 吳幅員：〈《浮生六記》〈中山記歷〉篇為後人偽作說〉，《東方雜誌》復刊第11卷第8
　　期（1978年2月），總頁78。
122 黃強：〈《浮生六記》百年研究述略〉，《揚州教育學院學報》第24卷第2期（2006年
　　6月），頁4。

　　易持恆先生撰寫〈《浮生六記》質疑〉一文，雖然他提出沈三白可能沒有寫成〈中山記歷〉，然而易先生主張沈三白去過琉球，而且應該是在嘉慶十三年。他的論證之一，就是當初朱劍芒在〈《浮生六記》讀後附記〉一文中所舉出的破綻。朱劍芒說：

> 再〈中山記歷〉內所記，係嘉慶五年隨趙介山使琉球，於五月朔出門，十月二十五日返國，至二十九日始抵溫州。按之〈坎坷記愁〉是年冬間芸娘抱病，作者亦貧困不堪，甚至隆冬無裘，挺身而過；繼因西人登門索債，遂被老父斥逐。剛從海外壯遊回國，且係出使大臣所提挈，似不應貧困至此！又〈浪遊記快〉中遊無隱庵一段，亦在是年之八月十八日；身在海外，決無分身遊歷之理？有這兩個疑問，在初，我總和苕狂先生的意見相同：這個本子究竟靠得住靠不住？是不是和沈三白的原本相同？這真是考證方面一樁最困難的事！」易先生說：「最重要的事後二記的文字內容和日期，與前四記有許多不合情理和矛盾的地方。譬如朱先生所提出的作者遊無隱庵的日期，是在庚申（嘉慶五年）八月十八日，此即反證作者絕無可能隨專使趙文楷出使琉球之事。蓋使琉球是在是年五月初，至是年十月二十九日便返抵國門，前後約半載的時間。作者怎麼會在中途返國於八月十八日與友人遊無隱庵呢？這實在是一個大破綻！

　　易持恆還根據前四記的記事，都是相互提及，互相印證的，因為前四記都是追述回憶的，彼此會有牽連的地方，就會相互提及。而作者在前四記裡卻沒有隻字片言提到隨使往赴琉球的事，所以，後兩記是他人偽造的成分居多。因此，今本〈中山記歷〉所記隨趙介山往封琉球，是不可相信的。不過，從顧翰〈壽沈三白

布衣〉詩以及其他相關資料來判斷，沈三白是可能到過琉球的，但不是嘉慶五年，而是嘉慶十三年。更因為〈浪遊記快〉裡說，沈三白剛好在嘉慶十二年「琢堂降官翰林，余亦入都」，因有這個入都的機會，沈三白才可能隨齊鯤出國前赴琉球的。[123]

　　楊仲揆先生也是主張沈三白在嘉慶十三年到琉球的。他根據莊練先生所提出的證據，進一步作推論說：

> 依我考證，一定是在嘉慶十三年隨齊鯤和費錫章同行。因為，清嘉慶時代冊封琉球，只有嘉慶五年趙、李一次，和十三年齊、費一次。而偽〈中山記歷〉中所稱沈三白隨趙文楷、李鼎元往封琉球之說，諸多矛盾謬誤，前人業已指出，復經我就李鼎元《使琉球記》和偽〈中山記歷〉詳細對照，證實偽記時抄自李氏《使琉球記》。且經我仔細查對趙介山一行的隨員中，絕無沈復其人。故又斷定沈復絕非隨趙介山、李鼎元同往，而係與齊鯤、費錫章同往。推想齊、費奉命於嘉慶十二年冬，石琢堂適與沈三白同在北京。琢堂薦三白為齊或費之從客，因成其琉球之行，是順理成章之事。此時為嘉慶十二年。三白正於八年喪妻，九年喪子，十年喪父；孑然一身，斷梗飄蓬之際，得往琉球，正遂其平生壯遊之願，不亦樂乎。因此，沈復曾否赴琉一問題，可以定案。[124]

不過，楊先生也知道，在齊鯤、費錫章的冊封琉球記錄文字裡，都沒

123　易持恆：〈《浮生六記》質疑〉，《藝文誌》第203期（1982年8月），頁49、50。

124　楊仲揆：《琉球古今談——兼論釣魚臺問題》（臺北：商務印書館，1990年12月）中第十九章〈《浮生六記》第五記〈中山記歷〉真偽考——〈中山記歷〉與李鼎元《使琉球錄》對照研究〉，總頁428、429。

有提及沈三白其人，所以，這個推論並沒有直接的正面證據。

　　一九八○年二月，臺灣河畔出版社印行了《眉批詳註‧浮生六記》一書，該書的眉批是冷凝人所作的，呂自揚註釋。書中在〈中山記歷〉的前段，有冷凝人眉批意見，也是針對這個問題來探討的。冷凝人說：

　　　　其次我們看現刊本的〈中山記歷〉，……是說沈氏於一八○○年五月出發，同年十月二十九日近抵溫州。然細讀其卷四之〈浪遊記快〉，無一字言及他曾有琉球之行。但有一段極可注意。在第八十頁中『余自粵東歸來，館青浦兩載，無快遊可述。未幾芸憨相遇，物議沸騰。芸以憤激致病，余與程墨安設一書畫鋪于家門之側，聊佐湯藥之需』。這一段未寫明年月，然可從第三卷〈坎坷記愁〉中找到蛛絲馬跡。在第四十頁中：『芸生一女，名青君，時年十四，頗知書，且極賢能，質釵典服，幸賴辛勞。子名逢森，時年十二，從師請書。余連年無館，設一書畫鋪於家門內，三日所進，不敷一日所出……，……余如其言……此辛酉正月十六日也』。辛酉為庚申之後一年，可證『芸以憤激致病，余與程墨安設一書畫鋪』之事，即在庚申年（嘉慶五年）。接著〈浪遊記快〉的上一段，沈氏又寫道：『中秋後二日，有吳雲客偕毛憶香、王星爛邀余遊西山小靜室。……返至來鶴，買舟而歸，余繪〈無隱圖〉一幅，以贈竹逸，誌快遊也。……是年冬，余為友人作中保所累，家庭失歡，寄居錫山華氏』。寄居錫山華氏一事，即為庚申之冬。該年芸娘血疾大發，為人繡心經消災，又病體轉增，其次有西人索債，逃債至錫山，均斑斑可考。又云中秋後三日偕友遊西山，則何能於此時又冒出

趙介山，約他往琉球遊歷？況按〈中山記歷〉所寫，五月出發，十二月返國，該年中秋應在琉球度過，且記八月十八日事云：『世傳八月十八日，為潮生辰。國俗，於是夜候潮波上。子刻，偕寄塵至波上』。則同一年八月十八日一為西山之遊，一為琉球之遊，豈非匪夷所思？如琉球之遊為真，則應該是沈氏一生中的一件大事，斷乎會在〈坎坷記愁〉及〈浪遊記快〉中提及，今一字未見，已令人置疑；況中山之遊，不論在嘉慶五年，或嘉慶六年（有人認為沈復記憶有錯），在前四記中均已無安置之處。使今日讀者無法相信為沈氏之原文。[125]

冷凝人的眉批原意是要證明〈中山記歷〉是後人狗尾續貂之作，或者是編者移花接木，而不是討論沈三白在何時前赴琉球的。推想是因為他不曾看到顧翰和石韞玉的詩作吧。然而他的分析，除了「嘉慶六年」之說外，其他的論點是相當合理而正確的，比朱劍芒的說明更詳盡，也可以證明沈三白不可能在嘉慶五年去琉球的。

對於沈三白琉球之行是在甚麼時候這個問題，陳毓羆先生有專門的章節討論。他分析以為沈復一生中，會遇到三次冊封琉球詔命。嘉慶五年（1800）、嘉慶十三年（1808）以及道光十八年（1838）。其中道光十八年那一次，如果沈復還活著，已經七十八歲了，不可能當從客飄洋過海；所以，只有嘉慶五年或者嘉慶十三年。嘉慶五年那一次，整個行程有李鼎元的《使琉球記》作記錄，逐日記事。李鼎元在二月二十九日的記事裡，很清楚地記載了這一行的從客人數以及姓名說：「介山從客三人：王君文誥、秦君元鈞、繆君頌。余從客一人：

---

125 沈復著，冷凝人眉批，呂自揚詳註：《眉批詳註浮生六記》（高雄：河畔出版社，民國69年〔1980〕3月），頁99-103中的眉批文字。

楊君華才。」後來在福州，加入了寄塵和尚跟他的徒弟李香匡，總共
六人，都見於記載，其中並無沈復在內；而沈復之名也不見於李鼎元
的《師竹齋集》中。這顯示沈復其人並沒有在嘉慶五年以從客身份隨
使臣前往琉球。

　　陳先生也跟前面易持恆、楊仲揆、冷凝人等幾位先生一樣，從
〈中山記歷〉與前四記記事相矛盾處著手，找尋其中破綻。陳先生所
舉的第一件事證，就是冷凝人所說的前段，說連年無館，想賣畫維
生，與友人程墨安在蘇州開設了一家書畫舖的事。不過，陳先生的結
論是：「琉球之行在當時人的心目中是件光彩的事，無論如何，其父
不會在他歸里不久就責罵他是『不思習尚，濫伍小人』，更不會要出
首告他忤逆，這是可以斷言的。」這是從情理上作分析的推論，而冷
凝人以為是記事時間上的衝突。陳先生所舉第二件事，也就是朱劍
芒、俞平伯等前輩所指出的無隱庵之遊，跟〈中山記歷〉裡所記在琉
球與寄塵和尚的波上候潮之遊在時間上重疊衝突。朱劍芒先生說嘉慶
五年八月十八日沈復有無隱庵之遊，俞平伯所作浮生六記年表說是該
年八月十七日偕客遊無隱禪院，冷凝人則說是八月十八日有西山之
遊。陳毓羆先生則指出嘉慶五年八月十八日所遊的是來鶴庵，十九日
所遊的才是無隱庵。當然陳先生的說明是最精確的，不過，無論如
何，諸位前輩都看得出沈三白的西山來鶴庵、無隱庵之遊，在時間上
是與琉球波上候潮之遊有明顯重疊衝突的。陳先生還特別指出，沈復
在記其與友人在來鶴庵宴遊的過程描述，是很精細而清楚的，言下之
意就是沈復不可能誤記時日；何況波上候潮一段文字，又與李鼎元
《使琉球記》中八月十七、十八日的記事相同，只有文字稍異，還有
把原來的主角－副使李鼎元－換成沈三白罷了。[126]

---

126 陳毓羆：《沈三白和他的《浮生六記》》（臺北：大安出版社，1996年），頁58-62。

陳毓羆先生最後還列舉三個「旁證」來輔助他的論點。**證據之一**是石韞玉的〈題沈三白琉球觀海圖〉詩；該詩作於嘉慶十五年，陳先生認為從題畫詩的內容和措辭語氣看來，沈復的琉球之行應該是在此前不久的事，而〈琉球觀海圖〉當作於海外歸來不久，印象猶深之時。**證據之二**是《浮生六記》中的〈浪遊記快〉，記述至嘉慶十二年秋天為止，沈復在結尾寫說：「至丁卯秋，琢堂降官翰林，余亦入都。」就在是年初秋，嘉慶帝任名翰林編修齊鯤為正使，工科給事中費錫章為副使，往封琉球王尚灝。石韞玉與齊鯤同在翰林院，很有可能再這時候將隨同入京的沈三白推薦給齊鯤做為隨從人員；這在時間上是吻合的。同時，石韞玉的《獨學廬三稿·晚香樓集》卷二有〈齊北瀛編修惠琉球竹箑，楊補帆為我住翠微圖，詩以謝之〉三首，其中第三首說：「客自琉球國裡回，寄將小扇當瓊瑰。清涼絕勝龍皮扇，如挾風濤海上來。」這首詩作於嘉慶十四年，是齊鯤從琉球歸來後不久。可見石韞玉跟齊鯤是熟悉的，而楊補帆跟沈復也是好友，是蕭爽樓的常客。**證據之三**舉《浮生六記》的前四記記述的時間範圍至嘉慶十二年秋，如果沈復在嘉慶五年曾到琉球，理應在前四記裡有所記述。而現在的前四記裡，沒有一言一字提到沈復前往琉球。因此陳先生認為沈復原來所寫的，現在已經佚失的〈中山記歷〉，應該是專門記述嘉慶十三年去琉球的經歷，在時間次序上，全書的結構上，都是順理成章，極其自然的。

總觀陳先生的論證，其實都是前輩學者所曾經提出的，而陳先生總合起來，作更深入的陳述，加強了論證的效果。

（二）對前人論證的檢討

不過，就以上的諸端論證，是不是就能證明沈三白一定在嘉慶十

三年那一次到琉球國呢？筆者以為還可以作反方向的討論。

第一、就李鼎元在《使琉球記》裡，曾經詳細記述從客的人數與姓名，其中沒有沈復其人。試想，如果沈復隨趙文楷、李鼎元前往琉球，不是以從客的身份，而是以跟丁的身份呢！那就另當別論。沈復雖然能畫畫寫字，但是他的正職是師爺幕僚，總管雜事的；那姓名不在從客之中，就可以理解了。這從後來趙新、于光甲在同治五年（1866）前往琉球冊封尚泰的資料，可以看到一個現象，那些被紀錄姓名的隨從，都是有功名或者特殊專業的。根據琉球大學圖書館所藏《支那冊封使來琉諸記》下卷，所記為趙新、于光甲的隨從人員，記述內容如下：

> 三拾人左敕使方，內
> 壹人：姓林，名齊韶；生國福建侯官縣；當年四拾二才，咸豐辛亥舉人。
> 壹人：姓林，名齊霄；生國福建侯官縣；當年二拾七才，咸豐己未秀才。
> 壹人：醫師，姓蔣，名錫年；生國福建閩縣；當年三拾九才。
> 壹人：阿口通事，姓馮，名朝儀；生國福建閩縣；當年三拾六才。
> 二拾六人為差，藝能無之，故姓名、生國等記不申候。
> 二拾二人右敕使方，內
> 壹人：姓鄭，名琮；生國福建侯官縣；當年三拾六才，同治甲子舉人。
> 壹人：姓戴，名希蒙；生國直隸滄州；當年三拾八才，咸豐辛亥秀才。
> 壹人：醫師，姓林，名紹眉；生國福建侯官；當年五拾歲。

> 壹人：阿口通事，姓王，名秉謙；生國福建閩縣；當年四拾八
> 　　才。
> 十八人為差，藝能無之，故姓名、生國等記不申候。

從這樣的資料來看，趙新帶了三十個隨員，其中有記姓名的只有四個，都是有功名或者有專業得如醫生、翻譯人員；于光甲帶了二十二個隨從，記姓名的大致跟前面的相同。要注意的事「藝能無之」的「為差」者是不記姓名生國的。以此類推，趙文楷、李鼎元出使時，沈三白隨行的身份如果屬於「為差」的話，就不必要記姓名了。沈復一生沒有考取功名，自少習幕，而師爺幕僚人才也是出使者所需要的。況且趙文楷的從客裡，有繆頌其人，是當時極有名氣的畫家；《墨林今話》說：

> 長洲繆頌，號石林散人，編修文子先生曾孫。工詩，善山水，為王二癡弟子，名噪都中。嘉慶壬戌（應是庚申，1800）隨星使往琉球，歸，詩益放縱，畫益超脫。崑山王椒畦極推許之。余昨見水墨一葦，蕭寥數筆，意境宏開；其取法在思翁、壇園間，而別有一種離奇之趣，可喜也。石林夙有心疾，間一發，佯狂落拓，亦以癡自居，其署款輒書癡頌。又聞山塘顧氏歌樓有石林畫梅，橫幅，極工。今不知在否。[127]

從客裡還有王文誥其人，在當時也是有名的文人、學者兼書畫家。《甌鉢羅室書畫過目考》說：

---

127 〔清〕蔣寶齡輯撰：《墨林今話》（臺北：明文書局印行，《清代傳記叢刊》本，冊73），卷七，頁11，總頁201。其中嘉慶壬戌（七年）應為庚申（五年）之誤。

王文誥字純生，號見大；仁和人。嘗獨遊皐亭諸山探梅，愛二松奇古，因號二松居士。畫臻逸品；尋丈大幅，兀傲有奇氣。有《韻山堂集》、《二松庵遊草》。[128]

其實，王文誥不只是一位名畫家、大詩人，還是一名著名的蘇東坡研究的專家學者，著有《蘇文忠公詩編注集成》一百三卷[129]，這部著作在清朝當時就被蘇軾研究學者所推崇備至；而且他還編過一部《唐代叢書》一百六十四種，[130]可見他學識深邃。有這樣的名家學者大畫師在隨行人員當中，沈三白的畫工就不算甚麼了。所以，李鼎元所記從客中沒有沈復的名字，不見得沈復就沒有隨往，而可能是沒有必要記他的名字。

至於〈中山記歷〉裡的記事如遊來鶴庵、無隱庵，跟在琉球的波上候潮有時間上的衝突，這一點在朱劍芒的時候就看到了，但是朱劍芒認為可能是記時上的錯誤，並舉出前四記的記事裡，也有彼此相左的記載。朱劍芒說：

不過我在這首尾完整的本子上，發見兩個小小疑問：一、以前所見不完全的各本，目錄內第六卷是〈養生記道〉，現今這個足本，卻改了〈養生記逍〉。單獨用一「逍」字，似乎覺得生硬。再〈中山記歷〉內所記，係嘉慶五年隨趙介山使琉球，於五月朔出國，十月二十五日返國，至二十九日始抵溫州。按之

128 〔清〕李玉棻撰：《甌缽羅室書畫過目考》（臺北：明文書局印行，《清代傳記叢刊》本，冊74），卷戊下，頁40，總頁503。

129 見〔清〕丁仁輯：《八千卷樓書目》（民國鉛印本，據錢塘丁氏聚珍仿宋版印）卷十五，〈集部・別集類〉，頁16。

130 見劉錦藻輯撰：《清續文獻通考》（民國影印十通本）卷二百七十一，〈經籍考〉下。

〈坎坷記愁〉，是年冬間芸娘抱病，作者亦貧困不堪，甚至隆冬無裘，鋌身而過；繼因西人登門索債，遂被老父斥逐。剛從海外壯遊回國，且係出使大臣所提挈，似不應貧困至此。又〈浪遊記快〉中遊無隱菴一段，亦在是年之八月十八，身在海外，決無分身遊歷之理。有這兩個疑問，在初，我總和茗狂先生酌意見相同：這個本子究竟靠得住靠不住？是不是和沈三白的原本相同？這真是考證方面一樁最困難的事。

近閱俞平伯先生所編〈《浮生六記》年表〉，於卷二、卷四的紀年上，亦竟發見許多錯誤。我從這一點上才明白到作者所作六記，第四卷既係四十六歲新作，五六兩卷寫成當更在四十六歲之後，事後追記，於紀年方面當然難免有錯誤，要說王先生搜得的足本因紀年有不符合的地方，硬說牠是靠不住，那麼，連卷二、卷四也可說是靠不住了，那有這種道理？

朱劍芒所說俞平伯所作《年譜》中，紀年有誤之事，有以下兩處：

乾隆五八年癸丑（1793）

復、芸年三十一。菜花黃時，復偕客游南園。夏六月十八日，夫婦偕游吳江，夕泊舟于萬年橋下，冬十月十日復隨徐秀峰經商於粵，泝大江入江西。至十一月二十二日，復之生日，行抵南安。十二月十五始抵廣州，住靖海門內，在彼度歲。〔注：依卷四之文，「值余三十誕辰」，則入粵當為壬子年事。惟依其他本書之前後文參錯以證，知此句恐有誤。（1）卷二明言菜花黃時，游南園，其時二人正居蕭爽樓。若以入粵屬于壬子年，則此事將無所安插。因壬子之春，復正病于揚州，而芸亦未被

斥逐，無所謂蕭爽樓也。（2）卷二明言復居蕭爽樓一年有半，卷三又言芸居越兩載；若提前了一年，則復居彼只有半年，而芸居彼只有年餘，於此兩證俱不合。（3）卷四明言復在廣州只四月薄遊；故若於壬子年底到，則當於癸丑年初夏行，夏末秋初返蘇。但卷一又云「乾隆甲寅七月，余自粵東歸」。此更可證實復之入粵當在癸丑之冬，而非壬子之冬也。故卷四所謂「三十誕辰」或為「三十一」之誤；或復生日在十一月杪，依足歲計作生日，亦未可知。今不能詳矣。〕

嘉慶九年甲子（1804）
復年四十二。春三月，其父稼夫死，奔喪反蘇。夏，移住禪寺大悲閣。秋七月，隨夏篟卿赴崇明。歸後，九月赴東海永泰沙，十月歸。在夏宅度歲。〔注：此據卷三之文而言。在卷四則云秋八月往東海永泰沙，未知孰是。或此行在八月杪九月初，故記憶不確也。〕[131]

朱劍芒所言，其實也是有些道理的，因為誤記或者誤抄而形成這樣的矛盾衝突，也是有可能的呢！當然，不得不承認的是這樣的辯解，的確有些牽強。

陳先生所舉的三個「旁證」，其中第一個是用石韞玉的〈題沈三白琉球觀海圖〉寫於嘉慶十五年來推斷沈復在十三年去琉球。但嚴格地說，這個證據只能推出沈復在嘉慶十五年之前曾經到過琉球，不一定是十三年，也可能是嘉慶五年。要知道題畫有時候是偶然的機會，

---

131 沈復著，冷凝人眉批，呂自揚詳註：《眉批詳註・浮生六記》（高雄：河畔出版社，民國69年〔1980〕3月）所附俞平伯作〈浮生六記年表〉頁161、163。

剛好情境配合才會題上的。沈復跟石琢堂是總角之交，而且在嘉慶十一年、十二年間，沈復還入了石韞玉的幕，在這期間，沈復難道沒有畫一兩幅畫麼？然而從石琢堂的《獨學廬全集》中，在嘉慶十五年之前，就只有為楊補帆所畫沈復夫婦〈載花小影〉題了一首〈洞仙歌〉詞而已。另外，石韞玉在嘉慶十二年秋，寫了一首〈題陳蓮夫進士倣王石谷山水為楊補帆作〉詩，其中也提到「我不識陳生，楊則神交久。我與沈三白，六法有所受」，[132]說明石韞玉跟沈三白曾經向楊補帆學習繪畫，然而石韞玉題沈三白的畫也就只有那麼一次。假如沈復在嘉慶五年從琉球回來，就畫了有關琉球的畫，一直擱著，到十五年一個偶然機會被石琢堂看到了，於是就在上面題詩，這也是可能的情形。

舉一個對比的例子：石琢堂有一位好友張問陶，字柳門，號船山，自稱老船。四川遂寧人。乾隆五十五年進士。歷任翰林檢討、江南道監察御史，選吏部驗封司郎中。嘉慶十五年出知山東萊州府。歲餘以病辭官，就醫吳門，嘉慶十九年卒，年五十一。張問陶幼有異稟，讀書過目成誦，才情橫溢；所作古文辭奇傑廉勁，尤工於詩。袁枚亦為其才傾倒，延譽有加。當時被推許為蜀中詩人之最。其實張問陶除了工於詩文之外，還長於書法、繪畫，書法近似米芾，而畫風則類似明朝的徐渭。在清朝的書畫著作裡，都會有張問陶船山之名錄。張問陶跟石韞玉是乾隆五十五年同年進士，在《獨學廬全稿》裡，乾隆五十五年就跟張船山有詩歌應答的往還記錄。而張問陶的《船山詩草》裡，在乾隆五十五年庚戌，也有一首〈題蔣夫人小照。自注：同

---

132 石韞玉：《獨學廬全稿・獨學廬三稿》（上海：上海古籍出版社，《續修四庫全書》，集部，別集類，第1466-1467冊，據華東師範大學圖書館藏清寫刻本影印），〈詩〉卷一〈晚香樓集〉一，頁14，總頁495。

年石琢堂之配〉詩。[133] 可見石、張二人的交情甚深。張問陶在嘉慶十八年時稱病歸隱，卜居吳門，也就是石琢堂的家鄉，所以，在《獨學廬全稿》裡，嘉慶十八年的詩作中，有一首〈喜同年張船山太守卜居吳門〉詩。嘉慶十九年，張問陶逝世，石韞玉也寫了〈悼船山同年〉三首、〈題船山遺墨〉詩。而就在張問陶去世後十六年，即是道光十年，石韞玉還了寫一首〈題張船山畫鍾馗送子圖〉詩。石韞玉既然能為去世已經十六年的朋友所畫的畫題詩，為何不可能為總角之交沈復十年前所畫的〈琉球觀海圖〉題詩呢？筆者舉這個例子，旨在說明前人的推論可能有不周延之處。

至於第二個旁證，認為嘉慶十二年石韞玉降官翰林，沈復也隨之入都，剛好碰上朝廷任命齊鯤、費錫章冊封琉球中山王尚灝，所以，可能經石韞玉的推薦，沈復才有機會隨冊封使前往琉球。而從石韞玉的《獨學廬全稿》裡，有石韞玉送齊鯤赴琉球的詩，也有寫齊鯤從琉球回來送琢堂琉球小扇子的詩，更可證明石韞玉跟齊鯤在冊封琉球這件事上的密切關係。從另一個角度來想，有人認為沈復一介布衣，怎麼可能認識身為狀元翰林殿撰的趙文楷呢？如果不透過石韞玉的話，似乎是不太可能的。然而，這種認定是未必然的，也是不周延的，頂多只能推測說如果是石韞玉推薦的話，機會會比較大罷了。其實石韞玉不單止認識齊鯤，也跟李鼎元十分熟絡。在《獨學廬全稿》裡，也有提到李鼎元的詩，〈讀李墨莊員外詩卷書後四首〉說：

> 江上秋山接翠微，使君於此駐驂騑；
> 路人尚識當年貌，曾著麒麟一品衣。

---

133 張問陶：《船山詩草》（臺北：學生書局，《歷代畫家詩文集》，民國64年5月，影印同治甲戌年刻板），卷四，頁18，總頁167。

朱邑桐鄉念未休，錦江消息每沈浮；

無人可話巴山雨，讀子新詩當臥游。

零落長安舊酒人，山邱華屋各沾巾；

忽驚鶴化秦川客，但願耿蘭報未真。

（自註：詩中有哭楊蓉裳之作，不知日月，猶冀其訛傳耳。）[134]

從詩句裡可以感受到石韞玉跟李鼎元認識已經很久了，而且交情深厚。第一首詩裡說「曾著麒麟一品衣」，指的就是李鼎元受命為冊封琉球副使，朝廷所賜「正一品麟蟒服」的榮耀。而第三首詩的自註裡所提及的「楊蓉裳」，就是曾為李鼎元《使琉球記》寫序的楊芳燦。按師竹齋藏板的《使琉球記》，書前有兩篇序言，除了楊芳燦的序外，還有一篇是法式善所寫的序。[135]法式善姓伍堯氏，原名運昌，字開文，號時帆，一號梧門；蒙古正紅旗人。乾隆庚子翰林，官祭酒，書法承旨。工詩，著《素存堂稿》、《槐廳筆記》等。因為他的身份背景關係，在當時詩、文、書、畫壇中是位非常有名氣、有影響力的人。石韞玉跟他非常熟悉，交誼深厚。在《存素堂詩初集錄存》裡，有袁枚、洪亮吉、楊芳燦的序，集中有不少作品與石韞玉、李鼎元、楊芳燦、張問陶有關，石韞玉還為他的詩文作評騭。集中有一組〈詩龕論畫詩〉，其中有張問陶，更有曾隨李鼎元前往琉球的繆頌，他對張問陶、繆頌的描述如下：

---

134 石韞玉：《獨學廬全稿·獨學廬三稿》（上海：上海古籍出版社，《續修四庫全書》，集部，別集類，第1466-1467冊，據華東師範大學圖書館藏清寫刻本影印），〈詩〉卷二，頁20，總頁497。

135 這篇序言，也見於法式善：《存素堂詩初集錄存》（上海：上海古籍出版社，《續修四庫全書》，冊1476，集部別集類，據清嘉慶丁卯刻本影印）《存素堂文集》卷一，頁22，總頁680。篇名為〈使琉球日記序〉。

　　君于詩獨工，作畫本勉強；不過借酒力，一釋胸中癢。

　　然我微窺之，時有出塵想。（張檢討問陶）

　　人癡畫亦癡，其癡不可及。昨冬我出門，抱畫雪中立。

　　酌酒邀君飲，君竟不肯入。（繆處士頌）[136]

詩集裡面在〈詩龕論畫詩〉後，還有〈續論畫詩〉一組，其中有記載〈袁山人沛〉詩。袁沛其人就是沈復居住蕭爽樓時的好友，字少迂，工山水、書法。詩句說：

　　人能寫梧桐，不能寫疏雨。曠心弄寒綠，娟娟紙上舉。

　　江南孤客來，看罷寂無語。[137]

石韞玉在乾隆五十五年就已經認識法時帆了，在《獨學廬初稿》詩目錄卷五裡，就有〈題時帆前輩山寺說詩圖〉、〈答時帆前輩〉兩詩。

　　石韞玉跟張問陶相交之深，在文集理可以看得出來，然而石韞玉跟李鼎元之間就似乎比較少往來；其實不然，如果從張問陶的《船山詩草》來看，就可以看出石韞玉、張問陶、李鼎元三人關係密切。在《船山詩草》裡，有〈送李墨莊鼎元前輩出使琉球〉詩，詩句說：

　　使節中山遠，威儀海外看。星光開浩渺，風力助平安。

　　波靜揚帆易，天空下筆難。銜將君命重，莫作壯遊觀。

　　仙境三山雨，恩榮一品衣。尋常輕地險，咫尺奉天威。

---

136 法式善：《存素堂詩初集錄存》（上海：上海古籍出版社，《續修四庫全書》，冊1476，集部別集類，據清嘉慶丁卯刻本影印），卷八，頁8、10，總頁526、527。

137 法式善：《存素堂詩初集錄存》，總頁530。

紫鳳迎舟拜，黃雲擁詔飛。歸來話滄海，把酒更依依。[138]

當李鼎元從琉球歸來之後，張問陶也為他賦詩一首，詩名〈題李墨莊前輩歸槎圖〉，詩中說：

東海回槎氣象殊，三山揮手隔虛無；
未能為將能為使，也是人間好丈夫。
碧浪紅雲幾萬重，奇詩他日問蛟龍；
一泓海水杯中瀉，我亦能消芥蒂胸。[139]

李鼎元那幅〈歸槎圖〉，不單止請張問陶題詩，也請法式善題詩，在《存素堂詩初集錄存》中，也有〈李墨莊自琉球歸，出泛槎圖索詩〉一首，[140]所指的圖跟張船山所題的應該是相同的一幅畫。

以上所說的種種，其實只是要說明一件事，就是石韞玉跟李鼎元也有極其密切的交往，那麼，石韞玉就有可能介紹沈復給趙文楷、李鼎元當隨從，前往琉球。

在《獨學廬全稿》裡，不單提到李鼎元的詩，還提及寄塵和尚。在〈獨學廬三稿‧文類〉卷四末，有〈寄塵和尚小札跋〉一篇說：

寄塵和尚翰墨妙一時，擘窠大字尤瑰瑋。余視學湘南時，曾來

---

138 張問陶：《船山詩草》（臺北：學生書局，《歷代畫家詩文集》，民國64年〔1975〕5月，影印同治甲戌年刻板），卷十五，頁4，總頁728。

139 張問陶：《船山詩草》（臺北：學生書局，《歷代畫家詩文集》，民國64年〔1975〕5月，影印同治甲戌年刻板），卷十六，頁18，總頁829。

140 法式善：《存素堂詩初集錄存》（上海：上海古籍出版社，《續修四庫全書》，冊1476，集部別集類，據清嘉慶丁卯刻本影印），卷十三，頁1，總頁563。

　　請謁，適鎖院，未之見也。後李鼎元充琉球封使，攜之作中山
　　之游；歸而病，遂死；舍人即葬之於榕城。因為方外，筆墨流
　　傳甚少，此亦雪鴻之一爪而已。[141]

由此可見石韞玉不單只和李鼎元相知，也跟寄塵和尚有因緣。這篇短
文裡就提及李鼎元充琉球封使的事，也知道寄塵和尚在回到中土不久
之後就病死了，還是李鼎元為他安葬的。可見石韞玉與李鼎元等人的
交誼關係是很深的，那麼，石韞玉推薦習幕有成的沈三白給李鼎元作
幕僚從客的工作，也是有可能的。

　　如果再深入探究，更可以發現，沈三白不透過石韞玉的關係，也
有可能跟嘉慶五年前往琉球的正、副使及從客搭上關係的。前面曾經
提到法式善跟繆頌、袁沛本來就認識，繆頌就是嘉慶五年冊封琉球王
的正使趙文楷的從客；而沈復在蕭爽樓時的好朋友，也是經常出現在
石韞玉《獨學廬全稿》裡的畫家楊昌緒－楊補帆，就是繆頌的女婿。
根據《墨林今話》的記載說：

　　　長洲楊補凡昌緒，善山水，兼長士女、花卉。為石林散人館
　　　甥。嘗入蜀，佐福郡王戎幕。至苗疆，飽覽山川奇勝，畫益
　　　工。旋遊武林，客瑯嬛仙館，與諸文士習。自畫鳳凰山下讀書
　　　圖，題詠殆遍，因又號鳳凰山樵。其畫山水於森秀中見渾
　　　厚。……後僑寓揚州小秦淮。性喜揮霍，雖歲入千金，恆不敷

---

141 〔清〕石韞玉：《獨學廬全稿・三稿》（上海：上海古籍出版社，《續修四庫全書》，
　　集部，別集類，第1466冊，據華東師範大學圖書館藏清寫刻本影印），〈文〉卷四，
　　頁22。

所出。往來吳郡，未幾歿。[142]

「石林散人」就是繆頌的號，「館甥」就是女婿的意思。楊昌緒既然是繆頌的女婿，也是沈復的好友，他知道自己的岳父繆頌要隨趙文楷前往琉球，趙文楷應該會想找一些隨從來打點行程上的雜務，而沈復當時生活情況也不太好，亟需要謀一份差事，而他又是嫻熟幕僚工作的人，又知書識畫，雖然功力不如繆頌，亦可備用；因此經由楊昌緒的關係，沈復也有可能隨趙文楷、李鼎元前赴琉球的啊。由於沈復不是趙文楷、李鼎元直接找的從客，所以，李鼎元並沒有記載在從客的名單之中。當然，以上的論述，旨在分析推論沈復在嘉慶五年到琉球的可能性，而不是據此證明沈復真的在嘉慶五年前往琉球。

石韞玉、張問陶、李鼎元、法式善、楊芳燦他們彼此相互熟悉，還可以見於當時其他的學者文人的文集裡。有李鑾宣者（1758-1817），生於乾隆二十二年，卒於嘉慶二十二年。乾隆五十五年中進士。歷任刑部主事、浙江溫處兵備道、雲南按察使、天津兵備道、廣東按察使署布政使事、四川布政權四川總督事，卒於任上。著有《堅白石齋詩集》。集中卷一〈白雲集上〉有〈題法時帆先生山寺說詩圖〉，[143]同樣內容主題的詩也見於石韞玉的《獨學廬全稿·初稿》卷五〈題時帆前輩山寺說詩圖〉[144]。可見李鑾宣跟他們之間，也是很

---

142 〔清〕蔣寶齡輯撰：《墨林今話》（臺北：明文書局印行，《清代傳記叢刊》本，冊73），卷十二，頁9-10，總頁338-339。

143 〔清〕李鑾宣：《堅白石齋詩集》（山西：山西人民出版社，1991年9月），卷之一，頁9。

144 〔清〕石韞玉：《獨學廬全稿·初稿》（上海：上海古籍出版社，《續修四庫全書》，集部，別集類，第1466冊，據華東師範大學圖書館藏清寫刻本影印）〈詩目錄〉，卷五，頁15，總頁222。

熟絡的。《堅白石齋詩集》卷六〈詔南集上〉有〈癸亥十二月十九日坡公生日，法梧門洗馬招集何氏方雪齋懸公像焚香展拜。同集者李墨莊舍人、周駕堂編修、楊蓉裳農部、胡雪蕉水部、陳鍾溪學士、……。〉[145]其中李墨莊就是李鼎元，楊蓉裳就是楊芳燦。卷十四〈不波館集〉上有〈晤石琢堂同年，喜而有作〉詩，詩裡說：

> 早歲文章冠斗魁，晚辭鐘鼎慕蒿萊。誤傳海外坡公死，（自註：前歲在京師，傳聞琢堂已歸道山。蓋因張船山之訃，誤及琢堂也。）失喜吳中甫里來。同榜交游幾人在？卅年懷抱為君開。出山雲與歸田鶴，去住無心莫浪猜。[146]

可見他與石韞玉既是同年進士，也是多年知交，跟張問陶同是詩文同好，惺惺相惜的摯友。

由以上所論，可以看出前輩們所提出的論證，雖然已經具有相當的證據效力，不過並不是必然的鐵證，而是可能性較高，合理性較強的推證而已。

（三）對《耕硯田齋筆記》言沈復於嘉慶五年赴琉球之分析

現在所見的《浮生六記》裡的〈中山記歷〉，分明將沈三白赴琉球的時間定位在嘉慶五年，隨趙文楷、李鼎元前往的。先不管今天的〈中山記歷〉是真是假，作者何以那麼篤定、明確地寫著「（趙）介山馳書約余偕行」，而不顧慮到前四記中在嘉慶十二年秋之前，完全

---

145 〔清〕李鑾宣：《堅白石齋詩集》（山西：山西人民出版社，1991年9月），卷六，頁159。
146 〔清〕李鑾宣：《堅白石齋詩集》（同前註版），卷十六，頁458。

沒有提及前往琉球的事這個很可能被質疑的現象呢?還有,作者也應
該知道嘉慶五年八月十八、十九日的來鶴庵、無隱庵之遊,跟琉球的
波上候潮之遊在時間上是有衝突的啊!

　　〈中山記歷〉的作者那麼確定沈復是在嘉慶五年隨趙文楷、李鼎
元前往琉球,那當然是因為有證據,有明確的記載。易持恆先生在他
所撰寫的〈《浮生六記》質疑〉論文裡,就提到兩處文獻的記載:一
是近人曹允源等編修的《吳縣志》卷七十五下〈列傳〉,〈藝術二〉所
引《耕硯田齋筆記》的記載說:

　　　　沈復字三白,元和人。工花卉。殿撰趙文楷奉詔封中山王,復
　　　　曾隨使琉球,其名益著。

而卷五十六下〈藝文考〉(二十五頁)曾著錄沈三白《浮生六記》一
書,其下注說:

　　　　三白失其名。按蕪錫顧翰《拜石山房集》有〈壽吳門沈三白〉
　　　　詩。

另一條是徐澄所纂《吳門畫史》(江蘇文獻館排印本,頁三四)亦引
此條。不過,易持恆先生並不知道《耕硯田齋筆記》究竟是誰作的,
顧翰的詩也無法得到年月的推定。[147]後來,陳毓羆先生在他所著《沈
三白和他的《浮生六記》》書裡,有提到這一點,他認為:

---

147 易持恆:〈浮生六記質疑〉,《藝文誌》第203期(民國71年〔1982〕8月15日刊),
　　頁47。

他（王鈞卿）不清楚沈復琉球之行究在何時，可能見到近代人
徐澂《吳門畫史》所引《耕硯田齋筆記》的錯誤記載，以為是
嘉慶五年。依他的想法，沈復是趙文楷的從客，與李鼎元等人
一道同行，其所見所聞和李鼎元當無大異。[148]

陳毓羆先生的推論當然合理，不過，也只是推論而已；如果有人提出
反證，這個推論還是會失效的。

考《耕硯田齋筆記》的作者是彭蘊璨，字朗峰，號畔硯田齋主人。
長洲（今江蘇省蘇州市）人。生平活動主要在於道光（1821-1850）年
間。他所編著的《耕硯田齋筆記》，現今已經不易看到單行本，在台
灣、大陸兩地也都找不到有哪一個圖書館有典藏。而所有撰寫書畫藝
術論文的學者，在引用彭蘊璨《耕硯田齋筆記》資料時，也都沒有註
明該書的版本、典藏、出處。根據本人的查考，彭蘊璨有另外一本著
作《畫史彙傳》，也稱作《歷代畫史彙傳》，今《續修四庫全書》中有
收入，其版本目錄所來，是影印遼寧省圖書館藏清道光五年，吳門尚
志堂彭氏刻本。[149]《畫史彙傳》全書七十二卷，共載錄歷代畫家七千
五百餘人。該書卷首編入清代善畫帝王附善畫宗室；卷一為〈古帝王
門〉，編入歷代善畫帝王；卷二至卷六十一為〈畫史門〉，編入各代畫
家；卷六十二為〈偏闕門〉，編入逸其姓而存其名或僅以字行世的畫
家；卷六十三為〈外藩門〉，編入歷代中國少數民族畫家及來華外國
畫家；卷六十四、六十五為〈釋氏門〉，編入各朝僧侶畫家；卷六十
六為〈后妃門〉，卷六十七至七十二為〈女史門〉，編入歷代女畫家。

---

148 陳毓羆：《沈三白和他的浮生六記》（臺北：大安出版社，1996年），頁80。

149 〔清〕彭蘊璨：《歷代畫史彙傳》（上海：上海古籍出版社，《續修四庫全書》，
1995年），七十二卷首一卷附錄二卷，子部第1083-84冊。

書中編排畫家的次序，是根據姓氏為序，按姓氏所隸屬的韻部，依詩
韻韻部來排列先後；而在同一姓氏之下，則再依時代為順序，對清朝
的文人雅士，熟讀詩韻的人來說，算是頗便於尋檢的。此書採集史
書、方誌、畫史、文集、筆記等著作達一千二百多種，而在畫家小傳
中，時也有所考證，偶而也附評論畫作之語。這本書是清代考查畫家
傳記的重要著作。所以，曾經被一再翻刻，現在所知的版本就有同治
十五年佚存書坊本，埽葉山房光緒八年藏版，宣統二年（1910）上海
文瑞樓書局，上海漢粹社民國三年版等。

　　在書中引用的資料裡，就有《耕硯田齋筆記》的材料散見於各畫
人傳記之中，這應該是彭蘊璨在輯纂《耕硯田齋筆記》之後，更進一
步彙編了《畫史彙傳》（即《歷代畫史彙傳》），而把自己的前作《耕硯
田齋筆記》中的資料也匯錄到裡面，所以，今天想見到《耕硯田齋筆
記》的載錄資料，翻尋《畫史彙傳》中的相對部分，就可以找得到。

　　在《畫史彙傳》卷五十「沈」姓之下，記錄了沈復的資料說：

> 沈復，字三白，元和仁。工花卉。殿撰趙文楷奉詔封中山王，
> 復曾隨往琉球，其名益著。耕硯田齋筆記。[150]

這一條資料，跟曹允源等編修的《吳縣志》所引《耕硯田齋筆記》，
以及徐澂的《吳門畫史》所載相同。現在問題是這一條記載的可靠性
有多少？這可以從以下幾點來論析：

---

150 〔清〕彭蘊璨輯纂：《畫史彙傳》（上海：上海古籍出版社，《續修四庫全書》，冊
　　1084，據遼寧省圖書館藏清道光五年，吳門尚志堂彭氏刻本影印，1995年），卷五
　　十，頁8，總頁55。

　　第一：這本書的前面有一篇序言，寫序的人就是獨學老人石韞玉，也就是《獨學廬全稿》的作者，沈復的總角知交石琢堂。他既然能為彭蘊璨寫序，想必與彭蘊璨相當熟識。在《畫史彙傳》中，還記載了石韞玉的偏室顧芳生的事跡。記載說：

　　　　顧芳生，字蓮榭，無錫人；山東廉訪吳中石韞玉箑室。工畫蘭。同上（上一條是出自《耕硯田齋筆記》）[151]

這更可見彭蘊璨與石韞玉之間，交誼頗深，所以書中對石韞玉之妻也能記上一筆。由此而言，石韞玉對於書中記載關於自己總角知交的沈復事跡，如果記錯了，他應該會加以指出來修改才對。當然他也有可能在寫序之前和之後，都沒有詳細看過這本書；不過，這也是推論而已。

　　第二：彭蘊璨在書前的例言裡，有說到自己輯纂這本著作的態度說：「始詳姓氏，次籍貫，次詳所藝，次事實及著述。傳在簡潔明淨，賅括諸說之要，疑者闕之；非考據確實，不敢妄注。至所繪名筆藏鑒諸識，另有他書可稽，茲俱不錄。仍將引證諸書附下，以便考據所由。」[152]如果他自己說的不是假話，那他記載沈復的事跡文字，尤其是跟國家大典有關的隨冊封使趙文楷往琉球一事，照理是件大事，應該仔細考查，不應該出差錯的。那他這一段的記載，自應有其可信度的。

151　〔清〕彭蘊璨輯纂：《畫史彙傳》（上海：上海古籍出版社，《續修四庫全書》，冊1084，據遼寧省圖書館藏清道光五年，吳門尚志堂彭氏刻本影印，1995年），卷七十一〈女史門〉，頁4。

152　〔清〕彭蘊璨輯纂：《畫史彙傳》（上海：上海古籍出版社，《續修四庫全書》，冊1083，據遼寧省圖書館藏清道光五年，吳門尚志堂彭氏刻本影印，1995年），例言，頁1-2，總頁21。

第三：經過筆者的查考，發現彭蘊璨書中所記載的資料，出於《耕硯田齋筆記》的，似乎是他本人十分熟悉的人物，或是家人親族，或是朋友交遊，而更多的是同鄉縣府的書畫同道。就如書中有一條出於《耕硯田齋筆記》的記載說：

> 程景鳳：字侶仙，長洲人。彭蘊璨篋室。年十五，刺繡於春暉樓，見家藏卷冊，輒以墨筆描寫。工點染花卉、翎毛、草蟲；酷愛南樓老人之筆，因授以甌香之筆，亦時摹倣有得，知自珍祕焉。同上。（耕硯田齋筆記）。[153]

這一段記載，是記彭蘊璨自己的愛妾程景鳳，也是一位工於畫事的女史，換言之就是記自己人的事。從《畫史彙傳》中出於《耕硯田齋筆記》的資料來看，大都是蘇、杭、揚一帶的畫工藝事，是彭蘊璨所熟悉的人物。根據筆者粗略的統計，在《畫史彙傳》裡所錄出於《耕硯田齋筆》記所記載，尤其是只見於《耕硯田齋筆記》的工畫人物，其籍貫是吳人、吳縣諸生的最多，而其中女性畫家亦不少，如果不是彭蘊璨熟悉的地方人物，是不可能知道他們的。其次還有元和人、錢塘人、太倉人、常熟人、海鹽人、無錫人、長洲人等，都是彭蘊璨鄉里附近的地區。而《畫史彙傳》裡，更有畫人傳記說「安徽，僑居吳中」，「海鹽人，吳縣主簿」等的記載，可見彭蘊璨對吳地的畫壇人物十分熟悉的。彭蘊璨是長洲人，沈復也是長洲人（即今天的江蘇蘇州），那彭蘊璨對沈復的記載，自有其可信性。

第四：李鼎元在《使琉球記》裡說過，琉球人士喜好書畫，求筆

---

153 〔清〕彭蘊璨輯纂：《畫史彙傳》（上海：上海古籍出版社，《續修四庫全書》，冊1084，據遼寧省圖書館藏清道光五年，吳門尚志堂彭氏刻本影印，1995年），卷六九〈女史〉，頁11，總頁291。

墨者日日都有，以致手不暇給，所以在書上說下次出使琉球，要多帶些書畫家為從客；這個想法在周煌時就說過了。所以，趙文楷、李鼎元也好，齊鯤、費錫章也好，都攜帶書畫家為從客。前面已經說過，趙文楷的從客繆頌、王文誥就是有名的書畫家；而齊鯤、費錫章時，至少也有費錫章的弟弟費錫輅和黃本中。在費錫章的《一品集》中，有〈題家弟錫輅乘風破浪圖〉詩一首，可見費錫輅有從其兄往琉球，而且也是工於書畫的；[154]至於黃本中，字覺庵，是費錫章的從客，通算數、天文之學，《一品集》裡有〈舟中無事，黃明經本中出示懸弧小照，輒題四韻〉詩[155]，又有〈停雲樓即事〉詩，詩裡說：「吾友黃覺庵，寫圖更精緻。」[156]可見黃本中是善畫的。而齊鯤的《東瀛百詠》裡，也有〈題黃覺庵懸弧小照〉詩說：「偶爾萍蹤合，交疏意轉親。同為浮海客，況事故鄉人。韜略胸無負，丹青比有神；（小註：覺庵善畫山水）太平天子詔，宣出物皆春。」[157]齊鯤在詩題下小註說黃本中是閩人，寄籍浙中，為西塘（費錫章）從客，而詩中小註說黃覺庵善畫山水，丹青有神，更可見黃本中的確是一位有功力的畫家。然而費錫輅、黃本中兩人都不見記載於《畫史彙傳》之中。整本《畫史彙傳》未見畫師、畫工在嘉慶十三年時隨齊鯤、費錫章冊封使前往琉球的記載，而記載嘉慶五年隨趙文楷、李鼎元冊封使前往琉球的畫人就有三位，現在列舉如下：

---

154 費錫章：《一品集》（北京：北京圖書館出版社，《國家圖書館藏琉球資料三編》，2006年12月），下冊，卷下，頁3-4，總頁444。

155 費錫章：《一品集》（北京：北京圖書館出版社，《國家圖書館藏琉球資料三編》，2006年12月），總頁443。

156 費錫章：《一品集》（北京：北京圖書館出版社，《國家圖書館藏琉球資料三編》，2006年12月），下冊，卷下，頁5-6，總頁448-449。

157 齊鯤：《東瀛百詠》（北京：北京圖書館出版社，《國家圖書館藏琉球資料三編》，2006年12月），下冊，頁35-36，總頁374-375。

繆頌：字石林，吳人。平遠山水升堂宋元。每摘菜葉漬汁戲作
　　　畫幅，甚佳。性耿介，瀟灑自如。殿撰趙文楷奉命冊封
　　　琉球，頌入幕隨往渡海，故識見宏遠，筆復豪放。耕硯
　　　田齋筆記。[158]

沈復：字三白，元和人。工花卉。殿撰趙文楷奉詔封中山王，
　　　復曾隨往琉球，其名益著。耕硯田齋筆記。[159]

寄塵：湖南長沙人，俗姓彭，名衡麓，號八九山人。善蘭竹，
　　　好吟詠；受學于袁枚，善畫。嘉慶己未入閩，挂錫烏石
　　　山。會當事奉詔敕封中山王，隨往琉球，名傳海外。是
　　　年冬，圓寂焉。閩雜記　讀畫閒評。[160]

　　以上三條資料，前兩條的記載只見於《耕硯田齋筆記》之中，且明確
說明是跟隨趙文楷前往琉球的。而關於寄塵河上的記載，雖然沒有直
接說明是何時，隨何人前往琉球，然根據文中「嘉慶己未（四年，
1799）」的紀年來看，所指就是嘉慶五年隨趙文楷之行，更何況寄塵
就在自琉球返抵中原後不久就圓寂；所以，不可能有其他的機會到琉
球的。這也可以從李鼎元的《使琉球記》及石韞玉的《獨學廬全稿》
裡查證的。而曾隨趙文楷作從客，前往琉球的王文誥，在《畫史彙
傳》裡也有傳記，不過卻沒有提及王文誥到過琉球。[161]據查清朝、民
國以來對王文誥的記載，也很少有提及他到過琉球的，如潘衍桐的

158　〔清〕彭蘊璨輯纂：《畫史彙傳》（上海：上海古籍出版社，《續修四庫全書》，冊
　　　1084，據遼寧省圖書館藏清道光五年，吳門尚志堂彭氏刻本影印，1995年）卷五
　　　十七，頁24，總頁150。

159　〔清〕彭蘊璨輯纂：《畫史彙傳》，卷五十，頁8，總頁55。

160　〔清〕彭蘊璨輯纂：《畫史彙傳》，卷六十五，頁15-16，總頁239。

161　〔清〕彭蘊璨輯纂：《畫史彙傳》，冊1083。卷二十九，頁30，總頁483。書中所記
　　　資料出於《蜨隱園書畫雜綴》，而非《耕硯田齋筆記》。

《兩浙輶軒續錄》卷二十九，徐世昌的《晚晴簃詩匯》卷一百一十，李格的《杭州府志》卷一百四十六等都沒有記載王文誥到過琉球。實際上記載王文誥到過琉球的，除了李鼎元《使琉球記》外，還有趙文楷《石柏山房詩存》卷五〈槎上存稿〉，張雲璈《簡松草堂詩文集》〈詩集〉卷十六，其中有〈送王見大文誥入趙介山文楷修撰幕，冊封琉球〉詩一首[162]；這些記載都是直接與王文誥赴琉球有關的人所寫的詩文裡說的，而書畫傳記裡大都沒有相關記載。就所見有提及王文誥到過琉球的，只有民國楊鍾義《雪橋詩話・餘集》卷六裡有提及，而且還不是王文誥的傳記，而是因為談到「粵中吊鐘花生於鼎湖」事而說及的。所以，《畫史彙傳》裡沒有提到王文誥到過琉球，看起來應該是彭蘊璨本來就對他不熟悉，資料室根據其他的書畫記述轉鈔過來的。

　　第五：《畫史彙傳》中，對跟沈三白熟悉的諸位畫家也有記載。在《浮生六記》的〈閒情記趣〉裡，提及沈復與陳芸居住在蕭爽樓時，「時有楊補帆名昌緒，善人物寫真；袁少迁名沛，工山水；王星瀾名巖，工花卉翎毛；愛蕭爽樓幽雅，皆攜畫具來，余則從之學畫，寫草篆，鐫圖章」。這三位畫家，在《畫史彙傳》裡都有記載說：

> 袁　　沛：字少迁，鉷子，紹父藝，山水清腴秀潤尤著名，名都
> 　　　　　下，工書。同上。《墨香居畫識》[163]
> 楊昌緒：字補帆，吳人。國子生。山水於渾厚中而仍遇秀逸，每

162　張雲璈著《簡松草唐詩文集》（清道光刻三影閣叢書本），卷十六，頁17。

163　〔清〕彭蘊璨輯纂：《畫史彙傳》（上海：上海古籍出版社，《續修四庫全書》，冊1083，據遼寧省圖書館藏清道光五年，吳門尚志堂彭氏刻本影印，1995年）卷十六，頁8-9，總頁298。袁沛父袁鉷亦為一畫家，畫史彙傳中亦有傳記。

入詩意。仕女仿六如，雅韻有致。《耕硯田齋筆記》。[164]

王　巖：字星瀾，吳人。繆椿高弟；鉤染花卉工致。同上。
《耕硯田齋筆記》[165]

　　《畫史彙傳》所記三人的專業，跟《浮生六記》理所說的大致相同。
而其中楊昌緒、王巖二人的傳記，是來自《耕硯田齋筆記》之中。楊
昌緒是繆頌的女婿，繆頌曾隨趙文楷往琉球；可見《畫史彙傳》中記
載跟沈三白接觸頻繁的畫家的傳記，都是熟悉而正確的。

　　總合以上五點來看，《畫史彙傳》中所載《耕硯田齋筆記》裡，
對沈三白傳記生平的記事，應該有相當的可信度。《畫史彙傳》中
《耕硯田齋筆記》說沈三白曾隨趙文楷前往琉球，從這樣看來，應該
可以接受；除非有更強力的直接證據，否則憑陳毓罷先生前面所說過
的理由，似乎不足以否定《耕硯田齋筆記》的記載。

（四）最新出現的證據

　　二○○六年六月，有揚州大學文學院黃強教授發表了〈《浮生六
記》百年研究述略〉論文一篇，其主要的目的，是為了針對「學人對
百年來的《浮生六記》研究做過綜述或述評」所忽略的地方與成果，
作了一次更詳細的補充。[166]在該文裡，黃強教授補述了「繁榮期中的

164　〔清〕彭蘊璨輯纂：《畫史彙傳》，卷二十三，頁21，總頁399。

165　〔清〕彭蘊璨輯纂：《畫史彙傳》，卷二十九，頁27，總頁481。

166　黃強著：〈《浮生六記》百年研究述略〉，《揚州教育學院學報》第24卷第2期（2006
　　年6月），頁3。黃強所指的綜述或述評，在他的附註中，明確是指王人恩、謝志煌
　　所撰：〈《浮生六記》百年研究述評〉，蘭州師範高等專科學校，中國古代小說戲劇
　　研究所：《中國古代小說戲劇研究叢刊》（蘭州：甘肅教育出版社，2005年）。該文
　　亦發表於《甘肅社會科學》2005年第4期，頁136-144。

其他專題研究成果考察」，針對沈復遊歷琉球的資料，他補述說：

> 王稼句在〈《浮生六記》編後記〉中引用了李佳言的〈送沈三
> 白隨齊太史奉使琉球〉兩律，係出自王益謙輯選歷代興化邑人
> 詩作之《昭陽詩綜》。一曰：「三山開國久米王，貢贐常通願近
> 光。首里巖城雄列服，八星名跡冠東洋。使君特簡威儀肅，元
> 子新封禮教詳。畢竟書生多遠略，仁風幕府助宣揚。」一曰：
> 「記否飛觴耳熱時，為言此去與君宜。行程繪畫矜遊壯，景物
> 諏咨勝閱奇。海國見聞應補錄，職方外紀好蒐遺。他年五面南
> 旋日，爭讀歸裝數卷詩。」迄今為止所發現的能證明審復曾遊
> 歷琉球的資料中，李佳言這兩首詩最有說服力，因為他在詩題
> 中就明確了沈復是隨齊鯤出使琉球的，由此可知時間是在嘉慶
> 十三年。

王稼句所編校的《浮生六記》，係北京出版社於2003年出版，所引李
佳言的詩，是轉引而來的。而根據對《浮生六記》素有深入研究且成
果豐碩的江慰盧先生所曾發表〈關於沈復和《浮生六記》的補述〉一
文，文中詳述李佳言的詩出現的經過說：

> 沈復系隨清廷冊封使齊鯤、費錫章於一八〇八年（嘉慶十三
> 年）去中山國（今日本沖繩）的又一鐵證。《吳縣誌》卷七五
> 下引《耕硯田齋筆記》言沈復（三白）于嘉慶五年（1799年）
> 隨冊封使趙文楷（介山）、李鼎元去中山國之說，是錯誤的，
> 筆者久前已據現傳世《浮生六記（前四記）》中某些內容與陳
> 文述《頤道堂文鈔》卷四引《詩序》等予以糾正，但均為「逆
> 證推估」（儘管是正確的）。

近頃又蒙揚州文友韋明鏵先生于數年前抄錄當時清人李佳言〈送三白隨齊太史奉使琉球〉七律二首，從正面肯定筆者前說「判斷正確」的文字鐵證，詩曰：

三山開國久米王，貢賮常通願近光。首里巖城雄列服，八星名跡冠東洋！使君特簡威儀肅，元子新封禮數詳。畢竟書生多遠略，仁風幕府助宣揚！──其一（李佳言如何得知三山、久米、首里、八星等名稱，當是沈三白歸來後，將所見所聞告知，李佳言即勸三白「海國見聞應補錄，職方外紀好搜遺」，於是三白才著手寫《浮生六記》中的〈中山記歷〉）

記否飛觴耳熱時，為言此去與君宜；行程繪畫矜遊壯，景物周咨勝閱奇。海國見聞應補錄，職方外紀好搜遺。他年五兩南旋日，爭讀歸裝數卷詩！──其二

……二詩中除「三山開國」首兩句（琉球未統一之前，曾以沖繩島為中心，從北到南，劃分為北山、中山、南山三個國家。史稱「三山時代」，三山的「世主」，都曾主動向中國明朝皇帝「進貢」，而明朝也來者不拒，分別給他們「冊封」承認。西元一四二九年，中山王尚巴志統一琉球，定都首里城，是為「琉球王國」的開始）。一三七二年（明洪武五年），琉球中山國察度王向明朝第一次進貢，琉球成為大明的藩屬。一四二九年（明宣德四年）中山王尚氏統一三山，開創琉球第一尚氏王朝，都首里在今那霸市內，「八星」亦係當地名勝，全詩均用「淺明如話」的詞句，僅有次首「五兩」一名係對古人慣用的「候風儀」亦即今名「風向計」的代指，須在此加以注說，餘不贅釋。[167]

---

167 江慰廬：〈關於沈復和《浮生六記》的補述〉，載於「中國教育網」，網址：http://www.zgywjy.com/lt/dispbbs.asp?boardID=18&ID=1725&page=4。

江氏所說的韋明鏵，是江蘇揚州人，一九四九年六月生，先後畢業於南京長江航運學校港口機械專業以及南京師範大學漢語言文學專業。一九八一年調至揚州市的文化局，從事揚州地方戲曲的研究。一九八五年又調至揚州市的文化藝術學校，從事文藝教學與研究。一九九五年再調至揚州市文化藝術研究室，專門從事揚州地方文化研究。在此期間，對於揚州地方文化作了相當廣泛而深入的探討與研析。先後出版了不少專著，其中《揚州掌故》一書曾獲得國家圖書獎。韋明鏵曾撰寫「尋找芸娘」一文，刊登於《蘭州晨報》二〇〇三年三月一日版，韋氏對《浮生六記》亦有關注，《浮生六記》中說：「葬芸於揚州西門外之金桂山。」他在前述文章裡，說他自己曾在家鄉揚州，一直想尋找陳芸的墓塚，曾聽挖墓者說有人曾經挖到刻有「芸」字玉簪的墓，但是終無所獲。韋先生以研究與地利之便，有機會看到李佳言的第一手《昭陽詩綜》手稿本，並且抄錄寄送給江慰廬先生。筆者不知道韋明鏵是甚麼時候找到這兩首詩的，也不能肯定韋明鏵是否知道這兩首詩的重要性，或者是因為江先生早就是《浮生六記》研究有名有成的學者罷。

至於江慰廬先生的文章，也無法得知發表的確實時間，不過，據江先生文章曾說這資料距離從前所撰寫的《浮生六記》研究文章將近十年之後，那時間應該在二〇〇一年之後了。這比王稼句〈編後記〉的時間應該稍早。

至於李佳言其人，江慰廬先生說：「據（韋）明鏵文友同時示告：李佳言，興化人，能詩詞，善楷書。」考之《興化縣志》說：

> 李佳言字謹之，江蘇興化人，官福建縣丞。能詩詞，善楷書。弱冠游京師，董文恭招入第，奏疏尺牘半出其手。乾隆五十八

年補繕御製詩二十七冊，數日而畢。嘉慶元年，恭繕太上皇聖製古文，計字六千有奇，時方炎暑，晨受詔，日未晟進呈，仁宗異之。[168]

可見李佳言的生平時間與沈三白相近，而李佳言的籍貫興化，古名「昭陽」，位於今江蘇中部，乃有名的「魚米之鄉」，也是歷史上人文鼎盛、學者輩出的縣區，如鄭板橋、任大椿等皆生於此。南經三泰、海安就能跟如皋接鄰。當日沈復曾先在揚州設舖賣畫，後來又長時間在如皋當署衙幕僚，應該有機會跟李佳言交往過從的。

李佳言這兩首詩，的確是證明沈三白當日隨冊封使赴琉球的最有力的直接鐵證。兩首詩中的第一首，使用了很多琉球國的歷史典故，以及當地的地名。江慰廬先生已經在文章中作了說明，不過其中的「八星」，江先生以為也是「當地名勝」，根據筆者勤閱琉球相關資料的印象，所謂「八星」應該是「中山八景」的變稱。琉球國素有「中山八景」之說，這早見於清朝冊封使所記的志略、使記，還有各冊封使的詩文集裡。中山八景的名稱是：泉崎夜月、臨海潮聲、久米村竹籬、龍洞松濤、城嶽靈泉、筍崖夕照、長虹秋霽、中島蕉園。[169]因為「景」是仄聲字，而前一句「首里」是仄仄，所以這一句就不能直接用「八景」，所以稍加改變為「八星」罷了。至於「五兩」，江先生已

---

168 〔清〕震均編撰：《國朝書人輯略》（清光緒三十四年刻本），卷六，頁38，〈李佳言〉條下引《興化縣志》。王鋆著《揚州畫苑錄》卷一，亦有相似的記載，而文辭少有不同。

169 齊鯤：《東瀛百詠》（北京：北京圖書館出版社，《國家圖書館藏琉球資料三編》，2006年12月），下冊，頁20-22，總頁344-347，其中齊鯤曾為「中山八景」各賦一詩，其名如此。同書中費錫章所著《一品集》中有相關的和詩，所記相同。周煌、李鼎元等人的著作中亦有記載。

經說明了，不過，可以補充的是「五兩」一詞，常見於使琉球者的記錄、志略中，周煌的《琉球國志略》卷四下、李鼎元的《使琉球記》裡提到「五兩旗」說：「庭中豎長竿，上置小木舟，長二尺，桅、柁、帆、櫓皆備，首尾列風輪五葉，挂色旗以候風。渡海之家，率預計歸期，南風至則合家歡喜，謂行人當歸。歸則撤之。即古五兩旗遺意。」[170] 這應該不是沈三白從琉球回來告訴他的，而是李佳言先已閱讀過前使的記載，所以對琉球的事物有相當的瞭解。其實，這些都不算重要，重要的是這首詩的詩題名為〈送三白隨齊太史奉使琉球〉，說明了沈復所隨的冊封使是「齊太史」。「齊太史」就是齊鯤，在嘉慶十三年奉詔為冊封使，前往琉球，冊封中山王尚灝。齊鯤字北瀛，福建侯官（今福州市）人，為嘉慶六年（1801）辛酉恩科二甲第三十名進士，按當時的稱謂習慣，可以稱之為「太史」，我們可以從當時人所撰送贈齊鯤的詩文篇題稱名，即可以知之。如杜堮《遂初草廬詩集》卷二有〈送齊北瀛太史奉使琉球，便到歸省四首〉，梁同書《頻羅庵遺集》卷三詩三有〈戊辰夏送齊北瀛太史出使琉球〉，潘衍桐《兩浙輶軒續錄》卷三十四有〈送齊北瀛太史奉冊封琉球〉，陳文述《頤道堂文鈔》卷四有〈送齊北瀛太史、費西墉給諫奉使冊封琉球詩序〉等，都可以看到稱齊鯤為「太史」的，當然稱齊鯤為「編修」的亦復不少。至於如趙文楷則可稱之為「殿撰」，據清朝的官制規定，只有科舉考試第一甲一名進士及第（即是狀元）後，立即被任命為翰林院修撰的六品官階者，方可得此「殿撰（或修撰）」的榮稱。而李佳言於詩中稱齊鯤為「太史」，也就是一個正確的稱謂。

筆者未曾親眼目睹李佳言的《昭陽詩綜》稿本，不過，相信這兩

---

170 李鼎元：《使琉球記》（臺北：文海出版社，《近代中國史料叢刊》第四十八輯，師竹齋藏板），卷六，頁3，總頁255。周煌所記亦相似。

首詩應該不會像《浮生六記》那樣出現偽作吧。因此，根據這首詩的堅強證據力，現在已經可以確定，沈復是在嘉慶十三年隨冊封使齊鯤、費錫章前赴琉球為從客的。那麼，今天所看到在《浮生六記》裡的〈中山記歷〉內容，明確標出是「嘉慶四年」、「趙介山……充正使」、「李和叔……副焉」、「介山馳書約余偕行」等的敘述，加上整篇〈中山記歷〉的內容，大部分都與李鼎元《使琉球記》中所記述的相同，再加上前輩學者的種種考辨，可謂「鐵證如山」，是所謂足本《浮生六記》裡的〈中山記歷〉，乃為偽作，遂成定讞。

第三章

〈養生記逍〉考異

一　〈養生記逍〉之研究對作品真偽認定上之效用

歷來考辨《浮生六記》的真偽問題，大部分的人都集中在對〈中山記歷〉的研究上，因為〈中山記歷〉明顯地有李鼎元的《使琉球記》為對照本，可以逐一將兩者的文句做詳細的排列對比，效果似乎不錯。不過，他們除了找出兩者的相同之處，還要比較彼此的相異與相矛盾的地方，進而指出〈中山記歷〉是如何抄襲《使琉球記》的。然而，就如陶恂若所說的，雖然沈三白曾經說過自己不喜歡搬弄、抄襲別人的東西，而因為〈中山記歷〉的內容特殊，必須有所根據，所以，〈中山記歷〉裡所記述的事實，甚至文句都大部分跟《使琉球記》相同，也是有理由可說的，也有論證可舉的。到最後，推論到極致也只能說是「抄襲」，而不能一口咬定是「偽作」。當然，還有一個辦法，就是進一步要證明沈三白到琉球的時間，是在嘉慶十三年，跟隨齊鯤、費錫章出使的，那就可以證明今天的〈中山記歷〉是後人偽作的；不過，這也是要看證據上是否充分。而且，就算能證明沈三白的確是跟隨齊鯤等到琉球，〈中山記歷〉是偽作者抄襲《使琉球記》的，但是，這也無法進一步證明是甚麼人偽造的？甚麼時候偽造的？從上面的分析來看，以前學者一窩蜂地根據〈中山記歷〉來證明後兩記是假造的，其效能顯然是不彰的。

直到今天，依然還是沒有太多人對〈養生記逍〉作深入的研究，

所以，幾乎所有的相關論述，都缺少了對〈養生記逍〉的說明，使得這一篇具有關鍵性的資料，沒有得到充分的利用。

二　前人對〈養生記逍〉文章內容之研究成果

歷來曾經對〈養生記逍〉中文章資料來源提出論述觀點與研究的不多，可以說真正的學者只有兩個人，一位是曾經大力推崇《浮生六記》，並為之寫序，而且曾經把《浮生六記》翻譯為英文本的林語堂先生，另一位就是陳毓羆先生。

（一）林語堂、陳毓羆等對〈養生記逍〉文本研究的成果

林語堂先生於民國二十四年五月廿四日在上海寫完了〈《浮生六記》序〉之後，在同年的十一月六日晚上又寫了一段附記說：

> 上序于《天下》英文月刊本年八月創刊號發表後，正在托舊書鋪在蘇州常熟訪求全本（聞虞山素有世代書香之風，私人藏書者甚多）。過兩星期得黎廠由甬來札，謂全本已為蘇人王均卿老先生（文濡，即《說庫》編者）所得，而王又適于二月前歸道山。過數日又見《新園林》鄭逸梅先生記均卿先生發現全本事。訪之，謂親聞于王，于去年發現；此書或已付印，或在遺稿中，不甚了了。又訪王之家族，聞均卿先生遺物現在封閉，一時無從問津。到底如何，未見稿本，無從鑒別。惟個人以為蘇州家藏沿襲三代以上者不難發現此書全本。尚望留心文獻，不以此為好事者，留心訪求，報我好音，不勝感禱。又王弢園（天南遯叟，有《弢園文集》、《弢園尺牘》、《艷史雜鈔》

等）、石琢堂（韞玉，《袁文箋正》者）及其他文人集中有發現
關于三白生平文字者，亦祈示知。英譯四記已陸續登《天下月
刊》第一、二、三、四期。[1]

之後，他在看到世界書局所刊行的由王均卿所發現的足本《浮生六
記》之後，於十一月十六日又寫下一段話說：

> 頃閱世界書局新刊行《美化文學名著叢刊》內王均卿所「發現」
> 《浮生六記》「全本」，文筆既然不同，議論全是抄書，作假功
> 夫幼稚，決非沈復所作，閑當為文辯之。十一月十六日又記。[2]

就在同年十一月廿四日，林語堂先生真的就寫了一篇批評文章，指出
王均卿的足本《浮生六記》裡的偽作問題。他說：

> 這本書的缺憾就是所稱希世珍本之全本《浮生六記》是偽造
> 的。朱劍芒跋中對此稿之真偽也稍疑惑，但不否定，稿本是蘇
> 州文人王文濡（均卿）所「發現」交世界出版的，不幸王先生
> 於本夏歸道山，無從起王先生于地下而質之。然王素嘗造假
> 書，本來令人可疑。朱跋已指出其遊台灣琉球在嘉慶四年與前
> 四記所記當年情形大相徑庭（參考俞平伯所編沈氏夫婦《年
> 譜》）。然這猶可說是筆誤，我所以斷定此二記是偽造的理由，

1　博爾塔拉教育電子圖書資料：〈《浮生六記》英譯自序〉，《林語堂書話》，網址：http://
　　www.xjbzedu.gof.cn/ebook/t0112/0295.pdf《林語堂書話》，頁212-213。該文原載《人
　　間世》第40期（1935年11月20日）。

2　博爾塔拉教育電子圖書資料：〈《浮生六記》英譯自序〉，《林語堂書話》，網址：http://
　　www.xjbzedu.gof.cn/ebook/t0112/0295.pdf《林語堂書話》，頁212-213。該文原載《人
　　間世》第40期（1935年11月20日）。。

（1）筆調全然不像；（2）後二記作者胸中全無獨見，決非「凡事喜獨出己見，不屑隨人是非，即論詩品畫，莫不存人珍我棄，人棄我取之意」（見〈浪遊記快〉首段）的沈三白所肯著于筆墨；（3）詩詞惡劣平凡，懶洋洋無氣骨，無神采；（4）于前四記夫婦間事實，全無補充；（5）竟胡鬧用梁任公筆法，用梁任公新名詞。〈中山記歷〉第五，文筆尚無可議，所記風土文物甚詳，當有所據，非向壁所可虛構。〈養生記逍〉第六，便只是抄書，繁徵博引前人語句，卻道來無半句胸中獨見的話。倘使三白記之，必以自身經歷瑣屑證其獨悟心得，決不肯如此大批抄書也。按此記所抄前人語，前後纏綿相貫而下者，有蘇子瞻語、范文正語、陸放翁語、林鑒堂語、邵堯夫語、朱晦庵語、王華子語（連抄四五條）、楊廉夫語、應璩語、白樂天語、程明道語……令人作惡不作惡？

別的不提，單說他用「飲冰室」新名詞也就夠了。第八五頁有論太極拳一段：

> 太極二字已完全包括此種拳術之意義，太極乃一圓圈，太極拳即由無數圓圈聯貫而成之一種拳術。無論一舉手，一投足，皆不能離此圓圈。離此圓圈，便違太極拳之原理……只須屏絕思慮，務使萬緣俱靜，以緩慢為原則，以毫不使力為要義。……

再抄一段，真偽自辨。其中「精神」，「認清」諸字已甚可笑，而虛字之用法，如「吾人」、「和」，简直可定此偽記之死罪，使之百喙莫辯：

> 有天然之聲籟，抑揚頓挫，蕩漾余之耳邊，群鳥嚶鳴林間時所發之斷斷續續聲，微風振動樹葉時所發之沙沙簌簌聲，和（注意和字）清溪細流流出時所發之潺潺淙淙聲；余泰然仰

臥于青蔥可愛之草地上，眼望蔚藍澄澈之穹蒼，真一幅絕妙畫圖也……。

吾人（注意梁任公之吾人）須于不快樂之中，尋一快樂方法，先須認清（注意二字）快樂與不快樂之造成，固由于處境之如何，但其主要根苗，還從己心發長耳。同是一人，同處一樣之境（任公筆調），甲卻能戰勝劣境，乙反為劣境所征服，能戰勝劣境之人，視劣境所征服之人，較為快樂，所以不必歆美他人之福，怨恨自己之命，是何異雪上加霜，愈以毀滅人生之一切也。無論如何處境之中，可以不必鬱鬱，須從鬱鬱之中，生出希望和（又和字）快樂之精神，……。

均卿老先生實在太冒瀆三白而兒戲我們了。所以雖還有他處可以指摘，恕我不浪費筆墨了。（廿四年）十一月廿四日記。[3]

林語堂認為第五記〈中山記歷〉所記載的人、時、地、物，雖然跟前四記有所衝突，而所記得內容翔實，文筆尚佳，不是向壁虛構的。問題在第六記〈養生記逍〉上。林語堂以為最大的疑點在於〈養生記逍〉裡，用了不少類似梁啟超那個時期才用的新名詞。這就足以證明〈養生記逍〉不可能是沈三白那個時代的文章，而是後人的偽作。至於他所引的有關太極拳的一段話，並沒有所說明與辨析，想是他覺得這一段話的行文風格也是後人的筆調，不像是清朝乾隆、道光時代的文筆風格吧。

第二位對〈養生記逍〉有實質研究的是陳毓羆先生。其實，在陳

3　博爾塔拉教育電子圖書資料：〈記翻印古書〉，《林語堂書話》，網址：http://www.xjb zedu.gof.cn/ebook/t0112/0295.pdf《林語堂書話》，頁112-115，原載《宇宙風》第7期（1935年12月16日）

氏之前，吳幅員先生跟楊仲揆先生對〈養生記逍〉是也有一些意見的，不過末作進一步的考證。吳幅員先生在他的文章裡說：

> 我對〈記逍〉尚未作深入探究，但知已有人指出其文頗多與曾國藩的《曾文正公全集》頤養方面的日記大同小異，亦係後人偽作；這又是〈記歷〉偽作的一個旁證。其實〈記歷〉偽作，本身已有充分的證據；誠如上述，這適足確證〈記逍〉所涉及的人與事，自亦同屬誤會。[4]

吳先生後來也的確沒有再做更進一步的考求，所以，對於〈養生記逍〉的問題，意見僅止於此。而楊仲揆先生則說：

> 我本不擬談〈養生記逍〉。但讀過後，又發現〈記逍〉中，也有一段談到琉球：「余昔在球陽，日則步履於空潭、碧澗、長松、茂竹之側，夕則挑燈讀白香山、陸放翁之詩，焚香煮茶，延兩君子於坐，與之相對，如見其襟懷之淡宕，幾欲棄萬事而從之遊，亦愉悅身心之一助也。」此段為李鼎元《使琉球記》所無。假如此記亦係偽出，則更見偽記作者之苦心與匠意；若不查出抄襲李記之證據，則真可以亂真矣。[5]

楊先生雖然言及〈養生記逍〉的問題，但是他也是從〈中山記歷〉的

4　楊仲揆：〈《浮生六記》〈中山記歷〉篇為後人偽作說〉，《東方雜誌》復刊第11卷第8期（民國67年〔1978〕2月）。

5　楊仲揆：〈《浮生六記》第五記〈中山記歷〉真偽考——〈中山記歷〉與李鼎元《使琉球記》對照研究〉原載《藝文誌》第207、208、209期（民國71年〔1982〕12月，72年〔1983〕元月及2月）。後收入所著：《琉球古今談》（臺北：臺灣商務印書館，民國79年〔1990〕12月初版），第19篇，頁425-478。

問題而延伸到〈記逍〉的，所以，他的觀點對〈養生記逍〉的研究上
沒有甚麼幫助。

　　而陳毓羆先生可能根據吳幅員先生的說法，實地進行查考《曾文
正公日記》卷下〈頤養〉類的記載，查對結果是其中有八條相同，而
文句有略作更動改變。以下按照現〈養生記逍〉原文順序，對比如下：

〈養生記逍〉	《曾文正公日記》
余年纔四十，漸呈衰象，蓋以百憂摧憾，歷年鬱抑，不無悶損。淡安勸余每日靜坐數息，仿子瞻〈養生頌〉之法，余將遵而行之。	精神萎頓之至，年未五十而早衰如此，蓋以稟賦不厚，而又百憂摧憾，歷年鬱抑，不無悶損。此後每日須靜坐一次，庶幾等一漚於湯世也。（己未五月）閱《福壽金鑑》，午正數息靜坐，仿東坡〈養生頌〉之法，而心粗氣浮，不特不能攝心，並攝身不少動搖而不能。西刻服藥後，行小周天法，靜坐半時許。（庚午五月）

〈養生記逍〉寫「年纔四十」，因為〈養生記逍〉在一開始說：「自芸
娘之逝，戚戚無歡。春朝秋夕，登山臨水，極目傷心，非悲即恨。讀
坎坷記愁，而余所遭之拂逆可知也。」芸娘在沈復四十一歲時死於楊
州，年亦四十一。而〈坎坷記愁〉記載時間亦止丙寅歲，沈復年四十
四。所以作者才說「年纔四十」。

　　《曾文正公日記》裡，還有一段文字與此相關，而陳毓羆漏列
了。《日記》說：「丁雨生力勸余不看書，不寫字，不多閱公牘，以保
將盲之左目。其言懇惻深至。余將遵而行之。」（庚午五月）。還有另
一段說：「黃靜軒勸我靜坐凝神，以目光內視丹田。」（庚午五月）可

見〈養生記逍〉的作者，把勸靜坐的人，從「黃靜軒」改為「淡安」。

〈養生記逍〉	《曾文正公日記》
范文正有云：「千古聖賢，不能免生死，不能管後事。一身從無中來，卻歸無中去，誰是親疏，誰能主宰，既無奈何，即放心逍遙，任委來往。如此了斷，既心氣漸順，五臟亦和，藥方有效，食方有味也。只如安樂人，勿有憂事，便吃食不下。何況久病，更憂身死，更憂身後，乃在大怖中，飲食安可得下，請寬心將息。」云云，乃勸其中舍三哥之帖。余近日多憂多慮，正宜讀此一段。	閱《范文正集》、尺牘、年譜，中有云：「千古聖賢，不能免生死，不能管後事。一身從無中來，卻歸無中去，誰是親疏，誰能主宰，既無奈何，即放心逍遙，任委來往。如此了斷，既心氣漸順，五臟亦和，藥方有效，食方有味也。只如安樂人忽有憂事，便喫食不下。何況久病，更憂生死，更憂身後，乃在大怖中，飲食安可得下，請寬心將息」云云，乃勸其中舍三哥之書。余近日多憂多慮，正宜讀此一段。（庚午二月）

此段引用了范文正公的話，文字大同，只改動了「中舍三哥之書」為「之帖」一字。而文中還有錯字：「忽有憂事」寫成「勿有憂事」，「更憂生死」寫成「更憂身死」。

〈養生記逍〉	《曾文正公日記》
放翁胸次廣大，蓋與淵明、樂天、堯夫、子瞻等，同其曠逸。其於養生之道，千言萬語，真可謂有道之士，此後當玩索陸詩，正可療余之病。	放翁胸次廣大，蓋與陶淵明、白樂天、邵堯夫、蘇子瞻等同其曠逸。其於滅虜之意，養生之道，千言萬語，造次不離；真可謂有道之士。惜余備員兵間，不獲於閒靜中，探討道義。夜睡頗成寐，當思玩索陸詩，少得裨補乎。（辛酉正月）

〈養生記逍〉文句與曾文正語有濃縮、刪節的關係。而曾文正說「玩索陸詩」，是為了能比較好睡，因為這一段話之前，有「放翁每以美

睡為樂」之語。而〈養生記逍〉說「正可療余之病」，指的是「始悔前此之一段癡情，得勿作繭自縛矣乎」的病。

〈養生記逍〉	《曾文正公日記》
�浴極有益。余近製一大盆，盛水極多。�浴後，至為暢適。東坡詩所謂：「淤槽漆斛江河傾，本來無垢洗更輕。」頗領略得一二。	夜洗澡。近製一木盆，盛水極多。洗澡後，至為暢適。東坡詩所謂：「淤槽漆斛江河傾，本來無垢洗更輕。」頗領略得一二。（己未四月）

兩者文句極為相似，只有把「夜洗澡」換成「洤浴極有益」，「洗澡」改為「洤浴」。

〈養生記逍〉	《曾文正公日記》
養生之道，莫大於眠食，菜根粗糲，但食之甘美，即勝於珍饌也。眠亦不在於多寢，但實得神凝夢甜，即片刻亦足攝生也。放翁每以美睡為樂。然睡亦有訣。	養生之道，當於眠食二字，悉心體驗。食即平日飯菜，但食之甘美，即勝於珍藥也。眠亦不在多寢，但實得神凝夢甜，即片刻亦足攝生矣。（辛酉十一月） 放翁每以美睡為樂，蓋必心無愧怍，而後睡夢皆恬。故古人每以此自課也。（辛酉正月）

陳毓羆以為出於上面兩節，其實應該還有一段話：「養生之道，莫大於眠食。眠不必甘寢鼾睡而後為佳，但能淡然無欲，曠然無累，閉目存神，雖不成寐，亦尚足以養生。余多年不獲美睡，當於此加之意而已。」（壬戌正月）另外，把「平日飯菜」改為「菜根粗糲」，「珍藥」變為「珍饌」。

〈養生記逍〉	《曾文正公日記》
余少時，見先君子於午餐之後，小睡片刻，燈後治事，精神煥發。余近日亦思法之。午餐後，於竹床小睡，入夜果覺清爽。益信吾父所為，一一皆為可法。	余少時讀書，見先君子於日入之後，上燈之前，小睡片刻，夜則精神百倍。余近日亦思法之。日入後於竹床小睡，燈後治事，果覺清爽。余於起居飲食，按時按刻，各有常度，一一皆法吾祖吾父之所為；庶幾不墜家風。（癸亥四月）

兩段文句的差異在於把「日入之後」換乘「午餐之後」，把「入夜」「夜」跟「燈後治事」的位置對調。又將「一一皆法吾祖吾父之所為」一句，改變語法成「吾父所為，一一皆可為法」。

以上就是陳毓羆先生所指出的部分，然而經筆者仔細對比〈養生記逍〉跟《曾文正公日記》之後，發現除前述第五條「養生之道，莫大於眠食」一段陳氏沒有找出，還有一段相同的語句，是陳氏也沒有看出來的。現並列如下：

〈養生記逍〉	《曾文正公日記》
禪師稱二語告我曰：「未死先學死，有生即殺生。」有生，謂妄念初生；殺生，謂立予剷除也。此與孟子勿忘、勿助之功相通。	黃靜軒勸我靜坐凝神，以目光內視丹田；因舉四語要訣曰：「但凝空心，不凝住心；但滅動心，不滅照心。」又稱二語曰：「未死先學死，有生即殺生。」有生，謂妄念初生；殺生，謂立予剷除也。又謂此與孟子勿忘、勿助之功相通。吾謂與朱子「致中和」一節之注亦相通。（庚午五月）

《曾文正公日記》裡的「黃靜軒」，在〈養生記逍〉裡變為「禪師」，因為〈養生記逍〉前面曾說：「靜念解脫之法，行將辭家遠出，求赤

松子於世外。嗣以淡安、揖山兩昆季之勸，遂乃棲身苦庵，惟以南華經自遣。」既然「棲身苦庵」，當然跟「禪師」講道就是順理成章的事；所以，在〈養生記逍〉裡，有三處言及「禪師」，而最後一段裡，還有「近年與老僧共話無生，而生趣始得。稽首世尊，少懺宿愆；獻佛以詩，餐僧以畫。」那「禪師」就必然要存在的了。

陳毓羆先生說因為小時候在家中有看過張英的《篤素堂集》，就是《聰訓齋語》，陳先生讀過多遍，所以對〈養生記逍〉裡的文句印象猶新，因而發現〈養生記逍〉裡的文句，跟張英的《聰訓齋語》有不少相同之處，從而找出《聰訓齋語》有十一條見於〈養生記逍〉裡，數量較之《曾文正公日記》猶有過之。

張英，諡文瑞，他的文集就稱為《文瑞集》，《四庫全書》中有之。在四庫本《文瑞集》卷四十五，亦即是《篤素堂文集》九雜著，就是《聰訓齋語》。其中幾乎每段都以「圃翁」開始；「圃翁」就是張英晚年的字號；他在清史裡有傳。他跟兒子張廷玉是父子宰相。〈養生記逍〉中也有抄錄張廷玉《澄懷園語》的文句，故於此一並交代張廷玉的生平如下：

張英（1637-1708），安徽桐城人，字敦復、夢敦，號樂圃、圃翁。康熙六年進士，選庶吉士。康熙十六年（1677）入值南書房，一時制誥多出其手。康熙二十八年擢工部尚書，充《國史》、《一統志》、《淵鑑類函》《政治典訓》、《平定朔漠方略》總裁官。康熙三十八年遷文華殿大學士兼禮部尚書。張英自壯歲即有田園之思，致仕之後，優遊林下者七年，居於桐城龍眠山別墅。著有《恆產瑣言》、《聰訓齋語》、《南巡扈從紀略》、《文端集》、《篤素堂詩文集》等。以務本力田、隨分知足告誡子弟。康熙四十七年卒。諡文瑞。

　　張廷玉（1672-1755），字衡臣，號研齋。張英次子。康熙進士。歷任文淵閣、文華殿、保和殿大學士及戶部、吏部尚書，軍機大臣等。世宗設軍機處，規制多出其手。後任《明史》監修總裁官。前後歷三朝，居官五十年，處置軍國大政不計其數，無聲色玩好之嗜，性情淡泊。著有《傳經堂集》、《焚餘集》、《澄懷園詩選》、《澄懷園語》等。

　　以下把陳毓羆所找出的相同文字語句，按照〈養生記逍〉中的順序先後，一一表列如下：

〈養生記逍〉	《聰訓齋語》
聖賢皆無不樂之理。孔子曰：「樂在其中。」顏子曰：「不改其樂。」孟子以「不愧、不怍」為樂。論語開首說樂。中庸言：「無入而不自得。」程、朱教尋孔、顏樂趣，皆是此意。聖賢之樂，余何敢望？竊欲仿白傅之「有叟在中，白鬚飄然，妻孥熙熙，雞犬閑閑。」之樂云耳。	圃翁曰：「聖賢仙佛，皆無不樂之理。彼世之終身憂戚，忽忽不樂者，決然無道氣、無意趣之人。孔子曰：「樂在其中。」顏子不改其樂。孟子以「不愧不怍」為樂。論語開首說「說、樂」。中庸言「無入而不自得」，程、朱教尋孔顏樂處，皆是此意。……聖賢仙佛之樂，予何敢望？竊欲營履道一丘一壑，仿白傅之「有叟在中，白鬚飄然，妻孥熙熙，雞犬閑閑」之樂云耳。 （見《四庫全書》冊1319，《文瑞集》卷四十五、《篤素堂文集》九、雜著、《聰訓齋語》、總頁717。以下引文接同此本，止注頁碼。）

〈養生記逍〉文中，從此段起，連續引用《聰訓齋語》多段。此段濃縮、刪節《聰訓齋語》之文，把「仙佛」刪去，並將對一般世人的批評語截去。又將「孔、顏樂處」訛作「孔、顏樂趣」。

〈養生記逍〉	《聰訓齋語》
冬夏皆當以日出而起，於夏尤宜。天地清旭之氣，最為爽神；失之甚為可惜。（此段陳氏未言） 余居山寺之中，暑月日出則起，收水草清香之味。蓮方斂而未開，竹含露而猶滴，可謂至快。日長漏永，午睡數刻，焚香垂幬，淨展桃笙，睡足而起，神清氣爽，真不啻天際真人也。	圃翁曰：「古人以眠、食二者為養生之要務。……安寢乃人生最樂。古人有言：『不覓仙方覓睡方。』冬夜以二鼓為度，暑月以一更為度。每笑人長夜酣飲不休，謂之消夜；夫人終日勞勞，夜則宴息，是極有味，何以消夜為？冬夏皆當以日出而起，於夏尤宜。天地清旭之氣，最為爽神；失之甚為可惜。予山居頗閒，暑月日出則起，收水草清香之味，蓮方斂而未開，竹含露而猶滴，可謂至快。日長漏永，不妨午睡數刻，焚香垂幬，淨展桃笙，睡足而起，神清氣爽，真不啻天際真人。（頁718-719）

〈養生記逍〉明顯是從《聰訓齋語》節刪而來，只是把有關「食」的部分去掉，更把後面晚起之弊省去。文中「予山居頗閒」一句，〈養生記逍〉則改為「余居山寺之中」，就是為了配合前文所說「遂乃棲身苦庵」，以作照應。至於「冬夏皆當以日出而起」一段，陳氏並未指出，稍有疏忽。

〈養生記逍〉	《聰訓齋語》
真定梁公每語人，每晚家居，必尋可笑之事，與客縱談，掀髯大笑，以發舒一日勞頓鬱結之氣，此真得養生要訣也。曾有鄉人過百歲，余扣其術。答曰：「余鄉村人，無所知，但一生只是歡喜，從不知憂惱。」此豈名利中人所能哉。	圃翁曰：「昔人論致壽之道有四……人常和悅則心氣沖而五臟安。昔人所謂養歡喜神。真定梁公每語人，日間辦理公事，每晚家居，必尋可喜笑之事，與客縱談，掀髯大笑，以發抒一日勞頓鬱結之氣，此真得養生要訣。何文瑞公時，曾有鄉人過百歲，公扣

| | 其術。答曰：「予鄉村人，無所知，但一生只是喜歡，從不知憂惱。」噫！此豈名利中人所能哉。（頁720） |

本段與《聰訓齋語》大致相同，唯有所刪節。其中最可議的是將何文瑞公問過百歲的鄉人長壽之術，〈養生記逍〉轉而說成「余（沈復）扣其術」。

〈養生記逍〉	《聰訓齋語》
昔王右軍云：「吾篤嗜種果，此中有至樂存焉；我種之樹，開一花，結一實，翫之偏愛，食之益甘。」右軍可謂自得其樂矣。	圃翁曰：「人生不能無所適以寄其意。予無嗜好，惟酷好看山種樹。昔王右軍亦云：「吾篤嗜種果，此中有至樂存焉；手種之樹，開一花，結一實，翫之偏愛，食之益甘。」此亦人情也。（頁721）

兩段文字大同。唯將圃翁所言節去。由於〈養生記逍〉是直引王右軍之言，所以把原有的「亦」字刪去；「手種之樹」也改為「我種之樹」。後面再加上「右軍可謂自得其樂矣」一句，作為結語。

〈養生記逍〉	《聰訓齋語》
放翁夢至仙館，得詩云：「長廊下瞰碧蓮沼，小閣正對青蕪峰。」便以為極勝之景。余居禪房，頗擅此勝，可傲放翁矣。	圃翁曰：「山居宜小樓，可以收攬群峰眾壑之勢，竹杪松梢，更有奇趣。……陸放翁夢至仙館，得詩云：「長廊下瞰碧蓮沼，小閣正對青蕪峰。」便以為極勝之景。予此中頗有之，可不謂之佳夢耶！（頁721）

《聰訓齋語》文句的前段，說的是張英想建造一小樓，小齋三楹，命名為「佳夢軒」，所以引用陸放翁的典故。〈養生記逍〉則直引放翁的

詩，後再加上「余居禪房，頗擅此勝，可以傲放翁矣」一段，以作結語，且呼應前面「遂樓身苦庵」之語。

〈養生記逍〉	《聰訓齋語》
余昔在球陽，日則步屨於空潭、碧潤、長松、茂竹之側，夕則挑燈讀白香山、陸放翁之詩。焚香煮茶，延兩君子於坐，與之相對，如見其襟懷之澹宕，幾欲棄萬事而從之遊；亦愉悅身心之一助也。	予昔在龍眠，苦於無客為伴，日則步屨於空潭、碧潤、長松、茂竹之側，夕則掩關挑燈讀蘇、陸詩。以二鼓為度，燒燭、焚香、煮茶，延兩君子於坐，與之相對，如見其容貌、鬚眉然。詩云：『架頭蘇、陸有遺書，特地攜來共索居；日與兩君同臥起，人間何客得勝渠？』良非解嘲語也。」（頁723）

這一段文字，楊仲揆先生在他的文章中就說過：

> 我本不擬談〈養生記逍〉。但讀過後，又發現記逍中，也有一段談到琉球：「（即本段）」此段為李鼎元使琉球記所無。假如此記亦係偽出，則更見偽記作者之苦心與匠意；若不查出抄襲李記之證據，則真可以亂真矣。[6]

陳毓羆則找出此段文字乃來自《聰訓齋語》，因為張英是桐城人，桐城縣西北有龍眠山，所以張英說「余昔在龍眠」，是指自己在故鄉桐城。〈養生記逍〉則改作「「余昔在球陽」，就把地點由桐城移到海外了。又刪去「苦於無客為伴」，以配合沈三白從客的身份。而至於把

6　楊仲揆：〈《浮生六記》第五記〈中山記歷〉真偽考──〈中山記歷〉與李鼎元《使琉球記》對照研究〉，收入所著：《琉球古今談》（臺北：臺灣商務印書館，民國79年〔1990〕12月），第19篇，頁425-478。

蘇東坡換成白香山，陳先生以為大概是因陳芸說過：「妾尚有啟蒙師白樂天先生，時感於懷，未嘗稍釋。」所以作者就把蘇軾換成白居易。

陳毓羆的說法雖然也很有道理，不過並不是唯一的原因，而是另有原因的。在查考《曾文正公日記》過程中，發現其中〈文藝〉類裡，有一段話說：「思白香山、陸放翁之襟懷淡宕，殊不可及。」而〈養生記逍〉這一段文字裡有「如見其襟懷之澹宕」之句，分明是由曾公日記擷取而來的；而日記裡是以白香山跟陸放翁並提的，所以才把蘇軾換為白居易的。

〈養生記逍〉	《聰訓齋語》
余自四十五歲以後，講求安心之法。方寸之地，空空洞洞，朗朗惺惺。凡喜怒哀樂，勞苦恐懼之事，決不令之入。譬如製為一城，將城門緊閉，時加防守，惟恐此數者闌入；近來漸覺闌入之時少，主人居其中，乃有安適之象矣。	圃翁曰：「予自四十六、七以來，講求安心之法。凡喜怒哀樂，勞苦恐懼之事，只以五官四肢應之，中間有方寸之地，常時空空洞洞，朗朗惺惺。決不令之入。所以此地常覺寬綽潔淨。予製為一城，將城門緊閉，時加防守，惟恐此數者闌入；亦有時賊勢甚銳，城門稍疏，彼間或闌入，即時覺察，便驅之出城外，而牢閉城門，令此地仍寬綽潔淨。十年來漸覺闌入之時少，不甚用力驅逐，然城外不免紛擾；主人居其中，尚無渾忘天真之樂。倘得歸田遂初，見山時多，見人時少，空潭碧落，或庶幾矣。（頁727-728）

〈養生記逍〉把「四十六、七以來」改為「四十五歲以後」，是為了配合〈浪遊記快〉裡，沈復年在四十五歲，〈養生記逍〉既然在〈浪

遊記快〉之後，那當然就是「四十五歲之後」了。《聰訓齋語》說
「主人居其中，尚無渾忘天真之樂」，是因為雖然「闌入之時少」，但
是仍然「不免紛擾」，所以依然還是要用力廓清、驅逐，不可稍懈；
而〈養生記逍〉則說「主人居其中，乃有安適之象矣」，把「不免紛
擾」的處境，不能稍懈的修為，就當作「可安適之象」，境界實在是
低了一點，上達的決心也不夠沈定。

〈養生記逍〉	《聰訓齋語》
養身之道，一在慎嗜慾，一在慎飲食，一在慎忿怒，一在慎寒暑，一在慎思索，一在慎煩勞。有一於此，足以致病；安得不時時謹慎耶！	父母之愛子，第一望其康寧，第二冀其成名，第三願其保家。……養身之道，一在謹嗜慾，一在慎飲食，一在慎忿怒，一在慎寒暑，一在慎思索，一在慎煩勞。有一於此，足以致病，以貽父母之憂，安得不時時謹凜耶！（頁731）

《聰訓齋語》這一段言養身之道，其目的在於安父母之心，是孝順的
大焉者；張英以此來說明孔子論孝順之深意。〈養生記逍〉則擷取其
中一段，又把「以貽父母之憂」一句刪掉，以顯示這本來是獨立的一
段話，跟《論語》無關。而「謹」「凜」都改作「慎」，則較為整齊、
通俗。

〈養生記逍〉	《聰訓齋語》
張敦復先生嘗言：「古人讀《文選》而悟養生之理，得力於兩句，曰：「石蘊玉而山輝，水含珠而川媚。」此真是至言。嘗見蘭蕙芍藥之蒂間，必有露珠一點。若此一點為蟻蟲所食，則花萎矣。又見筍初	古人讀《文選》而悟養生之理，得力於兩句，曰：「石蘊玉而山輝，水含珠而川媚。」此真是至言。嘗見蘭蕙芍藥之蒂間，必有露珠一點。若此一點為蟻蟲所食，則花萎矣。又見筍初出，當曉，則必有露珠數顆在其末。

出，當曉，則必有露珠數顆在其末。日出，則露復斂而歸根，夕則復上。田間有詩云：「夕看露顆上梢行。」是也。若侵曉入園，筍上無露珠，則不成竹，遂取而食之。稻上亦有露，夕現而朝斂，人之元氣全在乎此，故文選二語，不可不時時體察，得訣固不在多也。」	日出，則露復斂而歸根，夕則復上。田間有詩云：「夕看露顆上梢行。」是也。若侵曉入園，笋上無露珠，則不成竹，遂取而食之。稻上亦有露，夕現而朝斂，人之元氣全在於此，故《文選》二語，不可不時時體察，得訣固不在多也。（頁733）

這一段話，〈養生記逍〉與《聰訓齋語》幾乎完全一樣，只有「笋」與「筍」，以及前面加了「張敦復先生嘗言」一句作起始語。「筍、笋」是同一個字的異體，不過「筍」字比較雅。至於前面加上「張敦復（也就是張英、圃翁）先生嘗言」一句，可能是因為《聰訓齋語》卷二跟卷一有些少差異，就是卷一幾乎每有段都以「圃翁」起首，可以直接引用；而卷二則只有第一段用「圃翁」起首，後面各段都沒有說話人的稱呼了，所以〈養生記逍〉就加上一句。

〈養生記逍〉	《聰訓齋語》
圃翁曰：「人心至靈至動，不可過勞，亦不可過逸；惟讀書可以養之。閑適無事之人，鎮日不觀書，則起居出入，身心無所棲泊，耳目無所安頓，勢必心意顛倒，妄想生嗔，處逆境不樂，處順境亦不樂也。 古人有言，掃地焚香，清福已具。其有福者，佐以讀書，其無福者，便生他想。」旨哉斯言。且從來拂意之事，自不讀書者見之，似為我所獨遭，極其難堪；不知古人拂意	圃翁曰：「聖賢領要之語曰：『人心惟危，道心惟微』者，嗜欲之心，如隄之束水，其潰甚易；一潰則不可復收也。微者，理義之心，如帷之映鐙，若隱若現，見之難而晦之易也。人心至靈至動，不可過勞，亦不可過逸；惟讀書可以養之。每見堪輿家平日用磁石養鍼；書卷乃養心第一妙物。閑適無事之人，鎮日不觀書，則起居出入，身心無所棲泊，耳目無所安頓，勢必心意顛倒，妄想生嗔，處逆境不樂，處順境亦不樂。每見人栖栖皇

之事有百倍於此者，特不細心體驗耳。即如東坡先生歿後，遭逢高、孝，文字始出，而當時之憂讒畏譏，困頓轉徙潮、惠之間，且遇跣足涉水，居近牛欄，是何如境界？又如白香山之無嗣，陸放翁之忍饑，皆載在書卷，彼獨非千載聞人，而所遇皆如此，誠一心平靜觀，則人間拂意之事，可以渙然冰釋。若不讀書，則見我所遭甚苦，而無窮怨尤嗔忿之心，燒灼不靜，其苦為何如耶？故讀書為頤養第一事也。	皇，覺舉動無不礙者，此必不讀書之人也。 古人有言：「掃地焚香，清福已具。其有福者，佐以讀書；其無福者，便生他想。」旨哉斯言，予所深賞。且從來拂意之事，自不讀書者見之，似為我所獨遭，極其難堪；不知古人拂意之事，有百倍于此者，特不細心體驗耳。即如東坡先生歿後，遭逢高、孝，文字始出，名震千古，而當時之憂讒畏譏，困頓轉徙潮、惠之間，蘇過跣足涉水，居近牛欄，是何如境界？又如白香山之無嗣，陸放翁之忍饑，皆載在書卷，彼獨非千載聞人，而所遇皆如此，誠一心平靜觀，則人間拂意之事，可以渙然冰釋。若不讀書，則但見我所遭甚苦，而無窮怨尤嗔忿之心，燒灼不寧，其苦為何如耶？且富盛之事，古人亦有之，炙手可熱，轉眼皆空。故讀書可以增長道心，為頤養第一事也。（頁716-717）

這一段話，〈養生記逍〉明言引用圃翁之言，而加以擷取刪節，把其中比較有道學味的言語與譬況，一概削落，用以強調讀書乃頤養第一事，不是「修道之為教」的純儒家思想。這樣的引用，比較合乎設想沈復當時居於苦庵，讀《莊子‧逍遙》，安時處順，養身盡年的場景。而文中把蘇軾之子蘇過，誤寫為「且遇」，陳毓羆以為原因是「作偽者不知道蘇過是蘇軾之子」，以常理而論，凡是稍有讀過東坡文章的人，大都應該知道蘇過曾從蘇軾至儋州，作偽者沒有需要改動；何況這一段明引圃翁的話，照抄也無妨；而《聰訓齋語》的刊印

本也沒有任何一本作「且遇」的。如果改了，反而是自露馬腳。所以，這「蘇過」變成「且遇」，可能是〈養生記逍〉是手抄本，書寫較為潦草，排版校對的人誤看誤排罷了。

〈養生記逍〉	《聰訓齋語》
圃翁擬一聯，將懸之草堂中：「富貴貧賤，總難稱意，知足即為稱意；山水花竹，無恆主人，得閑便是主人。」其語雖俚，卻有至理。天下佳山勝水，名花美竹無限，大約富貴人役於名利，貧賤人役於饑寒，總鮮領略及此者。能知足，能得閑，斯為自得其樂，斯為善於攝生也。	圃翁曰：「予擬一聯，將來懸草堂中：「富貴貧賤，總難稱意，知足即為稱意；山水花竹，無恆主人，得閑便是主人。」其語雖俚，卻有至理。天下佳山勝水，名花美箭無限，大約富貴人役於名利，貧賤人役於饑寒，總無閒情及此，惟付之浩歎耳。（頁717）

此段文字亦明白引用圃翁之言，只是稍加剪裁，在最末段加入一點結語，以扣緊這一篇的主題「養生」，以及圃翁所說的「知足」、「得閑」而自得其樂。

　　陳毓羆先生所找出來的相同之處，止如上列的共十一條。不過，可能陳先生在對比的過程中，一時失察，還是有所遺漏了，除了前面所列第二條裡的上半部之外，第六條中〈養生記逍〉「襟懷之淡宕」句，在《曾文正公日記》〈文藝〉類裡，有：「思白香山、陸放翁之襟懷淡宕，殊不可及。」可見也是抄錄的，還有以下的兩條，也是陳先生所漏列的：

〈養生記逍〉	《聰訓齋語》
余之所居，僅可容膝，寒則溫室擁雜花，暑則垂簾對高槐，所自適於	余久歷世塗，日在紛擾榮辱勞苦憂患之中，靜念解脫之法，成此八章，自

天壤間者，止此耳。然退一步想，我所得於天者已多。因此心平氣和，無歆羨，亦無怨尤，此余晚年自得之樂也。	謂於人情物理，消息盈虛，略得其大意；醉醒臥起，作息往來，不過如此而已。顧以年增衰老，無由自適，二十餘年來，小齋僅可容膝，寒則溫室擁雜花，暑則垂簾對高槐，所自適於天壤間者，止此耳。（頁738） 諺曰：「一家溫飽，千家怨忿。」惟當撫躬自返，我所得於天者已多。彼同生天壤，或係親戚，或同里閈，而失意如此，我不讓彼而彼顧肯讓我乎？嘗持此心，深明此理，自然心平氣和，即有拂意之事，逆耳之言，如浮雲行空，與吾無涉。（頁740）

由以上的對比，明顯地看出〈養生記逍〉的文句，是湊合了《聰訓齋語》的兩段話而來的。前一段大多是抄錄擷取，後一段則多是以意改寫。如「撫躬自返」改寫為「退一步想」，「即有拂意之事，逆耳之言，如浮雲行空，與吾無涉」改為比較通俗的「無歆羨，亦無怨尤」；最後加上「自得之樂」作結語。

此中還有一句「靜念解脫之法」，見於〈養生記逍〉的第二段最前一句，也是值得注意的。

〈養生記逍〉	《聰訓齋語》
余時時稅駕，咀嚼其味，但不從邯鄲道上，向道人借黃粱枕耳。	香山詩云：「多道人生都是夢，夢中歡樂亦勝愁。」人既在夢中，則宜稅駕，咀嚼其夢，而不當為夢幻泡影之嗟。予固將以此為睡鄉，而不復從邯鄲道上，向道人借黃粱枕也。（頁721）

〈養生記逍〉這一段緊接在談論「白雲鄉、溫柔香、醉鄉、睡鄉」之後，而以睡鄉為勝；所以接以「稅駕」、「黃粱枕」，用來表示進入睡夢之鄉。

《聰訓齋語》這一段則接在「陸放翁夢至仙館」之後，說的是張英想為小齋取名「佳夢軒」，所以才談到睡鄉、黃粱枕。

由於兩段都說「睡」、「夢」，所以，〈養生記逍〉就擷取了《聰訓齋語》的文句來用了。

以上所列，是前人對〈養生記逍〉研究的成果，筆者也加更精細的對比，作了補充。林語堂先生所用的方法，是根據文中所用語詞的時代風格來作論據的，但沒有實際舉出更有力的證據來論斷。這一點就很像清朝學者閻若璩考證偽《古文尚書》般，找出書中所用的後代語詞：如「火炎崑崗，玉石俱焚」，乃三國、魏晉時代的習慣用詞，從而指證《古文尚書》是偽作的。不過，得先證明哪一個語詞是哪一個時代的用語，才能進行論斷；林語堂先生並沒有作這樣的工作，所以，他的論述雖然有理，卻沒有實證的功能。

其實陳毓羆先生在他的書裡，也有論及類似的觀點。他說：

還須指出，〈養生記逍〉中有好幾處顯然出於近代人的手筆。試舉兩例。一處是「太極拳非他種拳術可及，太極二字已完全包括此種拳術之意義。太極乃一圓圈，太極拳即由無數圓圈聯貫而成之一種拳術。無論一舉手，一投足，皆不能離此圓圈，離此圓圈，便違太極拳之原理。……」此條純為近人口吻。另一處是「吳下有石琢堂先生之城南老屋，屋有五柳園，頗具泉石之勝。城市之中，而有郊野之觀，成養神之勝地也。有天然

之聲籟，抑揚頓挫，盪漾余之耳邊。群鳥嚶鳴林間時，所發之斷斷續續聲，微風振動樹葉時，所發之沙沙籟籟聲，和清溪細流流出時，所發之潺潺淙淙聲，余泰然仰臥余青蔥可愛之草地上，眼望蔚藍澄澈之穹蒼，真是一幅絕妙畫圖也。以視拙政園，一喧一靜，真遠勝之。」從修辭及句法來看，根本不是乾嘉時人的作品，倒很像昔日十里洋場上，「禮拜六派」的格調。也許就是這位作偽者的「大作」吧。[7]

陳先生這一番話，跟林語堂的觀念是同理的，不過較之林先生更虛泛，倒是蠻像朱子論說《尚書・大序》是東漢以後人所做的一樣，因為文風格調跟西漢的孔安國當時的文章寫法很不一樣。這只能是一種判讀的理念，而不能當作確實的證據。不過，如果把陳先生前面的考證合併運用，確是相當有效的。

不過，陳先生雖然從《曾文正公日記》以及張英的《聰訓齋語》裡，找出了相同的文句，然而卻沒有看出《曾文正公日記》與《聰訓齋語》之間，在〈養生記逍〉的作者眼裡，在剪截文句的運用脈絡上，是有所關聯的。這一點，要仔細閱讀《曾文正公日記》中的各類記載，才可能以瞭然了，因為日記裡多次提到且稱許張英的《聰訓齋語》。在〈問學〉類日記裡，曾國藩說：

閱聖祖《庭訓格言》。嗣後擬將此書及張文瑞公之《聰訓齋語》，每日細閱數則，以養此心和平篤實之雅矣。（乙丑五月，頁16）[8]

---

7 陳毓羆：《沈三白和他的《浮生六記》》（臺北：大安出版社，1996年11月），頁79。
8 曾國藩原著：〈問學〉，《曾文正公日記》（臺南：綜合出版社，《曾文正公全集》，民國64年〔1975〕10月），頁16。

在〈文藝〉類日記裡，曾氏又說：

> 讀張文瑞公《聰訓齋語》，文和公《澄懷園語》，此老父子學
> 問，亦以知命為第一義。（己未四月，頁51）[9]

> 閱《白香山集》。因近日胸襟鬱結不開，顧思以陶、白、蘇、
> 陸之詩及張文瑞公之言解之也。（己巳五月，頁59）[10]

而在另一本《曾文正公名言類鈔》裡，曾國藩還有對張英《聰訓齋
語》的讚詞。他說：

> 張文瑞公英所著《聰訓齋語》，皆教子之言。其中言**養身、擇
> 友、觀玩山水花竹，純是一片太和生機**。吾教爾兄弟不再多
> 書，但以聖祖之《庭訓格言》（家中尚有數本）、張公之《聰訓
> 齋語》（莫宅有之，申夫有刻於安慶）二種為教。句句皆吾肺腑
> 所欲言。[11]

曾國藩的話言中，兩次把張英的《聰訓齋語》跟清聖祖康熙的《庭訓
格言》相提並論，可見對這本書十分重視，而他之所以重視的原因，
是因為這本書可以「養身、擇友、觀玩山水花竹，純是一片太和生
機」、可以「解胸襟鬱結」，「可以養此心篤實和平之雅」，也可以「知
命」。這樣的內容和思想觀念，正是〈養生記逍〉所渴望與需要的。

9　曾國藩原著：《曾文正公日記》〈文藝〉，頁51。
10　曾國藩原著：《曾文正公日記》〈文藝〉，頁59。
11　曾國藩原著：〈治身〉，《曾國藩名言類鈔》（臺南：綜合出版社，《曾文正公全集》，
　　民國64年〔1975〕10月），頁18。

而且，從書名來看，曾氏日記本來就有分類，命名為〈頤養〉，當然
內容是直接跟養生有關，作者理應優先翻閱；而《聰訓齋語》呢？從
書的名稱是無法瞭解它的內容有些哪些，更別說會去找有關養生的資
料。當然，除非作〈養生記逍〉的人本來就熟悉這本書的內容，又得
另當別論。然而，如果作者真的本來就熟悉《聰訓齋語》的話，那他
應該不會鈔得那麼直接，而應該是融會貫通，隱用於無形了。所以，
我們可以推斷，〈養生記逍〉的作者，應該是先看《曾文正公日記》，
選擇抄錄了其中的幾段，主要是在〈頤養〉類裡，從中發現曾國藩對
《聰訓齋語》的重視，並從曾氏言語裡得知《聰訓齋語》的內容跟養
生、養身、養心都有關係，於是才去翻找，從中大量抄錄書中的文句
語段。這一點關係，陳毓羆沒有注意到，而臺灣彰化師大的林淑芬卻
有注意到。[12] 林君的碩士論文大致是根據陳毓羆的說法，更仔細對
比，所以找出的相同地方比陳氏多一點，就是上面所說的「余之所
居，僅可容膝，寒則溫室擁雜花，暑則垂簾對高槐，所自適於天壤間
者，止此耳」一段，林淑芬也有找到，不過卻沒有看到下面的「然退
一步想，我所得於天者已多。因此心平氣和，無歆羨，亦無怨尤」一
段，也是出於《聰訓齋語》的。

　　另外，林淑芬對〈養生記逍〉「張敦復先生嘗言」一段有所誤
解。她認為：

　　　　這段抄自《聰訓齋語》，除了前面多加了「張敦復先生嘗言」，使

---

12 見林淑芬著：《浮生六記研究》（彰化：彰化師範大學碩士論文，2004年），頁90。
　　文中說：「偽作大約看到張文瑞公，於是〈養生記逍〉的後半部差可以從《聰訓齋
　　語》中截抄。」

得這段古人所說的話，全成了張敦復引用古人讀文選的心得。[13]

對於這一段話，陳毓羆說「只是前面加了一句『張敦復先生嘗言』」，[14]沒有進一步的說明。所以，林淑芬就誤解了，以為這一段本來不是「張敦復」說的話變成「張敦復」說的。其實，張敦復就是張英，也就是張文瑞公，他字「敦復」，號「樂圃」，在《聰訓齋語》裡，他也自稱「圃翁」；所以，張敦復說的就是張英說的，也是圃翁說的，這並沒有改變甚麼。〈養生記逍〉裡也常常引用「圃翁」之言呢。

（二）前人研究成果對考定〈養生記逍〉所具效能之分析

以上所列的，就是前人對〈養生記逍〉的研究成果，分別是對〈養生記逍〉的質疑，以及把其中文本的出處加以考求，這是一個很不錯的開端，可惜的是他們都沒有進一步分析這些文本來源所顯示的意義，和對考定〈養生記逍〉這篇文章所產生的效能。

其實，〈養生記逍〉這篇文章的偽作者是相當機警謹慎，設想周密的，他也應該可以想得到，有一天，有人會忽然發現文章內容跟曾國藩《日記》、張英《聰訓齋語》裡的文句十分相似，從而產生懷疑。所以，他也預先為自己埋下一招很重要的伏筆，來封殺別人對文章內容的質疑；那就是在〈養生記逍〉的第二段裡，他除了說是自己讀了《莊子·養生主》、〈逍遙遊〉兩篇文章的心得之外，還有的是「亦或採前賢之說以自廣，掃除種種煩惱，惟以有益身心為主，即蒙莊之旨」，這樣一說，就算有人發現文章內容雷同，也可以解釋說本

---

13 林淑芬著：《浮生六記研究》（彰化：彰化師範大學碩士論文，民國93年〔2004〕），頁94。

14 陳毓羆著：《沈三白和他的《浮生六記》》（臺北：大安出版社，1996年11月），頁78。

來就有說明是「採前賢之說」以自廣，那就沒甚麼好質疑的了。

　　既然已經先說明有抄錄前人之說了，就好像打了預防針一樣；這難道就沒有破綻了嗎？不是的，因為還可以看所抄錄的內容，其中的用語、風格、立場、觀念等等，更重要的是抄錄對象的時間有沒有矛盾。須知到抄錄者所抄錄的對象，只可能是他之前的人和書，而不可能抄錄到作者以後的作者所寫的著作內容。所以，如果所抄錄的資料裡，都是前人作品中的內容，那我們只能說他抄錄別人的資料，而不能一口就咬定說他是偽作的。而且，明、清兩朝其實有很多文人學者的著作，都是纂集前人的雋語嘉言而成，比如明朝鄭瑄的《昨非庵日纂》，陳繼儒的《岩棲幽事》、《珍珠船》等。而養生方面的書，更是天下資料一大抄。因此，雖然沈三白在〈浪遊記快〉裡說過：「余凡事喜獨出己見，不屑隨人是非；即論詩品畫，莫不存人珍我棄，人棄我取之意」，但是養生是要具備客觀醫理，實際環境、條件等因素為根據的；誠然，沈三白也可能對養生之道有新的發現，不過，這看來並不容易成立，因為從所有有關沈三白的資料裡，實在看不出他對醫學專業有特別的認知。就以芸娘的身體狀況，以及芸娘病逝的描述，只見沈三白不知所措，徬徨無計罷了，那來的醫學知識？所以，沈三白的〈養生記逍〉裡所記載的，最有可能的就是他根據自己的生活經驗，印證前人養生、養心的言論，從而抒發自己的心得；其中也一定大量抄錄前人的說法。以此而論，就算找到其中抄錄別人的話語，也是很正常的事。因此可見，問題的關鍵不在他有沒有抄錄別人的言語，而是在他抄錄了誰的資料？那個人的生存時間是在沈三白之前呢？還是之後呢？如果是之前的，那就只能顯示沈三白比較喜歡誰的說法；如果是之後，這才可以說是後人補作，或者是後人偽作；而且從時間上還可以判斷出偽作的時間上限。

　　根據以上的說明，來分析前人對〈養生記逍〉研究所得出的成果，就是指出其中有大量抄錄張英《聰訓齋語》，以及曾國藩日記裡的文字內容。

　　首先，還得先瞭解這兩本書的性質，才好作更深入的解析。因為如果這兩本書是屬於抄錄編纂的話，那〈養生記逍〉所抄錄的，到底是抄自源頭的書還是後來編纂的書，還是一個問題，得進一步追查。還好，《聰訓齋語》是張英畢生人生歷練的總結，其中雖然也有引用前人的經驗，而大部分都是他自己的心得體會，說的內容也是他生活所面對的事，而且是用他自己的文章語言來說的，具有明顯的自家風格；所以，如果別人跟他雷同，那就是抄錄他的。而曾國藩的日記，更是他自家的平日記錄，當然其中也有些是引用前人的話來印證自己的體會，不過他都有所說明，所以，跟曾氏日記相同的記載，應該是從他的日記那裡抄來的。

　　作了以上的定性分析之後，就可以肯定地說，〈養生記逍〉中與這兩本書相同的文句語段，就是從這兩本書裡抄來的，沒有更早的來源了。那如果檢覈《聰訓齋語》與曾國藩日記這兩本書跟〈養生記逍〉所寫作的時間相對關係，就能做出一些基本的認定。

　　由於〈養生記逍〉是以沈三白的名義寫的，而沈三白的生年可考（乾隆二十八年，1763），而卒年不可知。根據《浮生六記》的第四記〈浪遊記快〉所記事，止於嘉慶十三年戊辰（1808）沈三白年四十六，那他寫〈養生記逍〉的時間應該在這之後。而根據陳毓羆先生的考索，顧翰（1782-1840）為沈三白作〈壽沈三白布衣〉一詩，此詩應是創作於道光二年（1822），是賀沈三白六十歲大壽的詩。[15]而管貽

────────────

15 陳毓羆著：《沈三白和他的浮生六記》（臺北：大安出版社，1996年），頁45-46。

蒨有〈長洲沈處士以《浮生六記》見示，分賦六絕句〉詩，此詩的寫作時間應該在道光五年，管貽蒨至如皋所作。[16]那麼，沈三白如果要寫〈養生記逍〉的文章，大概要年過六十吧，應該是在道光二年之後，到道光五年之間吧。如果以此為準，來看《聰訓齋語》，張英士卒於康熙四十七年（1708），他的《聰訓齋語》也相當有名，並收入《四庫全書》之中。那沈三白如果在道光二年之後作〈養生記逍〉，他是可以看得到《聰訓齋語》這本書的，他從裡面抄錄一些自己所認同的修身思想、養生觀念，是無可厚非的事。所以，憑據〈養生記逍〉與《聰訓齋語》相同的文句語段，其實頂多只能說沈三白抄別人的心得領悟，不足以證明它是偽作的。

然而，把〈養生記逍〉對比《曾文正公日記》呢？得出的結果就大不相同了。曾國藩（1811-1872）卒於同治十一年壬申，年六十二歲。檢覈〈養生記逍〉與曾氏日記相同的部分，最晚的日記是在「庚午五月」，亦即同治九年（1870），此年如果沈三白還在世的話，已經一百零七歲了，要他引用曾國藩的日記語是不可能的。更何況曾國藩日記是經由他的門人王啟原在光緒二年（1876）所編輯出版的，那時如果沈復還在世的話，已經一百一十三歲。所以可以肯定地說，沈三白是不可能看到曾國藩的日記，並從中抄錄出來，寫入自己的書裡面的。而在道光五年，管貽蒨已經看到原本沈三白所寫的〈中山記歷〉與〈養生記逍〉，並且針對性地各寫了一首詩來頌揚；道光五年曾國藩才十五歲，可能還沒有寫日記的習慣呢；那麼沈三白就更不可能寫出跟曾國藩日記中相同的文句語段了。

在曾國藩的日記裡，有一則是跟沈三白有點相關的，就是曾國藩

---

16 陳毓羆著：《沈三白和他的浮生六記》（臺北：大安出版社，1996年），頁46-48。

在同治十年（1871）時，曾經接見過沈三白的好友——石韞玉——的曾孫石師鑄。[17]沈三白跟石韞玉是總角之交，年齡相仿，石韞玉活到八十一歲去世，已經是很長壽的了，沈三白長年顛沛流離，生活困窘，很難想像他能活得太長壽。

由以上的分析，就可以知道今天我們所讀到的〈養生記逍〉裡的文章，絕對不是沈三白所寫的原本〈養生記逍〉，而是後人所冒充的贗品。至於究竟是甚麼時候的人所偽作的？是誰偽作的？那就得從其他的資料來作判斷了。

三　〈養生記「逍」〉與〈養生記「道」〉之考校

熟悉《浮生六記》問題的學者，都知道一個事實，就是在足本《浮生六記》出現之前，所有《浮生六記》的版本，都只有前四記，而後兩記只有篇名，沒有內容；而後兩記的篇目寫的是〈中山記歷〉、〈養生記「逍」〉。而在足本《浮生六記》出現之後，大家所看到足本的最後一記的篇題，卻寫成〈養生記「道」〉。對於這一點的差異，歷來並沒有引起太大的注目，很多人都以為只是一字之差罷了，不代表甚麼意義；其實不然。對此問題有所討論的，首先就是朱劍芒在民國二十四年上海世界書書局印行的第一版《足本浮生六記》後面，所寫的一篇〈浮生六記讀後附記〉，文章裡就提到這一點說：

> 不過，我在這首尾完整的本子上，發現兩個小小疑問：一、以

---

17 見《曾文正公日記·品藻》，《曾文正公全集》（臺南：綜合出版社，民國64年〔1975〕），頁73。日記說：「石琢堂之曾孫，名師鑄，字似梅者，自湖南來。筠仙有書薦之，盛稱奇才。果俊才也。（辛未十二月）」

前所見不完全的各本，目錄內第六卷是〈養生記道〉，現今這
個足本，卻改了〈養生記逍〉。單獨用一「逍」字，似乎覺得
生硬。………至於〈養生記道〉和〈養生記逍〉的不同，考之
最初發見殘本《浮生六記》的楊引傳，他那〈序〉上曾說是作
者的手稿，現在王先生搜得的足本，也是鈔寫的本子；究竟哪
一本是作者墨蹟，雖無從證明，而輾轉鈔寫，亦不免有魯魚亥
豕之處。「道」和「逍」的形體相像，我們可堅決承認，後者
或前者總有一本出於筆誤的。[18]

朱劍芒以為〈養生記道〉變成〈養生記逍〉，他有兩點意見：

第一，是單用一個「逍」字，覺得生硬。這是朱劍芒對詞彙認知
修養上的判斷，因為「逍」字在古代是不單獨用的，而是跟「遙」字
合用，形成一個雙音節連綿詞，的確是不單獨使用的。清朝郭慶藩曾
經作了考證說：

> 逍遙二字，《說文》不收，作消搖者是也。《禮·檀弓》「消搖
> 於門」，《漢書·司馬相如傳》「消搖乎襄羊」，京山引《太玄·
> 翁首》「雖欲消搖，天不之茲」，漢〈開母石闕〉「則文燿以消
> 搖」，《文選》宋玉〈九辯〉「聊消搖以相羊」，《後漢·東平憲
> 王蒼傳》「消搖相羊」；字並從水作消，從手作搖。唐釋湛然
> 〈止觀輔行傳〉弘決引王瞀夜云：「消搖者，調暢逸豫之意。
> 夫至理內足，無時不適，止懷應物，何往不通。以斯而遊天
> 下，故曰消搖。」又曰：「理無幽隱，消然而當；形無鉅細，

18　〔清〕沈復著，趙苕狂考，朱劍芒校：《足本浮生六記》（上海：上海書店。根據國
學整理社1936年版複印，《美化文學名著叢刊》第六種），書後附記，頁1-2。

搖然而通；故曰消搖。」解「消搖」義，視諸儒為長。[19]

從郭慶藩的考證可以知道，〈逍遙遊〉本來是寫作「消搖遊」的，在唐朝以前，都是兩字連用為疊韻連綿詞。不過，從唐朝之後，似乎開始有把這兩個字分開來解說的傾向，所謂「消然而當」、「搖然而通」即是。不過，後世對這兩個字的運用，一般而言，「遙」字單用是不成問題的，因為「遙」有「遙遠」之義，故單用無妨；而「逍」字則不然，一直以來就不太單用，大概只有在人名上才會單用，就像金庸小說裡明教左右二使楊逍、范遙等。朱劍芒的認知的確是對的，這是有違語詞一般用法的現象。如果就朱劍芒這個看法，引伸而論的話，言下之意就是認為〈養生記逍〉是比較可信，比較正確的。不過，朱劍芒並沒有把話說明白，因為這會跟下面第二點的分析討論相矛盾。

第二，朱劍芒以為這可能是「道」與「逍」字形上的相似，因而抄錄錯誤，但他不說明是哪一個可能比較對，只說「後者或前者總有一本出於錯誤」，這似乎是顯而易見的事實。於是很多人的討論就到此為止，就連號稱對《浮生六記》研究最有成果的陳毓羆先生，[20]也僅僅只是贊成朱劍芒的觀點，沒有作任何補充。[21]然而他們都忽略了一件很重要的事，就是〈養生記逍〉的「逍」字，跟內文是密切相關的；就在內文的第三段，明確引用《莊子·逍遙遊》來發揮說：「又

---

19 〔清〕郭慶藩著：《莊子集釋》（臺北：漢京文化事業公司，民國72年〔1983〕），頁2。

20 王人恩、謝志煌撰：〈《浮生六記》百年研究述評〉一文（《甘肅社會科學》2005年第四期，頁140）文中作了評論說：「客觀而言，陳毓羆《考辨》一文，是百年《浮》研究史上的不可多得的宏文佳作，其結論令人信服，無可辯駁，其研究方法亦足資後人借鑑。雖然江慰廬、丁志安、張蕊青以及臺灣學者對後二記的真偽問題都曾進行過探究，但從學術價值角度看，似遜陳文一籌。」陳毓羆〈《浮生六記》足本考辨〉一文，載於《文學遺產增刊》第15輯（北京：中華書局，1983年9月）。

21 陳毓羆：《沈三白和他的浮生六記》（臺北：大安出版社，1996年11月），頁54。

讀〈逍遙遊〉，而悟養生之要，惟在閑放不拘，怡適自得而已。」作者從〈逍遙遊〉的內涵從而體悟養生要旨；而他所說的養生要旨「閑放不拘，怡適自得」這兩句話，也是從《莊子·逍遙遊》篇題下《經典釋文》那裡得來的。《經典釋文》原句說：「遊，如字；亦作游。逍遙遊者，篇名，義取閑放不拘，怡適自得。」[22]這都說明篇首的這一段話，跟《莊子·逍遙遊》篇有文句、思想內涵的密切關係。而這篇首一段，分明就是整篇〈養生記逍〉的綱領與題解，文中在談及〈逍遙遊〉之後，還說「此〈養生記逍〉之所由作也」；因此，可以確定〈養生記「逍」〉這個篇題，跟內文是息息相應的。內文不可能抄錯，那篇題也就不應該是抄錯的問題。從這個角度來觀察，跟前面的第一點說的，就產生矛盾；因為「逍」字獨用既然是不合一般語詞用法，沈三白的文學素養如何，我們不太清楚，但是他既能寫詩，又能畫畫、刻印章，相信不至於太差，所以，他在擬題目的時候，就不太可能單用「逍」字。而現在所看到的足本《浮生六記》作〈養生記道〉，又與內文相關，不可能只是單純抄錯就能解釋的。這個矛盾，我以為朱劍芒應該想得到，但是他並沒有挑明來講，他的心理相信也很「矛盾」吧。

那《浮生六記》足本裡作〈養生記道〉，跟殘本《浮生六記》作〈養生記逍〉不同，就只有兩種可能，一是它本來就是真的作「逍」字，作「道」字是錯誤的。另一個可能就是足本的作者有心突顯這個足本的價值，用以對比出殘本的缺失，故意製造出來的差異。同時，因為足本中〈養生記道〉的篇首一大段文字，明顯地以《莊子》的思想作為全篇的核心觀念，所以除了引用《莊子·養生主》之外，

22　〔清〕郭慶藩著：《莊子集釋》（臺北：漢京文化事業公司，民國72年〔1983〕），頁2。

還用了〈至樂〉篇的「鼓盆而歌」的典故，如果再加上〈逍遙遊〉來增強《莊子》思想的主題觀念，那就更加令人感覺沈三白的思想深度，是值得欣賞的。當然也因為「道」與「逍」字形相近，才作了這樣的改變。

然而，《浮生六記》第六記本來真的作〈養生記「逍」〉嗎？〈養生記「逍」〉就是錯誤了嗎？從現實面來看，似乎是如此，作「逍」有內文為基礎，除非證明內文有問題，不然，「逍」就是錯字。不過，如果更仔細考求的話，其實還有轉圜的空間，這也是一直以來從沒有學者提到的關鍵點。

這個關鍵點就是曾經為沈三白的《浮生六記》作題辭的陽湖管貽葄樹荃，他也是現今所知確實看過原來的全本《浮生六記》，而又留下記錄的人。雖然他留下的紀錄只是六首詩，然而這就是問題的關鍵所在。管貽葄題辭詩六首如下：

> 劉樊仙侶世原稀，瞥眼風花又各飛，
> 贏得紅閨傳好句，「秋深人瘦菊花肥」。
> （君配工詩，此其集中遺句也）
>
> 煙霞花月費平章，轉覺閒來事事忙，
> 不以紅塵易清福，未妨泉石竟膏肓。
>
> 坎坷中年百不宜，無多骨肉更離披，
> 傷心替下窮途淚，想見空江夜雪時。
>
> 秦楚江山逐望開，探奇還上粵王臺，
> 遊蹤第一應相憶，舟泊胥江月夜杯。

瀛海曾乘漢使槎，中山風土紀皇華，

春雲偶住留痕室，夜半濤聲聽煮茶。

白雪黃芽說有無，指歸性命未全虛，

養生從此留真訣，休向嫏嬛問素書。

仔細研究這六首詩，其實每一首詩都是分別針對六記中的每一記來寫
作的，每一首詩都說到六記中的事情與內容。比如第一首詩，直接引
用〈閨房記樂〉中所記，陳芸所作「秋深人瘦菊花肥」的詩句，並在
詩句下註明「君配工詩，此其集中遺句也」，「集中」指的就是〈閨房
記樂〉中。第二首詩寫沈三白夫婦對生活情趣的講求，如沈三白說自
己「愛花成癖，喜剪盆樹」，又說花要「起把宜緊」，插花要「瓶口宜
清」等，他們在蕭爽樓的生活都是一些文雅之事，風流蘊藉，別有幽
致；正所謂「煙霞花月」、「泉石」、「清福」，對日常生活閒事，事事
講究情趣。第三首詩寫的是〈坎坷記愁〉裡的情節，芸娘因憨園事
件，獲怒於翁舅，以致要與女兒青君、兒子逢森骨肉分離；後來三白
因生活要到靖江，夜至江陰江口欲渡，囊中無錢，又雪勢加大，真的
是淒然慘然，潸然落淚。第四首詩中談到沈三白曾到廣東狎妓喜兒，
登其寮臺；又記三白渡胥江遊玩的事，都在詩中有所提及。從以上的
對比分析，可以很明顯地看出六首詩與六記之間，具有一一內容對應
的關係。因此，第五首詩說三白曾隨冊封使至琉球，有「留痕室」，
「煮茶」的雅事；陳毓羆先生也據此而論，以為「留痕室」便是三白
在琉球為其居室所取的雅號，[23]至於第六首詩，那就更值得注意了，
因為裡面顯示了與今天所看到的「養生記逍」有很不一樣的內容。

　　前面已經說過，〈養生記逍〉的核心思想，是以《莊子》的〈養

---

23 陳毓羆：《沈三白和他的浮生六記》（臺北市：大安出版社，1996年11月），頁21。

生主〉、〈逍遙遊〉思想為根據的，而且在整篇〈養生記逍〉裡，所說的生活要達觀，注意飲食、睡眠，要靜坐也要運動，更要安貧樂道，修心養性等概念，也都是可以理解的養生常識。不過，如果仔細探求管貽葑的第六首詩，就可以發現管貽葑所看過的真本〈養生記逍〉的內容，根本就不是那麼一回事。

管貽葑的詩說：「白雪黃芽說有無，指歸性命未全虛，養生從此留真訣，休向嬭媼問素書。」所謂「白雪」、「黃芽」、「指歸」、「性命」等詞彙，都指向一個共同的範圍，就是「道術、煉丹」一路學說的專用術語。

如果翻看《西遊記》的第七十三回〈情因舊恨生災毒，心主遭魔幸破光〉，其中文章說：

> 話說唐僧四眾奔上大路，一直西來。不半晌，忽見一處樓閣重重，宮殿巍巍。唐僧勒馬道：「徒弟，你看那是個什麼去處？」行者舉頭觀看，但見山溪環繞，樹密花香。柳間棲白鷺，渾如煙裏玉無瑕；桃內囀黃鶯，卻是火中金有色。彩禽飛語軟枝紅，宛然劉、阮天臺洞。報導：「師父，那所在，卻像一個庵觀寺院，到那裏方知端的。」師徒們來至門前觀看，門上嵌著一塊石板，上有「黃花觀」三字。八戒道：「黃花觀乃道士之家，我們進去會他一會也好。他與我們衣冠雖別，修行一般。」沙僧道：「說得是。一則進去看看景致，二來看方便，安排些齋飯與師父吃。」長老依言，四眾共入。但見二門上有一對春聯：
> 　　「**黃芽白雪神仙府，瑤草琪花羽士家。**」
> 行者笑道：「這個是燒茅煉藥弄爐火的道士。」進了二門，只見那正殿緊閉，東廊下坐著一個道士，在那裏丸藥。三藏見

了，高叫道：「老神仙，貧僧問訊了。」那道士猛抬頭，一見心驚，丟了手中之藥，整衣降階迎接道：「老師父，請裏面坐。」長老歡喜上殿。推開門，見有三清聖像，即拈香禮拜，方與道士行禮坐下。急喚仙童看茶，當有兩個小童即入裏邊，忙忙備辦。

《西遊記》的作者所擬寫的「黃花觀」命名，是有含意的；「黃」是指黃芽；「花」就是金花，都是道教修煉者鍛煉的藥名，意即暗寓「黃花觀」為燒煉之處。所以，孫行者一見「黃芽白雪神仙府，瑤草琪花羽士家」之句，即笑說是「燒茅煉藥弄爐火」的道士。而那對春聯上所寫的「黃芽、白雪」即是指道家燒煉丹藥的成品。

在道教煉丹延壽的說法裡，有所謂「三元丹法」，是指天元神丹、地元靈丹與人元金丹。人元金丹就是指「黃芽」、「白雪」，也就是所謂「黃白術」而言。而「黃芽、白雪」，本是外丹之專名。許旌陽《石函記‧藥母論》云：「一鼎丹砂可服食，久服回陽能換骨，回陽換骨作真仙，須是神符並白雪，大哉神符並白雪，返魂再活由徐甲」。又〈神室圓明論〉：「顆顆粒粒真珠紅，紅英紫脈生金公，金公水土相併合，煉就黃芽成白雪，紫砂紅粉亂飄飄，亂飄飄兮青龍膏，紅粉少，白虎老，煉就龍膏並虎腦，長生殿上如意寶，點金萬兩何足道，能點衰翁永不老」。紅英、紫脈、黃芽、白雪、紅粉、紫砂，這些都是外丹爐火中所煉出來的真實物質，具有各種不同形狀與顏色，可以看在眼裡，拿在手裡，吞入腹裡，因此才叫做「金丹」。後來，這些名稱也借來作內丹之比喻，把這種原本是燒煉丹藥以延壽的觀念，一轉而變為人身肉體上的精、氣、神團結不散的狀態，也同樣名之為「金丹」。明朝全真教道士劉處玄的《仙樂集》卷二有五言絕句說：「冬凜採黃芽，夏炎收白雪。金嬰出

玉峰，到此離生滅。」其中所說的就是內丹術的術語，內丹術語稱「虛白」為「黃芽、白雪」；如宋代的張伯端在《金丹四百字》就說：「虛無生白雪，寂靜發黃芽。玉爐火溫溫，金鼎飛紫霞」。[24]

　　至於「黃芽」、「白雪」，古書裡早就有不少記載。如《周易參同契》就有記載「黃芽」說：

上德無為，不以察求。下德為之，其用不休。上閉則稱有，下閉則稱無。無者以奉上，上有神德居。此兩孔穴法，金氣亦相胥。知白守黑，神明自來，白者金精，黑者水基。水者道樞，去數名一。陰陽之始，玄含黃芽。五金之主，北方河車。故鉛外黑，內懷金華，被褐懷玉，外為狂夫。金為水母，母隱子胎。（〈明兩知竅章〉第七）

推演五行數，較約而不繁。舉水以激火，奄然滅光明。日月相薄蝕，常在朔望間。水盛坎侵陽，火衰離晝昏。陰陽相飲食，交感道自然。名者以定情，字者以性言。金來歸性初，乃得稱還丹。吾不敢虛說，仿效聖人文。古記題龍虎，黃帝美金華。淮南煉秋石，玉陽加黃芽。賢者能持行，不肖毋與俱。古今道由一，對談吐所謀。學者加勉力，留念深思惟。至要言甚露，昭昭不我欺。（水火情性章第十五）

河上姹女，靈而最神，得火則飛，不見埃塵，鬼隱龍匿，莫知所存。將欲制之，黃芽為根。物為陰陽，違天背元，牝雞自

24　〔明〕涵蟾子編：《金丹正理大全·諸真玄奧集成》（明萬曆刻《道書全集》本），卷一，頁1。

卵，其離不全。夫何故乎？配合未連，三五不交，剛柔離分。施化之精，天地自然，火動炎上，水流潤下，非有師導，使其然也。（〈姹女黃芽章〉第二十六）

至於「白雪」，宋代張伯端撰《悟真篇》，其中即有提及「白雪」。〈四庫全書提要〉說：「是書專明金丹之要，與《參同契》並道家所推為正宗。」其中卷上十一有詩說：

黃芽白雪不難尋，達者須憑德行深。四象五行全藉土，三元八卦豈離壬。煉成靈質人難識，消盡陰魔鬼莫侵。欲向人間留祕訣，未逢一箇是知音。

其下註曰：「龍之弦氣曰黃芽，虎之弦炁曰白雪；大藥根源，實基於此。其道至簡，其事非難；若非豐功偉行，莫能遭遇真師指授玄奧也。」而「黃芽、白雪」燒煉之法以及成效，《周易參同契》中就有談到說：

圓三五，寸一分，口四八，兩寸唇，長尺二，厚薄均。腹齊三，坐垂溫。陰在上，陽下奔。首尾武，中間文。始七十，終三旬，三百六，善調均。陰火白，黃芽鉛。兩七聚，輔翼人。贍理腦，定玄升。子處中，得安存？來去遊，不出門。漸成大，性情純。卻歸一，還本原。善愛敬，如君臣。至一周，甚辛勤。密防護，莫迷昏。途路遠，複幽玄。若達此，會乾坤。乃圭沾，淨魄魂。得長生，居仙村。樂道者，尋其根。審五行，定銖分。諦思之，不須論。深藏守，莫傳文。禦白鶴，駕龍鱗，遊太虛，謁仙君，錄天圖，號真人。（〈鼎器妙用章〉第三十三）

明朝徐應秋撰《玉芝堂談薈》三十六卷，其中記載有關「黃芽、白雪」的燒煉以及相關事宜說：

> 仙家修煉，有所謂黃芽白雪者。道書〈蓬萊修煉法〉：「河車是水，朱雀是火；取水一斗鐺中，以火灸之，百沸致聖石九兩；其中初成姹女，次謂之玉液，後成紫色，謂之紫河車，白色曰白河車，青色曰青河車，赤色曰赤河車，亦名黃芽」。又蜀道觀鑿井得一碑，是漢時陰真人煉丹歌，曰：「有物有物，可大可久，採乎蠶食之前，用乎化火之後。白英聚而雪懇，黃酥凝而金醜。」又曰：「北方正氣為河車，東方甲乙成丹砂；兩情合養為一體，朱雀調運成金花。」孫思邈詩：「取金之精，合石之液，列為夫婦，結為魂魄。一體混沌，兩精感激。河車覆載，鼎候無忒。姹女氣索，嬰兒聲寂；紫色內達，赤芒外植；骨變金植，顏駐玉澤。」參同契：「河上姹女，得火則飛。」姹女，真汞；汞者，水銀渣也。

〔明〕孫一奎撰《赤水玄珠》三十卷《四庫全書》編入子部五醫家類，《四庫提要》說：「惟第十卷怯損勞瘵門，附方外還丹，專講運氣補液之法，殊非岐黃正道。」其第十卷有所謂「陽煉法」說：

> 先用鹽泥羊毛固濟陽城罐十餘箇，陰乾聽用。將二水桑柴煎成黑粉，入罐內，鐵盞蓋口，鐵線扎緊，鹽泥固縫。三釘支起百眼爐，從文至武，打火三炷香；盞內頻以水激之，香盡退火。冷定，取開昇盞上者，另收聽後。打黃芽罐內石，取出研末，滾水淋過，銀鍋煎乾，如此九次；入磁罐，蠟封口，墜井中三日，出火毒。每日空心白滾湯下三五分。此石乃人身五臟之

精，以法煉成，大能生腎中之陰水，壯丹田之元氣，實人元之丹藥也。書云：「九熬九煉大還丹，人得餌之壽延長。」正此謂也。

〈煉伏火黃芽法〉

以前所凍龍虎石秋露水淋過，打火九次，形同白玉，方入陽城罐內；明爐武火，化成清汁。將前所取，已汞點之；以白點白，以紅點紅，以黑點黑。待汁清，取出成一餅，其色難定；或紅或白，或黑或紫。丹書云：「其白容易得，一黑最難求。」所以外備五色，內滋五臟，乃養生之妙藥也。

〈煉黃芽法〉

取小白磁罐，口如錢大者，以猪毛泥固濟陽城罐，陰乾，入前所取已汞五錢或一兩，用白碟底打成圓錢，坐口上，鉄線扎緊，鹽泥封固，火炙乾；三釘支起二指高百眼爐，先文火，次略武打三炷香，蓋上以水激之，香盡取出。其芽昇在蓋上，金色一餅，取下。此乃龍虎初絃之氣，名曰金花，又號黃芽；服之令人五臟生精，元神壯實，功效彌大。

〈煉白雪法〉

照前取黃芽法一樣，封固打火。黃芽乃初陽之氣，易飛易走，宜火小，火小則色變輕黃。白雪乃二陽之氣，火宜略大，其色變白，此火候之妙，造化自然，非人力所能為也。火足，取出，成餅如白玉之狀。此龍虎至英之氣，名曰玉英，又號白雪。服之補三田，助五臟，蠲病除痰，補益非小。

像《赤水玄珠》所記載有關「黃芽、白雪」的，還有明代的《遵生八箋》等，都說明了所謂「黃芽、白雪」，是道士燒茅煉丹的行為。

不過，由於燒煉外丹、金液黃金等仙道求長生之術，在攝生實驗之中，弊害畢露；所以，大約在南北朝時，煉丹之士便改弦更張，逐漸結合導引、養性、行氣、守一、胎息、內視諸術，向心煉引伸發展，「內丹」之名，從此產生，但不顯著。至隋代，有青霞子蘇元朗著《旨道篇》示人之後，道教始知有內丹。他歸納了之前的道術典籍與觀念，纂為《龍虎金液還丹通元論》，歸神丹於心煉；改外丹而內丹。他書裡說：「天地久大，聖人象之。精華在乎日月，進退運乎水火，是故**性命**雙修，內外一道，龍虎寶鼎，即身心也。」他借用外丹術語而講述內丹，說：

> 身為爐鼎，心為神室，津為華池。五金之中，惟用天鉛，陰中有陽，是為嬰兒，即身中坎也。八石之中，惟用砂汞，陽中有陰，是為姹女，即身中离也。鉛結金體，乃能生汞之白；汞受金，然後審砂之方。中央戊已是為黃婆，即心中意也。火之居木，水之外金，皆本心神。脾土猶**黃芽**也，修治內外，兩弦均平，惟存乎真土之動靜而已。真土者，藥物之主；斗柄者，大候之樞；白虎者，鉛中之精華；青龍者，砂中之元氣。散橋河車，百刻上運，華池神水，四時逆流。有物之時，無為為本。自形中之神，入神中之**性**，此謂歸根復命，猶金歸性初，而稱還丹也。[25]

青霞子蘇元朗承襲燒煉外丹道術的理論及術語，使內丹理論及方法系

---

25 〔清〕宋廣業撰：《羅浮山志會編》（清康熙刻本），卷四，頁13、14。

統化，加以倡導，內丹之名始為世人所知，信行者漸漸壯盛。

　　唐末五代，是內丹之道發展的關鍵時期，有鍾離權著《靈寶畢法》，呂洞賓傳鍾離權的丹道，施肩吾撰《鍾、呂傳道集》，崔希范撰《入藥鏡》，陳摶著《指玄篇》，作《無極圖》，使內丹之道的理論與方法進一步趨向完備。後世好事丹道的修練之士，大都自稱出自鍾、呂，為鍾、呂丹道的繼承者。及至宋代，前面所述的張伯瑞著有《悟真篇》，他的丹道主張用修煉性命之說，摒棄了燒煉鉛丹的方法；《悟真編》說：「人人本有長生藥，自是迷途枉棄拋；甘露降時天地合，黃芽生處坎離交。井蛙應謂無龍窟，籬鷃爭知有鳳巢。丹熟自然金滿屋，何須尋草學燒茅。」[26]他融合三教，而且，他是主張**先命後性**，先術後道的。張伯瑞所傳的丹法，繼承其系統的有石泰、薛道光、陳楠、白玉蟾，形成丹道流派，統稱「南宗五祖」。石泰著《還源篇》，薛道光著《復命篇》，陳楠著《翠虛篇》，白玉蟾著《傳道集》及《海瓊白真人語錄》，均對丹道有所發展。到了金、元時代，有王重陽所開創的道教全真派，也自稱是鍾、呂的正傳，而所主張的修煉之法，也是以內丹為首務，主張**性命雙修**，明心見性，以修性為先的。

　　至於「指歸」一詞，應該是指漢代嚴遵（君平）所著的《道德指歸論》，也有稱之為《老子指歸》的。書中所說的，基本上是要人清心寡慾，摒除雜念，如此才能與天地長久，這也與養生之道有關。《老子指歸》卷一論「上德不德，是以有德。下德不失德，是以無德」章說：

　　　上德之君，**性**受道之纖妙，**命**得一之精微，**性命**同於自然，情

---

26 〔宋〕張伯瑞著，〔元〕陳致虛註：《紫陽真人悟真篇三註》（明朝萬曆刻本），卷一，頁18。

> 意體於神明，動作倫於太和，取舍合乎天心。……下德之君，**性**受道之正氣，**命**得一之下中，**性命**比於自然，情意幾於神明，動作近於太和，取舍體於至德。[27]

明朝尤乘《壽世青編》中，亦有引用《指歸》的文句說：「游心于虛靜，結志于微妙，委慮于無欲，歸指于無為，故能達生延命，與道為久。」這一段後來也轉引到足本《浮生六記》的〈養生記逍〉裡了，只是並沒有標明來自《指歸》吧了。

現在回過頭來看看管貽葄所寫的第六首詩，「白雪、黃芽說有無，指歸性命未全虛」兩句，意思是說燒茅鉛汞，鍛煉黃芽、白雪等外丹，成功與否，效用如何，有的人說有用，有的人講無效，是很難說得個確定的結果；不過，從《老子指歸》所說的養生要旨，以及道術之士所說的修練內丹，性命雙修的主張，並不是完全不可信的。言下之意，就是管貽葄所見到的沈復真正的原本〈養生記逍〉裡談的，跟道術之士所言性命雙修的內丹工夫，應該是同一論調的。而且，管氏的這一首詩，如果拿來跟《悟真篇》詩比較來看，有相當相似的地方。《悟真篇》詩說：

> **黃芽白雪不難尋**，達者須憑德行深。四象五行全藉土，三元八卦豈離壬。煉成靈質人難識，消盡陰魔鬼莫侵。**欲向人間留祕訣**，未逢一箇是知音。[28]

管貽葄的詩說：

27　〔漢〕嚴遵撰：《道德指歸論》（清文淵閣四庫全書本），卷一，頁3。

28　〔宋〕張伯瑞著，〔元〕陳致虛註：《紫陽真人悟真篇三註》（明正統道藏本），卷二，第八頁。

白雪黃芽說有無，指歸性命未全虛，養生從此留真訣，休向娜嬛問素書。

可以推論出一個比較可能的情形，就是沈復所寫的，管貽葄親眼所見的原本〈養生記逍〉裡所說的，「養生記逍」的「道」字義，指的就是道術、內丹、丹道一類的；所以，他才會說「《指歸》性命未全虛」。而現在流傳的《浮生六記》裡的〈養生記逍〉，裡面既沒有提及外丹道的燒煉「黃芽、白雪」，也沒有談論內丹修練的「《指歸》、性命」。根據前面所論，管貽葄這六首詩前五首，每一首都跟沈復所寫的內容有密切的牽連與相關，這第六首自然也不會例外；但事實顯然不是如此的，現有的〈養生記逍〉的內容跟這首詩之間，找不到相關連的蛛絲馬跡；這只有一種原因，就是現在的〈養生記逍〉，不是沈復拿給管貽葄看過的那一本真正的〈養生記逍〉。

再退兩步來說，就算原來沈復所寫的內容跟道術之士修練內丹無必然的關係，而根據管貽葄說「《指歸》性命未全虛」這一句，〈養生記逍〉原本的內容，至少應該是比較接近嚴遵的《道德指歸論》，以《老子》的思想為主軸的，所以，稱之為〈養生記「道」〉；而不應該是以《莊子‧養生主》、〈逍遙遊〉為思想骨幹，因而稱之為〈養生記「逍」〉的。所以，在管貽葄這首詩的對比之下，就如同照妖鏡一樣，可以看出現在的〈養生記逍〉，從名稱到內容都跟管氏所見的〈養生記逍〉是齟齬鑿枘的。

不過，陳毓羆先生對這首詩的瞭解並不如是；他說：

〈養生記逍〉一卷，失去尤為可惜。管貽葄題詩云：「養生從此留真訣，休向瑯（娜）嬛問素書。」「素書」蓋指「素女之

書」，既云「休向」，可知此卷所記並非道家之修持妄說，而是
沈三白在生活中所探索出的「養生之道」。[29]

陳毓羆先生對這首詩的解讀，似乎稍嫌粗糙，也有些偏差；他並沒有
注意到前面兩句所說的「黃芽」、「白雪」、「指歸」、「性命」等是道術
煉丹的專門術語，也沒有注意「未全虛」的肯定詞，只對「休向」一
詞大加強調，就得出「並非道家之修持妄說」的結論。考「瑯嬛」一
詞，出於《瑯嬛記》，舊傳是元朝伊世珍所作，乃一筆記式小說，內
容多採集各書而成，語多不經。書中首載〈瑯嬛福地〉的傳說，記述
晉朝張華遊洞宮，遇一人引至一洞，大石中開，別有洞天，洞中藏有
各種奇書、祕籍，所記多是漢以前的記事；張華閱讀之後，知書中所
記多所未聞者。於是問此為何地，而知是「瑯嬛福地」。於是後世就
把「瑯嬛」比喻為上帝、神仙洞府藏書之處。至於「素書」，也並非
所謂「素女之書」。素書可能有兩種解釋：一是指相傳黃石公所撰的
《素書》。黃石公與張良的故事，大家都耳熟能詳，[30]今天所見的《素
書》，內容以道、德、仁、義、禮五者為主旨，取老子之說為之註
釋。黃石公是神仙中人，所以他的書當然就是神仙之書，原本藏於神
仙洞府的瑯嬛福地。二是指《素問》；《素問》是古代醫書之名，《漢
書‧藝文志》著錄《黃帝內經》十八卷，而《隋書‧經籍志》始著錄
《黃帝‧素問》九卷，唐王砅注。王砅以《素問》九卷及《靈樞經》
九卷以當《漢志》的《黃帝內經》十八卷。書裡有記黃帝與岐伯相問
答，所以也叫做《素問》。今所傳《素問》二十四卷，八十一篇，內

---

29 陳毓羆著：《沈三白和他的《浮生六記》》（臺北：大安出版社，1996年），頁84、85。
30 《史記》卷五十五〈留侯世家〉第二十五，又見於《漢書》卷四十〈張陳王周傳〉
第十張良：「良始所見下邳圯上老父與書者，後十三歲從高帝過濟北，果得穀城山下
黃石，取而寶祠之。」

容為論述解剖、生理、病理、診斷、衛生等各方面的理論，這跟養生之道是很有相關的。《素問》既然是黃帝之書，當然也是藏在瑯嬛福地了。「素女」傳說是神女，長於房中術，跟養生方面的關係不大。瞭解了「瑯嬛」、「素書」兩詞的背景意義，再來看管貽葄這兩句詩，可知意義是說沈三白的〈養生記逍〉之作，已經留下養生的真正祕訣，以後就不再需要向神仙洞府求取神仙的長生祕方了。如果再配合前兩句的內容來看，就更加確定原本沈三白所寫的〈養生記逍〉，內容就是有關道術煉丹的，其成效可比「瑯嬛素書」，所以有了〈養生記逍〉，就不必再求「瑯嬛素書」了。

以上的這個考校，是從思想與內容上作立論的，「逍」跟「道」顯然有極大的差異。從〈養生記逍〉這個篇名來想，很容易理解為道士、道術、道教，那養生之術應該跟修練丹道之法離不了關係，而不太會聯想到莊子；這從管貽葄的詩可以得到印證。這種理解，就連後來為「卷帙不全」的《浮生六記》作題詞的潘麐生也是如此理解的。潘麐生針對《浮生六記》賦詩十章，經對比之後，可以知道前九首詩寫的是前四記的內容，只有最後一首詩是為那只有篇名而沒有本文的後兩記而寫的。詩如下：

便做神仙亦等閒，金丹苦鍊幾生慳，
海山聞說風能引，也在虛無縹渺間。

潘麐生所知的最後一記篇題是〈養生記逍〉，所以他寫出「便做神仙亦等閒，金丹苦鍊幾生慳」的詩句，這可以證明閱讀者對於〈養生記逍〉這個篇名的解讀，真的是「人同此心，心同此理」潘麐生也有可能看到管貽葄的〈分付六絕句〉，所以才這樣寫的。沈復當初擬篇題

的時候，應該也會想到這一點，知道這個道理吧。

　　「道」這個詞，在我國歷來學術思想界裡，代表著一個極高的本
體與境界，不是等閒可以達到的。就以老子來看，《道德經》裡說：

　　上善若水。水善利萬物而不爭，處眾人之所惡，故幾於道。
　　（第八章）
　　知常容，容乃公，公乃王，王乃天，天乃道，道乃久，沒身不
　　殆。（第十六章）
　　孔德之容，惟道是從。道之為物，惟恍惟惚。惚兮恍兮，其中
　　有象。恍兮惚兮，其中有物。窈兮冥兮，其中有精。其精甚
　　真，其中有信。（第二十一章）
　　有物混成，先天地生，寂兮寥兮，獨立不改，周行而不殆，可
　　以為天下母。吾不知其名，字之曰道，強為之名曰大，大曰
　　逝，逝曰遠，遠曰反。故道大、天大、地大、王亦大。域中有
　　四大，而王居其一焉。人法地，地法天，天法道，道法自然。
　　（第二十五章）
　　道生一，一生二，二生三，三生萬物。（第四十二章）
　　道者萬物之奧。（第六十二章）
　　天之道，利而不害；聖人之道，為而不爭。（第八十一章）

就連儒家也強調「道」的極致義；如《論語》裡說：「齊一變而至於
魯，魯一變而至於道。」又說：「吾道一以貫之。」，「夫子之道，忠
恕而已矣。」可見用「道」這個詞，顯示了沈復對自我養生觀念的自
信與進路，不是隨隨便便取的。而現在的那號稱足本《浮生六記》裡
的〈養生記逍〉，是以《莊子·養生主》、〈逍遙遊〉為思想主軸加以

開展的；作者他當然也應該知道原題目是「養生記道」，不過，他一
看到「養生」一詞，就立刻想到《莊子‧養生主》，而不是注意
「道」字，這就表現出作者對《浮生六記》的篇題理解，一開始就走
錯方向，弄偏了；要知道《浮生六記》理每一篇的篇名，重點是在最
後一個字上，「樂、趣、愁、快、歷、道」才是關鍵。從此可以推
知，作者對《浮生六記》的整體性並不清楚，對「道」的觀念瞭解不
深，也不懂養生跟道教煉丹求長生的相關知識，所以他自以為是地賣
弄一點小聰明，把「道」字改為「逍」字，引進《莊子‧逍遙遊》的
觀念，似乎表現出一派整體貫串的架構；殊不知在莊子的思想體系之
中，〈逍遙遊〉、〈養生主〉只是入道的初步修為，而入道之極應該如
〈大宗師〉、〈應帝王〉裡所說的：

> 古之真人，不知說生，不知惡死；其出不訢，其入不距；翛然
> 而往，翛然而來而已矣。不忘其所始，不求其所終；受而喜
> 之，忘而復之，是之謂不以心損道，不以人助天。是之謂真
> 人。（《莊子‧大宗師》）

> 鄭有神巫曰季咸，知人之死生存亡，禍福壽夭，期以歲月旬
> 日，若神。鄭人見之，皆棄而走。列子見之而心醉，歸，以告
> 壺子，曰：「始吾以夫子之道為至矣，則又有至焉者矣。」壺
> 子曰：「吾與汝既其文，未既其實，而固得道與？眾雌而無
> 雄，而又奚卵焉！而以道與世亢，必信，夫故使人得而相汝。
> 嘗試與來，以予示之。」明日，列子與之見壺子。出而謂列子
> 曰：「嘻！子之先生死矣！弗活矣！不以旬數矣！吾見怪焉，
> 見濕灰焉。」列子入，泣涕沾襟以告壺子。壺子曰：「鄉吾示
> 之以地文，萌乎不震不正。是殆見吾杜德機也。嘗又與來。」

明日，又與之見壺子。出而謂列子曰：「幸矣子之先生遇我也！有瘳矣，全然有生矣！吾見其杜權矣。」列子入，以告壺子。壺子曰：「鄉吾示之以天壤，名實不入，而機發於踵。是殆見吾善者機也。嘗又與來。」明日，又與之見壺子。出而謂列子曰：「子之先生不齊，吾無得而相焉。試齊，且復相之。」列子入，以告壺子。壺子曰：「吾鄉示之以太沖莫勝。是殆見吾衡氣機也。鯢桓之審為淵，止水之審為淵，流水之審為淵。淵有九名，此處三焉。嘗又與來。」明日，又與之見壺子。立未定，自失而走。壺子曰：「追之！」列子追之不及。反，以報壺子曰：「已滅矣，已失矣，吾弗及已。」壺子曰：「鄉吾示之以未始出吾宗。吾與之虛而委蛇，不知其誰何，因以為弟靡，因以為波流，故逃也。」然後列子自以為未始學而歸，三年不出。為其妻爨，食豕如食人。於事無與親，彫琢復朴，塊然獨以其形立。紛而封哉，一以是終。（《莊子・應帝王》）

〈大宗師〉裡的「真人」，〈應帝王〉中的「壺子」，才是真正莊子學說裡得道的最高境界。以筆者而言，在高中讀書時，就讀過〈養生主〉了，但是筆者並不瞭解「道」的含義。由是而言，現在這〈養生記逍〉的作者，應該只是一位普通的讀書文人，還算不上是位有學術知識，有思想境界的人呢。

四　〈養生記逍〉中其他資料之掘源（一）
──早於沈三白的資料來源

從前一節的討論中，可以知道要明確證實〈養生記逍〉的真偽，

最有力、最有效的論證，還是在〈養生記逍〉的文本之中。而文本所顯示的，又大可以分為兩類：一類是在沈三白之前的，另一類是可以確定出現在沈三白寫〈養生記逍〉之後的，也就是道光五年之後的。前一類的資料，只能說明今天所見到的〈養生記逍〉中的文本是從那裡抄撮出來的，並不能證明他的寫成出於偽作。後一類的資料，就如前一節所舉的《曾文正公日記》，明顯地後於道光五年，那必然可以確定不是沈三白的作品，而是後人的偽託。

不過，光憑前面的《曾文正公日記》，雖然可以確定〈養生記逍〉是後人偽託的，但是仍然不足以更精細地證明偽作的時間以及可能的對象。所以，想要得到更精準的答案，就得從〈養生記逍〉其他文本入手，追查它們的來源，看看能不能得出更佳得可能答案。

經過這幾年來不斷的爬羅抉搜，把資料一筆一筆作了精細的對比，筆者大致已經把〈養生記逍〉裡，除了前面所提到的《聰訓齋語》以及曾氏《日記》之外的其他文本來源，尋得了大部分的答案；從結果來看，其中也可以如前面所論的分作兩類。現在先說明第一類，就是出現在沈三白寫〈養生記逍〉（道光五年，1825）之前的部分。

（一）出於《壽世青編》

從上一節裡，似乎覺得〈養生記逍〉抄錄了《聰訓齋語》十餘條資料，已經很不少了，然而真正被〈養生記逍〉抄錄最多的，是一本叫做《壽世青編》的醫藥養生的專著。

《壽世青編》，又名《壽世編》，是清代名醫尤乘根據他的老師李中梓所編纂的同名醫書進一步補訂增編而成的。李中梓（1588-1655），字士材，號念莪，又號盡凡居士，江蘇雲間南匯人。清康熙六年

（1667）《壽世青編》以附于《士材三書》叢書的形式刊刻問世。

尤乘，字生洲；號無求子，〔清〕江蘇吳縣人。早年習儒，弱冠時拜李中梓為師學醫，後遍訪良師，得針灸之傳。曾任太醫院御前待值，三年後回歸鄉里。在虎丘地區懸壺行醫，施針濟藥，求治者甚眾。著有《壽世青編》、《勿藥須知》等醫書，並對他的老師所撰的《診家正眼》、《本草通玄》、《病機沙篆》進行增補。《壽世青編》全書凡兩卷。卷上所載主要是修心、養生、衛生、導引等的養生專論，論未病之先提養之法，總結為儒、釋、道三家有關調心、調身、調息的養生經驗。卷下載服藥、煎藥、食忌、病治、藥品制度法等。卷末為病後調理服食法，分十三門類論述，頗切實用。

尤氏博采《內經》、老子、莊子、孫思邈等各家的養生論述，自飲食起居，四時調攝，至勞逸情志、氣功、按摩等均詳盡闡發。作者重視養生和預防，提出清心寡欲、修養性情是「卻病良方，延年好法」。書中所載的「食療不愈，然後議藥。不特老人、小兒相宜，凡頤養及久病厭藥者，亦未為不可也」，所列十二段動功、十六則（即十六段錦）等健身的方法，都極有價值。《壽世青編》常用的有《士材三書》本、《珍本醫書集成》本，《續修四庫全書》子部醫學類第一○三○冊。本文所根據的就是《續修四庫全書》本。

〈養生記逍〉	《壽世青編》
調息之法，不拘時候，兀身端坐，子瞻所謂攝身使如木偶也。解衣緩帶，務令適然。口中舌攪數次，微微吐出濁氣，不令有聲。鼻中納之，或三五遍，二七遍，有津嚥下，叩齒數通，舌抵上顎，脣齒相著，兩目垂簾，令朦朧然，漸次調息，不喘不粗。或數	調息之法，不拘時候，平身端坐。解衣緩帶，務令適然。口中舌攪數次，微微吐出濁氣，不令有聲。鼻中納之，或三五遍，二七遍，有津嚥下，叩齒數通，舌抵上顎，脣齒相著，兩目垂簾，令朦朧然，漸次調息，不喘不粗。或數息出，或數息入，從一至

息出或數息入，從一至十，從十至百，攝心在數，勿令散亂；子瞻所謂寂然兀然，與虛空等也。如心息相依，雜念不生，則止勿數，任其自然。子瞻所謂「隨」也。坐久愈妙，若欲起身，須徐徐舒放手足，勿得遽起。能勤行之，靜中光景，種種奇特，子瞻所謂定能生慧，自然明悟，譬如盲人，忽然有眼也。直可明心見性，不但養身全生而已。出入綿綿，若存若亡，神氣相依，是為真息。息息歸根，自能奪天地之造化，長生不死之妙道也。

十，從十至百，攝心在數，勿令散亂。如心息相依，雜念不生，則止勿數，任其自然，坐久愈妙。若欲起身，須徐徐舒放手足，勿得遽起。能勤行之，靜中光景種種奇特，直可明心見性，不但養身全生而已。出入綿綿，若存若亡，神氣相依，是為真息。息息歸根，自能奪天地之造化，長生不死之妙道也。

子瞻〈養生頌〉：已飢方食，未飽先止，散步逍遙，務令腹空。當腹空時，即便入室，不拘晝夜，坐臥自便，惟在**攝身，使如木偶**。常自念言：「我今此身，若少動搖，如毫髮許，便墮地獄，如商君法，如孫武令，事在必行，有死無犯。」又用佛言，及老子曰，視鼻端自，數出入息，綿綿若存。用之不勤，數至數百，此心寂然，此身兀然，與虛空等，不煩禁制，自然不動。數至數千，或不能數，則有一法，強名曰**隨**，與息俱出，復與俱入，隨之不已，一旦自住，不出不入，忽覺此息，從毛竅中，八萬四千，雲蒸雨散，無始以來，諸病自除，諸障自滅，定能生慧，自然明悟。譬如盲人，忽然有眼，此時何用，求人指路。是故老人，言盡於此。[31]

---

31 〔清〕尤乘：《壽世青編》（《續修四庫全書》，子部，醫學類，第1030冊），卷上，頁63。

〈養生記逍〉在這一段之前，抄錄了曾國藩日記，其中有提到「仿子瞻養生頌之法」，所以，作者就把《壽世青編》這兩段「調息」、「子瞻養生頌」穿插合併為一段，讓它自然跟隨在曾國藩日記之後，變得順理成章。

不過，由於作者把兩段不同的文字橫加穿插，也就造成了一些文義上的誤差。原本《壽世青編》中所說的調息，並沒有如蘇東坡所言的強力禁制身體，使之不可亂動的意思。作者算是相當巧妙地把「寂然兀然」插入「勿令散亂」下，因為兩段的文句前都有「數至數百」、「從十至百」的話。而東坡所說的「隨」，理應插入「坐久愈妙」之後，才是一個完整的段落，而作者卻前移了。東坡「定能生慧，自然明悟」之語，理應插入「直可明心見性」之下，作者也把句子前移，使文義理解上顯得突兀。而事實上，如果不把這兩段文章同置一處，兩相對比的話，實在是很難看得出二者之間的文義衝突的。可見作者是相當用心作此巧妙編排的。

林淑芬在她的論文〈《浮生六記》研究〉裡，也有談到這一段，她也引用了蘇軾的〈養生頌〉來對比，她說：

> 這一段文字是緊接在「仿子瞻〈養生頌〉之法，余將遵而行之」之後的，仔細和蘇軾〈養生頌〉一一比較，發現上述文字其實是〈養生頌〉的增刪改易。[32]

究其實這一段根本就不是蘇軾的〈養生頌〉的增刪改易，而是兩段相

---

32 林淑芬：〈《浮生六記》研究〉（彰化：彰化師範大學國文碩士專班畢業論文，（2004年），頁86。

似文章的紐合；林淑芬因為沒有看到《壽世青編》原文真正的實況，所以才做出這種籠統含混的判斷。

　　蘇東坡的〈養生頌〉其實相當適合作者直接引用的，而作者沒有直接引用原文，指示間接穿插了蘇軾〈養生頌〉裡的話語作為分層說明，想來可能是作者認為蘇軾的〈養生頌〉，是人所共知的名篇，如果直接引用，顯現不出自己的養生心得，也會讓人覺得自己只會抄書而已；而這樣穿插運用，不單可以避免前述的弊病，還可以讓人覺得這真的是沈三白所自得的〈養生記逍〉。

〈養生記逍〉	《壽世青編》
人大言，我小語；人多煩，我少記；人悖怖，我不怒；澹然無為，神氣自滿，此長生之藥。	〈療心法言〉老子曰：「人生以百年為限，節護乃至十（千）歲，如膏之小炷與大炷耳。人大言，我小語；人多煩，我少記；人悖怖，我不怒；淡然無為，神氣自滿，此長生之藥。」[33]

《壽世青編》所說的「老子曰」，其實是抄自養生書《老子訓》而來，不是今天常說先秦的《老子》書。〈養生記逍〉原封不動地照版抄錄罷了。

〈養生記逍〉	《壽世青編》
〈秋聲賦〉云：「奈何思其力之所不及，憂其志之所不能，宜其渥然丹者為枯木，黟然黑者為星星。」此士大夫通患也。又曰：「百憂感其心，萬	〈秋聲賦〉云：「奈何思其力之所不及，憂其志之所不能。宜其渥然丹者為槁木，黟然黑者為星星。」此士大夫通患也。又曰：「百憂感其心，萬

33　〔清〕尤乘：《壽世青編》（《續修四庫全書》，子部，醫學類，第1030冊），卷上，頁49。

事勞其形，有動於中，必搖其精。」人常有多憂、多思之患，方壯遽老，方老遽衰，反此亦長生之法。	事勞其形，有動於中，必搖其精。」人常有多思、多憂之患，方壯遽老，方老遽衰，反此亦長生之法。

這一段文字，〈養生記逍〉完全抄錄了《壽世青編》的原文，沒有作任何的變更。原文本來就是截錄歐陽修的〈秋聲賦〉文，再加上自己的體會，說如能反其道而行，也可以長生的修練法則。

〈養生記逍〉	《壽世青編》
治有病，不若治於無病；療身，不若療心；使人療，尤不若先自療也。 林鑑堂詩曰：「自家心病自家知，起念還當把念醫；只是心生心作病，心安那有病來時。」此之謂自療之藥。	〈勿藥須知〉 ……故凡思慮傷心，憂悲傷肺，忿怒傷肝，飲食傷脾，淫欲傷腎。藥之所治，只有一半，其一半則全不係藥方，惟要在心藥也。或曰：「何謂心藥？」予引林鑑堂詩曰：「自家心病自家知，起念還當把念醫；只是心生心作病，心安那有病來時。」此之謂心藥。以心藥治七情內起之病，此之謂療心。予考歷代醫書之盛，汗牛充棟，反覆詳明，其要主於卻疾，然內經有一言可以蔽之，曰：「不治已病，治未病」是也。治有病，不若治於無病；療身，不若療心；吾以謂使人療，不若先自療也。[34]

〈養生記逍〉從《壽世青編》這一段話中截取了兩節出來。〈勿藥須知〉的文章裡，是有很分明的層次結構的；先說明病痛多因心生，依次說出「治病」要用「心藥」，並引用林鑑堂的詩來說明「心藥」，再

---

34 〔清〕尤乘：《壽世青編》（《續修四庫全書》，子部，醫學類，第1030冊），卷上，頁49上、下。

說明以心藥「療心」，進而說「治已病」，不若「治未病」；「人療」不若「自療」。

而〈養生記逍〉的作者把文章順序倒置，先說「治有病」不若「治未病」直到「自療」這一段，把其中「吾以謂」數字刪掉，加上「尤」字來強調「自療」的重要，然後才引林鑑堂的詩，並且把「心藥」改為「自療之藥」，來配合前面「自療」的說法。

分析林鑑堂的詩，其重點的確是在說治病要治心，治心用心藥，而不是說治心當自療。所以，作者把文句調轉成這樣，不單使層次紊亂，文義也產生了誤解，會誤導別人。

〈養生記逍〉	《壽世青編》
遊心於虛靜，結志於微妙，委慮於無欲，指歸於無為，故能達生延命，與道為久。 《仙經》以精、氣、神為內三寶，耳、目、口為外三寶。常令內三寶不逐物而流，外三寶不誘中而擾。 重陽祖師於十二時中，行住坐臥，一切動中，要把心似泰山，不搖不動，謹守四門，眼耳鼻口，不令內入外出，此名養壽緊要。 外無勞形之事，內無思想之患，以恬愉為務，以自得為功，形體不敝，精神不散。	〈療心法言〉 ……《指歸》曰：遊心於虛靜，結志於微妙，委慮於無欲，指歸於無為，故能達生延命，與道為久。 ……《仙經》曰：精、氣、神為內三寶；耳、目、口為外三寶。常令內三寶不逐物而流，外三寶不誘中而擾。 ……重陽祖師曰：老人於十二時中，行住坐臥，一切動中，要把心似泰山，不搖不動，謹守四門，眼耳鼻口，不令內入外出，此名養壽緊要。 ……《天真論》曰：外無勞形之事，內無思想之患，以恬愉為務，以自得為功，形體不敝，精神不散。[35]

---

35 〔清〕尤乘：《壽世青編》（《續修四庫全書》，子部，醫學類，第1030冊），卷上，頁49-50。文中的「……」符號，表示段落之間，尚有很多省略的文句段落。

〈養生記逍〉連續跳躍式地引用了《壽世青編》裡〈療心法言〉數段文字，文字部分大致沒有改動，只是把引文形式變為轉述形式，並且部分保留出處，部分隱去來源，使人覺得文章有引用，有論述，不是完全抄錄別人的東西。

〈養生記逍〉	《壽世青編》
益州老人嘗言：「凡欲身之無病，必須先正其心，使其心不亂求，心不狂思，不貪嗜欲，不著迷惑，則心君泰然矣。心君泰然，則百骸四體，雖有病，不難治療。獨此心一動，百患為招，即扁鵲、華陀在旁，亦無所措手矣。」	〈療心法言〉 ……益州老人曰：凡欲身之無病，必須先正其心，使其心不亂求，心不狂思，不貪嗜欲，不著迷惑，則心君泰然矣。心君泰然，則百骸四體，雖有病，不難治療。獨此心一動，百患為招，即扁鵲、華陀在旁，亦無所措手矣。[36]

這一段是《壽世青編》的〈療心法言〉裡最後一段。〈養生記逍〉作者幾乎沒有改動地照抄，只把「益州老人曰」改為「益州老人嘗言」而已。

〈養生記逍〉	《壽世青編》
林鑑堂先生有〈安心詩〉六首，真長生之要訣也。詩云：	林鑑堂〈安心詩〉
我有靈丹一小錠，能醫四海群迷病；些兒吞下體安然，管取延年兼接命。安心心法有誰知，卻把無形妙藥醫；醫得此心能不病，翻身跳入太虛時。念雜由來業障多，憧憧擾擾竟如何？	我有靈丹一小錠，能醫四海群迷病；些兒吞下體安然，管取延年兼接命。安心心法有誰知，卻把無形妙藥醫；醫得此心能不病，翻身跳入太虛時。念雜由來業障多，憧憧擾擾竟如何？

36 〔清〕尤乘：《壽世青編》（續修《四庫全書》子部，醫學類，第1030冊），卷上，頁51。

驅魔自有玄微訣，引入堯夫安樂窩。 人有二心方顯念，念無二心始為人； 人心無二渾無念，念絕悠然見太清。 這也了時那也了，紛紛攘攘皆分曉； 雲開萬里見清光，明月一輪圓皎皎。 四海遨遊養浩然，心連碧水水連天； 津頭自有漁郎問，洞裡桃花日日鮮。	驅魔自有玄微訣，引入堯夫安樂窩。 人有二心方顯念，念無二心始為人； 人心無二渾無念，念絕悠然見太清。 這也了時那也了，紛紛攘攘皆分曉； 雲開萬里見清光，明月一輪圓皎皎。 四海遨遊養浩然，心連碧水水連天； 津頭自有漁郎問，洞裡桃花日日鮮。[37]

〈養生記逍〉的作者把《壽世青編》裡所載錄林鑑堂的六首〈安心詩〉全數畢載，一字不改，只在詩前加上一小段引語說：「林鑑堂先生有〈安心詩〉六首，真長生之要訣也。詩云：……」使文句由載錄形式轉變為引述形式罷了。

〈養生記逍〉	《壽世青編》
禪師與余談養心之法，謂心如明鏡，不可以塵之也。又如止水，不可以波之也。此與晦菴所言「學者常要提醒此心，惺惺不昧，如日中天，群邪自息」。其旨正同。	……《性理》曰：夫人之心皆明鏡也，聖人特不塵之耳；夫人之心皆止水也，聖人特不波之耳。又朱晦菴曰：「學者常要提醒此心，惺惺不昧，如日中天，群邪自息。」同一旨也。[38]

在《壽世青編》裡，這一段話是緊接在林鑑堂〈安心詩〉之後的，也就是說，尤乘認為這一段話是可以進一步闡釋、補充林鑑堂〈安心詩〉的，所以才抄錄在這裡。

〈養生記逍〉的作者把文中的引文載錄形式，改為轉述對話形

---

37 〔清〕尤乘：《壽世青編》（續修《四庫全書》子部，醫學類，第1030冊），卷上，頁51-52。

38 〔清〕尤乘：《壽世青編》（續修《四庫全書》子部，醫學類，第1030冊），卷上，頁52。

式，所以文句形式也作了一些改寫。

　　《壽世青編》說這一段是出自《性理大全書》，雖然文句之中也有提到「明鏡」、「止水」、「不塵」、「不波」的話，跟佛教的禪宗言論十分相似，然而畢竟是出自宋明儒學者之口，而不是釋氏之言；尤其是其中說的是「聖人」，不是「佛祖」。而〈養生記逍〉的作者把「性理曰」、「聖人」等詞刪除，又將前段話改為「禪師」之言養心之法，以配合所設定的沈三白「棲身苦庵」的生活背景。這樣一來，既能讓讀者覺得好像在閱讀沈三白自述他自己的養生心得，又感覺到其中儒、釋共通的開闊視野，實在頗為巧妙，平常人士很難識破的。

〈養生記逍〉	《壽世青編》
又言目無妄視，耳無妄聽，口無妄言，心無妄動，貪瞋痴愛，是非人我，一切放下。未事不可先迎，遇事不宜過擾，既事不可留住；聽其自來，應以自然，信其自去；忿懥恐懼，好樂憂患，皆得其正；此養心之要也。	〈養心說〉 孟子曰：「養心莫善於寡欲。」所以妄想一病，神仙莫醫；正心之人，鬼神亦憚；養與不養故也。目無妄視，耳無妄聽，口無妄言，心無妄動，貪瞋痴愛，是非人我，一切放下。未事不可先迎，遇事不宜過擾，既事不可留住；聽其自來，應以自然，信其自去；忿懥恐懼，好樂憂慮，皆得其正，此養之法也。[39]

《壽世青編》原文先引《老子訓》、《孟子》的話，來說明養心方法，在澄心、寡欲，順其自然。而〈養生記逍〉作者則把《老子訓》、《孟子》的話截去，將這段話的主體轉變為禪師。如果仔細地體會原文的意義，會覺得這段話出自禪師之口，是有一點扦格不對味的。

---

[39] 〔清〕尤乘：《壽世青編》（《續修四庫全書》，子部，醫學類，第1030冊），卷上，頁52上、下。

〈養生記逍〉	《壽世青編》
王華子曰：「齋者，齊也。齊其心而潔其體也。豈僅茹素而已？所謂齊其心者，澹志寡營，輕得失，勤內省，遠葷酒。潔其體者，不履邪徑，不視惡色，不聽淫聲，不為物誘，入室閉戶，燒香靜坐，方可謂齋也。誠能如是，則身中之神明自安；升降不礙，可以卻病，可以長生。」	〈齋說〉 夫世之持齋，往往以齋之說違誤，何也？茹素而已，不復知有齋之實事；意謂茹素可以弭災集福，卻病延年，則謬矣。玉華子曰：「齋者，齊也。齋其心而潔其體也。豈僅茹素而已。所謂齊其心者，澹志寡營，輕得失，勤內省，遠葷酒。潔其體者，不履邪徑，不視惡色，不聽淫聲，不為物誘；入室閉戶，燒香靜坐，方可謂齋也。誠能如是，則身中之神明自安，升降不礙；可以卻病，可以長生，可以迪福弭罪。」[40]

〈養生記逍〉的作者從《壽世青編》中抽錄出「玉華子」所說的一段話，而去頭截尾，原文照抄。不過，他把玉華子抄成「王華子」，這應該是字形相近之誤。又因偽作者的用心重點在「養生」而不在宗教上，所以就把最後一句「可以迪福弭罪」刪除了。

〈養生記逍〉	《壽世青編》
余所居室，四邊皆窗戶，遇風即闔，風息即開。余所居室，前簾後屏，太明即下簾，以和其內映；太暗則捲簾，以通外耀。內以安心，外以安目，心目俱安，則身安矣。	〈居室安處論〉 大隱子[41]曰：……況天地之氣，有亢陽之攻肌，淫陰之侵體，豈可不防慎哉。修身之道，猶不在此，非安處之道。吾所居室，四邊皆窗戶，遇風即闔，風息即開。吾所居室，前簾後

---

40 〔清〕尤乘：《壽世青編》（《續修四庫全書》，子部，醫學類，第1030冊），卷上，頁53下。

41 根據《遵生八箋》引用同一段話，作「天隱子」。

	屏，太明即下簾，以和其內映；太暗則捲簾，以通其外耀。內以安心，外以安目，心目俱安，則身安矣。明暗且然，況太多思慮，太多情欲，豈能安其內外哉？[42]

〈養生記逍〉截取了《壽世青編》的〈居室安處論〉中大隱子的言說，並且把前面的議論，還有後面的「明暗且然，況太多思慮，太多情欲，豈能安其內外哉？」刪除，將中間的一段當作沈三白自己描寫自家的居室一般，表達出就像沈三白對居室的注意與講究，與前四記中所得的沈三白印象相吻合，手法相當高明。

〈養生記逍〉	《壽世青編》
孫真人〈衛生歌〉云： 衛生切要知三戒，大怒大慾並大醉；三者若還有一焉，須防損失真元氣。」 又云：「世人欲知衛生道，喜樂有常嗔怒少；心誠意正思慮除，理順修身去煩惱。」 又云：「醉後強飲飽強食，未有此生不成疾；人資飲食以養身，去其甚者自安適。」	孫真人〈衛生歌〉云： ⋯⋯衛生切要知三戒，怒大慾並大醉；三者若還有一焉，須防損失真元氣。」 ⋯⋯世人欲知衛生道，喜樂有常嗔怒少；心誠意正思慮除，理順修身去煩惱。 ⋯⋯醉後強飲飽強食，未有此生不成疾；人資飲食以養身，去其甚者自安適。[43]⋯⋯。

在《壽世青編》裡，孫真人的〈衛生歌〉總共有二十五首之多，〈養生記逍〉只截取了其中的第二、第六、第十六等三首；每首歌詞之

---

42 〔清〕尤乘：《壽世青編》（《續修四庫全書》，子部，醫學類，第1030冊），卷上，頁54下。

43 〔清〕尤乘：《壽世青編》（《續修四庫全書》，子部，醫學類，第1030冊），卷上，頁55上、下。

前，加上「又云」字樣，可能是要表示其中有選擇性。歌詞並沒有作任何的改動。

從〈養生記逍〉所選擇的詩中，可以看出選詩時是有考慮的，第一首談三戒，分為兩類，一是怒、慾，屬於感情；一是醉酒，是生活行為。第二首是談怒嗔，第三首是談酒醉；三首詩剛好自成一組主題，也可見作者之用心。

〈養生記逍〉	《壽世青編》
又蔡西山〈衛生歌〉云： 「何必霞餐餌大藥，妄意延歲等龜鶴；但於飲食嗜慾間，去其甚者將安樂。食後徐行百步多，兩手摩脅並胸腹。」	真西山〈衛生歌〉…… 何必霞餐餌大藥，妄意延歲等龜鶴；但於飲食嗜慾間，去其甚者將安樂。食後徐行百步多，兩手摩脅並胸腹；須臾轉手摩腎堂，謂之運動水與土。
又云：「醉眠飽臥俱無益，渴飲饑餐尤戒多；食不欲粗並欲速，寧可少餐相接續。若教一頓飽充腸，損氣傷脾非爾福。」	仰面常呵三四呵，自然食毒氣消磨；醉眠飽臥俱無益，渴飲饑餐尤戒多。食不欲粗並欲速，寧可少餐相接續；若教一頓飽充腸，損氣傷脾非爾福。 ……
又云：「飲酒莫教令大醉，大醉傷神損心志；酒渴飲水並啜茶，腰腳自茲成重墜。」	飲酒莫教令大醉，大醉傷神損心志；酒渴飲水並啜茶，腰腳自茲成重墜。 ……
又云：「視聽行坐不可久，五勞七傷從此有；四肢亦欲得小勞，譬如戶樞終不朽。」	視聽行坐不可久，五勞七傷從此有；四肢亦欲得小勞，譬如戶樞終不朽。 ……
又云：「道家更有頤生旨，第一戒人少嗔恚。」	道家更有頤生旨，第一戒人少嗔恚；秋冬日出始穿衣，春夏雞鳴宜早起。[44]

---

44 〔清〕尤乘：《壽世青編》（《續修四庫全書》，子部，醫學類，第1030冊），卷上，頁56上、下。

凡此數言，果能遵行，功臻旦夕，勿謂老生常談也。	

《壽世青編》所載西山〈衛生歌〉共有二十四首，而〈養生記逍〉只截錄了其中的第二、第三前半、第四後半、第五、第九、第十二以及第十八首。

〈養生記逍〉這一段文字在轉抄《壽世青編》時，發生的問題特別多；其一是引用人名有誤，其二是截錄歌詞詩句，剿裂太甚，不合常理。

首先討論這一組〈衛生歌〉作者的名字究竟是誰？現行本的〈養生記逍〉，無論是哪一個版本，都寫作「蔡西山」，而《壽世青編》則寫作「真西山」。可見編校、點閱、註釋者都未對此作研究。

考「蔡西山」與「真西山」都是南宋時的理學家。「蔡西山」就是跟朱熹亦師亦友的蔡元定。蔡元定（1135-1198）宋代的理學家，字季通，人稱「西山先生」，建陽（今屬福建）人。嘗就朱熹學儒理。著有《大衍詳說》、《律呂新書》、《燕樂原辯》、《皇極經世、太玄、潛虛指要》、《洪範解》、《八陣圖說》、《陰符經解》、《運氣節略》。今所存者，有《蔡氏九儒書》中所收輯之《皇極經世指要》二卷、《律呂新書》二卷、書札、詩若干而已[45]。也有醫學相關的著作《蔡氏脈經》，也可算是醫家，據傳其書尚存於日本。

至於「真西山」，就是真德秀（1178-1235）。真氏為南宋大臣兼理學家，字景元，後改希元，世稱西山先生，建寧浦城（今屬福建）

---

45 以上敘述，皆據《西山公集》中之資料綜合而成，主要有郭子章：〈蔡子傳〉，頁1-4；《律呂新書・朱子序》後附註，頁71；劉爚：〈西山先生蔡公墓誌銘〉，頁171-174。又《朱子大全》卷八十三〈跋蔡神與絕筆〉，頁6、7。

人。官至參知政事兼侍讀,在學術上是朱熹理學的繼承者。有《大學衍義》、《西山讀書記》、《西山甲乙考》等著作傳世。

考查了兩個西山先生的著作,可以確定蔡元定沒有做過〈衛生歌〉,而作〈衛生歌〉的人是真西山德秀。而且,真德秀的〈衛生歌〉,曾經被很多的養生保健相關的書所引用,其中明朝的高濂就將之收錄在所編的《遵生八箋》之中。所以,可以確定這二十四首〈衛生歌〉的作者是真德秀西山,《壽世青編》所說是正確的。

那麼,為何〈養生記逍〉的作者會把〈衛生歌〉掛在蔡元定的名下呢?想是因為《壽世青編》裡,在這一段〈衛生歌〉以及前一段孫真人〈衛生歌〉的前面,有〈睡訣〉一節,其中第一段所說的,就是「西山蔡季通」的言論,而且也抄入〈養生記逍〉了;可能因此使抄錄者一時大意,把「真西山」誤書作「蔡西山」。

第二個問題是〈養生記逍〉引用詩句,剝裂破碎,異於常情。考真西山的〈衛生歌〉,共二十四首,九十六句,每句七言,而前面孫真人〈衛生歌〉也是一樣的形式。然而〈養生記逍〉在引用時,第一次引用了第二首四句跟第三首的前兩句,構成了六句的模式;第二次引用了第四首的後兩句以及第五首的全四句,也構成了六句一組的模式;第三次、第四次的引用都是四句一首,很正常;第五次引用則只引用了第十八首的前兩句,然後就做出「凡此數言,果能遵行,功臻旦夕,勿謂老生常談也」的結語。這種引用法,既不合原文的形式,也跟前面的孫真人〈衛生歌〉引用不同。這當然可以說是作者只引用他覺得比較重要的詩句,其他的就不在引用之列。但是如果真的如此,那也應該在第二首跟第三首之間,加上「又云」來作區別,而現在的情形是六句連在一起,且出現兩次六句的,那就可能不是偶誤

了，而可能是作者對詩句的認知有問題，或者作者在抄錄時因為時間匆忙，急亂中抄錄錯誤。至於真正問題出在那裡？目前不得而知。

〈養生記逍〉	《壽世青編》
潔一室，開南牖，八窗通明，勿多陳列玩器，引亂心目。設廣榻長几各一，筆硯楚楚，旁設小几一，掛字畫一幅，頻換。几上置得意書一二部，古帖一本，古琴一張，心目間常要一塵不染。 晨入園林，種植蔬果、芰草、灌花、蒔藥。歸來入室，閉目定神，時讀快書，怡悅神氣，時吟好詩，暢發幽情；臨古帖，撫古琴，倦即止。知己聚談，勿及時事，勿及權勢，勿臧否人物，勿爭辯是非。或約閑行，不衫不履，勿以勞苦徇禮節；小飲勿醉，陶然而已。誠能如是，亦埤樂志。	〈十二時無病法〉 潔一室，開南牖，八窗通明，勿多陳列玩器，引亂心目。設廣榻長几各一，筆硯楚楚，旁設小几一，掛字畫一幅，頻換。几上置得意書一二部，古帖一本，古琴一張，香爐一，茶具全；心目間常要一塵不染。 【丑寅】時，……。【卯】見晨光晨……。【辰巳】二時，或課兒業，或裡家政，就事歡然，勿以小故動氣。杖入園林，督園丁種植蔬果，芰草、灌花、蒔藥。歸來入室，閉目定神，咽津約十數口，……。【午】餐量腹而入食，……。【未】時就書案，或讀快書，怡悅神氣；或吟古詩，暢發悠情；或知己偶聚談，勿及闈，勿及權勢，勿臧否人物，勿爭辯是非。當持寡言養氣之法。或其知己閒行百餘步，不衫不履，頹然自放，勿以勞苦徇禮節。【申】時點食用粉麵一二物，或○○一二物。弄筆臨古帖，撫古琴，倦即止。【酉】時宜晚餐，勿遲。量飢飽，勿過。小飲勿醉，陶然而已。……。【戌】時……。【亥子】時……。[46]

---

46 〔清〕尤乘：《壽世青編》（《續修四庫全書》，子部，醫學類，第1030冊），卷上，頁61上、下，62上。

這一段文句裡，〈養生記逍〉撮取了《壽世青編》所載〈十二時無病法〉中，好幾個時辰裡的事務拼湊組合而成，且順序也有些調動。作者選擇了其中屬於文人雅士活動相關的語句，捨棄了那些比較瑣碎的記事，尤其是屬於家裡的家務事，因為沈三白在設定上是「棲身苦庵」，沒有家室，更沒有園丁，沒有兒子；所以，作者把這些都避開了。基本上來說，如果沒有《壽世青編》的原本來對照的話，是不可能發現其中的問題的。

〈養生記逍〉	《壽世青編》
省多言，省筆札，省交遊，省妄想，所一息不可省者，居敬養心耳。	〈修養餘言〉 孫真人曰：……又須省多言，省筆札，省交遊，省妄想，所一息不可省者，居敬養心耳。[47]

這一段原本是孫真人所說的話，而〈養生記逍〉則隱藏了原來說話的主體，使得這一番話語成為沈三白的意見。文句只是刪除了「又須」兩字，其他的沒有改動。

〈養生記逍〉	《壽世青編》
楊廉夫有路逢三叟詞云：「上叟前致詞，大道抱天全。中叟前致詞，寒暑每節宣。下叟前致詞，百歲半單眠。」嘗見後山詩中一詞，亦此意，蓋出應璩。璩詩曰：「昔有行道人，陌上見三叟，年各百餘歲，相與除禾麥。往前問三叟，何以得此壽？上叟前致詞，室內姬粗醜。二叟前致詞，	〈修養餘言〉 《楊廉夫集》有〈路逢三叟詞〉，云：「上叟前致詞，大道抱天全。中叟前致詞，寒暑每節宣。下叟前致詞，百歲半單眠。」嘗見後山詩中之詞，亦此意，蓋出應璩。璩詩曰：「昔有行道人，陌上見三叟，年各百餘歲，相與除禾麥。往前問三叟，何

---

47 〔清〕尤乘：《壽世青編》（《續修四庫全書》，子部，醫學類，第1030冊），卷上，頁64下。

量腹節所受。下叟前致詞，夜臥不覆首。要哉三叟言，所以能長久。」	以得此壽？上叟前致詞，室內姬粗醜。二叟前致詞，量腹節所受。下叟前致詞，夜臥不覆首。要哉三叟言，所以能長久。」[48]

〈養生記逍〉作者完全引用《壽世青編》原文，連中間《壽世青編》說先見楊廉夫的詞，後來才看到《後山詩集》中有相似的詞作，且另外記述了這詩作的源頭，是出於晉朝的應璩，這般一番曲折，也一字不漏地原封搬來；把這原本是尤乘的閱讀經歷，變成是沈三白個人的經歷一般。如果不知文章出處，真的會被誤導、誤解了。應璩這首詩，在很多的養生書裡也都有引用，如明朝鄭瑄的《昨非庵日纂》、高濂的《遵生八箋》、息齋居士撰的《攝生要語》[49]等都有記載。

又詩中「禾麥」的「麥」字，《遵生八箋》作「莠」字。「莠」字才能與「叟」字押韻，才是對的。今〈養生記逍〉作「麥」，與《壽世青編》同誤，可見抄襲之跡，至為明顯。

〈養生記逍〉	《壽世青編》
然睡亦有訣。孫真人云：「能息心，自瞑目。」蔡西山云：「先睡心，後睡眼。」此真未發之妙。禪師告余伏氣，有三種眠法：病龍眠，屈其膝也；寒猿眠，抱其膝也；龜鶴眠，踵其膝也。	〈睡訣〉 西山蔡季通云：「睡側而屈，覺正而伸，早晚以時；先睡心，後睡眼。」朱晦菴謂「未發之妙」。 千金方云：半醉酒，獨自宿；軟枕頭，煖蓋足；能息心，自瞑目。」陸

48 〔清〕尤乘：《壽世青編》（《續修四庫全書》，子部，醫學類，第1030冊），卷上，頁65上、下。

49 〔明〕息齋居士撰：《攝生要語》（臺南：莊嚴文化事業公司，《四庫存目叢書》子類，冊260，1995。涵芬樓影印清道光十一年六安晁氏木活字《學海類編》本），卷一，頁2。

| | 平泉云：「每夜欲睡，必走千步，始寢。」
論語曰：「食不語，寢不言。」寢臥不得多言笑；五臟如鐘磬，不懸則不可發聲。
「伏氣」有三種眠法：病龍眠，屈其膝也；寒猿眠，抱其膝也；龜鶴眠，踵其膝也。[50] |

〈養生記逍〉的文句，很顯然地是從這段〈睡訣〉抄錄而來的，只是作了一些更動與刪節。

其中《壽世青編》裡的《千金方》，〈養生記逍〉改作「孫真人」，因為《千金方》的原作者就是唐朝的孫思邈，這本《千金方》是我國醫學上很重要的成就，活人無數，所以，傳統醫書、養生書都稱孫思邈為「孫真人」。

又把「西山蔡季通」改稱「蔡西山」，前面曾經談過，〔南宋〕蔡元定，字季通，號西山先生。所以，〈養生記逍〉才把稱為改換了一下。前面〈衛生歌〉一條裡，也有說明〈養生記逍〉把真德秀西山，誤以為是蔡西山。

而「伏氣」一條，〈養生記逍〉加上了禪師一角，是為了配合前文裡說沈三白「棲身苦庵」的背景，而在〈養生記逍〉裡，曾多次提及沈三白跟虛構的「禪師」對話。後世清朝馬齊《陸地仙經》裡也提出了三種睡眠姿勢：「病龍眠，拳其膝也；寒猿眠，抱其膝也；龜息眠，手足曲而心思定也。」二者大同而文字少異。

50　〔清〕尤乘：《壽世青編》（《續修四庫全書》，子部，醫學類，第1030冊），卷上，頁55上。

原文有朱熹對蔡西山言論的稱許，〈養生記逍〉隱去朱熹之名，改為沈三白的語氣出之。

總括以上所舉出的十七大條，細分則二十餘條的引文，很明顯地可以看出〈養生記逍〉的作者，十分欣賞《壽世青編》中的養生觀念，所以大量抄錄，且《壽世青編》這本書的成書時間在沈三白之前，引用上毫無顧忌，其中有不少是一字不易的挪移過來的，有些則稍作刪節，有的作了更動，改頭換面。然而如此大量地從同一本書抄錄，且順序先後也大體相同，其抄錄的痕跡明白易見。

當然，上述所舉的十七條資料裡，有的資料不僅見於《壽世青編》，還見於其他的養生書中，如道逢三叟詞一條，也見於明朝高濂的《遵生八箋》，鄭瑄的《昨非庵日纂》等，好像不一定得從《壽世青編》而來。其實只要對比一下三者的用語文辭，就不會有疑惑了。

> 楊廉夫有〈路逢三叟詞〉云：「上叟前致詞，大道抱天全。中叟前致詞，寒暑每節宣。下叟前致詞，百歲半單眠。」嘗見後山詩中一詞，亦此意，蓋出應璩，璩詩曰：「昔有行道人，陌上見三叟，年各百餘歲，相與除禾麥。往前問三叟，何以得此壽？上叟前致詞，室內姬粗醜。二叟前致詞，量腹節所受。下叟前致詞，夜臥不覆首。要哉三叟言，所以能長久。」（〈養生記逍〉）

> 《楊廉夫集》有〈路逢三叟詞〉，云：「上叟前致詞，大道抱天全。中叟前致詞，寒暑每節宣。下叟前致詞，百歲半單眠。」嘗見後山詩中之詞，亦此意，蓋出應璩。璩詩曰：「昔有行道人，陌上見三叟，年各百餘歲，相與除禾麥。往前問三叟，何

以得此壽？上叟前致詞，室內姬粗醜。二叟前致詞，量腹節所
受。下叟前致詞，夜臥不覆首。要哉三叟言，所以能長久。」
（《壽世青編》）

有人見三叟，年各百餘，鋤禾莠。拜問何以得此？上叟曰：
「室內姬龘醜。」二叟曰：「量腹接所受。」下叟曰：「暮臥不
覆首。」要哉言也。（《昨非庵日纂》）

應璩詩曰：「昔有行道人，陌上見三叟，年各百餘歲，相與除
禾莠。往前問三叟，何以得此壽？上叟前致詞，室內姬粗醜。
二叟前致詞，量腹節所受。下叟前致詞，夜臥不覆首。要哉三
叟言，所以能長久。」（《遵生八箋》）

以上四種〈道逢三叟〉事的形式來看，跟〈養生記逍〉最接近的，就
是《壽世青編》；《昨非庵日纂》不以詩歌的形式，而改為敘述式的；
《遵生八箋》則沒有前面楊廉夫的那一段說明。所以雖然三處所說的
都是同一件事，還是可以一眼看出〈養生記逍〉是抄錄自《壽世青
編》的。

　　還有，在〈養生記逍〉裡，從《壽世青編》抄錄來的資料都很集
中地在文章的前半段；除了第一段的引言，第二段曾氏《日記》，後
面還有四段曾國藩日記穿插在其中之外，十六大段《壽世青編》的資
料都在前半段，只有「睡訣」一段在最後面，蓋與《曾文正公日記》
中談「睡」的言語同置一處。從箇中情形也可以看出是抄自同一個來
源的。

（二）出於《澂懷園語》、《昨非庵日纂》、《密庵卮言》以及《隨園詩話》

前面已經說過，陳毓羆指出〈養生記逍〉裡，有出自曾國藩《日記》及張英《聰訓齋語》的文段。而林淑芬進一步指出，可能是作者先看到曾國藩《日記》裡提到張文瑞公的《聰訓齋語》，所以才去找來檢閱其中的資料，從而抄錄了十多條跟修養身心有關的語段。不過，林淑芬雖然知道《曾文正公日記》曾記載說：

> 讀張文瑞公《聰訓齋語》，文和公《澂懷園語》，此老父子學問，亦以知命為第一義。（己未四月）[51]

但是，她卻沒有去找文和公張廷玉的《澂懷園語》，或者她也有找來看，不過發現《澂懷園語》裡，跟養生、修心有關的內容沒多少，跟《聰訓齋語》比起來，性質差異蠻大的，所以就沒有仔細翻尋吧。不過，事實上，〈養生記逍〉裡有一條是跟《澂懷園語》相同的。今對比如下：

〈養生記逍〉	《澂懷園語》
萬病之毒，皆生於濃。濃於聲色，生虛怯病；濃於貨利，生貪饕病；濃於功業，生造作病；濃於名譽，生矯激病。濃之為毒甚矣。樊尚默先生以一味藥解之，曰：「淡。」	《他山石》曰：「萬病之毒，皆生於濃。濃於聲色，生虛怯病；濃於貨利，生貪饕病；濃於功業，生造作病；濃於名譽，生矯激病。吾以一味藥解之，曰「淡」。吁！斯言誠藥石哉。[52]

---

51 曾國藩原著：《曾文正公日記》〈文藝〉，《曾文正公全集》（臺南：綜合出版社，民國64年〔1975〕10月），頁51。

52 見張廷玉：《澂懷園語》（《筆記小說大觀叢刊》九編，冊8，總頁4796），卷一，頁11。

　　《澂懷園語》所說的《他山石》，今天已經查不到這本書了，相
信〈養生記逍〉的作者也不會知道。而這一段話，也被清朝的金纓引
用到他《格言聯璧》的〈持躬類〉裡，《格言聯璧》說：

> 濃於聲色，生虛怯病；濃於貨利，生貪饕病；濃於功業，生造
> 作病；濃於名譽，生矯激病。（原注：萬病之毒，皆生於濃；
> 吾以一味解之，曰：「淡。」夫魚見餌不見鉤，虎見羊不見
> 阱，猩猩見酒不見人；非不見也，迷於其中而不暇顧也。此心
> 一淡，則豔冶之物不能移，熱鬧之境不能動。夫能知困窮抑
> 鬱，貧賤坷坎之為祥，則可與言道矣。）[53]

《格言聯璧》也沒有說明這段話的來源，所以是否跟《澂懷園語》同
一來源，不得而知。而這一段話語，據所查證的結果，較早見於明朝
鄭瑄的《昨非庵日纂》。

　　鄭瑄，字漢奉，號昨非庵居士，閩縣（今福州）下渡人。考中明
天啟四年（1624）舉人，崇禎四年（1631）進士，授南京戶部主事，
升渡支使，主管倉庫和錢糧簿書等。後出任浙江嘉興府知府，重視教
育，興修水利，深受百姓愛戴。數年後，任應天（今南京）巡撫。唐
王朱聿鍵在福州建立隆武小朝廷，授鄭瑄為工部尚書加太子太保，鄭
瑄與大學士黃道周、巡撫張肯堂同心輔政，而當時武將專橫跋扈，朝
廷命令不能傳達幾州，隆武二年（1646）朱聿鍵兵敗被殺，鄭瑄鬱鬱
不得志，不久死於家中。

　　鄭瑄自幼喜讀書，且精通文學，與學者倪元璐、徐石麟以文章相

---

53 〔清〕金纓著，張琪譯注：《格言聯璧》（太原：山西古籍出版社，2001年），頁35。

引重。著作中有《昨非庵日纂》二十卷。「昨非庵」是鄭瑄官署中的
書室。此書是他的讀書筆記，從歷代正史、詩文集、野史、雜記等書
中分門別類採集而成的，希望能教化世人，為人們行動指南。此書剛
刻板問世，立即引起朝野的關注，有人把它比作西漢劉向的《說
苑》。《昨非庵日纂》說：

> 萬病之毒，皆生於濃。濃於聲色，生虛怯病；濃於貨利，生貪
> 饕病；濃於功業，生造作病；濃於名譽，生矯激病。噫！濃之
> 為毒甚矣。吾以一味藥解此，曰「淡」。

如果比較〈養生記逍〉跟《昨非庵日纂》、《格言聯璧》、《澂懷園語》
所記的同一段文字，可以發現《格言聯璧》跟《澂懷園語》是一致
的，而〈養生記逍〉跟昨《昨非庵日纂》的文句最接近，因為都有
「濃之為毒甚矣」這句話，而《格言聯璧》、《澂懷園語》都沒有這一
句。不過，《澂懷園語》作「解之」，《昨非庵日纂》作「解此」，那
〈養生記逍〉又有跟《澂懷園語》相似之處。所以，可以推斷，作者
可能先見到《澂懷園語》中的這一段話，而又見到《昨非庵日纂》也
有相同的文字，而《昨非庵日纂》中的文字比較完整而且有深刻感慨
的語意，同時也不知道「他山石」是怎麼一回事，所以就選用了《日
纂》裡的文字。

還有一點需要說明的，就是〈養生記逍〉多出了「樊尚默先生」
這一號人物，給人的感覺好像是作者知道這一段話的原說話人就是
「樊尚默」。據查考的結果，樊尚默就是明朝的樊良樞。

樊良樞，字尚默，號致虛，江西進賢人。萬曆三十二年（1604）
進士。任仁和知縣，累遷刑部郎中，出為雲南副使，改官至浙江提學

副使。崇信陽明學說，曾評點《陽明兵》一書，[54]以兵學見知。明天啟七年（1627）十月詔許以浙江提學副使致仕，崇禎四年（1631）為他自己所作的《密庵卮言》作序。[55]有《樊致虛詩集》，《明詩紀事》庚籤卷。[56]考樊良樞的作品，有《密庵卮言》一書，是屬於格言警訓、養生修心的著述；然而通觀全書裡，並沒有這一段論「毒生於濃」的言論，也不見「他山石」的蹤跡。不過，在樊良樞《密庵卮言》的第一章「約己」中，首先所說的重要理念，就是「嗇儉、清約、恬虛、澹泊」。《密庵卮言》說：

> 事天治人，莫若嗇；老氏持之，是曰三寶之總。化民成俗，莫如儉；譚子用之，允為大道之師。
>
> 福生於清約，約者亨而侈者窮。命生於和暢，和者壽而乖者亡。
>
> 知與恬相交養，乃莊子養生之主，斯所貴於澹漠虛。
>
> 安分以養福，寬胸以養氣，省費以養財，蘇公甘淡素之味。
>
> 澹泊可以明志；故醜妻惡食，是鞠躬盡瘁之忠臣。
>
> ⋯⋯

---

54 《陽明兵》一書，據日本《尊經閣文庫漢籍分類目錄》載：該書共五卷，明王守仁撰，樊良樞評，明崇禎版，二冊。卷首有樊良樞的序文，作於崇禎三年。卷末有零陵門人蔣向榮撰於崇禎四年的〈刻陽明兵跋〉，跋曰：「吾師密庵先生⋯⋯獨于文成集中撮其為兵者奏疏十三篇、檄諭二十五通，又摘兵學、兵謀、兵機、兵量二十四則，自為評注授之，剖厥以行世。⋯⋯」每卷文字中，冒頭記有「樊良樞批評」與「樊尚校閱」的字樣。由此推斷，該書當屬「密庵先生」從《王文成公全書》中輯錄的陽明有關軍事方面的文章與言行錄，其成書年代應在崇禎三年，刊行於崇禎四年。密庵先生亦即樊良樞。

55 參見《密庵卮言・序》，《續修四庫全書》第1132冊，總頁188。

56 參看《四庫全書總目提要》第179卷。又參看〔清〕潘介祉纂輯：《明詩人小傳稿》（臺北：國立中央圖書館印行，民國75年〔1986〕）。並參考《明人傳記資料索引》，頁803有提樊尚默《二山草》，見《寧澹齋全集》2/27下（臺北：國立中央圖書館，民國54年〔1965〕）。

神酣布被窩中，得天地沖和之氣。味足藜羹飯後，識人生澹泊之真。

〈養生記逍〉的作者雖然在《密庵厄言》中找不到可用的文句，而剛好得到這一「淡」字的主旨，於是就把這一段「毒生於濃」的無主言論，掛在樊良樞的名字之下，也能顯示作者的博學多聞。

除了〈養生記逍〉「毒生於濃」這一段文字跟《昨非庵日纂》中同一段文字相似度高，而認定是出於《日纂》這個理由之外，還有一個更重要的原因判斷它是出自《昨非庵日纂》的，就是在〈養生記逍〉裡，還有一段文字跟《昨非庵日纂》有關，而在其他的地方沒有看到的。就是〈養生記逍〉的後段，說到「睡鄉、醉鄉、溫柔鄉、白雲鄉」的部分。下面先列出相關文字對比：

〈養生記逍〉	《昨非庵日纂》
留侯、鄴侯之隱於白雲鄉，劉、阮、陶、李之隱於醉鄉，司馬長卿以溫柔鄉隱，希夷先生以睡鄉隱，殆有所依而逃焉者也。余謂白雲鄉，則近於渺茫，醉鄉、溫柔鄉，抑非所以卻病延年，而睡鄉為勝矣。	昔人以酒為醉鄉，以閨房為軟溫鄉，以任官為帝鄉。謂之鄉者，言處之易而去之難耳。然麴蘗腐腸，粉黛伐性，孤犢而見被文繡，辭隱而取譏北山；其謂之何？唯如彭澤之賦歸來，宋玉之賦襄王，康節之詠微酡，涉而不存，庶幾無害於情之正乎。[57]

可以看出這兩段話雖然文字有些不相同，而其中的含意是很相似的，〈養生記逍〉中還多了「睡鄉」，並且引用宋代陳摶希夷先生的〈睡鄉說〉。陳摶的〈睡鄉說〉是很有名的。

---

57 見〔明〕鄭瑄著：《昨非庵日纂》（上海：上海古籍出版社，《續修四庫全書》，子部雜家類，冊1193）。《昨非庵日纂三集》，卷七〈頤真〉，頁26，總頁556。

　　陳摶（872-989）以睡功修煉而著名者，傳說他曾經高臥華山，一睡數日不起，後竟於睡中得道。《堅瓠續集》記載，周世宗曾經把陳摶關在房中，加以考察，一個月以後，陳摶仍在熟睡之中，周世宗非常奇怪，詢問他緣由，於是陳摶作了一首〈對御歌〉作答：「臣愛睡，臣愛睡；不臥氈，不蓋被；片石枕頭，蓑衣鋪地。震雷掣電鬼神驚，臣當其時正酣睡。閑思張良，悶想范蠡，說甚孟德，休言劉備，三四君子，只是爭些閒氣。怎如臣，向青山頂上，白雲堆裏，展開眉頭，解放肚皮，且一覺睡。管甚玉兔東升，紅輪西墜。」[58]一派放浪塵外的睡仙性格，盡在這一首歌中展露無遺。又據《華山搜隱記》載陳摶的朋友呂洞賓評述他說：「摶非欲長睡不醒也，意在隱於睡，並資修煉內養，非真睡也；惟非得姤復契睡訣者，不足以語此。」今世傳陳摶有《蟄龍法》睡功訣。[59]可見陳摶「以睡鄉隱」的說法，也是很有來歷的。

　　而作者之所以加入陳摶的「睡鄉」，是因為後面要說有關「睡眠」對養生的效用，並且引用曾國藩《日記》、《壽世青編》中談「睡」的要訣，所以先在此加入，作為提領，使人讀了感覺前後一貫。

　　其實作者之所以會把「睡鄉」加入，湊成「四鄉」，應該還有個重要觸媒，就是袁枚的《隨園詩話》。

　　袁枚（1716-1798），字子才，號簡齋，一號存齋，世稱隨園先生，晚年自號倉山居士、隨園老人等。錢塘（今浙江杭州）人。祖籍慈溪（今屬浙江）。乾隆四年（1739）進士，選庶起士，入翰林院。

58　〔清〕褚人穫：《堅瓠集‧續集》（清康熙刻本），卷三。

59　陳摶的「蟄龍法」：「龍歸元海，陽潛于陰。人曰蟄龍，我卻蟄心。默藏其用，息之深深。白雲高臥，世無知音。」

乾隆七年（1742）改發江南，歷任溧水、江浦、沭陽、江寧等地知
縣。乾隆十四年（1749）辭官，居江寧（今江蘇南京）小倉山隨園。
後除乾隆十七年（1752）曾赴陝西任職不到一年外，終生絕跡仕途。
袁枚主持乾隆詩壇，為性靈派領袖。著述有《小倉山房詩集》、《小倉
山房文集》、《隨園詩話》、《子不語》、《隨園尺牘》、《隨園隨筆》等十
來種。傳見《清史稿》卷四八五等。

　　《隨園詩話》是清代以來影響最大的一部詩話，也是最膾炙人口
和最重要的詩話類著作，是過去家誦戶曉的作品。其中體制為分條排
列，每條或述一評，或記一事，或采一詩（或數詩），採取隨筆的形
式。本書於作者辭官後開始編撰，正編成書於乾隆五十五年（1790），
由畢沅等資助付梓。補遺則寫至作者病故為止，成書于嘉慶年間。《隨
園詩話》裡，有一則記載說：

> 通州保井公，工填詞；自號四鄉主人，蓋言睡鄉、醉鄉、溫柔
> 鄉、白雲鄉也。詠《崔鶯鶯》一闋，甚佳，末二句云：「交相
> 補過，還他一嫁。」癸酉秋，見訪隨園，相得甚歡。別三十年，
> 余游狼山，井公久亡矣。其子款接甚殷。壁上糊余手劄數行，視
> 之，乃遊客某所假也；然已厚贖之矣，其兩代之好賢若此。[60]

其中所說的「四鄉主人」，其人已經不可得而知了，不過，所謂「四
鄉」，跟〈養生記逍〉所說的「睡鄉、醉鄉、溫柔香、白雲鄉」是完
全一樣的；不過，袁枚並沒有進一步說明「保井公」之所以取名「四
鄉」的意涵是甚麼。由於《隨園詩話》有這「四鄉」之說，於是作者
就把這四鄉跟《昨非庵日纂》裡的「醉鄉、軟溫鄉、帝鄉」兩者加以

---

60 見袁枚：《隨園詩話》卷五，第十三則記載。

揉合，再為每一種「鄉」加上代表性的人物：白雲鄉亦即是仙鄉，以漢代的張良，唐代的李泌為代表；醉鄉以晉朝竹林七賢中的劉伶、阮籍，東晉的陶淵明，唐朝的李白為代表；溫柔鄉就以漢代的司馬相如跟卓文君的故事來說；再加上五代北宋間陳摶的「睡鄉」，於是就改寫成今天所看到的〈養生記逍〉裡的模樣。不過，「溫柔鄉」之名，原本典出《飛燕外傳》，是說漢成帝劉驁的後宮，成帝劉驁視皇后趙飛燕之妹趙合德的胸部為「溫柔鄉」，所以，如果要說代表人物，理應以劉驁為代表，而作者卻用了司馬相如來代表，這可能是因為在〈閨房記樂〉裡，曾記載沈三白跟陳芸談及司馬相如跟卓文君的事，所以才拿司馬相如來說的。

　　另外，沈三白的好友石韞玉，曾經為袁枚的文集作註解，名為《袁文箋正》[61]，這也可能是作者去搜尋袁枚著作的原因吧。

（三）出於《明儒學案》

　　《明儒學案》是一部系統總結和記述明代學術思想發展演變及其流派的學術史著作，為明清之際著名的思想家和史學家黃宗羲所撰。黃宗羲（1610-1695），字太沖，號梨洲，學者尊為南雷先生，浙江餘姚人。是明末清初著名的史學家、思想家，與顧炎武、王夫之並稱明清之際三大思想家。著有《明儒學案》是我國第一部以學術為主題的史書，又有《宋元學案》等。

　　《明儒學案》是黃宗羲的代表作之一，成書於康熙十五年（1676）。書中以王守仁心學發展演變為主線，全面系統地反映出明代學術發展的全貌。黃宗羲有鑑於宋元學者《語錄》的薈撮簡編而去取

---

61 〔清〕袁枚著，石韞玉箋：《袁文箋正》（臺北：廣文書局，民國66年〔1977〕）。

失當，使讀者難窺前人學術精神的弊病，所以他在《明儒學案》的寫作上，特別注重闡明各派學術思想的宗旨，把握諸家學術的精髓；是一本想對明儒學術思想有所瞭解的最佳入門書籍。因此，這本《明儒學案》是清朝以來直至民國早年，一般讀書人所常讀的一本案頭書。

〈養生記逍〉裡，有幾則文字顯然是從《明儒學案》這本書裡抄錄而來的。現在一一臚列如下：

〈養生記逍〉	《明儒學案》
歲暮訪淡安，見其凝塵滿室，泊然處之，嘆曰：「所居必灑掃涓潔，虛室以居，塵囂不雜。齋前雜樹花木，時觀萬物生意。深夜獨坐，或啟扉以漏月光。至昧爽，但覺天地萬物清氣自遠而屆，此心與相流通，更無窒礙。今室中蕪穢不治，弗以費心，但恐於神爽未必有助也。」	歲暮一友過我，見某凝塵滿室，泊然處之，嘆曰：「吾所居必灑掃涓潔，虛室以居，塵囂不雜，則與乾坤清氣相通。齋前雜樹花木，時觀萬物生意。深夜獨坐，或啟扉以漏月光。至昧爽，恆覺天地萬物清氣，自遠而屆。此心與相流通，更無窒礙。今室中蕪穢不治，弗以累心，賢於玩物遠矣，但恐以神爽，未必有助也。」[62]

這一段話出於《明儒學案》卷六〈崇仁學案〉，恭簡魏莊渠先生校的學案，原本是魏校跟他的朋友會面時，友人對魏校所說的一番話語。因為魏校平常生活仰慕古人居家簡重，不以事物經心，所以對於家裡的整潔不太在意，導致居室髒亂；朋友勸他要收拾整理，這對於一個人的身心修養，體會自然是有幫助的。

《明儒學案》這一段話，也見於魏校的《莊渠遺書》中〈與余子積〉書裡，原文比《明儒學案》稍詳，今引述如下：

---

62 見〔清〕黃宗羲著：《明儒學案》，卷六，〈崇仁學案〉三，〈恭簡魏莊渠先生校〉。

歲暮一友過我，見校凝塵滿室，泊然處之，嘆曰：「學以神明厥德。吾所居必灑掃涓潔，虛室以居，塵囂不雜，則與乾坤清氣相通。齋前雜樹花木，時觀萬物生意。深夜獨坐，或啟扉以漏月光。至昧爽，恆覺天地萬物清氣自遠而屆，此心與相流通，更無窒礙。今室中蕪穢不治，弗以累心，賢於玩物遠矣，但恐於神爽，未必有助也。」[63]

《明儒學案》裡沒有「學以神明厥德」一句，而有「賢於玩物遠矣」句；而〈養生記逍〉裡則這兩句都沒有，顯然〈養生記逍〉是從《明儒學案》抄錄來的。〈養生記逍〉將其中的人物主體，改頭換面，魏校變成夏淡安，友人換為沈三白，時空的轉換，這段文字就成為沈三白勸夏淡安注意居室整潔了。

除了主角改變之外，文字也有寫改動，把「某」改為「其」，把「吾所居」的「吾」字刪去，減低了以自己生活經驗來教訓別人的味道。然而把「賢於玩物遠矣」一句去掉，於是使得文句意義上有不完整的感覺。

〈養生記逍〉	《明儒學案》
余年來靜坐枯菴，迅掃宿習；或浩歌長林，或孤嘯幽谷，或弄艇投竿於溪崖湖曲，捐耳目，去心智，久之似有所得。 陳白沙曰：「不累於外物，不累於耳目，不累於造次顛沛，鳶飛魚躍，其機在我。知此者謂之善學。」抑亦養	張東所敘先生為學云：「自見聘君歸後，靜坐一室，雖家人罕見其面。數年未之有得，於是迅掃夙習，或浩歌長林，或孤嘯絕島，或弄艇投竿於溪涯海曲。捐耳目，去心智，久之然後有得焉。」 ……

63　見〔明〕魏校著：《莊渠遺書》，卷三，〈與余子積〉書。

| 壽之真訣也。 | 〈贈彭惠安別言〉
自得者，不累於外物，不累於耳目，不累於造次顛沛。鳶飛魚躍，其機在我。知此者謂之善學，不知此者，雖學無益也。[64] |

〈養生記逍〉這一段文句，是從《明儒學案》中〈白沙學案〉裡的兩段文字抄錄而來的。前半段原本是陳獻章的學生張東所記述有關陳獻章的為學歷程，而〈養生記逍〉將陳獻章的話用沈三白的嘴巴說出來，把「一室」改為「枯菴」，以符沈三白「棲身苦菴」的背景設定。又將「海曲」換作「湖曲」，因為沈三白生活在蘇州，附近只有湖，沒有海；再把「然後有得焉」變成「似有所得」，語氣比較謙虛。

而後半段則明白引用陳白沙在〈贈彭惠安別言〉裡的一段話，這段話也見錄於《明儒學案》之中。原文的意思是說「自得」的定義與效用，與養生長壽不相干的，而作者把它轉而為修身養性的要義，所以在最後加上「抑亦養壽之真訣也」一句作為收結，用以緊扣〈養生記逍〉的篇旨。

〈養生記逍〉	《明儒學案》
陽明先生曰：「只要良知真切，雖做舉業，不為心累。且如讀書時，知強記之心不是，即克去之；**有欲速之心不是，即克去之**；有誇多鬥靡之心不是，即克去之。如此亦只是終日與聖賢印對，是個純天理之心；任他讀	問讀書所以調攝此心，但一種科目意思牽引而來；何以免此？曰：「只要良知真切，雖做舉業，不為心累。且如讀書時，知得強記之心不是，即克去之；有誇多鬥靡之心不是，即克去之。如此亦只是終日與聖賢印對，是

---

64 見《明儒學案》，卷五，〈白沙學案〉（陳獻章學案）。這一段文句在《陳獻章集》卷一《認真子詩集序》中，也有記載。其文曰：「自得者，不累於萬物，不累於耳目，不累於造次顛沛，鳶飛魚躍，其機在我，知此者謂之善學，不知此者雖學無益也。」

書，亦只調攝此心而已，何累之有？」錄此以為讀書之法。	個純乎天理之心；任他讀書，亦只是調攝此心而已，何累之有？」[65]

〈養生記逍〉這一段明白引用王陽明先生的話，來說明讀書之法如何才能「不為心累」，才能讀出聖賢真義。不過，〈養生記逍〉裡有「有欲速之心不是，即克去之」一句，不見於《陽明學案》之中。而考察這一段話，其實也見錄於王陽明的《傳習錄》中，而文字稍有差異，茲列出如下：

> 問：「讀書所以調攝此心，不可缺的。但讀之之時，一種科目意思牽引而來，不知何以免此？」先生曰：「只要良知真切，雖做舉業，不為心累。雖有累，亦易覺，克之而已。且如讀書時，良知知得強記之心不是，即克去之；有欲速之心不是，即克去之；有誇多鬥靡之心不是，即克去之。如此亦只是終日與聖賢印對，是個純乎天理之心。任他讀書，亦只是調攝此心而已，何累之有？」[66]

比較〈養生記逍〉跟《明儒學案》以及《傳習錄》之間的差異，就可以發現〈養生記逍〉沒有「總有累，亦易覺，克之而已」這一小段，跟《明儒學案》相同而跟傳習錄異；而〈養生記逍〉有「有欲速之心不是，即克去之」一句，跟《傳習錄》相同，反而跟《明儒學案》不同了；又把「良知知強記之心不是」句裡的「良知」一詞刪掉。所以，可以推斷是〈養生記逍〉的作者看到《明儒學案》裡王陽明學案裡的這一段話，又去找《傳習錄》來參照，根據《傳習錄》來補上

---

65 見《明儒學案》，卷十，〈陽明學案〉。
66 〔明〕王守仁：《王文成公全書》（四部叢刊影明隆慶本），卷三，語錄三。

「有欲速之心不是，即克去之」一句，於是就成了今日所看到的〈養生記逍〉裡所呈現出來的綜合型文句了。

〈養生記逍〉	《明儒學案》
雲白山青，川行石立，花迎鳥笑，谷答樵謳，萬境自閑，人心自鬧。	雲白山青，川行石立，花迎鳥笑，谷答樵謳，萬境自閑，人心自鬧。[67]

這一段文字，見載於《明儒學案》卷三十五，〈泰州學案四〉，〈給事祝無功先生世祿〉的言說撮錄之中，〈養生記逍〉只是抄錄一遍而已。

祝世祿（1539-1610）字延之，號無功，鄱陽人。萬曆十七年（1589）進士。萬曆乙未（二十三年，1595）由進士考選為南科給事中，歷尚寶司卿。當緒山、龍溪講學江右，先生與其群從祝以直惟敬、祝介卿眉壽為文麓之會。及耿定向（1524-1593，嘉靖三十五年進士，萬曆中累官戶部尚書，後告歸，居天臺山講學以終）講學倡道於東南，海內雲附景從，世祿從之遊，與新安潘去華、蕪陰王德孺同為陽明學派耿門高弟。徽州書院多推崇朱熹、信奉朱子學說，祝世祿時任休甯縣令的時候，以自己學宗王陽明之門，於是他與同邑人邵庶共同倡建了「還古書院」，用來作為休甯地方儒生講學之所，並聘請了任南京兵部侍郎的王門弟子王畿來書院講學，使陽明學說開始在休寧盛行。祝世祿的學說由陽明而漸近於禪佛，嘗發起修棲霞寺定慧禪堂，並撰寫〈重修棲霞寺碑記〉。著有《環碧齋詩集》三卷、《尺牘》三卷及《環碧齋小言》等。

《明儒學案》中對於祝世祿學說的述介，就是根據《環碧齋小言》（亦稱《祝子小言》）中的言說節引而來的。[68]《環碧齋小言》中

---

67 〔明〕見《明儒學案》卷三十五，〈泰州學案四〉，〈給事祝無功先生世祿學案〉。

68 見《明儒學案》卷三十五，〈泰州學案四〉，〈給事祝無功先生世祿學案〉。其中所錄祝世祿思想言論，全部都是出自《祝子小言》一書。

的言說，多以禪門之說附合儒理道術，顯示了祝世祿的思想，含有很深的道、釋成分。如其中有言曰：

> 世味釅，至味無味。味無味者，能淡一切味。淡足養德，淡足養身，淡足養交，淡足養民。[69]

此語就十分具有道家學說的意味。《祝子小言》中有論〈中庸〉的一段說：「道固有至，學期致乎其至而已。〈中庸〉蓋屢言之。」又進一步說：

> 如何有云「及其至也，察乎天地」，曰「無聲無臭」、「不知不能」，是祕密藏。察乎天地」是大光明藏；此即放之彌六合，卷之退藏於密之義；蓋祕密藏即光明藏。[70]

這一段話很明顯地是用佛教教義來說明〈中庸〉的思想，觀其所言，蓋姚江、龍溪之末流。在這種儒、道、釋三家融合的思想之下，祝世祿才會說出：

> 雲白山青，川行石立，花迎鳥笑，穀答樵謳，萬境自閑，人心自鬧。[71]

這一段話，前面四句展現了道家的自然曠達的態度，而後面兩句，卻是出於佛家之語。前面的四句，也見於《菜根譚》後集的第一百二十

69　〔明〕祝世祿：《祝子小言》（《四庫存目叢書》，據明萬曆刻環碧齋及本刊印），頁12。

70　〔明〕祝世祿：《祝子小言》（《四庫存目叢書》，據明萬曆刻環碧齋及本刊印），頁13。

71　〔明〕祝世祿：《祝子小言》（《四庫存目叢書》，據明萬曆刻環碧齋及本刊印），頁23。

二條裡，《菜根譚》說：

> 世人為榮利纏縛，動曰：「塵世苦海。」不知雲白山青，川行
> 石立，花迎鳥笑，谷答樵謳，世亦不塵，海亦不苦，彼自塵苦
> 其心爾。

《菜根譚》是一本明末的清言小品，為洪自誠（大約生活在明萬曆年間）作於萬曆三十年（1602）左右。其中引用了「雲白山青，川行石立，花迎鳥笑，谷答樵謳」四句，有可能是從《祝子小言》裡引來的；不過由於兩者的著成時間相當接近，所以也有可能是同出一源，而各有所取而已。

至於後面「萬境自閑，人心自鬧」兩句，則是從佛家語而來的。《五燈會元》卷二記載南陽慧忠國師曾上堂說：

> 我今答汝，窮劫不盡；言多，去道遠矣。所以道，說法有所得，
> 斯則野干鳴；說法無所得，是名師子吼。上堂青蘿夤緣，直上
> 寒松之頂；白雲淡泊，出沒太虛之中。萬法本閑而人自鬧。[72]

南陽慧忠禪師（？-775）是浙江諸暨人，俗姓冉，從小就學習佛法，長大後更研習戒律，對於經論也十分融通。聽聞六祖慧能大師的名聲後，心生渴仰，於是翻山越嶺前往曹溪拜謁，並獲得六祖的心印；後來朝廷奉為國師。而圓極居頂所撰的《續傳燈錄》中，記載汾陽昭禪師的話說，也有提及說：

---

[72] 〔南宋〕釋普濟著：《五燈會元》（臺北：臺灣商務印書館，文淵閣四庫全書本。）卷二，〈六祖大鑒禪師旁出法嗣第一世〉。

諸方達道者咸言上上機；香嚴怎麼悟去？分明悟得如來禪，祖
師禪未夢見在。且道祖師禪有甚長處，若向言中取，則誤賺後
人，直饒棒下承當，辜負先聖；萬法本閑，唯人自鬧。[73]

這一段話語中這兩句的語言形式，較之《五燈會元》所言更接近《祝
子小言》的狀貌；所以，《祝子小言》的這兩句話，很可能是從《續
傳燈錄》中來的。

這兩句話所顯現的禪宗佛理，也深得後世禪林大覺肯定，所以，
如清末民初的八指頭陀（1851-1913）所作的詩，就用過同樣的語
句。他的《八指頭陀詩集》續集裡，有〈漫興四首仍次前韻〉之一，
詩作如下：

大千一粟未為寬，打破娘生赤肉團；萬法本閑人自鬧，更從何
處覓心安？[74]

---

73 〔明〕圓極居頂撰：《續傳燈錄》（《大正新修達藏經》，冊2077）卷三，〈大鑒下第
十一世〉，〈汾陽昭禪師法嗣〉，頁46。

74 釋寄禪著：《八指頭陀詩集》（上海：上海古籍出版社，續修《四庫全書》據民國八
年北京法源寺刻本影印，1995年），冊1575，續集卷四，頁10，總頁448。八指頭陀
（1851-1913）湖南湘潭人，生於清咸豐元年（1851），俗名黃讀山，法名敬安，字寄
禪。少時孤貧，為了牧牛，未讀書，不識字。他本不會做詩，因苦行修持，忽然頓
悟。某年他回家看娘舅，過巴陵，登岳陽樓，友輩分韻賦詩，他澄神趺坐，下視湖
光，一碧萬頃，忽得「洞庭波送一僧來」句，遂谿然神悟。湘潭名士王湘綺先生等
極為欣賞，從此便以詩名。一八七七年，在他二十七歲之時燃指剜肉供佛之後，以
後歷任國內名剎方丈，望重諸方。一八八一年，寄禪最初的詩集《嚼梅吟》，在寧波
出版，使他在當時詩壇上獲得了一席地位。一八八六年，王闓運集諸名士在長沙開
福寺創設碧湖詩社，參加者共十九人，寄禪也被邀參加。他先後出版了《八指頭陀
詩集》以及《白梅集》。民國元年（1912），清帝遜位，民國肇造，袁世凱政府的內
政部禮俗司為了妥籌帝制的經費，想從全國佛教的寺產入手。民國二年〔1913〕便
有提撥公私寺產的案件發生，八指頭陀為此進京力爭，始終不得要領，便憤激而死。

　　明白了《祝子小言》語句的來源，當然也就可以清楚〈養生記逍〉所載語句，不是從《續傳燈錄》與《菜跟譚》分別抄來的，而是直接從《明儒學案》中所節錄的《祝子小言》文句抄錄而來的。當然也有可能是直接從祝世祿的原著《祝子小言》抄截而來，不過，如果加上前面所說同見於《明儒學案》的材料並看，復以《祝子小言》並不是一本普遍的書刊，所以，還是認定從《明儒學案》抄來的比較合理。

　　〈養生記逍〉作者把這一段話接續在「濃於聲色，濃於貨利，濃於功業，濃於名譽」一段話之後，意思就是說一般人大都被世間的功名利祿所束縛，於是生出很多違性之病，於事後面才說以一「淡」字解之。如能以「淡」解悟，那麼世間一切都會變得自在美好，「雲山川石，花鳥谷樵」，都充滿了歡樂與悠閒，人在其中，可謂「無入而不自得」了。以此而言，作者的剪裁也頗有功夫。

　　〈養生記逍〉的作者在抄錄前人書裡的語句時，往往在其中作些手腳，用以掩人耳目。所以，如果這資料同時見於多種文獻記載，就會同時參考，相互補截，使人覺得雖然似曾相識，但是又不全相同的印象，真真假假，莫能辨別。就像前述《明儒學案》中有關〈陽明學案〉的例子，同樣的資料也見於《傳習錄》中，他就可以兩邊參考，塑造出一種話語型態好像是出於沈三白口吻所說的，而不是純粹抄錄別人書本上資料的感覺，這也是作者抄襲手法高明之處。而因為〈養生記逍〉裡，明顯有兩條資料——即是魏校、陳獻章兩處——出於《明儒學案》，所以，雖然王陽明論讀書一段，同見於《明儒學案》及《傳習錄》，按常理推斷，還是認為這一段是以《明儒學案》為出處基礎的。

（四）出於《遵生八箋》

《遵生八箋》是明代高濂所作的，是書總結了中國歷代以來日常生活養生修心等體驗的集大成著作，旁及山川逸遊、花鳥蟲魚、琴碁書畫、筆墨紙硯、文物鑑賞等知識修養，在養生修行、物質文明、休閒遊憩的發展史上，是具有重要學術價值的著述，連李約瑟的《中國科學與文明》也曾經提到高濂這個名字。

「遵生」一詞，出於《莊子》。莊子謂：「能遵生者，雖富貴不以養傷身，雖貧賤不以利累形；今世之人，居高年、尊爵者，皆重失之。」遵生也就是尊生、保生、攝生、養生之義，強調生命之可貴，在於體健神完，而日常生活中的四時調攝，尤其具有重要的實質功能與作用。

高濂是明代文學家，字深甫，錢塘（今浙江杭州）人。生卒年不詳，大約生活於萬曆（1573-1620）年前後。生平事蹟的記載也不多，沒有任何的功名，能詩文，兼通醫理，擅養生，撰《遵生八箋》十九卷，也曾寫作劇本《玉簪記》和《節孝記》。他住在杭州西湖旁，且與許多當時著名的文人交往，如明朝南京國子監祭酒馮夢禎在《快雪堂集》中曾記載著與他交遊的筆記。

高濂於晚明萬曆十九年（1591）初刊《雅尚齋遵生八箋》一書，道士李石英為《遵生八箋》寫作序言，是最早提到高濂這個人的資料；可以推想高濂應該是個遁隱山林的道家自然主義者，他的《遵生八牋》後來收入《四庫全書》子部雜家類雜品之屬裡，不被當成道家養生的作品，而是被當成物質文化的介紹，是談硯石、食物、家居器物擺設的作品。全書總共十九卷，卷一至卷二為「清修妙論箋」，是養身格言，其宗旨多出於佛道思想。卷三至卷六為「四時調攝箋」，

是按時調養的方法。卷七至卷八為「起居安樂箋」，是介紹寶物器用的。卷九至卷十為「延年卻病箋」，是講服氣導引的一些方法。卷十一至卷十三為「飲饌服食箋」，介紹食品名目。卷十四至卷十六為「燕閒清賞箋」，論述賞鑑清玩器物的情況，並附種植花卉的方法。卷十七至卷十八為「靈祕丹藥箋」，是經驗的方藥。卷十九為「坐外遐舉箋」，介紹歷代隱逸一百人的事蹟。

　　這麼一本重要的養生學的書，〈養生記逍〉的作者當然不會輕易放過搜尋的機會。不過，要說明的是《遵生八箋》裡所記載的，有不少也被《壽世青編》所載錄；這兩本書的刊行時間，應該是以《遵生八箋》較早，不過也不是說《壽世青編》抄錄《遵生八箋》的，而是可能它們之間，都載錄了同類的資料來源罷了。以下將〈養生記逍〉裡，抄錄自《遵生八箋》的資料對比呈現：

〈養生記逍〉	《遵生八箋》
秉靈燭以照迷情，持慧劍以割愛慾；殆非大勇不能也。	陰符經曰：「淫聲美色，破骨之斧鋸也；世之人不能秉靈燭以照迷情，持慧劍以割愛慾；則流浪生死之海，是害先於恩也。」[75]

《遵生八箋》本是說人當對情慾要有所制約，貪慾好色，害必先至。而〈養生記逍〉則未明指為真色真慾，轉而言要看破紅粉相，看破眾生相；去情割慾，是人所難為的。

---

75 〔明〕高濂著：《遵生八箋》（臺北：商務印書館，1893年，《四庫全書》子部，雜家類，雜品之屬），卷一。

〈養生記逍〉	《遵生八箋》
養生之道，只「清淨明了」四字。內覺身心空，外覺萬物空。破諸妄想，一無執著，是曰「清淨明了」。	養壽之道，與仙佛二教最是捷徑；故「清靜明了」四字最好。內覺身心空，外覺萬物空。破諸妄相，無可執著，是曰「清淨明了」。[76]

〈養生記逍〉這段抄錄《遵生八箋》，只是把「與仙佛二教最是捷徑」一句刪掉，使全段較少宗教味。有把「養壽」作「養生」，更契合篇題；而「破諸妄相」寫作「破諸妄想」，可能是誤抄；不過，從文義來看，「諸妄相」可以涵蓋內外，「諸妄想」則只是說內在的念。所以，還是「諸妄相」較優勝。

（五）出於其他書籍者

〈養生記逍〉裡，還有一些單獨的段落，或者小節的語句，出於清朝道光五年之前的書與文章中，剪裁拼湊，接縫連類，如果不熟讀古文，也很難一一指出其來歷。今就所知，列述如下：

1　《自警編》

《自警編》是北宋太宗（939-997）七世孫趙善璙（1208年進士）用三年時間輯錄的著作。《四庫全書總目提要》說：

> 其書乃編次宋代名臣大儒嘉言懿行之可為法則者。凡學問類子目三，操修類子目十二，齊家類子目四，接物類子目七，出處類子目五，事君類子目十一，政事類子目十七，拾遺類子目

---

76 〔明〕高濂著：《遵生八箋》（臺北：商務印書館，1893年，《四庫全書》子部，雜家類，雜品之屬），卷一。

二，共八類五十五目。蓋亦仿《言行錄》之體而少變其義例者
也。……故獨臚陳舊德，以示斷限歟。雖所列率人所習聞，而
縷析條分，便於省覽。其財賦門、兵門及拾遺一類，則並及於
壬人憸夫，用垂炯戒，亦當時士大夫之藥石矣。[77]

書中摘錄了宋朝開國至靖康（960-1127）以前，各名臣大儒的嘉言懿
行，當中往往有不少值得後人深思或引作楷模的地方。每則文字幅
度不一，而長亦不過一二頁，短的則僅有兩三句，所錄人事或言語，
以後世看來，實可作為生活的座右銘。這也是後世讀書人常置案頭的
書冊。

趙善璙，字德純，歙縣（今屬安徽）人，為宋宗室。宋寧宗嘉定
元年（1208）進士，調德清縣主簿。復中法科。六年，除大理評事[78]。
歷知武寧縣，通判廣德軍，知興國軍、江州。有《自警編》傳世。明
弘治《徽州府志》卷八有傳。

〈養生記逍〉裡，有一則抄錄自《自警編》的，就是記程明道先
生之言。茲列出對比如下：

〈養生記逍〉	《自警編》
程明道先生曰：「吾受氣甚薄，因厚為保生；至三十而浸盛，四十五十而後完，今生七十二矣。較其筋骨，於盛年無損也。若人待老而保生，是猶貧而後積蓄，雖勤亦無補矣。」	伊川先生謂張繹曰：「吾受氣甚薄，三十而浸盛，四十五十而後完；今生七十二年矣，較其筋骨，於盛年無損也。」又曰：「人待老而保生，是猶貧而後蓄積，雖勤亦無補矣。」繹曰：「先生豈以受氣之薄而厚為保生

---

77 據〔清〕紀昀等纂：《四庫全書總目提要》，子部三十三，卷一百二十三。

78 據《宋會要輯稿》，〈選舉〉21之13。

	耶？」夫子默然曰：「吾以忘生徇譽為深恥。」

本段文字除了載錄於《自警編》中，也見於《二程遺書》[79]、《近思錄》[80]、明黃淳耀的《陶菴全集》[81]裡。文字大致相同。〈養生記逍〉作者如果要找資料，應該先找性質相近的《自警編》才對；無論如何，這三種來源都早於沈三白生活時間。

〈養生記逍〉把這段話屬於程顥明道先生，跟來源所說出於程頤伊川先生，大不相同；這很可能是作者誤抄所致。又把兩段話接連成一氣呵成的語氣，也與原文不同；另外把原本是張繹所說的「厚為保生」一句，調到前面，當作程明道所說的話，也是一個很值得注意的改變。

2　出於《文章辨體彙選》

《文章辨體彙選》是明清之際賀復徵（1600-1646後）所編纂，是繼明代吳訥（1372-1457）《文章辨體》和徐師曾（1517-1580）《文體明辨》兩書之後，著名的文體學著作。全書七百八十卷，在規模體制方面遠超吳、徐二書，而在文體分類和蒐集材料上，也頗有價值。這本書總共七百八十卷，以《文章辨體》與《文體明辨》二書為藍本，別類分門，搜羅廣博，分文體至一百二十二類。

這本書裡收錄了《周書・蕭大圜列傳》中所記蕭大圜所說的一段話，命名為〈言志書〉。今對比如下：

79　《二程遺書》（《四庫全書》本子部，儒家類），卷21上。

80　《近思錄集註》（《四庫全書》本子部，儒家類），卷四。

81　〔明〕黃淳耀著：《陶菴全集》，卷十八〈吾師錄・養生三十二〉。

〈養生記逍〉	《周書·蕭大圜列傳》〈言志書〉
以覘夫蹙足入絆，申脰就羈；遊卿相之門，有簪珮之累，豈不霄壤之懸哉。	拂衣褰裳，無吞舟之漏網；掛冠懸節，慮我志之未從。儻獲展禽之免，有美慈明之進。如蒙北叟之放，實勝濟南之征。其故何哉？夫閭閻者有優遊之美，朝廷者有簪珮之累，蓋由來久矣。留侯追蹤于松子，陶朱成術于辛文，良有以焉。況乎智不逸群，行不高物，而欲辛苦一生，何其僻也。……永保性命，何畏憂責。豈若蹙足入絆，申脰就羈，遊帝王之門，趨宰衡之勢。不知飄塵之少選，寧覺年祀之斯須。萬物營營，靡存其意，天道昧昧，安可問哉。[82]

這明顯就是引用蕭大圜的話，只把「遊帝王之門」改為「遊卿相之門」，又將「有簪珮之累」從前面調到後面，跟「遊卿相之門」組成一組對句而已。然後再加上「豈不霄壤之懸哉」作結束罷了。

3 出於《壽親養老新書》

《壽親養老新書》是元代鄒鉉（約1237-1320前後）在宋代陳直（1078-1085）撰寫的《養老奉親書》的基礎上，續增篇幅後而寫成的。鄒鉉很推重陳直所撰《養老奉親書》，但又覺得該書不夠完備，所以又續撰三卷，合為一編，才成為《壽親養老新書》。《壽親養老新書》是在我國醫學書籍中目前能見到的最早的老年醫學專書。內容頗為詳盡，幾乎可以說是應有盡有。後來明代出現另一本老年醫學專

---

82 〔明〕賀復徵編纂《文章辨體彙選》（《四庫全書》集部，總集類），卷二百五十四。
　　這篇文章原載於《周書》卷四十二，列傳第三十四。

書──《遵生八箋》，其中四時調攝所用的藥物，多由《壽親養老新書》轉錄，可見此書在中醫養生文獻中所占的重要地位。《壽親養老新書》成書于元成宗大德九年（1305）前後，初刊於元大德十一年，清乾隆年間紀昀彙編《四庫全書》時，將之全書收入。

鄒鉉，泰寧人，字冰壑，晚年自號敬直老人。南宋泰甯籍狀元鄒應龍的玄孫。曾任元代中都（今北京市）總管（相當明清知府一級的地方官員）。

〈養生記逍〉裡，記載了一首邵雍的詩，談的是老人家養生修身的觀念，而這首詩也載錄在《壽親養老新書》裡。當然〈養生記逍〉的作者應該是從鄒鉉的書那裡看到邵雍的詩，才轉錄到〈養生記逍〉的。茲列出如下：

〈養生記逍〉	《壽親養老新書》
邵康節居安樂窩中，自吟曰：「老年肢體索溫存，安樂窩中別有春；萬事去心閑偃仰，四肢由我任舒伸。炎天旁竹涼鋪簟，寒雪圍爐軟布裯；晝數落花聆鳥語，夜邀明月操琴音。食防難化常思節，衣必宜溫莫嬾增；誰道山翁拙於用，也能康濟自家身。」	康節詩云：「老年肢體索溫存，安樂窩中別有春；誰道山翁拙於用，也能康濟自家身。」此自養之旨也。善自養如鶴林，斯可以佚老矣。……擊壤集一編，老人怡神悅目時可吟玩，無名公傳自敘尤詳。性喜飲酒，命之曰太和湯，所飲不多，不喜過醉；其詩曰：「飲微酡，口先吟哦；吟哦不足，遂及浩歌。」所寢之室謂之安樂窩，冬燠夏涼。

〈養生記逍〉說邵雍居於安樂窩中，這在邵雍的《擊壤集》中，到處可以見到他自己題詠所居住的屋室就叫做「安樂窩」，如集中有安樂窩中自訟吟詩，又有〈安樂四吟〉，每首詩的開始都說「安樂窩中詩

一編」、「安樂窩中一部書」、「安樂窩中一炷香」、「安樂窩中酒一
樽」，還有「安樂窩中好打乖」等，可見邵雍的安樂窩是出了名的。
而《壽親養老新書》裡所引用的詩，只有四句，也就是原詩的前兩句
及末兩句。邵雍的〈林下五詠〉詩之二原本如下：

> 老年軀體索溫存，安樂窩中別有春；萬事去心閑偃仰，四肢由
> 我任舒伸。庭花盛處涼鋪簟，簷雪飛時軟布裯；誰道山翁拙於
> 用，也能康濟自家身。[83]

這首詩也載錄於《宋文鑑》卷二十五中，文字全同。而〈養生記逍〉
所引用的詩句，跟原文有很大的差異；主要的有兩點：

第一是詩句文字的不同。第一句原句作「軀體」，引用作「肢
體」，這肯定是引用者的錯誤，因為第四句裡也有「四肢」一詞，古
人寫詩用字，多避免重覆用同一字，所以，第四句用「四肢」，第一
句就當用「軀體」為是。第五、六兩句，用詞互有不同，「庭花盛
處」作「炎天傍竹」，「簷雪飛時」作「寒雪圍爐」，如果光看這八
句，在對仗、平仄方面，都沒有毛病，不過，如果跟〈養生記逍〉的
「晝數落花聆鳥語」共看，那就知道為甚麼第五句要作「炎天傍竹」
了，也就是為了避免重複，而且意義亦有衝突。

第二是〈養生記逍〉引用的詩，比原詩多出了「晝數落花聆鳥
語，夜邀明月操琴音。食防難化常思節，衣必宜溫莫嬾增」四句。遍
查各種詩選本子，以及引用邵雍這首詩的文集，都沒有這四句[84]，真

---

83 見《擊壤集》（臺北：商務印書館，《四庫全書》集部，別集類），卷八。

84 如明朝鄭瑄的《昨非庵日纂》裡也有載錄這首詩，見本書卷七〈頤真〉，頁16，總頁
　86。高濂的《遵生八箋》也有載錄。

的是十分奇特的情形。

就詩體而言，邵雍寫的明明是首七言律詩，對仗、平仄都符合的，沒有理由會多出四句來，形成這種十二句的怪異詩體。

就這四句詩文字而論，前兩句的詩意情景跟原詩的五、六兩句還算配合，前寫夏天、冬天，後寫白天、夜晚，然而已經有過度寫景之嫌了，而「食防難化常思節，衣必宜溫莫嬾增」兩句，從內容而言是說要注意起居保暖，飲食節制的養生觀念，跟邵雍的詩題「林下」不相關，也跟整首詩的意境不相容；況且前面已經說「寒雪圍爐軟布裀」，後面再加上「衣必宜溫莫懶增」，顯然是複沓的敗筆，邵雍的詩才不該如此；[85]可見這兩句是作者為了增強這首詩在養生方面的效用，刻意剪接上去的，不可能是邵雍詩作的不同版本。至於這四句詩的來源，至今還不清楚。

還有一點，就是原詩的八句所押韻的「存、春、伸、裀、身」，都屬於真、諄韻，屬於舌尖鼻音韻尾-n的陽聲韻，合乎詩歌的押韻範圍；而增多的四句，押韻字「音」是侵韻字，屬於雙唇鼻音韻尾-m的陽聲韻，而「增」字是登韻字，屬於舌根鼻音韻尾-ng的陽聲韻。這跟原詩的押真、諄韻字是不相配合的。邵雍的詩歌裡，也沒有出現過這樣的押韻情形。而從聲韻學的角度來看，邵雍所生活的北宋初年，語音裡的-m、-n、-ng是分別不紊的，所以，邵雍也絕不可能這樣子押韻的。

---

85 遍觀邵雍所作律詩，對仗、平仄、意境都十分合格，況且他自稱「詩狂」，應該不會有這樣的敗筆。他有一首〈後園即事〉三首之三，作於嘉佑八年（1063，邵雍五十三歲），詩中說：「年來得疾號詩狂，每度詩狂必命觴。樂道襟懷忘檢束，任真言語省思量。賓朋款密過從久，雲水優閒興味長。始信淵明深意在，此窗當日比羲皇。」

從以上這些分析說明，可以證明這四句詩是後人所加，而且剪接的人對詩歌的認知水平並不高。更進一步來說，會把-m、-n、-ng三種鼻音韻尾字混用的人，以今天的方言特徵來看，應該是吳語的使用者（即今日的江蘇、浙江兩省，蘇州、上海一帶的方言區）可能性很大。[86]為了加上這四句，作者還把原詩的「庭花盛處」改為「炎天傍竹」，再把「簷雪飛時」改為「寒雪圍爐」，對仗、平仄雖然尚稱工整，但是整體而言還是漏洞百出。何況「寒雪」一詞，極有語病，「雪」當然是「寒」的，真是添足又續貂。可以推想這四句詩很可能是〈養生記逍〉的作者憑著自己的文學素養，配合文章的需要而自作的。

4 出於蘇軾文章

蘇軾名列唐宋八大家，他的為人，他的文章，他的才華，都事後世文人所樂道的。世傳所說：「蘇文生，喫菜羹；蘇文熟，喫羊肉。」可見蘇東坡的文名，也可之他的文章影響力。〈養生記逍〉裡，在後段談湯文正公一節之後，有文句說：

> 不知甘脆肥膿，乃腐腸之藥也。

這兩句語句，其實出於蘇軾〈跋張希甫墓誌後書四戒〉，文中說：

> 余為徐州，始識張希甫父子。……。後二年，余謫居黃州，聞希甫沒，既葬，天驥以其墓銘示余，余知其夫婦皆超然世外矣。出輿入輦，命曰「蹶痿之機」；洞房清宮，命曰「寒熱之

---

86 吳語的鼻音韻尾特徵是古音-m、-n、-ng收尾的字，都唸成-g尾，也就是三種合併成一種，相互通押。

媒」；皓齒蛾眉，命曰「伐性之斧」；**甘脆肥濃，命曰「腐腸之藥」**。此三十二字，吾當書之間窗。几席、紳盤、盤盂，使坐起見之，寢食念之。元豐三年十一月，雪堂書。[87]

很顯然地〈養生記逍〉是借用了蘇軾的話語，不過這也不能說是他抄襲的，因為這種現象，自古皆然，只能說是引重之言，或者是用了典故罷了。其實蘇軾的文句，也是有來歷的，漢朝枚乘在〈七發〉曾說：「皓齒蛾眉，命曰『伐性之斧』；甘脆肥濃，命曰『腐腸之藥』。」無論如何，這一句話都是從前人口中轉載而來的。

5　出於《文苑英華》中的文章

《文苑英華》是被稱為宋代四大書之一的大型詩文總集。宋太宗太平興國七年（982），李昉、扈蒙、徐鉉、宋白等奉敕編，續又命蘇易簡、王祐等參修，到了雍熙三年（986）書成，凡一千卷。到了南宋孝宗時，周必大、胡柯、彭叔夏校訂後刊行，今存者即此校定本。宋寧宗、明世宗時曾重刻。這本選本中所選取的材料，時間上限與《文選》相銜接，上自南朝梁代，下至五代。錄作家二千二百人，作品約二萬篇，唐人作品佔十分之九。李慈銘《越縵堂日記》曾指出它所收的唐賦「陳陳相因」，但所輯文獻相當豐富。宋初文集的印本很少，此書所收唐人作品，有的全卷收入，有的原集後來失傳，給後人的賞鑑、輯佚、校勘、考訂等工作提供了資料。清修《四庫全書》，其中七十六家唐人文集，如李邕、李華、蕭穎士、李商隱等，多輯自此書。

〈養生記逍〉裡，有一段話說：

---

87 見《蘇軾文集》卷六十六，〈跋章希甫墓誌後書四戒〉。

> 妄言息躬，輒造逍遙之境；靜寐成夢，旋臻甜適之鄉。

這一段話，其實出自《文苑英華》中選載唐朝張隨的〈莊周夢蝴蝶賦〉，相關段落的原文如下：

> 伊漆園之傲吏，談玄默以和光。表人生之自得，繄萬化之可量。萬靈齊乎一指，異術胒乎通莊。忘言息躬，輒造逍遙之境；靜寐成夢，旋臻罔象之鄉。[88]

這篇文章在《淵鑑類函》[89]、《御選歷代賦彙》中也有載錄。在文字上，〈養生記逍〉引用文字有誤，把原本「忘言」寫成「妄言」，就意義上來說，「忘言」是道家的修為功夫，「忘言」跟「息躬」都是要人摒除雜念、躁動，與「靜寐成夢」相對。如果是「妄言息躬」的話，意義就不連貫，境界也不相合了。另外，作者把「罔象之鄉」改為「甜適之鄉」，是因為這一段文章講的是睡眠，而自古人們把睡夢狀態稱為「黑甜鄉」，所以才作了這樣的改動。而且，這一段話也可以遙遙呼應〈養生記逍〉首段所說的蒙莊之旨，逍遙與養生。

6 出於〈湯中丞雜記〉

〈養生記逍〉裡，有一段記述清代名臣湯文正公斌的事蹟。文章裡說：

> 湯文正公撫吳時，日給惟韭菜，其公子偶市一雞，公知之，責曰：「惡有士不嚼菜根，而能作百事者哉！」即遣去。

88　《文苑英華》（《四庫全書》集部，總集類），卷九十五。
89　見《淵鑑類函》卷三百二十一。

經查證對比這一段文字實出於〈湯中丞雜記〉一文。〈湯中丞雜記〉一文乃清朝馮景所著《解春集文鈔》中載錄，文中敘述清朝名臣湯斌平日生活的節儉、克己，律己愛民的事跡。《解春集文鈔》卷五裡有〈上湯潛菴先生書〉，可見馮景跟湯斌曾有交往。馮景卒於康熙五十四年（1715），其外甥盧文弨為文集刊刻出版作序的時間在乾隆五十七年（1792）。〈湯中丞雜記〉文中說：

> 予問黃進士春江，湯中丞潛菴自明至今，撫吳者誰比？曰：
> 「海忠介（海瑞）、周文襄（周忱），得公而三。」因言：「公
> 蒞任時，某親見其夫人暨諸公子衣皆布，行李蕭然，類貧
> 士。」而其日給惟菜韭。公一日閱簿，見某日市隻雞，公愕問
> 曰：「吾至吳未曾食雞，誰市雞者乎？」僕叩頭曰：「公子。」
> 公怒，立召公子跪庭下，而責之曰：「汝謂蘇州雞賤如河南
> 耶？汝思啖雞便歸去！惡有士不嚼菜根，而能作百事者哉！」
> 並笞其僕而遣之。[90]

湯斌字潛菴，為清初江蘇巡撫，以賢能著稱；清代稱巡撫為中丞。馮景將黃春江進士口述有關湯斌的行事，書為〈雜記〉。後世稱頌湯斌者不少：如清李元度撰的《國朝先正事略》，有同治五年刻本，在卷五中有記湯斌責子吃雞事；清陳康祺撰《壬癸藏札記》，有清光緒刻本，於卷二亦有記之；民國六年（1917），徐珂（1869-1928）擔任上海商務印書館的編輯，著《清稗類鈔》其〈廉儉類〉裡也載錄湯斌的事；而民國八年，徐世昌撰《將吏法言》，其卷三也有記載。就時間

---

90 〔清〕馮景著：《解春集文鈔》（上海：上海古籍出版社，《續修四庫全書》，集部別集類，冊1418，據清乾隆盧氏刻抱經堂叢書本影印，1991年），卷四，頁8-9，總頁413。〈上湯潛菴先生書〉見總頁376、377。

而言，有先於沈復的，也有後於沈復的。然則〈養生記逍〉的這段文字，究竟是從哪一種資料中鈔撮而來呢？

雖然記事來源不少，但是經過對比之後，發現的確是出於《解春集文鈔》；因為從文句上來看，《解春集文抄》的形式與文辭內容，跟〈養生記逍〉最為接近。〈養生記逍〉中有說到「日給惟韭菜」而後面說「能做百事」，與馮景的〈湯中丞雜記〉一致。而李元度的《國朝先正事略》只有說「能作百事」而沒有說「韭菜」。陳康祺的《壬癸藏札記》有說「韭菜」，但是後面卻說「能自立者」。徐珂的所記與陳康祺相同。徐世昌的《將吏法言》則與李元度所載相同，可能彼此有淵源關係。由此可見〈養生記逍〉中的資料，是從馮景的《解春集文鈔》中鈔來的，時間在沈復之前。

7 出於《浮生六記》的前四記

《浮生六記》中的〈養生記逍〉，除了有對養生方面從很多地方抄錄而來的資料之外，對於沈三白生活的描述，還是有一些的，因為如果只是抄來一堆東西，而沒有沈三白的生活影子，那樣的文章似乎是任何一個人都可以寫的，這就跟前面四記中隨時都出現沈三白生活寫照的風格，完全不同了。假如這樣，《浮生六記》就不可能構成一體，讓別人一眼就看穿了。所以，在〈中山記歷〉與〈養生記逍〉裡，作者都以沈三白的口吻來作追述一些從前生活的點滴，有時候用以說明養生方面的原因，有時候用以印證事件的結果，使那些抄錄而來的資料，串連成沈三白生活中的體會，活靈活現，跟前面四記遙相呼應，這樣就可以使六記一體，沒有漏洞了。

不過，作者畢竟不是真的沈三白，他是不知道沈三白生活的一切，所以，為了不露出破綻，也為了取信於讀者，他只能從前面四記

裡截取需要的片段，那樣的話，〈養生記逍〉跟前四記就有照應。如果隨便捏造話語舉止，很難面面俱到的。這一招式早在古代偽造《古文尚書》的人就已經用過了，他把古書裡曾經被引用過的《尚書》逸文都收集起來，加到文章裡，讓讀者看到了文章裡的語句，跟古書裡所引用的文句相同，從而就認為這《古文尚書》就是真的出自孔子故居牆壁裡的文物。這一招曾經欺騙了歷代讀書人一千多年，最後才由明朝的梅鷟所作的《尚書考異》、清朝閻若璩的《尚書古文疏證》、惠棟的《古文尚書考》等層層剝落，才讓偽作現形，公案定讞。而〈養生記逍〉的作者，也用同樣的手法來取信於人。不過，究竟我們已經經過了教訓，有了經驗，所以，這一種手法一出，就已經被看破了，只是沒有更進一步處理，而後人也缺乏眼光，沒有沿著前人的指點追尋下去。這位前輩就是林語堂先生。林語堂先生曾經說過這本書是偽作的理由，本書前面也引用過，現在再一次引用如下：

> 這本書的缺憾就是所稱希世珍本之全本《浮生六記》是仿造的。朱劍芒跋中對此稿之真偽也稍疑惑，但不否定，……。朱跋已指出其游台灣琉球在嘉慶四年與前四記所記當年情形大相徑庭（參考俞平伯所編沈氏夫婦年譜）。然這猶可說是筆誤，我所以斷定此二記是偽造的理由，（1）筆調全然不像；（2）後二記作者胸中全無獨見，決非「凡事喜獨出己見，不屑隨人是非，即論詩品畫，莫不存人珍我棄，人棄我取之意」（見〈浪游記快〉首段）的沈三白所肯著于筆墨；（3）詩詞惡劣平凡，懶洋洋無氣骨，無神采；（4）**于前四記夫婦間事實，全無補充**；（5）竟胡鬧用梁任公筆法，用梁任公新名詞。《中山記歷》第五，文筆尚無可議，所記風土文物甚詳，當有所據，非向壁所可虛構。《養生記逍》第六，便只是抄書，繁徵博引前

人語句，卻道來無半句胸中獨見的話。倘使三白記之，必以自
身經歷瑣屑證其獨悟心得，決不肯如此大批抄書也。

所謂「於前四記夫婦間事實，全無補充」這一點，也就是說後兩記有
關沈三白夫婦生活的敘述，都不出前四記的範圍；換一種說法，就是
因為後兩記中有關沈三白夫婦的敘述，都是由前四記裡截取而來的。
林語堂先生能在這麼短的時間裡就看出這一點，真的不得不令人佩服。

　　以下就〈養生記逍〉裡提到沈氏夫婦生活的敘述，跟前四記相同
的，也就是從前四記裡截出來的，一一列出，以見作者偽造時的用心。

〈養生記逍〉	行將辭家遠出，求赤松子於世外。嗣以淡安、揖山兩昆季之勸，遂乃棲身苦庵。
〈坎坷記愁〉	一日，忽有向余索逋者，登門饒舌。余出應曰：「欠債不還，固應催索，然吾父骨肉未寒，乘凶追呼，未免太甚。」中有一人私謂余曰：「我等皆有人招之使來，公且避出，當向招我者索償也。」余曰：「我欠我償，公等速退！」皆唯唯而去。余因呼啟堂諭之曰：「兄雖不肖，並未作惡不端。若言出嗣降服，從未得過纖毫嗣產。此次奔喪歸來，本人子之道，豈為產爭故耶？大丈夫貴乎自立，我既一身歸，仍以一身去耳！」言已，返身入幕，不覺大慟。叩辭吾母，走告青君，行將出走深山，求赤松子於世外矣。 　　青君正勸阻間，友人夏南熏字淡安、夏逢泰字揖山兩昆季尋蹤而至，抗聲諫余曰：「家庭若此，固堪動忿，但足下父死而母尚存，妻喪而子未立，乃竟飄然出世，於心安乎？」余曰：「然則如之何？」淡安曰：「奉屈暫居寒舍，聞石琢堂殿撰有告假回籍之信，盍俟其歸而往謁之，其必有以位置君也。」余曰：「凶喪未滿百日，兄等有老親在堂，恐多未便。」揖山曰：「愚兄弟之相邀，亦家君意也。足下如執以為不便，西鄰有禪寺，方丈僧與余交最善，足下設榻於

	寺中，何如？」余諾之。
〈浪遊記快〉	嘉慶甲子春，痛遭先君之變，**行將棄家遠遁。友人夏揖山挽留其家**。

對比之下，很明顯地看出，〈養生記逍〉裡的那段話，是截取〈坎坷記愁〉而來的。在〈坎坷記愁〉裡，沈三白之所以出走隱遁，是因為他的堂弟啟堂以為他是為了想爭遺產才回來的，這把沈三白氣瘋了，才一氣之下想離家遠遁的。這一點，在〈浪遊記快〉也有說到是為了「痛遭先君之變」。而〈養生記逍〉的作者把這段話用在沈三白想「靜念解脫之法」，而要解脫的就是前面所說的「自芸娘之逝，戚戚無歡」，也就是要解脫的是對芸娘的思念悲苦之情；這跟〈坎坷記愁〉、〈浪遊記快〉裡所說的原因是很不一樣的，甚至可以說是有衝突的。

〈養生記逍〉	余喜食蒜，素不貪屠門之嚼，食物素從省儉。**自芸娘之逝，梅花盒亦不復用矣**。
〈閨房記樂〉	芸窘而強解曰：「夫糞，人家皆有之，要在食與不食之別耳。然君喜食蒜，妾亦強映之。腐不敢強，瓜可扼鼻略嘗，入咽當知其美，此猶無益貌醜而德美也。」
〈浪遊記快〉	清明日，先生春祭掃墓，挈余同游。墓在東嶽，是鄉多竹，墳丁掘未出土之毛筍，形如梨而尖，作羹供客。余甘之，盡其兩碗。先生曰：「噫！是雖味美而剋心血，宜多食肉以解之。」余素不貪屠門之嚼，至是飯量且因筍而減，歸途覺煩躁，唇舌幾裂。
〈閒情記趣〉	貧士起居服食以及器皿房舍，宜省儉而雅潔，省儉之法曰「就事論事」。余愛小飲，不喜多菜，芸為置一梅花盒：用二寸白磁深碟六只，中置一只，外置五只，用灰漆就，其形如梅花，底蓋均起凹楞，蓋之上有柄如花蒂。置之案頭，如一朵墨梅覆桌；啟蓋視之，如菜裝於瓣中，一盒六色，二三知己可以隨意取食，食完再添。

〈養生記逍〉這小小一段，是分別從〈閨房記樂〉、〈浪遊記快〉、〈閒情記趣〉三篇擷取而來。從文辭上看，「屠門之嚼」、「喜食蒜」、「省儉」、「梅花盒」，都是前面文句裡的用詞，都是一模一樣的；這是毫無疑問的了。可見得作者真的是有心人啊。

除此之外，〈養生記逍〉裡所提到跟沈三白有關係的人物，也都有出現在前四記裡，芸娘、夏南薰（字淡安）、夏逢泰（字揖山）、石韞玉（號琢堂），都是前四記裡可以看到的，沒有例外。而在前四記裡，每一記都會有一些新的人物出現；而在〈養生記逍〉裡卻不然，沒有任何一位新的人物出現，這也是很奇怪的現象。當然，還有一位「禪師」的人物，是因應沈三白「棲身苦庵」的大悲閣而來的，應該就是暗指夏揖山所介紹的「禪寺方丈僧」吧。

從以上所引證的資料，都出自沈三白生活的道光五年之前的時間，雖然在邏輯上而言，只能說是抄錄別人的文句，不能指為偽作；然而抄錄量之大，實在是有點說不過去，而且問題在於其中還有冒用別人的話，掛在沈三白的嘴巴上的情形，如明明是明儒魏校的朋友所說的話，以沈三白的立場來說；明明是陳獻章的生活經歷，卻寫成沈三白自道生活情形；本來是張英的居室描述，把它拿來說成沈三白的居室；本應是張英說的話，卻用沈三白的口來說。這如果不是出於作偽的心態，真是很難替它自圓其說的。以沈三白的個性，有需要如此嗎？

五　〈養生記逍〉中其他資料掘源（二）
　　——出於沈復以後的資料

前面已經把來自沈三白以前的資料，盡可能地翻尋探究了，可以發現其中真的是大量抄錄前人的文獻，而且加以改頭換面，又會張冠

李戴,已經暴露出是很明顯的作偽現象了。不過,基於學術的、邏輯的原則,這仍然有可能真的是沈三白自己抄錄前人語文所成的書。然而,如果其中載錄了沈三白寫定〈養生記逍〉之後,甚至是沈三白去世以後才出現的資料的話,那就能確實地、肯定地說是後人偽作的。資料的時代性越後,表示作偽者的時代就越晚。如果資料是出現在民國以後的話,那就肯定是民國以後的人偽作的。

在上一節裡已經說過,陳毓羆先生指出〈養生記逍〉裡抄錄了曾國藩《日記》六段落(其實應該是七段),而對校過〈養生記逍〉跟曾氏《日記》相同的部分,最晚的日記是在「庚午五月」寫的,也就是同治九年(1870);如果沈三白還在世的話,是一百零七歲,這是不太可能的;更何況曾國藩日記是他去世之後,經由門人王啟原在光緒二年(1876)所編輯出版流傳的,那時如果沈復還在世的話,已經一百一十三歲。可以肯定說沈三白是不可能看到曾國藩的《日記》,並抄錄在自己的書裡面的。也就是說,今天所看到的〈養生記逍〉裡,抄錄了沈三白不可能看見的資料,這就已經足以斷定今天的〈養生記逍〉是後人偽作的,絕對不是沈三白自己寫的。然而,到底是甚麼時代的人偽作的呢?那就要搜尋其中的資料,看看有沒有比曾國藩《日記》更晚的資料來源,把它們盡量全部找出來,看最晚的資料出於甚麼時間,才能作進一步的判斷。

以下就可以找到確定是沈三白以後的資料,追尋它的出處、時間、背景,以為判斷偽作者的依據。

(一)出於《花月痕》

《花月痕》是清朝繼《紅樓夢》之後,又一部長篇言情小說。在

中國小說史上而言，《花月痕》是第一部以妓女為主要人物的說部。在《紅樓夢》問世兩百年後，產生了兩類小說，一類是俠義言情，《兒女英雄傳》即是，後來嬗變為《啼笑因緣》一路；一類是純言情小說，文筆較好的要算《花月痕》了，不過後來被歸為「狎邪小說」一路，但它以哀艷淒婉的文筆見長。郁達夫在回憶他如何走上文學道路的時候，曾提到《花月痕》對他的影響；茅盾在他的回憶錄《我走過的道路》中談到他的童年曾偷讀過《花月痕》；而鄭逸梅則自稱對於小說，最愛讀的是《花月痕》。可見這是清末民初非常流行的一部文言小說。作者以花前月下、卿卿我我的纏綿筆調，創作了《花月痕》，成為一部典型的才子佳人小說，是舊時流傳較廣的一部言情小說，也為後來的「鴛鴦蝴蝶派」開了先河。

　　《花月痕》作者魏秀仁（1818-1873），字子安，號眠鶴主人，又號咄咄道人、不悔道人，〔清〕文學家，福建侯官（今福州）人。生於嘉慶二十三年，卒於同治十二年。自幼隨父研習經史，二十八歲方考中秀才，二十九歲（1846年道光二十六年丙午間）中舉人。少負文名，有神童之稱，但仕途不得意，終生未仕，坎坷一生。他曾游幕山西、陝西，主講成都芙蓉書院及南平道南書院，而終生為布衣，流落關西，客死於歸里途中之山東莒縣，享年五十六歲。他的著作除小說《花月痕》外，還有《石經考》、《陔南山館詩話》、《陔南山館詩集》等多種，但都未刊行。

　　《花月痕》又名《花月姻緣》，凡十六卷五十二回，題為眠鶴主人撰。因作者目睹鴉片戰爭與太平天國革命，「見時事多可危，手無尺寸，言不見異，而骯髒抑鬱之氣無所抒發，因遁為稗官小說，托於兒女之私，名其書曰《花月痕》」[91]。可見這本書的創作時間，應該至

91　〔清〕謝章鋌：《賭棋山莊文集》（清光緒刻本），文卷五，頁6《魏子安墓誌銘》。

早也在道光二十六年魏秀仁中舉人之後。以下列出〈養生記逍〉抄錄《花月痕》的文句。

〈養生記逍〉	**舞衫歌扇，轉眼皆非；紅粉青樓，當場即幻。**秉靈燭以照迷情，持慧劍以割愛欲；殆非大勇不能也。**然情必有所寄，不如寄其情于卉木，不如寄其情于書畫，與對艷妝美人何異？可省卻許多煩惱。**
《花月痕》	第一回　蚍蜉撼樹，學究高談　花月留痕，稗官獻技 　　情之所鍾，端在我輩。君臣、父子、兄弟、夫婦、朋友，性也；情字不足以盡之。然自古忠孝節義，有漠然寡情之人乎？自習俗澆薄，用情不能專一，君臣、父子、兄弟、夫婦、朋友之間，且相率而為偽，何況其他！乾坤清氣間留一二情種，上既不能策名於朝，下又不獲食力於家，徒抱一往情深之致，奔走天涯。所聞之事，皆非其心所願聞，而又不能不聞；所見之人，皆非其心所願見，而又不能不見，惡乎用其情！ 　　請問看官：渠是情種，眷然墜地時便帶有此一點情根，如今要向何處發泄呢？吟風嘯月，好景難常；玩水遊山，勞人易倦。萬不得已而寄其情於名花，萬不得已而寄其情於時鳥。窗明几淨，得一適情之物而情注之；酒闌燈灺，見一多情之人而情更注之。這段話從那裏說起？ 　　因為敝鄉有一學究先生，姓虞，號耕心，聽小子這般說，便拂然道：「人生有情，當用於正。陶靖節《閒情》一賦，尚貽物議，若舞衫歌扇，轉瞬皆非，紅粉青樓，當場即幻，還講什麼情呢！我們原不必做理學，但生今之世，做今之人，讀書是為著科名，謀生是為著妻子。……」

〈養生記逍〉裡的「舞衫歌扇，轉瞬皆非，紅粉青樓，當場即幻」四句，確定是從《花月痕》中抄來的，只有把「瞬」字改為「眼」字吧了。至於「然情必有所寄，不如寄其情于卉木，不如寄其情于書畫」

幾句，如果稍作對比，也可以看出，「然情必有所寄」一句，是從《花月痕》中「得一適情之物而情注之」這句變來的；「不如寄其情于卉木，不如寄其情于書畫」兩句，是從「萬不得已而寄其情於名花，萬不得已而寄其情於時鳥」兩句變來的，只是把「名花」換成「卉木」，把「時鳥」改為「書畫」而已。中間「秉靈燭以照迷情，持慧劍以割愛慾」兩句，前面已經交代過是出於《遵生八箋》引用《陰符經》的文句。

（二）出於蔣維喬的《因是子靜坐法》

《因是子靜坐法》有正、續兩編，著者蔣維喬是現代哲學家、佛學家。蔣氏於民國三年（1914）出版了《因是子靜坐法》，後依據佛教天台宗小止觀及釋禪波羅蜜次第法門，旁及他種經論，附以己意，在民國七年（1918）編成《因是子靜坐法續編》[92]。他將道教、理學、醫學，尤其是佛學中的靜坐修持方法共冶於一爐，並以明白暢曉的文字說出來。二書出版之後，暢銷全國各地以及歐、美、東南亞諸國，曾重版印刷數十次。自初版之後，經過三十六年的實踐檢驗，最後作者以八十二歲高齡，融會寫定為《因是子靜坐禪定全法》一書。

---

92 蔣維喬著：《因是子靜坐法》（臺北：圓明出版社。民國79年〔1990〕）是書中包含有《因是子靜坐法正編》、《因是子靜坐衛生實驗談》、《因是子靜坐法續編》，附錄裡還有蔣維喬的〈佛學大藥〉、袁了凡的《靜坐要訣》。蔣維喬在正編的序言寫於民國六年，續編沒有說明時間，但在《實驗談》裡第一章有說明：「到了一九一四年（我那時四十二歲）看見日本流行的『岡田式靜坐法』，他說這是他發明的，我乃不能在自遲回，於是寫了一冊『因是子靜坐法』公世。」又說：「我的原書出版以後，銷路極廣，大約到一九一八年（那年我四十六歲），我又採取佛教天台宗的止觀法，撰成『靜坐法續編』公世。」（頁79-80）。蔣氏寫《實驗談》時年紀八十二歲。本書是圓明出版社將蔣維喬有關靜坐的著作合併出版的。以下用同書，不贅言版本。

　　明代李時珍就已經全面肯定了奇經八脈說的重大醫學價值。蔣維喬又以親身體驗證實了此說，並詳細記錄了修煉過程中的生理變化。蔣氏強調靜坐要終生研習，堅持不渝；書中記敘真切，還涉及修道與日常生活、驅除疾病等問題的關係。在闡述理論時，不離實踐，所以甚受當時人們的接受。

　　蔣維喬（1873-1958），字竹莊，別號因是子。江蘇常州武進縣人。自幼體弱多病。十五歲左右因病綴學。十八歲時，根據清汪昂《醫方集解‧勿藥元詮》所載，自學道家小周天功法，隔年體質有所增強。二十歲中秀才，繼入江陰南菁書院、常州致用精舍攻讀六年。至二十八歲時患肺結核咯血，病勢日增，於是下定決心，屏除一切藥物，隔絕妻孥，謝絕世事，苦練靜功八十五天，貫通小周天，諸病痊癒。三十一歲（1903）應蔡元培之聘，赴滬任教員。後又從事小學教材的編寫，並主持小學師範講習所。辛亥革命後，曾任教育部祕書長、參事。一九二二年出任江蘇省教育廳長，一九二五年出任東南大學校長，一九二九年受聘為上海光華大學哲學系教授、中文系主任、教務長、文學院院長。蔣氏曾廣泛地研究哲學、生理、心理、衛生諸書，曾出版《中國佛教史》、《中國近三百年哲學史》、《佛學概論》等書，與楊大膺合編《中國哲學史綱要》、《宋明理學綱要》。

　　就筆者尋找的結果，〈養生記逍〉裡有一段文字，與《因是子靜坐法》中的文字與觀念是對應的，今陳述如下：

| 〈養生記逍〉 | 心無止息，百憂以感之，眾慮以擾之。若風之吹水，**使之時起波瀾**，非所以養壽也。大約從事**靜坐**，初不能妄念盡捐。宜注一念，由一念至於無念，如水之不起波瀾。寂定之餘，覺有無窮恬淡之意味，願與世人共之。 |

《因是子靜坐法》	《正編》〈乙　精神的集中〉 靜坐的時候，要把精神集中在小腹部（即臍下約一寸三分的部位，稱「下丹田」）。初學的人，對這種工夫，極難下手。人們的妄念，一起一滅，沒有一秒鐘停止，所以說：「心猿意馬」，最不容易調伏。靜坐的最後工夫，就是能夠調伏這些胡思亂想的妄念，妄念一旦消除，就能夠出現一種無念境界。那麼怎樣下手呢？應該平常行動做事時候，時刻當心，不要亂想，到靜坐時候，把一切事物放下，拿全副精神集中在小腹，如果妄念又起，就再放下，這樣反覆練習，久而久之，妄念自然會逐漸減少。以達到無念的境界。這是最上乘的方法。如初學者覺得這種定力的根基不夠，可以輕閉兩眼至微露一線之光，而目觀鼻準，這叫做「目若垂簾」。靜靜的自然以鼻呼吸，以至不聞不覺，口也須自然閉合，遇有口津多的時候，可緩緩分小口咽下。最要緊的仍在自然的意守下丹田，其方法一如上述，這樣可以得到幫助不少。[93] 《續編》　第六節　〈調心〉 吾人自有生以來即係妄心用事。所謂意馬心猿，極不易調。靜坐之究竟功夫，即在妄心之能調伏與否耳。人之動作，不外行、住、坐、臥，所謂四威儀也。未入坐時，除臥以外，即是行與住二威儀。當於此二者常常加功，一言一動，總須檢束吾心，勿令散想，久久自易調伏。是為坐前調心之法。至於坐時，每有二種景象，一者心中散亂，支援不定。二者心中昏沈，易致瞌睡。大凡初坐時，每患散亂，坐稍久妄念較少時，即患昏沈，此用功人之通病也。治散亂之病，當將一切放下，視我身亦如外物擱在一邊不去管他，專心一念，存想臍間，自能徐徐安定。[94]

93　蔣維喬著：《因是子靜坐法正編》，《因是子靜坐法》，頁29-30。

94　蔣維喬著：《因是子靜坐法續編》，《因是子靜坐法》，頁151。

《因是子靜坐法》	第二章　〈正修止觀工夫〉 〈修止〉 （二）制心止。制心者，隨其心念起處，制之使不流動也。習係緣止後，稍稍純熟，即當修制心止。是由麤入細之法。蓋所謂心者，若細言之，則有心王心所種種之名詞。然若就現在專談用功之便利而簡單言之，即將心字看作胡思亂想之心亦可也。今所言制心止者，制之之法，即是隨吾人心念起處，**斷其攀緣以制止之，心若能靜，則不須制，是即修制心止**。然有意制心，心既是一個妄念，制又是一個妄念，以妄制妄，其妄益增。譬如家有盜賊進門，主人起而與之抵抗，未必能勝，反或被害，倘端坐室中目注盜賊，毫不為動，則盜賊莫測所以，勢必逡巡退出。故余常用一種簡便方法，于入坐時，先將身心一切放下，然後回光返照，於前念已滅，後念未起之間，看清念頭所起之處，一直照下，不令自甲緣乙。於是此妄念自然**銷落，而達於無念之境**。念頭再起，即再用此法。余久習之，極有效驗，此猶目注盜賊，令其逡巡自退也。[95] 第五節　〈念佛止觀〉 若多障之人，學習止觀，心境暗劣，但憑自力不能成就者，當知有最勝最妙之法門，即專心一志念「南無阿彌陀佛」六字名號，發願往生西方極樂世界是也。若修持不怠，則臨命終時，必見彼佛前來接引，決定得生。此法是依仗佛力，極易下手，惟在信之篤、願之切、行之力。所謂信願行三者，不可缺一也。 問：念佛與止觀何關。答：各種修持法門，無非為對治妄念而設。吾人之妄念剎那剎那，自甲至乙、至丁、至丙等等攀緣不已。念佛則可使此粗亂妄念，專攀緣在此「南無阿彌陀佛」六字名號之上，收束無數之妄念，歸於一念，念之精熟，妄念自能脫落，是即修止。又念佛時，可心想

95　見蔣維喬著：《因是子靜坐法續編》，《因是子靜坐法》，頁154-155。

《因是子靜坐法》	阿彌陀佛，現在我前，無量光明，無量莊嚴。應知生之所以不得見佛者，蓋由無明遮蔽故也。今若能專心念佛，久久觀想，則我與佛，互相為緣，現在當來必得見佛。此即修觀也。[96] 第三章 〈善根發現〉 第一節 〈息道善根發現〉 吾人若依前法，善修止觀。於靜坐中，身心調和，妄念止息，自覺身心漸漸入定，湛然空寂，於此定中，忽然不見我身我心。如是經歷一次數次，乃至經句經月經年，將息得所，定心不退。即於定中，忽覺身心運動，有動癢冷暖輕重澀滑等八種感觸，次第而起，此時身心安定，虛微快樂，不可為喻。又或在定中，忽覺鼻息出入長短，遍身毛孔，悉皆虛疏，心地開明，能見身內各物，猶如開倉窺見谷米麻豆，心大驚異，寂靜安快。是為息道善根發現之相。[97] **附錄 〈佛學大要〉** 阿黎耶識何以能為生死根本，蓋此識乃是真心與妄心和合之識也。此真心非指吾人肉團之心而言，乃吾人之淨心是也。因其尚與妄心和合，故名之為阿黎耶識。此識中含有不生不滅及生滅二義，所謂真妄和合者也。不生不滅是覺。生滅即是不覺。我輩凡夫只是妄心用事念念相續，攀緣不已，無始以來就是不覺，故顛倒於生死海中，莫能自拔。然妄心真心本為一體，並非二物。真心譬如海水，妄心譬如波浪。海水本來平靜，因風鼓動遂成波浪。此波浪即是海水鼓動所成，非另為一物。猶之妄心因真心妄動而成也。我輩凡夫病在迷真逐妄。佛家教人修行，方法雖多，總是教人對治妄念下手。一言蔽之，即背妄歸真而已。[98]

---

96 見蔣維喬著：《因是子靜坐法續編》，《因是子靜坐法》，頁166-16。
97 見蔣維喬著：《因是子靜坐法續編》，《因是子靜坐法》，頁169-170。
98 見蔣維喬著：《因是子靜坐法續編》，《因是子靜坐法》，頁184-185。

〈養生記逍〉在前面有提到靜坐，說是「蓋以百憂摧撼，歷年鬱抑，不無悶損；淡安勸余每日靜坐數息，倣子瞻養生頌之法，余將遵而行之」，這一段是從曾國藩的日記裡抄來的。所以，作〈養生記逍〉者在這裡做一個照應，說「心無止息，百憂以感之，眾慮以擾之」，於是就再談到靜坐之法，就從當時講靜坐最有名的《因是子靜坐法》及《續編》中去找有關靜坐的理論。他從《因是子靜坐法》裡，擷取了其中最精華的部分，亦即是排除「妄念」，專注「一念」，達至「無念」這一種思維模式，構成這一段有關靜坐的文字。

蔣維喬《靜坐法》裡說：「人們的**妄念**，一起一滅，沒有一秒鐘停止。」[99]《續編》也說：「吾人自有生以來即係**妄心**用事。」就是「心無止息」的來源。講靜坐時會有很多「妄念」紛至，心猿意馬，所以就像歐陽修說的「百憂以感之」。

《因是子正編》說：「應該平常行動做事時候，時刻當心，不要亂想，到靜坐時候，把一切事物放下。」《續編》也說：「**大凡初坐時，每患散亂**，坐稍久妄念較少時，即患昏沈，此用功人之通病也。」所以，〈養生記逍〉就說：「大約從事靜坐，初不能妄念盡捐。」

《因是子正編》說：「靜坐的時候，要把**精神集中在小腹部**。」「到靜坐時候，把一切事物放下，拿全副**精神集中在小腹**。」這就是把精神專注於一個事物上，將雜亂的心神收束，不使之散漫。不過，由於各人的修為不同，氣根有異，故此所專注的事物也有不同。就初學者而言，覺得這種定力的根基不夠，可以先以**目觀鼻準**，以鼻觀氣，作為專注的初步功夫。不過，《因是子》還是要靜坐者「最要緊

---

99 本段分析文字所引用的資料，都在上面已經說明，茲不再贅述。

的仍在自然的意守下丹田。」他在《續編》裡也說：「治散亂之病，當將一切放下，視我身亦如外物擱在一邊不去管他，**專心一念，存想臍間**，自能徐徐安定。」由於《續編》寫作是在蔣維喬修佛教天台宗小止觀及釋禪波羅蜜次第法門之後，所以他加上了佛禪止觀的理念，根據不同的根器設想說：「若多障之人，學習止觀，心境暗劣，但憑自力不能成就者，當知有最勝最妙之法門，即**專心一志念『南無阿彌陀佛』六字名號**……專攀緣在此『南無阿彌陀佛』六字名號之上，收束無數之妄念，歸於一念。」雖然蔣維喬說的專注事物有十不同，因人而異，但是總離不開「專注一念」這個道理上。所以，〈養身記逍〉說：「宜注一念。」

《因是子》提到「專注一念」，其實還只是方便權宜之法門，不是最終上乘目標，最終的境界是「妄念盡銷」，也就是「無念」。蔣維喬說：「這樣反覆練習，久而久之，妄念自然會逐漸減少。**以達到無念的境界；這是最上乘的方法。**」而在續編裡他說：「今所言制心止者，制之之法，即是隨吾人心念起處，斷其攀緣以制止之，心若能靜，則不須制，是即修制心止。然有意制心，心既是一個**妄念**，制又是一個**妄念**，以妄制妄，其妄益增。」意思是「注一念」以制心，其實也是一種「妄念」，一種「執著」，不是終極的境界，最佳的狀態是「不須制」，所以才說修「制心止」。就像佛學說「四大皆空」，然而「空」也是一「執」，所以要更進一步「空」此「空」執。因此蔣維喬說：「于入坐時，先將身心一切放下，然後回光返照，於前念已滅，後念未起之間，看清念頭所起之處，一直照下，不令自甲緣乙。**於是此妄念自然銷落，而達於無念之境。**」要在妄念起處切斷，使妄念無法攀附緣生，才能達到「不須制」而「妄念銷落，而達於無念之境」。如果是以唸佛號為「注一念」者，也會因「念之精熟，妄念自

能脫落」，達至「無念」之地。因此，〈養生記逍〉裡說：「由一念至於無念。」就是從此而來的。

　　蔣維喬認為當達到「無念」的境地之後，就能觀照物我，用以修身心，治疾病都是很有效的，而且其中還有喜悅、快樂的感受。《因是子續編》說：「**於靜坐中，身心調和，妄念止息，自覺身心漸漸入定，湛然空寂，於此定中，忽然不見我身我心。……此時身心安定，虛微快樂，不可為喻。**又或在定中，忽覺鼻息出入長短，遍身毛孔，悉皆虛疏，**心地開明，能見身內各物**，猶如開倉窺見谷米麻豆，**心大驚異，寂靜安快。**是為息道善根發現之相。」因此，〈養生記逍〉才說：「寂定之餘，覺有無窮恬淡之意味。」就是到了「無念」後的一種感受。

　　《因是子靜坐法》之後，有附錄〈佛學大要〉，其中也有談到「妄心」「真心」的理論。佛學中有所謂「八識」，其中最後一「識」就是「阿黎耶識」，此識乃是真心與妄心和合之識也。所謂「真心」，就是吾人之淨心。就因真心與妄心和合，故名之為「阿黎耶識」。蔣維喬因此說：「我輩凡夫只是妄心用事念念相續，攀緣不已，無始以來就是不覺，故顛倒於生死海中，莫能自拔。然妄心真心本為一體，並非二物。**真心譬如海水，妄心譬如波浪。海水本來平靜，因風鼓動遂成波浪。此波浪即是海水鼓動所成，非另為一物。**猶之妄心因真心妄動而成也。我輩凡夫病在迷真逐妄。佛家教人修行，方法雖多，總是教人**對治妄念**下手。一言蔽之，即背妄歸真而已。」他所打的比喻，把「真心」比喻為「海水」，把「妄心」比喻為「波浪」，風吹海水，使起波浪，波浪也是海水，這就是真妄一體之意；而「海水本來平靜」，即是「真心」，「真心」是「無念」的；「**風鼓動遂成波浪**」，即成「妄心」，「妄心」「妄念」，「妄心」

用事，不免「心猿意馬」，隨波逐流，就不容易制止。由此可見，《因是子靜坐法續編》的很多觀念，都以佛學為基礎，可以說「靜坐」就是「禪坐」了。因此蔣維喬才在書後面附錄這一章〈佛學大要〉。也由此可以看出，〈養生記逍〉所以說「**若風之吹水，使之時起波瀾**」，又說「**如水之不起波瀾**」，都是從《因是子靜坐法》裡的從這篇〈佛學大要〉的話轉化而來的。

　　蔣維喬在《因是子靜坐法》的序言裡，深感我國高藝絕學，往往因為自視為祕技，不肯傳授他人，所以沒有流傳下來的很多。因此他很願意將他平生對靜坐的體會與研究心得，筆錄下來，公諸國人，共同研究。他在序裡說：「夫世間事物，苟能積日力以研究之，必有真理存乎其間，本無神祕之可言。所謂神祕者，皆吾人為智識所限，又不肯加以研究，人人神祕之，我亦神祕之耳。……間嘗默察吾國民之根性；凡一切學術，以及百工技藝，苟有超絕恆蹊者，往往自視為祕法，私諸一己，不肯示人，以為公同研究。自古至今，卓絕之藝術，坐是而不傳者，蓋亦夥矣。……內功，其粗者為可即病，精者乃可成道。然亦以自祕之故，不肯公同研究，卒至流為怪誕，趨入異端。」[100]他在書的結尾語也很感慨地說：「這本小冊子，是盡我的力量用淺顯通俗的文字寫成，內容沒有高深的理論，使讀者容易了解。這種鍛鍊身體的方法，中國幾千年以來，只有個人自修，或修得有成效後，傳授幾個弟子，且保守祕密，不肯公開，因此沒有廣泛流傳，深為可惜。近年各地公開治療，據其統計，治癒慢性病的人，為數已看實不少，真是令人振奮的事。以上是我自己數十年來對呼吸習靜的體會。跟我練習的人，屈指難數。」[101]他大

---

100 見蔣維喬著：《因是子靜坐法》，頁16-17。
101 見蔣維喬著：〈因是子靜坐法正編・序言〉，《因是子靜坐法》，頁17。

力主張要把個人的心得公諸於世，讓所有的人都能知道，都能修習，絕不自祕自珍。〈養生記逍〉的作者也接受了這個想法，所以才說：「願與世人共之。」

總括而言，作者把《因是子靜坐法》以及《續編》中的思維概念，濃縮成這短短的一段文字之中，如果對靜坐沒有接觸的人，是很難看得到兩者之間，有著密切的相關性。然而只要把兩者用心對照，小心檢索，就不難發現兩者不僅思維概念相同，而且連文字都句句有所本源；這分明是作者檃括、摽竊《因是子靜坐法》及《續編》的。這是民國七年以後的資料，也就是說，根據《因是子靜坐法》的對照，可以確定〈養生記逍〉是民國七年以後才寫的。

筆者小時候因為家兄對練身強心有特殊興趣的關係，家裡就有這本《因是子靜坐法》的書，也很早就翻閱過了，也曾想跟著練一練，不過，不能持之以恆，所以，過後對書中的內容說甚麼已經沒有甚麼印象了，只知道這是一本當時（民國五十七、八年）還很被重視的一本講靜坐法的書。時至今日，因為看了《浮生六記》這一段講靜坐的文字，讓我回想起一些印象，就想到找這本書來對比看看，果不其然，才發現兩者之間的祕密關係，真是皇天眷顧有心人啊。

（三）出於《延壽藥言》

《延壽藥言》一書是民國十三年（1924）四川延壽堂藥室主人為了四川商界青年而輯纂的一本養生修身的讀物。這本書的序言裡，很清楚說明了作書的目的與動機。序裡說：

　　敝堂售藥有年矣，惟是類木石草根，治形體上之病則有餘，若

治精神上之病則不逮，語云：「心病還需心藥醫。」心藥維何？即古今賢哲修養之心法耳。余不揣譾陋，擬仿昔人贈言之意，就古今賢哲嘉言中之最為警闢、足以發人深省者，輯為一冊，分贈諸君，命名曰《延壽藥言》。其目：曰立身、曰處世、曰頤養、曰職業、都為四門，義取法戒，語求淺近，期適用於吾人之持躬涉世而已。西哲有云：「讀書當使盡化為一己藥籠中妙劑。」旨哉斯言。[102]

作者有感於時代環境之關係，青年們對社會有不滿，對自己有抱負而不得伸，心緒不寧，或者悔過於既往，或者蘄善於將來，所以，想為青年們在業務之暇，瀏覽這本書，選擇其中言之切中己病者，善自反省克制，持之以恆，信之以堅，那或可將一切煩悶苦惱獲得得相當之治療，從而有愉快之精神，恬靜之意境，以增進其形體之健康。尤其是在當時西方學術自海外輸入，國人對所謂國故甚不重視，而《延壽藥言》的作者以為我國古人所說的性理，與西方學術所專長的物理，二者不可偏廢，所以這本書的編輯，類皆培養性靈檢束身心之具，決無迂闊難行、荒誕不經之談，以此勸世，庶幾觀摩盡善，同登仁壽。這本書取名《延壽藥言》，就是專為贈送當時四川商界青年安慰精神之用的，所選的內容涵蓋古今中外，在科學昌明的時代，一切要以真理為主，因此不選錄古人迷信之說、及與時代思潮不合者；而現代思潮中之新理名言，均廣為搜集。

在這本書的序言下，作者題識為「中華民國十三年歲次甲子冬月

---

102 《延壽藥言》、《菜根譚》合刊（臺北：華藏精舍印行，民國68年〔1979〕），〈敘言〉，頁1。

四川涪陵延壽堂藥室主人謹識」[103]，可見這書應該在民國十三年
（1924）就被刊行流傳，其後輾轉在各地被翻印。現在能知見較早的
刊印本，是上海綢業銀行於民國三十六年（1947）翻印本，還有杭州
第一紗廠也有翻印[104]；可見這本書在民國二、三十年間，在蘇、杭、
上海等地，是流傳很廣的修身養壽書。

　　至於書的作者，大部分的印本都只標為「四川涪陵延壽藥室主
人」，不註明作者姓名。不過，這書的重刊本後有一篇〈重刊引言〉，
寫引言的時間在「一九五九年十月」，作者署名是「佛山林俠庵」，地
點是「寫於香江寓次」。引言裡提到：

> 社會上殺傷、盜劫、奸淫、誆騙的風氣，好像天天在增長。甚
> 麼原因？不難想出：人們缺乏閱讀修養的書籍，受著不良書
> 刊、影劇的壞影響，是個大的因素。這種風氣，若不迅速設法
> 息止，任其蔓延滋長下去，將會嚴重地破壞治安，損害人們的
> 生活和生存的。我友石純福君，對此現象，特別憂慮。多年存
> 心，想挽救它。把他藏有年所，行止不捨的一本修養學名著
> 《延壽藥言》，用心地校訂了，和我商量重印梓行。[105]

引言裡所說的社會現象，正如延壽藥室主人在序言裡所說的；而「對
此現象特別憂慮，多年存心想挽救它」也是延壽藥室主人的願望；所
以，引言裡雖然只是說：「（石純福）把他藏有年所，行止不捨的一本

103　《延壽藥言》、《菜根譚》合刊（臺北：華藏精舍印行，民國68年〔1979〕），〈敘
　　言〉，頁2。以下引用同書，不另贅言版權。
104　此兩版翻印之《延壽藥言》，書目見於全國圖書聯合書目，但藏書地點並未註明，
　　無法尋得。根據目錄標註作這樣的推論，應該是合理的。
105　《延壽藥言》、《菜根譚》合刊書後〈重刊引言〉，頁1。

修養學名著《延壽藥言》，用心地校訂了。」並沒有說這本書是石純福作的，不過，從這本書初出版於民國十三年（1924）到重印的四十八年（1959），也的確收藏了很久的依段時間；而從內容上而論，又跟原作的風格相同；所以，作者應該就是石純福，他就是延壽藥室主人。

還有一點，重刊本《延壽藥言》後，有作者新增附錄，其中有作者所寫的一段話說：

> 衰老聾憒，無能酬應，謹再贅達：除要事外，謝客、停郵。（五年前曾告）請予諒察。附錄十則，聊作贈言。己立立人，願相共勉。己亥歲朝，曉醒贅言。[106]

從附錄的內容來看，跟原來編輯的內容體例相一致，而且所記時間是「己亥歲朝」；「己亥」是民國四十八年（1959），正是引言作者「佛山林俠庵寫於香江寓次」的同一年。由此而言，《延壽藥言》的作者，就是石純福了。

從以上的說明，可以知道《延壽藥言》這本書，從民國十三年〔1924〕開始印行流傳，在民國二、三十年間在蘇州、杭州、上海一帶相當流行，屢被翻印。而在民國四十八年，作者在香港重新校訂，新增附錄後重印。現在臺灣所有的翻印本，基本上都是根據這重印本而來的。

經過對照之後，筆者發現〈養生記逍〉裡有五段文字，而且是連續排在一起相鄰的，中間只插入一小段程明道的話和一首近人的詩，而且都見於《延壽藥言》這同一本書裡。今列述如下：

---

106 《延壽藥言》、《菜根譚》合刊書後〈新增附錄〉，頁1。

〈養生記逍〉	《延壽藥言》
古人曰：「比上不足，比下有餘。」此最是尋樂妙法也。將啼飢者比，則得飽自樂；將號寒者比，則得暖自樂；將勞役者比，則優閑自樂；將疾病者比，則康健自樂；將禍患者比，則平安自樂；將死亡者比，則生存自樂。	凡遇不得意事，試取其更甚者譬之，心坎自然涼爽，此降火最速之劑。如將啼飢者比，則得飽自樂；將號寒者比，則得暖自樂；將勞役者比，則幽閒自樂；將疾病者比，則康健自樂；將禍患者比，則平安自樂；將死亡者比，則生存自樂。古人云：「比上不足，比下有餘。」又云：「稍有不如意，常將死來譬。」是自在法門也。－邵康節[107]

從以上的對照，可以很清楚看出〈養生記逍〉與《延壽藥言》的關係。《延壽藥言》說這段話是邵康節之言，經查考未見邵康節有說過這一段話。明代吳康齋與弼也曾經說：「凡遇不得意事，試取其更甚者譬之，心坎自然涼爽，此降火最速之劑。」但是不知這是不是引用前人的話語。石天基（1659-1739）清代著名養生家，在所著《長生祕訣》裡也曾經說過：「凡遇不如意事，試取其更甚者譬之，心地自然清涼，此降火最速之劑。昔人云：『要做快活人，切莫尋煩惱，煩惱與快活，都是自家討。』」。不過這一小節〈養生記逍〉並沒有引用。

　　〈養生記逍〉說：「將啼飢者比，則得飽自樂；將號寒者比，則得暖自樂；將勞役者比，則優閑自樂；將疾病者比，則康健自樂；將禍患者比，則平安自樂；將死亡者比，則生存自樂。」這一段話也見於清朝金纓所編纂的《格言聯璧》〈持躬類〉中，其下有註文說：「**此養生自在法門也。**」[108]金纓所載並未說明出於何書，然從文字上看，

107　《延壽藥言》、《菜根譚》合刊，第三編、〈頤養・達觀〉，頁102-103。
108　〔清〕金纓：《格言聯璧》（太原：山西古籍出版社，2001年），〈持躬類〉，頁56。

跟《延壽藥言》所引文字應該是同源的。在這裡可以肯定地說〈養生記逍〉的作者是引用《延壽藥言》，而不是引自《格言聯璧》，因為《延壽藥言》下面還有一小節說：「古人云：『比上不足，比下有餘。』」而〈養生記逍〉也有這一小節，只是把它調到前面先說罷了；而《格言聯璧》就沒有這一小節，由此可見的確是從《延壽藥言》鈔來的。〈養生記逍〉不載錄「稍有不如意，常將死來譬」小節，可能因為後面的「病有十可卻」裡，已經有「煩惱現前，以死譬之」一語，此處載錄，意義上稍嫌重複了。

〈養生記逍〉	《延壽藥言》
白樂天詩有云：「蝸牛角內爭何事，石火光中寄此身；隨富隨貧且歡喜，不開口笑是癡人。」	〔白樂天對酒詩〕蝸牛角上爭何事？石火光中寄此身，隨富隨貧且隨喜，不開口笑是癡人。[109]

這首詩見於《白氏長慶集》〈對酒五首〉之二，原本寫作「蝸牛角上」，〈養生記逍〉作「蝸牛角內」，應該是記憶錯誤，或者是鈔錯了。〈養生記逍〉「隨富隨貧且歡喜」，《延壽藥言》作「隨富隨貧且隨喜」，而《白氏長慶集》則作「隨富隨貧且歡樂」[110]，文字稍有差異，不過意義倒是沒有甚麼不同。

〈養生記逍〉	《延壽藥言》
「世事茫茫，光陰有限，算來何必奔忙？人生碌碌，競短論長，卻不道榮枯有數，得失難量。看那秋風金谷，	〈清平調〉 世事茫茫，光陰有限，算來何必奔忙。人生碌碌，競短論長，卻不道、

---

109 《延壽藥言》、《菜根譚》合刊，附錄二、〈清夜鐘，選錄古人詩詞歌句〉，頁175-176。

110 〔唐〕白居易《白氏長慶集》（臺北：商務印書館，《四庫全書》本，1983年）卷二十六，〈對酒五首〉之二。

| 月夜烏江，阿房宮冷，銅雀臺荒。榮華花上露，富貴草頭霜；機關參透，萬慮皆忘。誇甚麼龍樓鳳閣，說甚麼利鎖名韁。閑來靜處，且將詩酒猖狂。唱一曲歸來未晚，歌一調湖海茫茫。逢時遇景，拾翠尋芳；約幾個知心密友，到野外溪旁，或琴棋適性，或曲水流觴，或說些善因果報，或論些今古興亡。看花枝堆錦繡，聽鳥語弄笙簧，一任他人情反覆，世態炎涼，優遊閑歲月，瀟灑度時光。」此不知為誰氏所作，讀之而若大夢之得醒。熱火世界一帖清涼散也。 | 榮枯有數，得失難量。看那秋風金谷，夜月烏江；阿房宮冷，銅雀臺荒；榮華花上露，富貴草頭霜；機關參透，萬慮皆忘。誇甚麼龍樓鳳閣？說甚麼利鎖名韁？開來靜處，且將詩酒猖狂。唱一曲歸來未晚，歌一調湖海茫茫；逢時遇景，拾翠尋芳；約幾個知心密友，到野外溪傍；或琴棋適興，或曲水流觴；或說些善淫果報，或論些今古興亡。看花枝堆錦繡，聽鳥語弄笙簧，一任他人情反覆，世態炎涼，優游延歲月，瀟灑度時光。[111] |

《延壽藥言》這一闋詞，命名為〈清平調〉，也沒有說是誰人所作，跟上一首白居易的詩一樣，被記載在〈附錄〉第二部份〈清夜鐘〉所選錄古人詩詞歌句裡。兩者所錄的內容相同，只有「適性」與「適興」，「善因」與「善淫」，「閑歲月」與「延歲月」等幾個字不同。而從文義而論，「琴棋」應該是「適興」而不當是「適性」，「果報」的是「善」或者「淫惡」而不是「善因」，「度時光」的對句應該是「延歲月」而不是「閑歲月」；所以，在文字上應該是《延壽藥言》所寫才是對的，由此也可見是抄錄者的手誤。〈養生記逍〉作者在最後面說「不知為誰氏所作」，那也正是因為《延壽藥言》所載，亦未註明作者是誰的關係。

---

111 《延壽藥言》、《菜根譚》合刊附錄二、〈清夜鐘，選錄古人詩詞歌句〉，頁177-178。

〈養生記逍〉	《延壽藥言》
口中言少，心頭事少，肚裡食少。有此三少，神仙可到。酒宜節飲，忿宜速懲，慾宜力制。依此三宜，疾病自稀。	口中言少，心頭事少，肚裏食少，有此三少，神仙可到。酒宜節飲，忿宜速懲，慾宜力制，依此三宜，疾病自稀。－千金方[112]

這一段話〈養生記逍〉跟《延壽藥言》所載完全一樣。《延壽藥言》說這段文字是載錄自孫思邈的《千金方》。然而，《千金方》中所說的原本是「四少」說：「口中言少，心中事少，腹中食少，自然睡少，依此四少，神仙可了。」這段文字也見於明朝高濂的《遵生八箋》[113]，明息齋居士的《攝生要語》[114]，明鄭瑄《昨非庵日纂》中[115]，也都作「四少」。而《延壽藥言》變成「三少」，與上述文獻不同，少了「自然睡少」一項；再加上後面的三宜，就構成了《延壽藥言》的「三、三」結構。〈養生記逍〉就是從這裡抄錄而來的，所以跟《延壽藥言》一模一樣。

〈養生記逍〉	《延壽藥言》
病有十可卻：靜坐觀空，覺四大原從假合，一也。煩惱現前，以死譬之，二也。常將不如我者，巧自寬解，三也。造物勞我以生，遇病少閑，反生	病有十可卻：靜坐觀空，覺四大原從假合，一也；煩惱現前，以死譬之，二也；常將不如我者，巧自寬解，三也；造物勞我以生，遇病稍閒，反生

112 《延壽藥言》、《菜根譚》合刊第三編、〈頤養‧衛生〉，頁93。

113 〔明〕高濂：《遵生八箋》（臺北：商務印書館，四庫全書本，1983年），卷二，頁○○○。

114 〔明〕息齋居士撰：《攝生要語》（臺南：莊嚴文化事業公司，四庫全書存目叢書，涵芬樓影印清道光十一年六安晁氏木活字學海類編本，子冊260，1995年），卷一，頁3。不過，引文裡只說「古云」，未說是來自《千金方》。

115 〔明〕鄭瑄《昨非庵日纂》（上海：上海古籍出版社，2002年，續修《四庫全書》子部雜家類，冊1193），《頤真》卷之七，頁8，總頁82。

| 慶幸，四也。宿孽現逢，不可逃避，歡喜領受，五也。室家和睦，無交謫之言，六也。眾生各有病根，常自觀察克治，七也。風寒謹防，嗜慾淡薄，八也。飲食寧節毋多，起居務適毋強，九也。覓高明親友，講開懷出世之談，十也。 | 慶幸，四也；宿孽現逢，不可逃避，歡喜領受，五也；家室和睦，無交謫之言，六也；眾生各有病根，常自觀察克治，七也；風寒謹防，嗜慾淡薄，八也；飲食甯節毋多，起居務適毋強，九也；覓高明親友，講開懷出世之談，十也。－白居易[116] |

〈養生記逍〉所錄與《延壽藥言》完全相同，一字不差。《延壽藥言》說是白居易所言，不過，據查考白居易相關文獻，未見此說。而坊間流傳的這一段說法，有多種異說，有的說白居易說「病有十可卻，十不治」，有的說「八不治，十可卻」，也有「九可卻」的，莫衷一是，文字也不盡相同。就所見的「九可卻」是抄漏了第七、第八各半段，所以少了一條，也就是說「病有十可卻」（或稱為「卻病十要」、「怯病十要」）是比較可信的。

就所見載錄有這一段文句的書，較早的是明朝鄭瑄《昨非庵日纂》中有「卻病十法」，云：

> 卻病十法云：靜坐觀空，覺四大原從假合，一也；煩惱現前，以死譬之，二也；常將不如我者，**強**自寬解，三也；造物勞我以生，遇病稍閒，反生慶幸，四也；宿業現逢，不可逃避，歡喜領受，五也；家室和睦，無交謫之言，六也；眾生各有病根，常自觀察克治，七也；風寒謹防，嗜慾澹泊，八也；飲食甯節毋多，起居務適毋強，九也；覓高明親友，講開懷出世之

談，十也。[117]

而在《壽世青編》裡，也有同樣的記載，然所載的十要，其順序不同，而文字也有詳略之差。《壽世青編》雖然是清朝尤乘所編，但是他是繼承了他的老師李中梓的著作而增訂的，所以，以時代而言，可能比鄭瑄的還早些。《壽世青編》記載的如下：

〔卻病十要〕：（一）要靜坐觀空，萬緣放下，當知四大原從假合，勿認此身為久安長住之所，戰戰以為憂也。（二）要煩惱現前，以死譬之，勿以平長較短。（三）要常將不如我者，巧自寬解，勿以不適生嗔。（四）要造物勞我以生，遇病卻閒，反生慶幸。（五）要深信因果，或者宿業難逃，卻歡喜領受，勿生嗟怨。（六）要家室和睦，無交謫之言入耳。（七）起居務適毋強，飲食甯節毋多。（八）要嚴防嗜欲攻心，風露侵衣。（九）要常自觀察克治病之根本處。（十）覓高明良友，講開懷出世之言；或對竹木魚鳥相親，翛然自得。皆卻病法也。[118]

從文辭的形式與風格來看，《壽世青編》的記載比較完整，尤其是其中有多條有反向陳述「勿認」「勿以」「勿生」等語句，也沒有太明顯的對稱形式，所以應該是比較原始的型態，文中也沒有說是白居易說的。還有傳為清朝馬齊所作的《養生祕旨》[119]裡也有同樣的一段話

---

117 〔明〕鄭瑄編纂：《昨非庵日纂》（上海：上海古籍出版社，《續修四庫全書》，子部，雜家類，冊1193，2002年），《昨非庵日纂三集》〈頤真〉，卷之七，頁18，總頁554。

118 〔清〕尤乘編著：《壽世青編》（上海：上海古籍出版社，《續修四庫全書》冊1030，據上海圖書館藏清刻化材三書本影印，1995年），卷八，頁6，總頁65。

119 〔清〕馬齊，康熙至乾隆初人，屬滿洲鑲黃旗，作《陸地仙經》。相傳也是《養生

語，題為「卻病十法」。

　　總體而言，《延壽藥言》所載錄的，可能來自《昨非庵日纂》或者是《養生祕旨》，而〈養生記逍〉的作者又從《延壽藥言》抄錄而來。

　　以上五則文字，在〈養生記逍〉裡，是放在同一段落相鄰的地方，中間只插入了一首近人詩作，一段程明道[120]的話，可見這五段文字的關係相當密切。從前面論〈養生記逍〉抄錄曾國藩《日記》、張英《聰訓齋語》、尤乘《壽世青編》等書的大量資料來看，大部分的資料都排列在比較集中的地方，中間插入一兩段零星的文字作為點綴調配。因此，雖然這五段文字裡，有一些是具有更早的來源，如「病有十可卻」、「將啼飢者比」、「白樂天詩」、「口中言少」等，不過，也有止見於《延壽藥言》一書的，如「世事茫茫」、「三少、三宜」。而這五則文字同時見於同一本書裡，而形式內容都相同的，就只有《延壽藥言》了。所以，從各種跡象來判斷，這五則文字應該就是抄錄自《延壽藥言》這一本書。而《延壽藥言》的出版時間最早是在民國十三年（1924），在四川印行；相信經過一段時間之後，才流傳到全國各地，輾轉翻印。民國二、三十年間，這本書風行於上海、蘇州、杭州一帶的紡織、絲綢業者之間。而足本《浮生六記》的發現，王均卿說就是在蘇州的冷攤上，或者說就是蘇州寒士黃楚香所偽作，或者以為是王均卿自己偽作的，就時間和地點來說，都能夠對應得上。所以，從《延壽藥言》的資料來對照〈養生記逍〉所記的內容，看出彼

秘旨》的作者。不過，兩本書之間的一些敘述有些不同，如對睡眠的概念，養生秘旨說：「睡如貓，精不逃，睡如狗，精不走，是為養元之大法也。」馬齊《陸地仙經》也提出了三種睡眠姿勢：「病龍眠，拳其膝也；寒猿眠，抱其膝也；龜息眠，手足曲而心思定也。」二者有所差異。

120 其實應該是程伊川的話，見本書前面已經有所論述，是出於《自警編》的資料。

此的原委關係，作出最保守的判斷是：足本《浮生六記》的作成時間最早也要在民國十三年（1924）之後。

（四）出於〈向愷然先生練太極拳之經驗〉

林語堂先生在民國二十四年（1935）十一月二十四日，寫了一篇批評文章，就已經指出王均卿的足本《浮生六記》裡的偽作問題，尤其是他特別指明有關太極拳的一段。他說：

> 別的不提，單說他用「飲冰室」新名詞也就夠了。第八五頁有論太極拳一段：
>> 太極二字已完全包括此種拳術之意義，太極乃一圓圈，太極拳即由無數圓圈聯貫而成之一種拳術。無論一舉手，一投足，皆不能離此圓圈。離此圓圈，便違太極拳之原理……只須屏絕思慮，務使萬緣俱靜，以緩慢為原則，以毫不使力為要義；………。
>> 均卿老先生實在太冒瀆三白而兒戲我們了。所以雖還有他處可以指摘，恕我不浪費筆墨了。十一月廿四日記。[121]

而陳毓羆先生也曾對此段論太極拳的文字有所議論，不過，只是把他放在論〈養生記逍〉為偽作的最後，聊帶一語地說：

> 最後，還須指出，〈養生記逍〉中有好幾處顯然出於近代人的

---

121 林語堂：〈記翻印古書〉，《林語堂書話》，原載《宇宙風》第7期（1935年12月16日），資料來源：博爾塔拉教育電子圖書資料，網址：http://www.xjbzedu.gof.cn/ebook/t0112/0295.pdfp112-115，。

手筆。試舉兩例。一處是「太極拳非他種拳術可及，太極二字以完全包括此種拳術之意義。太極乃一圓圈，太極拳即由無數圓圈連貫而成之一種拳術。無論一舉手，一投足，皆不能離此圓圈，離此圓圈，便違太極拳之原理。……。（足本第85頁）此條純為近人口吻。[122]

陳先生對此段文字的論說，跟林語堂先生差不多，是從用詞、口吻上來論斷的，只是陳氏推論的時間比林語堂先生說的更晚些。現在，先把這一段文字完整地呈現在這裡，以便下面討論之用：

太極拳非他種拳術可及，太極二字已完全包括此種拳術之意義。太極乃一圓圈，太極拳即由無數圓圈聯貫而成之一種拳術。無論一舉手、一投足，皆不能離此圓圈。離此圓圈，便違太極拳之原理。四肢百骸，不動則已，動則皆不能離此圓圈，處處成圓，隨虛隨實。練習以前，先須存神納氣，靜坐數刻；並非道家之守竅也。祇須屏絕思慮，務使萬緣俱靜，以緩慢為原則，以毫不使力為要義。自首至尾，聯綿不斷。相傳為遼陽張通，於洪武初奉召入都，路阻武當，夜夢異人，授以此種拳術。余近年從事練習，果覺身體較健，寒暑不侵。用以衛生，誠有益而無損者也。

林、陳二人雖然對這一段話都有意見，不過也都沒有進一步追查，可能因為他們對太極拳都沒有甚麼接觸、研究。

---

122 陳毓羆著：《沈三白和他的《浮生六記》》（臺北：大安出版社，1996年），頁78-79。

　　筆者早在讀大學的時候就學習過太極拳，後來跟隨楊家老架太極拳師承長師範大學教授鄧時海老師學習，對太極拳有些瞭解；後來應聘至韓國釜山市的東亞大學校中文系任教，也曾帶領當地的華僑早上練習太極拳。對太極拳的歷史、原理、手法等，都有一定的認識。筆者看到〈養生記逍〉這一段話，其中所說的觀念原理，其實都是行家的真言；如果沈三白依他個人的心得，能說出這樣的一段話，那他一定是位太極拳高手了，但是在太極拳的流傳譜系裡，從來沒有聽過「沈三白」這一號人物。而且，太極拳的流行，大約是在清朝末年至民國初年，流行到華南地區就更晚了；所以，就時間而言，太極拳的普及是在沈三白去世之後。從這基本的推理，啟發筆者對這一段文字的注意，我認為這一段文字應該是太極拳名家所說的言論，其來必有所本。自來武術名家並能文而善道者不甚多，太極拳名家之中亦然。就太極拳名家之中，最能言善道，探索原理，討論手法的，一是楊澄甫的弟子陳微明，前清舉人，文學造詣深厚；一是向愷然先生，也就是近代武俠小說的先驅──平江不肖生。經悉心查考之後，**果然就在向愷然先生所作的文章裡，發現了這段文字的來源。**

　　向愷然（1890-1957）湖南平江人，天資聰敏，自幼文武兼修，對兩者均有深厚造詣。一九○四年至長沙，十四歲入湖南高等實業學堂；但是只讀了一年，便因鬧公葬陳天華風潮被開除學籍。因此要求父親變賣田產籌款，自費到日本留學。他曾先後兩度赴日本留學，他的文學和武術事業都從這裏開始。武術方面，他與日本柔術家、劍術家頗有交往，功夫大進。他具有強烈民族意識，宣統三年（1911）開始小說創作，處女作是《拳經講義》刊登於〈長沙日報〉。由於他的武術理論功底很深厚，故而其後陸續著有《拳術見聞錄》《拳術傳薪錄》《拳師言行錄》等專著。一九一二年畢業於日本東京弘文學院，

同年回國。民國二年（1913）參加反袁運動和大革命，湖南出兵北伐，任職北伐第一軍軍法官；失敗後，隨第一軍總司令程子楷再往日本。民國三年（1914）在日本，他曾根據自己在日本，對日本妓院（主要是低級妓院）和下層社會的所知所見，寫成清末流亡日本的亡命客和留日學生惡行惡狀的譴責小說《留東外史》。民國四年返國，參加中華革命黨江西支部，跟隨江西革命軍總司令董福開從事革命工作。袁世凱死後，他回到上海無所事事，以賣文為業。民國十一年（1922）年應上海世界書局約稿撰寫武俠小說，一生作品共十四部。他的作品均以「平江不肖生」為筆名，因生於湖南平江而取筆名為平江不肖生。以《江湖奇俠傳》和《近代俠義英雄傳》為其代表作，其餘有《玉玦金環錄》、《半夜飛頭記》、《江湖大俠傳》、《江湖怪異傳》、《現代奇人傳》及《煙花女俠》等，成為二十年代俠壇首座，領導南方武俠潮流。民國十六年回湖南，受朋友的招請，任職三十六軍軍部祕書，參加大革命，在開平駐軍年餘。民國十八年解職，居北平，任奉天遼寧新報特約小說撰述。民國十九年（1930）到上海，仍以賣文為業，所寫多提倡國術的短篇文字。流行社會的有《拳術見聞錄》、《拳術傳薪錄》、《拳師言行錄》、《獵人偶記》等書。民國二十一年（1932）回湖南辦國術訓練所及國術俱樂部，兩次參加全國運動會，湖南皆奪得國術總錦標。民國二十六年（1937）抗戰軍起，隨二十一集團軍總司令廖磊到安徽任總辦公廳主任，兼任安徽學院文學系教授。在程潛主湘政時回湘，任省政府參議。大陸易幟後（1949），擔任湖南省文史館員及省政協委員等職務。後來出家為僧，隱居於長沙妙高峰下。一九五六年受聘為全國武術觀摩表演大會評判委員。一九五七年因「反右鬥爭」的政治運動衝擊之下，患腦溢血病逝，享年六十七歲。[123]

---

123 本段向愷然的生平陳述，參考向愷然著：《江湖奇俠傳》（臺北：聯經出版事業公

　　向愷然對太極拳相當有研究，也有一定的修習，所以，他寫了好幾篇有關太極拳原理、太極拳學習經驗談、太極推手研究等的文章。其中有一篇〈向愷然先生練太極拳之經驗〉，被收錄在吳志清所編寫的《太極正宗》一書裡。〈養生記逍〉的那一段文字，其實就是從這篇文章裡面截錄出來的。文章相當長，裡面直接跟〈養生記逍〉有關的部分其實佔的份量並不多，不過，由於要從裡面瞭解這篇文章的寫作時間，從而考定〈養生記逍〉偽作的時間，還是把這篇文章較完整地呈現在下面，並且在與〈養生記逍〉有關的文句，按順序標示，以供讀者對照比較。文章如下：

　　　　前清丁未[124]年間。我在日本。會見一位直隸朋友。就聽他說起
　　　　北方練拳術的人。有幾個大派別。一派是練八卦拳的。一派是
　　　　練形意拳的。一派是練太極拳的。還有一派練岳氏散手拳的。
　　　　後來由岳氏散手又產生一派。謂岳氏連拳。此外。雖尚有不少
　　　　的家數。然練習的比較人少。不能自成一派。我當時聽了這些
　　　　話。不過知道有這些名目罷了。究竟各派是些什麼手法。彼此
　　　　分別之點。在什麼地方。因那位直隸朋友。不能一一演給我
　　　　看。無從知道。

　　　　直到民國癸卯年[125]，遇見李存義的弟子葉雲表、郝海鵬。纔見

───────────────

司，近代中國武俠小說名著大系，民國73年〔1984〕）第一冊前附葉洪生〈平江不
肖生小傳及分卷說明〉（頁83-96），向為霖：〈我的父親平江不肖生〉（頁97-104），
以及從武俠文化專題網（武俠緣Www.Wuxiay.Com虛空子的武俠緣網站，網址：
http:// www.wuxiay.com/info/464.html）而得來的資料：向愷然的妻子成儀所寫的
〈憶愷然先生〉；向愷然自述的〈向愷然自傳〉；向一學〈回憶父親一生〉。
124 丁未年為民國前五年（1907）。
125 癸卯為民國五十一年（1962），恐為癸丑之誤；癸丑為民國二年（1913）。

著了形意拳。八卦拳也看了一部份。太極拳仍是不曾見著。不過曾聽得葉、郝二人說起太極拳意義。使我增添了許多向往之心罷了。經過了若干年。祇是沒有機會遇著太極拳練得好的朋友。不但無從究研。便想看一次是如何的形式。也達不到這個目的。到乙丑年[126]五月。幸有一位陳微明先生，從北京來到上海，以所從楊家學得的太極拳，設一個致柔拳社，專教人練習。我得這個機會。纔從事研究了幾個月。不料正在研究的時候，二十年前教我練拳的王志群先生也到了上海，我這時與王先生已有好幾年不曾見面了，一向祇聽得王先生在北京專心研究太極拳。因為原來根柢甚深的原故，成功比任何人都容易。我於是又從王先生研究。論王先生所練的太極拳，與陳先生所練的，本屬一家。陳先生的師承是楊澄甫，王先生的師承是吳鑑泉，兩人都是楊露禪的再傳弟子，當然是一家一派的了，但是兩人所傳授的拳式，各自不同。我當時很是疑惑，不敢隨便判斷誰對誰不對。我既以研究拳術為目的，自不能存黨同伐異的心，何況同是太極拳術，又是同出一家呢。

祇以研究便利的關係，因王先生住在我家，便專從王先生研究，也時常與陳先生推手。奈不久離了上海回湖南，在湖南找不著練太極拳的人，沒人和我推手，祇好獨自練習。戊辰七月[127]，我跟著湖南的軍隊到了北京；此時北京已改名北平，因政府遷都南京的關係，北京市面漸就蕭條，影響所及，連幾個練太極拳有名的人物，如楊澄甫、吳鑑泉等都跟著往南京或上海去了。

---

126 民國十四年（1925）。
127 民國十七年（1925）。

所會見的幾個，雖也是北方有相當聲望的人，如許禹生、劉思綬之類，對於太極拳都有若干年的研究；其所練架式類似吳鑑泉傳授者為最多。我於是又從許、劉兩人研究了些日子。許君以吳、楊等專練太極拳之人皆已南去。他辦了一個體育學校[128]，找不著教太極拳的好手，就託人在河南溫縣陳家溝子聘了一位姓陳名積甫的來。相傳楊露禪當日是從陳家溝子學來的太極，他的師傅叫陳長興；從陳長興到現在，代有傳人。此刻陳家溝子的人，少有不練拳的，練的都是太極，沒有第二種拳在那地方流行。

體育學校請來那位姓陳的，年齡不過四十歲，是從小專練太極拳，不曾練過旁的拳。到北平後，除在體育學校擔任教授而外，還有許多人請到自己家裏去教。我聽說這們一位人物，少不得要去見一見。這日由許君介紹，在體育學校會面，並見他練了拳，推了手，還和他談論了好一會。不會他倒也罷了，會過之後，使我更加了疑惑起來，因為他這道地的太極拳，不僅和吳鑑泉傳授的形式大不相同，就是和楊澄甫所傳授的比較，也全不是那門一回事，連拳譜上的名目也不一樣。吳、楊兩家所傳的姿勢，雖有分別，但是起手都是一「攬雀尾」為名稱，就是孫祿堂從郝維真所學的起手名「懶札衣」，也與「攬雀尾」的音相似，不管是誰的音轉變了，總還是這個音調差不多的名稱。至於陳積甫練拳起手叫做「金剛搗碓」，雖也有「懶札衣」的名目，惟手法身法與吳、楊兩家的「攬雀尾」，孫祿堂的「懶札衣」都無相似之處；且全式名稱不同之點甚多，如

「青龍出水」、「雙推手」、「神仙一把抓」、「小擒打」、「前招」、「後招」、「鐵叉」、「切地龍」、「當地炮」等名稱，皆吳、楊二家所未有；至「如封似閉」稱「六射四閉」，「單鞭」稱「丹變」，「倒攆猴」稱「倒捻肱」，「扇通臂」稱「閃通背」，「右起腳」稱「右插」，「左起腳」稱「左插」，「轉身蹬腳」稱「蹬一根子」，「抱虎歸山」稱「抱頭推山」，「雲手」稱「運手」，音尚相近，但身手動作方法，亦多不類。再看他推手，祇有同邊活步的一個方法，就是一個左腳向前，一個右腳向前，掤擠進一步，履按退一步。我問他推手共有幾個方式，他說就是這一個方式；我又問沒有站定不動腳的推法嗎？他說沒有。我又問他沒有四隅進退名叫大擺的推法嗎？他也說沒有。我想這就奇了，楊露禪是從陳家溝子學來的，到此不過三傳，何以與陳績甫的相差這們遠。楊家練習的方式，倒比較的完備。楊家推手的方式，由淺入深，共有四種。最初彼此都用單手搭挽，使站走靈活；次則按掤擠才履按四手，彼此都用雙手兩腳站立不動，僅以身手進退；又次則活步進退；再次則向四隅進退，名為大履。步法、身法、手法、漸次繁難，務使練習的人能進退隨意，緩急皆由自主，不受制於人。若僅一同邊活步之方式，初學者不易粘走，而練有相當程度的，覺得其活步容易討巧，腰腿難得有真功夫。至於欲求深造的，則又嫌其太簡單。太極拳的原理，和其他之拳術不同；極注重粘走，所謂於不丟不頂中討生活是也。粘即是不丟，走即是不頂，此理說的容易，做到實難；一部份之粘走尚易，全體之粘走尚難；全體粘走如意，則非有大履不為功。按大履之法，決非創自楊家，想必是陳績甫未得其傳，故其法尚不及楊家完備。

以我個人⑨近年研究①太極拳之結果，深信拳理之精細，拳法之周密，及練習之⑩有益無損，此①非他種拳術所能及。年來政府提倡武術，設國術館於首都，各省也遍設分館。首都國術館中，分武當、少林兩門；武當門即以太極拳為主體，因此太極拳的勢力漸漸侵到了南京，練習的人日漸增多。然首都經過一次武術比賽之後，聲明以太極拳為專長的多未勝利，而北平方面所去應試之人，其得勝利者雖十之七八也曾練習太極，但在報名時卻未聲明以太極拳為專長。（國術館考試武術時，報名者須聲明曾練何種武術，以何種為專長。）因之一般人對太極拳懷疑者極多，原來反對太極拳的人不待說益發振振有詞；即平日也曾練習太極，對太極有相當認識的，也懷疑太極不能致用。我是最相信太極的人，在這時不得不將我個人對於太極拳的經驗及心得說出來，或者可以解釋一部人的疑惑，及增加一部人的信仰，並可以供同好的參證。篇中時有文言口語雜操之處，隨手寫來，但求達意，不及修改，閱者諒之。

我覺得太極拳在各種拳術中為最難致用之一種。什麼原故呢？練他種拳術的人，工夫即算不深，祇是練過拳的必有相當體力，比較未經練過的強健。惟練太極拳的人，以不尚力原故，初練一年半載，體力並不見得比尋常的人發達；許多體力既不比人強，而太極拳的用法，又遠不及他種拳式之簡易，易於領會。無論初學的人，就是對太極拳用過三五年苦工夫的，除卻照一定的規矩推手而外，若教他將太極拳一手一手的用法，從頭至尾解釋出來，恐怕能辦得到的很少。既是自己不能領會自己所練太極拳的手法，卻如何能使用呢？練他種拳術的，和人比試起來，縱然不能把平日所學的手法絲毫不亂的使用出來，然因

其平日練習時橫衝直擊，成了習慣，衹要利用這種習慣，再繼
之以猛勇直前，每能克敵制勝。練太極拳的則不然，平日練習
⑦以緩慢為原則，以毫不使力為要義；而一趟架式，自首至尾
連綿不斷，雖「搬攔捶」、「指襠拳」等手用法，似已顯明，然
練習時不是斷勁，用時自難得力。人類本自然具有以手足自衛
及抓攫人的知能，即不知拳術為何物的小孩，他們有時相打起
來，也知道劈頭劈腦的舉手打去，被打痛了的人，也知道閃開
和還手。練太極拳沒練到能致用的時候，便冒昧和人去比試，
不但不能用拳法去打人，有時甚至連那本來具有的自衛抓攫的
知能都沒有了，擺出一個一成不變的架式，去接受人家的攻
擊。舊小說中常有衹有招架的工夫，並無還手之力的話；練太
極拳不曾練好的人，並招架的工夫也沒有，因為太極拳裏面就
沒有尋常招架的手法。然則沒有招架的手法，難道人家打來，
不招架任憑人打嗎？要解釋這問題，先得明瞭太極拳的原理。

他種拳術的名稱，每有與拳術無甚關係的；惟有②太極二字，
完全包括了這種拳術的意義。太極就是一個圓圈，太極拳也就
是由無數的圓圈聯貫而成的一種拳法；無論一舉手，一投足，
皆不能離這個圓圈，離了這個圓圈，就違背了太極的原理。再
精細一點說，不但舉手投足，不能離圓圈，③四肢百骸不動則
已，動則皆不能離圓圈。太極拳的招架。便是攻擊，攻擊也便
是招架，不能用太極拳的方法攻擊人的，斷不能用太極拳的方
法招架，因為手手處處皆是圓圈，就在這一個圓圈之中，分一
半是招架，一半是攻擊；工夫越深，圓圈越小，有時尚不見其
轉動，已盡招架與攻擊之能事。所以，練太極拳的人在推手的
時候，十分注意聽勁的工夫。聽勁的名詞，為太極拳所專有，

其意義並不是用耳去聽，乃是用皮膚去聽。質言之，便是練習觸覺，使之靈敏。皮膚能聽得敵勁之來路方面，即順著來勢以半個圓招架，半個圓攻擊。太極拳論中所謂粘即是走、走即是粘，就是這個道理。太極拳之不容易使用，既如上述；因之練習太極拳的人，其好勇鬥狠的習氣，及希圖嘗試的心理，都不及練他種拳術的人濃厚。與同道的推手。雖也是練習致用的方法，但是推手究有一定的規則，與平常比試不同。推手時的本領，不見得便能在與人比試時完全使用得著；在練習的時候，既不常與練他種拳術的作友誼比試，曾練過十年八載之後，已享有相當之名望，或已身為人師，益發不敢輕易與人比試了，這是練太極拳的人，普通大毛病。練他種拳術的人，雖也有免不了這種毛病的，卻不似練太極拳的這們普遍。即如楊澄甫受祖傳的太極，用了大半世的工夫，徒弟也教的不少，論他的本領，北平武術界的人誰也不敢批評他一個壞字；楊家的太極拳架式，比較吳鑑泉所傳的開展，步馬也寬大，練習起來。容易增長內勁。

楊澄甫本人身材高大，氣力也自不小，應該能藉這個祖傳的拳術，稱雄一時；我到北平後，調查的結果，楊澄甫的聲名，在北平的武術界中知道的確是不少，祇是本領到如何程度，卻少人知道；為缺乏臨陣的經驗，本來練太極拳，非有臨陣經驗不可，太極拳更是需要極多之臨陣經驗，不然總難有把握；練太極拳的人，萬不可忽略臨陣經驗。這一層，術從事比試，誰也知道少不了一個快字，何以太極拳在練習的時候，卻是越慢越好呢？這道理在練他種拳術的人，固多不免懷疑，就是練太極拳的人們，也是不明瞭的。須知太極拳的架式，全是練體，是

做拳術的根本工夫。如何謂之根本工夫呢？第一是虛實得分別清楚；宗岳《太極拳經》曰：偏重則隨，雙重則滯。每見數年純功不能運化者，率皆已為人制，雙重之病未悟耳。所謂雙重，便是虛實未曾分清楚。我看普通練太極拳的人，解釋雙重的道理，多以為兩腳同時著地即謂之雙重；一腳虛、一腳實，便不是雙重；兩手同時打出為雙重，一手虛、一手實即非雙重。若祇如此，則雙重之病，有何難悟；豈有數載純功，尚不能領會這一點兒道理。以我經驗所得，豈僅兩手兩足有雙重，即一指之微，尚應將虛實分別清楚。如以一指著人，不會分別虛實，即犯雙重之病；架式的時候，四肢百骸從頂至踵，循環虛實，一手之中。其虛實之互為變換，越密越妙，自起手以至終結，④**處處成圓，處處隨虛隨實**；使有一寸大的地方，未曾注意這一寸大地方，便不免有雙重之病；是這般練習，如何能快；是這般練一趟，比隨便練十趟二十趟有進步。第二是增長的勁；太極拳既不像他種拳術用力，難道與人比試起來，真個一點兒力不要，能將一個百多觔重，並有武力的人打倒嗎？經中有四兩撥千觔之語，不過形容少力勝多力的話，然也得四兩之力，不能說毫不要力。練太極拳時，是絕不用力，若動作太快，隨隨便便，和他種拳一樣，不過幾十秒鐘便完了，如何能增長內勁；因其動作很慢，又一氣到底，中間不能停留；至少也得七八分鐘以上的時間，四肢百骸不住的運動，自然能將氣力增長起來；似這般增長氣力，與練他種拳術及搬石打沙袋所增長的氣力，完全不同；這種氣力，行家稱為內勁，是全身活動的，要在全身什麼地方使用，就能全部集中於這一個地方，不一定限於肩背手足；這種內勁，著在敵人身上，也與尋常的氣力不同，能使受者有如觸電。還有一層，必須緩慢的道理，

也是我們研究太極拳的人所不能不知道，並將注意的，就是王宗岳太極拳經所說「虛靈頂勁」，「氣沉丹田」的道理，他種拳術雖也有氣沉丹田說法，祇是練習的時候，斬眉怒目，百脈僨張，將全部的氣提上惟恐不及，何嘗能整個氣沉丹田，即有之，亦不過將氣悶住，或用意下沉而已。

太極拳⑧相傳為遼陽張通，於洪武初年奉召入都，路阻武當，夜夢玄武大帝授予拳法，且以破賊，因名其拳為武當派；傳宋遠橋、張松溪等七人。按張通字均實，元季儒者，工詩詞，善書畫。中統元年，曾舉茂才異等，任中山博陵令；因慕葛稚川其為人，絕意仕進，修道於寶雞山中，山有三峯，因自號三峯子。中國道家吐納導引之術，都注意丹田，人身丹田有三處，一居頭頂，道家認為藏神之地，故《黃庭經》云：「子欲不死修崑崙。」崑崙即以喻頭頂之意；二居中脘，道家認為蓄炁之地；三居臍下，道家認為藏精之地。虛靈頂勁者，乃頂欲虛靈。所謂存神上丹田，屏寂思慮。氣沉丹田者，乃沉氣臍下，欲其充實；《黃庭經》云：「呼吸廬外入丹田，審能行之可常存。」蓋常人呼吸短促，不能直達臍下，故肺量窄狹，排洩力因之薄弱，影響壽命極大。太極拳亦可稱為道家導引方術之一種，道家吐納之術，多為坐功，導引則為行功，不論坐功行功，其要十分注意存神上丹田，納氣下丹田則一。老子為我國道家之祖，嘗曰：「虛其心。實其腹。」亦即上丹田欲其虛，下丹田欲其實之意。如練習架式時，動作過快，心思必散亂，呼吸必急促，何能收虛靈頂勁，氣沉丹田之效。我們須知道太極拳之所以異於他種拳術的地方，不在身手步法之有別，全在⑤練習時能注意到存神納氣；故經文中又曰：「尾閭中正神貫

頂。滿身輕利頂頭懸。」練習的人，若不知在這上面用工夫，專注意於身法步法之運用，則與外家拳有何區別。

以我個人練習的經驗，最好於⑥練習架式以前，以若干分鐘練習靜坐，此種靜坐法並不如道家一般的守竅，祇要屏屏寂思慮，務使萬緣都淨，做腹部呼吸，氣納下丹田；靜坐後，再從容練習。在練習的時候，最要注意的是滿身鬆散，不可有一寸許著力之處，其轉動屈伸仰俯周旋之態，一如落雲行太空，毫無阻隔，毫無停滯；從起手以至結尾，不得有停頓處，有稜角處，也不得忽急忽緩，更不得和練外家拳一樣，想像某手係如何使用，攻擊敵人何部，應如何發出方為得力；此類想像為練他種拳術時所不可少，惟練太極拳則萬不宜有此；若想像便自己限制自己的進步，其結果必至所想像的完全錯誤，就想得一部份效力。如練他種拳術的人之或專善用肘，或專善用腿亦不可得；其故在太極拳皆係圓圈組成，在一趟架式中，就原來不曾分出某手如何攻擊，如何招架，可以說全體沒有攻擊和招架方法，也可以說全體皆是攻擊和招架的方法；無論頭腦如何細密的人，欲從一趟的架式中分析出如何攻擊、如何招架，必是掛一漏萬，是不啻自己將攻擊招架方法的範圍縮小。

我嘗見有以太極拳教授徒眾為業的，因徒弟詢問架式中手法用處，他勉強解說，謂扇通背是用手招架敵人的手，左手向敵人胸膛打去；海底針是以右手食指戳敵人肛門，肛門又稱海底，所以謂之海底針。嗚呼！如此解釋太極拳用法，則太極拳的用法，豈不是極笨極無理嗎？此種人可說是根本不明瞭太極拳的原理。或有問曰：「誠如爾所說，太極拳既不要快，又不用

力，平常練習時又不能想像如何攻擊招架，卻用什麼去和人比試？」我說我們練習拳術的人，無論是練太極拳，或其他拳術，都應該知道這個快字意義，不是兩手伸縮迅速謂之快，也不是兩腳進退迅速謂之快，同具一樣的手腳，伸縮進退迅速的程度，除卻老邁龍鍾，及疲弱殘疾的人，大概都相差不遠；須知快慢的分別，重在兩隻眼睛，但是同具一樣的兩隻眼睛，卻又有什麼分別呢？就在看機會能迅速與否，敵人沒露出有可乘的機會，手腳儘管打到了他身上，不僅不發生效力，每每轉予敵人以進手的機會。兩人對打時，如何謂之機會呢？在敵人失卻重心的須臾之間，便是機會；兩眼看到了機會，趁這機會進攻，便能將敵人打倒麼，仍不一定，還得不失地位，不失方向纔能有效；因敵人的重心雖失，然須審其偏差所在，從何地進攻，向何方衝擊，方能用力少而成功多；若方向地位未嘗審度停當，敵人原來已失之重心，有時轉因受攻擊而得回復。兩人相打之際，可以進攻之機會，彼此皆時時可以發生，祇苦於以兩眼不能發見，有時發見稍遲，則機會已過，有時因攻擊之地位及方向錯誤，雖進攻不能發生效力，也是錯過了機會。練推手聽勁，就是重在尋機會，及練習何種機會，應從何地位何方向進攻，兩眼能不失機會，進攻又不能失機會方向，便是武藝高超，全不在手腳如何迅速；分別工夫的深淺，武藝的高下，完全在此；若不待機會，不明方向地位，祇算是蠻打蠻揪。在練他種拳術的，每有自恃氣力剛強，練就二三手慣用手法，不顧人情如何，動手就一味橫衝直擊，屢能制勝，因而成名的。練太極拳的，卻根本上不能產出這種人材；太極拳之所以練不用力，於練架式之外有數種推手方法，就是要練習的人，從拳術根本上做工夫，不可注意一部的動作。學外家拳打樁板推砂

包等動作，或問練太極拳時候，若以餘力兼練打樁板推砂包等動作，應該祇有利益，沒有妨礙。我說如何沒有妨礙，並且有絕大妨礙，因為太極拳以圓活為體，所以在練習架式的時候，務使全身鬆散，久久自能圓活無礙，有一寸許處著力，則必停滯，何況打樁板推砂包專用蠻力呢！練太極拳所得的是彈勁，打樁板、推砂包所得的是直力；太極拳最忌直力，原富有直力者，練太極拳尚須漸次使直力化為彈勁，必完全變化之後，方能得太極之妙用，豈可以練太極的時候，兼練根本相反之直力。或又問練太極拳的素來不注意樁步，練習架式時又全不用力，因之下部力量加增甚緩，和人比試起來，每苦下部不穩，容易受敵人牽動；打樁板、推砂包的結果不能增長直力，誠有妨礙於太極圓活之體，若祇兼習站樁步，使下部增加穩實的程度，應該是有益無損，究竟如何呢？我說萬不可有此畫蛇添足的舉動，須知下部穩實與否，全繫於練習架式時，是否能實在氣沉丹田，如練有相當的工夫，確實能於每一呼吸之中，都注意氣沉丹田，則下部決無不實之理。還有一層道理，應當明瞭，和人比試的時候，其所以容易受人牽動，或被衝退，其病並不在下部不穩，實乃腰腿不活之故；腰腳能活，則站走隨意，沒有與敵人相頂撞的時候，又何至有牽動下部與被敵人撞退之事。

外家拳每有用剛勁衝擊敵人之手法，無不丟不頂之原則；所以初練拳時，須注重樁步；然腰腿亦貴能活，如腰腿全無工夫，休說是兩腳立在地上，全身堅立，穩不到如何程度；即釘兩木樁於地下，用繩將兩腳綁緊其上，也一般容易打倒。嘗有武功純熟的人，兩腳或一腳立懸崖，壯士五六人推挽不動，觀者莫

不侘為樁步穩實；其實與立懸崖邊之腳，並無何等關係，完全由於腰腿靈活，能將著身之力引向空處；太極拳論中所謂引動落空，術語謂之化勁者也；越遇著強硬地方，越可以顯出力的效用。譬如槍彈砲彈，越是打在堅硬之處，越能發揮他的侵激力，此理是極易明瞭的。所以太極拳不以強硬為體，務必練成極柔極軟，以不丟不頂為原則，使敵人雖有大力，不能發揮。如練習站樁，以敵人推挽不動為目的，豈不是與不丟不頂的原則相反嗎？若練太極拳有站樁之必要，則古人必早於推手方法之外，傳有站樁方法；常見有練太極拳之人，於推手的時後，在掤履擠按四手之外，任意出手或多方阻礙，使不得按規定次序推揉，工夫生疏的每致停滯，不知應如何走法；其多方阻礙之動作，術語謂之拿，即拿住不放之意；此類推法不能沒有，僅可練習的一部分工作，不能以此為基本練習；好處在使練習的人容易明白粘走變化的方法，又能使觸覺增加靈敏。無論何種技藝，皆是熟能生巧，一方面練拿，拿即是粘；一方面練走，自然由熟可以得巧。然則何以僅一部份工作，不能作基本練習呢？因為能粘與不能粘，能走與不能走，全在功夫的深淺；若沒有相當的工夫，儘管知道粘走的方法，仍是粘不住、走不了。基本練習，還是按著規矩推手掤履擠按四手，認真分析，不可苟且媽糊放過。推手也是一個太極的圓圈，在一個圓圈之中，分出掤履擠按四手，掤、擠為半圓，履按為半圓，本係聯貫而成，故一手忽略，則全圓因之破壞；在這四手聯貫成一大圓圈之中，於彼此皮膚接觸之處，每手又各成一小圓圈，每於小圓圈中，又分半圓為粘，半圓為走，兩手同時粘走，虛實須得分清，若不分清，即犯双重；兩手虛實分清後，便得注意到一手虛中之實，實中之虛；不然則一手之中亦犯双重，其

弊害與犯兩手双重相等。無論練架與推手，皆須注意尾閭及脊
樑，所有動作。蓄發須於此；脊樑須中正，不偏不倚，因動作
不從尾閭發端，方足以身體運動四肢，不是以四肢牽動身體。
尾閭有圓圈，則各部的圓圈，能粘能走；如尾閭不起作用，各
部的圓圈，也都失了粘走之效。

....

楊澄甫、吳鑑泉均以專練太極拳，有重名於北平。或曰楊澄甫
善發人而不善化，吳鑑泉善化人而不善發，以是二人均有缺陷，
各兼有其長，則盡太極之能事矣。我曰事或有之，於理則殊不
可通；因發與化似二而實一，不能發則不能化，不能化亦不能
發；故經曰：粘即是走，走即是粘。不過原來體格強壯，氣力
充足之人，發人易遠而乾脆；楊體魁梧，且嘗聞與其徒推手時，
常喜自試其發勁，故其徒皆稱其善發人；吳為人性極溫文，且
深於世故，不論與誰推手，皆僅守範圍，不逼人，不拿人，人
亦無逼之拿之者。聞其在北平體育學校教太極拳時，學者眾多，
皆年壯力強，與吳推手，任意進退，吳推化之，使不逞而已，
始終未嘗一發；故人疑其祇善化而不善發。我謂若吳亦嘗發人，
但發而不能動或動而不能遠，則疑其不善發人猶可，今吳始終
未嘗一發人，證其平日溫文之性格，可斷其為不欲無端發人，
拈人尤怨，非不善於發人也。我以北來略遲，於楊、吳二君，
皆未謀面，然深信二君，皆為當今純粹練太極拳之名宿，絕未
攙雜他種拳法，以圖討巧，其工夫火侯，實不可軒輊。

在外家拳盛行之今日，欲求專練太極拳如二君者，恐未易多
得；惜負提倡國術者，不知物色人材。聞二君刻均不在首都國

術館，頃城當國時，幕中有宋書銘者，自稱謂宋遠橋之後人，頗善太極拳術，其時以拳術著稱於北平之吳鑑泉、劉思授、劉采臣、紀子修等皆請授業，究其技之造詣，至何等程度，不之知也。宋約學後不得轉授他人，時紀子修已年逾六十，謂宋曰：某因練拳者，一代不如一代，雖學者不能下苦工夫，然教者不開誠相授，亦為斯技漏骨之一大原因；故不辭老朽，拜求指教，即為異日轉授他人地也；若學後不得轉授，某已年逾六十，將於泉下教鬼耶。遂獨辭出，其從遊者，終無所得。蓋宋某拳師之習氣甚深，其約人之不得傳授他人，即不啻表示不肯以技授人也。太極拳架式，各家所傳，皆有區別；然不論其手法及姿勢如何不同，其從首至尾，須一氣呵成，中間不能停滯，以滿身輕利、氣沉丹田為原則則一也。依此原則，又能時時注意陰陽虛實變換，免除雙重之弊，雖無明師指導，亦自有豁然貫通之日。練架式既練有真實工夫，則推手必容易進步，且不難出人頭地。如練架式不下苦工，專從推手中覓作用，天資縱高，亦不過推得兩手靈巧而已，身上功夫，即增長，亦屬有限。我自乙丑（1925）年五月，從事練習太極拳架式，迄今不過四年餘（1930），前後已四易架式；因每從一人研究，即更換其人所傳架式，當時亦頗認為有更換之必要，及練習既熟，始悟四種架式不同者，僅其外表動作，精神則絕少差異。其有因各人傳授之不同，而互相詆誹者，將未身經練習及入主出奴之惡習未忘耳。練太極拳者，每有存心輕視外家拳之習氣；論拳理，太極拳自較外家拳精細，但外家拳亦自有其好處。如練太極拳未練至能自由運用之程度，則尚不如外家拳遠甚。此番南京考試之結果，便可證明練太極拳者不如練外家拳容易致用也。

上文就是向愷然的文章載錄，其中包含了〈養生記逍〉所載有關太極拳論說的絕大部分，而且文字用語也幾乎完全相同。在上文中，已經把跟〈養生記逍〉相同的文句，用粗黑體字表示，而且句子之前加上編號，只要將有編號的語句按編號的順序前後連接，幾乎就可以組成跟〈養生記逍〉一樣的文字段落。以下用向愷然的文句，按〈養生記逍〉的文字順序排列，再對照〈養生記逍〉，以便比較如下：

	〈養生記逍〉	〈向愷然先生練太極拳之經驗〉
①	太極拳非他種拳術可及；	太極拳非他種拳術所能及。
②	太極二字已完全包括此種拳術之意義。太極乃一圓圈，太極拳即由無數圓圈聯貫而成之一種拳術。無論一舉手、一投足，皆不能離此圓圈。離此圓圈，便違太極拳之原理。	太極二字，完全包括了這種拳術的意義。太極就是一個圓圈，太極拳也就是由無數的圓圈聯貫而成的一種拳法；無論一舉手，一投足，皆不能離這個圓圈，離了這個圓圈，就違背了太極的原理。
③	四肢百骸，不動則已，動則皆不能離此圓圈，	四肢百骸，不動則已，動則皆不能離圓圈。
④	處處成圓，隨虛隨實。	處處成圓，處處隨虛隨實；
⑤	練習以前，先須存神納氣，	練習時能注意到存神納氣；
⑥	（練習以前）靜坐數刻；並非道家之守竅也。祇須屏絕思慮，務使萬緣俱靜，	練習架式以前，以若干分鐘練習靜坐，此種靜坐法並不如道家一般的守竅，祇要屏寂思慮，務使萬緣都淨，
⑦	以緩慢為原則，以毫不使力為要義。自首至尾，聯綿不斷。	以緩慢為原則，以毫不使力為要義；而一趟架式，自首至尾，連綿不斷，
⑧	相傳為遼陽張通，於洪武初奉召入都，路阻武當，夜夢異人，授以此種拳術。	相傳為遼陽張通，於洪武初年奉召入都，路阻武當，夜夢玄武大帝授於拳法，

| ⑨ | 余近年從事練習，果覺身體較健，寒暑不侵。用以衛生， | 近年練習之， |
| ⑩ | 誠有益而無損者也。 | 有益無損， |

上面向愷然的文章，是他對太極拳研究的經驗談，全文前後一貫，並非東抄西湊而成的，是他自己原創的，所以，並沒有順序的問題。而〈養生記逍〉的文句，很明顯是從向愷然的文章中截取而來，雖然經作者的修飾、連接、重組，但是還是有些突兀之處，如說太極拳出於遼陽張通，夜夢異人，授以拳法，下面就不再說了，忽然又說到自己練習太極拳，語句跳脫不全的感覺相當明顯。在「靜坐數刻」之後，就立刻說「並非道家之守竅」，語句的連接也不順，反觀向愷然的「以若干分鐘練習靜坐，此種靜坐法並不如道家一般的守竅」，就順達多了。

向愷然寫文章，自有其風格，他自己曾經明白地說：「篇中時有文言口語雜操之處，隨手寫來，但求達意，不及修改，閱者諒之。」從上面的對照來看，〈養生記逍〉的作者把向愷然那種「文言口語雜操之處」，一律改為比較合乎文言的語句用詞。比如把「這種」改為「此種」，「的」字換成「之」，「就是」寫為「乃」，「也就是」變作「即是」，「若干分鐘」改為「數刻」，「祇要」作「祇須」等，這是最平易的文言文句式，一般有基本文言能力的人都能做到的。

〈養生記逍〉的作者也作了一些精簡的處理，如把「處處成圓，處處隨虛隨實」一句，刪掉「處處」兩字；在「毫不使力為要義」後，刪去「而一趟架式」都是。

另外，〈養生記逍〉也有改變用詞的，如「玄武大帝」就改成「異人」，可能是因為「玄武大帝」含有較濃的宗教色彩的緣故。又

他把「若干分鐘」改為「數刻」，要知道一「刻」約是現在十五分鐘，「數刻」就將近一個小時了；在太極拳的練習習慣上，這樣的作法是不合理也不需要的，因為太極拳在運動的過程中，即有平心靜慮的效能，專意收攝的趨向，所以，祇須要在練習前作三至五分鐘的靜態收斂，平思淨慮，即可進入情況，並不需要「數刻」之久。由此看來，〈養生記逍〉的作者對太極拳運動的認知是陌生的，想當然爾的。當然文中也有作者所加上的連接用的語句，如「果覺身體較健，寒暑不侵。用以衛生」，這是向文中沒有的。

從以上的比較，可以確定地說，〈養生記逍〉有關太極拳的那段文字，確是從向愷然的文章截取而來的，這已是毫無疑問的了。進一步要探究的，是向愷然這篇文章的寫作時間在甚麼時候呢？這會影響到〈養生記逍〉的偽作時間認定問題。然而，從各種相關資料中，對這個問題都沒有直接的說明，所以，必須從其他方面著手。

向愷然的這篇〈練太極拳之經驗〉一文，據查考最常見載於吳志青編著的《太極正宗》一書裡[129]，這本書最早出版時間，是民國二十五年（1936）上海大東書局印行的，書中有太極拳名家陳微明評定，也有胡樸安評定。在向愷然的文章裡就有提到陳微明，他是向愷然學太極拳的老師之一，《太極正宗》書裡也收錄了一篇〈陳微明先生教授太極拳之經驗談〉一文。[130]吳志青本身也是太極拳的名家，是楊澄甫一九一八年收的弟子，經楊澄甫傳授太極拳十餘年，對太極拳的認識、功夫與經驗修為各方面，實非泛泛之學；一九四〇年前後，在雲

---

129 吳志青編撰：《太極正宗》（臺北：宏業書局，1969年），下編：〈各家太極拳論著〉第七章〈向愷然先生練太極拳之經驗〉，頁237-271。以下引用同書，不另贅版權。
130 吳志青編撰：《太極正宗》，下編：〈各家太極拳論著〉第六章。

南省昆明市西南聯合大學，當時吳志青任職為武術教授。[131]也就是
說，吳志青所選錄的各家太極拳論著，應該都是以行家的眼光來挑選
當時太極拳名家的心得、精髓；向愷然在諸多名家中，雖然不算是武
術大師，但是他很能說明太極拳的原理，分析武術中各家各派的不
同，論說頗為精到，當時是十分被重視的。

　　吳志青的《太極正宗》出版於民國二十五年（1936），也就是足
本《浮生六記》出版後的第二年。不過，向愷然的文章不是民國二十
五年才寫的，而是在這之前就已經寫成的，這可以根據文中的敘述來
探求。文章裡向愷然從前清丁未（1907）聽說起北方練拳術的人有一
派是練太極拳的，但是未能親自看到。直到民國癸丑年[132]（二年，
1913）仍沒有機會看到太極拳。直到乙丑年（民國十四年，1925）五
月，才遇見陳微明先生，才得有機會從事研究太極拳幾個月。[133]而他
在文章的最後一段說：「我自乙丑（1925）年五月。從事練習太極拳
架式。迄今不過四年餘。前後已四易架式。」[134]那麼，他寫這篇文章
的時間，應該在民國十九年至二十年（1930-191）之間。

　　除此之外，在吳志青的《太極正宗》書裡，向愷然的文章前面，
第六章是〈陳微明先生教授太極拳之經驗談〉一文[135]，文中說：「余創
辦致柔拳社，教授太極拳，於茲五年有餘。」根據向愷然所說：「到
乙丑年（民國十四年，1925）五月。幸有一位陳微明先生。從北京來

---

131 參考吳孟俠、吳兆峰著：《太極拳九訣八十一式注解》〈前言〉，吳孟俠所言。吳孟俠
　　的弟子齊德居著：《太極拳體用論據》（香港：天地圖書公司出版，2004年1月），第
　　二節〈太極拳九訣、五要、八十一式〉中第一小節〈師傳與承系〉裡的敘述。
132 原文是癸卯，但是應當是癸丑，即民國二年（1913）。
133 吳志青編撰：《太極正宗》第七章〈向愷然先生練太極拳之經驗〉，頁237-238。
134 吳志青編撰：《太極正宗》第七章〈向愷然先生練太極拳之經驗〉，頁270。
135 吳志青編撰：《太極正宗》第七章〈向愷然先生練太極拳之經驗〉，頁236。

到上海。以所從楊家學得的太極拳。設一個致柔拳社。專教人練習。我得這個機會。纔從事研究了幾個月。」[136]那麼，陳微明寫文章的時間，也應該是民國十九、二十年（1930-1931）左右。這可能是吳志青同時向陳微明、向愷然請託撰寫有關太極拳的論著，所以兩篇文章的時間很接近。

還有一點，在向愷然自述的〈自傳〉裡，他曾經說過：「民國十九年（1930）到上海，仍以賣文為業，所寫多提倡國術的短篇文字。流行社會的有《拳術見聞錄》、《拳術傳薪錄》、《拳師言行錄》、《獵人偶記》等書。」那麼，這一篇〈練太極拳之經驗〉，也應該是這個時段的作品了。

確定了這篇文章的寫作時間，是在民國十九至二十年之間，而足本《浮生六記》中的〈養生記逍〉既然抄錄了這篇文章裡的文句，那當然就應該是在民國十九至二十年之後的事了。

根據林語堂先生在《浮生六記》英譯自序後附記中說：

> 上序于《天下》英文月刊本年八月創刊號發表後，正在托舊書舖在蘇州常熟訪求全本（聞虞山素有世代書香之風，私人藏書者甚多）。過兩星期得黎厂由甬來札，謂全本已為蘇人王均卿老先生（文濡，即說庫編者）所得，而王又適於二月前歸道山。過數日又見《新園林》鄭逸梅先生記均卿先生發現全本事。訪之，謂親聞于王，于去年發現；此書或已付印，或在遺稿中，不甚了了。[137]

---

136 吳志青編撰：《太極正宗》第七章〈向愷然先生練太極拳之經驗〉，頁238。

137 林語堂：〈《浮生六記》英譯自序〉後之附記，《林語堂書話》，資料來源：博爾塔拉

這篇序言附記寫在民國二十四年（1935）十一月，其中說王均卿在「去年」發現了足本的《浮生六記》，那就是民國二十三年的事。這個時間剛好就在向愷然寫〈練太極拳之經驗談〉後不太久，時間上是配合得上的；而且上海跟蘇州兩地相距不遠，向愷然的文章應該很容易找得到的。

　　至於〈養生記逍〉的作者為甚麼要抄錄一段有關太極拳的名家言論到文章裡呢？因為就上面的分析裡，可知偽作者對太極拳並不是很有瞭解的，將不瞭解的事隨便抄錄進來，是很容易露出破綻的；在明、清時期裡有關養生方面的著述裡，很少會提到太極拳的，因為那時候太極拳還不普及流行。而就筆者推測，那是因為《因是子靜坐法正編》的最後一段，有談到靜坐的靜態修練與動態修練配合的觀念；《因是子靜坐法·正編》說：

> 〔動與靜應兼修〕古來養生法，本有外功與內功兩種。外功看重身體的運動，例如八段錦及近年來流行的太極拳都是；大概專門呼吸習靜，不使身體活動活動，是有偏差的；所以必須兼習外功。八段錦最簡單，太極拳比較複雜，必須請教老師傳授，如果沒有功夫去學，是每天做體操也可以的。內功也許多種類，然總離不了呼吸習靜，因為呼吸習靜是內功的基礎。我從前所寫的靜坐法，未曾提及外功，是一個缺點。我練習太極拳二十餘年，近來仔細體驗，知道它對呼吸習靜大有幫助。所以動與靜兼修，是不可偏廢的。單修外功，不修內功，固然不可；單修內功，不修外功，也是不宜。特地在這裏鄭重提及，

教育電子圖書資料，網址：http://www.xjbzedu.gof.cn/ebook/t0112/0295.pdf），頁213。原載《人間世》第40期（1935年11月20日）。

希望讀者注意。[138]

從《因是子靜坐法》這一段文字,可以看出蔣維喬對太極拳的推崇,說它對呼吸習靜大有幫助。所以,〈養生記逍〉的作者根據這一個觀念脈絡,去找尋有關太極拳的論說,於是就從向愷然的文章裡截錄、組合了他所需要的部分,組成了〈養生記逍〉有關太極拳的那一段文章了。由此可以看到〈養生記逍〉的形成過程,是環環相扣,牽連引帶的。

要補充說明的,是趙苕狂先生本來是最有可能首先發現《浮生六記》後二記是偽作的,因為他在審查所謂足本《浮生六記》之前,曾經為平江不肖生向愷然的武俠著作《江湖奇俠傳》寫了一篇序文。序裡說:

> 我少時讀太史公之〈游俠傳〉,未嘗不眉飛色舞,呼取大白相賞也。及長,又讀琴南翁所譯之〈髯刺客傳〉,又未嘗不眉飛色舞,呼大白而相賞也。自後,飢來驅我,行役四方,遂廢讀書之樂。即偶有所讀,強半又為風懷窅渺之詞、兒女綺麗之作,欲求能鼓盪我心、激勵我志,如彼〈游俠傳〉、〈髯刺客傳〉二書者,迄未可得也。
> 茲者,傭書海上,世界書局主人沈君忽以不肖生所著之〈江湖奇俠傳〉相示,則巨幹盤空,奇枝四苗,豪情俠態,躍躍紙上,固可與前之二書,鼎足而三也。不禁色然而喜,躍然而興,而前日讀書之樂,不啻復一溫之目前矣。所可慨者,則前此我方在血氣未定之時,跳踉叫嚚,竊欲取書中人以自況;今

---

138 蔣維喬著:《因是子靜坐法》(臺北:圓明出版社,民國79〔1990〕),頁74。

則中年哀樂，壯氣全消，不復有此豪情矣。斯可哀耳！

至此書措詞之妙，運筆之奇，結構之精嚴，布局之老當，固為不
肖生之能事。凡愛讀不肖生文字者，類能言之。且每章之末，復
有施子濟群為之加評，朗若列眉，固不待余之詞費矣。是為序。

民國十二年暮春　苕狂書于海上之憶鳳樓[139]

如果趙苕狂能夠從一九三三年起，持續看向愷然的作品，也對太極拳
有一些了解的話，再加上他跟朱劍芒的討論，應該可能很容易早就發
現〈養生記逍〉裡，摽竊向愷然太極拳論文的語句，並明確指出這本
所謂足本的《浮生六記》後兩記是偽續的贗品。

　　筆者所能找尋到有關〈養生記逍〉中資料的來源，大致如上；這
已經能根據〈養生記逍〉資料來源的時間，確定〈養生記逍〉的偽作
時間應該在民國十九年（1930）之後。據此可以排除所有民國十九、
二十年以前偽作的論調，當然更不可能是沈三白所作了。

六　剩餘部分的說明

　　到現在為止，〈養生記逍〉的文章資料來源，還有一少部分仍然
沒有明顯的著落；不過，其中有些文章段落是可以根據推理而論的，
也可以說還是有來源的。就如其中第一段：

自芸娘之逝，戚戚無歡，春朝秋夕，登山臨水，極目傷心，非

---

139 向愷然著：《江湖奇俠傳》（臺北：聯經出版事業公司，近代中國武俠小說名著大
　　系，民國73年〔1984〕），第一冊，書前所附趙苕狂〈原序〉，頁1。

悲則恨。讀〈坎坷記愁〉，而余所遭之拂逆可知也。

這一段應該是作者根據〈坎坷記愁〉裡結尾的內容，寫芸娘去世之後，沈三白的心情，在〈養生記逍〉的起首，先作一番追述與連接，以顯得六記是一氣呵成，出於一手的；文句應該是作者自己擬撰的。

第三段的文句，很明顯是從《莊子》裡轉化而來的。由於《浮生六記》原來的第六記名稱是〈養生記逍〉，談到「養生」，很容易讓人想到《莊子》的〈養生主〉，而歷來有關養生的書裡，也都常常引用《莊子・養生主》裡的文句來引重發揮；所以，作者就從《莊子》入手，開展一段由「非悲即恨」的心情，轉而為「自遣」、「作達」。

因為前面第一段已先說沈三白的妻子芸娘去世，使沈三白心情「非悲即恨」，所以，作者就引用《莊子・至樂》篇「鼓盆而歌」的內容作為典故，把沈三白比作莊子，才能「自遣」喪妻之痛，翻作豁達。〈養生記逍〉說：

> 惟以《南華經》自遣。乃知蒙莊鼓盆而歌，豈真忘情？無可奈何，而翻作達耳。

《莊子・至樂》篇說：

> 莊子妻死，惠子弔之，莊子則方箕踞鼓盆而歌。惠子曰：「與人居，長子老身，死不哭，亦足矣，又鼓盆而歌，不亦甚乎！」莊子曰：「不然。是其始死也，我獨何能無概然！察其始而本無生；非徒無生也，而本無形；非徒無形也，而本無氣。雜乎芒芴之間，變而有氣，氣變而有形，形變而有生。今

又變而之死。是相與為春秋冬夏四時行也。人且偃然寢於巨室，而我嗷嗷然隨而哭之，自以為不通乎命，故止也。[140]

其實，〈養生記逍〉的作者所說「翻作達耳」的概念，可能參考了《莊子》的註解。註解說：「未明而慨，已達而止，斯所以誨有情者，將令推至理以遣累也。[141]」在歷史上，也有人對莊子鼓盆而歌的解讀與詮釋，認為莊子並非真的闊達；像宋代的王得臣作《麈史》一書，書裡說：「莊周號為達觀，故能齊萬物，一生死；至於妻亡則鼓盆而歌。夫哀樂均出於七情，周未能忘情，強歌以遣之，其累一也，奚為是紛紛與？」[142]而他引用莊子喪妻的故事來類比，從而轉化出豁達的想法，用以連接〈坎坷記愁〉轉而為〈養生記逍〉，這是一個非常精彩的處置，可以看得出作者設計的用心，以及文學心思的素養。

接著〈養生記逍〉的作者根據《莊子·養生主》的文句與思想，組織了下面的一段文字：

> 余讀其書，漸有所悟。讀〈養生主〉而悟達觀之士，無時而不安，無順而不處，冥然與造化為一，將何得而何失，孰死而孰生耶？故任其所受，而哀樂無所錯其間矣。⋯⋯庶幾可以全生，可以盡年。

---

140 〔清〕郭慶藩著：《莊子集釋》（臺北：漢京文化事業公司，民國72年〔1983〕），頁614-615。以下引用同書，不另贅版權。

141 〔清〕郭慶藩著：《莊子集釋》，頁615。

142 〔宋〕王得臣著：《麈史》（《知不足齋叢書》本），卷二，頁13。〔明〕張萱著：《疑耀》（臺北：商務印書館，《四庫全書》本，冊856，子部雜家類，雜考之屬），卷二中亦有類似之言。

這一段文字，引用了《莊子‧養生主》中的兩段文句，《莊子‧養生主》說：

> 吾生也有涯，而知也無涯。以有涯隨無涯，殆已！已而為知者，殆而已矣！為善無近名，為惡無近刑，緣督以為經，可以保身，可以全生，可以養親，可以盡年。[143]

〈養生記逍〉所說的「可以全生，可以盡年」兩句，就是用了《莊子》的原文。〈養生主〉又說：

> 老聃死，秦失弔之，三號而出。弟子曰：「非夫子之友邪？」曰：「然。」「然則弔焉若此，可乎？」曰：「然。始也吾以為其人也，而今非也。向吾入而弔焉，有老者哭之，如哭其子；少者哭之，如哭其母。彼其所以會之，必有不蘄言而言，不蘄哭而哭者。是遁天倍情，忘其所受，古者謂之遁天之刑。適來，夫子時也；適去，夫子順也。安時而處順，哀樂不能入也，古者謂是帝之縣解。」[144]

這裡所說的「安時而處順，哀樂不能入也」，就是〈養生記逍〉文句的思想核心。不過，〈養生記逍〉中的文句，其實並不是作者讀〈養生主〉的心得體悟，而是作者抄錄了〈養生主〉中「安時而處順，哀樂不能入」兩句的郭象注解文句。郭象的註解原文如下：

> 夫哀樂生於失得者也。今玄通合變之士，**無時而不安，無順而**

143　〔清〕郭慶藩著：《莊子集釋》，頁115。

144　〔清〕郭慶藩著：《莊子集釋》，頁127-128。

不處，冥然與造化為一，則無往而非我矣，將何得何失，孰生
孰死哉！故任其所受，而哀樂無所錯其閒矣。[145]

〈養生記逍〉作者把首句以及「則無往而非我矣」兩句刪除，將「玄
通合變之士」改作「達觀之士」，又在「何得何失」、「孰生孰死」中
加上兩個「而」字，其他的就照抄郭象的註解文字了。

〈養生記逍〉這一段還有提到《莊子・逍遙遊》。至於為甚麼要
提到〈逍遙遊〉呢？我們都知道，在足本《浮生六記》出現之前，所
有的《浮生六記》都只有前四記，而後兩記是有目無詞的；後兩記的
篇目是〈中山記歷〉、〈養生記道〉。而足本《浮生六記》的最後一
記，篇題卻變成〈養生記逍〉。這一點不同，朱劍芒在民國二十四年
上海世界書局印行的第一版《足本浮生六記》後面，就寫了一篇
〈《浮生六記》讀後附記〉，其中就提到這一點說：

不過，我在這首尾完整的本子上，發現兩個小小疑問：一、以
前所見不完全的各本，目錄內第六卷是〈養生記道〉，現今這
個足本，卻改了〈養生記逍〉。單獨用一「逍」字，似乎覺得
生硬。……至於〈養生記道〉和〈養生記逍〉的不同，考之最
初發見殘本《浮生六記》的楊引傳，他那〈序〉上曾說是作者
的手稿，現在王先生搜得的足本，也是鈔寫的本子；究竟哪一
本是作者墨蹟，雖無從證明，而輾轉鈔寫，亦不免有魯魚亥豕
之處。「道」和「逍」的形體相像，我們可堅決承認，後者或
前者總有一本出於筆誤的。[146]

---

145 〔清〕郭慶藩著：《莊子集釋》，頁129。

146 〔清〕沈復著，趙苕狂考，朱劍芒校：《足本浮生六記》（上海：上海書店。根據
  國學整理社1936年版複印，《美化文學名著叢刊》第六種），書後附記，頁1-2。

而號稱對《浮生六記》研究最有成果的陳毓羆先生，也僅僅只是贊成朱劍芒的觀點，沒有作任何補充[147]。然而他們都忽略了一件很重要的事，就是這個〈養生記逍〉的「逍」字，跟內文是有密切相關的，也就是內文的第三段裡，明確地引用《莊子・逍遙遊》來發揮，而且這一段分明就是整篇〈養生記逍〉的綱領與題解，文中在談過〈逍遙遊〉之後，還說「此〈養生記逍〉之所由作也」；因此，可以確定〈養生記逍〉這個篇題，跟內文是相應的。內文不可能全部抄錯，那篇題也就不是抄錯的問題，而是作者有心突顯這個足本的價值，用以對比出殘本的缺失，故意製造出來的差異；這在前面第三節中已經討論過了。

〈養生記逍〉引述《莊子・逍遙遊》，而加以發揮的說：

> 又讀〈逍遙遊〉，而悟養生之要，惟在閑放不拘，怡適自得而已。

偽作者他從〈逍遙遊〉而體悟養生要旨。不過，他所說的養生要旨「閑放不拘，怡適自得」這兩句話，其實也是抄來的。這兩句話是抄自《莊子・逍遙遊》篇題下《經典釋文》所說的文句。原句說：

> 遊，如字；亦作游。〈逍遙遊〉者，篇名，義取閑放不拘，怡適自得。[148]

至於後面所寫的「始悔前此之一段癡情，得無作繭自縛矣乎？此〈養生記逍〉之所為作也。亦或采前賢之說以自廣，掃除種種煩惱，惟以

---

147 陳毓羆著：《沈三白和他的《浮生六記》》（臺北：大安出版社，1996年11月），頁 54。

148 〔清〕郭慶藩著：《莊子集釋》（臺北：漢京文化事業公司，民國72年〔1983〕），頁2。

有益身心為主，即蒙莊之旨也。」應該就是作者自己的話，用來承前起後，更用「或采前賢之說以自廣」來掩飾後面大量抄錄別人養生資料的事實，可謂用心良苦。

剩下現今暫時還無法查考到的部分，分列如下：

近人有詩云：「人生世間一大夢，夢裡胡為苦認真？夢長夢短俱是夢，忽然一覺夢何存。」與樂天同一曠達也。

樂即是苦，苦即是樂，帶些不足，安知非福；舉家事事如意，一身件件自在，熱光景，即是冷消息。聖賢不能免厄，仙佛不能免劫，厄以鑄聖賢，劫以煉仙佛也。

牛喘月，雁隨陽，總成忙世界。蜂採香，蠅逐臭，同是苦生涯。勞生擾擾，惟利惟名，牿旦晝，蹶寒暑，促生死，皆此兩字誤之。以名為炭而灼心，心之液涸矣；以利為蠆而螫心，心之神損矣。今欲安心而卻病，非將名利兩字，滌除淨盡不可。

余讀柴桑翁〈閑情賦〉，而嘆其鍾情。讀〈歸去來辭〉，而嘆其忘情。讀〈五柳先生傳〉，而嘆其非有情，非無情。鍾之忘之，而妙焉者也。余友淡公最慕柴桑翁，書不求解而能解，酒不期醉而能醉。且語余曰：「詩何必五言，官何必五斗，子何必五男，宅何必五柳。」可謂逸矣！

余夢中有句云：「五百年謫在紅塵，略成遊戲；三千里擊開蒼海，便是逍遙。」醒而述諸琢堂，琢堂以為飄逸可誦，然而誰能會此意乎？

吳下有石琢堂先生之城南老屋，有五柳園，頗俱泉石之勝。城市之中，而有郊野之觀，誠養神之勝地。有天然之聲籟，抑揚頓挫，蕩漾余之耳邊。群鳥嚶鳴林間時，所發之斷斷續續聲，微風振動樹葉時，所發之沙沙簌簌聲，和清溪細流流出時，所發之潺潺淙淙聲，余泰然仰臥於青蔥可愛之草地上，眼望蔚藍澄澈之穹蒼，真是一幅絕妙畫圖也。以視拙政園一喧一靜，真遠勝之。

吾人須於不快樂之中，尋一快樂之方法。先須認清快樂與不快樂之造成，固由於處境之如何？但其且要根苗，還從己心發長耳。同是一人，同處一樣之境，甲卻能戰勝劣境，乙反為劣境所征服。能戰勝劣境之人，視劣境所征服之人，較為快樂。所以不必歆羨他人之福，怨恨自己之命，是何異雪上加霜，愈以毀滅人生之一切也。無論如何處境之中，可以不必鬱鬱，須從鬱鬱之中，生出希望和快樂之精神。偶與琢堂道及，琢堂亦以為然。

家如殘秋，身如晨晚，情如騰煙，才如遣電。余不得以而游於畫，而狎於詩，豎筆橫墨，以自鳴其所喜，亦猶小草無聊，自矜其花；小鳥無奈，自矜其舌。小春之月，一霞始晴，一峰始明，一禽始清，一梅始生，而一詩一畫始成。與梅相悅，與禽相得，與峰相立，與霞相揖。畫雖拙而或以為工，詩雖苦而自以為甘。四壁已傾，一瓢已敝，無以損其愉悅之胸襟也。

大概受病之始，必由飲食不節。儉以養廉，澹以寡慾，安貧之道在是，卻疾之方亦在是。

> 余不為僧而有僧意，自芸之歿，一切世味，皆生厭心；一切世
> 緣，皆生悲想。奈何顛倒不自痛悔耶！近年與老僧共話無生，
> 而生趣始得。稽首世尊，少懺宿愆。獻佛以詩，餐僧以畫，畫
> 性宜靜，詩性宜孤；即詩與畫，必悟禪機，始臻超脫也。

以上所列的，雖然暫時無法得知是從哪裡來的，然也不影響前面所達
成的結論。不過，它們的存在依然是有作用的。比如說「吳下有石琢
堂先生之城南老屋」一段，提到五柳園、拙政園，可見作者對蘇州當
地的環境是相當熟悉的；而且這一段文章的筆調，也是民國早年時代
的文筆風格，是顯而易見的。而「尋快樂之方法」那一段，就如林語
堂、陳毓羆兩先生所說的，風格就如梁任公、十里洋場上「禮拜六
派」的格調。[149]

---

149 陳毓羆著：《沈三白和他的《浮生六記》》（臺北：大安出版社，1996年11月），頁
79。

第四章

結論

　　大陸曾有人提出近代三大偽書：一是《當代名人軼事大觀》，署名吳趼人所作；二是《石達開日記》；三就是足本《浮生六記》。不過，文中只根據沈復到琉球的時間，與同年沈復至無隱庵遊歷有衝突為說，[1]論證還不如朱劍芒。而現在經過前面詳細的分析，與資料的尋找與核對，得出來的答案，讓我們從此可以完全放心地、肯定地說：今傳足本《浮生六記》後二記——〈中山記歷〉、〈養生記逍〉——確定是偽作的。絕對不是沈復本人親筆所撰寫的那本《浮生六記》裡的〈中山記歷〉、〈養生記逍〉。從前面兩章的分析研究，可以歸納出以下幾點來陳述：

一　足本《浮生六記》後二記：
　　〈中山記歷〉、〈養生記逍〉是偽作

　　這已經是不爭的事實，在前面兩章的分析與核對，就非常明顯，不需要再累贅說明了。但是要提醒的是認定〈中山記歷〉為偽作的根據，與認定〈養生記逍〉是偽作的根據與效用，是不一樣的。

　　認定〈中山記歷〉是偽作，主要是根據對沈三白前往琉球的時間

1　王志振：〈近代三大偽書〉，《合肥晚報》，2002年6月29日。其後頗多書刊、雜誌引用其說。

的考察確定，與足本《浮生六記》裡的〈中山記歷〉所說的時間有差異。足本《浮生六記》裡的〈中山記歷〉指定的時間是嘉慶五年，隨趙文楷、李鼎元為幕客前赴琉球；而根據清朝興化邑人李佳言《昭陽詩綜》裡的〈送沈三白隨齊太史奉使琉球〉兩首律詩，從詩題中明確記載沈復是隨齊鯤出使琉球的，這是最具可信性的材料證明了沈復遊歷琉球的時間是在嘉慶十三年（1808）。所以，足本的〈中山記歷〉內容必然是偽作的。這是根據〈中山記歷〉文本以外的材料來指證作偽的。前輩學者大部分都是在這方面用力，然而這只能證明足本的〈中山記歷〉是偽作，而不能進一步再證明甚麼時間偽作的。當然，對比〈中山記歷〉與李鼎元的《使琉球記》，找出其中衝突的部分，也可以作為偽作的旁證。

　　而〈養生記逍〉就不同了，是根據文本內容的來源作考查，以文本來源的時間性來斷定真偽的。根據管貽葄在他的《裁物象齋詩鈔》裡所寫的〈長洲沈處士三白以《浮生六記》見示，分賦六絕句〉，可知他看過完整的《浮生六記》，時間大約是在道光五年（1825）。以此時間為分界點，將〈養生記逍〉的內容從來源出現的時間分開為道光五年之前，以及道光五年之後兩部分。來源自道光五年以前的材料，作用不大，只能指說沈三白「抄襲」別人的養生心得，而不能直接就說是後人湊集「偽作」的。最有效的材料就是來自道光五年以後才出現的部分，從時間線性的邏輯來看，這可以確定〈養生記逍〉是在甚麼時間的偽作。根據筆者幾年以來的悉心爬羅抉剔，終於找到〈養生記逍〉中出現時間最晚的材料，是「太極拳」那一段文字，原來是出自於向愷然〈練太極拳之經驗〉一文，而考查文章寫作的時間，大約在民國十九年至二十年間（1930-1931）在上海時寫的。這跟王文濡說發現足本《浮生六記》的時間（民國二十三年，1934）時間已經很

接近了。其實這正是偽作者的失策，如果他注意到時間邏輯，完全不採用道光以後的材料的話，那這門公案可真的就沒法子作較徹底的解決了。前輩對〈養生記逍〉研究最深的要推陳毓羆先生了，他指出〈養生記逍〉中有《曾文正公日記》以及張英的《聰訓齋語》的內容，這給後輩很大的指引方向。不過，《曾文正公日記》部分與〈養生記逍〉相同，吳幅員早就說過「已經有人指出」了。[2] 然而他們都沒有好好利用這一部份，至為可惜。

二　排除潘麐生偽作之說

有洪靜淵於一九八二年在《紅樓夢學刊》發表了一篇〈讀《紅樓夢》和《浮生六記》補遺〉的文章，主張後二記的偽作者是潘麐生。文中說：

> 按《浮生六記》原名《紅塵憶語》，又名《獨悟庵叢鈔》。在同治甲戌年間，其書稿為武林刺史潘麐生號近僧所得。……根據光緒年間，我們徽州青溪陽湖管貽葊對《紅塵憶語》的題跋，認為《憶語》只有四篇，後二篇係以沈三白自況之潘麐生所作，並為六記。取名「浮生」者，係本脂評《石頭記》所作「浮生著甚苦奔忙，盛席華筵終散場」之詩意而定名。[3]

對於此一說，陳毓羆先生花了不少唇舌來辯論其非。陳氏以為洪文所

---

2 吳幅員：〈《浮生六記》〈中山記歷〉篇為後人偽作說〉，臺灣《東方雜誌》復刊第11卷第8期（民國67年〔1978〕年2月）。頁77。

3 洪靜淵：〈讀《紅樓夢》和《浮生六記》補遺〉，《紅樓夢學刊》1982年第2輯。

說《浮生六記》原名《紅塵憶語》，又名《獨悟庵叢鈔》，不見於刊本
《浮生六記》及其序跋；而獨悟庵為楊引傳的室名，《浮生六記》在
光緒四年上海申報印行時，做為《獨悟庵叢鈔》中的第一種，《獨悟
庵叢鈔》與《浮生六記》不能混為一談。陳氏之辨，基本正確；不
過，事實上的確是有人把《浮生六記》稱為《獨悟庵叢鈔》的，見於
丁仁所編自家藏書書目的《八千卷樓書目》卷十四子部中，原文說：
「《獨悟庵叢鈔》七卷，國朝沈三白撰，刊本。」[4]陳氏又批評洪文中
稱「武林刺史潘麐生號近僧」事物胡亂斷句，原楊引傳序應該是「武
林葉桐君刺史、潘麐生茂才」。[5]其實洪靜淵的說法也不是空穴來風
的，因為潘麐生的題詞中本來就說過：「惟是養生意懶，學道心違，
亦自覺闕如者，又誰為補之歟！」只是他誤解了潘麐生的意思吧了。

　　陳毓羆所說雖然都正確，但是終究沒有針對洪文的要害來論斷。
如今，根據前面第一點所得的結果，知道偽作者至少是生活於民國二
十年以後的人，如果是潘麐生的話，根據楊引傳本附載的近僧題詞
裡，得知近僧潘麐生的生年，與沈三白剛好相差一甲子，即是道光三
年（1823）癸未，而潘麐生至光緒六年（1880）仍然在世，卒年不可
考；那麼在民國二十年時，潘麐生已經一百零八歲了，他還有心情、
有體力抄向愷然的文章來偽作〈養生記逍〉嗎？答案是顯而易見的。

三　〈中山記歷〉、〈養生記逍〉抄襲比例

　　根據計算，〈中山記歷〉的文字數約一一二九六字，如果除去了

4　丁仁編輯：《八千卷樓書目》（民國十二年〔1933〕鉛印本），卷十四，頁11。
5　參見陳毓羆：《沈三白和他的《浮生六記》》（臺北：大安出版社，1996年11月），頁
　91、92。

抄自李鼎元《使琉球記》的部分，十二首〈竹枝詞〉、屠隆的〈五色雲賦〉、鄭若曾的《琉球圖說》，以及根據前四記而來的文字語句，就只剩下約三百字可能是出自偽作者的手筆，而這約三百字的內容，都是些起頭結尾、連詞語助的語句、語詞。也就是說，真正出於偽作者手筆的文字，只占全篇文字的百分之二點七而已。而陳毓羆先生說經他查對，只有將近七百字是屬於作偽者自己的創作，其中包含十二首詩，以及故意模仿沈復口氣講些懷念陳芸的話，因此陳毓羆的數據是百分之九十四是抄襲的。[6]其實十二首詩不會是偽作者之筆，那些懷念陳芸的話，也來自前四記，不能算在偽作者的名下的。

至於〈養生記逍〉全文總字數約六千五百字，扣除至今還找不出來源的部分約一千字，還有作者自己所加撰的那些起頭接尾的語句，引伸發揮的文辭，約共三百字，合共一千三百字左右。也就是說，今天所看到的〈養生記逍〉中，知道出自抄襲的比例，約百分之八十。如果假設那些還找不出來源的部分也是抄來的話，那剩餘可以肯定屬於作者自己撰寫的部分，只有不到百分之五而已。

四 〈中山記歷〉、〈養生記逍〉二記出於一手

歷來研究《浮生六記》軼稿真偽問題的學者，似乎都不曾認真討論過這個問題；因為大部分的學者專家，都集中在〈中山記歷〉與李鼎元《使琉球記》對照，以及沈三白生活史蹟的追尋上，至於〈養生記逍〉就如鄭逸梅引述王文濡所說的「那是空空洞洞，可以隨意發揮」的，[7]不像〈中山記歷〉般有歷史事實為依據來追查。以吳幅員

6　陳毓羆：《沈三白和他的《浮生六記》》（臺北：大安出版社，1996年11月），頁65。
7　鄭逸梅：〈《浮生六記》的足本問題〉，見《讀書》1980年第6期。

先生來說，他算是研究這個問題的前輩，他在文章裡說：

> 六記原闕〈中山記歷〉與〈養生記道〉二記；據所謂後來發見
> 的二記，〈養生記道〉卻題作〈養生記逍〉。如上所說，這二記
> 顯然是同時發見的。如果〈記歷〉為偽作，自然〈記逍〉亦
> 偽；反之，〈記逍〉是偽作，〈記歷〉當也隨之而偽。我對〈記
> 逍〉尚未作深入探究，但知已有人指出其文頗多雨曾國藩的
> 《曾文正公全集》頤養方面的日記大同小異，亦疑後人偽作；
> 這又是〈記歷〉偽作的一個旁證。其實，〈記歷〉偽作，本身
> 已有充分的證據；誠如上述，這適足確證〈記逍〉亦偽。至於
> 〈記逍〉所涉及的人與事，自亦同屬附會。[8]

吳幅員先生以二記是同時發現的，其「偽」當同。這雖然也是一種推測的可能方向，然而沒有二者皆深入研究，也僅止於推測。楊仲揆先生也有類似的論點，但是也沒有討論。[9]其實前輩之所以不太談論此問題，主要的原因是他們對〈養生記道〉的瞭解不全面，故此不能比對而論。今就以上對兩記內容所作的分析，進行對照比較，作更深入的歸納。筆者從三方面說明二記乃出於同一手。

（一）二記的結構方式相同

　　〈中山記歷〉的敘述架構，明顯是類聚筆記體，也就是說把同類

8　吳幅員：〈《浮生六記》〈中山記歷〉篇為後人偽作說〉，《東方雜誌》復刊第11卷第8
　　期（民國67年〔1978〕2月），頁77。
9　參見楊仲揆：〈《浮生六記》第五記〈中山記歷〉真偽考──〈中山記歷〉與李鼎元
　　《使琉球記》對照研究〉收入楊氏所著：《琉球古今談》（臺北：臺灣商務印書館，
　　民國79年〔1990〕12月），第19篇，頁437、440、442。

的物件放在一起來敘述。在〈中山記歷〉裡，把植物、海產、山川、古蹟、風俗等等，都基本作了分類之後，在一一列述出來。

〈養生記逍〉其實也是如此的，這不待深入研究也能看得出來的。從前段「余年纔四十」開始至「長生不死之妙道」，說的主題是「靜坐」。從「治有病，不若治於無病」起，至「勿謂老生常談也」，說的都是「修心」。從「潔一室」至「要哉三叟言，所以能長久」，談的是生活起居養生。末段從「留侯、鄮侯之隱於白雲鄉」起至「益信吾父之所為，一一皆可為法」，說的都跟「睡覺」有關。諸如此類，可見一斑。

通觀兩記，都是用類聚筆記體的方式來寫作的，所以結構也相似；應該是同出一手的現象。

（二）二記中以沈復身份追懷陳芸之語皆出於前四記

在〈中山記歷〉裡，偶而也會加入幾小節以沈復口氣，說出追懷芸娘的話語，這些話語都可以在前四記中找到來歷；如「余婦芸娘，昔遊太湖，為得見天地之寬，不虛此生。」是出於〈浪遊記快〉；又如「然風韻亦正有佳者，殆不減惢園」，出於〈閨房記樂〉；「回憶昔日蕭爽樓中，良宵美景，輕輕放過，今則天各一方」，出於〈閒情記趣〉等等。

在〈養生記逍〉裡也有同樣的情形，不過，比較少也較為集中。如「余喜食蒜，素不食屠門之嚼。食物素從省儉，自芸娘之逝，梅花盒亦不復用矣。」這一段話，分別見於〈閨房記樂〉、〈浪遊記快〉、〈閒情記趣〉。

這種現象，正如林語堂先生說的：「于前四記夫婦間事實，全無補充。」[10]因為二記同樣都從前四記中取材，不敢越雷池一步，顯然是同出一轍，一手炮製。

（三）從二記相互照應的關係上看

在〈養生記逍〉中，有一節文字說：「余昔在球陽，日則步履於空潭，⋯⋯。」楊仲揆以為：「此段為李鼎元《使琉球記》所無。假如此記亦係偽出，則更見偽記作者之苦心與匠心，若不查出抄襲李記之證據，則誠可以亂真矣。」[11]楊氏以為此段文字不見於《使琉球記》，陳毓羆指出其實是出自張英的《聰訓齋語》。的確，楊氏不知此段文字的來源，然而他說「假如此記亦係偽出，則更見偽記作者之苦心與匠心」，這所謂「苦心與匠心」，指的是偽作者希望藉此使〈中山記歷〉與〈養生記逍〉形成彼此環扣照應的「苦心與匠心」，現在〈養生記逍〉已經證明是偽作，而且比〈中山記歷〉更明確；那偽作者欲將後兩記互相呼應的企圖，至為明顯，當然是同出一手使然。

五 從〈中山記歷〉、〈養生記逍〉所抄錄圖書以推論偽作之情形

所謂「凡走過必留下痕跡」，像《浮生六記》後二記那樣從各種書籍抄錄湊合而成的偽作，自然可以從中獲得一些訊息，瞭解偽作的

---

10 林語堂：〈記翻印古書〉，《林語堂書話》，資料來源：博爾塔拉教育電子圖書資料，網址：http://www. xjbzedu.gof.cn/ebook/t0112/0295.pdf，頁112-115。

11 楊仲揆：《〈浮生六記〉第五記〈中山記歷〉真偽考——〈中山記歷〉與李鼎元《使琉球記》對照研究〉，收入楊氏所著：《琉球古今談》（臺北：臺灣商務印書館，民國79年〔1990〕12月）第19篇，頁440。

情形。經過前兩章的研究分析之後，至少有三點可以提出來的：

　　第一點：在〈中山記歷〉裡，抄襲文字的主要來源是李鼎元的《使琉球記》，還有十二首〈竹枝詞〉。從〈中山記歷〉前段除了抄錄《使琉球記》外，還同時抄了楊芳燦的〈李墨莊《使琉球記》序〉裡的文字。〈李墨莊《使琉球記》序〉一文，在楊芳燦《芙蓉山館文鈔》中也有載錄，但是相信偽作者不是先有一本《使琉球記》，然後再從楊芳燦的文鈔中找到序文的，而應該是他手上的《使琉球記》本來就有楊芳燦的序文存在。推論他的《使琉球記》應該是原刻本，這是本一般人不太可能得到的珍貴善本，今天大陸北京圖書館出版的《國家圖書館藏琉球資料匯編、續編、三編》所用的版本還是《小方壺齋輿地叢鈔》的《使琉球記》，是清朝光緒年間上海著易堂鉛印本，書前沒有楊芳燦的序。[12]就筆者所見臺灣文海出版社所印行之《近代中國史料叢刊》第四十八輯，有師竹齋藏板的《使琉球記》。「師竹齋」就是李鼎元的書齋號，此當是《使琉球記》原版，想偽作者的也應該是這一本。如此特殊不易見的圖書，絕非一介平民所能得的。至於十二首〈竹枝詞〉，根據筆者的研究推斷，應該是林麟焻的《玉巖詩集》七卷本裡〈中山竹枝詞〉的內容，今天這個本子似乎也絕跡了，推論就算存在，也屬海內孤本，珍貴異常；止餘二卷本，其中就缺了〈中山竹枝詞〉的部分。或者當年他手上就有七卷本，所以才能抄錄其中有關琉球的詩作；這樣看來，偽作者所掌握的珍本、善本可不少，應該是有背景、有能力得到這些書的人，至少是有這些書的提供者。按照鄭逸梅陳述王文濡曾經跟他說手上有趙文楷的奉使日記，那當然不是

12　李鼎元：《使琉球記》（北京：北京圖書館，《國家圖書館藏琉球資料續編上冊》，2002年10月），總頁725。該書於頁12〈序言〉中，有說明圖書版本的來源自《小方壺輿地叢鈔》。

趙文楷的，而是李鼎元《使琉球記》。現在，既確定偽作者使用的版本是善本、珍本，以王文濡的背景身份，是有可能得到這些書的。

第二點：偽作者在炮製〈養生記逍〉的時候，抄錄了不少道光之後文獻，使這本偽作留下了一個必死的「罩門」。筆者以為偽作者應該也頗有智商的，不會不知道「道光」之後的資料，是有時間邏輯上的衝突的。那偽作者還是抄錄不少「危險」的資料，可能是在短時間之內，無法找到足夠的養生文獻材料所致。如此推論，則這偽作二記可能是在短時間中完成的，而不是長期處心積慮，精心所設計的，也因此偽作還留下不少的漏洞。

第三點：〈中山記歷〉由於是有歷史事實為根據，而且主要的資料來自同一本書——李鼎元《使琉球記》，所以，無從抽繹出其中思維脈絡。〈養生記逍〉則不然，它資料來源多樣而主題也較多元，可以從中看出彼此關係與先後順序。首先，篇題本來是〈養生記道〉，可能是偽作者認為「道可道，非常道」，「道」不好說，不是真的心有所得，很難說出一套高妙而具開創性的學說理論，這比較容易顯出破綻；所以，把「道」字改為「逍」字，不但好寫材料多，也更能突顯軼稿的珍貴。而且，「養生」跟「逍」相合，就可以用莊子的思想概念來貫串材料，結構就沒有甚麼漏洞。作者首段即以《莊子》的〈養生主〉、〈逍遙遊〉、〈至樂〉「鼓盆而歌」等文字，建立整篇文章的核心概念，也好照應篇題的精神。

在首段之後，立刻就引用《曾文正公日記》的資料，這應該是偽作者既然要講養生，當然就要找與養生相關的材料，在民國初年，《曾文正公日記》是一般讀書人常閱讀的書，其中就有〈頤養〉的專章，這應該是為作者首先想到的材料，但同一來源的材料不能抄襲過

多,否則太明顯容易被發現。他從《曾文正公日記》裡發現曾國藩十
分推崇張英的《聰訓齋語》與張廷玉的《澄懷園語》,所以就找來
看;《聰訓齋語》中果然有很多養生、修心、正身的妙語名言,所以
就大量選錄下來。因為張英的時代在沈三白之前,而偽作者在首段已
經先聲明「亦或採前賢之說以自廣」,既已有言在先,大量抄錄也不
足為病。然而《澄懷園語》的內容跟主題不相牟,因此只採錄了其中
一段而已。《曾文正公日記》裡,談到「靜坐」,偽作者除了蒐羅古書
中有關靜坐的資料之外,還想到民國早年十分風行的蔣維喬《因是子
靜坐法》,並加撮要採用;而因是子靜坐法中,蔣維喬大力推崇當時
才開始推廣的太極拳,因此他又找來向愷然的〈練太極拳經驗〉一
文,加以抽繹重組,形成文中「太極拳」那一段文字。如果沒有找出
〈養生記逍〉裡文章資料的來源,逐一深入探究,就不可能看出資料
之間,原來有這種深層連環相扣的思維脈絡的。

六　從〈養生記逍〉的內容歸納偽作者的特徵

　　雖然王瑜孫說偽作者是一名黃楚香的寒士,但是片面之詞,無證
之言,不足信也不必信。不過,我們仍希望對偽作者是何許人多瞭解
一些。〈中山記歷〉因有歷史背景規範,沈三白只是從客,又以《使
琉球記》為主,所以看不出偽作者的特徵。〈養生記逍〉本來就是表
現個人養生修心的言論,而且資料多元,比較能理出偽作者的特徵。

　　首先,是作者生活的時間,他既然選錄了向愷然的〈練太極拳經
驗〉的文章,那他必然是活在民國二十年之後,當時他已經是學有所
成的人了。其次,〈養生記逍〉裡引錄了一首邵雍的詩:「老年肢體索
溫存,安樂窩中別有春;萬事去心閑偃仰,四肢由我任舒伸。炎天旁

竹涼舖簟，寒雪圍爐軟布裯；晝數落花聆鳥語，夜邀明月操琴音。食防難化常思節，衣必宜溫莫嬾增；誰道山翁拙於用，也能康濟自家身。」而這首詩是邵雍的〈林下五詠〉詩之二，原本如下：「老年軀體索溫存，安樂窩中別有春；萬事去心閑偃仰，四肢由我任舒伸。庭花盛處涼舖簟，簷雪飛時軟布裯；誰道山翁拙於用，也能康濟自家身。」相較之下，〈養生記逍〉多出了四句，押韻多了「音」、「增」兩個字，這是很奇特的現象。邵雍原詩押「真、魂、諄」韻，而多加的「音」是「侵」韻，「增」是登韻。偽作者這樣穿插加入，基本上對他來說是押韻的，但從詩韻而言，是不能通押的。可見偽作者是根據自己的方音來處理的。從聲韻學的角度來看，「登、真、侵」能通押的話，代表那種方言是舌尖鼻音韻尾、舌根鼻音韻尾、雙唇鼻音韻尾都合併才可能，換言之就是「陽聲韻」混同。具有這種特徵的方言不少，如西南官話、江淮官話、吳語等都是。而這件公案發生的地點在上海或蘇州，都在吳語區內，所以，可以推斷偽作者必然是講「吳語」的人，不是上海人，就是蘇州人。這還可以從〈養生記逍〉裡大量採用了《延壽藥言》這本書中的材料來看，因為《延壽藥言》這本書似乎在民國二、三十年間在上海、杭州一帶相當風行。同時，向愷然的〈練太極拳經驗談〉也是在上海時寫的。總合言之，偽作者跟上海一帶是脫不了干係的。

再來看偽作者的文學閱讀；就筆者的讀書研究經驗，通常一篇文章中大量引用同一來源的資料，是刻意為某一目的搜尋得來的，不是平常讀的；文章裡偶然引用一筆的，才是作者自己平日讀書的心得。就〈養生記逍〉而言，《曾文正公日記》當然應該是他常讀的案頭書，至於《聰訓齋語》、《壽世青編》、《延壽藥言》、《遵生八箋》等書，都是刻意為了找尋養生資料而看的，從書名就可以知道。然而像

《花月痕》、《自警編》、《明儒學案》、《隨園詩話》、《文苑英華》、東坡文章等，當然還有《莊子》，都應該是出自偽作者平日閱讀得來的知識與體會。另外，偽作者不懂太極拳，所以雖然他抄撮了向愷然的太極拳文章，然而卻理解錯誤了。

七　〈中山記歷〉、〈養生記逍〉的影響

　　楊引傳在《浮生六記》〈序〉中說：「其書則武林葉桐君刺史、潘麐生茂才、顧雲樵山人、陶芑孫明經諸人，皆閱而心醉焉。」可見這書在文壇頗受歡迎的。楊引傳又將之收入《獨悟庵叢鈔》中刊行，後來蘇州《雁來紅叢報》將《浮生六記》再次刊出，使這書再次在社會上流傳開來。王文濡又將之刊入《香豔叢書》，林語堂先生為之譯為英文，俞平伯先生點校、寫年表等，已使《浮生六記》大行於世。後來所謂足本《浮生六記》經上海世界書局出版後，更是風行，幾乎成了讀書人人手一冊的讀本。因此，後之作者每每因為閱讀過足本《浮生六記》，而受到其中後二記的影響。其中，〈中山記歷〉所寫的是特定時空的歷史事件，所以影響範圍較小，只有對研究琉球歷史或研究沈三白生平的才有影響。就連楊仲揆先生旅居琉球多年，也還不知道〈中山記歷〉所說的「中山」就是琉球呢！所以，〈中山記歷〉的影響，就只有把〈中山記歷〉當做真實材料來使用、研究的人，比如為臺灣三民書局《浮生六記》出版寫序及考證的陶恂若就是；陶氏相信〈中山記歷〉是真的，所以他在所編的〈《浮生六記》年表〉中，將沈三白到琉球的時間定在嘉慶五年，那當然是錯誤的。

　　至於〈養生記逍〉，除了跟〈中山記歷〉般影響對沈三白生平瞭解之外，還有兩方面的影響：第一是由於〈養生記逍〉講的是養生、

修心、正身的人生嘉言彝訓，是人人都可以閱讀的，作為指導生活原則與處事態度的參考指南；所以有很多的嘉言選集、修養寶典、養生指南等的書籍，都會從〈養生記逍〉裡取材，而且往往註明出處《浮生六記》，作者是沈復。然而如今知道了〈養生記逍〉是從多本書籍中抄襲湊合而來的，那就應該將著作權還給原來的人。比如孫錫祿編著的《中國名言精選》，其中引用「睡亦有訣。孫真人云：能息心，自瞑目。蔡西山云：先睡心，後睡眼。此真未發之妙。」一段，標明是沈復的名言；[13] 又如引「行住坐臥，一切動中，要把心似泰山，不搖不動，謹守四門，眼耳鼻口，不令內入外出，此名養壽緊要」一段也是，[14] 其實這兩則都出自《壽世青編》。又引「萬病之毒，皆生於濃。濃於聲色，生虛怯病；濃於貨利，生貪饕病；濃於功業，生造作病；濃於名譽，生嬌激病。濃之為毒甚矣。樊尚默先生以一味藥解之，曰：淡。」說是沈復的名言[15]，其實是張廷玉《澂懷園語》的語句。

還有一種情況，就是因為後來的作者已經看過〈養生記逍〉中的語句，覺得很有哲理性，所以在創作的時候，有時會直接擷取來加入自己的作品裡，往往也就沒有說明。如上世紀六十年代的武俠小說作家獨孤紅，他所創作的武俠小說《江湖人》第十一章〈龍鳳會〉中，大量引用〈養生記逍〉裡的文字，其文如下：

> 老頭兒把李玉琪跟曹金海讓進了大廳，倒上茶，然後一聲：「二位請坐會兒，我這就去請我們大人去。」走了。

---

13 孫席祿編著：〈養生篇〉，《中國名言精選》（臺北：國家圖書店，民國70年〔1981〕3月），頁77。
14 孫席祿編著：《中國名言精選》（臺北：國家圖書店，民國70年〔1981〕3月），頁89。
15 孫席祿編著：《中國名言精選》（臺北：國家圖書店，民國70年〔1981〕3月），頁94。

老頭兒走後，李玉琪再打量這待客大廳，曹金海沒說錯，大廳裏連件像樣的擺設都沒有，倒是牆壁上琳琅滿目，美不勝收。那是壁掛的幾幅字軸，字是徐大人的親筆，可不是麼！落款是合肥徐光田，由這這幾幅字軸，李玉琪除了知道這位徐大人滿腹經綸詩書，寫的一手好字外，他對徐大人的性情為人更多了一層認識。有一聯：

富貴貧賤，總難稱意，知足即為稱意，

山水花竹，無恒主人，得閒便是主人。

語雖俗，卻有至理，天下佳山勝水，名花美竹無限，但是富貴人役于名利，貧賤人逼於饑寒，鮮有領略及此者，能知足，能得閒，斯為自得其樂，樂在其中也。

又：

五百年謫在紅塵，略成遊戲，

三千里擊於滄海，便是逍遙。

飄逸！

又：

樂即是苦，苦即是樂，帶些不足，安和非福，舉家事事如意，一身件件自在，熱光景，即是冷消息，聖賢不能免死，仙佛不能免劫，死以鑄聖賢，劫以練仙佛也。

牛喘月，雁隨陽，總成忙世界，蜂采香，蠅逐臭，同居苦生涯，勞生擾擾，惟利惟名，牲旦晝，蹶寒暑，促生死，皆此兩字誤之，以名為炭而灼心，心之液涸矣，以利為蠆而螫心，心之神損矣，今欲安心而卻病，非將名利二字滌除淨盡不可。余讀柴桑翁〈閒情賦〉，而歎其鍾情；讀〈歸去來辭〉，而歎其忘情；讀〈五柳先生傳〉，而歎其非有情，非無情，鍾之忘之而妙焉者也！

四壁皆字，其中兩軸最使李玉琪擊節歎賞。其一是：

世事茫茫，光陰有限，算來何必奔忙，人生碌碌，競短論長，卻不知榮枯有數，得失難量。看那秋風金谷，夜月烏江；阿房宮繪，銅雀臺荒。榮花上露，富貴草頭霜。機關參透，萬慮皆忘；談什麼龍樓鳳閣，說什麼利鎖名韁。閒來靜處，且將詩酒猖狂；唱一曲歸來未晚，歌一曲湖海茫茫。逢時遇景，探幽尋芳，約幾個知心密友，到野外溪旁；或琴棋適性，或曲水流觴，或說些善因果報，或論些今古興亡；看花枝堆錦繡，聽鳥語弄笙簧；一任他人情反復，世態炎涼，優遊閒歲月，瀟灑度時光。

其二摘邵康節句：

老年肢體索溫存，安樂窩中別有春，萬事去心閒偃仰，四肢由我任舒伸。炎天傍竹涼鋪席，寒雪圍爐軟布茵；畫數落花聽鳥語，夜邀明月操琴音。食防難化常思節，衣必宜溫莫懶增。誰道山翁拙於用，也能康濟自家身。

看這幾幅字軸，這位徐大人不像置身朝堂的軒冕中人，倒像個閒雲野鶴，淡泊飄逸的隱士。

以上粗體字就是抄錄〈養生記逍〉的部分。獨孤紅又在所作《江湖路》第五十二回裡，也引用了〈養生記逍〉的兩段文字說：

黑衣客搖頭，一聲長歎，道：「想當年，中尊跟我各有一個兒子，令得他幾個羨慕得不得了，但曾幾何時我的兒子離奇地失蹤了，我那跟我多年，情同手足的唯一忠仆也不見了，如今費雲飛的兒子已在武林中漸露頭角，倘我那兒子還在，他不是也跟費慕人一樣麼？眼見小兒女輩成雙成對，而我那兒子卻福薄……」

白如雪突然說道：「你可聽見了，瓊姑娘說，屬東邪的女兒已被……」

黑衣客點頭說道：「我聽見了，咱們得趕快伐到那位南令。」

白如雪搖頭說道：「人海茫茫，宇內遼闊……」

兩道冷電一般地寒芒，突然自黑衣客那帽沿陰影後閃起，只見他道：「雪妹，你試凝功聽聽，這是……」

話猶未完，只聽一陣含糊不清的悲愴狂歌聲，從遠處隨風飄送過來──

> 世事茫茫，光陰有限，算來何必奔忙。人生碌碌，競短論長，卻不道榮枯有數，得失難量。看那秋風金谷，夜月烏江，阿房宮冷，銅雀臺荒，榮華花上露，富貴草頭霜。機關參透，萬慮皆忘，誇什麼龍樓鳳閣，說什麼利鎖名韁，閒來靜處，且把詩酒猖狂。唱一曲歸來未晚，歌一調湖海茫茫，逢時遇景，拾翠尋芳，約幾個知心密友，到野外溪傍。或琴棋適性，或曲水流觴，或說些善因果報，或論些今古興亡，看花枝堆錦繡，聽鳥語弄笙簧，一任他人情反覆，世態炎涼，優遊閒歲月，瀟灑度時光……。

歌聲雖隱隱約約，但其聲鏘鏗，裂石穿雲。白如雪驚歎說道：「這首清歌，聞之令人大夢得醒，一如熱火世界一帖涼清散，這才是真正的隱世高人……」

黑衣客點頭說道：「有道是：蝸牛角內爭何事，石光火中寄此身，隨富隨貧且歡喜，不開口笑是癡人。又道是：人生世間一大夢，夢裏胡為苦認真，夢短夢長俱是夢，忽然一覺夢何存。此人曠達，但多少帶點心灰意冷意味。」

白如雪道：「在如今這世上，若非心灰意冷，焉得看破一切。」

黑衣客點點頭道：「雪妹高見，月下行吟，杯酒高歌，狂放風

雅事，不知道這是誰，只是這聲音聽來頗為耳熱……」

上面兩篇小說都引用了〈養生記逍〉裡的文字，而且是一抄就是好幾段，連〈養生記逍〉偽作者的話也一併引用，可見獨孤紅受〈養生記逍〉文字影響之深。其中「世事茫茫」一段語句，重複引用兩次，可見這段文字的確在人生閱歷的體會上，表現得頗有境界，甚得人們普遍的認同。當然讀者一般是不知道這段話是出於《延壽藥言》一書的。透過獨孤紅的作品，可見《浮生六記》〈養生記逍〉對後來的作者影響力於一斑。

八　〈中山記歷〉、〈養生記逍〉的現在價值

既然已經證明了〈中山記歷〉、〈養生記逍〉二記是偽作，那麼是否這兩篇偽作就完全沒有價值呢？是不是應該把二記從《浮生六記》中剔除呢？筆者以為是否要把二記從出版的《浮生六記》中剔除，這是出版商的事，其實只要有適當的說明，使人讀了不至誤解也就行了；大陸現在就有按此模式出版的。如果將二記拿掉，其實就等於回到楊引傳所得的《浮生六記》版本而已，也無不可。

至於偽作是否有價值，筆者以為，從作偽當時來說，當然是沒有意義的，當然是可惡的事。但事實既然已經存在，而且存在了一段好長的時間，那就形成了它其他的價值了。舉個實例來說，比如偽《古文尚書》，今天我們都知道其中有偽作的成分，但是，作偽的時間在東晉、劉宋之間，經過了一千三、四百年之後，才被確定其中有部分是偽作的；在這一千多年裡，有多少讀書士子寒窗苦讀，有多少帝王將相擷取訓謨，有多少學者對之作研究，累積成千上百的成果；而它

本身也顯示了偽作者個人的及當時的思想內容與型態，也就成為研究主題了。我們不能把它看作兩、三千年前的歷史記載，但它確實已經是一千四百年前的古籍。如果它記載了一千多年前的材料，而這些材料今天卻失傳絕跡，不見於其他的記載，那價值就更多了。當然，足本《浮生六記》後二記的偽作，價值跟偽《古文尚書》不能相比，但畢竟它也已經存了了七十二年，不少人閱讀過，受過它的影響，形成了它本身的價值層面。而從二記文本上而言也自有其價值，可以從三方面來看：

第一點：〈中山記歷〉裡，有十二首竹枝詞形式的七言絕句詩，至今無法找到明確的文本源頭。吳幅員、楊仲揆、陳毓羆等前輩都認為可能是偽作者的手筆，然而筆者以為從多方面觀察，偽作者對琉球事跡的瞭解不足，而能掌握琉球相關的資料也有限，可能只有李鼎元的《使琉球記》，以及明朝鄭若曾所著的《琉球圖說》而已。如果不是充分瞭解琉球歷史與風俗的人，是寫不出如此貼合實際土風的竹枝詞的。經筆者多方研探，認定應該是康熙二十二年（1683）冊封中山王副使林麟焻所作〈中山竹枝詞〉五十首的一部份。《四庫全書總目》著錄有林麟焻《玉巖詩集》七卷，書中本有〈星槎草〉一卷、〈中山竹枝詞〉五十首為一卷，皆出使時所作。然而今日所能見到的，只有北京圖書館分館藏清康熙刻的二卷本，七卷本已經無法看到。若他日能出現七卷本的《玉巖詩集》，證明這十二首詩的確出自林麟焻之手，這十二首詩才可功成身退，否則這十二首詩依然是懸案。若無法找到的話，則這十二首詩就是最可能保留了林麟焻遺逸詩作的寶貴資料。

第二點：〈中山記歷〉主要是根據李鼎元的《使琉球記》撮抄而成的，琉球是我國自明朝就歸附的藩屬，由於交通不便，前往琉球的

封使，還會備帶棺木；所以，古時對琉球並不瞭解，清朝每次冊封琉球國王的封使，都想盡辦法搜尋以前封使所錄琉球記事，以為籌策參考。換言之，歷來冊封中山敕使所作的見聞風土記載，就是後人瞭解琉球的寶貴資料。就筆者所閱讀過的琉球封使錄中，汪楫的《使琉球雜錄》、周煌的《琉球國志略》、李鼎元的《使琉球記》，是比較文藻典雅，記事翔實的，其中又以李鼎元的使錄為最，主要原因是他用日記體來記事，有時候也包含了一些個人的感觸與觀點，而書中的一些段落，其實也是一篇優美的遊記。李鼎元前往琉球是為了奉詔冊封中山國王，所以在使錄裡記載全程重大事項，如自奉詔後籌畫行程的預備工作，自啟程至福州途中的遇事，至琉球後還記錄冊封儀節、敕詔內文、封賞物品等純記事的文字，這些例行公事，實無甚文學意趣。李記全文六萬多字，有一半以上是屬於上述記事的文字，所以，如果閱讀李記原本，有時會頗覺煩瞶。而〈中山記歷〉主要從李記第三卷五月朔日啟程時開始擷錄，再加揀汰類聚而成，李記中有關琉球風土、特產、典制等，精華大都已經採擷，全文一萬一千多字，簡明扼要，閱讀起來容易投入。所以，〈中山記歷〉可以視為李記的精華節錄重編版。當然偽作者有時候也會錯鈔文字，誤解事理，使讀者閱讀時產生誤解，是要注意的。琉球就是今天日本的沖繩，距離臺灣不遠，國人常前往觀光旅遊；一般的旅遊資料介紹並不多，尤其是關於琉球歷史，可能因為諱言沖繩本是我國藩屬，到清朝末年才被日本入侵，後來更掠為領土的。姑勿論政治，〈中山記歷〉其實可當作琉球（沖繩）觀光旅遊具深度的參考資料。

第三點：〈養生記逍〉中所載錄的資料，是擷取自古書中有關養生、修心、正身、延壽、處世等的寶訓名言，雖然不是沈三白的心得著作，而文字本身所陳述的觀念與道理，都是前人從生活中焠煉出來

的經驗與體會，自有指導人生處世態度的參考價值，不可因為不是沈三白所作而一概摒棄。只要標示真正出處，即可視為人生格言精選。

九　有待解決的問題

本書的撰寫過程中，筆者已經盡力搜尋相關的資料，加以對比、分析、論斷，得出了一些前人所未能得知的結果，自問已可使這纏訟數十年的文壇公案，從此定讞。然而其中還是有讓筆者無法解釋的問題，有待有緣者繼續努力。

其一是雖然從李佳言的《昭陽詩綜》裡所載〈送三白隨齊太史奉使琉球〉詩，證明沈三白的確是在嘉慶十三年，隨冊封使齊鯤前往琉球的，然而，何以《畫史彙傳》的作者彭蘊璨在他所編撰的《耕硯田齋筆》記裡，會把沈三白至琉球的時間記，記為嘉慶五年隨趙文楷、李鼎元往赴琉球呢？彭蘊璨熟悉蘇州、揚州、上海一帶的畫壇人物，又跟沈三白的總角之交石韞玉相識，所以，彭氏記載錯誤，是不太能理解的事實。

其二是前面已經分析歸納出偽作者的一些特徵，包括語言、地域、閱讀喜好，甚至運動；然而，終究還是未能得知偽作者是誰？王瑜孫只有提到「是出自一位叫黃楚香的寒士之手，酬勞為二百大洋」，其他就一無所知。如果對黃楚香這個人有更多的資訊的話，或可跟前述特徵對比，來判斷偽作者的真實身份了。

增修版跋

　　這一本《浮生六記後二記──〈中山記歷〉、〈養生記逍〉考異》的學術論著，從民國九十六年（2007）出版，至今已經十四年了，終於萬卷樓告訴我，這本書已經售罄，可以考慮再翻印，還是有人想閱讀。這對我而言，也是一種鼓勵；其實每次在上課跟學生談到辨偽，都引用這本書來當實例，學生也好奇想看看內容，因此，這本書每年至少都一幾本銷售量。為了突顯這本書的主題，以及書名理解的順暢度，調整了書名為：「《浮生六記》考異──以〈中山記歷〉、〈養生記逍〉為中心」。

　　當年撰寫這本書，原本是為了升等教授，也成功達成目標了。在十多年之後的今日，回顧一番，也頗有深意。當初研究這個偽作公案，也有一番機緣。因為有學生提出《浮生六記》中的真偽問題來討論，才引起我對他的特別興趣，至少在我看來，《浮生六記》後二記是偽造的，應該無疑；然而研究這個問題的學者都沒有抓到重點，所以，雖然證偽的引線已經露頭，而仍然不能定讞。

　　我決定對這個問題進行研究，而且要作為升等教授的論著，當然是要在獲得肯定的鐵證之下，才定錘的。因為《浮生六記》的第六記〈養生記逍〉中，有一段記載太極拳的文段，從敘述的內容來看，應該是一位對太極拳有深度研習與瞭解的高手所撰寫的，而我恰好也有練太極拳的，對太極拳也有一定的研究與瞭解；所以，我看得出來。換個方向來看，從沈復的《浮生六記》前四記裡，實在看不出他是位

「練家子」；而太極拳是在光緒年間才稍稍流傳，直至民初才普遍開來的，沈三白的太極拳師承何來？如何成為太極高手？這些都是疑問。

而在真正的「練家子」當中，還能秉筆撰文，文武雙修的人，實在也不多。所以，我就蒐羅武術家所撰寫的太極拳論述，不外像楊澄浦的高徒，前清舉人陳微明，還有民初的武俠小說名家向愷然（筆名：平江不肖生）。一如我的判斷，不必花太多的工夫，我就在向愷然的文章中找到了第六記中的太極拳論述的底本，這不單止證明第六記〈養生記逍〉是偽作的，還更精確地指出偽造的時間是在民國十九、二十年之間，地點是上海一帶的人。就是因為這一條資料的重要性與決定性，我才決心入虎穴、取虎子的。完成這本書後，深深產生一種感慨：學術研究很多時候也有因緣際會，如果只懂太極拳而不懂辨偽、學術的，不可能知道與解決這個問題；只懂學術、辨偽的，如果不懂太極拳，也會失之交臂，徒呼負負。所以，這個問題恰巧就遇到我，或者說被我看上了，才會產出這樣的一本辨偽實例的書。

說到學術因緣，我還有更感慨的，因為我才升等教授，正沾沾於自己的學術成就，過了兩年多，大陸就出現了一份由彭令在南京跳蚤市場發現的，清朝書法家錢泳所抄寫的《記事珠》，裡面就有記錄《浮生六記》的資料，而且明文寫著沈三白是在清朝嘉慶十三年那一次冊封琉球國王使團中的成員，正使是齊鯤，副使是費錫章，這就跟第五記〈中山記歷〉所說的：時間是嘉慶五年，正使趙文楷，副使李鼎元完全不對。這份資料當然就能直接證明「足本《浮生六記》」的第五記〈中山記歷〉是假的，不用看我的書也會知道，這樣就會降低我這本書的學術價值；為此我心裡也出現過一丁點的抱怨，一些些的失落。不過也慶幸這份資料比我撰寫此書晚了兩年多，不然，我這本書就不會撰寫了。

　　然而，彭令的資料也遇到了社會與政治的問題。因為有人提出他的資料不可靠，也可能是偽造的。因此，彭令擬將這份資料申報名列《國家珍貴古籍名錄》時，被審查委員審定為不確定資料的真實性。據說是因為有人想用賤價收購這份資料，送到日本。這樣就逼得彭令到處找人來幫忙考證這份材料，最後，越過臺灣海峽，找到高雄師大經學研究所的我，也是因為《浮生六記後二記考異》這本書的指引效果。我根據彭令傳給我的資料，經一番審閱與查考，確認是真的；於是就在《國文天地》雜誌發表了一篇〈沈復《浮生六記》研究的新高潮──新資料的發現與再研究〉，證明其中所記的跟《浮生六記》有直接關係（見附錄）；我還為了這件事寫了一封「致溫家寶先生書」，讓彭令透過管道上遞，爭取到第二次認證的機會。不過，第二次申覆還是受到多方的阻撓，申覆「古籍名錄」也第二次被擋回。據說是我提供的資料中，最重要的部分被暗中抽掉，所以審查委員還是認定有問題。而第二次的審查委員召集人──北京清華大學古籍研究中心的傅璇琮教授，事後看到了彭令親自送去的完整證據，居然幡然改轍，在《人民日報》上刊登一篇文章，說這份資料堪比敦煌洞窟的發現。而且，這份資料之中還直接記載著「釣魚臺」是屬於清朝的領土，而不屬於中山國（即是古代琉球國，現在的沖繩列島），換言之，可以證明歷史上「釣魚臺」一直就是中國的領土，而跟日本沖繩無任何瓜葛。在這等政治問題的牽連下，這份材料才得到更高層的重視，也得到重新的審查機會，並且確認是真實無疑。我也曾為此到北京參與討論，並親自全面審閱這份要戴手套才可以翻閱資料，從而又得到更新的發現。

　　就是因為我對《浮生六記》的考證功力與認知，才導致能直接親身切入這事件，為歷史寶貴的研究資料盡一番力量，也讓我對《浮生

六記》的學術議題，得到更深的接觸。我曾經為此事，跟好幾位包括
大陸、香港、臺灣的學者筆戰過，因此我的書也被對手翻閱、搜尋其
中的破綻，也的確找到我的書中一些錯誤的資料，等於幫我校對了無
數遍，我現在得感謝他們，省了我很多修訂的工作。

現在，事件已經塵埃落定，《記事珠》資料也已經公開拍賣了個
高價。因為我曾經親身審閱過全部材料，雖然不能照相、影印，但是
其中重要的、有學術價值的訊息，我大概都已經抄錄過，有些也寫成
文章發表了。在此修訂版後面，會附錄這事件過程中我撰寫的文章，
等於是對《浮生六記》的後續研究情況。同時，我已經徵得彭令同
意，將他當初提供的《記事珠》中與《浮生六記》有關的一些照片附
刊在書後，好讓讀這本書的讀者、學者，都能直接觀覽，想多看也可
以在網路上找得到。

蔡根祥

跋於社松書室
民國一一〇年十一月十四日

附錄一

〔清〕錢泳《記事珠》及其中《浮生六記》相關資料圖片

此七張圖經徵得發現者彭令先生授權刊載。

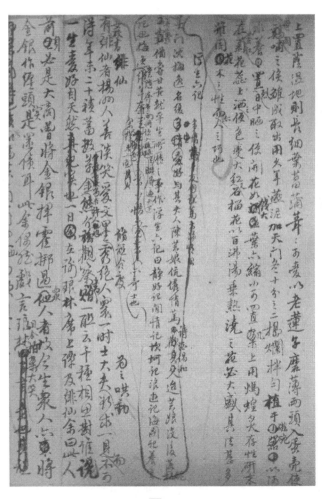

圖一

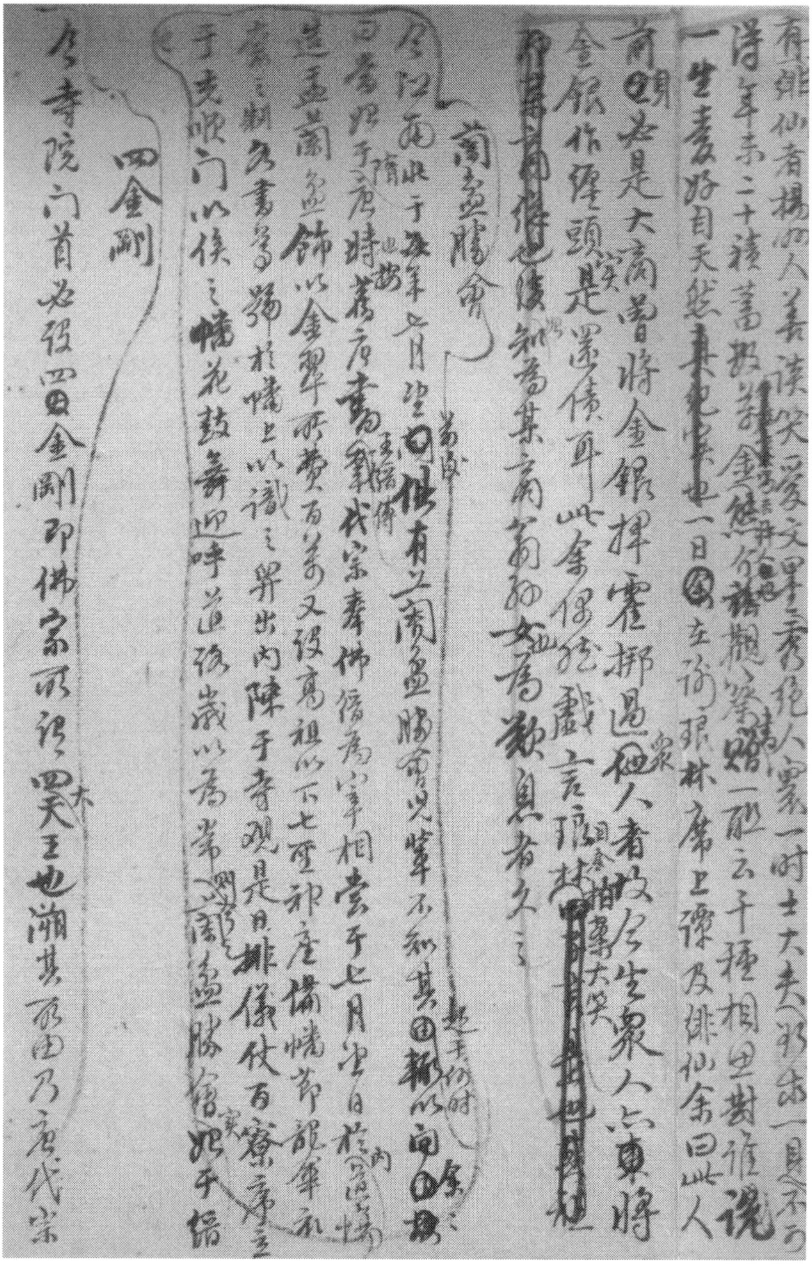

圖二

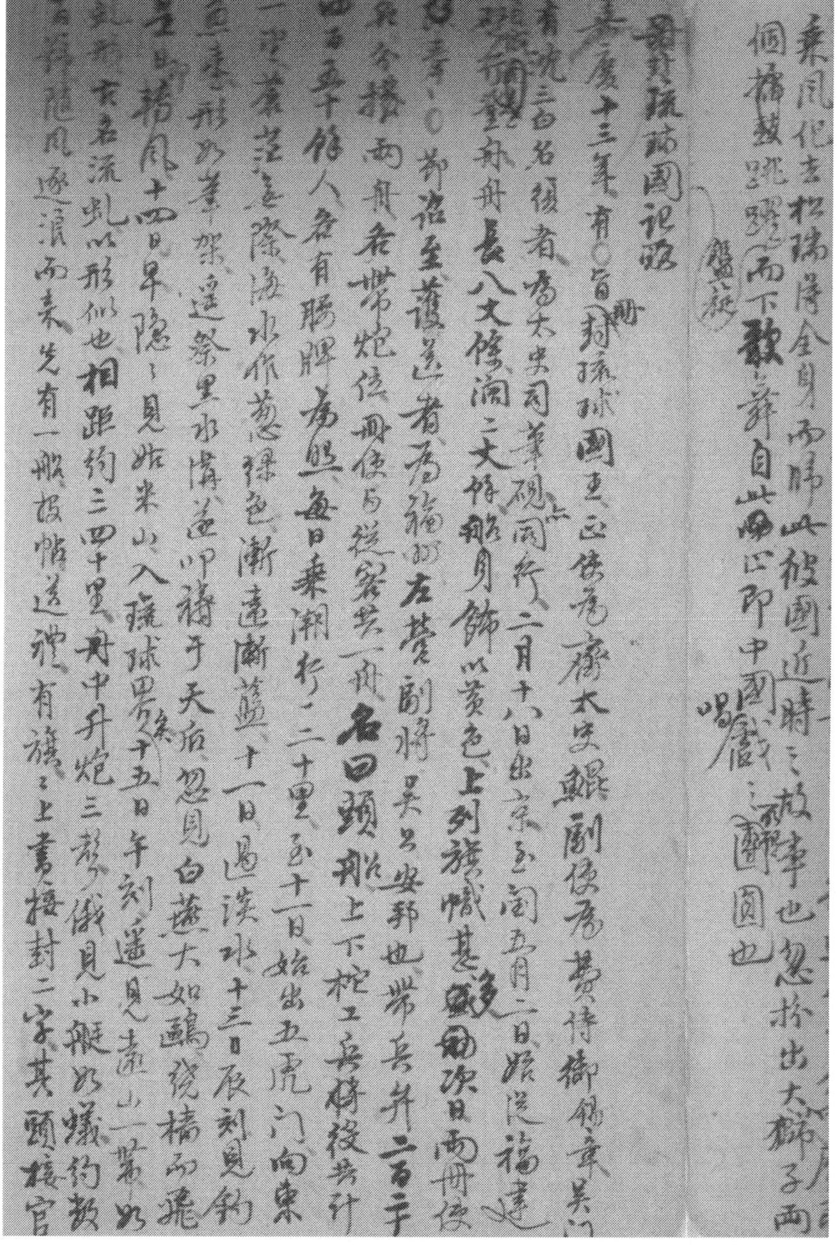

圖三

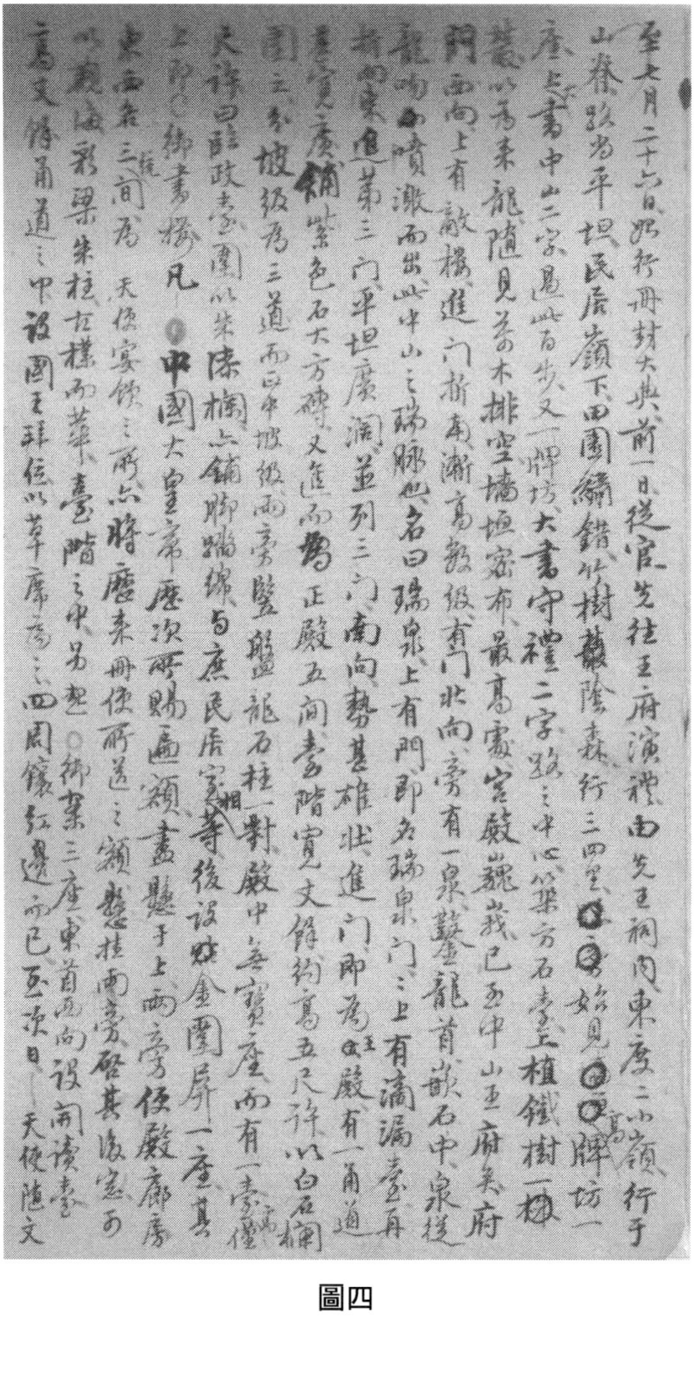

圖四

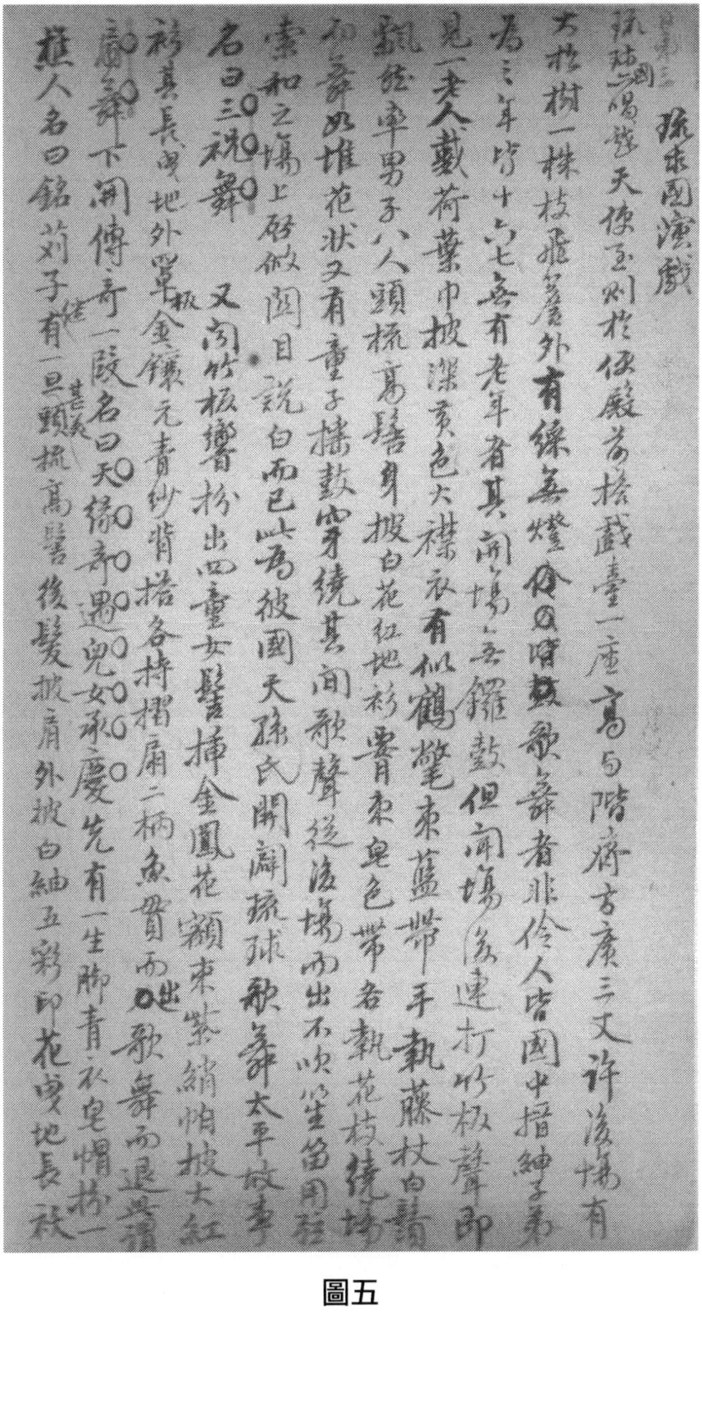

琉球國演戲

琉球國演戲　天使至則於伍廟前搭戲臺一座高与階齊庭方廣三丈許演場有
大桂樹一株枝飛簷外青綠無燈夜即暗然歌舞者非伶人皆國中擇紳子弟
為之年皆十六七歲有老年者其開場先以鑼鼓但聞場後遠打竹板聲即
見一老人戴荷葉巾披深青色大襟衣青似鶴氅來藍帶手執藤杖白鬚
飄然率男子八人頭梳高髻身披白花紅地衫曳月色帶各執花枝繞場
而舞四惟花狀又有童子擂鼓穿繞其間歌聲遶法場而出不唱空唱團遭
臺和之場上彷彿鬧日說白而已此為開天孫氏開闢琉珠歌舞太平故事
名曰三祝舞　又開竹板響彷出四童女髻插金鳳花額束紫綃帕披大紅
衫其長曳地外罩金鑲元青紗背搭各持摺扇二柄魚貫而出歌舞而退皆
勵舞下開傅奇一段名曰天緣新遇兒女承慶先有一生腳青衣皂帽彷
莊人名曰銘荊子有一旦頭梳高髻後髮挽肩外披白紬五彩即花曳地長袂

圖五

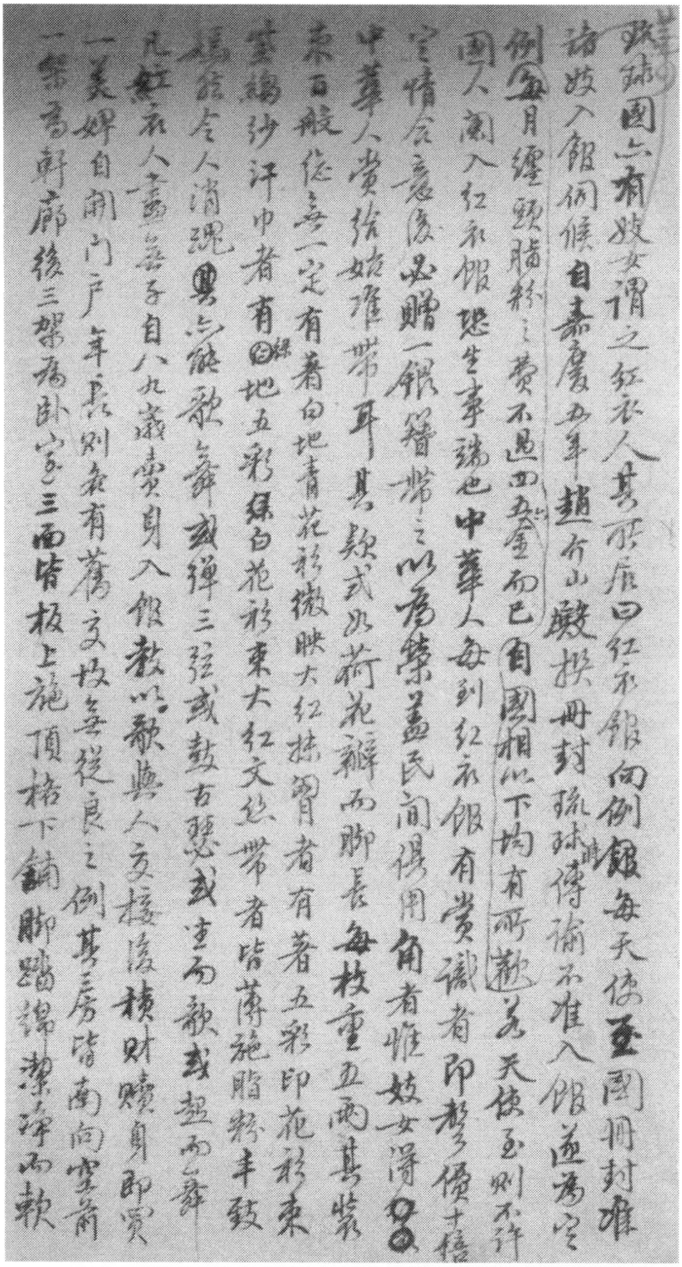
琉球國亦有妓女謂之紅衣人其所居曰紅衣館向例館每天使至國冊封難
諸妓入館伺候自嘉慶五年趙介山[illegible]撰冊封琉球傳諭不准入館並為定
例每月纏頭脂粉之費不過四五金而已自國相以下均有所歡為天使至則不許
國人闌入紅衣館恐生事端也中華人每到紅衣館有賞識者即[illegible]優十倍
定情合巹後必贈一銀簪插之以為禁蓋民間偶用簪者惟妓女得[illegible]
中華人賞給妓准帶耳其款式如荷花瓣而腳長每枝重五兩其紫
來者服飾無一定有著白地青花衫[illegible]大紅抹胸者有著五彩印花衫束
寔鵝紗汗巾者有[illegible]地五彩綠白花衫束大紅文緞帶者皆薄施脂粉丰致
嫣然令人消魂其亦能歌舞或彈三弦或鼓古琴或吹而歌或起而舞
凡紅衣人蓄無子自八九歲賣身入館教以歌舞人交接後積財贖身即賃
一美婢自開門戶年老則亦有蓄交接無從良之例其三房皆南向窗前
一架為軒廊後三架為臥室三面皆板上施頂格下鋪腳踏錦褥潔淨而軟

圖六

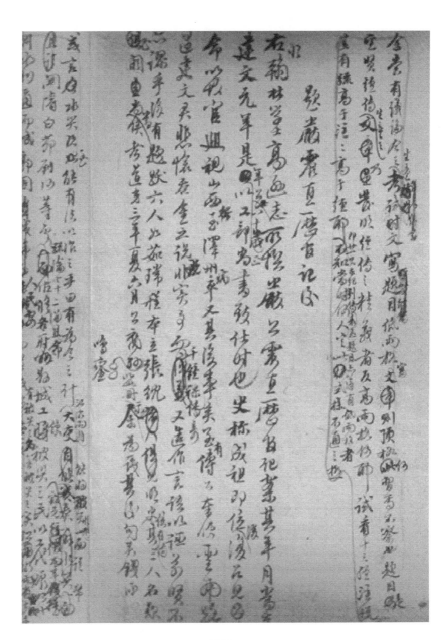

圖七

附錄二

沈復《浮生六記》研究新高潮
──新資料之發現與再研究

一　前言

　　就在今年（2008）的六月十七日至二十五日間，香港《文匯報》連續刊登了彭令先生[1]的大文──〈沈復《浮生六記》卷五佚文的發現及初步研究〉，讓《浮生六記》的研究，開拓了一個新的高潮。

　　我們都知道《浮生六記》一書，是清代乾隆至道光年間的沈復所撰著的，分為六卷，每卷寫一「記」，分別為〈閨房記樂〉、〈閒情記趣〉、〈坎坷記愁〉、〈浪遊記快〉、〈中山記歷〉、〈養生記道〉；所記為其生活所經歷的點點滴滴。在沈復生前，都是抄本，直至光緒年間，才因為楊引傳在蘇州冷攤得到舊抄本，並於光緒三年（1877）交上海《申報》館出版，作為《獨悟庵叢鈔》中一種，這本書始得以活字排印行於世。然而楊引傳所得到的抄本，其卷五、卷六兩卷已經佚失，「六記」之中，僅殘存前四記。到了一九三五年，上海世界書局出版的《美化文學名著叢刊》，其中所收的《浮生六記足本》，卻包含有卷五〈中山記歷〉和卷六〈養生記道〉。然而經專家學者考證，指出所謂足本《浮生六記》的後兩記，乃是後人所偽撰，並不是沈氏原書。這在筆者所著的《《浮生六記》後二記──〈中山記歷〉、〈養生記

1　彭令，山西省平遙縣人，中國收藏家協會會員。

逍〉──考異》一書中，已經明白確實證明，已成定讞。然而《浮生
六記》後兩卷的真實內容，至今都未能搜尋到片語隻言，甚至有人提
出沈復原書可能就只完成了四記，後兩篇只有篇題，並無內容。這種
說法雖然不能成立，因為早在清朝到光五年左右，管貽葂所寫的《浮
生六記》分賦六絕句，已經證明六記是確實完成存在的；不過，六記
遺失了兩記，確是令人遺憾的事。就連上一世紀三〇年代的林語堂先
生，在英譯這本書的時候，也充滿期盼地說：「我在猜想，在蘇州家藏
或舊書鋪，一定還有一本全本；倘然有這福分，或可給我們發現。」
林語堂當年所祈求尋獲《浮生六記》全本的願望，直至去年筆者撰寫
《浮生六記考異》這本書時，仍然是無所著落的，筆者只能考證今本
《浮生六記》的第五、第六兩記是偽作，而對使《浮生六記》回復原
貌卻無能為力。

現在，令人欣喜的事出現了，據上述《文匯報》的報導，彭令先
生得到天賜機緣，找到沈復生平的相關記載，還有可能是《浮生六
記》卷五〈中山記歷〉的佚文，並作了初步的研究，公布了七張相關
抄本的圖片，以供對此書關心的學者，作更進一步的分析、研究。這
真是令學術界驚喜而振奮的大事。更感到榮幸的，是彭令先生認為筆
者對《浮生六記》這本書算是稍有研究的，所以，就將他刊登在《文
匯報》的大文檔案，他自己的文章原稿（《文匯報》刊登的文章有所
刪減）以及把所公布的抄本圖片的清晰電子檔案，惠寄給我，還打電
話叮囑我看過之後，提供給他一些意見；他的原稿裡，還引用了筆者
所著《《浮生六記》後二記──〈中山記歷〉、〈養生記逍〉──考
異》書中的資料。筆者就以這篇讀後的心得文章作為知音的回報。

據彭令先生所說，在二〇〇五年秋，他的朋友古淵先生在南京朝
天宮一間舊書攤上，搜尋購得清朝乾隆至道光年間人士錢泳的一本雜

記冊子，題名為《記事珠》。後經整理，依照其中內容大體分雜記、金石字畫、《履園叢話》草稿與信劄底稿四個部分，請人裝裱成四冊。彭先生從錢泳「雜記」部分的雜抄稿裡，發現與沈復有關的記載，還有可能是《浮生六記》卷五佚文的資料。這些錢泳手稿當中，有〈題嚴震直歷官記後〉草稿，其中明確署名「句吳錢泳」的，可見這些抄稿確屬錢泳所記。《浮生六記》的作者沈復是江蘇蘇州人，《浮生六記》殘本的發現也是在蘇州。錢泳籍貫本為江蘇金匱（今無錫）人，但他在嘉慶五年時，舉家遷居蘇州、常熟[2]。而沈復跟錢泳年代與年齡都相當；沈復生於乾隆二十八年，卒年不詳，據推測當在道光五年以後[3]；錢泳生於乾隆二十四年，卒於道光二十四年。錢泳跟沈復本來有可能相互結識的，但是終是緣慳一面。所以錢泳在雜記冊子裡〈浮生六記〉條下記上一筆說：「（沈復）〔終年奔走，在家之日常少，惜未一見其人〕[4]，惜余與梅逸（即沈復，號梅逸）從未一面；亦奇士也。」而且從抄稿中〈題嚴震直歷官記後〉條，其中明記是寫於「道光三年夏六月」，而與沈復《浮生六記》相關的抄錄文字，就在這一條前後，紙、筆墨、抄寫形式也都前後相當一致，可見這些材料也應該是在「道光三年」前後所抄寫的。而根據陽湖管貽萼所作〈長洲沈處士三白以《浮生六記》見示，分賦六絕句〉的時間，大約在道光五年左右[5]，兩者時間亦十分接近。所以，錢泳所記與沈復有關的資料，確實非常值得學術界重視的。

2　胡源、褚逢春：《梅溪先生年譜》，見《乾嘉名儒年譜》（北京：北京圖書館，2006年）。

3　陳毓羆著《沈三白和他的浮生六記》（臺北：大安出版社，1996年11月）中《沈三白這個人》之《年譜》，載於頁46。

4　〔　〕之內文字，原稿是改易刪去的。

5　陳毓羆著《沈三白和他的浮生六記》（臺北：大安出版社，1996年11月）頁27-29，又於頁46中《沈三白這個人》之《年譜》「道光五年」條亦載之。

二 錢泳雜記抄稿資料初步研究的分析

　　根據彭文及所公開的七張抄本圖片看，跟沈復有關的資料，可以分成兩類：第一是對沈復生平事蹟的記述文字，第二是與琉球有關的資料。而這兩類資料之間，又有極其密切的關係，因為沈復曾經隨冊封琉球使節團前往琉球，而且也寫了〈中山記歷〉一卷；因此，彭文認為錢泳抄稿中有關琉球國的風土記載文字，應該就是從沈復《浮生六記》卷五〈中山記歷〉裡抄錄來的。

　　對於第一類的資料有兩段，今列載如下：

〈浮生六記〉	吳門沈梅逸名復，與其夫人陳芸娘伉儷情篤，詩酒倡和。迨芸娘沒後，落魄無寥，備嘗甘苦，就平生所歷之事作《浮生六記》，曰《靜好記》、《閒情記》、《坎坷記》、《浪遊記》、《海國記》、《養生記》也。梅逸嘗隨齊、費兩冊使入琉球，足跡幾遍天下，亦奇士也。[6]
〈冊封琉球國記略〉	嘉慶十三年，有旨〔冊〕封琉球國王，正使為齊太史鯤，副使為費侍御錫章。吳門有沈三白名復者，為太史司筆硯，亦同行。

這兩段文字的內容，都記載了沈復在嘉慶十三年，隨冊封琉球正、副使齊鯤、費錫章前往琉球，並擔任正使齊鯤的幕僚工作；這與王益謙輯選歷代興化邑人詩作之《昭陽詩綜》裡所載錄李佳言的〈送沈三白隨齊太史奉使琉球〉兩首律詩[7]，在證據力上是相當的而敘述更為明確。彭文因此就推論錢泳雜記抄稿裡有關琉球的資料，就是《浮生六

6　這是彭令所引述的文字，並不能完全呈現原稿狀貌。下文另有引原稿全文。
7　見拙著：《浮生六記後二記──中山記歷、養生記逍──考異》（臺北市：萬卷樓圖書公司，2007年9月），頁216-218。以下引述此本，不另贅言。

記》第五卷〈中山記歷〉的佚文；這樣推論雖然不能算是錯誤，但也失之粗疏，在嚴格的邏輯意義上來講，是有問題的；因為沈復跟錢泳並不認識，更未謀面，這些關於沈復生平的訊息，也可能都是由錢泳在蘇州生活，經打聽後，從別人口中所說得來的，錢泳他並沒有說他所知悉的是來自《浮生六記》這本書，也沒有說過他曾得到《浮生六記》這本書。就彭文所引述、分析討論文章部分而言，只能說錢泳知道有沈復將生平所遭遇寫成《浮生六記》，知道「六記」的名稱，知道沈復在嘉慶十三年去琉球，知道他是齊鯤的從客，然而他並未說明如何得知。因此，就彭文所論，並不能證明錢泳雜記抄稿裡的琉球資料，就是沈復所寫〈中山記歷〉的佚文。更何況在第二段文字裡，錢泳以第三者的敘述口吻來記述琉球風土記事，顯然可見錢泳所記的，不一定就是沈復〈中山記歷〉的的原文。

就因為彭先生一開始已經認定雜記抄稿中的資料是〈中山記歷〉的原稿佚文，所以，也就沒有仔細分析討論「到底錢泳有沒有親自看過《浮生六記》這本書？」這個問題。筆者相信錢泳雜記抄稿的全部內容，都沒有直接明白說明這個問題的資料，否則彭先生就不用一再辯說了。

對於第二類跟琉球有關的記述資料，彭先生引用了雜記抄稿裡〈冊封琉球國記略〉（描寫使團至琉球的航海過程）、冊封典禮前參觀琉球國中山王府的宮室、〈琉球國演戲〉、琉球國妓女紅衣人等四段文字；還有不在公布資料裡的「入琉球時琉球國迎接禮儀」、「冊封琉球國王的過程」、「琉球國歷史和地理狀況」、「大臣的居所」、「琉球國中使用的錢幣」、「琉球國刑罰、糧食、動物、酒類、民居、女集場、寺廟、冠服、交際禮儀、語言文字」、「演戲之《天緣奇》、《笠舞》、《君爾》、《羯鼓舞》和《淫女為魔》」等諸多內容。從而得出「文中所

記，即沈復陪同齊鯤、費錫章出使琉球國時的行程，而如此詳備的記述，只能出自使團當中的成員」，「假若未有親身經歷，絕不可能寫出這樣具體、生動的記述」。彭文中也很細心查考了錢氏門人胡源、褚逢春編著的《梅溪先生年譜》，知道錢泳在嘉慶十三年時到了杭州、山東、京城等地[8]，不可能分身隨齊、費兩位冊封使遠赴琉球；而且終錢氏一生，也從來沒有到過琉球國。可以肯定這些琉球記述資料，絕對不是錢泳自己的見聞記錄，而是抄來的。所以，彭先生肯定地說：

> 在這本雜記冊內，另外還有一個就是題作〈浮生六記〉的條目，這一條目的內容，則可以直接表明，上述有關琉球國的記述，就是出自沈復的《浮生六記》。……顯而易見，錢泳確實讀到了沈復的《浮生六記》，因此，他在自己記事的雜記冊子當中，抄錄《浮生六記》書中有關琉球國的記載，便是很自然的事情了。……錢泳抄錄的這部分《浮生六記》的內容，顯然都應當屬於該書卷五〈中山記歷〉的佚文。

彭先生還針對錢泳之所以大量抄錄琉球國記事的原因，作了一番考證推論功夫。他說：

> 錢泳對沈復《浮生六記》卷五〈中山記歷〉特別關注，可能主要是因為他對沈復遊歷琉球國一事具有嚮往之情。錢氏平生亦四處遊歷，足跡幾遍海內，在其《履園叢話序目》中不無得意地寫道：「余自弱冠後，便出門負米，歷楚、豫、浙、閩、齊、魯、燕、趙之間，或出或處，垂五十年，既未讀萬卷書，

8　胡源、褚逢春：《梅溪先生年譜》，《乾嘉名儒年譜》（北京：北京圖書館，2006年）。

亦未嘗行萬里路，然所聞所見日積日多……」[9]由此可見，錢氏與當時一般人比較，應該是格外地見多識廣，與當時的文人墨客比，也頗可炫耀。但是，他的見多識廣僅限於海內，畢生未曾涉足海外，因此，他才會感歎說：「梅逸嘗隨齊、費兩冊使入琉球，足跡幾遍天下，亦奇士也！」嚮往之情，溢於言表。

彭文的推論頗為有理。這還可以從《履園叢話》卷二十三〈雜記〉「行萬里路」條看出。錢泳說：「『讀萬卷書，行萬里路』，二者不可偏廢，然二者亦不能兼。每見老書生矻矻紙堆中數十年，而一出書房，便不知東西南北者，比比皆是。」可見錢氏很強調從書堆中去認識外面的世界，這也是很重要的人生歷練課題。錢泳抄稿中抄錄了那麼多的琉球國風土民俗資料，應該是基於他這樣的觀念下所促成的。

為了證成錢泳雜記抄稿中琉球資料就是〈中山記歷〉原稿佚文，彭文強調那些琉球風土描述的文字，其風格、用語，跟俞平伯先生對《浮生六記》前四卷的評價——「雖有雕琢一樣的完美，卻不見一點斧鑿痕；……儼如一塊純美的水晶，只見明瑩，不見襯露明瑩的顏色；只見精微，不見製作精微的痕跡。」[10]——一樣，達到「筆墨輕靈，描寫細膩；語言自然、樸素、簡潔，而又生動、形象、傳神」，同樣是妙手天成，應該是由沈復手筆寫成的原樣。

彭先生為了證明雜記抄稿的琉球資料是〈中山記歷〉的原稿佚文，可說是用盡力氣，從多方面來論證，而且所提出的觀點也都合情合理。然而，他也十分瞭解對他不利的反駁。

9　〔清〕錢泳撰：《履園叢話》（上海：上海古籍出版社，續修四庫全書本，據述德堂藏版），頁2。

10　俞平伯：〈重刊浮生六記序〉，載《浮生六記》（北京：人民文學出版社，1980年7月）。

第一：在抄稿裡的〈冊封琉球國記略〉條，出現以第三者的口吻說的話「有沈三白名復者」等話語，可見錢泳所抄錄的並非百分之百屬於沈復文字的原貌。

第二：就如彭先生文章後記所說，北京大學中文系潘建國教授提「出可能會有讀者懷疑，沈復的記述並非錢泳所錄的惟一來源」。潘教授所提的提問，是十分合乎邏輯的，也是一針見血的。

這兩個不定的因素，彭先生還是只能請讀者比較抄稿中描寫琉球妓女紅衣人，與《浮生六記》中〈浪遊記快〉所記述廣東「老舉」船妓女兩段文字，就文字，語氣、用詞、句式等語言習慣，兩者多有相同之處來回應。然而這樣的回應，還是無法解決上述兩個問題所帶來的缺口──論證的不確定性。

三　錢泳雜記抄稿資料的再分析與研究

如果將以上的分析整理一下，其實就是兩個問題：

一　錢泳真的看過沈復的《浮生六記》原本嗎？
二　雜記抄稿中的琉球國資料，跟〈中山記歷〉的關係如何？

筆者從七頁抄稿清晰圖片看到比較細部的資料，也因此能就以上的兩個問題，提出了解決的論述。這也可以從兩方面來論證：

首先，抄稿裡最直接記載沈復相關事蹟的〈浮生六記〉條，彭文所引證的文字，跟原抄稿上的文字有差異，就是缺少了那些刪掉的、修改的文字，而筆者認為這些刪掉的、修改的文字，非常具有價值。現在將原稿上的全貌，比列如下：

〈浮生六記〉

吳門沈梅逸名復，（*多情愛好，多情篤于*），（*友朋誼篤，夫婦情深*）與其夫人陳芸娘伉儷情篤，（*不歡其父*）。詩酒倡和。迨芸娘沒後，落（*拓不羈*）魄無寥，備嘗甘苦，就平生所歷之事，作《浮生六記》，曰〈靜好記〉、〈閒情記〉、〈坎坷記〉、〈浪遊記〉、〈海國記〉、〈養生記〉也。梅逸，（*終年奔走，在家之日常少，惜未一見其人*），嘗隨齊、費兩冊使入琉球，足跡幾遍天下余與梅逸從未一面；亦奇士也。[11]

原稿改動的地方不少，而且有一改再改處；可見這是錢泳自己擬撰的文稿。原稿先寫「多情愛好」，刪改為「多情篤于」，然後再改寫為「*友朋誼篤，夫婦情深*」，最後才定稿為「與其夫人陳芸娘伉儷情篤」的。「與其夫人陳芸娘伉儷情篤」一句，相當於原來的「夫婦情深」，至於「友朋誼篤」卻被捨棄了。要知道沈復跟陳芸娘的生活行為，是相當特殊的，比如芸娘知書能寫，跟丈夫同遊太湖，還扮男裝看燈會，在在都是當時社會的異常行徑。想當時蘇州一定轟傳沸揚，很多人都可能知道傳述的。而錢泳本來想寫的「友朋誼篤」的事，以及「多情」性格，就不見得很多人瞭解，也不太會被傳揚的。然而對「友朋誼篤」的表現，沈三白是明明白白寫在《浮生六記》的第三記裡。〈坎坷記愁〉中說：

---

11 為使讀者能清楚瞭解抄稿原貌，筆者作了如下的安排：凡是斜體字在原稿上是刪去的，而斜體字後如有□，其中的文字，是針對前面斜體字的修改狀況。〔〕內的字，是增加的部分。或請讀者直接參看原圖。

人生坎坷何為乎來哉？往往皆自作孽耳。余則非也！多情重
諾，爽直不羈，轉因之為累。

有西人賃屋于余畫舖之左，放利債為業，時倩余作畫，因識
之。友人某向渠借五十金，乞余作保，余以情有難卻，允焉。
而某竟挾資遠遁。

芸曰：「妾亦籌之矣。君姊丈范惠來現於靖江鹽公堂司會計，
十年前曾借君十金，適數不敷，妾典釵湊之，君憶之耶？」余
曰：「忘之矣。」[12]

這些文字所記述的事，不太可能是一位與沈復素未謀面的錢泳所能知
道的，也不可能是錢泳向認識沈復的三姑六婆那裡打聽得來的，當然
最有可能的是看了沈復在《浮生六記》裡的敘述，才能知道如此詳
盡。同樣的，原稿中原作「不歡其父」一句，改為「詩酒唱和」；這
裡所說的「不歡其父」，應該是指芸娘在夫家不能得到翁姑的認同與
疼愛，甚至一再被家公逐出家門。這些事在〈坎坷記愁〉裡都交代得
很詳細。俗語說「家醜不出外傳」，這些「家醜」外人何來得知呢？
除非是看過〈坎坷記愁〉的人，或者是聽看過〈坎坷記愁〉的人轉述
才可能得知的。

如果把這段原稿的內容跟《浮生六記》對比，「*多情愛好，多情
篤于，友朋誼篤*」是屬於〈坎坷記愁〉的；「『*夫婦情深*』，與其夫人
陳芸娘伉儷情篤」，詩酒倡和」是屬於〈閨房記樂〉的；「*不歡其父*」
也是出自〈坎坷記愁〉；「*梅逸嘗隨齊、費兩冊使入琉球*」屬於〈中山
記歷〉的；「*足跡幾遍天下，（終年奔走，在家之日常少）*這可以說是

---

12 以上引文，見蔡根祥編注：《精校詳註浮生六記》（臺北：萬卷樓圖書公司，2008年），
頁71、74、78。以下引述此本，不另贅言版權資料。

總括〈浪遊記快〉的。可以說，錢泳對沈復生平的敘述，都可以在《浮生六記》裡找到對應點，而錢泳並不認識沈復，也無一面之緣。試想天底下如此巧合，可真難得！何況錢泳還能完整地列數六記的名目：曰〈靜好記〉、〈閒情記〉、〈坎坷記〉、〈浪遊記〉、〈海國記〉、〈養生記〉。那他看過《浮生六記》原文的機率是相當高的。那麼，錢泳雜記抄稿中的琉球國資料，是從〈中山記歷〉裡抄來的機率也相對大增了。

其次，筆者十分贊成潘建國教授的看法，從邏輯上來說，沈復〈中山記歷〉中對琉球的相關記述，並不一定就是錢泳所抄琉球國資料的唯一來源。那就從過濾相關著作資料來觀察。

清朝冊封琉球的相關紀錄著作不少。列表如下：

清朝冊封琉球使一覽表

冊封年代	使者姓名		冊封記錄相關著作
	正使（官銜）	副使（官銜）	
康熙二年 （1663）	張學禮 （兵科副理官）	王　垓 （行人）	張學禮 《使琉球紀》
康熙二十二年 （1683）	汪　楫 （翰林院檢討）	林麟焻 （內閣舍人）	汪　楫 《使琉球雜錄》、 《中山沿革志》
康熙五十八年 （1719）	海　寶 （翰林院檢討）	徐葆光 （翰林院編修）	徐葆光 《中山傳信錄》六卷
乾隆二十一年 （1756）	全　魁 （翰林院侍講）	周　煌 （翰林院編修）	周　煌 《琉球國志略》
嘉慶五年 （1800）	趙文楷 （翰林院修撰）	李鼎元 （內閣舍人）	李鼎元 《使琉球記》

冊封年代	使者姓名		冊封記錄相關著作
	正使（官銜）	副使（官銜）	
嘉慶十三年（1808）	齊　鯤（翰林院編修）	費錫章（工科給事中）	齊鯤、費錫章同編撰《續琉球國志略》

私人對琉球國的記事，大概只有潘相所撰的《琉球入學見聞錄》四卷[13]。潘相原本是貢生，後來被選為教習，教導琉球前來留學的學生，這些學生從乾隆二十五年（1760）到達北京，乾隆二十九年（1764）學成歸國。潘相本人雖然從來未曾親到琉球，然而他充分利用跟琉球學生朝夕相處晤談的機會，對琉球的風土民俗作了查詢求證，從而辨正是非；並指出徐葆光的《中山傳信錄》與周煌的《琉球國志略》兩本書裡的錯誤。

就現在能見到的有關琉球國相關記載，還有的就是曾出使冊封琉球的正副使所作的琉球詩。有汪楫的《觀海集》；林麟焻的《玉巖詩集》中的酬唱之作〈星槎草〉一卷，以及專寫琉球風土的五十首〈中山竹枝詞〉一卷（現在部分已經失傳）；徐葆光的《海舶三集》，周煌的《海東集、續集》、《海山存稿》；趙文楷的《石柏山房詩存》；李鼎元的《師竹齋集》；齊鯤的《東瀛百詠》；費錫章的《一品集》。[14]這些作者都是冊封琉球的正副使者，也只有他們的身份才能作這些詩。而以從客身份隨往琉球，留有作品的，就只有王文治在乾隆二十一年時，應全魁之邀前往琉球，並留下《夢樓詩集》中卷二《海天遊草》

---

13 〔清〕潘相著《琉球入學見聞錄》四卷（大陸：北京圖書館刊印《國家圖書館藏琉球資料匯編》，2000年10月第一版，2003年9月第2次印刷）。

14 有關琉球的記載，現在最齊全的，是大陸：北京圖書館刊印《國家圖書館藏琉球資料匯編》（2000年10月第一版，2003年9月第2次印刷），《國家圖書館藏琉球資料續編》（2002年10月第一版），《國家圖書館藏琉球資料三編》（2006年12月第1版）。上列的書，見於三編。

的琉球組詩。換言之，能以從客身份隨往琉球而留有文字記錄，其實就只有沈復的〈中山記歷〉了。

朝廷冊封使的記錄撰作，本意是為了將出使所見所為，回來向朝廷報告、述職的，所寫大多數都是樣版式的規格；其中唯有李鼎元的《使琉球記》是用日記體寫的，記敘描述得比較活潑，頗具有遊記散文的文學氣息。

現在觀察分析錢泳雜記抄稿裡的琉球國資料，絕對不像那些冊封使所編撰的風格形式，較之更詳細、更生動；內容也不是一位身為朝廷大臣所會寫的，將之跟李鼎元的《使琉球記》相比較，也沒有那種官僚氣息，沒有那種儒家道德觀的指導概念；應該是一位不受身份、禮教束縛的文人所撰寫的。

從公布的圖片資料來看，錢泳所寫〈冊封琉球國記略〉條，並不是要將清朝所有出使琉球的情形作一次總的記述，而是只針對嘉慶十三年齊鯤、費錫章那一次而已。這可以從錢泳所記〈冊封琉球國記略〉條裡，他特別指明：

> 嘉慶十三年，有旨〔冊〕封琉球國王，正使為齊太史鯤，副使為費侍御錫章。吳門有沈三白名復者，為太史司筆硯，亦同行。

而在「琉球國妓女紅衣人」條中，也提到：

> 琉球國亦有妓女，謂之紅衣人，其所居曰紅衣館。向例館每天使至國冊封，准諸妓入館伺候。自嘉慶五年趙介山殿撰冊封琉球〔時〕，傳諭不准入館，遂為定例。

文中提到嘉慶五年趙文楷（介山）傳諭不准使節團到紅衣土妓館，也不准紅衣土妓進入天使館伺候使節團的人員。這規定的轉變，在李鼎元的《使琉球記》裡記載得很清楚；李鼎元說：

> （五月）十四日，乙未，晴。飭從者各安執事，無妄出入。諭閽者嚴啟閉，差遣則付以籤，閽者驗放。無籤而擅放，責閽者。聞琉球俗有紅衣土妓，諭令驅逐，無附近使館，蠱我從人。[15]

可見抄稿文字所記的內容，當然只能是嘉慶十三年齊鯤、費錫章的冊封事件。那麼，我們對比錢氏雜記抄稿中琉球文字資料與齊、費所作的《續琉球國記略》，就可以得出彼此之間的關係如何了。如抄稿裡有琉球紅衣土妓的記載，而齊、費的《續琉球國記略》卷三〈風俗〉篇裡，根本沒有記載紅衣土妓的事；雜記抄稿文字所記的也跟李鼎元所記不一樣。這一點可以說沒有相關對比資料；不過，筆者發現在雜記抄稿圖片〈冊封琉球國記略〉條之前，有一段文字說：

> 乘風化去，松瑞得全身而歸。此彼國近時之故事也。忽扮出大獅子兩個，擂鼓跳躍〔盤旋〕而下，歌舞自此而止，即中國〔唱〕戲之團圓也。

根據筆者的判斷，這應該是資料中〈琉球國演戲〉條的末尾。其中前面所提到的「松瑞」，是琉球國流傳的神怪傳說故事，在齊鯤、費錫章的《續琉球國記略》裡卷三〈人物〉下有記載。《續琉球國記略》說：

---

15 〔清〕李鼎元著《使琉球記》（臺北：文海出版社，《近代中國史料叢刊》第四十八輯，師竹齋藏板），卷三，頁9，總頁121、122。以下引述此本不另贅言。

普德萬壽寺僧有戒行。姑場村有陶姓子，名松瑞者，穎悟，喜讀書。年十五，父母遣就傅首里。道出浦添，暮雨驟至；遠望燈火出林間，遂冥行借宿。至則少女燭而應門，室內闃然。兒徘徊不入；女延之，欲具酒食。兒伏案假寐，女輒來相迫。兒力拒之，乘間逸。覺後有追者，奔至寺前大呼求救。普德納而坐諸方丈中，遣其徒置鐘門外，女躑躅不敢進。鐘忽躍起，覆女。天明啟鐘，則死狸在焉。[16]

考之李鼎元的《使琉球記》卷五裡，八月十二日所記的內容也有相同的記載道：

十二日，壬戌，雨。梁長史來，問以國俗重僧，上人名尤貴。有道德知識可述者否？對曰：昔中城縣姑場村，有陶姓，先世簪纓，中落，業農。有子松瑞，性穎悟，美秀而文；五歲讀書，過目輒成誦；父母愛之，仍令業儒，就師於首里。年十五，丰姿益俊，婉如處子。一日歸至浦添，暮雨驟至；見燈光出林間，逐火行，得人家。剝啄借宿。有少女燭而應門，室更無人；兒遠嫌，即欲他投。女以虎豹嚇之。兒進退維谷，徘徊門外。女曳之入，欲具酒；兒辭，伏案假寐；女潛偎就，薦枕席；兒以男女大倫，風化攸關，婉謝之。女求愈急，兒拒益力。女佯羞，入戶，將有謀。兒乘間逸。覺追者有虎氣；適至萬壽寺，大呼求救。寺僧普德入而坐之方丈，遣其徒置鐘於門，女追至，不敢入，繞鐘號。鐘忽躍起，覆之。天明，兒辭

---

16 〔清〕齊鯤、費錫章編撰《續琉球國志略》（北京：北京圖書館，《國家圖書館藏琉球資料續編上冊》，2002年10月）總頁471。以下引述此本，不另贅言。

謝。僧送之門，啟鐘，則死狸在焉。松瑞後官至紫巾官。[17]

比較齊鯤與李鼎元兩者所記，如出一轍，應該是齊鯤參考、撮抄李鼎元的記載文字。然而對比錢泳雜記裡的說法，雖然筆者看不到前面的敘述，但是不難猜得所謂「乘風化去」一句，指的應該是故事中的「狸」妖「乘風化去」，與齊、費及李鼎元所記的情節顯然不相侔。如果錢泳所抄的對象是齊、費及李記的資料，是不應該改變傳說中的故事情節的。由此推知，錢泳不是抄齊鯤、費錫章或者李鼎元的文字記錄，而是另有所據。

前面提到過，沈復的朋友李佳言寫過〈送沈三白隨齊太史奉使琉球〉兩律詩，係出自王益謙輯選歷代興化邑人詩作之《昭陽詩綜》。這兩首詩如下：

> 三山開國久米王，貢賮常通願近光。首里巖城雄列服，八星名跡冠東洋。使君特簡威儀肅，元子新封禮教詳。畢竟書生多遠略，仁風幕府助宣揚。

> 記否飛觴耳熱時，為言此去與君宜。行程繪畫矜遊壯，景物諏咨勝閱奇。海國見聞應補錄，職方外紀好蒐遺。他年五兩南旋日，爭讀歸裝數卷詩。[18]

其中第二首說「海國見聞應補錄，職方外紀好蒐遺」，就是勸沈三白利用隨團到琉球之便，將琉球的風土人情詳細記錄，好作為後人參

---

17 〔清〕李鼎元《使琉球記》卷五，頁6，總頁214-215。

18 參拙著：《浮生六記後二記──中山記歷、養生記逍──考異》，頁216。

考。而沈三白也真的寫了〈中山記歷〉，作為《浮生六記》裡海外壯遊的一記。當然，管貽葑的〈長洲沈處士三白以《浮生六記》見示，分賦六絕句〉的第五首詩，也可以證明這一點。詩句說：

瀛海曾乘漢使槎，中山風土紀皇華，
春雲偶住留痕室，夜半濤聲聽煮茶。[19]

從以上的考察得知，錢泳對嘉慶十三年那一次的冊封琉球國記略，除了沈復的《浮生六記》之外，可以說不太可能還有其他的資料來源了。彭文也在後記裡說：「關於嘉慶十三年沈復陪同齊鯤、費錫章出使琉球國的見聞，暫未見有其他如此詳備的記載傳世。」

四　錢泳抄錄《浮生六記》的內證及相關分析

縱然作了以上的考證與論述，答案已經呼之欲出了，然而總是心有所憾，就只怕萬一……偶然不是如此呢？還好，這個遺憾現在可以免除了，因為筆者在高雄師範大學的通識課程，有開設「《浮生六記》賞析」這門課，對《浮生六記》內容相當熟悉；所以經過仔細端詳過圖片之後，筆者發現了最重要的證據，可以證明錢泳的確看過《浮生六記》，而且真真實實抄錄了《浮生六記》；就如潘建國教授說過，文學作品的考證研究，內證十分重要；要能內、外證相結合，更可讓讀者產生認同。筆者所說的證據，就是內證。

就在錢泳雜記抄稿中〈浮生六記〉條之前，有一段文字說：

19　參見蔡根祥編注：《精校詳註浮生六記》，原題詞部分，頁2。

上，置陰濕地，則長細葉菖蒲，茸茸可愛。以老蓮子磨薄兩
頭，入蛋壳，使〔母〕雞〔同〕哺之，俟雛成取出。用久年燕
泥加天門冬十分之二，搗爛拌勻，植于 小器磁碗 中，以河水養
之；置〔烈〕日中晒之，使開花如 酒盃錢大 ，葉亦縮小，可置
案几上。用螞蝗炙存性研末，在〔紫紅〕菊花蕊上洒〔之〕，
使色變大紅。〔又〕石榴花以百沸湯乘熱澆之，花必大盛。其
法甚多，雖因乎花木之性，而〔亦〕人之巧也。

這一段文字經過對比錢泳的《熙朝新語》、《履園叢話》之後，可以確
定不見於今本錢泳作品之中；然而這一段文字跟今本《浮生六記》第
二記〈閒情記趣〉裡的文字，非常相似。《浮生六記》〈閒情記趣〉的
文字如下：

點綴盆中花石，小景可以入畫，大景可以入神。一甌清茗，神
能趨入其中，方可供幽齋之玩。種水仙無靈璧石，余嘗以炭之
有石意者代之。黃芽菜心，其白如玉，取大小五七枝，用沙土
植長方盤內，以炭代石，黑白分明，頗有意思。以此類推，幽
趣無窮，難以枚舉。如石菖蒲結子，用冷米湯同嚼，噴炭上，
置陰濕地，能長細菖蒲；隨意移養盆碗中，茸茸可愛。以老蓮
子磨薄兩頭，入蛋壳，使雞翼之，俟雛成取出，用久年燕巢泥
加天門冬十分之二，搗爛拌勻，植於小器中，灌以河水，曬以
朝陽；花發大如酒盃，葉縮如碗口，亭亭可愛。[20]

經過仔細的對比，雖然其中的文字、用語稍有不同，如「燕泥」與

---

20 見筆者編注：《精校詳註浮生六記》，頁64、65。

「燕巢泥」，「哺之」變「翼之」等，也有在中間插入一句的如「隨意移養盆碗中」，然而我們不得不承認這必然是同一段的文字。如果彭先生能將抄稿裡這一段的前一頁拿來對看，我相信應該跟《浮生六記》的文字亦相同的。這就能確實地證明，錢泳不單止看過《浮生六記》，而且真真實實抄錄了《浮生六記》中的文字；這就是「內證」，也就是「鐵證」。

　　有了這一段可供對比的文字鐵證為根本，再進一步比較兩段文字，會讓我們得到更重要的訊息。如果將今本《浮生六記》與抄本中未經改動的文字，以及已經修改的文字，加以比較，就會發現，今本浮生六記與雜記抄稿未經改動的文字，相似度很高，改過之後反而不像。茲對比如下：

閒情記趣	上，置陰濕地，能長細菖蒲；隨意移養盆碗中，茸茸可愛。以老蓮子磨薄兩頭，入蛋壳，使雞翼之，俟雛成取出，用久年燕巢泥加天門冬十分之二，搗爛拌勻，植於小器中，灌以河水，曬以朝陽；花發大如酒盃，葉縮如碗口，亭亭可愛。
抄稿未改本	上，置陰濕地，則長細葉菖蒲，茸茸可愛。以老蓮子磨薄兩頭，入蛋壳，使雞哺之，俟雛成取出。用久年燕泥加天門冬十分之二，搗爛拌勻，植于小器中，以河水養之，置日中晒之，使開花如酒盃，葉亦縮小，可置案上。
抄稿修改本	上，置陰濕地，則長細葉菖蒲，茸茸可愛。以老蓮子磨薄兩頭，入蛋壳，使母雞同哺之，俟雛成取出。用久年燕泥加天門冬十分之二，搗爛拌勻，植于磁碗，以河水養之；置烈日中晒之，使開花如錢大，葉亦縮小，可置几上。

其中最明顯的是〈閒情記趣〉用「小器」「酒盃」，未改本亦同，而改本則用「磁碗」「錢大」；顯然錢泳是先抄錄來源文字，然後再根據己意作修改的。那麼，錢氏所抄錄的（即是修改前的原樣）應該就是

《浮生六記》的原文，

　　如果對比〈閒情記趣〉與抄稿未改本兩者用語的改變，就會知道今本〈閒情記趣〉的文字是比較正確的，而且有修辭翰藻的。如「細葉菖蒲」作「細菖蒲」，刪去了「葉」字，因為這樣的石菖蒲根本就是「毛茸茸」的，不像有葉子。抄本裡的「葺」字，《說文》云：「茨也。」引伸為用茅草修蓋屋宇，也就是「修葺」之義；抄稿這個「葺」字用在這一句話裡，顯然是寫錯了，〈閒情記趣〉改作「茸茸」才是對的。「哺之」更換為「翼之」，其實「餵食」義的「哺」字，在這裡根本就是個錯字，本應是「孵」字，就是將老蓮子放在蛋殼裡，讓母雞伏孵；在很多方言裡，「孵」字的口語音發ㄅㄨˇ（陰上聲，buˇ），跟「哺」同音[21]；這種文、白異讀現象，是古音的痕跡，即古無輕唇音是也；所以，抄稿未改本寫成「哺之」，詞義是有問題的，寫作「翼之」才是正確而典雅的。「燕泥」作「燕巢泥」，詞義更清楚，是指將燕子窩拆下來的泥，而不是燕子嘴巴銜的泥。未改本「以河水養之，置日中晒之」，〈閒情記趣〉改為「灌以河水，曬以朝陽」，更精鍊而對仗，讀之朗朗上口。「使開花如酒盃，葉亦縮小」寫作「花發大如酒盃，葉縮如碗口」，讓讀者更能根據比喻的「酒盃」「碗口」來，想像蓮花、蓮葉的大小，原句則較為空泛。由以上的分析、比較，可以肯定今本〈閒情記趣〉的文字，是經過精心修飾簡鍊過的，而錢泳所抄錄的則比較接近口語自然，直接敘述的。

　　還有，錢氏所抄稿後面有一段文字，內容說如何使菊花變成大紅色，如何讓石榴花盛開，不見於〈閒情記趣〉中；筆者以為這是因為

---

21 筆者在二〇〇八年四月、七月均曾到上海，訪問過上海人對這個「孵」字的讀音，跟上述現象相同。上海話跟蘇州話同屬吳語。

〈閒情記趣〉這一段文字前面，已經說了不少如何處理植物的經驗偏方，再加上這些，就讓人覺得累贅、厭煩，似乎是在炫耀作者的園藝知識罷了，讀來興味索然；倒不如一句「亭亭可愛」作收束，使人感覺餘韻無窮，這種改變應該是沈三白所修訂的。也就是說，錢泳所抄錄的是《浮生六記》比較早期的原來版本，而今日我們所見的《浮生六記》是沈三白後來修飾定訂過的模樣。

這一點推論，還可以從抄稿〈浮生六記〉條所說的六記篇題，與今本六記的篇題比較而得。抄稿所記《浮生六記》的篇題與今本《浮生六記》篇題對列如下：

今本篇題	閨房記樂	閒情記趣	坎坷記愁	浪遊記快	中山記歷	養生記道
抄稿篇題	靜好記	閒情記	坎坷記	浪遊記	海國記	養生記

顯而易見兩者之間的差別有兩方面：第一是抄稿的篇題都只有三個字，而今本《浮生六記》則都是四言的。第二是六記裡有兩記的名稱不同。

對於第一點，抄稿只說「某某記」，而今本篇題在「記」字後，都加上一個狀語詞，表達該篇的核心主題。這一個字的存否，有勝於沒有；有了這個字，就可以讓讀者在看內容之前，就能明瞭作者的主旨，具有畫龍點睛之效。再考察這個字，跟今本各篇的內文，有著密切的關係。如〈閨房記樂〉裡，就有「自以為人間之樂，無過于此矣」、「今日之遊樂矣」、「布衣菜販，可樂終身」等文句。〈閒情記趣〉中有「時有物外之趣」、「另有世外之趣」、「以此類推，幽趣無窮」、「靜室焚香，閒中雅趣」、「自有月下之趣」。〈坎坷記愁〉裡雖然沒有任何一個「愁」字，而內容所記真是愁雲慘霧，愁眉不展，愁懷滿腹。而在〈浪遊記快〉裡更明顯可以看出，作者在創作時，跟篇題

是有意地契合的；文中記他在十五歲時，隨父到山陰，曾遊吼山，而認定為「此幼時**快**遊之始」，可知沈復是強調「快」的；而他在記十九歲（辛丑），他父親患了瘧疾，看來恐怕一病不起，叮囑沈三白習幕，要克紹箕裘；沈復以為這是父親遺命，就答應拜師習幕；後來他父親雖然病醫好了，但是沈復寫道：「余則從此習幕矣。此非**快**事，何記於此？曰：此拋書**浪遊**之始，故記之。」[22] 由此可知，六記篇題末的主旨詞，應該是作者所標榜的，為了突顯主題的字眼，不可能是先有四言篇題而後來把它刪去的。也就是說，今本六記的四言篇題，是修改後的成果；換言之，雜記抄稿的三言篇題，是六記早期篇題的模式。甚且或者沈復後來因要突顯主旨，不單修改了篇題，還相應地在內文中加以強調，也是可能的。抄稿中的三言式篇題，相較之下就顯得主旨含糊。

對於第二點，「閨房記樂」與「靜好記」，「中山記歷」與「海國記」的不同，彭文中以為「似乎較今傳本要更雅一些」，言下之意可能是認為後出轉精，〈靜好記〉才是沈復記題的原來面目。然而經考察篇題用詞的含義，筆者並不認為是「更雅」，而且正好相反。考「靜好」一詞，出於《詩經》〈鄭風〉〈女曰雞鳴〉篇，詩裡說：

> 女曰：「雞鳴」，士曰：「昧旦」。「子興視夜」，「明星有爛」，「將翱將翔，弋鳧與雁」。
> 弋言加之，與子宜之。宜言飲酒，與子偕老。琴瑟在御，莫不靜好。
> 知子之來之，雜佩以贈之。知子之順之，雜佩以問之。知子之好之，雜佩以報之。

---

22 見筆者編注：《精校詳註浮生六記》，頁98。

這首詩是說男女相悅相親，和樂融融地相處。前面曾分析過，篇題跟內文是相關的，現在，〈閨房記樂〉的起首，並未見提及這首《詩經》〈鄭風〉〈女曰雞鳴〉的詩，反而提及的是《詩經》〈周南〉〈關雎〉詩，文章裡說：「因思〈關雎〉冠三百篇之首，故列夫婦于首卷，餘以次遞及焉。」這顯然跟〈女曰雞鳴〉與「靜好」無關；想這最好的解釋就是沈復原本的篇題是〈靜好記〉，而內文也可能本來有提及〈女曰雞鳴〉與「靜好」的，不過後來沈復將〈靜好記〉改為〈閨房記樂〉，內文也同時作了修訂，才引用了〈關雎〉詩的。然而沈復何以要改呢？筆者以為〈關雎〉、〈女曰雞鳴〉這兩首詩，內容都跟男女、夫婦相處有關，對第一記而言似乎都可用上；然而讀過《詩經》的人都知道，〈關雎〉一詩是孔子十分重視的，《論語》中兩次提到說「〈關雎〉，樂而不淫，哀而不傷」，「師摯之始，〈關雎〉之亂，洋洋乎盈耳哉」。〈關雎〉一詩，歷來被認為是國風之正，《詩經·序》說是「后妃之德」，而相處之道在「發乎情，止乎禮義」，是夫婦人倫之正道，「樂得淑女以配君子……，不淫其色」[23]。而《鄭風·女曰雞鳴》呢？是國風中之亂世的「變風」，《論語》中孔子說「放鄭聲」、「鄭聲淫」、「惡鄭聲之亂雅樂」，而宋朝朱熹更將《鄭風》歸入「淫詩」之列。相較之下，沈復要記述與芸娘的互動，其中也有一些近乎肢體親密的接觸、情緻的纏綣。《中庸》說：「君子之道，造端乎夫婦，及其至也，察乎天地。」然而如果以「靜好」來傳達，就偏向「淫其色」、「食色性也」的情慾層面，而若以「關雎」來說的話，就「發乎情，止乎禮義」、「樂而不淫，哀而不傷」的人生大倫。這是自古相傳成的經學思維。沈復也是讀過經典的文士，深知簡中的含意，而初始只想表現夫婦男女之情，不管世間社會的世俗眼光，不過想深

---

23 以上均根據《詩經》〈小序〉而言。

一層，這會使自己與九泉之下的芸娘含污，遭受批評。想來沈復也不得不承認〈靜好記〉並不是很理想的篇題，所以修訂時才改為〈閨房記樂〉的。

　　至於〈中山記歷〉與〈海國記〉的不同呢？「海國」是個很籠統的詞，在清朝時就知道海外國度不少；沈三白一輩子就只到過海外琉球一國，如果用〈海國記〉作篇題，好像是遍遊海外各國，一如小說《鏡花緣》所說那般，有些誇大。而「中山」就是琉球國的古稱，典雅而深奧，連楊引傳剛得到《浮生六記》殘本時，都還不知道這是甚麼地方，後來經王韜提點才知道是「琉球國」[24]。

　　另外，前面已經說過，彭先生根據抄稿的資料，推論出與《浮生六記》有關的部分，應該是寫於道光三年前後。而沈復生前完成了《浮生六記》之後，曾經懇請當時在如皋的管貽葄品題，管氏就題了〈長洲沈處士三白以《浮生六記》見示，分賦六絕句〉的組詩，而且每一首詩都分別對應各記的內容而寫，可見管氏是親眼看過完整《浮生六記》的，而時間約在道光五年。[25]也就是說管貽葄看到《浮生六記》的時間比錢泳來得晚些，而且是沈三白親自呈奉給他品題的；管貽葄是有身份地位的官紳，沈三白自應將作品進一步修訂後才請管氏過目。管氏的詩作如下：

> 劉樊仙侶世原稀，瞥眼風花又各飛，贏得紅閨傳好句，「秋深
> 人瘦菊花肥」。（自注：君配工詩，此其集中遺句也。）

---

24 參見筆者編注：《精校詳註浮生六記》頁7，楊引傳《浮生六記‧序》。

25 有關管貽葄題〈長洲沈處士三白以《浮生六記》見示，分賦六絕句〉組詩的時間，經陳毓羆先生的考證，應該是在道光五年。參見陳毓羆著：《沈三白和他的浮生六記》（臺北：大安出版社，1996年11月）頁46-48。以下引述此本，不另贅言。

煙霞花月費平章，轉覺閒來事事忙，
不以紅塵易清福，未妨泉石竟膏肓。
坎坷中年百不宜，無多骨肉更離披，
傷心替下窮途淚，想見空江夜雪時。
秦楚江山逐望開，探奇還上粵王臺，
遊蹤第一應相憶，舟泊胥江月夜杯。
瀛海曾乘漢使槎，**中山**風土紀皇華，
春雲偶住留痕室，夜半濤聲聽煮茶。
白雪黃芽說有無，指歸性命未全虛，
養生從此留真訣，休向琅嬛問素書。[26]

如果檢驗管貽葄所寫的六絕句，不但可以知道管貽葄詩中借用了不少六記裡的情節來表達，比如引用了芸娘所作「秋深人影瘦，霜染菊花肥」的詩句即是。還可以發現每一首詩裡，都含有與篇題相關的字眼。第一首的「閨」字，第二首的「閒」字，第三首的「坎坷」，第四首的「遊」字，第五首的「中山」，第六首的「養生」。這應該不是偶然的，而是有意地、針對性地設計的；比如說第五首詩說「中山風土」而不說「琉球風土」或是「海國風土」、「海邦風土」，「中山」、「琉球」兩詞平仄相同，而「中山」一詞並不是一般人所知道的，可見「中山」一詞是管氏必然是參考原書篇題而來的。總而言之，應該可以從而推論得知管氏看到的《浮生六記》，當時的篇題已經跟楊引傳在光緒初年所得《浮生六記》抄寫的殘本，亦即今本六記是相同。由此更可見錢泳所見的《浮生六記》，應該是較早期的抄本，而管貽葄則讀到經過沈復刪改過的修訂版。

---

26 參見筆者編注：《精校詳註浮生六記》，原題詞，頁1-2。

　　順帶一提的，是陳毓羆先生認為《浮生六記》的手稿，是在沈三白身後散出，才開始流傳的[27]；而現在根據以上的論述，可以確定《浮生六記》在沈三白生前就已經在蘇州一帶流傳了，而且有修訂前後的不同版本。

五　雜記抄稿中錢泳自撰文稿與《浮生六記》資料之對比研究

　　有了以上可以確定的《浮生六記》內文的了解，就可以跟雜記裡錢泳自家的文稿來對比，以掌握如何判定雜記抄稿中，哪些文章是屬於錢泳自己撰寫的文稿？哪些是錢泳抄來的資料？

　　在所公布的七張圖片裡，彭文已經說到其中〈緋仙〉一條，見於錢氏所著《履園叢話》之中卷二十一〈笑柄〉，還有一則〈題嚴震直歷官記後〉有「句吳錢泳」的署名，可以確定屬於錢氏自己的文稿。經筆者查對，圖片裡的〈蘭盆勝會〉（《履園叢話》作〈盂蘭盆會〉）條、〈四金剛〉條都見於《履園叢話》卷三；還有在〈題嚴震直歷官記後〉前面一段沒有題目的文字，也見於《履園叢話》卷三〈考索〉篇，並命名為〈題目〉。後面也有一段沒有標題的文字，內容講水災救治之法，筆者相信這應該屬於《履園叢話》中卷四〈水學‧救荒附〉的原草稿。也就是說，以上所指出的文字，都可以確定是錢氏自己撰寫的文稿；從這些文章段落的抄寫草稿中，可以發現其中改易、刪去、增補、調序等的動作很多，其中顯然可以看到一改再改的痕跡；而且對比抄稿修訂後的文稿，跟《履園叢話》所載錄的也不盡相同，可知錢泳將文稿刊印之前，還加上一番修訂的功夫。於是，從中

27　參見陳毓羆著：《沈三白和他的浮生六記》，頁48。

可以得到一條原則，就是雜記抄稿中「凡是被改易、刪去、增補、調序等動作頻繁的部分，大都是錢泳自己撰寫的文稿。」反過來說，就是那些抄得很條理，沒多少被改動的文段，應該就是從別處現成的資料抄來的；也因為是既成的文章，所以需要改動的部分也就不會太多。這樣推論，在邏輯上是有危險的，不過，因為有了〈閒情記趣〉那一段對比的文字，可以證明這一推論是可以確立的。

根據以上所得的原則及推論，我們先來一個實驗。抄稿中有〈浮生六記〉一條，它不見於《履園叢話》載錄，而抄稿上有修改頻繁的現象，按上述原則應該認定是錢泳所撰寫的，而從文意上來看，末句有說「余與梅逸從未一面」，以第一人稱敘述，也確定是錢泳自己所撰寫的。

現在，我們看抄稿中有關琉球國的資料見附錄一的圖三、四、五、六，抄錄得非常平順整齊，改易、刪去、增補等的地方很少。比如描述王府的一段，除了圈刪了幾個字外，才增加了三個字；其中有一句「與庶民居室等」加入一個「相」字成「與庶民居室相等」。從書法來看，原句明顯是一氣呵成寫來，而不是邊構思邊寫的。要知道錢泳在當時是非常有名的書法家，六書八體，靡不精通，號其居曰「寫經堂」。他的書法是可以表現出書寫過程的。

以此推知，雜記抄稿裡有關琉球的資料，其中未經修改的部分，應該就是純粹抄錄而來的，而且其來源就是錢泳在道光三年前後所看到的早先版本《浮生六記》的〈海國記〉。所以，如果彭先生將雜記抄稿中所有合乎以上論述的琉球國資料，約六千二百字集合起來的話，的確可以復原《浮生六記》卷五〈中山記歷〉的前身──〈海國記〉──的大部分；然而這不見得等同於〈中山記歷〉。

六 餘論

經過以上的討論與辯證，相信對處理這些珍貴的雜記抄稿資料，有些許的幫助。還有一個問題：錢泳既然如此費心，抄錄了那麼多出於《浮生六記》的琉球資料及其他如〈閒情記趣〉的資料，為甚麼他最後一點都沒有收錄在自己的《履園叢話》裡呢？今日我們所能看到最早的《履園叢話》，是道光十八年刊刻成的述德堂藏版，其中有錢泳自記〈序目〉[28]，當時錢泳已經八十歲。筆者個人以為，大概是因為錢泳當時還見得到沈復的《浮生六記》在社會文化界間抄寫流傳；既然有《浮生六記》這本書，讀者看原書就一目了然，不必錢氏間接轉述；收錄了也顯示不出錢氏的博聞廣見；更何況原書俱在，抄錄過多，恐有剽竊之嫌。甚至假若錢泳後來看到沈復修訂過的《浮生六記》版本，那麼初版的資料就不好再用了。由此可以作推論，今本《浮生六記》後二記的失傳，可能在道光十八年之後了。

這份雜記抄稿中的〈海國記〉材料的出現，也是以確定沈復是真的寫成後兩記，而曾經主張沈三白本來就只寫了四記的說法，當然就不攻自破了。（其實管貽葄的「分賦六絕句」就已經證明了。）

最後有幾點建議：

第一點：彭先生再整理這些錢泳雜記抄稿時，要注意是否還有其他與前四記相關的資料；整理出來，不單可以增強前述的論證，還可以提供讀者對《浮生六記》這本書的創作、形成過程最寶貴的資料。

第二點：如果將抄稿裡的琉球國資料編整發表，建議不要用〈中

---

28 〔清〕錢泳撰：《履園叢話》（上海：上海古籍出版社，續修四庫全書本），頁2。

山記歷〉為篇題，宜用〈海國記〉為題。

　　第三點：對於作為一位研究過《浮生六記》的筆者而言，對這些珍貴的抄稿，真的求之若渴，當然希望能儘早發表公布，使《浮生六記》的愛好者、研究者能有進一步的瞭解，再度掀起《浮生六記》閱讀、研究的高潮。

後記

　　本文撰寫完稿於二○○八年七月十日，主要針對彭令先生在《文匯報》上所發表的論文。七月十二日，為投稿於《國文天地》月刊，將論文作了精簡處理。承蒙《國文天地》支持，於八月號第二七九期（頁53-65）立即刊出。後來，彭先生在七月十五日又於「中國古代小說網」發表了〈錢泳手錄沈復《浮生六記》卷五佚文考略〉一文，其中有些補充意見，也與本文見解相似。現在根據筆者原來的論文全文，再加以校對補正，發表出來，以就正於學者方家，希能不吝賜教。

　　——二○○八年七月十二日完稿，八月一日刊登於臺北《國文天地》
　　　　八月號第二七九期，頁五十三至六十五，八月九日再修訂

補述

　　關於錢泳的《記事珠》抄稿中的〈海國記〉資料，為甚麼不見於錢泳的《履園叢話》載錄呢？

　　這個問題，在二○一○年八月大陸有鄭偉章先生撰文：〈一石激

起千重浪——《浮生六記》卷五〈中山記歷〉初稿〈海國記〉考證新發現〉，他是文獻學者，說自己到北京國家圖書館善本部，看到錢泳的另一部著述：《登樓雜記》不分卷，是繼《履園叢話》之後，錢氏另一本筆記體的著作，是手抄稿本，至今尚未曾梓行面世。抄稿中所記載的筆記內容，多涉及外國及本國邊疆的史地史料。其中就有一長條達十七頁的《琉球》資料。其中自第三頁六行至十六頁前六行，經對比之後，顯然就是採用了《記事珠》中的〈冊封琉球國記略〉。從第一段「嘉慶十三年有旨冊封琉球國王，正使為齊太史鯤，副使為費侍禦錫章。吳門有沈三白名復者，為太史司筆硯，亦同行」起，直至末段最後一行「其餘起居飲食，與中國無異」止，在長達十三頁的記載中，只有第二段關於出國船隻大小尺寸的記載，跟抄稿有些出入，其餘都照抄《記事珠》的原稿撮錄。

可見錢泳其實也是要將〈海國記〉拿來當作著述資料的，只是不在《履園叢話》，而是計畫刊印中的有關外國與邊疆資料的《登樓雜記》中。最近，這本抄本《登樓雜記》也已經出版了。

——補述於二〇二一年十二月，增修版時

附錄三

新增補《浮生六記》出版前言

　　《浮生六記》是清朝沈復的自傳體散文小說，一本際遇曲折離奇的小說。它遇到了楊引傳、俞平伯、林語堂諸位先生，被發現、出版，也翻譯成多國語言，蜚聲國際；被改編為廣播劇、舞臺劇表演，感人肺腑，賺人熱淚。俞平伯先生作序說：「儼如一塊純美的水晶，只見明瑩，不見襯露明瑩的顏色；只見精微，不見製作精微的痕跡。」這是公認最適切的讚辭。林語堂先生在英譯序中說：「芸，我想，是中國文學中最可愛的女人。」可謂對箇中人物最高貴的稱許。

　　可惜的是沈復用如此純樸真摯的文筆，寫出來的動人小說佳作，竟然不幸遺失了最後兩篇——〈中山記歷〉、〈養生記道〉。所以，林語堂先生在序文末尾曾寄予渺茫的希冀說：「我在猜想，在蘇州家藏或舊書鋪一定還有一本全本；倘然有這福分，或可給我們發現。」或者因為他的這種願望，也代表著眾多讀者的心聲，促使兩種行為的進行：一種是因此語而激使某人以為有機可乘，於是多方蒐羅，拼湊組合出兩篇偽作，假託說是從蘇州某人家裡發現的六記全本；另一種可能因為林語堂先生的這句話，導致不少人心存一線希望，並努力搜尋，祈求萬一真的能夠找得到沈復的原稿，以彌補這如明鏡破缺的遺憾。

　　不幸的，第一種的行為果然付諸實行，有某些人根據〈中山記歷〉的篇題所指，於是找到曾在嘉慶五年擔任冊封琉球國王副使的李鼎元，並將李氏使琉球時所寫的日記《使琉球記》作底本，抄錄了其

中大部分有關琉球民情風俗、風光物產等文字，冒充沈復原來的〈中山記歷〉的內容；又收集了不少有關養生方面的文獻材料，來個「掛羊頭、賣狗肉」，頂替原作的〈養生記道〉，並且改名為〈養生記逍〉，於是就湊成了六記齊全的《浮生六記》，也就是通行足本《浮生六記》裡的〈中山記歷〉、〈養生記逍〉，濫竽充數，蒙混了七十多年，欺騙了眾多讀者的真誠。看起來，偽作也真的維妙維肖，足以蒙蔽世人，以假亂真。這一來，讓讀者都以為沈復是在嘉慶五年到琉球的，令歷史時空錯亂了八年，而真相則是沈復在嘉慶十三年才隨冊封使齊鯤等到琉球的。這部「偽作」雖然能蒙蔽一般世人，但是卻欺騙不了有識的學者，在偽作「足本《浮生六記》」出版至今的七十餘年裡，有不少學者曾作過考證：在大陸的江慰廬先生、陳毓羆先生最有貢獻；而在臺灣，則有吳幅員先生、楊仲揆先生等先後出力甚多。而筆者經多年研究、撰寫之功，在二〇〇七年九月出版了《浮生六記後二記──〈中山記歷〉、〈養生記逍〉──考異》一書，則是總結前輩們的既有成果，再更進一步證實「足本《浮生六記》」後兩記的確是後人拼湊而成的偽作，而且作偽的時間是在一九三二年前後；總算是粉碎了偽作兩記欺人的伎倆，使這樁文壇公案，得以水落石出，「狗尾」現形。

至於第二種行動，雖然沒有任何的文字登載，相信一定有不少「目光如炬」的人暗中注意著；只可惜七十多年來就是沒有一點兒消息，令很多讀者苦苦企盼。就在所有讀者幾乎已經絕望之際，忽然在二〇〇八年六月，香港《文匯報》刊登彭令先生的文章〈沈復《浮生六記》卷五佚文的發現及初步研究〉，說從清人錢泳手抄的《記事珠》一書中，發現了有關《浮生六記》第五記〈中山記歷〉原本文字抄錄的材料，並同時附上了七張清晰的圖片。筆者對《浮生六記》研究有年，聽說有此發現，當然不可放過，然而心裡還是懷疑「這會是

真的嗎？」於是，透過網路下載了彭先生的全文以及圖片，經過仔細的研究、對比，證實這些抄稿中的琉球國記錄，應該就是抄自沈復的原本《浮生六記》初稿〈中山記歷〉的前身（今日所見的前四記，是修訂過的文稿），名為〈海國記〉。其中最重要的證據就是錢泳不單止抄錄了〈海國記〉有關琉球事蹟的文字，也抄錄了今本第二記〈閒情記趣〉中的一段文字，這充分證明錢泳確實曾看到過原來的全本《浮生六記》，並且抄錄其中部分資料，作為自己作文記事的素材。對勘抄稿與今本的文字，兩者是有些差異的，今本顯然在文翰上比較精緻，辭藻也更講究些，這當然是修訂過的現象。有關詳細的考證內容，請參看筆者所撰寫的〈沈復《浮生六記》研究新高潮——新資料之發現與再研究〉一文。

彭令的文章與資料發表之後，掀起了滔天浪潮，也經歷的不少波折：有人懷疑資料的真實性，有人對彭令的操守質疑，有人要出高價來收購這珍貴的抄稿，祕藏不出。站在筆者的立場，只要資料能好好受到保護，並且儘早發表，好安撫讀者的企盼，還有學術界研究所需的渴望。因此，筆者曾推薦這卷抄稿以「錢泳手錄沈復《浮生六記》卷五抄稿不分卷」的名義，向文化部申請提報為第二批「國家珍貴古籍名錄」，希望能藉公家的力量對這上天恩賜的重光文獻，做到最好的保護與利用；而文化部對這份資料的審查結果卻持懷疑的態度，所以筆者再二、再三向文化部補充陳述更完備的考證資料，朝原訂的目的奮進。而到最後，不得已還驚動溫家寶先生，由筆者向溫先生書面陳情。聽說文化部也願意以更積極的態度重新審查。現在，人民出版社跟彭令合作，將這珍貴的抄稿點校出版，嘉惠普天下喜愛《浮生六記》的讀者與學者；我想，文化部是否要將這寶貴的遺珍納入「國家珍貴古籍名錄」，似乎已經不那麼重要了。

而關於這份抄錄的〈海國記〉文稿的價值，筆者曾於推薦申報「國家珍貴古籍名錄」時，列數了四點，其中三點與〈海國記〉有關，撮述如下：

（一）文學價值：該書關於琉球風土記事之文段，當為清朝沈復所撰《浮生六記》已佚失之卷五〈中山記歷〉的早期抄稿。《浮生六記》為我國文學作品流傳海外之名著，蜚聲國際間，具有多國譯本；而其中卷五、卷六之佚失，誠世人所深憾；今既有此珍貴資料可為補足，實世人所翹望，文學上之大驚喜。

（二）學術價值：該書與《浮生六記》相關部分，可與今本《浮生六記》相對校，以見《浮生六記》撰寫形成之過程，此誠學術研究之重點。

（三）歷史價值：錢氏抄稿中有關琉球風土記事部分，乃同時期相關資料中最貼近真實之敘述記事文字，比之同時（清嘉慶十三年）冊封琉球正、副使齊鯤、費錫章所著《續琉球國記略》一書，更為真實而觀察入微，乃瞭解當時琉球國國情之第一手珍貴財產。

而當時筆者只就所見的七張圖片而論，不足以總觀其全；而今彭令將珍藏的全稿寄來，讓我比讀者先睹為快，仔細咀嚼，所得更多，在這裡筆者願意就一己所見，更全面敷陳抄稿的價值。這可以從兩方面來說，第一是對沈復的生平與著作的進一步瞭解；第二是抄稿對琉球歷史、風土、民俗的文獻研究價值。

對於沈復生平與《浮生六記》的研究而言，抄稿有莫大的參考價值；這也可以分幾點來說：

第一：抄稿更直接證明沈復是在嘉慶十三年前往琉球的。

　　前人為了證明偽作的〈中山記歷〉有問題，費了很多功夫，找出沈復在嘉慶五年不可能隨趙文楷、李鼎元前往冊封琉球國王，因為時間是有衝突的；因而推論沈復應該只能是在嘉慶十三年到琉球的。後來學者從王益謙輯選歷代興化邑人詩作之《昭陽詩綜》裡，找到沈復的朋友李佳言寫的〈送沈三白隨齊太史奉使琉球〉兩律詩，這就比較有力地正面證明沈復到琉球的時間。而錢泳的抄稿中，兩次提及沈復隨齊鯤、費錫章前往琉球，其中一次還明白說是在「嘉慶十三年」去的；這在證據力上比李佳言的詩更為明確。這一來，只要抄稿是真的，而抄錄的資料來源正確，那就可以拍板定案，無可置疑了。

　　第二：沈復雖然寫《浮生六記》，有六個篇名，但是，楊引傳發現《浮生六記》時，已經佚失了最後兩篇；所以，讀者從來就沒有看過《浮生六記》後兩記，因而有人懷疑沈復可能根本就沒有完成後兩記的撰作，只留下沒有內容的篇名罷了。雖然筆者也已經考證過沈復確實撰寫了後兩記，證據也足夠；然而對於考證學術而言，證據是不嫌多的。而今抄稿中切實明白地記載著沈復到琉球，也有記載琉球風土的內容，那比任何推論證據都更有力，證明沈復確實撰寫完成〈中山記歷〉。

　　第三：俞平伯先生對《浮生六記》前四卷的評價說：「雖有雕琢一樣的完美，卻不見一點斧鑿痕；……儼如一塊純美的水晶，只見明瑩，不見襯露明瑩的顏色；只見精微，不見製作精微的痕跡。」可見沈復的文筆，已經具備筆墨輕靈，描寫細膩，語言清新，形象生動的特色，可謂妙手天成，怪不得出版之後，能吸引如許讀者，獲得廣泛的共鳴。

　　抄稿中〈海國記〉的文字，基本上仍維持沈復文筆風格的一貫特

色，對所見所聞的描述，細緻精準，善用妙喻，令人讀其文而能神遊其中，如置身目睹一般。比如他記述冊封使船到達琉球那霸，琉球方面派來接封的場面說：「所引小艇，皆獨木為之，長不盈丈，寬二尺許；兩艇並一，如比目魚；人施短棹，分兩行，挽引大船綵索，如蝦鬚然。」這「如比目魚」、「如蝦鬚」的比喻，可謂神來之筆，妙到顛毫，讓讀者有無限的想像空間。

又如〈海國記〉記述追封琉球已逝世的國王尚灝的儀式說：「天使捧節詔正中立，捧詔官由東墀趨接詔書，即由中門高舉，下階，黃傘蓋之，上開讀臺，宣詔官隨至臺中香案下。樂止，引禮唱跪，國王及眾官皆北向跪，俯伏於世子神位下。引禮官唱開讀，宣詔官就香案正中朗聲宣詔。宣畢，仍捧詔下臺，張黃蓋，由中門入，授副使，仍安御座。」其中兩次說到用「黃傘」遮蓋詔書，這是所有冊封琉球的記載裡都沒有說到的，可見沈復對事情的觀察入微，記敘細膩。西方文學理論認為，沒有精細描寫的細節，就沒有文學；我以為沈復早就能做到這一點了。

第四：抄稿提供了沈復生平的新研究資料，對沈復的後半生的瞭解，有了論述的依據。要知道沈復之妻芸娘在嘉慶八年癸亥（1803），沈復四十一歲時就逝世了，在這之後，難保他的性情會產生巨大的轉變，一改以前的人生態度也說不定。而現在，從抄稿中可以得知他似乎還是依然故我，本著「人珍我棄、人棄我取」的觀點，逍遙自在，閒散狂放，不為世間禮教拘束，跟前四記所看到的沈復差不多。這可以從〈海國記〉裡，沈復詳細地描述琉球國紅衣妓女的纏頭脂粉之費，衣簪式樣，房間擺設，一一如數家珍般細膩入微，可見沈復在琉球時，一定曾經光顧過紅衣妓女，登堂入室，才可以那麼清楚地描述。尤其是最後一段說：

其房皆南向，空前一架為軒廊，後三架為臥室，三面皆板，上
施頂格，下鋪腳踏綿，潔淨而軟，如登大床。亦有箱籠、衣
架、書畫，呈設古銅、瓷瓶，壺、杯、碗，茶具酒器之屬。夜
臥，則以大席鋪室中，上施大帳，而複以衾枕之屬。亦點燭，
式如風燈而高，外糊白紙，中燃油火，上有橫木，可以提攜，
亦隨地可置，隨處可粘。燭皆純蠟，可以通宵。

這跟第四記〈浪遊記快〉裡所記沈復在粵東，也曾經到妓院「打水
圍」，並與「老舉」喜兒相歡的記載：

有伻頭移燭相引，由艙後，梯而登。宛如斗室，旁一長榻，几
案俱備。揭帘再進，即在頭艙之頂，牀亦旁設，中間方牕嵌以
玻璃，不火而光滿一室，蓋對船之燈光也。衾帳鏡奩，頗極華
美。喜兒曰：「從台可以望月。」即在梯門之上疊開一牕，蛇
行而出，即後梢之頂也。三面皆設短欄。一輪明月，水闊天
空。縱橫如亂葉浮水者，酒船也；閃爍如繁星列天者，酒船之
燈也；更有小艇梭織往來，笙歌弦索之聲雜以漲潮之沸。令人
情為之移。余曰：「『少不入廣』，當在斯矣！」惜余婦芸娘不
能偕游至此。回顧喜兒，月下依稀相似，因挽之下台，息燭而
臥讀者。

兩段文章的風格，如出一轍，字句裡透露出的心境意識也相彷彿。這
無異告訴，沈復還是以前不羈的那個沈三白。

至於抄稿對琉球事蹟記載的歷史文獻價值，也可從幾方面來講：

第一：嘉慶十三年那次齊鯤、費錫章奉使琉球國，除了冊封當時

在任的琉球國王之外，還多了一道追封已逝世的前任國王的儀式，這是歷次冊封琉球國王過程裡所沒有的，是破天荒的第一次，實具有歷史性意義。錢泳所抄錄的〈海國記〉裡，有關追封儀式記錄的文字非常長，而對於真正的冊封典禮反而以「一如追封前儀」帶過；可見這次「追封」典禮的特殊性，而沈復對琉球事項的記載，也是有詳略輕重選擇原則的。

第二：沈復的〈海國記〉所記載琉球事蹟，是代表民間的、文學的觀察角度，而不是官方的、制式的。這可以由〈海國記〉詳細描寫紅衣妓女的文字中看出的。因為明清以還，冊封琉球的十數次，冊使們所記載的琉球風土民俗，也經常針對「紅衣人」來描述，認為是民風中的特色之一；不過，就從來沒有任何一位官員將「紅衣人」的相關情狀，描摹得像沈復那麼詳盡、細膩、真實。其實這原因很簡單，因為官員們寫的記錄都是為了向朝廷報告覆命的，如果寫得像沈復那麼清楚詳細，那無異於告訴朝廷自己在琉球曾經光顧過「紅衣人」的閨幃，那後果如何，不問可知；又有誰會那麼愚蠢呢？所以，雖然〈海國記〉所述的內容，有部分也可以在冊封使的《志略》中看得到，然而觀點與角度是有差異的。

第三：這是彭令先生的觀點，就是根據〈海國記〉中說：「十三日辰刻，見釣魚臺，形如筆架。遙祭黑水溝，遂叩禱於天后，忽見白燕大如鷗，繞檣而飛，是日即轉風。十四日早，隱隱見姑米山，入琉球界矣。」可以證明「釣魚臺」原本是屬於清廷的領土；換言之，〈海國記〉中所記，足以證實「釣魚臺」本來就是我中華的土地。

當然，抄稿也不是完美的，它也有不足之處：

第一：抄稿並不是〈海國記〉的全部，只是其中一部份而已，尤

其是對於沈復個人的感情與興發，記載少得可憐。沈復的朋友李佳言寫過〈送沈三白隨齊太史奉使琉球〉律詩兩首，其中有「海國見聞應補錄，職方外紀好蒐遺」之句，就是鼓勵沈三白利用隨團到琉球之便，將琉球的風土人情詳細記錄，好作為後人參考。而沈三白也真的寫了〈中山記歷〉作為《浮生六記》海外壯遊的一記。這難得的海外壯遊，不可能只記錄以冊封典禮為主的部分。

管貽葄也寫過〈長洲沈處士三白以《浮生六記》見示，分賦六絕句〉其中第五首詩說：「瀛海曾乘漢使槎，中山風土紀皇華，春雲偶住留痕室，夜半濤聲聽煮茶。」管貽葄的六首詩都是針對六記的內容來寫的，前四首所描述的，都可以在前四記中找到對應的內容。將管貽葄第五首詩中所描述的內容，跟錢泳所抄錄的〈海國記〉部分對比而觀，顯而易見的是錢泳所抄的內容，並沒有管貽葄所描述的情節，「留痕室」、「濤聲」、「煮茶」都付諸闕如，這就足以證明錢泳所抄的主要針對琉球風土民俗而錄，至於有關沈復個人的生活起居、感受興發等細節，錢氏所抄錄的就付諸闕如了。

第二：抄稿是錢泳所抄錄的，錢泳抄錄的目的是作為自己著述作文的素材，所以，錢氏所抄的只是他需要的，不見得是〈海國記〉中最精華的部分。況且錢泳抄錄的時候，有可能作了些改動，並不一定原文照錄；這可以由第一段所載「嘉慶十三年，有旨冊封琉球國王，正使為齊太史鯤，副使為費侍御錫章。吳門有沈三白名復者，為太史司筆硯，亦同行。」用了第三人稱來敘述，這顯然是錢泳的改動，決不是沈復的原文。可以說，抄稿是「下真跡一等」的文獻。

在錢泳的《記事珠》抄稿中，很多文段都有被改動過，可喜的是有關琉球國的事蹟記載，改動得不多，只有五處。根據筆者研究錢泳

抄稿的經驗，改動前的底稿是原來素材的狀貌，改動的部分才是錢泳的概念。所以，筆者曾建議彭令先生點校時要特別考慮改動過的文字。舉個例子來說，在〈海國記〉抄稿前段，有「始從福建省城啟行登舟」一句，原圖中「省城」下有「南臺」二字，後來被圈刪掉；筆者以為有「南臺」二字才是沈復原文的樣子，讀者可以參考。

曾經看過沈復所著原來全本《浮生六記》的人，到現在為止，所知道的只有三位：管貽葄、錢泳、王韜。王韜說他小時候曾經「讀書里中曹氏畏人小築，屢閱此書（指《浮生六記》），輒生豔羨」，然而最後他只留下幾句遺憾的話說「惜未抄副本」，對我們研究《浮生六記》助益有限。管貽葄曾經為六記各賦了一首詩，其中後兩首的描述，使我們對後兩記內容的瞭解大有幫助，尤其是第六記那首，讓我們知道〈養生記逍〉應該是跟道教煉丹有密切關係的。三者之中，貢獻最大的當然得數錢泳了，因為他的抄錄，讓我們可以再睹原本〈中山記歷〉前身〈海國記〉的大部分內容，欣賞到沈復精美、自然的文筆。雖然，內容已經不再是跟芸娘的愛情互動情節，也不是感懷傷悲的身世抒發，卻是另一種恢弘闊大的視野觀照，讓我們對沈復有了不同的研究角度，以及理解上正確可信的依據。

林語堂先生當年的預言其實還不算是真正的實現，因為錢泳所抄錄的〈海國記〉部分文字，只能算是「下真跡一等」的材料。真希望將來有這麼一天，忽然又出現另一位像彭令先生一樣有眼光的人士，傳來發現原來《浮生六記》全本的消息。

──寫於二○○九年十二月二十八日

說明

　　本文為彭令整理出版的書《新增補《浮生六記》》所撰寫的出版前言，該書於二〇一〇年由北京人民文學出版社出版。書中將所新發現〈中山記歷〉前身〈海國記〉都編排進去，可供讀者、學者參考、閱覽、研究。

　　　　　　　　　　　——補述於二〇二一年十二月，增修版時

附錄四
錢泳手書《記事珠》真跡審閱後記

　　這一次來大陸（自六月十五日起至六月二十三日止）有兩個目標：一是為《尚書》，一是為《浮生六記》；二者都是我的專業研究範圍。有關《尚書》的活動是參加揚州大學所舉辦之「首屆《尚書》國際學術研討會」，發表論文〈王安石《尚書新義》輯考彙評訂補舉例〉，並與相關學者交流切磋，更成立了「國際《尚書》學會」。為《浮生六記》的活動則有四方面：其一是尋訪沈復與陳芸伉儷在揚州的印跡，其二是拜訪對《浮生六記》有鑽研之前輩專家，其三是親自審閱錢泳手書《記事珠》，其四是有關錢泳手錄《浮生六記》卷五佚文〈海國記〉審查之確定與落實，希望透過一些活動，能使這抄稿之價值被肯定與承認。

　　從揚州、南京到北京，事前彭令先生就慨然允諾，讓本人以最方便、真切地翻閱《記事珠》全部手稿；今天，他一早就將珍貴的原件從保險箱提出帶來，讓我看過夠。從早上九時，直至下午三時左右，前後反覆諦審細觀完畢，歸還保藏，結果讓本人更確信我之前所思所論是合理的，而且也獲得更多明確的印證。

　　整本《記事珠》被分裝為五冊，而內容可分作四大類：一是以〈冊封琉球國記略〉為主及與《浮生六記》相關的資料，二是錢泳《履園叢話》的底稿，三是錢泳與他人之信函擬稿，四是錢泳論金石書法及其他雜稿。在通盤審閱全部抄稿之後，有幾點可以提出來說明的：

　　一、全部手抄稿必然出於一個人之手筆無疑。雖然抄稿中的墨色有濃淡，筆毫有佳劣，字體有大小，書體則行、草、楷、隸具備，甚至有刻意規臨顏魯公〈多寶塔〉書風而維妙維肖的。然皆出於一人之手，是無可懷疑的；而且從此更可見書寫者之書法造詣，是一位全方位的、精擅各體之大家，這跟錢泳之書法背景正相合。

　　二、在文稿及書函稿中，有多處自稱「泳」、「錢泳」、「句吳末學」、「梅華溪居士」等名款，這正是錢泳的名號及其名款習慣。

　　三、抄稿中所記有關當事者錢泳的生平事蹟與行實交誼，在在均可與現存錢泳傳記資料相印證，而且甚至超出現今所知範圍；若是偽作，何能及此，又何必如此！今舉其中一例以說明：

　　錢泳手抄《記事珠》中，記載有錢氏所撰寫的一篇〈揚州太平馬頭記〉。其文曰：

> 太平馬頭者，江都余觀德購新城埂前街市廛數十楹，自市達河，長十五丈。旁置水夫水砲房各三間，以備救災卹鄰之事 ，誠盛事也 。嘉慶戊午（三年，1798）四月，予將入都，道經邗上，以是記屬書，為刻諸石。（加方框者為圈去的字）

余觀德在揚州創設「水倉」，以備火災之虞，在錢泳的《履園叢話》卷二十三〈雜記上〉是有記載的，標題是〈水倉〉，文章說：

> 揚州有余觀德者，人頗豪俠。乾隆五十九年四月，新城多子街一帶，不戒於火，延燒達旦，觀德率眾撲救甚力，因創為水倉，起名甚新。其法在鬧市中距河較遠處，買地一區，前設小

　　門，後為大院，置水缸數十百只，貯以清水；設有不虞，水可
　　立至；此良法也。余友孫春洲嘗作門聯云：「事有備而無患，
　　門雖設而常關。」自余觀德創後，揚州城內隨處皆置水倉，惜
　　其法不行于蘇、杭之間耳。

這一段〈水倉〉文字，雖然與抄稿中所說的事有相關，但並不是相同
的主題事項，抄稿所說的是「太平馬頭」，這在錢泳的著作中沒有記
載。而有關余觀德興建太平馬頭的記載，倒見於李斗（？-？）的
《揚州畫舫錄》卷九〈小秦淮錄〉，文章說：

　　余觀德字均懷，行九，徽州餘岸人。少貧，賦性豪邁不羈，老
　　居埂子上。創修小東門水倉。乙卯（乾隆六十年，1795）間，以
　　修通龍頭關河道，建太平馬頭，請于任太守兆烱，尚未竣工。

《畫舫錄》所說的，主要是建造太平馬頭，但也在介紹余觀德時，稍
為提及水倉的事。文中提到時間在乾隆六十年（1795）時開始興建，
當時的太守是任兆烱，在李斗記載此事之時，太平馬頭還沒有竣工；
這應該是如實的記錄。再看錢泳所寫的〈太平馬頭記〉，內容跟李斗
所記沒有一樣相同，但是也沒有一點兒衝突，也說到一些李斗所為說
的。如碼頭的地點在「新城埂前街」，規模是「自市達河，長十五
丈」，其中的設施有「水夫水砲房各三間」，就是錢泳所說的「水倉」
之一了。時間在「嘉慶戊午（三年，1798）四月」，比李斗所記晚三
年，不過那時已經竣工，所以才請錢泳以他聞名的書法撰寫並書石刻
碑的，所以時間上是相連屬的，沒有扞格之弊；而且，錢泳寫的比之
李斗更詳細精確，這樣的材料，絕不可能是一個後世偽作者所能胡謅
亂湊的，也不可能只看了李斗與錢泳的敘述後，就能想當然地編排出

來的。偽作者最保險的做法應該是杜撰一篇〈水倉記〉才對。這就像偽作《浮生六記》第五、六兩記的人，在後兩記裡所陳述沈復、芸娘所說過的話，都可以從前四記中找得到一樣。當然，最佳的情形是能找到這一塊碑出來印證，自然就無可懷疑了。然而也不能因今天看不到這塊碑，就說這是「偽作」的，反之，應該認為抄稿保存了已經逸失的文獻才對。

　　四、抄稿中有提及《熙朝新語》十六卷、《履園叢話》，還有一部名為《海外新書》的書。《海外新書》雖然是日本的物茂卿所著，而由錢泳所編，由此可以知道錢泳是相當注意收集海外相關資料的。他在手稿中所錄《浮生六記》第五卷〈海國記〉，可能就是為此動機而抄錄的。錢泳如此費心抄寫改訂有關琉球冊封及風土民俗六千餘字，但又不見於《履園叢話》中有所提及，真是十分可惜的，而抄稿的發現，可以印證這一事實。

　　五、錢泳抄稿中有記一事而再三抄寫修改的，如「某太守官閩中」一節，共寫三遍，兩遍是粗獷行草而字體較大，一處較端正（亦為行草體）而字形精緻細小。其他也有一事寫兩遍的。可見這確是擬稿時的筆記，信手而書，書法工拙不拘，隨便落墨，自非翰墨創作可比。正因如此，若必以無鈐印即懷疑其非錢泳手書，則必然為濫竽充數之論，實貽笑大方之極。

　　在這之前，本人本來就認定這是錢泳真跡，如今親撫實物原件，對以前的論述更具信心。確認抄稿是錢泳所手書的，則抄稿中有關「釣魚臺」的記載，姑勿論其是出於《浮生六記》，抑或錢泳抄錄自其他材料，這都是可知姓名的古代名人，於西元一八二三年前後親筆書寫有關「釣魚臺」與琉球關係的真跡，也可能是現存民間記載的唯

一真實記錄，其價值豈可被隨意操弄而抹煞。

　　錢泳所抄〈冊封琉球國記略〉的資料來源，是否來自《浮生六記》卷五，本人對這個問題，早在二〇〇八年八月曾撰文〈沈復《浮生六記》研究新高潮──新資料之發現與再研究〉論述過，關鍵就在抄稿中有一段文字，顯然是從《浮生六記》第二記〈閒情記趣〉中相關文字節錄而來的；由於當時只看到部分文字，並不完整，現在，將這一條〈接果木〉文字完整呈現，讀者可以瞭解錢泳如何擷取《浮生六記》的材料，變成自己論著的素材。原文如下：

〈接果木〉
余在京師，嘗與法梧門祭酒遊西苑，進萬善殿。主僧出獻瓜果，有果黃色如杏，甚甜，其核則梅也。問之主僧，乃知是梅接杏。又天津出滷瓜，小而長，千篇一律，是以瓜接扁荳也。他如桃本接紅梅、白梅；枸橘樹接金柑、金橘。木樨接石榴則開紅花，冬青接山茶則開青花，牡丹接芍藥則五色俱備：不勝枚舉。他如石菖蒲結子，用冷米湯同嚼，噴炭上，置陰濕地，則長細葉菖蒲，茸茸可愛。以老蓮子磨薄兩頭，入蛋壳，使〔母〕雞〔同〕哺之，俟雛成取出。用久年燕泥加天門冬十分之二，搗爛拌勻，植于小器（「小器」圈改為「磁碗」）中，以河水養之；置〔烈〕日中晒之，使開花如酒盃（「酒盃」圈改為「錢大」），葉亦縮小，可置案（「案」圈改為「几」）上。用螞蟥炙存性研末，在〔紫紅〕菊花蕊上洒〔之〕，使色變大紅。〔又〕石榴花以百沸湯乘熱澆之，花必大盛。其法甚多，雖因果（「果」圈改為「花」）木之性，而〔亦〕人之巧也。

而《浮生六記》卷二〈閒情記趣〉的一段說：

> 如石菖蒲結子，用冷米湯同嚼，噴炭上，置陰濕地，能長細菖蒲；隨意移養盆碗中，茸茸可愛。以老蓮子磨薄兩頭，入蛋殼，使雞翼之，俟雛成取出，用久年燕巢泥加天門冬十分之二，搞爛拌勻，植於小器中，灌以河水，曬以朝陽；花發大如酒盃，葉縮如碗口，亭亭可愛。

這樣雷同的文字，當然不可能是偶然的，而是錢泳節錄《浮生六記》的初稿〈閒情記〉，而今日的〈閒情記趣〉則是經過沈復修改潤色過的。由此可見，錢泳必然看過《浮生六記》全六記的原初稿，也因此得知六記標題初名都只有三個字，其中〈靜好記〉是〈閨房記樂〉初名，〈海國記〉是〈中山記歷〉初名。

而今日親眼目睹全部抄稿之後，又發現新的證據，證明錢泳果然不是偶然抄得一段《浮生六記》文字的。抄稿中有〈荷香茶〉一條，文章說：

> 荷香茶，夏月盆荷初放（「初放」圈改為「第一日開」），是晚即閉，至次日（「日」圈改為「早」）出復開，開至第二日，則力衰不復能閉矣。於第一日開放時，將新茶少許，用小紗囊盛之，置花中，至次日開時取出，用泉水烹之，味極清矣（「矣」圈改為「香」），較荷花露尤妙，真香居之樂也。

而《浮生六記》卷二〈閒情記趣〉末段則說：

> 夏月盆荷初開時，晚含而曉放。芸用小紗囊撮茶少許，置花心，明早取出，烹天泉水泡之，香韻尤絕。

比較這兩段文字，明顯來自同一源頭，而只可能是錢泳抄《浮生六記》之後，而且稍作修改，如「初放」改為「第一日開」，是根據下文「第二日」而改的，「次日出」的「日」字改為「早」，而忘記將「出」字刪掉，可見錢泳是抄自別人的資料。而今日〈閒情記趣〉所記文字，實較錢泳所抄的，更為精練而合理：如「晚含而曉放」一句，就已經涵蓋了原來的一大段「第一日」「第二日」等累贅的冗詞了。又如「用泉水烹之」是不合理的，因為會破壞茶香韻味，所以，應該是先「烹天泉水」，然後才「泡之」，這才是對的。這又可見錢泳所抄的只是〈閒情記趣〉的初稿〈閒情記〉裡的文字。還有，抄稿文字的最後一句說「真香居之樂也」，相似的語句「真……也」在《浮生六記》裡不少，如卷一〈閨房記樂〉「真鄉居之良法也」、「真蓬篙倚玉樹也」；卷三〈坎坷記愁〉「真千古至言也」、「真異姓骨肉也」；卷四〈浪遊記快〉「真生平無拘之快游也」、「真人工之奇絕者也」、「真洋洋大觀也」；這樣的共同語句特色，從文章風格學來說，顯然是同出一手的必然現象。

增加了這一條資料，更可確定錢泳曾經閱讀過《浮生六記》初稿，並節取其中可用資料，抄入自己的《記事珠》（筆記本）裏，以備他日撰述著書之用。那麼，「冊封琉球國記略」中的文字，就應該是從《浮生六記》卷五初稿〈海國記〉裡擷取出來的。

此次大陸之行，在揚州尋訪了沈三白與芸娘的生活印跡：如芸娘埋骨之所「金匱山」遺址，如今已經被夷為平地，成為「蜀岡」旁邊的「維揚路」北首的一片房屋、公園了；沈復、芸娘在揚州「先春門」外賃屋「臨河兩椽」的瞻憑，今天這一段河岸，依然是中下階層人家起居生活的地方，就是揚州市的「大東門」外；沈復在揚州任職謀生的兩淮鹽運司衙門，今日則還是「金漆招牌」亮麗、莊嚴、威赫

地踞立著，距離他倆住的先春門外，步行不過十五分左右。（這一段尋訪之旅，《揚州日報》、《晚報》曾有詳細報導）

而這一尋跡之旅之所以能順利完成，除了有山西民營企業家張曉偉先生的大力贊助之外，更多得揚州文化研究所所長韋明鏵先生引領，並詳加解說，讓本人收穫甚豐；揚州大學《浮生六記》專家黃強教授也抱病相陪，走完這一趟蘊含濃厚情感的旅程。對於他們的濃情厚意，本來無以為報，然而看過了抄稿之後，發現其中有一篇錢泳所撰有關揚州的碑記文獻，就是前面的〈揚州太平馬頭記〉，相信韋所長得到這一資料，會比我送他其他物件更珍愛的；於是就抄錄下來，準備送給韋所長，想必能讓他喜出望外，這應該符合《詩經・衛風・木瓜》所說：「投我以木桃，報之以瓊瑤。匪報也，永以為好也。」可惜的是韋所長命我此來，要仔細看看抄稿有無《浮生六記》卷六〈養生記逍〉的蛛絲馬跡，結果是一無所得。

在南京，與江蘇省社會科學院文學所前所長蕭相愷先生晤談，蕭先生勉我對比抄稿與錢泳的文章風格，這在回臺之後定當遵辦。

在北京，與清華大學中國古典文獻研究中心主任傅璇琮老師請益，並且共同簽署發表了一致的觀點；傅老師期我能更深入研究《浮生六記》，我已計畫撰寫一篇〈《浮生六記》中的經學〉以為報答。遺憾的是，由於《浮生六記》前輩專家、中國社會科學院榮譽學部委員陳毓羆先生身體違和，不宜叨擾，所以無緣拜問，希望羆老能早日轉瘳，再為《浮生六記》的研究給予加持。

——二〇一〇年六月二十一日初稿
二〇一〇年六月二十四日回高雄後修訂稿
本文二〇一〇年七月四日發表刊登於「中國古代小說網」

文學研究叢書・古典文學叢刊 0803016

《浮生六記》考異
——以〈中山記歷〉、〈養生記逍〉為中心（增修版）

作　　者　蔡根祥
責任編輯　林以邠

發 行 人　林慶彰
總 經 理　梁錦興
總 編 輯　張晏瑞
編 輯 所　萬卷樓圖書股份有限公司
　　　　　臺北市羅斯福路二段 41 號 6 樓之 3
　　　　　電話 (02)23216565
　　　　　傳真 (02)23218698

發　　行　萬卷樓圖書股份有限公司
　　　　　臺北市羅斯福路二段 41 號 6 樓之 3
　　　　　電話 (02)23216565
　　　　　傳真 (02)23218698
　　　　　電郵 SERVICE@WANJUAN.COM.TW
香港經銷　香港聯合書刊物流有限公司
　　　　　電話 (852)21502100
　　　　　傳真 (852)23560735

ISBN 978-986-478-557-5
2022年1月再版一刷
定價：新臺幣680元

如何購買本書：

1. 劃撥購書，請透過以下郵政劃撥帳號：
　 帳號：15624015
　 戶名：萬卷樓圖書股份有限公司
2. 轉帳購書，請透過以下帳戶
　 合作金庫銀行 古亭分行
　 戶名：萬卷樓圖書股份有限公司
　 帳號：0877717092596
3. 網路購書，請透過萬卷樓網站
　 網址 WWW.WANJUAN.COM.TW

大量購書，請直接聯繫我們，將有專人為
您服務。客服：(02)23216565 分機 610

如有缺頁、破損或裝訂錯誤，請寄回更換

國家圖書館出版品預行編目資料

《浮生六記》考異——以〈中山記歷〉、〈養生
記逍〉為中心（增修版）/蔡根祥著. -- 再版. -
- 臺北市：萬卷樓圖書股份有限公司, 2022.01
　面；　　公分. -- (文學研究叢書. 古典文學叢
刊；803016)
ISBN 978-986-478-557-5(平裝)
1.浮生六記 2.研究考訂

855　　　　　　　　　　　　110020857